KB049679

외사랑

외사랑

片想い

히가시노 게이고

민경욱 옮김

소미미디어
Somy Media

□ 일러두기
이 책의 주석은 모두 옮긴이 주입니다.

목 차 ━━━━

제 1 장

1

4학년 리그전 얘기로 화제가 옮겨 가자 안 좋은 예감
이 들었다. 어차피 또 그 얘기가 나오겠다 싶었다. 데쓰
로는 고개를 숙이고 김이 살짝 빠진 맥주를 마셨다.

"문제는 역시 3쿼터 필드골이었어. 그것만 넣었으면 이
후 전개가 확 바뀌었겠지. 그런데 그 킥이 빗나갔잖아?
너무 실망스러웠지." 그 경기에서 라인맨°으로 뛰었던 안
자이가 웃으며 미간을 찌푸렸다. 현역 시절과 다름없는
튼실한 몸을 유지하고 있다. 목도 두껍다. 그 무렵과 다

✿ Lineman. 쿼터백을 비롯한 후방 선수들을 상대 수비수로부터 보호하거나 볼을 가
   진 상대를 저지하는 역할을 하는 선수.

른 점은 어깨와 등에 살이 붙은 데다 배는 수박이라도 넣은 듯 부풀어 있다는 것이다.

"그러니까 내가 몇 번을 얘기했냐. 그 거리에서 확실히 넣을 수 있는 키커는 그리 흔치 않아." 젓가락을 한 손에 들고 입을 내민 사람은 스가이였다. 지금은 손해보험사에 다닌다. 데이토대학의 에이스 키커였던 남자인데 이제는 회사에서 외모로 곰 아저씨라는 별명이 붙었단다. "그때 필드골은 37, 38, 아니야, 거의 40야드는 되지 않았냐?"

스가이의 해설에 안자이 옆에서 스키야키를 먹다가 사레들 뻔한 마쓰자키가 젓가락을 든 채 스가이를 가리켰다.

"이 녀석은 그때 킥 얘기만 나오면 매번 거리를 늘린다니까. 너, 전에는 32, 33야드라고 했다."

"뭐! 그런 적 없거든!" 스가이가 놀란 표정을 지었다.

"맞아, 그랬다! 분명히 그랬다." 안자이가 허벅지를 두드렸다. "그렇지, 니시와키?"

이름이 불려 데쓰로는 대화에 참여할 수밖에 없었다.

"그랬나?" 탐탁지 않은 마음이 목소리에 묻어났다.

"잊었냐?"

불만스러운 표정을 짓는 안자이의 옆구리를 마쓰자키가 팔꿈치로 찔렀다.

"니시와키가 그 경기를 잊을 리 있겠냐?"

이 말에 안자이도 웃었다. "하하하. 그렇지!"

데쓰로는 쓴웃음을 지을 수밖에 없었다. 역시 반길 수 없는 쪽으로 이야기가 흐르기 시작했다.

리그전 마지막 경기 얘기다. 그 경기만 이기면 데쓰로의 팀은 우승이었다.

"마지막 8초." 마쓰자키는 팔짱을 끼고 한숨 섞어 말했다. "거기서 결정지었다면 정말 멋졌겠지. 틀림없이 니시와키 매직이라고 했을 거야."

"하야타에게 던졌으면 현실이 됐겠지. 안 그래, 하야타?" 안자이는 가장 끝자리에 앉아 미즈와리*를 들이켜는 남자에게 말했다.

"글쎄, 어땠을까." 하야타라 불린 남자는 건성으로 대답했다. 이 화제에 어울릴 마음이 없는 모양이다. 아마 그도 이제 질렸으리라.

"하야타에게 패스해야 했어." 안자이가 끈질기게 물고 늘어진다. "그때 내가 봤다고. 하야타 쪽이 비어 있었거든. 엔드 존 왼쪽 코너 끝 말이야. 그런 구멍을 놓치는 쿼터백**은 없지. 니시와키가 던지기만 하면 됐다고. 바로

✿ 위스키 등 독주에 물을 타서 마시는 것.
✿✿ Quarterback. 센터 후방, 백의 중앙 부근에 자리해 전술 지시에 따라 공을 패스하거나 넘겨주는, 팀의 리더 격 선수.

11

터치다운*이었어. 나는 우리가 드디어 해냈다고 생각했어. 그런데 말이야." 그다음 말은 없었다. 경기가 어떻게 진행되었는지는 이 자리에 있는 모두가 안다.

"설마 그때 우리 쪽으로 공이 날아올 줄은 몰랐지." 마쓰자키가 뒤를 잇듯 말했다. "완전히 마크당하고 있었는데. 작전을 읽혔어. 상대 팀의 디펜스백**은 그 유명한 오가사와라였어. 니시와키가 던진 순간, 앗 이제 끝이다 싶었어."

데쓰로는 잠자코 듣는 수밖에 없었다. 완전히 졸아든 스키야키를 조금 먹고 맥주를 머금는다. 처음 건배했을 때보다 훨씬 쓰다.

여기 있는 사람은 모두 데이토대학 미식축구부 출신이다. 거의 모든 생활을 풋볼에 바치도록 강요당한 동료들이다. 당시 부원은 대부분 졸업과 함께 흩어졌지만, 도쿄도 안에 사는 사람들은 1년에 한 번씩 모였다. 이번으로 열세 번째 모임이다. 장소는 매년 신주쿠의 전골 요리점이다. 날짜는 11월 세 번째 금요일로 정해져 있다.

"데이토대학의 니시와키라고 하면 쿼터백으로는 세 손가락 안에 들었지." 안자이가 살짝 취한 목소리로 말했

✿ Touchdown. 공을 가지고 상대편 골라인을 넘어 득점하는 것.
✿✿ Defensive back. 제3선에서 수비를 담당하는 선수.

다. "그때 도대체 무슨 일이 있었던 거야? 우리는 정말 생각도 못 했어. 그런 일이 일어날 줄은."

"이제 좀 그만해라. 너희들 정말 끈질겨. 도대체 몇 년이나 똑같은 소리를 계속하냐? 적당히 좀 잊어주면 안 되냐?" 데쓰로는 얼굴을 찌푸렸다.

"아니, 절대 못 잊지." 안자이가 글러브 같은 손으로 테이블을 두드렸다. "나는 팀에 들어오면 우승을 안겨주겠다고 선배들이 꼬드겨서 고등학교 때까지 해온 유도를 버렸다고. 그런데 우승을 못 했으니 얘기가 다르지. 만약 미식축구 대신 유도를 계속했으면 바르셀로나나 애틀랜타에 갔을 거라고."

"그리고 적어도 동메달은 땄겠지, 이거지? 그 말이 나오면 얘기가 길어져." 스가이가 한숨을 쉬었다.

"술 좀 먹여서 조용히 시켜라." 마쓰자키가 웃으면서 말했다.

지긋지긋해하는 데쓰로 앞에 맥주병을 든 손이 불쑥 다가왔다. 하야타였다. 데쓰로는 컵을 들어 술을 받았다.

"다카쿠라는 오늘도 일인가?" 하야타가 낮고 차분한 목소리로 물었다.

"응. 교토에 갔어."

"교토?"

"꽃꽂이 가문의 수장이 엄청나게 큰 홀을 만들었는데 그 준공식을 겸한 파티가 열려서. 그 파티 모습을 어디 잡지에 싣는다고 촬영하러 갔어."

"그렇구나." 하야타가 고개를 끄덕이며 미즈와리를 마셨다. "참 잘하네. 사진작가라는 직업은 남자에게도 힘든 일인데."

"좋아하니까 괜찮다더라."

"그렇겠지." 하야타는 다시 고개를 끄덕였다.

"다카쿠라가 없으니까 영 재미가 없네." 안자이가 혀 꼬인 소리를 냈다.

데쓰로의 아내인 리사코는 미식축구부의 매니저였고 결혼 전 성이 다카쿠라이다. 여기에 모인 동료들은 데쓰로와 결혼한 지 8년이나 지났는데도 여전히 그녀를 다카쿠라로 부른다.

"히우라도 영 보질 못하네." 스가이가 생각난 듯 말했다.

"히우라라. 그렇기는 하다." 안자이가 다시 테이블을 두드렸다. "녀석, 여자 매니저 같은 느낌이 전혀 없었어. 게임 룰이나 전략을 우리보다 더 잘 알았지."

"그러고 보니 안자이, 너 종종 히우라에게 룰을 배웠지?" 스가이가 고개를 끄덕이면서 말했다.

"여자지만 정말 대단했어. 코치와 작전에 관해 정말 진지하게 얘기하기도 했잖아. 녀석은 지금 뭐 하나?"

"결혼해서 아이를 낳았다더라. 리사코가 그랬어. 하지만 리사코도 3년쯤 전에 히우라와 전화한 게 다야." 데쓰로가 알렸다.

"여자는 결혼하면 교제 범위가 완전히 바뀌는구나." 스가이가 말했다.

"남자도 바뀌지." 마쓰자키가 진지한 표정으로 말했다. "나카오 녀석, 오늘도 결석이잖아. 결혼한 뒤로는 영 어울리질 않네. 완전히 집밖에 모르는 남편으로 변신했나 봐."

"공처가야." 말을 받은 스가이는 본인도 없는데 괜스레 목소리를 낮추고 있다. "부잣집 아가씨는 아무래도 다루기 힘든 것 같아. 완전히 납작 엎드려 산다니까. 데릴사위는 힘들어."

"이런! 우리의 자랑스러운 러닝백°도 마누라 손아귀에서는 벗어나질 못하는구나." 안자이는 작은 사케 술병을 끌어당겨 자신의 컵에 따르려 했으나 술이 없었다.

술자리는 10시에 끝났다. 왕년의 미식축구부원들은 가게 앞에서 해산했다. 예전에는 2차, 3차까지 갔는데 이제는 말을 꺼내는 사람도 없었다. 다들 가정이 있어 시간과

✿ Running back. 쿼터백으로부터 공을 받아 뛰어서 전진하는 역할의 선수.

돈 모두 자신만을 위해 쓸 처지가 아니었다.

데쓰로는 스카이와 함께 지하철역을 향해 걷기 시작했다.

"정말 질리지도 않고 똑같은 얘기를 떠드네. 아무리 지나도 나는 그 필드골 얘기를 들을 거고, 너는 마지막 패스 얘기를 들을 거야. 우승을 놓친 것은 나도 분하지만, 벌써 13년 전 일이야. 보통은 잊지 않나?" 스카이가 말했다.

데쓰로는 잠자코 웃었다. 안자이와 마쓰자키가 진심으로 그 일에 집착하고 있지 않다는 것은 충분히 안다. 그들은 무언가를 되찾고 싶어 과거 이야기를 되풀이할 뿐이다.

스카이의 품에서 휴대전화가 울리기 시작했다. 그는 전화기를 꺼내 인도에서 물러났다.

"앗, 뭐야? 조금 전까지 네 얘기 했는데. ⋯⋯응. 방금 헤어졌어. 옆에 니시와키도 있어. 지하철을 탈 참이야." 스카이는 손으로 송화구를 막고 데쓰로에게 말했다. "나카오야."

데쓰로는 고개를 끄덕이고 미소를 지었다. 호랑이도 제 말 하면 온다더니, 그 말대로다.

"응. 너 말고는 다 왔어. 다카쿠라와 히우라는 못 왔지. ⋯⋯하하하. 맞아. 남자만 모였어. 니시와키 같은 녀석 대신 다카쿠라가 오면 좋겠다고 안자이가 말했어. ⋯⋯응.

다들 여전해."

데쓰로는 스가이의 옆에서 전화 내용을 들으며 쓴웃음을 지었다. 발 빨랐던 왕년의 러닝백 나카오와는 재작년 모임 이후 만나지 못했다.

나카오의 용건은 그리 중요하지 않았던 듯하다. 스가이는 전화를 끊었다.

"내년에는 온다네."

"그래?" 데쓰로는 대답했다. 작년에도 그렇게 말하지 않았나.

막 다시 걷기 시작하려 할 때였다. 스가이가 갑자기 걸음을 멈추더니 데쓰로의 뒤를 보며 너무나 의외라는 표정으로 입을 반쯤 벌리고 있다.

"왜 그래?"

데쓰로는 그가 보는 쪽을 봤다. 바로 앞 인도에는 여전히 들뜬 젊은이들과 귀갓길에 오른 회사원이 뒤섞여 걸어간다. 늘 보는 풍경이다.

왜 그러냐고 데쓰로가 다시 물으려 했을 때 인파 너머로 물끄러미 이쪽을 보는 여성을 발견했다. 차도를 등지고 서 있다.

"저 사람…… 히우라 아냐?" 데쓰로가 중얼거렸다.

"역시 그렇지? 저 녀석, 뭘 하는 거지?" 스가이가 손을 흔들었다.

그곳에 서 있는 사람은 틀림없이 히우라 미쓰키였다. 살짝 올라간 눈매, 가늘고 높은 코가 낯익다. 다만 뺨이 푹 팬 듯 홀쭉해져 전보다 턱이 뾰족해진 느낌이다. 검은 치마와 회색 재킷을 입고 손에는 커다란 스포츠 가방을 들고 있다.

미쓰키는 아까부터 데쓰로와 스가이를 보고 있었던 것 같다. 둘이 자신을 발견했음을 알고 인파를 헤치고 다가왔다. 그 눈은 데쓰로에 고정되어 있었다.

"머리, 길렀네." 스가이가 옆에서 말했다.

미쓰키의 머리는 어깨 밑까지 내려와 있었다. 갈색이 섞여 있는 것으로 보아 염색했을지도 모르겠다. 바람을 맞아 조금 흐트러져 있는데 바로 그녀를 알아보지 못한 것은 이것 때문이라고 데쓰로는 받아들였다. 그의 기억 속 히우라 미쓰키는 늘 귀를 간신히 가릴 정도의 짧은 커트 머리였다.

그러나 그게 아니더라도 그녀가 지금 드러내는 분위기는 데쓰로의 기억과 확연히 달랐다. 나이를 먹어서 그래 보이는 것 같지는 않다.

미쓰키는 데쓰로와 스가이 앞에서 걸음을 멈추고 둘의 얼굴을 번갈아 봤다. 그 얼굴에 떠오른 미소는 너무나 어색했다.

그녀와 눈이 마주친 순간, 데쓰로의 가슴에 어렴풋한 위화감이 찾아왔다. 이물질이 낀 듯한 감각이다.

그녀가 입술을 움직였다. 하지만 목소리는 들리지 않았다.

"여기서 뭐 하냐? 오늘이 11월 세 번째 금요일이라는 건 알았지?" 스가이가 나무란다기보다 궁금증을 풀고 싶은 말투로 물었다.

미쓰키는 사과하듯 얼굴 앞에서 손날을 세웠다. 그리고 가방을 내려놓고 안에서 작은 노트와 볼펜을 꺼냈다.

"도대체 뭐야?"

스가이가 물었으나 그녀는 대답하지 않았다. 대신 노트에 뭔가를 적어 데쓰로에게 보여줬다.

어디 가서 얘기 좀

노트에는 그렇게 적혀 있었다.

"무슨 일이야? 너, 말을 못 해? 목이 어떻게 됐어?" 데쓰로는 미쓰키의 얼굴을 보며 물었다.

"감기 걸렸어?" 스가이도 옆에서 말했다.

그녀는 고개를 젓고 노트에 또 뭐라고 적어 보여주었다.

지금은 대답할 수 없어. 자세한 얘기는 나중에

데쓰로와 스가이는 서로의 얼굴을 바라봤다가 다시 미쓰키에게 시선을 돌렸다.

"무슨 일이야? 목소리가 안 나오게 된 거야?"

그러나 미쓰키는 입을 다문 채 노트에 적힌 문장을 가리킬 뿐이었다.

"이상한 녀석이네. 무슨 일이 있었나 봐." 스가이가 말했다.

"아무래도 여기서는 말할 수 없나 봐. 어디 천천히 얘기할 수 있는 가게로 가자."

데쓰로가 말하자 미쓰키는 미간을 찌푸리고 격렬하게 고개를 저었다.

"사람들이 보는 가게에는 들어가고 싶지 않아?" 그가

질문을 던졌다.

그녀가 까딱 고개를 끄덕였다.

스가이가 숨을 길게 내뱉었다.

"뭐야? 사람들이 보지 않는 곳이라면 노래방 정도밖에 없어."

"노래방 갈까?" 데쓰로가 미쓰키에게 물었다.

그녀는 망설이듯 고개를 갸웃했다. 살짝 웨이브 진 머리가 바람에 흔들렸다.

그 순간 데쓰로는 과거의 그녀와 가장 다른 점을 깨달았다. 화장이었다. 전에 비해 짙어졌다. 게다가 정성껏 화장했다기보다 일단 수중에 있는 화장품을 닥치는 대로 칠한 듯하다. 립스틱도 살짝 번져 있다. 그녀가 말을 못하는 것보다 그게 더 그를 불안하게 했다.

"그럼, 우리 집에 갈래?" 데쓰로가 과감하게 말해봤다.

미쓰키는 고개를 들고 그의 눈을 똑바로 바라봤다. 괜찮겠냐고 묻는 눈빛이다.

"나는 괜찮아. 스가이, 너는 어때?"

"아니, 나야 물론 괜찮지만." 스가이는 양복 소매를 살짝 올려 손목시계를 봤다. "이런 시간에 너무 실례 아닌가. 아! 다카쿠라는 오늘 없지?"

"느지막이 오기는 할 텐데 녀석은 신경 안 써도 돼." 데쓰로는 미쓰키를 바라봤다. "어때? 우리 집은 여기서 금방이야."

그녀는 뭔가 얘기하려는 듯 입술을 움직였으나 끝내 소리를 내지는 않았다. 미안해하며 살짝 고개를 끄덕였다.

"좋아. 그럼 우리 집에 가는 거다." 데쓰로는 스가이의 등을 탁 때렸다.

신주쿠산초메에서 마루노우치선을 타기로 했다. 지하로 들어가기 전에 스가이는 휴대전화로 집에 전화했다. 대학 때 여자 매니저를 만나 지금부터 니시와키의 아파트로 간다는 요지의 이야기를 하고 전화를 데쓰로에게 내밀었다.

"아내가 좀 바꾸래."

"나를?"

그렇다며 스가이는 아랫입술을 내밀며 끄덕였다.

데쓰로는 전화기를 받아 인사했다. 스가이의 아내와는 만난 적 있고 결혼 피로연에도 출석했다. 얼굴이 갸름해 일본적인 느낌을 주는 여성이었다.

스가이의 아내는 이런 시간에 폐를 끼쳐 죄송하다는 뜻을 전했다. 데쓰로는 우리 집은 괜찮으니 신경 쓰지 말라고 대답했다.

"예의가 바른 아내네. 아니면 남편의 바람을 의심하나?"

"바람은 생각도 안 할걸. 그냥 내가 어디서 너무 마시지 않을까 걱정인 거지."

"마시다 오는 것 정도는 문제도 아니잖아. 긴자 유흥가에 들르는 것도 아니고."

"그게 그렇지도 않아. 이번에 둘째가 초등학교에 들어가서 여러모로 살림이 팍팍해졌어. 대출도 있고."

스가이는 작년 말에 오기쿠보에 아파트를 샀다.

"너는 좋겠다. 다카쿠라도 벌고."

"그렇지도 않아."

셋이서 지하철 계단을 내려갔다. 미쓰키는 중간에 선글라스를 꼈다. 왜 이런 밤중에 선글라스를 끼나 싶었으나 데쓰로는 굳이 물어보지 않았다.

마루노우치선은 혼잡했다. 차 안에서 사람들에 밀리는 바람에 스가이만 다른 쪽으로 떨어졌다. 데쓰로는 미쓰키와 함께 반대편 문까지 밀려갔다. 미쓰키를 문 앞에 세우고 그녀와 마주 섰다. 승객이 그녀까지 밀지 않도록 전철 벽에 손을 짚고 버텼다. 전철이 흔들릴 때마다 몸의 방향을 바꿔야 했다. 마치 라인맨 같다.

미쓰키는 그와 마주 보는 것을 피하려는 듯 내내 아래만 봤다. 선글라스 틈으로 긴 속눈썹이 보였다. 마스카라는 칠하지 않은 것 같다.

전철 안 조명 아래에서 보니, 그녀의 화장이 얼마나 엉망인지 더 확연히 드러났다. 파운데이션도 여기저기 뭉쳐 있다. 피부가 상당히 거칠어진 듯한데 그것을 전혀 감추려 하지 않았다.

게다가 더 깨달은 게 있다. 그토록 진한 화장을 했음에도 좋은 향기가 나지 않는다는 점이다. 오히려 시큼한 땀 냄새가 데쓰로의 코를 찔러왔다.

땀 냄새에서 연상된 것이 있다. 어두컴컴한 복도. 반쯤 부서진 채 열린 문. 그 위에 여기저기 칠이 벗겨진 푯말이 달려 있다. 미식축구부라고 적힌 문자도 거의 사라지고 없다.

문 너머에는 먼지와 땀, 곰팡내 섞인 공기로 가득 찬 방이 있다.

보호대와 헬멧이 아무렇게나 놓인 방 한가운데 한 여자가 서 있다. 몇 년이나 닦지 않은 창문으로 들어오는 햇살을 받아 그녀의 오른쪽 상반신이 빛났다.

"QB의 기분을 알아."

그녀, 히우라 미쓰키는 말했다. 그 마지막 경기 다음 날이었다. 방에는 데쓰로와 그녀 외에는 아무도 없었다. 그래도 실내는 선수들이 남긴 열기로 가득했다.

"그래도 괜찮아. QB에게 잘못은 없었어." 미쓰키는 말을 이으며 천천히 고개를 끄덕였다. 그 무렵 그녀는 데쓰로를 QB라 불렀다. 물론 쿼터백을 가리키는 말이다.

"내 실수였어. 내 탓에 우승하지 못했어." 데쓰로는 대답하고 요란하게 한숨을 쉬었다.

5점 차였다. 19대 14. 터치다운했다면 역전할 수 있었다.

애당초 열세로 평가되었다. 물론 데쓰로를 비롯한 팀원 모두 그 정도는 각오했다. 상대 팀은 런디펜스가 강하다. 그에 비해 데쓰로의 팀은 러닝백 나카오의 속도가 최고 무기였다. 그게 막히면 이길 확률은 낮아진다.

데쓰로의 팀은 패스 공격에 모든 것을 걸었다. 나카오를 집중적으로 막는 수비진의 뒤를 뚫기로 한 것이다. 데쓰로의 팀은 페이크를 늘렸다. 즉, 나카오에게 볼을 건네는 '척'하는 것이다. 나카오는 볼을 받는 '척'하며 평소대로 달린다. 상대 수비진이 그의 움직임에 현혹된 사이 데쓰로는 와이드리시버* 마쓰자키나 타이트엔드** 하야타에게 패스했다. 이번 시즌의 데이토대학은 패스 플레이가 적었다고 분석한 상대 팀은 완전히 허를 찔렸다. 그들은 니시와키 데쓰로가 지난 시즌까지 리그 1, 2위를 다툰

✿ Wide receiver. 상대 팀의 사이드라인을 공격하거나 수비수를 피해 패스를 받는 선수.

✿✿ Tight end. 공격 라인의 양 끝에 위치해 라인맨과 리시버 역할을 모두 수행하는 선수.

강한 어깨를 지닌 쿼터백이었다는 사실을 새까맣게 잊고 있었다.

그러나 이 작전이 계속 통하지는 않았다. 후반전에 들어가자 상대는 데쓰로와 나카오의 페이크에 꿈쩍도 하지 않았다. 그리고 그 마지막 8초의 순간이 왔다.

플레이는 이제 한 번밖에 남지 않았다. 골라인까지의 거리는 18야드.

데쓰로는 스냅을 받아 오른손에 볼을 들고 크게 뒤로 물러나면서 던질 곳을 찾았다. 적의 수비진이 야수처럼 돌진해오고 있었다. 우리 편 가드가 그것을 저지한다. 쿼터백에게 주어지는 시간은 찰나다. 언젠가는 이 수비벽을 뚫고 상대의 태클러들이 데쓰로를 덮칠 것이다. 볼을 쥔 채 잡히면 모든 게 끝이다.

데쓰로는 볼을 던졌다. 볼은 나선을 그리며 마쓰자키 쪽으로 날아갔다. 마쓰자키는 필사적으로 그 볼을 잡으러 달렸다. 그의 팔이 딱 10센티만 길었으면 패스는 성공했을 것이다. 하지만 볼을 잡은 것은 상대 팀 디펜스백이었다. 그 순간, 상대 팀 선수들은 온몸으로 환희를 드러냈다. 타이트엔드 하야타가 노 마크였다는 사실을 안 것은 이후 비디오를 봤을 때였다.

"다 내 실수였어." 둘만 있는 공간에서 데쓰로는 같은 말을 반복했다.

"그렇지 않아. QB는 최선을 다했어." 미쓰키는 바닥에 떨어진 볼을 들어 올려 그에게 던졌다. 데쓰로는 가슴으로 볼을 받았다. 의외로 강한 볼이었다. 그녀는 이어 말했다. "가슴을 펴."

데쓰로는 던져진 볼을 보고 다시 미쓰키를 봤다. 그녀는 아랫입술을 깨물고 턱을 당기더니 그를 슬쩍 올려다봤다. 그 눈이 새빨갰다.

이후 그 게임에 관해 그녀와 이야기를 나눈 일은 없었다. 졸업하고 1년에 한 번씩 모였으나 그녀는 처음 세 번 정도만 오고 줄곧 모습을 드러내지 않았다.

히가시코엔지역에서 다 같이 내렸다. 데쓰로가 사는 아파트는 여기서 몇 분 정도 거리에 있다. 방 두 개에 작은 서비스 방, 거실과 주방이 딸린 임대 아파트고 지은 지 3년밖에 안 된 데다 잘 지어졌고 오토록도 달려 있다. 주위 사람에게 임대료를 말할 때마다 "그 정도면 그냥 사는 게 낫겠다"라는 말을 듣는데 리사코와 그런 이야기를 나눈 적은 없다.

엘리베이터를 타고 6층에 내렸다. ㄷ자로 쭉 붙어 있는 집 중 가장 끝이 데쓰로의 집이다. 데쓰로는 문을 열었다. 실내는 캄캄했다. 불을 켜고 둘을 들어오게 했다.

"고급스러운 것만 놓여 있네. 가구부터 인테리어까지. 스포츠 평론가가 이렇게 잘 벌어?" 스가이가 거실에 들어와 주위를 둘러보며 말했다.

"고급 아니야. 평범한 것들뿐이지."

"아이고, 그건 아니지. 나도 조금은 알아." 스가이는 거실 장식장에 진열된 외국 도자기를 들여다봤다. 그곳에 진열된 것들은 거의 다 리사코가 외국에서 사 온 것이다. 식기를 모으는 게 그녀의 취미다.

"그건 됐고 일단 앉아."

"아, 그렇지." 스가이는 가죽 소파에 앉아 팔걸이를 손으로 어루만진다. "역시 촉감이 완전 다르네."

소파는 2인용과 3인용이 직각으로 놓여 있다. 스가이가 3인용 쪽을 선택해 데쓰로는 그 옆에 앉았다. 미쓰키는 여전히 서 있다.

"왜 그래? 일단 앉아." 데쓰로가 2인용 소파를 가리키며 말했다.

미쓰키는 대답하지 않았다. 그 작은 노트를 내밀었다.

"또 필담이야……?" 스가이가 중얼거렸다.

그녀는 복잡한 표정으로 뭔가를 적어 데쓰로에게 내밀었다. '세면실은?'이라고 적혀 있다.

"복도로 나가 두 번째 문이야."

미쓰키는 가방을 든 채 거실을 나갔다. 세수라도 할 생각인가 보다. 엉망인 화장부터 지우면 좋으련만.

"목소리가 안 나오나 봐. 목에 병이라도 생겼나?" 스가이가 고개를 갸웃했다.

"거기 있었다는 건 가게 밖에서 우리를 기다렸다는 거 잖아. 왜 안 들어왔을까?"

"다른 녀석들과 마주치고 싶지 않았나 보지."

"왜?"

"그러게. 그걸 모르겠어……." 스가이는 머리를 긁적였다.

데쓰로는 홈 바 테이블 안쪽으로 들어갔다. 커피메이커에 물을 붓고 종이 필터를 넣었다.

세면실 문 열리는 소리가 났다. 미쓰키가 나온 듯하다. 데쓰로는 스패니시 블렌드 분말을 종이 필터에 넣고 커피메이커 스위치를 켰다. 찬장 문을 열고 머그잔을 조리대 위에 놓았다.

데쓰로는 미쓰키가 거실로 들어오는 기척을 등으로 느꼈다.

"어…… 누구야?" 스가이는 말하다 말고 입을 다물었다. 미쓰키의 답은 없다.

데쓰로는 왜 그러나 싶어 부엌에서 나오려 했다.

문 바로 앞에 한 남자가 서 있다. 몸집이 작은, 처음 보는 남자였다. 검은 셔츠와 청바지를 입고 있다. 남자는 데쓰로 쪽으로 천천히 고개를 돌렸다.

데쓰로도 누구냐고 물어보려 했지만 그 직전에 남자의 얼굴이 미쓰키라는 것을 깨달았다. 짧은 머리에 화장도 지워져 있으나 눈앞에 선 사람은 그녀가 분명했다.

스가이는 소파에서 엉덩이를 뗀 채 입을 반쯤 벌리고 있다. 눈도 부릅뜨고 있다. 나도 똑같은 표정이지 않을까. 데쓰로는 소리도 못 낼 정도로 놀란 주제에 그런 생각을 잠깐 했다.

미쓰키는 그런 둘을 번갈아 바라보다 입술을 살짝 일그러뜨렸다. 웃는 것처럼 보이기도 했고, 놀란 둘을 냉소하는 듯도, 자기 모습을 조소하는 듯도 했다.

그녀가 숨을 들이켜는 기척이 났다. 반대로 데쓰로는 숨을 삼켰다.

"오랜만이야. QB." 미쓰키가 드디어 목소리를 냈다.

완전히 남자 목소리였다.

3

기묘한 감각에 사로잡혔다. 눈에 보이는 것과 귀에 들

리는 것이 어긋나 있다. 할리우드 스타와는 전혀 어울리지 않는 성우의 목소리로 더빙된 외국 영화를 볼 때 느끼는 당황스러움과 비슷했다.

"대답 좀 해, QB." 미쓰키가 말했다. 그 목소리는 너무나 낯선 것이었는데 그녀의 입술 움직임과 딱 맞아떨어졌다. "스가이도 그만 입 좀 다물고."

데쓰로는 눈길을 옮겨 그녀의 머리부터 발끝까지 여러 번 살폈다.

"히우라……지?" 간신히 그렇게 말했다.

"물론이지. 하지만 너희들이 아는 히우라 미쓰키와는 다를 수도 있지." 미쓰키는 입가에 미소를 짓고 있다.

"왜 그런 모습이 된 거야? 그리고 그 목소리." 데쓰로는 그녀의 입가를 가리켰다.

미쓰키는 일단 고개를 숙였다가 바로 들었다.

"말하자면 길어. 하지만 그 얘기를 들려주려고 QB 일행을 기다렸지."

데쓰로는 고개를 끄덕였다.

"일단 앉아."

미쓰키는 성큼성큼 걸어와 소파 한가운데에 앉았다. 그러고는 다리를 가볍게 벌렸다.

그 모습을 가만히 눈으로 좇던 스가이는 그녀가 앉자

입을 열었다.

"그거, 무슨 가장 같은 거 아니지?"

미쓰키는 웃었다. 하얀 앞니가 보였다.

"아냐. 진심이야."

스가이는 관자놀이를 긁적였다. 미쓰키보다 그가 더 어쩔 줄 모르는 것처럼 보였다.

데쓰로는 스가이 옆에 앉아 다시 미쓰키를 봤다. 그녀는 아주 살짝 어색한 표정을 지었다.

"아, 그러니까…… 어떻게 된 거야?" 데쓰로가 물었다.

미쓰키는 양손을 무릎 위에 놓고 허리를 꼿꼿이 폈다.

"너희들과 마지막으로 만난 게 언제였지?"

"10년쯤 전…… 아닐까?" 데쓰로가 스가이에게 동의를 구했다.

"그럴 거야." 스가이도 말했다. "히우라는 아직 일하고 있었어. 건축회사에 다니지 않았나?"

"기억도 잘하네." 미쓰키가 표정을 풀었다. "맞아. 그때는 아직 직장을 다녔지. 회사에 들어간 지 3년이나 되었는데 여전히 커피나 타고 다른 사람이 쓴 보고서를 다시 타이핑하는 일이나 했지. 그 회사를 그만둘 때까지 변함없었어."

"리사코가 결혼했다고 했는데."

"스물여덟 가을에 했어." 미쓰키는 대답했다. "회사는 훨씬 전에 그만뒀어. 너무 바보 같아서. 설계를 담당하고 싶어 들어갔는데 끝내 도면 한 장 못 그렸어. 여성은 차별당한다는 사실을 새삼 깨달았어."

"저기 말이야." 스가이가 조심스럽게 끼어들었다. "그런 얘기도 중요할지 모르겠지만 아무래도 우리로서는 뭐랄까……"

"이렇게 된 거에 대해 먼저 얘기하라고? 머리 스타일이나 옷, 그리고 목소리?"

"뭐, 솔직히 말하자면 그 얘길 듣지 못하면 뭐랄까, 도무지 마음이 차분해지지 않아서 말이야. 그렇지?" 스가이가 말했다. 마지막은 데쓰로에게 던진 말이었다.

"최대한 짧게 말할게." 미쓰키는 둘을 봤다. "왜 결혼했을 것 같아?"

"왜냐니. 그야 상대를 좋아했으니까 했겠지." 스가이가 대답했다.

"아니야. 맞선 결혼이었어. 상대는 은행원이고 나보다 여덟 살 연상이었어. 첫인상이 아주 성실해 보였는데 결혼하니 정말 그렇더라. 정말 일을 많이 하는 사람이었어. 하지만 그게 마음에 들어 결혼한 건 아니야. 상대가 누구든 상관없었어. 무조건 결혼해야겠다는 마음이었으니까."

"왜 그렇게 초조했어?" 스가이가 물었다.

"쉽게 말하자면 나 자신을 포기시키고 싶었어. 나는 여자고 여자로 살 수밖에 없다고 설득하고 싶었지. 결혼하면 포기할 수 있을 줄 알았어. 이상한 꿈을 품는 일도 없어질 거라고."

빠르게 쏟아진 그녀의 말을 데쓰로는 불가해한 심정으로 들었다. 말뜻이 바로 이해되지 않았다. 그런 그에게 어떤 직감을 준 것은 복잡한 심경이 담긴 그녀의 눈빛이었다.

"히우라, 너, 설마……?"

데쓰로의 중얼거림에 미쓰키는 잠자코 고개를 끄덕이는 것으로 대답했다. 말도 안 돼. 데쓰로는 속으로 수없이 중얼거렸다. 하지만 그녀의 현재 모습은 그의 직감이 옳다는 것을 증명했다.

"어, 뭐, 뭐라고? 무슨 소리야?" 아직 사정을 이해하지 못한 스가이가 미쓰키와 데쓰로의 얼굴을 눈을 동그랗게 뜨고 바라봤다.

"히우라는 여자가 아니라는 얘기야. 그렇지?" 데쓰로가 말했다. 말하면서 이런 말도 안 되는 일이 있나 싶었다. 믿을 수가 없었다.

하지만 미쓰키는 냉정한 얼굴로 그렇다고 대답했다.

"여자가 아니면 뭔데?" 스가이가 입술을 내밀었다.

"글쎄. 뭘까? 잘 모르겠어. 하지만 나는 남자라고 생각해." 미쓰키는 입술 끝에 기묘한 미소를 지었다.

스가이는 여전히 이해되지 않는 듯 도움을 청하는 눈빛으로 데쓰로를 봤다.

"농담 아니지?" 데쓰로는 미쓰키에게 확인했다.

미쓰키는 당연하다는 듯 턱을 당겼다.

데쓰로는 심호흡을 한 번 했다. 중대한 선언이라도 하는 마음으로 입을 열었다.

"성정체성장애라는 거야?"

"뭐!" 스가이는 얼빠진 소리를 냈다. 데쓰로는 그에게 몸을 돌렸다.

"너도 단어 정도는 알지?"

"그야, 알긴 하지만, 그건……" 스가이는 숱이 옅어진 머리를 벅벅 긁었다. "그건 뭐지, 잘못 태어난 이상한 사람 얘기 아닌가. 하지만 히우라는 예전에는 그렇지 않았잖아. 평범한 여자 아니었어?"

"그러니까" 미쓰키가 말했다. "설명이 필요해. 하지만 두 가지는 이해해줬으면 해. 첫 번째는 이 얘기가 거짓이나 농담이 아니라는 것. 두 번째는 나란 놈의 고통은 아주 오래전부터 시작되었다는 것을 말이야."

"나란 놈……." 데쓰로는 미쓰키가 내뱉은 단어를 따라 읊조렸다. 사정을 파악했음에도 불구하고 왠지 이 현실을 똑바로 볼 수 없었다.

"맞아." 미쓰키가 계속 말했다. "나란 놈은 남자였어. 너희들과 만나기 훨씬 전부터."

4

서모스탯이 동작하는 소리가 부엌에서 들려왔다. 향기로운 냄새가 감돈다. 커피메이커를 켜뒀다는 사실을 깨닫고 데쓰로는 자리에서 일어났다.

미쓰키도 스가이도 침묵을 지키고 있다. 미쓰키는 자신의 고백에 두 사람이 어떻게 대응할지를 기다리고 있을 것이고, 스가이는 미쓰키의 고백에 어떻게 반응해야 좋을지 모를 것이다.

데쓰로는 두 개의 머그잔과 커피잔에 커피를 따라 쟁반에 놓고 가져왔다. 머그잔은 자신과 스가이 앞에, 커피잔은 받침과 함께 미쓰키 앞에 놓았다.

어색한 침묵 속에 셋은 커피를 마셨다. 데쓰로와 스가이는 우유를 넣었는데 미쓰키는 블랙으로 마셨다.

미쓰키는 커피잔을 놓고 풋 하고 웃음을 터뜨렸다.

"놀랐지? 갑자기 이런 말을 들어서."

"그야…… 그렇지?" 스가이가 데쓰로에게 또 동의를 구했다.

"응." 데쓰로도 고개를 끄덕였다. "훨씬 전부터 그랬던 거야?"

"응. 아마도 태어날 때부터."

"하지만 내게는 여자로 보였다고. 확실히 좀 특이하다고 생각하기는 했지만, 여자가 아니라고 생각한 적은 한 번도 없었어." 스가이가 말했다.

데쓰로는 나도 마찬가지라고 속으로 중얼거렸다.

"인간이란 말이야, 절박하면 어떤 연기든 해."

"그게 연기였어?" 스가이가 물었다.

"다 연기였냐고 물으면 대답하기 힘들어. 여러모로 어려워. 이런 인간의 심리란 복잡하거든. 잘 모를 테지만."

솔직히 잘 몰라 데쓰로는 아무 말도 하지 않았다. 스가이도 마찬가지인 듯하다.

"옛날에 다닌 유치원에 조그만 수영장이 있었어." 미쓰키는 다시 커피잔을 들며 이야기를 시작했다. "여름에 수영장에 들어가는 게 정말 즐거웠어. 하지만 영 이상하더라. 왜 나만 다른 애들과 다른 것을 입어야 하냐는 거지."

"수영복?" 데쓰로가 말했다.

"맞아. 다른 친구들은 검은색 반바지 수영복만 입는데 왜 나는 위도 가려야 하냐고. 게다가 색깔도 빨강 아니면 분홍. 그런 옷은 평소 치마를 입는 여자애들이 입어야 하는 거 아닌가. 늘 바지만 입는 나는 남자애들처럼 검은색 반바지를 입어야지." 미쓰키는 커피를 한 모금 마시고 짧은 머리를 만졌다. "내가 여자로 취급되는 데 위화감을 느낀 가장 오래된 기억이야. 그 후로는 어머니와 하염없이 실랑이했지. 치마 입어라, 입기 싫어. 여자애답게 놀아라, 그러고 싶지 않아. 머리에 리본을 달아라, 안 달아. 우리 어머니는 엄격한 가정에서 자란 탓인지 머릿속에 부모와 자식의 이미지가 아주 명확하게 있었고, 그 이미지에 맞지 않으면 남편이나 아이뿐만 아니라 자신마저 책망하는 성격이었어. 아마도 외동딸이 이상한 개성을 지녔음을 알아차리고는 일찌감치 교정하지 않으면 안 된다는 생각에 초조했을 거야."

"하지만 교정되지 않았단 말이구나."

데쓰로의 말에 미쓰키는 고개를 끄덕였다.

"안타깝게도. 하지만 어머니는 교정되었다고 믿지 않았을까?"

"무슨 소리야?"

"철이 들면 말이야, 아이라도 이래저래 눈치를 보잖아. 나 때문에 어머니가 울고 있으면 이대로는 안 되겠다고 생각하기 마련이지."

"그래서 연기했어?"

"그렇지. 싫어도 치마를 입고 내키지 않아도 여자애들과 놀아. 말투도 걔들을 따라 하고. 그렇게 하니 어머니도 안심하고 집안도 편안했지. 하지만 이건 아니다, 이건 내가 아니라는 생각은 늘 품고 있었어."

스가이가 낮게 신음했다. 재킷을 벗고 넥타이를 풀며 말했다.

"뭐랄까, 영, 확 이해가 안 된다. 내게 히우라는 늘 여자였는데 이제 와 아니라니……."

"진짜 나는 변한 게 하나도 없지만 말이야. 게다가 미식축구부원들과 있을 때는 정말 즐거웠어. 다들 나를 여자로 보거나 대하지 않았으니까. 눈앞에서 당당하게 옷을 갈아입지, 괜한 신경도 안 쓰지. 리사코는 배려가 없다고 화를 냈지만, 나는 아니었어. 솔직히 좋더라."

"그야 히우라는 평범한 여자가 아니었으니까. 아까도 안자이가 말했어. 그렇게 미식축구를 잘 아는 녀석은 없다고." 스가이가 말했다.

그리운 이름을 들어서였는지 미쓰키의 표정이 풀어졌

다. "안자이는 잘 지내?"

"여전하지. 하지만 배가 점점 나오고 있어."

"녀석은 좋은 놈이었어. 보통 여자에게 배우려고 하지 않잖아. 정말 미식축구부에 들어오길 잘했다고 생각했어." 미쓰키는 살짝 눈을 내리깔았다. "보호장비를 할 수 있었으면 더 좋았겠지만."

"그러면 한 번쯤 해봐도 됐잖아." 스가이가 웃으면서 그렇게 말하고 데쓰로를 봤다.

"그러네." 데쓰로도 말했다.

"그랬다면 그때만 좋았겠지." 미쓰키는 침울한 표정을 지었다. 조금 거친 목소리가 더 낮아졌다. "아까도 말했지만 회사 생활은 최악이었어. 몸이 여자라는 이유만으로 얼마나 억울했는지 몰라……."

데쓰로는 어떻게 맞장구쳐야 할지 몰라 머그잔을 입으로 가져왔다. 이 사회의 다양한 장면에서 여성이 부조리한 취급을 당하고 있음은 알고 있다. 하지만 미쓰키가 주장하는 고통은 아마 그런 것들과는 차원이 다를 것이다.

"회사를 그만두고 다양한 일을 했어. 여자의 몸을 가졌다는 사실을 의식하지 않아도 되는 일을 찾았지. 하지만 문제는 일 내용이 아니었어. 사람과 어떻게 관계를 맺느냐는 거였지. 타인과 접할 기회가 있는 이상 어긋난 육체와 마음을 자각하지 않을 수 없었어."

"그래서 포기하고 결혼을……?" 데쓰로가 말했다.

"뭔가 변하지 않을까 싶었어. 나의 뭔가가. 결혼해 아이를 낳으면…… 말이야." 미쓰키는 고통스러운 눈빛을 던졌다.

"아이가, 있었지?" 데쓰로가 물었다.

"이제 여섯 살이 돼. 아들이지. 부럽게도 떡하니 고추가 달렸지."

농담을 던지려 했던 것 같으나 데쓰로는 웃을 수 없었다. 스가이는 머그잔 바닥을 응시하고 있다.

그때 현관문 열리는 소리가 났다. 셋은 서로의 얼굴을 마주 봤다.

"리사코야." 데쓰로가 말했다.

미쓰키는 엉거주춤 일어나 초점이 맞지 않은 시선으로 허공을 바라봤다. 그녀가 오늘 처음으로 보인 낭패감이었다. 하지만 곧 이제 와 허둥지둥해봤자 소용없다고 생각했는지 다시 자리에 앉았다.

데쓰로는 복도로 나갔다. 현관에서 리사코가 구두를 벗고 있었다.

"어서 와."

의외였는지 리사코는 한쪽 발을 든 채 동작을 멈추고

답했다. "어? 안녕."

"늦었네."

"늦어진다고 했잖아." 그녀는 다른 쪽 구두를 벗으면서 현관에 놓인 낯선 신발 두 켤레를 봤다. "누가 왔어?"

"미식축구부 사람들."

"그야 알지. 누구랑 누구?"

"스가이하고 누굴 것 같아?"

리사코는 데쓰로의 질문에 짜증스러운 표정을 지었다.

"귀찮게 좀 하지 마. 피곤하다고."

리사코는 촬영 기자재가 든 커다란 가방을 들고 거실로 가려 했다. 데쓰로는 그녀의 빈손을 잡았다.

"잠깐만."

"왜?" 리사코는 미간을 찌푸렸다. 그 미간에 앞머리가 떨어졌다.

"히우라야."

"뭐!" 그녀의 눈이 커졌다. 얼빠진 표정이다.

"히우라 미쓰키. 그 녀석이 와 있어."

"미쓰키가? 그래!" 기쁨이 입술에 떠올랐다. 당장 만나고 싶은 듯하다.

그러나 데쓰로는 그녀의 손을 놓지 않았다.

"녀석을 만나기 전에 알아둬야 할 게 있어." 의아해하

는 리사코의 얼굴을 내려다보며 말을 이었다. "녀석은 이
전의 녀석이 아니야."

"무슨 소리야?"

그때 문이 열렸다. 리사코는 그쪽을 바라봤다. 미쓰키
가 서 있었다.

"이렇게 되었어." 미쓰키가 말했다.

5

데쓰로가 관찰한 바에 따르면 리사코는 그리 놀라지
않았다. 미쓰키를 보고 순간 누군지 알아보지 못한 듯했
으나 그 뒤로는 그리운 친구를 만난 기쁨을 솔직히 표현
했다.

미쓰키는 리사코에게도 방금 한 것과 같은 고백을 했
다. 리사코는 조금 전까지 데쓰로가 있던 자리에 앉아 멘
톨 담배를 피우면서 거의 중간에 끼어드는 일 없이 이야
기를 들었다. 미쓰키의, 그 얼굴을 보면 상상할 수 없는
낮은 목소리가 조용한 방을 지배했다.

이야기가 일단락되자 리사코는 피우던 담배를 재떨이
에 비벼 끄며 말했다.

"놀라긴 했는데 역시 그랬구나 싶기도 하다."

"알고 있었어?" 스가이가 눈을 부릅떴다.

"알고 있었다고는 할 수 없어. 미쓰키가 실은 남자였다는 것은 몰랐어. 하지만 우리와는 뭔가 다르다는 생각은 했어. 줄곧 말이야. 그게 뭔지는 몰랐지만. 그래서 이제야 수수께끼가 풀린 느낌이야." 리사코는 예전의 여자 친구를 보며 웃었다. "좀 더 빨리 얘기해줬으면 좋았을 텐데."

"말하고 싶었어. 하지만 말할 수 없었어."

"응. 이유는 모르겠는데 그 마음도 그냥 알 것 같아."

데이토대학 미식축구부 여자 매니저였던 둘은 서로를 바라봤다. 그 교차하는 시선에는 둘 외에는 알 수 없는 수많은 마음이 담겨 있는 듯했다. 그런 모습을 보며 미쓰키의 마음은 남자였더라도 역시 여자의 육체를 지닌 사람끼리는 통하는 게 있다고 데쓰로는 생각했다. 아니면 성별의 차이를 넘어선 우정이라는 것일까.

"그래서 결혼해 아이를 낳고, 그다음은 어땠어? 내가 보기에 여성이 되는 데 성공한 것 같진 않은데." 리사코가 말했다.

"응. 실패했어." 미쓰키는 리사코 앞에 놓인 담뱃갑을 가리켰다. "하나 피워도 돼?"

"그러렴." 리사코가 담뱃갑을 내밀었다. 미쓰키가 담배

한 개비를 뺀 뒤에 라이터를 켰다. 미쓰키는 고맙다고 하고 입에 문 담배를 라이터 불에 가져갔다.

"아까도 말했지만, 결혼 상대는 나쁘지 않았어. 열심히 일했고 가정도 생각하는 사람이었지. 다정하기도 했어. 하지만 유감스럽게도 그의 다정함은 여성에게 통하는 것이었지. 미안한 일이지만 내게는 민폐일 뿐이었어."

"민폐라고?" 리사코가 고개를 갸웃했다.

"성가셨어. 곁에 있으면 우울했고 말을 걸면 귀찮고. 몸이 접촉할 때마다 소름이 돋았어. 물론 그 사람에게는 책임이 없어. 원인은 다 내게 있지. 변명하자면 결혼해 아이를 낳으면 변하리라 생각했어. 하지만 현실은 그렇지 않았어. 오히려 육체와 정신의 갭을 의식하게 되고 말았지. 나름 노력도 했어. 줄곧…… 계속 연기했어. 그러다 보면 언젠가는 연기가 아닌 날이 오리라 생각하고. 하지만 소용없었어. 마음은 얼버무릴 수 없었지."

"그래서 집을 나왔구나."

미쓰키는 후, 하고 담배 연기를 토해냈다.

"작년 말이었어. 전부터 그러고는 싶었는데 어머니가 돌아가신 게 계기였어."

"어머님, 돌아가셨어?" 데쓰로가 물었다.

"응. 식도암으로. 마지막에는 뼈만 남은 닭처럼 깡말랐어. 그 사람도 간호해야 해서 그때까지는 집을 나올 수 없었어."

"아버지는?"

"아버지는 아직 건강하셔. 어머니가 돌아가시고 더 정정해진 것 같기도 해. 하지만 어머니 장례식 이후로는 만난 적 없어."

"저기 말이야." 리사코가 입을 열었다. "집을 나왔다고 했는데, 그렇다면 남편과 이혼했다는 소리야?"

그 점은 데쓰로도 마음에 걸렸다.

미쓰키는 두세 번 담배를 빨아들이고 고개를 저었다.

"어느 날 갑자기 집을 뛰쳐나왔어. 그가 출근하고 아들을 유치원에 보낸 다음에. 짐은 며칠 전부터 싸두었고 내 자유를 위한 돈도 준비한 터라 실행만 남은 상태였어. 경찰에 실종 신고가 들어가면 귀찮아지니까 편지를 부엌 테이블에 놓고 왔어."

"그 편지에 다 털어놓은 거야?"

"아니."

"왜?"

"쓸까 생각하기도 했는데." 미쓰키는 손가락에 담배를 끼우고 이마에 손을 짚었다. "아무래도 오랫동안 속여왔다는 사실을 고백할 수는 없었어. 게다가 아들에게 알리고 싶지 않았고. 자기 어머니가 오랫동안 남자의 마음을 품고 살았다는 것을 알면 얼마나 상처가 클까……, 그 생각에 쓰지 못했어."

"그렇다면 남편과 아들은 너를 찾지 않을까?" 스가이가 걱정스럽게 물었다.

"아마 그렇겠지."

"어쩐지 남편과 아들이 안쓰럽네." 스가이는 데쓰로와 리사코를 바라봤다.

데쓰로는 고개를 끄덕이지는 않았으나 스가이의 의견에 동의했다. 아니면 미쓰키의 남편은 어렴풋하게나마 뭔가를 알고 있지 않았을까.

"집을 나온 뒤로는 뭘 했어?"

"여러 가지. 술집에서 아르바이트하거나……."

"여자로?"

"아니." 미쓰키는 크게 고개를 저었다. "당연히 남자지. 애써 자유로워졌는데 그 기회를 놓칠 수는 없잖아." 미쓰키는 담배를 재떨이에 비벼 끄고 양손을 펼쳤다. "어때? 다들 내가 남자로 보이지 않아?"

데쓰로의 눈에는 남자라기보다 소년처럼 보였다. 몸집이 작은 탓만은 아니라 소년이 지니는 중성적인 분위기가 남아 있다.

스가이는 아무리 봐도 남자라고 말했고, 리사코도 그런 것 같다고 논평했다.

　데쓰로는 신경 쓰이는 문제를 꺼냈다. "호르몬 주사, 맞고 있어?"

　미쓰키의 눈에 심각한 빛이 감돌았다. 데쓰로의 얼굴을 가만히 바라보며 턱을 당겼다. "응."

　"언제부터?"

　"집을 나오자마자. 내내 하고 싶었으니까. 덕분에 자, 봐, 수염도 자랐잖아." 미쓰키는 자기 턱을 가리키며 리사코에게 보여줬다.

　"정말이네!"라는 리사코의 말에 스가이도 들여다봤다.

　"다음은 가슴이야. 그런데 이게 좀처럼 작아지질 않아." 미쓰키는 일어나 검은 셔츠 단추를 풀기 시작했다. 무슨 짓이냐고 물을 틈도 없이 셔츠를 벗었다. 잘 그을린 갈색 피부가 드러났다. 다만 가슴에는 하얀 천을 감아 풍만하고 여성스러운 가슴을 납작하게 눌러놓았다.

　그러나 미쓰키는 그것을 보여주려던 것은 아닌 듯했다. 오른쪽 팔을 어깨높이까지 올려 주먹을 꼭 쥐고 팔꿈치를 휙 꺾어 두 팔에 알통을 만들었다.

　"어때? 굉장하지? 80야드 롱 패스도 할 수 있겠지?"

　확실히 잘 단련되어 있었다. 하지만 역시 그 육체는 어딘가 고통스러워 보였다.

잠자코 올려다보는 리사코의 눈빛이 피사체를 앞에 두었을 때와 같음을 데쓰로는 알아차렸다. 스가이만이 "대단하네"라는 감상을 밝혔다.

"그 목소리도 호르몬 투여의 효과야?" 데쓰로가 질문했다.

그러자 미쓰키는 의미심장하게 입가를 일그러뜨리고 말했다. "이것만은 주사 때문이 아니야."

"또 뭔가 다른 걸 했어?"

"그게 말이야." 미쓰키는 검지를 입속에 넣는 시늉을 했다. "쇠꼬챙이를 이용해 성대에 상처를 냈어. 여러 번. 죽을 만큼 아프고 힘들었지만, 바로 이런 목소리를 낼 수 있게 되었어."

그 이야기에 스가이가 얼굴을 찡그렸다. "듣기만 해도 아프다, 야."

"그렇게까지 해야 하는 거야?" 데쓰로가 물었다.

미쓰키는 다 입은 셔츠를 다시 벗었다.

"만약 남자의 몸을 얻을 수 있다면 나는 무슨 짓이든 할 거야. 목숨을 파는 일이라도 좋아. 나는 나를 이런 몸으로 만든 신의 실수를 바로잡을 거야."

냉장고의 캔 맥주를 총동원하고 선물 받은 브랜디를 땄다. 뜻밖의 동창회 2차가 되었다. 화제는 역시 대학 때의 추억이었다. 좋았던 플레이는 아무도 얘기하지 않는다. 기억에 남는 것은 실패와 사고뿐이다.

"3학년 때 사이쿄대학과의 시합을 기억해?" 스가이가 벌건 얼굴로 싱글거렸다. "니시와키의 패스를 상대가 가로채 맹렬하게 공격하기 시작했지. 태클러가 몸을 날린 덕분에 공이 공중에 붕 떴는데⋯⋯."

"무슨 영문인지 안자이의 손에 쏙 들어갔지." 리사코가 볼을 안은 시늉을 했다. "그리고 우리 선수들이 다들 달리라고 소리치고."

"안자이 녀석, 영문도 모른 채 달리기 시작했지. 앞에는 아무도 없었고. 그 녀석의 미식축구 인생에서 처음이자 마지막 터치다운일 수 있었다고."

"나도 이겼다 싶었어. 정말 흥분했었지."

"그런데 그 꼴을 보라고. 다들 기함했어."

스가이의 말에 데쓰로도 그때를 떠올리며 웃음을 터뜨렸다. 볼을 쥔 안자이는 이게 웬일, 골라인 바로 앞에서 넘어졌다.

"그 녀석, 그때부터 중년 비만이 시작된 거야." 스가이는 그렇게 말하고 또 웃었다.

추억은 끝이 없었다. 미식축구 이야기를 떠드는 동안에는 아무도 미쓰키의 특수한 사정을 신경 쓰지 않았다. 모두가 수다스러웠고 주량도 늘었고 마시는 속도도 빨랐다.

스가이가 제일 먼저 나가떨어졌다. 그를 거실 옆 다다미방으로 옮기고 술자리도 파했다.

"히우라는 침실에서 리사코와 같이 자."

미쓰키는 데쓰로의 제안을 받아들이지 않았다.

"나도 여기가 좋아. 소파면 충분해."

"하지만."

"스가이와 같이 취급해주라." 미쓰키는 조심스럽게 데쓰로를 올려다봤다.

데쓰로는 깜짝 놀랐다. 미쓰키의 복잡한 상황과 그것을 아직 받아들이지 못한 자신을 다시 인식했다.

알았다고만 대답했다. 리사코는 잠자코 담요를 가져왔다.

새벽 3시가 넘은 시간이었다. 데쓰로와 리사코는 침실의 더블 침대에 나란히 누웠다. 사실 그가 이 침대에 누운 것은 오랜만이었으나 그 점은 언급하지 않고 둘은 각자의 머리맡 스탠드를 껐다.

데쓰로는 눈을 감았지만 졸음이 올 기색은 전혀 없었

다. 자려 할수록 머리가 맑아지는 것만 같아 다시 눈을
떴다. 어둠 속에 어렴풋이 천장이 보였다.

어떤 광경이 되살아났다.

미쓰키는 알몸이었다. 무릎을 세운 상태로 두 다리를
살짝 벌리고 있다. 게다가 양손을 뒤로 짚었다. 군더더기
가 없는 단단한 몸이었다. 그리 크지는 않으나 아름다운
형태의 가슴이 데쓰로에게 향해 있었다. 유두는 분홍빛
이 감도는 옅은 갈색이었고 음모가 짙지는 않았다. 형광
등 불빛이 그런 그녀의 온몸을 비추고 있었다.

대학 4학년 5월이었다. 창밖에는 눈에 보이지 않을 정
도의 가는 비가 계속 내리고 있었다. 커튼이 닫혀 있지
않아 유리창에 데쓰로의 모습이 보였다. 그는 막 화장실
에서 나오던 참이었다. 멀거니 선 자기 모습을 그는 시선
끝에 잡아냈다.

"우리 하자." 미쓰키는 그를 올려다봤다. 그 얼굴에는
차가운 미소가 떠올라 있었다. "하기 싫어?"

"아니……." 데쓰로는 그녀에게서 눈길을 돌렸다. 온몸
이 뜨거워져 있었다.

동아리 뒤풀이 뒤였다. 데쓰로의 하숙집에 어째서인지
미쓰키가 따라왔다. QB의 방에서 조금만 더 마시자, 그
거 좋지……, 이런 대화가 오갔을 수도 있다. 정확히는

기억나지 않는다.

싸구려 버번을 둘이서 여러 잔 마셨다. 미쓰키는 술이 세다. 데쓰로도 약하지는 않다. 그래도 둘 다 상당히 취했을 것이다.

미쓰키가 옷을 벗은 것은 데쓰로가 화장실에 들어가 있는 동안이었다. 밖으로 나온 그를 알몸인 그녀가 맞이했다.

그다음은 자세히 생각나지 않는다. 하지만 미쓰키의 몸의 감촉은 지금도 기억한다. 매끄러운 피부였다. 탄력 있으면서도 꼭 안으면 어린 대나무처럼 유연했다.

미쓰키는 처음은 아니었다. 그래도 삽입할 때 통증에 얼굴을 찌푸렸다. 형광등은 껐으나 전구의 약한 빛이 그녀의 얼굴에 쏟아지고 있었다. 데쓰로는 그녀의 몸을 안으면서 몇 번인가 반응을 보려고 표정을 살폈다. 미쓰키는 눈을 꼭 감고 있었다. 입술을 굳게 닫고 단 한 번도 소리를 내지 않았다. 들리는 것은 숨소리뿐이었다. 그래서 데쓰로는 그녀가 고통 이외에는 어떤 것도 느끼지 못한 게 아닌가 의심했다.

그러나 첫 사정을 끝내고 얼마 후 미쓰키가 그의 페니스로 손을 뻗었다. 그것이 발기하려 하자 "한 번 더 안 할래?"라고 물어왔다.

데쓰로는 바로 그녀의 몸을 덮쳤다. 성욕이 남아돌던 시기였다. 젊음과 체력 모두를 미쓰키에게 쏟아부었다. 그녀 또한 그것을 받아들일 만한 육체를 가지고 있었다. 둘은 밤이 새도록 수없이 성교했다. 찜통처럼 무더운 밤이기도 해서 땀이 분출했다. 다다미 위에 깐 이불이 푹 젖고 말았다. 나중에 이불을 걷으니 다다미에도 물기가 스며들어 있었을 정도였다. 둘은 그대로 잠들었다. 눈을 떴을 때는 뭉친 휴지가 주위에 흩어져 있고 실내에는 비린내가 가득했다.

데쓰로는 지금도 그날 밤이 도대체 무엇이었는지 불가사의했다. 그때까지 그는 미쓰키를 이성으로 그리 의식하지 않았다. 섹스라니 상상도 하지 않았다. 그녀도 마찬가지였을 것이다. 그래서 방에서 단둘이 마시는 것에 어떤 망설임도 없었다. 그런 식으로 그녀가 유혹하다니, 갑작스러운 일일 수밖에 없었다.

다음 날 아침, 미쓰키가 어떻게 방을 떠났는지 기억하지 못한다. 아마도 아무 일 없었다는 듯 돌아갔을 것이다. 실제로 둘의 관계가 그날을 경계로 친밀해진 것도 아니다. 전과 마찬가지로 어울리고 대화를 나누었다. 미식축구부의 쿼터백과 매니저라는 관계 외에는 아무것도 생겨나지 않았다. 단둘이 있을 때조차 그날 밤 일이 화제에 오른 적은 없다.

데쓰로는 그다지 깊이 생각하지 않기로 했다. 특별한 의미는 없었다고 자신을 설득했다. 거리에서 만나 그날 바로 섹스하는 젊은이들이 적지 않듯 자신들도 조금쯤 장난스러운 기분을 맛보았을 뿐이라고 생각해버렸다.

그렇다고 완전히 납득한 것도 아니다. 미쓰키가 그런 가벼운 마음으로 유혹할 여자라고는 도저히 생각할 수 없었다. 그렇다고 어떤 마음이었는지 새삼 물어볼 용기도 없었다. 그렇게 하면 뭔가 위험한 일에 걸려들 것만 같았다. 그래서 그는 도망쳤다.

그로부터 10년이 지나, 데쓰로의 안에서 그날 밤의 일은 기묘한 추억의 하나로 뇌리에 새겨져 있었다. 지금 와서 미쓰키의 진의가 무엇이었는지 생각해볼 여지도 없었고 아는 것도 불가능해 포기하고 있었다. 무언가가 그녀를 충동적으로 만들었다고 결론 내리는 수밖에 없었다.

하지만…….

미쓰키의 마음은 아주 오래전부터 남자였다고 한다. 그렇다면 그때 데쓰로와 땀범벅이 되어 서로를 안은 그녀의 마음도 남자였을 터이다. 남자의 마음을 지닌 채 남자와 성교하는 심리를 데쓰로는 이해할 수 없었다. 이른바 동성애 같은 것인가 했는데 아무래도 아닌 것 같다.

그런 생각을 수없이 되풀이하고 있을 때였다. 방 밖에서 작은 소리가 들려왔다. 나무 바닥이 끽 소리를 냈다. 누군가 걷고 있다.

누가 화장실에 가는가 싶었다. 그런데 뒤따라 현관에서 구두 움직이는 소리가 들렸다. 또 천천히 문 여닫히는 소리.

데쓰로는 상체를 일으켰다. 옆에서는 리사코가 쌕쌕 잠들어 있다.

그는 침대에서 나와 밑에 벗어둔 트레이닝복 바지를 입고 맨살 위에 요트 파카를 걸치고 복도로 나갔다. 현관에서 미쓰키의 스니커즈가 사라지고 없었다. 거실 문을 열자 소파 위에는 아무도 없었다. 스가이의 코 고는 소리가 들렸다.

데쓰로는 거실 장식장 서랍을 열고 열쇠와 지갑을 들고 몸을 돌려 현관으로 향했다. 맨발에 조깅화를 신고 현관문을 열었다. 공기가 차가웠다. 그러나 방으로 돌아와 요트 파카 밑에 티셔츠를 입을 틈은 없었다.

엘리베이터를 타고 1층까지 내려왔다. 넓은 현관홀을 가로질러 밖으로 나왔다. 아파트 앞을 대형 트럭이 통과하고 있었다. 데쓰로는 인도로 나가 주위를 둘러봤으나 미쓰키의 모습은 없었다. 만일 택시를 탔다면 따라갈 수 없을 것이다.

데쓰로는 종종걸음으로 히가시코엔지역으로 향했다. 가다가 건물 사이처럼 비를 피할 공간을 발견하면 혹시나 해서 들여다봤으나 미쓰키는 없었다.

그는 작은 공원 앞을 지나치다가 걸음을 멈추고 안을 들여다봤다. 아무도 없는 것 같았다. 다시 걸으려 했으나 그 직전에 어떤 것이 눈에 들어왔다.

공원 입구의 쓰레기통 끝에 낯익은 게 걸려 있었다. 다가가 그것을 들어보았다.

틀림없다. 미쓰키가 썼던 가발, 여성용 가발이다. 쓰레기통 안을 들여다봤다. 검은 치마와 회색 재킷이 버려져 있다.

데쓰로는 공원 안으로 들어가 나무 사이 같은 곳을 자세히 바라봤다. 손전등을 가져오지 않은 것을 후회했다.

뭔가 움직이는 게 시야 끝에 들어와 재빨리 그쪽을 보니 미끄럼틀 밑에 검은 덩어리가 있었다. 누군가가 웅크리고 있는 듯 보여 천천히 다가가자 검은 셔츠의 등이 슬쩍 보였다.

미쓰키는 무릎을 안고 그 사이에 얼굴을 묻은 채 앉아 있었다. 유일한 짐인 스포츠 가방은 옆에 있었다.

데쓰로는 다가가 어깨에 손을 얹었다. 미쓰키는 흠칫

놀라며 몸을 돌려 고개를 들었다. 그 눈이 험악해지더니 그의 얼굴을 확인하자 어린애가 울음을 터뜨릴 때의 표정을 지었다.

"QB······."

"왜 말도 안 하고 가냐. 기분 나쁜 일이라도 있었어?" 데쓰로가 물었다.

미쓰키는 고개를 떨구고 저었다.

"폐를 끼치고 싶지 않아."

"폐라고 생각 안 해. 너무 신경을 쓰네. 자, 돌아가자."

그러나 미쓰키는 다시 고개를 저었다.

"모두와 만났으니까 이제 만족하고 납득했어. 그러니까 이제부터는 혼자 헤쳐나가야 해."

"결심은 알겠어. 그래도 인사도 없이 가버리는 건 아니지. 우리가 걱정 안 할 것 같아?"

"미안해. 하지만 거기 있으면 나를 잡을 것 같아서."

"그야 그렇지. 이런 시간에 나가게 할 수는 없지."

그러자 미쓰키는 일어나 청바지 엉덩이를 툭툭 털고 가방을 들었다. 그대로 걷기 시작하려는데 데쓰로의 아파트와는 반대 방향이다.

"집은 이쪽이야."

"택시 잡을게. 어디 비즈니스호텔이라도 갈 테니까 걱

정하지 마."

"잠깐만!" 걷기 시작한 미쓰키의 팔을 데쓰로가 잡았다. "왜 이렇게 고집을 부려?"

"고집부리는 게 아니야." 미쓰키는 데쓰로의 손을 뿌리쳤다. "리사코와 QB에게 폐를 끼쳐서는 안 돼. 사실은 만나는 것만으로도 민폐지만……." 고개를 숙이고 입술을 깨물었다.

"무슨 소린지 모르겠네." 데쓰로는 웃고 말았다. "뭘 그렇게 민폐라고 생각해? 옛날 친구가 집에서 자고 가는 것 정도는 아무것도 아니지."

"아니야. 그렇지 않아." 미쓰키는 짧게 깎은 머리를 마구 긁고 땅을 찼다. "귀찮은 일에 휘말리게 하고 싶지 않아. 나와 연관되는 것만으로 QB와 리사코의 생활이 엉망이 되면 너무 미안해서 나는 살 수가 없어."

"무슨 그런 말을 하냐? 그런 일이 있을 리 있겠어? 지나친 생각이야. 일단 아파트로 돌아가자. 할 말이 있으면 집에서 천천히 들을게."

데쓰로는 다시 미쓰키의 팔을 잡으려 했다. 그러나 미쓰키는 뒤로 물러났다. 그가 한 걸음 다가가려 하자 제지하듯 오른손을 앞으로 내밀었다.

"안 돼! 갈 수 없어."

미쓰키의 말투에서는 비장함 같은 게 감돌았다. 데쓰로
는 그제야 이것이 평범한 일이 아님을 깨닫기 시작했다.

"뭔가 숨기는 게 있어?"

미쓰키는 시선을 피하고 입을 다물었다. 말을 고르는
표정이다.

"얘기해봐. 안 듣고는 못 보내."

미쓰키는 망설이는 것처럼 보였다. 한곳만을 바라보며
크게 호흡을 되풀이했다.

마침내 미쓰키가 데쓰로를 올려다봤다. "여기서 얘기
안 해도 언젠가는 알게 되겠지."

"무슨 소리야? 안다니, 언제 안다는 거야?"

"빠르면 내일일 테고 어쩌면 모레."

"내일이나 모레? 언젠가 알 일이라면 지금 여기에서 얘
기해도 되잖아?" 도통 영문을 알 수 없었다.

"말하면 날 놔두고 그냥 갈 거야?"

"그건 약속 못 해. 내용에 따라 다르지."

너무하다고 화내지 않을까 생각했는데 미쓰키가 보인
반응은 전혀 달랐다. 미쓰키는 옅은 미소를 짓고는 천천
히 고개를 저었다.

"얘기를 들으면 QB는 아마 나를 더 붙잡지 않을 거야.
그러니 얘기하는 편이 나을지도 모르겠네."

진의를 파악하지 못해 이번에는 데쓰로가 생각에 잠길 차례였다.

미쓰키가 길게 한숨을 내뱉었다.

"나, 쫓기고 있어."

"뭐?" 데쓰로가 말했다. 다른 말과 헷갈린 게 아닌가 싶다. "쫓겨?"

"응. 쫓기고 있어. 정확히 말하자면 이제 곧 쫓기게 될 거야……, 라고 해야 하나." 그 표현에 납득한 듯 미쓰키는 고개를 끄덕였다. "경찰에게. 시간문제지. 녀석들은 내게 올 거야. 그걸로 아마 끝이겠지."

"경찰이라니, 히우라, 너……. 무슨 짓을 했는데?" 데쓰로는 혼란스러웠다.

"그런 것까지 알고 싶어?"

"당연하지!"

"그렇겠지. 당연할지도 모르겠다." 미쓰키는 어깨를 움츠렸다. 다시 데쓰로를 본다. "내가 저지른 죄는 살인죄야. 사람을 죽였어."

그 말은 데쓰로의 귀로 들어와 그의 가슴을 찔렀다. 그 충격에 순간 꼼짝하지 못했다. 목소리도 나오지 않았다.

"못 들었어?" 미쓰키가 물었다. 그 표정은 왠지 장난스럽게 보였다. 역시 여자 얼굴이야. 데쓰로는 혼란한 머리로 그런 생각을 했다.

7

데쓰로가 할 말을 찾지 못해 우두커니 서 있는데 미쓰키가 청바지 주머니에서 무언가를 꺼내 그에게 던져 반사적으로 그것을 받았다. 일회용 라이터였다. 검은 바탕에 금색 눈이 두 개 그려져 있고 그 사이에 '네코메'라는 글자가 있다. 뮤지컬 〈캣츠〉를 연상시키는 디자인이다.

"이게 뭐야?" 데쓰로가 간신히 목소리를 냈다.

"얼마 전까지 일하던 곳이야."

데쓰로는 다시 라이터로 시선을 떨어뜨렸다. 뒤에 주소와 전화번호가 적혀 있다. 긴자에 있는 가게다.

"그 가게에서 바텐더 같은 일을 했어."

데쓰로는 손으로 라이터를 만지작거렸다.

"남자로?"

"당연하지." 미쓰키는 딱 잘라 말했다. "이래 봬도 솜씨가 괜찮았어."

데쓰로는 고개를 끄덕이고 라이터 불을 켜봤다. 생각보다 큰 불꽃이 일었다.

"그 가게에 가오리라는 여자애가 일했어. 어린 척하는데 나이는 서른 전이려나. 가게에서는 스물여섯인 것으로 되어 있긴 한데."

미쓰키의 이야기가 어떻게 흘러갈지 몰라 데쓰로는 잠자코 듣기로 했다.

"그 가오리를 매일 밤 지켜보는 남자가 있었어. 그녀가 가게에서 나오길 내내 기다렸다가 미행해. 그녀가 손님과 다른 가게에 가면 그 가게 앞에서 기다려. 손님이 택시를 태워 데려다주면 차로 뒤를 쫓아. 어쨌든 그녀가 집에 돌아갈 때까지 한시도 눈을 떼지 않아."

"스토커라는 거야?"

"쉽게 말하자면 그렇지." 미쓰키는 고개를 끄덕였다. "미행만이 아니야. 매일 끈질기게 전화를 걸어. 부재중 메시지에 기분 나쁜 이야기를 녹음해. 때로는 그녀를 몰래 찍은 사진을 보내기도 하지."

"종종 듣는 얘기네."

"가오리는 매일 두려움에 떨었어. 손님이 데려다주지 않아 혼자 가야 하는 날은 불안해댔어. 그래서 그런 날은 내가 집까지 바래다주기로 했어. 택시로 그녀의 집까지 가서 그녀가 들어가는 것을 확인하고 돌아오는 거지. 그녀의 아파트는 긴시초에 있고 나는 기쿠가와 쪽이니까 방향도 같았지."

"보디가드 노릇을 했다고?"

"그렇지. 어제도 그렇게 가오리 집 앞까지 갔어. 당연히 스토커가 따라왔고. 아파트에서 조금 떨어진 곳에 차를 세우고 있었지. 내가 가오리를 방 앞까지 데려다주는데 그녀 휴대전화가 울렸어. 그 남자가 건 전화였어. 녀석을 집에 들이면 가만두지 않겠다고 했대. 녀석이란 바로 나지. 스토커 쪽에서는 매일 밤 집까지 데려다주는 바텐더가 영 신경에 거슬렸겠지. 가오리는 바로 전화를 끊었는데 평소보다 더 겁을 먹은 상태였어. 그도 그럴 것이 지금까지 그 녀석이 휴대전화로 연락한 적은 없었대. 녀석은 어떤 방법을 썼는지는 모르겠지만 가오리의 휴대전화 번호까지 알고 있었어."

"그야 뭐, 방법은 많으니까."

"비열한 수단이 많다는 말이지? 어쨌든 일이 이렇게 되니 나도 열받더라. 가오리를 집에 들여보낸 뒤 바로 그 녀석에게 갔어. 말을 붙이려고 말이야."

데쓰로는 놀라 미쓰키의 얼굴을 응시했다.

"말을 붙여서 어쩌자고?"

미쓰키는 얼굴 앞에서 주먹을 쥐었다.

"그런 변태 새끼를 상대로 말을 붙인다면 다음은 당연

한 거 아냐? 설득한다고 들을 상대가 아니니까. 혼쭐을 내줄 생각이었지. 두 번 다시 이상한 짓을 하지 못하도록."

그 몸으로? 남자로서는 역시 가냘픈 체격을 보며 데쓰로는 생각했다.

"이래 봬도 매일 몸을 단련했다고. QB에게는 이기지 못해도 평범한 남자라면 팔씨름에서 지지는 않아." 그의 생각을 읽은 듯 미쓰키가 말했다.

"그래서…… 어떻게 됐는데?"

"놈의 차로 가서 억지로 그 차에 탔어. 정말 놀라더라고. 앞으로 다시는 가오리에게 접근하지 말라고 했어. 하지만 놈은 전혀 들을 맘이 없더라. 가오리를 위한 일이라고 주장하더라고. 너무 열받아 녀석을 때렸어. 그랬더니 녀석도 화가 났는지 달려들었어. 다음은 말하지 않아도 알겠지? 좁은 차 안에서 격투가 벌어진 거야. 허약한 변태 새끼라고 생각했는데 역시 남자라 힘이 꽤 세더라. 정신없이 주먹을 휘둘렀어. 정신을 차리고 보니 목을 조르고 있었어."

미쓰키는 담담하게 말했다. 듣기만 하면 무슨 영화 장면을 설명하는 것 같았다. 현실감이 들지 않았다.

"놈이 움직이지 않았어. 흔들어도 두들겨도 꼼짝도 하지 않았지. 앗, 저지르고 말았다, 바로 그런 생각이 들더

65

라." 미쓰키는 미소를 지었다. "죄의식 같은 건 없었고 안됐다는 마음도 안 들었어. 그냥 화가 났어. 이렇게 쉽게 죽다니."

"경찰에 신고 안 했어?"

"아무래도 그럴 마음이 들지 않았어. 이런 녀석 때문에 내가 교도소에 가다니 너무나 부조리하다는 생각이 들었어. 그래서 도망치기로 했어."

"사체를 그대로 두고?"

"자동차와 함께 눈에 띄지 않는 곳으로 옮긴 다음에 도망쳤어."

"그래서? 이대로 도망칠 셈이야?"

데쓰로의 질문에 미쓰키는 어깨를 움츠렸다.

"자수하는 게 낫다는 건 알아. 안 그래도 일반적인 사람과는 다른 몸인데 지명수배까지 되면 제대로 살 턱이 없으니까."

데쓰로는 맞는 말이라고 생각했다.

"사실은 어젯밤 한숨도 못 잤어. 자수해야 할지 내내 생각했어. 그러다가 우연히 달력을 보고 떠올렸어. 11월 세 번째 금요일이라는 것을. 그러니까 갑자기 너희들 얼굴이 보고 싶더라. 너희들 얼굴을 보고 결정하자고 마음먹었어."

"그러면 가게로 들어오지 그랬어."

"들어가려고 했어. 하지만 내가 너희들을 만난 다음 자수하지 않고 도망치면 모두에게 폐를 끼치게 되잖아. 그런 생각에 들어갈 수 없었어." 미쓰키는 이마에 손을 대고 고개를 저었다. "나 참 한심하지? 거기까지 생각했으면 얼른 떠났으면 됐는데……."

"그런 너를 우리가 발견한 거구나. 못 본 척하는 게 나았을까?"

미쓰키는 살짝 고개를 기울였다.

"글쎄. 잘 모르겠어. QB나 친구들과 얘기해서 좋았어. 솔직한 마음을 나눠 정말 후련해졌어."

미쓰키는 밤하늘을 올려다보며 어깨를 풀듯 고개를 좌우로 꺾은 다음 "고백은 이상!"이라고 말하며 데쓰로에게 미소를 지어 보였다.

"지금도 자수를 망설이고 있어?"

"아니. 지금 마음을 정했어." 미쓰키는 여러 번 눈을 깜빡였다. "날이 밝는 대로 경찰에 가서 자수할게."

"정말 그걸로 괜찮겠어?"

데쓰로가 말하자 미쓰키는 뜻밖의 말을 들은 듯 눈을 부릅떴다.

"나를 말리는 거야?"

"아냐. 솔직히 어떻게 해야 할지 모르겠어. 진심과 명분 사이에서 흔들려. 무엇보다 일단 놀랐어. 놀라고 어쩔 줄 모르겠어."

"QB는 상식적인 사람이니까. 그거면 충분해. 어떻게 해야 할지 몰라도 돼. 그렇게 힘들어하는 것 자체가 나로서는 힘들어. 이대로 아무 말도 안 들은 것으로 하고 돌아가주면 좋겠어."

그렇다고 돌아갈 수도 없어서, 데쓰로는 우두커니 서 있었다.

"그럴 수는…… 없나?" 미쓰키는 그의 심경을 읽었는지 이렇게 말했다. "그러면 내가 사라질게. 여러모로 고마웠어. 리사코에게 안부 전해줘." 다시 가방을 들고 데쓰로에게 등을 돌리고는 망설임 없이 걷기 시작한다.

"잠깐만!" 데쓰로가 불러 세웠다. 그러나 미쓰키의 걸음걸이에는 변함이 없었다. 데쓰로가 달려가 미쓰키의 어깨를 잡았다. "잠깐만 기다리라니까."

미쓰키는 그의 손을 뿌리치려 했으나 그는 놓지 않았다. 미쓰키가 손목을 잡아 떼어내려 해서 손가락에 더욱 힘을 줬다.

미쓰키는 그의 손목을 잡은 채 쓸쓸하게 웃었다.

"그야말로 남자의 힘이네. 남자 손목은 이래야지."

"일단 아파트로 돌아가자. 네가 안 가면 리사코에게는 뭐라고 설명하냐?"

"내게 들은 말을 그대로 전해."

"네가 직접 말해. 리사코도 틀림없이 네게 직접 듣고 싶을 거야."

데쓰로가 잡고 있던 미쓰키의 손목에서 힘이 훅 빠졌다. 동시에 미쓰키는 한숨을 내쉬며 천천히 고개를 흔들었다.

"QB, 너무하네. 이 끔찍한 얘기를 한 번 더 하라고?"

"경찰에 가면 수없이 반복하게 될 거야. 머리가 돌아버릴 정도로. 그 전에 한 번만 더 리사코에게 말해줘."

"QB……."

"나는 이 손을 놓지 않아. 만약 도망치면 쫓아갈 거야. 스크램블 공격을 하던 다리는 아직 건재해."

"알았어." 미쓰키가 어깨를 늘어뜨렸다. "너희를 만나려고 한 게 잘못이었어. 만나지 말고 곧장 경찰서에 갔어야 했는데."

"그런 결론을 내리기에는 아직 너무 일러." 데쓰로는 미쓰키의 등을 가볍게 밀었다.

아파트 근처까지 돌아오자 정면 현관 계단에 누군가 앉아 있었다. 리사코였다. 데쓰로와 미쓰키를 보고 자리에서 일어났다.

"어서 와." 이 말은 미쓰키에게 던져진 것이다.

"몰래 빠져나간 것을 알고 쫓아가 공원에서 잡았어."

데쓰로의 설명에 리사코는 "그랬구나"라고만 대답했다. 눈은 미쓰키를 바라본 채.

"히우라가 네게 할 말이 있대. 중요한 얘기니까 들어줬으면 좋겠어."

리사코는 말없이 끄덕였다. 생각에 잠긴 얼굴이었다. 어떤 이야기일지 상상하고 있을 테지만, 어떤 상상을 하든 이제부터 들을 사실에는 미치지 못할 것이다.

"당장 듣는 게 나을까?"

"지금이 아니면 말 못 해. 내일은 못 해." 미쓰키는 그렇게 말하고 힐끔 데쓰로를 봤다.

8

벽걸이 시계의 초침 소리 같은 것을 지금까지 신경 써본 적 없었는데 오늘 밤은 상당히 거슬렸다. 차 지나가는 소리도 이렇게 또렷했나 싶었을 정도다.

스가이도 일어나 있어서 미쓰키는 그와 리사코 앞에서 두 번째로 고백하게 되었다. 사람을 죽여버린 사정을 들는 동안 리사코마저 동요한 듯 거의 말을 섞지 않았다. 미쓰키가 이야기하는 동안 그녀는 담배를 다섯 대나 피 웠고 스가이는 돌부처처럼 굳어 있었다.

모든 것을 고백한 후, 미쓰키는 입을 다물고 고개를 숙 였다. 리사코는 팔짱을 끼고 대각선 위를 바라봤고 스가 이는 정신없이 이마 언저리를 만져댔다. 데쓰로는 식탁 의자에 앉아 그런 세 사람을 바라봤다.

새롭게 안 사실이 몇 가지 있다. 미쓰키는 바 네코메의 마담에게 전화해 이미 아르바이트를 그만둔 상태였다. 이유는 일신상의 이유라고 설명했단다. 미쓰키가 지금까 지 지냈던 기쿠가와의 집은 해외 체류 중에 알게 된 지인 의 것이었다. 그 지인에게도 전화를 걸어 집을 나간다고 전했다고 한다. 열쇠는 우편으로 부쳤다.

데쓰로는 경찰이 미쓰키를 의심하는 것은 시간문제이 리라 생각했다. 살해된 남자가 네코메의 호스티스를 따 라다니는 스토커였음을 몇 명쯤은 알지 않았을까. 그렇 다면 갑자기 자취를 감춘 바텐더가 의심을 살 것이다.

"하나만 물어볼게." 리사코가 드디어 입을 열었다.

"그래." 미쓰키가 대답했다.

"자수하면 그 건은 어쩔 셈이야?"

"그 건?"

"그 몸 말이야. 아까 우리한테 말했잖아. 신의 실수를 바로잡겠다고. 그건 그만둬도 괜찮아?"

"괜찮지는 않아. 그 마음에는 변함이 없어."

"하지만 자수해 경찰에 체포되면 그 바람은 이룰 수 없어. 그 정도는 각오했어?"

"교도소에 들어가도 남자로 살 작정이야."

"그럴 수는 없을 텐데." 리사코는 조금 쌀쌀맞게 말했다. "미쓰키는 무조건 여성 교도소에 갈 거야. 본인이 뭐라든 국가는 호적을 최우선으로 삼으니까."

"그야 어쩔 수 없지. 여학교에 다닌다고 생각하면 아무것도 아니야."

"그러면 호르몬 주사는? 교도소에 들어가면 그런 주사는 못 맞아."

그 점에 관해서는 그다지 생각하지 않았는지, 미쓰키는 순간 낭패한 표정을 보였다. 하지만 결국은 차분한 표정을 되찾고 고개를 흔들었다.

"그때는 그때야. 몸을 잃더라도 남자의 마음만은 잃지 않도록 노력해야지."

"진심이야?"

"응."

"나는 그게 미쓰키의 본심은 아니라고 생각해. 미쓰키

는 아까 우리에게 몸을 보여줬잖아? 아주 자랑스럽게. 미쓰키는 남자의 몸에 집착하고 있어. 가정을 버리면서까지 손에 넣은 육체이니 당연하지. 남자의 몸을 가지고 싶다는 강한 욕망이 있었기에 자기 성대에 상처까지 냈겠지. 그토록 쓰라린 고통 끝에 손에 넣은 몸을 그렇게 쉽게 버릴 수 있어?"

"리사코, 그만해. 네가 뭘 알아? 히우라도 이런 상황이 될 줄 몰랐잖아."

"나는 말이야……." 리사코도 목소리를 높인 후 심호흡을 한 번 하고 다시 미쓰키를 봤다. "미쓰키의 인생을 어정쩡하게 끝내고 싶지 않아. 네 인생은 이제 막 시작되었을 뿐이야. 이대로 교도소에 들어가면 어떤 답도 낼 수 없어. 아니면 철창 안에서 나는 남자라고 주장하는 것만으로 만족해?"

"그럼 어쩌란 거지? 무책임한 소리 좀 그만해." 데쓰로가 의자에서 일어나 소리를 질렀다.

리사코는 등을 꼿꼿이 펴고 미쓰키를 곁눈질하면서 몸만 데쓰로 쪽으로 살짝 틀었다.

"책임은 내가 질게. 그럼 되지?" 선언하듯 말했다.

"책임이라니…… 어떻게?"

"미쓰키를 경찰에 보내지 않을 거야. 누가 뭐라든."

제 2 장

1

　시곗바늘이 5시 반을 넘어서는 것을 보고, 데쓰로는 조간신문을 가지러 갔다. 주위는 아직 어두웠다. 그를 포함한 네 사람은 이대로 아침을 맞게 될 것이다.

　돌아오는 엘리베이터 안에서 신문을 펼쳤다. 기사는 바로 찾을 수 있었다. 내용은 이랬다.

　금요일 오후 7시 무렵, 에도가와구 시노자키의 제지공장 폐품 처리장에서 남성의 시신이 발견되었다. 발견자는 이 공장 종업원으로 시신은 드럼통 뒤에 숨겨놓은 듯 있었다고 한다. 나이는 30대에서 50대. 복장은 회색 점퍼에 감색 바지. 지갑, 운전면허증, 명함 등은 발견되지 않았다.

"실렸어." 데쓰로는 방으로 돌아와 테이블 위에 신문을 놓았다. 제일 먼저 스가이가 달려들어 기사를 읽기 시작했고 리사코가 옆에서 들여다봤다.

"이거야?" 리사코가 미쓰키에게 물었다.

"아마 그럴 거야." 미쓰키는 부루퉁하게 대답했다.

"지갑과 운전면허증을 빼낸 게 너야?" 데쓰로가 물었다.

"퍽치기 범행처럼 보이게 하려고."

"어디에 버렸어?"

"안 버렸어."

"그러면 어디에……?"

"여기 있어." 미쓰키는 가방을 열고 손을 넣어 검은 지갑과 수첩을 꺼내 테이블 위에 던졌다.

데쓰로가 손을 대려다 멈췄다. 지문이 묻으면 안 될 것 같았기 때문이다. 그런데 리사코는 아무런 주저 없이 그것들을 집었다.

"왜 이런 걸 가지고 있어?"

"바로 처분하려 했는데 만약 자수하면 가지고 있는 게 나을 것 같았어. 형사에게 보여주면 내가 범인이라는 것이 증명될 테니 얘기가 쉬워지잖아."

리사코는 정말 한심하다는 듯 고개를 저었다.

"너는 정말, 여전하구나. 통이 크다고 해야 하나……."

"나 좀 보여줘." 리사코가 만졌다면 어차피 마찬가지라는 생각에 데쓰로는 손을 내밀었다.

지갑에 든 운전면허증 사진에는 마른 남자 얼굴이 찍혀 있었다. 움푹 팬 눈이 데쓰로를 올려다보고 있다. 짧은 머리에 이마가 넓다. 뺨이 패어 있고 앞니가 살짝 나와 있으며 낯빛은 회색에 가깝다.

이름은 도쿠라 아키오. 주소는 이타바시구 이타바시산초메라고 되어 있다. 생년월일로 따지면 올해 마흔두 살이다.

지갑에는 명함 두 장이 들어 있었다. 도쿠라 아키오의 것으로 가도마쓰철공소라는 회사 이름이 적혀 있다. 회사도 이타바시에 있는 듯하다. 도쿠라의 직책은 전무이사였다. 중소기업이라도 전무쯤 되면 긴자에 올 일이 많겠지.

"잠깐, 이건 뭐지?" 수첩을 펄럭펄럭 넘기던 리사코가 성난 목소리를 냈다. 손때가 묻은 낡은 수첩이다.

"너무하지?" 미쓰키가 입가를 일그러뜨렸다.

"뭔데? 그 수첩에 뭐가 있어?"

보면 알 거라는 듯 리사코가 수첩을 내밀었다.

수첩을 펼쳐 본 데쓰로의 눈이 저도 모르게 커졌다. 조그만 글자가 빼곡하게 늘어서 있다. 연필로 써서 페이지 전체가 새카맣고 필압도 상당히 강한 듯 표면이 울퉁불퉁하다.

거기에 적힌 내용을 읽고 더 놀랐다. 한 인간의 일상이 극명하게 적혀 있었다.

5월 9일

오후 3시 15분 편의점 휴지, 식품 몇 개(샌드위치와 우유는 확실), 스프레이 캔(헤어스프레이?). 오후 7시 정각 '네코메'(감색 정장, 검은색 하이힐, 검은색 백). 오전 1시 25분 손님 2명, 호스티스 1명과 가게를 나와 나나초메 '다츠'로 감. 오전 3시 25분 손님 1명(뚱뚱하고 쉰 정도, 양복)이 집까지 바래다줌. 3시 30분 정시 연락, 이상 없음.

5월 10일

오후 5시 3분 외출(회색 정장, 검은색 하이힐, 하얀 백과 종이봉투) 긴자 욘초메에서 다이토은행 현금인출기, 마쓰야(화장품 몇 개), 안도서점(잡지 한 권). 오후 6시 20분 카페 '세피아'로, 6시 50분 남자(갈색 양복, 백발, 50대)와 나옴. 오후 7시 음식점 '하마후지'로, 9시 10분에 나옴. 9시 32분 '네코메'로. 11시 24분 갈색 양복 돌아감. 가오리 배웅. 오전 1시 28분 가게 나옴. 호스티스(아마도 나미라는 이름)와 택시로 귀가. 2시 5분 집 도착. 2시 8분 정시 연락, 이상 없음.

이후로도 이틀이나 사흘 간격으로 기록되어 있었다. 기록은 11월 중순, 그러니까 최근까지 이어져 있었다.

"굉장하네. 무슨 탐정 같아." 옆에서 들여다본 스가이가 어이없다는 듯 말했다.

"이게 뭐야?" 데쓰로가 고개를 들었다.

"보는 그대로야. 도쿠라는 가오리 씨의 생활을 감시하고 게다가 기록까지 했어. 그게 얼마나 집요했는지는 내용을 보면 알겠지?"

"이 아저씨, 일은 어떻게 했대?" 스가이가 의문을 던졌다.

"가오리 씨의 말로는 지금은 제대로 일도 안 한다고 했어."

"여기 '정시 연락'이란 건 뭐야?" 데쓰로가 물었다.

"도쿠라가 가오리 씨의 집으로 전화를 걸어. 그리고 온갖 것을 따지지. 지금 같이 온 남자는 누구냐, 가끔 일찍 돌아오면 무슨 일이냐고도 물어."

"흠. 스토커는 소문으로 들은 거랑 똑같네." 스가이가 꺼림칙한 목소리로 중얼거렸다.

리사코가 손을 뻗어 데쓰로의 손에서 지갑과 수첩을

가져갔다.

"일단, 이 두 가지는 내가 맡아둘게. 미쓰키가 가지고 있으면 망설이다가 자칫 자수할 수도 있으니까."

"그거 없이도 자수할 수 있어." 미쓰키가 말했다.

그러나 리사코는 태연한 표정으로 지갑과 수첩을 가지고 일어났다.

"가능은 하겠지. 하지만 미쓰키는 그렇게 안 해. 이걸 내가 가지고 있으니까. 우리에게 폐를 끼치고 싶지 않을 테니까."

미쓰키는 짧은 머리카락 사이에 손가락을 넣고 북북 긁었다. 그 모습은 리사코의 말이 틀리지 않음을 증명했다.

"도망가라는 소리야? 하지만 그런 짓을 해도 붙잡히면 모두에게 엄청난 피해를 준다고."

"도망칠 필요도 없고 자수할 필요도 없는 길을 찾을 거야."

"그렇게 기막힌 방법은 없어."

"내가 생각할게. 아까도 말했지만, 그런 한심한 일로 미쓰키의 인생을 망가뜨릴 수는 없어. 이런 하찮은 스토커 새끼 때문에 말이야." 리사코는 수첩을 흔들며 말하고 복도로 나갔다. 침실 문이 열리는 소리가 났다.

돌아온 그녀는 그대로 부엌으로 가, 컵에 커피를 따라 가져왔다.

"지갑과 수첩은?" 미쓰키가 물었다.

"비밀 장소에 뒀지." 리사코는 컵을 각자 앞에 놓으면서 대답했다.

"리사코. 자수한다고 교도소에 꼭 들어간다는 법은 없어." 데쓰로는 조금 전까지 줄곧 생각한 이야기를 꺼냈다. "조금 전 그 수첩이 있으면, 도쿠라가 스토커 짓을 한 것은 증명돼. 가오리 씨라는 사람을 도우려고 어쩔 수 없었다고 하면 정상참작이 될 거야."

"너무 안일해." 리사코는 소파에 앉아 커피를 마셨다.

"왜?"

"미쓰키 이야기 못 들었어? 그날 밤은 가오리 씨도, 미쓰키도, 도쿠라에게 직접 무슨 일을 당하지 않았어. 먼저 손을 댄 사람은 미쓰키야. 가오리 씨를 도우려 했다는 변명을 경찰이 들어줄 것 같아?"

"물론 무죄가 되지는 않겠지. 하지만 살인죄까지는 가지 않을지도 몰라. 미쓰키에게 상대를 죽일 마음은 없었으니까."

"그걸 어떻게 증명해? 미쓰키는 상대의 목을 졸랐어. 충동적이었다고 해도 충분히 살의가 있었던 것으로 볼 수 있어."

"그건…… 뭐라 할 말이 없지만." 데쓰로는 머그잔을

들고 한 모금 마셨다. 쓴 커피였다. 리사코는 늘 커피를
진하게 탄다.

"괜찮아. 내가 맡을 테니까."

"맡아?"

"이 건은 내가 다 책임진다고 했지? 당신이나 스카이는
아무것도 모른다고 해도 돼. 그러면 만에 하나 경찰에게
들키더라도 둘에게 피해가 가는 일은 없어." 그녀는 미
쓰키를 보고 입만 웃어 보였다. "물론 그런 '만에 하나'는
절대로 일어나지 않겠지만."

"성가신 일에 휘말리고 싶지 않다고 한 게 아니야. 히
우라에게 가장 좋은 길이 무엇인지 찾고 있는 거지."

"교도소에 들어가 남자가 되는 꿈을 버리는 게 미쓰키
에게 가장 좋은 길이야? 웃기지 마."

"현실적인 얘길 하는 거야. 경찰 수사가 어떤 건지 알아?"

"당신도 제대로 모르면서."

"모르지. 그래서 얕보면 안 된다고. 너처럼 구체적인 방
안도 없이 멋대로 움직여선 안 돼."

"그만 좀 해!" 미쓰키가 양손으로 테이블을 내리쳤다.

데쓰로는 그 목소리에 깜짝 놀라 미쓰키의 얼굴을 쳐
다봤다. 목소리가 컸기 때문이 아니다. 명백히 남자의 말
투가 아니었기 때문이다.

"그만해주라." 미쓰키는 괴로워하며 다시 말했다. 뺨이 살짝 붉어져 있다. "내 일로 그렇게 싸우지 않았으면 좋겠어."

미쓰키는 양손으로 테이블을 짚은 채 고개를 떨구었다. 데쓰로는 그런 미쓰키에게서 시선을 피해 괜스레 창밖을 본다. 아침노을은 사라지고 두꺼운 구름이 하늘을 온통 덮고 있다.

"좀 낯부끄러운 소릴 할 텐데 웃지 말고 들어줄래?"

리사코의 목소리는 조금 긴장한 것처럼 들렸다. 데쓰로는 미쓰키와 함께 그녀의 다음 말을 기다렸다.

"미쓰키는 말이야, 내게는 친구야. 남자냐 여자냐는 상관없어. 친구니까 어떤 위험이 닥치더라도 무슨 짓을 해서든 지켜주고 싶어. 일반적인 논리나 규칙 따위 난 몰라. 만약 그렇게 할 수 없다면 친구가 된 의미는 없어. 아니, 애초에 그건 친구가 아니야."

담담하게 말하는 리사코의 목소리를 데쓰로는 복잡한 심경으로 들었다. 이 이야기는 미쓰키에게만이 아니라 자기 남편에게도 하는 말임을 알 수 있었다. 동시에 왜 이토록 리사코가 고집을 피우는지도 이해했다.

"고마워." 미쓰키가 고개를 숙였다. 다시 고개를 들었을 때 그녀는 소년이 쑥스러울 때나 보이는 웃음을 짓고 있었다.

리사코는 고개를 끄덕이고 테이블 뒤에 던져놓은 담배와 라이터를 들었다.

"아무래도 너무 낯부끄러운 얘기였네. 미안해."

그녀는 줄담배를 피워댔다. 회색 연기가 머리 위에서 춤을 췄다.

"히우라는 우리에게도 친구야." 데쓰로가 말했다.

옆에서 스가이도 고개를 끄덕였다.

그의 목소리가 들리지 않을 리 없는데 리사코는 대답 없이 옆얼굴을 보인 채 담배만 계속 피웠다. 그저 눈을 몇 번 깜빡였을 뿐이다.

"고마워." 미쓰키는 다시 말했다.

2

데쓰로는 상황을 분석해보자고 제안했다. 현장에 어떤 단서가 남아 있고 누가 무엇을 아는지 명확하게 함으로써 경찰이 미쓰키를 찾아낼 수 있을지를 추리해보고자 한 것이다. 리사코도 이 제안에는 동의했다.

미쓰키는 범행이나 사체 운반을 누가 봤는지는 모른다

고 했다. 다만 주위에 인기척은 없었다고 한다.

"하나만 물을게. 도쿠라를 그의 차로 옮겼다고 했지?"

데쓰로가 미쓰키에게 말했다.

"그랬지."

"하지만 기사에서는 드럼통 뒤에서 사체만 발견되었다고 했어. 차는 어떻게 된 거지?"

"아, 그거." 미쓰키가 고개를 끄덕였다.

"차는 다른 장소로 가져갔어. 사체의 신원을 파악하기 어렵게 하기 위해서이기도 하고 내 흔적을 감추고도 싶었어. 차 안에서 격투했을 때 아마 내 머리카락도 몇 개 떨어졌을 테고 지문도 묻어 있을지 모르니까."

"어디에 버렸어?"

"지명은…… 잘 몰라. 한밤중에 무턱대고 달려 어딘가 길거리에 버렸어. 노상 주차된 차가 아주 많아 발견되기 힘들 것 같은 곳에."

"대강의 장소도 몰라?"

"그게 거의 기억나지 않아. 정신이 나갔었나 봐."

"차를 버린 다음에는?"

"큰길까지 나와서 택시를 잡았어."

"기억에 남은 거 뭐 없어? 길의 모습이나 건물이나."

"미안해. 정말 기억나는 게 없어. 택시를 탄 뒤로는 주위를 둘러볼 여유도 없이 앞으로 어떻게 할지만 생각했어."

"그야 당연하지. 누구나 그럴 때는 동요하기 마련이야."
리사코가 미쓰키를 감싸듯 말하고 데쓰로에게 물었다.
"차를 버린 장소가 그렇게 문제야?"

"차가 한없이 버려져 있으면 언젠가 주민이 신고할 거
야. 경찰은 아주 쉽게 주인을 파악할 테고. 그 주인이 살
해되었다면 차를 철저히 조사하겠지. 그 시점에서 만약
히우라가 용의자 명단에 들어가 있다면 경찰은 차에 남은
지문이나 모발로 히우라가 범인이라는 확신을 얻겠지."

"우와. 그럼 큰일이지." 스가이가 딱하다는 표정으로 미
쓰키를 바라봤다. "어때? 차가 금방 발견될 것 같아?"

"정확히 말하긴 힘들어. 어디 버렸는지도 모르니까." 미
쓰키는 포기한 듯한 말투로 대답했다.

스가이는 머리를 감싸 쥐었다. 리사코는 당혹스러운
표정을 짓고 다시 신문 기사를 봤다. 신문지 끝을 잡은
손가락에 확연히 힘이 들어가 있다.

데쓰로는 미쓰키에게 던질 질문의 방향을 바꾸기로 했다.
"도쿠라가 가오리 씨의 스토커였다는 것은 너 말고 누
가 알아?"

"확실하게 아는 사람은 네코메의 마담이려나. 나머지
는 잘 모르겠어."

"도쿠라는 요즘 네코메에 잘 안 왔어?"

"최근 두세 달은 전혀 안 왔어. 가게 밖에서 가오리 씨를 기다렸을 뿐이지. 전에도 딱히 단골은 아니었대."

"그 말은 사체의 신원이 도쿠라인 것으로 밝혀져도 경찰이 곧장 네코메로 올지는 모를 일이라는 거구나."

문제는 도쿠라 아키오의 스토커 행위를 얼마나 많은 사람이 알고 있냐는 것이다. 데쓰로는 팔짱을 꼈다. 잠이 부족해 머리가 아프다. 아픈 머리로도 정보가 더 필요하다는 사실만은 절감했다.

리사코는 신문에서 고개를 들었다.

"네가 진짜 남자가 아니라는 사실을 가게 사람이 다 알고 있어?"

미쓰키는 이 말에 조금 의외라는 듯한 표정을 지었으나 항의하지는 않았다.

"글쎄, 어떨까. 대부분은 모르지 않을까. 나, 여자로 보여?" 미쓰키는 세 사람의 얼굴을 차례로 봤다.

"미남자로 보이겠지. 그 목소리 때문에. 말하지 않으면 모를 거야."

데쓰로의 대답에 리사코와 스가이도 고개를 끄덕였다.

"그렇지?" 미쓰키는 만족스럽다는 듯 턱을 살짝 치켜들었다. "아는 사람은 마담과 가오리 씨뿐일 거야. 그 두 사람에게는 내가 말했어."

"그 둘은 네 본명도 알아?" 데쓰로는 가명을 썼으리라는 추측을 하고 물었다.

"말한 적은 있는데 둘이 기억할지는 몰라. 어딘가 적어두는 것 같지는 않았어."

"이력서에는 안 썼어?"

"쓰고 싶지 않았어." 미쓰키는 딱 잘라 말한 후 입술을 굳게 다물었다.

"원래 주소나 호적은?"

"그것도 안 썼어. 집에 연락하면 곤란하니까. 다행히 주민등록 서류를 내란 소리도 안 하고."

데쓰로는 미쓰키에게 '집'이라고 불릴 만한 것이 있었음을 떠올렸다. 그 집에는 그녀의 남편과 그녀가 낳은 아들이 지금도 살고 있다.

"네코메에 네 사진이 남아 있을까?"

"몰래 찍히지 않은 한 없을 거야. 카메라를 피했으니까."

"그렇다면 희망이 있을지도 모르겠다. 경찰이 네코메의 바텐더를 의심하더라도 그 정체를 파악할 수 없을지도." 데쓰로가 중얼거렸다.

리사코는 소파에 앉은 채 크게 한숨을 내쉬었다. 어떤 각오를 하는 듯 보였다.

미쓰키는 테이블에서 턱을 괴고 생각에 잠겨 있다. 지금도 여전히 망설이고 있을지 모르겠다.

"미쓰키." 리사코가 이름을 부르고는 이어서 물었다. "가게에서는 어떤 이름을 썼어?"

미쓰키는 조금 주저하더니 대답했다. "미쓰루."

"미쓰루? 히우라 미쓰루?"

미쓰키는 고개를 저었다. "간자키 미쓰루."

"간자키? 그 간자키?" 스가이가 눈을 부릅떴다.

"맞아. 그 간자키. 귀신 간자키." 미쓰키의 표정이 환해졌다.

"하하하!" 리사코의 표정도 풀어졌다. 두 사람의 대화를 들은 데쓰로도 저도 모르게 흐뭇한 표정을 지었다. 간자키는 데이토대학 미식축구부에서 무섭기로 유명했던 전설적인 코치의 성이었다.

3

정오가 되기 전, 스가이가 돌아가겠다는 말을 꺼냈다. 데쓰로는 아파트 앞에서 그를 배웅했는데 그때 그는 불안한 표정으로 물었다.

"히우라 일, 어쩔 셈이야?"

"음……. 도망치기는 어려울 거야." 스가이가 무슨 말을 하고 싶은지는 안다.

"당연하지. TV 드라마도 아니고 범인을 계속 은닉할 수도 없어. 빨리 자수시켜야 해. 그게 히우라를 위한 일이야."

"응. 더 얘기해볼게. 네게 폐를 끼치진 않을 거야."

그러자 스가이는 겸연쩍은 듯 뺨에 난 수염을 문질렀다.

"옛 동료니까 도와주고 싶긴 한데, 살인사건은 좀 그래. 우리는 대출도 있고 둘째는 초등학교에 들어가고 해서 말이야."

"여러모로 힘들지? 나도 알아. 부인에게 안부 전해줘." 데쓰로는 그의 어깨를 두드렸다.

"너희도 얽히지 않는 게 좋아." 스가이는 그런 말을 남기고 자리를 떴다.

집으로 돌아오자 리사코와 미쓰키는 잠들어 있었다. 펼쳐진 신문은 그대로였다. 데쓰로는 침실로 가서 침대 중앙에 누웠다. 이 침대를 혼자 쓰는 것은 오랜만이었다.

스가이의 마음은 충분히 안다. 그를 나무랄 사람은 아무도 없다. 오히려 상식적이라고 해야 할까. 우정이 없어진 것은 아니다. 다만 우선순위가 바뀌었을 뿐이다.

한편 데쓰로는 리사코가 완강하게 미쓰키를 지키려는 이유도 짐작한다. 그것은 그녀가 지금까지 살아온 모습과 관련이 있다. 거기에는 데쓰로와의 결혼 생활도 포함되어 있다.

둘이 결혼한 것은 둘 다 스물일곱 때였다. 그때까지도 반쯤 동거 상태로 살았는데 양가 부모님을 안심시키려고 정식으로 혼인 신고했다. 경제적인 사정도 있었다. 데쓰로는 조그만 출판사를 막 그만뒀고 리사코는 사진작가로 독립하려던 참이라 서로 돕는 게 유리하다고 판단했다.

지금도 이 선택은 옳았다고 생각한다. 확실한 수입이 예상되지 않는 상황에서 서로 격려하며 여유 있는 쪽이 없는 쪽을 보완하는 형태로 각자의 토대를 단단하게 구축할 수 있었다.

그 무렵이 가장 좋지 않았나 하는 생각이 들었다. 물론 아무리 원고를 써도 돈이 되지 않고 하찮은 일만 맡던 때로 돌아가고 싶다는 것은 아니다. 그러나 리사코와의 관계만 놓고 보면 분명 그때가 가장 충실했다. 그녀가 당당한 사진작가가 되길 진심으로 바랐다고 단언할 수 있다. 언젠가 둘이 함께 일하면 좋겠다고 수없이 그녀에게 말했고 그 말에 거짓은 조금도 없었다.

각자가 성공의 계단을 오르기 시작할 때 양쪽 모두에

게 문제가 생겼다. 처음에는 문제라 여기지도 않았다. 대화가 줄고 시간을 공유하는 기회가 준 것은 그저 바쁘기 때문이라 여겼다. 전보다 일을 우선하는 것도 그만큼 책임 있는 자리를 얻은 대가라고 해석했다.

싱크대에 산처럼 쌓인 식기가 데쓰로의 머리에 떠오른다. 계절은 6월이었다. 장마철에 들어간 때라 그날도 가는 비가 내렸다. 산더미 같은 그릇은 둘이 교대로 쌓은 것이다. 이 무렵 둘은 이미 함께 식사하는 일이 거의 없었다. 일의 내용도 시간대도 완전히 달라졌으니 당연했다. 식사는 주로 반찬가게에서 사 오거나 편의점 도시락으로 때우니까 일반적인 가정보다 그릇을 더럽힐 일도 적었다. 그래도 찬장의 커피잔, 유리잔, 작은 접시 등은 싱크대로 옮겨졌다. 데쓰로는 부엌에 들어갈 때마다 우울해졌다. 산더미 같은 그릇은 점점 더 높아져갔다. 아마 리사코도 똑같은 기분으로 그 산더미 같은 그릇을 봤을 것이다.

가사 분담에 특별한 규칙은 없었다. 시간이 나는 사람이 보면 하자는 식이었다. 그때까지는 아무 문제도 없었다.

하지만 당시에는 둘 다 한가하지 않았다. 아니, 객관적으로 전혀 시간이 없지는 않았다. 설거지할 정도의 시간은 아마 둘 다 있었으리라. 데쓰로는 큰일의 마감을 앞두고 온종일 취재나 집필에 쫓겼지만 2, 30분 정도는 낼 수 있었고 리사코도 마찬가지였을 것이다.

누군가 같이 치우자고 했으면 아무 문제없었다. 하지만 데쓰로도 리사코도 그 말을 입에 담지 않았다. 그 이유는 말할 것도 없이 자신이 하고 싶지 않았기 때문이다. 상대가 해주길 바랐기 때문이다. 그 배경에는 자기가 더 힘들다는 오만한 생각이 있었다.

긴장의 끈은 아주 사소한 곳에서 끊어졌다. 오랜만에 둘이 집에 있을 때였다. 데쓰로는 티백 홍차를 마시고 있었는데 그때 사용한 컵은 찬장에 남아 있던 마지막 하나였다.

그것을 본 리사코가 격노했다. 어제 자신이 씻어놓은 찻잔이라는 것이다.

"내가 사용한다고 안 될 것도 없잖아."

"함부로 말하지 마. 자기는 절대 설거지 안 하면서."

"너도 안 하잖아."

"하지만 그 찻잔은 내가 설거지한 거라고. 오늘 쓰려고 씻어둔 거라고. 그걸 맘대로 쓰다니 너무 뻔뻔한 거 아니야?"

"알았어. 자기가 설거지한 게 아니면 앞으로는 못 쓴다는 거지? 그럼 내가 설거지한 것도 쓰지 마." 데쓰로가 일어나 쓰던 찻잔을 일단 씻었다. 그리고 산더미처럼 쌓인 그릇 맨 위의 것에 손을 댔다.

"당신이 쓴 것만 설거지해." 리사코가 말했다. 데쓰로가 돌아보니 그녀는 팔짱을 끼고 서 있었다. "내가 쓴 그릇은 그냥 둬."

"당연하지." 데쓰로는 내뱉듯 그렇게 말하고 설거지를 시작했다.

실제로는 어느 게 자신이 쓴 것인지 알 수 없었다. 그 래도 대강 반 정도의 그릇을 더러운 상태로 놔뒀다. 그 그릇들은 몇 시간 뒤에 찬장에 돌아가 있었는데 이전과는 다른 칸에 놓였다. 어느 것이 자신이 설거지한 것인지 알 수 있도록 말이다.

이 습관은 정착하지 않았다. 지금은 자신이 사용한 것을 바로 씻는 게 규칙이 되었다. 그때의 쓸데없는 싸움은 곧 화해로 이어졌으나 데쓰로에게 그 기억이 강하게 남은 것은 그날 일이 모든 것의 조짐으로 여겨졌기 때문이다.

자주 어긋나면서 그때까지는 같다고 믿었던 가치관이나 인생관에 미묘한 균열이 생겼다. 그 상징이라 할 것이 아이 문제였다.

리사코는 원래 아이를 빨리 갖고 싶어 했다. 빨리 낳아 빨리 키우고 자신의 인생을 즐기겠다는 생각을 지니고 있었다. 그에 대해 데쓰로는 자신이 작가로서 자립할 자신이 생길 때까지는 기다려주기를 바랐다. 아이가 생기면 리사코는 당분간 일할 수 없게 되고 데쓰로의 수입만으로 생활해야 하니까 타당한 사고방식이라고 생각했다. 리사코도 이때는 그의 희망을 받아주었다.

그런데 데쓰로가 정기적인 수입을 가지게 되었을 때는 그녀의 사정이 변했다. 사진작가로 성공을 거두고 있는 그녀에게 임신, 출산, 육아로 활동을 중지하는 것은 결코 최선책이 아니었다.

아이는 갖고 싶지만, 지금은 낳을 수 없다. 그것이 리사코의 의견이었다. 그러면 언제 가지면 좋겠냐는 데쓰로의 질문에 그녀는 대답하지 않았다. 몰라, 때가 될 때까지는, 하고 영 탐탁지 않은 대답이 돌아왔다.

그녀도 망설였을 것이다. 아이를 낳고 싶다는 마음이 없어지지는 않았으리라. 하지만 성공할 기회를 그냥 놓아버리기 싫다는 마음도 있었을 것이다.

한발 앞서 스포츠 평론가라는 지위를 확립한 데쓰로의 마음도 예전과는 달라졌다. 그는 가정에서 안정을 기대했으나 그가 몸을 쉬이는 장소는 도무지 가정이라 불릴 수 없는 곳이었다.

데쓰로는 보통 모범적이라고 이야기되는 아내의 이미

지를 리사코에게 요구하는 자신을 자각했다. 착실하게 가정을 지키고 남편이 편안하게 지낼 환경을 만들어주는 아내 말이다. 그것은 이기적인 남자들이 멋대로 만들어 낸 환상에 불과하다는 것도 잘 안다. 그래서 입 밖에 내지 않았고 태도에 드러내지도 않았다. 그러나 표면적으로는 아내를 응원하면서 속으로는 그녀가 좌절하기를 기대했다. 그녀가 앞치마를 두르고 부엌에 서기를 꿈꿨다.

그리고 2년 전, 그 일이 일어났다.

리사코가 한동안 해외에 가 있겠다는 말을 꺼냈다. 단순한 여행이 아니라 친구 여성 작가와 둘이 르포를 찍고 오겠다는 것이다. 그녀들이 가겠다는 곳을 듣고 데쓰로는 깜짝 놀랐다. 유럽에서도 가장 긴박한 상황에 놓인 지역이었다.

"책은 나랑 같이 내자고 하지 않았어?"

그의 말에 리사코는 의아한 표정을 지었다.

"아니, 당신은 스포츠 전문이잖아."

"곧 스포츠 이외로도 분야를 넓힐 생각이야."

"그때까지 기다리라고? 미안하지만 이번 기획은 당신과는 할 수 없어. 가제도 정했어. 여성이 본 전쟁이야." 리사코는 허리에 손을 대고 말했다.

그녀가 말을 이어갔다. "게다가 여러 종류의 일을 하며

알았어. 파트너가 여성일 때 일하기가 훨씬 편해. 남자와
는 뭐랄까, 감성이 잘 안 맞아."

이런 의견이 의외는 아니었다. 지금까지 리사코의 말
이나 행동을 통해 어렴풋하게 느끼고 있었다.

"쉽게 찬성하기는 어려워. 너무 위험해."

"하지만 누군가는 지금도 이 일을 하고 있어. 그러니까
일본에서도 전쟁 상황을 알지."

"네가 할 필요는 없잖아."

"내가 하고 싶어."

리사코는 물러날 기미가 전혀 없었다. 데쓰로도 큰 기
회라고 생각했고 그것을 망칠 권리가 자신에게 없다는
것도 잘 알았다. 다만 이해하는 것과 받아들이는 것은 전
혀 다른 문제였다. 그는 그러라는 말을 끝내 하지 않았다.

그러나 리사코는 착착 준비를 시작했다. 친구인 여성
작가와 매일 늦게까지 회의하고 종군기자 경험이 있는 사
람을 만나기도 했다. 영어 회화 단기 집중 수업도 들었다.

그렇게 한 달이 지났을 때였다. 리사코의 몸에 이변이
일어났고 몇 가지 특징이 임신임을 나타냈다.

"말도 안 돼! 이럴 수 없어."

리사코는 눈가를 붉게 물들인 채 집을 뛰쳐나갔다. 약
국으로 달려가 임신 테스트기를 사 온 그녀는 그대로 화

장실에 틀어박혔다. 조금 있다가 나온 그녀는 어쩔 줄 몰라 하며 잠자코 하얀 막대기를 내밀었다. 임신 테스트기였다. 데쓰로가 그것을 본 것은 그때가 처음이었다.

"하필 이럴 때……."

리사코는 그 자리에 주저앉았다. 두 무릎을 안고 그 사이에 얼굴을 묻었다.

"어떻게 할 거야?"

리사코는 대답하지 않았다. 오랫동안 그 자세를 유지했다.

"왜 이렇게 됐지? 늘 피임했는데." 마침내 그녀가 고개를 들고 데쓰로를 봤다.

"나는 제대로 한 것 같은데."

"맞아…… 이상하네." 리사코는 두통을 참는 듯 이마를 누르고 그대로 앞머리를 쓸어 올렸다. "일단 갈래."

"어디?"

"당연한 거 아냐? 병원이지." 몸도 마음도 무거운 듯 그녀가 일어났다.

산부인과에서 돌아온 리사코는 후련한 얼굴이었다. 데쓰로의 얼굴을 보고는 두 달 됐다고 사무적으로 말했다.

데쓰로는 고개를 끄덕였다. 어떤 실감도 없었다.

"그래서 어떻게 할 거야?"

리사코는 고개를 살짝 기울였다. "떼라는 거야?"

"아니. 그런 말은 아니야."

"당신은 원했잖아."

"타이밍이 너무 안 좋아서."

"최악이지." 그녀는 소파에 앉아 머리 뒤를 만졌다. "친구에게 전화해야겠다. 도대체 뭐라고 얘기해야 할까. 출발까지 고작 열흘 남았는데⋯⋯."

여성 작가와 어떤 이야기가 오갔는지 자세한 내용은 모르지만, 아무래도 상대는 임신부와는 함께 일할 수 없다고 솔직히 얘기한 것 같았다.

리사코는 전화를 걸며 이미 각오했는지 그다지 충격을 받은 것 같지는 않았다. 아이를 얻는 것이라면 꿈을 포기할 수 있다고 받아들였을지도 모른다.

그래도 열흘 뒤 여성 작가 혼자 출발했을 때는 온종일 우울한 표정이었다. 당시 읽기 시작한 육아 책을 펼치려고도 하지 않았다.

다음 날 심야였다. 데쓰로는 갑자기 누군가 자신을 흔들어 깨워 일어났다. 리사코가 심각한 표정을 짓고 딱딱한 말투로 말했다. "묻고 싶은 게 있어."

"뭔데?" 데쓰로도 불쾌한 목소리를 냈다. 하지만 고백하자면 일말의 불안을 안고 있었다.

"이거" 그녀는 뭔가를 침대 위에 늘어놓았다.

살정자제가 든 패키지였다. 데쓰로와 리사코는 피임 방법으로 내내 이것을 써왔다. 필름 형태의 약이 한 패키지에 하나씩 들어 있는 타입이다.

놓인 패키지는 네 개였다.

"이게 왜?" 데쓰로가 물었다. 내심은 동요하고 있었다.

"왜 이게 네 개지?"

"네 개면 안 돼?"

"이상하잖아. 섹스한 횟수와 맞지 않아. 매번 썼다면 세 개만 남아 있어야 해."

"착각이겠지."

리사코는 고개를 저었다.

"절대 그럴 리 없어. 내가 전부 메모해놨다고. 거짓말 같으면 보여줄게."

데쓰로의 얼굴이 화끈 달아올랐다.

"그래서 그게 뭐?"

리사코는 그의 얼굴을 가만히 바라봤다. 내면의 변화를 놓치지 않겠다는 눈빛이었다.

"그때, 정말 썼어?"

"그때?"

"지난달 7일."

"7일? 그날이 뭐?"

"위험한 날이었어. 당신, 취재 나가는 날인데 웬일로 하자고 했잖아."

"그랬나?"

"그래서, 어쨌어?"

"뭐를?"

"썼냐고?"

"썼어. 당연히 썼지." 데쓰로의 목소리가 거칠어졌다.

리사코는 표정 변화 없이 말했다. "하지만 그날 수정됐어."

"실패했겠지. 살정자제는 실패할 확률이 높다고 들었어."

"나도 그렇게 생각했어. 하지만 이것을 보니 다른 생각이 들어." 그녀는 침대 위에 놓인 네 개의 패키지를 턱으로 가리켰다. "수가 맞지 않아."

"나는 몰라." 데쓰로는 손으로 패키지를 치우려 했다. "어찌 되었든 됐잖아. 임신한 사실에는 변함이 없잖아."

"내게는 중요한 일이야. 내가 뭘 희생한 줄 알아?"

"참 시끄럽네. 그럴 거면 직접 피임했으면 됐잖아. 늘 다른 사람에게 맡겨두면 이렇게 된다고."

"피임은 남성이 협력해야 한다고 생각해. 서로에 대한 신뢰도 필요하고."

"무슨 말을 하고 싶은 거야?"

리사코는 대답하지 않고 바닥에 떨어진 패키지를 주워 모았다. 다 줍고 일어나 데쓰로에게 등을 돌렸다.

"뭐야! 하고 싶은 말이 있으면 분명히 해!"

데쓰로는 목소리를 높였으나 곧 입을 다물고 말았다. 그녀의 등이 떨리는 것을 봤기 때문이다. 오열이 흘러나 왔다.

"도무지 말이 나오질 않는다. 너무 슬퍼서." 그렇게만 말하고 그녀는 침실에서 나갔다.

데쓰로는 침대에서 한쪽 발을 내렸다. 그녀를 따라가 려 했으나 따라가서 뭐라고 해야 할지 몰라 결국 다리를 다시 원래 위치로 돌려놓았다.

묵직한 구름이 데쓰로의 가슴속을 덮었다.

임신 원인 따위 뭐든 상관없지 않을까 생각했다. 본인 도 아이가 생겨 기뻤잖아. 하지만 한편으로 그녀의 직감 은 정말 예리하다는 사실을 통감했다.

리사코의 의심은 옳았다. 그날 밤, 그는 살정자제를 사 용하지 않았다.

속였다고 해야 할까. 리사코가 일본을 뜨는 것을 막을 유일한 방법으로 임신을 생각했다. 아무리 꿈을 좇는다 고 해도 아이를 원하는 마음에는 변함이 없으리라 믿었 다. 임신할지 아닐지는 몰랐으므로 그에게는 다양한 의미를 담은 도박이었다.

그 도박에 이긴 셈이었다. 찜찜하기는 했으나 우리에게는 좋은 일이라고 스스로 납득했다.

그러나 리사코는 사실을 알아차리고 상처를 입은 듯하다. 한동안 어색한 공기 속에서 살아야겠다고 각오했다. 태아가 자라면 그녀도 어머니가 된다는 실감이 생길 테니 그때까지만 참자고.

그런데 사태는 그렇게 만만하지 않았다. 그로부터 나흘 뒤, 출장 취재를 끝내고 집에 돌아온 데쓰로가 본 것은 핼쑥한 얼굴로 침대에 누워 있는 리사코였다. 왜 그러냐고 묻는 그에게 그녀는 등을 돌린 채 대답했다. "낙태했어."

데쓰로는 할 말을 잃고 우두커니 서 있었다. 잘못 들었거나 농담이라 생각했다. 하지만 그 어떤 것도 아님을 그녀가 뿜어내는 공기로 명백히 알 수 있었다.

그는 반쯤 미쳐 소리치며 따졌다. 왜냐고. 내게 묻지도 않고 왜 그런 짓을 했냐고. 멍청하게, 무슨 생각이냐고. 그녀가 육체적으로도 정신적으로도 심한 상처를 받았다는 것은 알았으나 분노와 욕설을 뿜어낼 수밖에 없었다.

그가 아우성치는 동안 그녀는 죽은 벌레처럼 꼼짝도 하지 않았다. 그의 목소리 같은 것은 들리지 않았을지 모른다.

이후 둘은 각방을 쓰게 되었다.

데쓰로는 자신이 잘못했다고 생각한다. 그러나 그러면 어떻게 했어야 좋았냐는 마음도 여전히 있다. 뭐든 그녀가 원하는 대로 해야 했나. 그것이 서로를 존중하는 것인가.

결국은 자신 역시 낡아빠진 꼰대들과 같은 부류일지 모른다는 생각에 지독한 자기혐오에 빠졌다. 입으로는 아내의 자립을 바란다고 말하면서 속으로는 강한 저항감을 품었다는 말인가. 그런 것을 본인만 모르고 있었던 게 아닐까.

리사코가 미쓰키를 지키려는 마음을 왠지 알 것 같았다. 여성으로 사는 고통을 알기에 새로운 인생을 다시 걷게 하고 싶으리라. 또 그녀가 내뱉은 '친구'라는 단어가 데쓰로의 귓가에 남았다. 오래전 리사코는 이기적인 남자의 행동 때문에 여성 작가와의 우정을 망쳤다. 어쩌면 데쓰로가 여자의 우정을 경시한 것으로 생각했을지 모른다.

그 여성 작가는 행방불명되었다. 리사코 앞으로 두 통의 편지를 남기고 연락 두절이 된 지 1년 이상이 지났다. 그 사실 역시 리사코를 고통스럽게 했음이 틀림없다.

그러니 그녀는 두 번 다시 친구를 잃고 싶지 않은 것이다.

4

 현관 벨 소리에 잠이 깼다. 어느새 잠들었던 모양이다. 공동 현관 인터폰이 울리고 있고 리사코가 받은 것 같다.

 복도를 걷는 발소리가 들렸다. 이윽고 심각한 얼굴의 리사코가 문을 열었다.

 "말도 안 되는 사람이 왔어."

 "누군데?"

 "나카오."

 "뭐!" 데쓰로는 황급히 윗몸을 일으켰다. "왜 나카오가 여기에 왔지?"

 "모르지. 일단 밑에서 기다리게 했어."

 "무슨 일이지?" 데쓰로는 생각을 정리하려 했으나 막 일어난 참이라 머리가 제대로 돌아가지 않았다.

 "어쩌지? 가라고 할 수는 없잖아."

 "알았어. 내가 내려가볼게."

 데쓰로는 옷을 갈아입고 아파트 현관홀까지 내려갔다. 공동 현관 앞에 마른 남자가 서 있었다. 그 남자가 데쓰로를 보고 웃었다.

 제일 처음 든 생각은 '모르는 남자인데'였다. 그와 동시에 '알고 있는 사람일 것이다'라는 생각도 들었다. 저 눈빛과 표정이 확실히 낯익다. 저 미소는 데이토대학의 에이스, 러닝백이었던 나카오 고스케의 것이다.

데쓰로가 문을 열자 나카오는 천천히 안으로 들어왔다. 아주 고급스러운 재킷을 척 걸치고 있다.

바로 알아보지 못한 것은 마지막으로 만났을 때보다도 훨씬 말라 있었기 때문이다. 뺨이 푹 패고 턱이 날카로워졌다. 데릴사위는 힘들다며 웃던 스가이의 이야기를 떠올렸다.

"오랜만이야." 나카오가 말했다.

"나카오……, 너, 무슨 일이야?"

"만나러 왔지."

"만나?"

"응. 있지?" 나카오는 고개를 끄덕이고 슬쩍 위를 올려다봤다.

데쓰로는 숨을 멈췄다. 그가 무슨 말을 하는지 알았기 때문이다.

"오늘 낮에 스가이의 집에 전화했어. 아내가 받더니 스가이가 아직 돌아오지 않았다잖아. 이리저리 물어보니 니시와키의 집에서 자고 온다고 하지 않겠어? 게다가 여자 매니저도 같이 있다고 하고. 바로 감이 오더라."

"스가이와 얘기했어?"

"아니. 안 했어."

그렇다면 사건에 관해서는 모르겠구나. 미쓰키가 현재 어떤 모습인지도.

"있지? 만나게 해줘." 나카오는 오른손 엄지를 위로 올리며 다시 물었다.

데쓰로는 뭐라 대답해야 할지 몰랐다. 거절할 이유가 전혀 생각나지 않았다. 없다고 말한다 해도 그를 그대로 돌려보내는 것 역시 너무나 부자연스럽다.

나카오가 가자며 먼저 엘리베이터로 향했다. 데쓰로는 따르는 수밖에 없었다.

데쓰로는 엘리베이터를 타고 올라가는 동안에도 어떻게 해야 좋을지 고민했다. 여기까지 온 이상 나카오와 미쓰키는 만날 수밖에 없다. 하지만 아무런 귀띔조차 하지 않아도 될지 크게 망설여졌다. 당사자가 나카오가 아니라면, 그리고 미쓰키가 살인범이 아니라면 이토록 곤혹스럽지는 않았을 것이다.

아무것도 모르는 나카오는 충수를 나타내는 엘리베이터 패널을 가만히 보고 있다. 데쓰로는 오래전, 페이스 마스크 너머로 본 그의 날카로운 눈빛을 떠올렸다. 볼을 든 그는 야생동물처럼 필드 위를 달렸다. 미식축구 선수로서는 몸집이 작은 편인 점이 러닝백으로서의 그의 재능을 더욱 돋보이게 했다. 상대 수비진은 토끼를 잡지 못하는 고릴라처럼 우왕좌왕했다.

엘리베이터를 내려 막 집으로 가려다가 데쓰로는 걸음을 멈췄다.

나카오는 어리둥절한 표정을 지었다.

"마음의 준비를 하는 게 좋겠어."

나카오는 당황한 눈빛을 던진 후 어른이 여유를 부릴 때의 미소를 지었다.

"나를 그렇게 애송이로 보냐?"

"그게 아니야. 지금의 히우라를 보면 너도 아마 깜짝 놀랄 거야. 각오하라고."

"시간이 흐르면 어떤 인간이나 변해."

"변화 방식에도 여러 가지가 있지."

데쓰로가 너무나 끈질기게 말하자 나카오도 드디어 농담이 아니라는 것을 깨달은 듯 일단 웃음을 감췄다. 그러나 다시 또 표정을 풀었다.

"그저 그리워 보러 온 거지 특별히 기대하는 것은 전혀 없어. 그러니까 새삼 실망할 것도 없다고."

데쓰로는 한숨을 쉬었다. 실망하는 것은 '지금'에 관한 게 아니다. 그의 소중한 '과거'와 관련된 것이지.

아파트 문을 열자 안에서 리사코가 딱딱하게 굳은 얼

굴로 나왔다.

"스가이의 아내에게 들은 모양이야. 히우라를 만나고 싶대." 데쓰로가 말했다.

"그렇구나." 리사코도 망설이는 듯했으나 피할 수 없는 상황임을 깨달았을 것이다. "어쩔 수 없지."

"응." 데쓰로도 수긍했다.

리사코는 나카오를 보고 눈살을 찌푸렸다. "나카오, 왜 그렇게 말랐어?"

"여러모로 고생했으니까. 다카쿠라는 여전히 새까맣구나."

"바깥에서 일하니까."

리사코는 부자연스러운 미소를 짓고 어쩔 거냐고 묻는 눈빛으로 데쓰로를 봤다.

"히우라는 안에 있어?"

"응." 그녀는 턱을 당겼다.

"그럼, 불러와."

"알았어."

"잠깐만. 내가 갈게. 괜찮지?" 나카오가 말했다.

데쓰로와 리사코는 서로 마주 본 다음 살짝 고개를 끄덕였다. "그래도 되지만."

나카오는 신발을 벗고 복도를 걸어갔다. "저기……" 하고 리사코가 말을 걸려 했으나 데쓰로가 손으로 제지했다.

나카오는 거실 문을 열고 한 걸음 안으로 들어갔다. 하지만 거기까지였다. 그는 안을 본 채 움직임을 멈추더니 그대로 데쓰로를 봤다. 몇 초쯤 그런 상태가 이어졌다.

마침내 소리가 나고 미쓰키가 나카오 앞에 섰다. 둘은 잠시 아무 말이 없었다. 기묘한 공기가 그들을, 그리고 데쓰로와 리사코를 감쌌다.

"QB. 미안하지만 나와 고스케만 있게 해줄래? 10분, 아니 5분이면 돼." 미쓰키가 나카오에게서 눈을 떼지 않고 말했다.

데쓰로가 리사코를 보자 그녀는 고개를 끄덕였다.

"10분, 15분이라도 돼. 실컷 얘기해. 우리는 이쪽에 있을 테니까."

"미안해." 미쓰키는 거실 문을 닫았다.

데쓰로는 침실 문을 열고 리사코와 함께 들어갔다.

5

둘의 대화 소리는 전혀 들리지 않았다. 데쓰로는 바닥에 책상다리로 앉고, 리사코는 침대에 누운 채 노크 소리가 들리기를 기다렸다.

데쓰로는 미쓰키가 전과 마찬가지로 복잡하고 고통스러운 상황을 담담하게 이야기하고 있으리라 상상했다. 하지만 이야기하는 상대가 나카오인 만큼 훨씬 말하기 힘들겠지.

데쓰로는 하얀 슬로프를 떠올렸다. 대학 4학년 겨울이었다. 리사코와 둘이 2인승 리프트에 탔다. 바로 앞에는 역시 커플의 뒷모습이 보였다. 나카오와 미쓰키다. 그해 겨울, 넷이서 나에바의 스키장에 갔다.

나카오와 미쓰키가 사귄다는 사실을 아는 사람은 데쓰로 커플뿐이었다. 다른 사람에게는 비밀로 해달라고 둘이 부탁했고, 오늘까지 그 약속을 지켜왔다.

둘이 어떤 경위로 교제하게 되었는지 자세한 사정은 모르고 캐묻기를 좋아하지도 않는다. 자신과 미쓰키의 관계를 숨긴 부담감도 있었다. 리사코 역시 미쓰키에게 아무 말도 듣지 못한 것 같았다.

스키 여행을 가자는 리사코의 제안에 일단 나카오가 찬성했다. 데쓰로는 미쓰키 일이 있어서 조금 망설였으나 거절할 적당한 이유가 생각나지 않았다. 미쓰키도 동의했다는 말을 듣고 자신도 신경 쓸 필요 없겠다고 마음을 고쳐먹었다.

스키장 호텔에서 미쓰키와 단둘이 될 기회가 있었을

때도 연립주택에서의 하룻밤을 언급하지 않았다. 데쓰로
는 그저 이렇게 말했다.

"나카오와는 앞으로 어떻게 할 생각이야?"

요컨대 장래를 생각하냐는 질문이었다.

미쓰키는 고개를 갸웃했다.

"아직은 거기까지 생각하지 않았어. 나카오에게 과연
나 같은 여자가 어울릴까, 하는 생각도 들고."

"너무 고리타분한 얘기 아냐?"

"그런 뜻이 아냐."

대화는 그게 다였다.

지금 생각해보면 그때 미쓰키가 한 말에는 중대한 의
미가 담겨 있었다. 그녀는 나카오와 함께 있으면서도 여
전히 고민하고 있었다.

나카오와 미쓰키가 사귄 것은 1년 남짓이었다. 다음 해
1월, 데쓰로는 나카오에게 헤어졌다는 이야기를 들었다.

"허세를 부리려는 게 아니라 차였다는 생각은 안 들
어." 그때 나카오는 그렇게 말했다. "뭐랄까, 우리는 연인
이라는 관계로는 잘되지 않는 것 같아. 좋은 친구로 지내
는 게 최선이지 않을까 싶어. 그래서 앞으로도 계속 볼
건데 일단 지금까지의 관계는 끝내기로 했어."

"아, 그게 좋을지도 모르지." 데쓰로는 그 이야기를 들

고 그 정도로만 대답했다. 하지만 이해하지는 못했다. 결국은 실연한 거잖아. 그렇게 해석했다.

그러나 그 말이 거짓이 아니었을 수 있겠다. 나카오는 진실을 몰랐지만, 미쓰키가 숨기는 모습을 알아차렸을 것이다.

데쓰로는 시계를 봤다. 둘의 대화가 시작되고 약 20분이 지났다.

"저기 말이야. 나카오, 충격받았을까?" 리사코가 입을 열었다.

"당연히 충격이겠지."

"화를 내지는 않겠지?"

"화를 내?"

"속았다고……."

"그러진 않겠지."

대답은 그렇게 했지만, 자신은 없었다. 자신은 딱 한 번 미쓰키와 관계를 가졌으나 마음을 빼앗긴 적은 없다. 그래도 미쓰키의 마음이 남자라는 사실을 알고 난 뒤로 마음이 복잡했다.

"나카오 말이야, 너무 말랐지?" 리사코가 말했다.

"그렇더라. 고생이 많았나 봐."

"꽃가마 탄 남자라고 했는데."

"좋은 일만 있진 않겠지."

나카오는 식품 대기업 중역의 딸과 결혼했다. 그 회사의 미식축구부가 전성기였을 때 승리 축하 연회에서 만났다고 한다. 나카오는 당시 에이스 러닝백이었는데 중역의 딸은 미식축구 팬은 아니었지만 우연히 들렀다가 만났다니 인연인 셈이다.

그 기업은 가족회사라 그의 장래는 약속된 것이나 다름없었다. 지금은 세이조의 단독 주택에서 아내와 두 아이와 살고 있다. 두말할 것 없이 장인이 준 집이다.

나카오의 현재 성은 다카시로다. 그러나 데쓰로와 친구들이 그렇게 부르는 일은 없다. 그는 이전 동료들 앞에서는 여전히 나카오 고스케였다. 리사코가 지금까지 다카쿠라로 불리는 것과 마찬가지다.

거실 문이 열리는 소리가 났다. 이어서 발소리가 났다. 리사코가 침대에서 몸을 일으켰고 데쓰로는 방문을 바라봤다.

노크 소리가 났다. 데쓰로가 들어오라고 대답했다.

문이 열리고 미쓰키의 얼굴이 보였다. "끝났어."

"나카오는…… 어때?"

"어떻다니?"

"상태가 어떠냐고."

"충격을 받았냐고?"

"응."

"글쎄, 어떨지. 만나보면 알겠지." 미쓰키는 살짝 이를 보였다.

맞는 말이다. 데쓰로는 리사코와 시선을 주고받고 일어났다.

나카오는 장식장 앞에 서서 위에 장식된 볼을 들고 있었다. 데쓰로 일행이 거실로 들어오자 볼을 든 채 고개만 돌렸다.

"그때 런은 생각 못 했어?" 나카오가 데쓰로에게 물었다.

"그때?" 그렇게 묻자마자 나카오가 언제를 얘기하는지 깨달았다. "결승전?"

"상대는 패스만 생각하고 있었어. 기습이라는 방법도 있었잖아."

"18야드였어." 데쓰로는 싱글대며 말했다.

"좀 무리였나?" 당시 러닝백은 고개를 갸웃하며 볼을 원래 자리에 놓았다. 그리고 리사코를 봤다. "미쓰키의 자수를 말렸다더라."

"안 돼?"

"아니. 그러길 잘했어. 이 녀석, 앞뒤 생각 안 하고 행동하는 버릇이 있으니까. 남자가 되어도 하나도 안 변했어."

웃으며 하는 말을 통해 그가 미쓰키의 변신을 긍정적으로 받아들이고 있음을 알 수 있었다. 하지만 왠지 가슴 아파 보여 데쓰로는 그에게서 눈길을 피했다.

"미쓰키를" 나카오는 말을 이었다. "교도소 같은 데 보낼 수는 없어. 뭐든 하고 싶어."

리사코는 안도한 듯 끄덕였다. "그렇게 말할 줄 알았어."

"하지만 구체적으로 뭘 해야 할까?" 데쓰로가 물어봤다.

나카오는 그 점은 아직 생각하지 못한 듯 고개를 숙였다. 뺨에 드리워진 그림자가 짙어졌다.

"제안이 하나 있는데."

리사코의 말에 다른 셋이 주목했다. 그녀는 일단 앉으라는 듯 소파를 가리켰다.

데쓰로와 나카오가 나란히 앉고 리사코는 2인용 소파에 앉았다. 미쓰키는 다다미방 경계의 문턱에 무릎을 안고 앉았다.

"먼저 결론부터 말할게. 내 생각은 이래. 경찰의 눈으로부터 미쓰키를 숨기기에 가장 쉬운 방법은 미쓰키를 미쓰키가 아닌 것으로 만드는 거야. 즉, 모습을 바꾸는 거지."

"무슨 소리야?" 데쓰로가 물었다.

"가령 경찰이 간자키 미쓰루라는 인물에 눈을 돌리더라도 그런 사람은 실제로는 존재하지 않아. 결국에 그들이 쫓는 것은 그렇다고 여겨지는 사람이지. 그러므로 미쓰키가 '그렇다고 여겨지는 사람'이 아니게 되면 그만이야."

"그러니까, 미쓰키가 남자 차림을 하지 못하게 한다고?" 나카오가 확인하듯 말했다.

"정답!" 리사코가 고개를 끄덕였다.

"그건 좀 봐주라." 미쓰키가 무릎을 안은 채 중얼거렸다. "새삼 여자로 꾸미라니."

"하지만 경찰이 갑자기 그만둔 네코메의 바텐더를 의심하면 남자 차림을 한 여성이라는 점을 가장 큰 특징으로 생각할 거야."

데쓰로도 리사코의 의견에 동의할 수밖에 없었다. 미쓰키가 여자라는 것은 네코메의 마담도 알기 때문이다. 그 마담이 경찰에게 거짓말할 것 같지는 않다.

"그렇다면 경찰은 그런 여성들이 모이는 곳을 집중적으로 조사할 거야. 일테면 그런 취향을 지닌 사람을 상대로 하는 가게나."

"그러니까 레즈 클럽……" 나카오가 신음하듯 말했다. 그 단어를 사용하는 것은 그리 유쾌하지 않은 듯하다.

"나는 그런 데 가지 않아."

"알아. 그러니까 경찰은 그런 곳에서 미쓰키를 찾을 수 없어. 그렇다면 그들은 이제 어디를 조사할까?"

그녀는 반응을 살피듯 다른 사람들의 얼굴을 둘러봤으나 발언하는 사람은 없었다.

리사코는 정답을 댔다. "병원 아닐까?"

"그렇지! 호르몬 요법이구나!" 데쓰로가 이해했다.

"경찰은 네코메 관계자에게 들은 말에 따라 사라진 바텐더는 수술을 받았거나 적어도 호르몬 치료를 받았다고 생각하지 않을까. 그리고 그런 사람은 정기적으로 병원에 다닐 테니 그곳을 조사할 거야."

"주사를 놔주는 사람은 정식 의사만이 아니야." 미쓰키가 부루퉁하게 말했다.

"그럴 수도 있지. 하지만 미쓰키가 아는 무면허 의사라면 경찰도 찾을 수 있지 않을까?"

미쓰키는 대답하지 않았다. 리사코의 추론이 옳다는 것이리라.

"당분간 미쓰키는 병원에 못 간단 말이야?" 나카오는 손가락으로 양쪽 눈두덩을 눌렀다.

"그렇게 되겠지. 그렇게 되면 미쓰키가 한없이 남자 차림을 하고 있을 순 없어. 그건 아주 위험한 일이니까."

"왜?" 데쓰로가 물었다.

"그야 호르몬 치료를 받지 않으면 미쓰키의 몸은 점차

여자로 돌아가. 지금은 어딜 봐도 남자지만, 곧 남장한 여자로 보일 거야. 그렇게 되면 너무 눈에 띄잖아. 다들 숨겨주려는데 그런 상황이 되면 좋을 게 없지."

"하지만 경찰도 용의자가 여자로 돌아오리라 예상하지 않을까?"

나카오의 질문에 리사코는 그럴 거라고 대답했다.

"어쩔 수 없어. 하지만 장점이 줄어든다고 생각하진 않아. 경찰은 간자키 미쓰루의 본명을 몰라. 관계자 누구도 '그'가 여자가 되었을 때의 모습을 모르지. 미쓰키가 계속 여자로 있는 한 경찰이 쥔 단서는 소용없는 것이나 마찬가지야."

데스로는 머릿속으로 그녀가 열띠게 말하는 내용을 음미했다. 그 주장에는 일리가 있다.

그러나 이 묘안이 미쓰키에게는 흔쾌한 제안이 아닐 것이다. 미쓰키는 검지 두 번째 관절 부분을 깨물고 있었다.

데스로는 리사코에게 말했다. "너는 아까, 히우라가 자수하겠다고 했을 때 이렇게 말했어. 애써 얻은 남자의 몸을 그렇게 쉽게 버리겠냐고. 그런데 지금은 네가 버리라고 하는 거잖아."

"두 이야기만 놓고 보면 모순이라는 것은 인정해. 하지만 나로서는 논리적이라고 생각해." 리사코는 자리에서 일어나 미쓰키 앞에 섰다. "교도소에 들어가면 소중한 것을 다 빼앗겨. 소용없어지지. 미쓰키의 뜻도 사상도 무시돼. 그런 상황과 미래를 막기 위해 잠시 가짜 모습을 취하는 것은 근본적으로 의미가 다르다고 생각해."

미쓰키가 고개를 들었다. "그 가짜 모습을 언제까지 해야 하는데?"

"그건……" 리사코는 조금 망설인 뒤 말했다. "솔직히 모르겠어. 상황을 봐야지."

"그러니까 영원히 이어질지도 모르네."

"설마 그런 일은……."

"살인의 공소시효는 15년이지?" 미쓰키가 데쓰로를 보며 말했다.

"그렇지." 그는 고개를 끄덕였다. 미쓰키는 쓴웃음을 짓고 후 하고 숨을 내뱉었다. "여자라는 정체성을 버리는 데에, 최악의 경우 앞으로 15년이 걸린다고?"

미쓰키의 중얼거림이 침묵을 불러왔다. 전원이 저마다 생각에 잠겼다.

"미쓰키." 이윽고 리사코가 말했다. "지금이니까 내 진심을 말할게. 좋은 말만 하면 앞으로 아무것도 안 될 테니까."

데쓰로는 무슨 얘기를 하려 하나 싶어 아내의 옆얼굴

을 봤다. 미쓰키도 허를 찔린 듯한 표정으로 올려다보고 있다.

"알고 있겠지만 나는 여자야. 당연히 이렇게 여자의 몸을 지니고 있지. 그런 인간으로서 한마디 해둘게. 여자의 몸, 어디가 그렇게 마음에 안 들어? 그렇게 싫어할 이유는 없다고 네 몸이 말하고 있을 거야."

"너는 몸과 마음이 일치하잖아? 히우라는 그게 일치하지 않아 고통스러운 거라고." 데쓰로가 옆에서 말했다.

"그건 알아. 하지만 왜 일치하지 않으면 안 돼? 마음은 남자, 몸은 여자로 있어도 되는 거 아냐?"

"나는 남자로 받아들여지고 싶어. 그래서 남자의 외모가 필요하고. 알겠어?" 미쓰키가 말했다.

그러자 리사코는 허리에 손을 대고 가볍게 심호흡을 한 번 했다.

"미쓰키의 말에는 심각한 문제가 있어. 어떤 사람이 다른 사람을 대할 때 상대가 여자인지 남자인지에 따라 태도가 달라진다는 소리네."

데쓰로는 그녀가 알아차리지 못하게 고개를 살짝 꺾고 작게 한숨을 내쉬었다. 또 시작이다.

"그거 너무 이상하잖아?"

"이상하든 아니든 그게 현실이니까 어쩔 수 없잖아?"

미쓰키가 내뱉듯 말했다.

"그 현실을 바꿔볼 생각은 없어? 상대가 여자든 남자든 취급이나 태도가 달라지지 않으면 미쓰키가 그렇게 초조해할 이유도 없잖아."

"그런 일이 그리 쉽게 되진 않잖아. 세상이 바뀌지 않으니까 내가 변하는 수밖에 없다는 게 히우라의 사고방식이야. 네 말은 꿈같은 이상론이고." 데쓰로가 말했다.

리사코는 드디어 그를 바라봤다.

"그 정도는 알아. 그래서 미쓰키의 의사를 존중해. 하지만 육체를 바꿔 상황에 맞추려는 것은 타협안에 불과하다고 말하고 싶은 거야. 그건 진정한 해결이 아니라는 게 내 본심이야. 아까 말했지? 진심을 얘기해달라고. 그리고 하나 더 얘기하자면." 다시 미쓰키를 내려다보며 말했다. "여자의 몸을 지님으로써 미쓰키가 품은 초조함과 분노는 많든 적든 여성이면 누구나 가지고 있어. 마음이 여자라 아무렇지 않은 게 아니라고. 그저 익숙할 뿐이지. 그리고 포기하고 살 뿐이야."

리사코는 하고 싶은 말은 끝났다고 마무리하고 소파로 돌아왔다. 테이블 위의 담배를 들고 라이터로 불을 붙였다.

그녀가 토해낸 연기가 너울너울 공중을 맴돌았다. 전원의 마음을 표현하듯 공기는 하얗고 뿌옇다.

"리사코는…… 한 가지 중요한 것을 잊었어. 내 모습을 보는 것은 타인만이 아니야. 이 세상에는 거울이라는 게 있어." 미쓰키가 말했다.

"그 거울을 보는 눈도 왜곡되었다는 생각은 안 해?"

"그럴 수도 있지. 하지만 이제 어쩔 수 없어."

리사코의 입술이 흠칫 움직였다. 나는 그렇게 생각하지 않아. 그렇게 말하고 싶었을지 모른다. 하지만 그녀의 입술은 더는 열리지 않았다.

숨 막히는 공기를 뒤흔들듯 전화가 울리기 시작했다. 데쓰로가 수화기를 들었다. "여보세요."

"니시와키야? 나야. 스가이."

"응. 왜?"

"아니, 실은 아내가 실수해서. 히우라가 거기 있다고 나카오에게 말했대."

"그거라면 알아. 지금 나카오, 여기 있어."

"뭐! 그래? 그래서 어떤데?" 스가이는 목소리를 낮췄다.

"괜찮아. 나카오는 냉정해."

스가이는 안도의 숨을 내쉬었다.

"그렇다면 다행이다. 문제가 생기지 않을까 걱정했어."

"너는 그런 걱정 안 해도 돼. 우리가 알아서 할 테니까."

"미안해. 힘이 되지 못해서. 하지만 나름대로 정보를 모앗어. 아무래도 경찰 수사는 그리 진행되지 않은 것 같아. 그러니까 지금이라도 자수하면……."

"잠깐만! 정보를 모으다니, 어떻게?"

"대단한 건 아니야. 하야타에게 전화했지."

"하야타에게?" 데쓰로는 수화기를 잡은 손에 힘을 줬다. 리사코와 미쓰키, 그리고 나카오가 불안하게 보고 있다. 그들의 얼굴을 쳐다보면서 데쓰로가 말했다. "뭐라고 전화했는데?"

"그러니까 그 에도가와구 살인사건에 관해 아는 게 있으면 알려달라고 했지. 현장 근처에 지인이 살아서 자세한 상황을 알고 싶어 한다고. 별로 수상하게 여기지는 않았어."

"하야타가 바로 정보를 알려줬어?"

"잠깐 알아볼 시간이 필요하다며 전화를 끊더니 녀석이 전화했어. 지금 그 녀석, 기자클럽 같은 데 속해 있지 않고 예비군 같은 처지래. 그래서 대신 알아봐줬다는데 그에 따르면 피해자 신원은 밝혀졌대. 역시 이타바시의 그 아저씨야. 하지만 알아낸 사실은 그 정도이고 스토커였다는 것이나 긴자 바에 다녔다는 사실은 아직 모르는 것 같아."

스가이의 목소리에는 흥분한 듯한 울림이 있었다. 유익

한 정보를 얻었다는 자부심이 있을지 모른다. 데쓰로로서는 이 정보의 가치를 파악할 수 없었다. 오히려 다른 게 걱정되었다.

"알았어. 저기, 스가이. 괜한 말을 하야타에게 흘린 건 아니지? 일테면 히우라 일이나."

"말했을 리 있겠냐? 그 정도로 바보는 아니야."

데쓰로는 그 정도로 바보는 아니나 상당한 바보라고 말하고 싶은 것을 간신히 참았다.

"오케이. 고마워. 하지만 다시는 하야타에게 전화하지 마. 녀석이 뭔가 물어봐도 모른다고 하고."

"왜? 녀석을 끌어들이면 정보를 얻을 수 있는데."

"일단은 내가 말한 대로 해주라. 너도 성가신 일에 휘말리고 싶지 않잖아."

"그야 그렇지. 그러니까 더."

"약속해. 하야타와는 접촉하지 마."

데쓰로의 엄격한 말투에 스가이는 당황한 듯했다. 잠시의 침묵 후 여전히 수긍하지 못한 목소리로 알았다고 대답했다.

데쓰로는 전화를 끊고 셋에게 전화 내용을 전했다. 나카오는 쓴웃음을 짓고 리사코는 머리를 감싸 쥐었다.

"하야타는 이상하게 여길 거야." 미쓰키가 말했다.

"아마도 그러겠지. 놈의 감은 정말 예리하거든." 데쓰로도 동의했다.

하야타는 신문사 사회부 기자로 일한다. 학창 시절부터 꿈꾼 직업이다.

"하지만 스가이가 물어본 게 다잖아. 미쓰키와 우리가 얽혀 있는 것은 모를 테고."

"지금은 그렇지. 놈이 얼른 잊어주기만을 바랄 뿐이야. 감을 따라 느닷없이 이리로 쳐들어오기라도 하면 다 끝이야."

"만약 그러면 하야타에게도 협력을 요청하는 수밖에 없어."

"그건 아무래도 안 될 거야. 좋은 의미에서든 나쁜 의미에서든 하야타는 감정에 좌우되지 않는 사람이니까. 자신이 해야 할 일을 냉정하게 판단하고 행동하지. 녀석은 일을 선택할 거야." 나카오가 차분한 목소리로 말했다.

"나도 그렇게 생각해. 그러니까 타이트엔드지." 미쓰키가 툭 내뱉었다.

타이트엔드는 상대 태클러의 움직임을 막는 역할을 담당한다. 하지만 상황에 따라서는 수비망을 뚫고 패스를 받아 골라인을 향해 돌진하기도 한다. 가장 임기응변이 요구되는 포지션이다.

"스가이가 전화를 건 이상 하야타가 우리에게 상황을 물어볼 가능성도 있어. 마음의 준비를 하자." 데쓰로는 리사코와 나카오에게 말했다.

해가 지자 집에 가겠다는 나카오를 데쓰로는 아파트 밖까지 배웅했다.

그의 차는 앞쪽 도로에 노상 주차되어 있었다. 짙은 녹색의 볼보다. 후미등 옆이 움푹 패어 있다. 데쓰로는 그곳을 가리키며 말했다. "이거, 왜 이래?"

"아, 이거? 얼마 전 추돌당했어."

"괜찮아?"

"큰 추돌은 아니었어. 다행히 다치지도 않았고. 그보다 미쓰키를 잘 부탁해." 나카오는 데쓰로의 눈을 똑바로 바라보며 말했다.

"알았어."

나카오는 고개를 끄덕이고 운전석에 탔다. 시동을 걸고 창문을 내리며 말했다. "그럼 또 보자."

"나카오. 저기, 하나만 묻자."

데쓰로의 말에 그가 살짝 미소를 지었다.

"어떻게 생각하는지 묻고 싶은 거지? 미쓰키의 마음이 남자라는 것을 알고 나서?"

"……뭐, 그렇지."

"그래. 충격이 아니라고는 할 수 없지만, 상관없다고 생각해."

"상관없어?"

"그 당시의 우리와는, 이라는 의미에서. 그때 나와 함께 있던 미쓰키는 틀림없이 여자였어. 그렇게 믿어."

"그래? 그렇지." 데쓰로는 웃음으로 답했다.

나카오는 이만 가보겠다며 한 손을 들고 창문을 닫았다.

볼보가 조용히 출발했다. 데쓰로는 후미등이 멀어지는 것을 지켜봤다.

제 3 장

1

먹빛 하늘 아래, 낡은 공장을 배경으로 여자 선수 몇 명이 달리고 있다. 선수 모두 손발의 움직임이 강력하고 리드미컬하다. 순조롭게 레이스를 마무리할 것 같다. 늘 느끼지만, 장거리 선수라고 해도 그들의 속도는 평범한 사람의 전력 질주를 훨씬 능가한다. 놀랍게도 저 속도로 수천, 수만 미터를 계속 달리는 것이다.

여자 선수들의 코치인 아리사카 후미오가 디지털 스톱 워치를 들여다보고 있다. 그러고는 어떠냐고 묻는 것처럼 데쓰로를 바라본다. 부정적인 견해는 전혀 용납할 수 없다는 듯 눈빛에 자신감이 넘친다. 데쓰로 역시 그의 기분을 망칠 생각은 없다.

"좋아 보이네요. 얼마 전에 봤을 때보다 더 좋아진 것 같아요."

아리사카는 고개를 끄덕인 뒤 짙은 감색 트레이닝복 안으로 손을 찔러 넣고 겨드랑이 밑을 벅벅 긁었다. 비만이라고 할 정도는 아니나 목덜미에는 살이 좀 붙어 있다. 현역 시절 연필처럼 마른 선수로 하코네 역전 달리기에서 관심을 받았는데 실업팀에 들어가고부터 부진했다. 부상이 많은 선수였다.

"그런데 오늘은 무슨 일이야? 역전 취재는 전에 했잖아." 아리사카가 물었다.

"실은 부탁이 있어요. 전에 다이이치고등학교 선수 이야기를 하셨잖아요."

"다이이치고등학교?" 아리사카는 거기까지 말하고는 기억이 난 듯한 표정을 지었다. "아! 스에나가 말이지?"

"네. 스에나가 무쓰미⋯⋯였죠. 그 선수에 관해 여쭙고 싶은데요."

"그러면 나카하라 씨에게 가는 게 나을 거야. 그 사람이 더 잘 아니까. 그런데 그 애를 취재하려고?" 아리사카는 데쓰로를 바라봤다.

"한번 만나보고 싶어서요."

"흠. 그만두는 게 좋을 거야."

나란히 클럽 하우스로 돌아오자 하얀 바람막이를 입은 작은 몸집의 남자가 아리사카에게 다가왔다.

"아리사카 씨. 말씀하신 근력 데이터, 책상 위에 놨어요."

"아, 고마워. 그런데 니시와키 씨가 당신한테 용건이 있다네."

"네? 무슨 일인데요?"

남자는 데쓰로를 보며 웃었다. 육상부 팀 닥터인 나카하라라는 사람이다. 대학 조교수이기도 하다.

"스에나가에 관해 묻고 싶대."

"아, 네." 나카하라의 눈에서 웃음기가 사라졌다. 옆 벤치에 앉는다. "그 아이에 대해 뭐가 궁금한데요?"

"구체적인 사실이요. 반음양^{Hermaphroditism}이라고 했던 것 같은데요."

"맞아요. 성 분화가 제대로 이루어지지 않은 병이죠. 생식기가 남녀 양쪽의 특징을 다 가지고 있어요."

"호적상은 여성인가요?"

"여성입니다. 태어났을 때는 성기를 확인할 수 없었겠죠. 진성 반음양이라는 거죠. 고환과 난소를 다 가지고 있는 경우입니다. 갓난아기일 때는 특히 남녀 구별이 어려울 때가 많죠."

"그 선수가 반음양인 것은 확실한가요?"

"확실하냐 아니냐의 문제가 아니지. 본인이 그렇게 고백했으니까." 아리사카가 옆에서 말했다.

그가 스에나가 무쓰미라는 여자 선수를 알게 된 것은 올여름이라고 한다. 다이이치고등학교 육상부 출신이 상담을 청해온 것이 계기였다. 상담 내용은 반음양 선수가 여자대회에 출전할 수 있냐는 것이었다.

스에나가 무쓰미는 중학생 때까지는 평범한 여자와 다름없이 생활했다. 본인도 자기 육체에 의문을 품지 않았다. 그런데 중학교 2학년 겨울, 교통사고를 당해 입원하게 되었다. 그때 담당 의사가 그녀의 육체에 숨은 비밀을 알아차렸다.

하지만 그녀의 부모는 진실을 들은 후에도 수술받게 하지 않았다. 지금까지 별 지장 없이 살았다는 것이 주된 이유였다. 경제적인 사정도 있었으리라. 스에나가 무쓰미는 평범한 여학생으로 고등학교에 진학해 육상부에 들어갔다.

이변은 곧 일어났다. 무쓰미의 육체는 서서히 남성적으로 변했고 그와 동시에 기록이 향상되기 시작했다. 육상부 고문은 골머리를 앓았다. 그녀가 반음양이라는 사실은 육상부에 들어올 때 밝혀 알고 있었다.

"고환이 있으니 남성 호르몬이 분비됩니다. 여자 선수가 도핑한 것이나 마찬가지죠. 실제로 스에나가도 남자 같은 근육을 가지고 있습니다. 굉장한 기록을 내는 게 그 탓이라 생각하는 것도 무리는 아니죠." 나카하라가 설명했다.

"정식 기록은 남아 있지 않지만, 고문이 잰 바로는 5천 미터를 15분에 주파했다지."

아리사카의 대답에 데쓰로는 눈을 부릅떴다.

"일본 신기록이잖아요?"

"3천 미터를 9분 안에 달렸다는 얘기도 있지."

"그것도 굉장하네요!" 데쓰로는 목소리를 높였다. "하지만 성별 검사를 하면 여성이 아닌 거죠?"

데쓰로의 이야기에 나카하라는 고개를 저었다.

"아뇨. 성별 검사에서는 여성으로 판정될 겁니다."

"아, 그래요?"

"검사 방법은 여러 가지예요. 최근에는 PCR이라 하는 DNA 증식 방법을 이용하는데 본질적인 것은 이전과 그리 달라지지 않았어요. 요컨대 성염색체를 조사하는 겁니다. 남자가 XY형이고 여자가 XX형이라는 이야기, 들어본 적 있으시죠?"

"네."

"그 최신 방법이라는 것도 Y염색체를 지닌 사람을 찾아내는 겁니다. 바르셀로나 때부터 도입했죠. 그런데 진성 반음양인 사람은 Y염색체가 없어요. 그러니까 검사해도 여자로 나올 겁니다."

"그렇다면 스에나가라는 그 학생은 별문제 없는 거 아닙니까?"

"분명 검사상으로는 문제가 없죠. 아마 과거에는 그런 선수가 출전했었을 거예요."

"지금도 가끔 나오지 않을까? 외국 선수 중에서 이거 정말 이상하다 싶은 선수가 당당히 출전하잖아." 아리사카가 말했다.

"그래도 외모만 보고 문제를 제기할 수는 없어요. 성별 검사를 통과했다면 말이죠."

"스에나가 선수도 같은 방법을 쓰면 될 일 아닌가요?"

"도의적인 문제죠. 반음양이라는 것은 선천성 질병입니다. 병으로 원래 여성이 지니지 못하는 능력을 갖추었습니다. 그런 선수를 출전시키다니 문제가 있지 않나요?" 나카하라가 말했다.

"공평하지 않다는 말입니까?"

"그것도 있죠. 하지만 그보다 주위 사람이 배려해야 하지 않을까요? 병이라면 치료받아야죠. 기록을 노리고 달리게 해서는 안 됩니다."

"하지만 주위 사람도 몰랐다면……."

"맞아요. 아무도 몰랐다면 괜찮았을 수도 있지요. 하지만 우리가 알았죠."

"아예 몰랐으면 좋았지. 계속 숨겼다면 말이야, 나는 뒤도 안 돌아보고 스카우트했을 거야. 하지만 알게 된 이상 그럴 수 없어." 아리사카가 쓴웃음을 지으며 말했다.

농담 섞인 말투였으나 진심도 섞여 있다.

"규정은 어떻게 되나요?"

"정식 규정은 없습니다. 그보다 규정을 만들지 않는 게 적절할 수도 있죠. 방금 말한 것처럼 현재의 성별 검사에서는 진성 반음양을 발견해낼 수 없습니다. 자진 신고에 의존하는 수밖에 없죠."

데쓰로는 나카하라의 설명이 석연치 않았다.

"그러면 반음양 선수가 출전을 원하면요?"

"출전을 허가하지 않을 방법은 없습니다. 하지만 일본 육상연맹 등 체육 기관들은 출전하지 말라고 하겠죠."

"이유는?"

"기록에 의미가 없어지니까요. 만약 그 선수가 일본 신기록을 깨면 어떻게 되죠? 그것이 진짜 여성 일본 신기록일까요?"

데쓰로는 말문이 막혔다. 문제점을 이해했다.

"좋은 선수라고 생각해. 그런 특별한 신체의 소유자라
는 점을 빼더라도 능력이 많은 선수야. 하지만 경기에 나
서면 반드시 비난이 쏟아질 거야. 육상연맹의 뜻을 거슬
러 좋을 게 하나도 없어. 결국은 경기에 나가지 못하도록
우리가 선수를 설득하게 되겠지. 그러면 아무 의미가 없
잖아. 경기에 못 나가는 선수를 우리가 짊어질 수는 없
어." 아리사카가 말했다.

실업팀 코치로서는 당연한 발언이다. 데쓰로는 수긍했다.

"그 선수는 고등학교 졸업 후 뭘 할 생각인가요?"

"경기는 그만둘 생각이랍니다. 원래 고등학교 육상부
에 들어갈 때도 경기에 나설 생각은 안 했답니다. 그저
취미로 달리겠다고."

"취미로 달려 일본 신기록을 낸단 말이지. 역시 여자가
아니야." 아리사카가 머리를 긁적였다.

다이메이공업에서 돌아오는 길, 데쓰로는 전철 안에서
스에나가 무쓰미라는 선수를 내내 생각했다. 그녀에 관
해 알고 싶어진 것은 미쓰키의 고백을 들은 뒤부터였다.
성정체성장애와 반음양. 육체와 정신이라는 차이는 있어
도, 성을 초월한다는 점에서는 마찬가지다. 그런 사람을

어떻게 대해야 할지가 데쓰로의 고민이었다.

여성 스포츠계가 진성 반음양 선수를 받아들이지 못하는 논리를 모르는 바 아니다. 확실히 남성과 다름없는 체력을 지닌 그들과 평범한 여자 선수들을 대등하게 비교할 수는 없으리라.

그러나, 그렇다면 그들은 여성이 아니란 말인가. 호적상으로는 여성이고 본인도 여성이라는 자각이 있는데 여성으로 받아들여지지 않는다면 부조리하지 않나.

도핑이 비열한 행위임은 명백하다. 하지만 진성 반음양 선수들이 남성 호르몬을 만들어내는 것은 그들 자신의 특수한 능력에 불과하다. 그리고 스포츠라는 것은 어떤 의미에서 특수한 능력을 지닌 자들의 싸움 아닌가. 육상계에는 스프린터는 길러지는 게 아니라 태어난다는 말이 있다. 최고의 육상 선수가 될 소질은 태어날 때부터 유전적으로 정해진다는 뜻이다. 올림픽이나 세계선수권 100미터 결승에 흑인 선수가 쭉 늘어서는 것도 그것이 사실임을 드러낸다. 그들은 명백히 다른 인종에 비해 특수한 능력을 지니고 있다.

더 나아가 스포츠계에서 남녀의 구별이란 진성 반음양을 어떻게 취급할 것이냐의 문제만이 아니라 다른 면에서도 모순을 드러내고 있는 듯하다.

나카하라 닥터에 의하면, 누가 어떻게 봐도 여성으로 보이고 호적도 여성이고 본인도 여성이라는 의식을 지닌 선수가 성별 검사에서 '여성 아님'이라는 판정을 받은 적이 있다고 한다.

"검사의 기본은 Y염색체를 지녔는지를 조사하는 겁니다. 그런데 현실에는 Y염색체를 지닌 여성이 존재합니다. 명백한 여성으로 말이죠. 적어도 스포츠와 관련해서는 평범한 여성보다 체력적으로 유리하지도 않아요."

나카하라는 그런 예에도 두 가지 타입이 있다며 이야기를 이어갔다. 하나는 고환여성화증후군$^{Testicular\ feminization\ syndrome}$이라는 질병을 지닌 환자이다. 이 질병의 경우, 환자의 세포 속에 남성 호르몬을 받아들일 수용체가 존재하지 않는다. 따라서 고환에서 아무리 남성 호르몬이 나와도 육체는 남성처럼 되지 않는다. 즉, 고환을 가지고 있고 염색체도 XY이지만 체형은 완벽한 여성이다.

또 다른 하나는 생식샘발생장애$^{Gonadal\ dysgenesis}$라는 것이다. 태아 초기 상태에서 고환이 기능을 멈춘 질병이다. 따라서 남성 호르몬이 나오지 않는다. 염색체는 XY이므로 남성의 몸으로 자라야 하나 남성 호르몬이 분비되지 않아 여성처럼 성장한다는 것이다.

두 경우 모두 염색체가 XY이므로 성별 검사에 걸리고

만다. 그러나 외견상으로는 명백하게 여성이고 사회적으로도 여성으로 인정된다. 본인들도 어떤 위화감 없이 스스로를 여성으로 인식한다.

"지금은 이 두 질병이 잘 알려져, 의사 진단을 받고 증명하면 경기에 출전할 수 있게 바뀌었습니다. 그러나 과거에는 이 질병의 환자는 뛰어난 기록을 세우더라도 성별 검사가 있는 큰 대회에는 나가지 못했죠."

데쓰로는 불합리하다고 생각했다.

"정말 불합리한 얘기죠. 게다가 지금은 그런 선수에 대한 구제 조치가 있다고 해도 일단 이상한 눈으로 봅니다. 그야말로 인권의 문제죠. 성별 검사의 내용을 요약하면 남성 호르몬을 대량으로 만들어내고 그 영향을 받는 사람은 여성으로 인정하지 않는다는 겁니다. 이는 나름대로 명확한 구분이라 할 수 있겠으나 정말 이것만으로 성을 나눌 수 있을지는 의문입니다. 진성 반음양 선수는 바로 그런 역설을 그대로 드러낸 존재이니까요."

그러면 어떻게 해야 하냐는 데쓰로의 질문에 나카하라는 제대로 답하지 못했다.

"개인적인 의견을 말하자면 남녀라는 사고방식을 근본적으로 고쳐야 합니다. 남녀 구분은 애매한데 거기에 억지로 선을 그으면 온갖 모순이 발생하는 게 당연하죠. 왜 그렇게 일정한 선을 그으려 하는 걸까요? 근본적으로 남녀는 다르다는 사실을 드러낼 필요가 있기 때문이겠죠."

데쓰로는 미쓰키의 상황을 생각했다. 미쓰키는 자신을 남자로 여긴다. 그러므로 스포츠를 한다면 당연히 남자 선수로 나가고 싶을 것이다. 불가능한 일은 아니다. 성별 검사는 여성에게만 실시되기 때문이다. 그러나 미쓰키가 남자 선수들을 이길 수는 없다. 핸디캡 없이 싸우려면 그녀는 역시 여자 쪽에 속하는 수밖에 없다.

나카하라의 말처럼 남녀를 나누는 것은 사실상 극히 어려운 일일지 모른다고 생각했다. 이는 비단 스포츠계만의 이야기는 아니다.

데쓰로는 스에나가라는 선수를 꼭 만나고 싶으니 기회가 되면 꼭 말 좀 전해달라고 나카하라에게 부탁했다.

2

아파트로 돌아왔을 때는 완전히 밤이 되어 있었다.

"나 왔어." 문을 열고 안쪽을 향해 말을 걸었다. 하지만 대답은 없었다.

데쓰로는 짐을 든 채 복도를 걸어 거실 문을 열었다.

나체가 눈에 들어왔다. 그는 숨을 멈추고 그 자리에 얼어붙었다.

벌거벗고 있는 것은 미쓰키였다. 트렁크 하나만 걸친 상태였다. 다만 늘 하고 다닌다던 천을 풀고 있어 그다지 크진 않아도 명백히 남자의 것이 아닌 유방이 드러나 있었다. 미쓰키는 그것을 숨기려 하지 않았다. 바닥에 책상다리하고 가슴을 활짝 편 채 살짝 위를 바라보고 있다.

데쓰로는 미쓰키에게서 시선을 돌렸다.

실내를 자세히 살피니 소파와 테이블 같은 가구가 구석으로 치워져 있었다. 방 한가운데에 선 리사코는 카메라를 든 채 데쓰로에게 눈길 한번 주지 않았다.

셔터 소리가 연속해서 세 번.

"뭐 하는 거야?"

데쓰로의 질문에 리사코는 대답하지 않았다. 돌아다니며 앵글을 찾고, 찾으면 셔터를 누른다.

"좀 더 위를 보고 몸을 오른쪽으로 틀어. 응, 좋아. 자연스러워. 아무 표정이나 지어봐."

리사코는 그 상태로 몇 장 더 찍고 카메라 필름을 교체했다.

"이봐, 리사코. 내 말 안 들려? 어이!" 다시 불렀다.

리사코는 과장되게 어깨를 들썩여 큰 한숨을 내쉬고

말했다. "들려."

"그런데 왜 대답도 안 해?"

"하고 싶지 않으니까. 셔터를 누를 때는 집중하고 싶으니까. 이젠 됐어. 집중이 깨졌어." 리사코는 구석에 밀어놓은 소파에 앉았다. "왜? 무슨 일인데?"

"뭐 하냐고 물었어."

"보면 알잖아. 미쓰키의 사진을 찍고 있어."

"왜?"

리사코는 살짝 어깨를 움츠렸다.

"특별한 이유는 없어. 찍고 싶어서 찍는 거지. 안 돼?"

"나는 그리 내키지 않았어." 어느새 셔츠를 입은 미쓰키가 옆에서 말했다. "이런 가슴, 내놓고 싶지 않았어. 하지만 리사코가 지금 모습 그대로를 남기고 싶다고 해서. 뭐, 확실히 호르몬 주사를 못 맞으면 다시 그 여성스러운 몸으로 돌아갈 테지. 애써 만든 근육도 한심하게 변할 테고."

"나는 네 추억을 찍어두려는 게 아니야. 사진작가로서 사진으로 남겨야 한다고 생각했을 뿐이지. 네 몸에는 그만한 가치가 있어."

미쓰키는 그러냐며 뒷머리를 긁적였다.

"설마 어딘가에 발표할 생각은 아니지?"

"지금은 그럴 생각 없어."

"지금? 앞으로도 안 돼. 지금 어떤 상황인지 알기나 해?" 데쓰로가 되물었다.

리사코는 시끄러운 모기라도 쫓듯 손을 흔들었다.

"알아. 애도 아니고."

데쓰로가 정말 아느냐고 못을 박으려는데 리사코가 벌떡 일어나 서둘러 카메라를 댔다.

미쓰키가 담배를 물고 불을 붙이려 하고 있었다. 놀라서 동작을 멈춘 그 모습을 리사코는 계속 카메라에 담았다.

"좋아. 불을 붙여. 이쪽을 보지 마. 맘껏 담배를 피워. 즐기면 돼. 포즈는 신경 쓰지 말고."

셔터 소리가 계속 울렸다. 미쓰키는 피리 소리에 맞춰 춤추는 뱀처럼 몸을 비틀었다. 요염하면서도 위험한 느낌을 주는 움직임이었다. 리사코는 그런 미쓰키의 주위를 짐승처럼 정신없이 돌아다녔다. 둘의 움직임과 표정은 완벽하게 공명했다. 한 사람의 기분이 고양되자 상대에게도 전염되고, 그 상대가 발하는 분위기에 스스로 더 도취하는 순환이 일어났다. 둘을 형성하는 세계에 다른 이는 들어갈 수 없을 것 같았다.

"응. 그게 좋아. 편안하게 앉아. 남자처럼 가자. 네가 남자라는 걸 내게 보여줘. 내게만 보여줘."

데쓰로는 리사코의 목소리를 들으면서 냉장고에서 맥

주 캔 하나를 꺼내 거실을 나왔다. 캔을 들고 침실 옆 다용도실 문을 열었다.

다용도실이라 해도 약 7제곱미터 정도 크기로 집 평면도에는 서비스 공간으로 적혀 있다. 그러니 여분의 방이라고 생각하면 된다. 방이라 표기할 수 없는 것은 건축상이유라 들었다.

이 방은 원래 리사코가 암실로 쓸 계획이었다. 데쓰로는 작업실은 필요 없다고 분명히 말했다. 카페에서 원고를 쓰는 습관이 있기 때문이다. 하지만 점점 일이 늘어나자 집에서 집필할 필요가 생겼다. 잠깐 빌릴 생각으로 책상을 들여놓고 일했다. 얼마 후 책장이 들어왔고 다음에는 캐비닛이 놓였다. 둘 사이에 별다른 대화도 없이 자연스럽게 데쓰로가 이 방을 점령했다. 리사코가 아직 사진작가로서 자립하지 못한 상황을 기가 막히게 이용한 셈이 되었다.

리사코가 이런 상황을 대놓고 불평한 적은 없다. 그러나 가끔 현상한 흑백 필름이나 사진을 말릴 때가 있다. 데쓰로는 현상되는 사진이나 필름을 볼 때마다 그녀가 '난 허락한 적 없어' 하고 무언의 항의를 하고 있다고 느꼈다.

데쓰로는 의자에 앉아 노트북 컴퓨터 전원을 켰다. 화

면이 켜지기를 기다리는 동안 캔 맥주를 땄다.

'잘했네. 데스크톱이라도 사면 어떻게 하나 싶었는데.'

데쓰로가 새 컴퓨터를 샀을 때 리사코가 한 말이 떠올랐다. 밖에서 일할 기회가 많은 데쓰로가 데스크톱을 살리 없는데도 그녀로서는 한마디 하지 않고는 넘어갈 수 없었던 모양이다.

어렴풋이 리사코의 목소리가 들려온다. 무슨 말인지까지는 들리지 않는데 웃고 있다는 것은 알 수 있다. 리사코는 지금 기분이 좋다. 조금 전 셔터를 누르던 리사코의 표정은 데쓰로에게 오랫동안 보여주지 않은 것이었다.

눈동자 속에 느닷없이 훤히 드러난 가슴이 떠올랐다. 아까 잠깐 본 광경이다. 늘 천으로 감아놓은 탓인지 다른 부분보다 훨씬 하얗게 보였다. 크기와 형태는 10년도 전에 봤을 때와 그다지 달라진 것 같지 않았다.

'괜찮잖아.'

기억 속의 미쓰키가 속삭였다. 그 얼굴에 조금 전 본 가슴이 겹쳤다. 그 유두를 핥던 감각이 떠오르자 천천히 가슴을 애무한 감촉도 손바닥에 되살아났다.

갑자기 페니스가 부풀기 시작했다. 이 사태에 제일 당혹한 건 데쓰로 자신이었다. 서둘러 머리에서 대학 시절의 영상을 쫓아냈으나 몇 분 전 본 나체가 잔상으로 들러

붙어 사라지지 않았다.

맥주를 꿀꺽꿀꺽 마시는데 의자 등받이에 걸친 재킷 속에서 휴대전화가 울렸다. 급히 전화기를 꺼냈다. "네. 여보세요?"

"어이, 나야."

"앗! 무슨 일이야? 별일이네." 데쓰로는 저도 모르게 경계했다. 하야타였다.

"지금, 전화 괜찮아? 어디야?"

"집이야."

데쓰로는 스가이를 떠올렸다. 그는 하야타에게 사건에 관해 물어봤다.

"저번에는 느긋하게 얘기를 나누지 못해 유감이었어."

"응. 뭐, 분위기가 그랬으니까."

데쓰로는 대답하면서 하야타가 전화한 이유를 궁리했다.

"실은 부탁할 게 좀 있어. 내일 시간 돼?"

"내일? 무슨 일인데?"

"대단한 건 아니야. 취재하고 싶은 장소가 있는데 혼자 가기는 어려운 곳이라. 대신 내가 밥은 살게."

"기자 동료랑 가면 되잖아."

"아니야. 가능하면 관계자가 아닌 게 좋아. 내일 안 되면 네가 좋은 날을 알려줘. 내가 맞출게."

이상했다. 전화를 걸어온 것 자체가 드문 일이었고 이런 일을 부탁할 정도라면 여간한 사정이 아닐 것이다. 안 좋은 예감이 들었으나 거절할 이유가 생각나지 않았다. 또 그의 목적을 알고 싶기도 했다.

"알았어. 내일, 어디로 가면 돼?"

3

하야타가 알려준 곳은 이케부쿠로역 앞의 카페였다. 데쓰로는 약속한 6시 정각에 문을 열고 들어섰다. 안쪽 자리에 앉아 있던 하야타 유키히로가 데쓰로를 발견하고 살짝 손을 들었다.

"갑자기 불러서 미안해." 그는 데쓰로가 커피를 주문하기를 기다렸다가 말했다.

"아니야. 그보다 내가 어딜 같이 가야 하는 거야?"

"그건 나중에 알려줄게. 실은 그 전에 들렀으면 하는 곳이 있어. 미안하지만 같이 가줄래? 시간은 얼마 안 걸려."

"그야 괜찮지만, 어딘데?"

"그리 멀지 않아. 차로 20분도 안 걸려. 서두를 필요 없으니까 천천히 커피부터 마셔." 하야타는 그렇게 말하고 담배에 불을 붙였다. 그의 옆에 작은 종이봉투가 놓여 있었다.

데쓰로는 바로 나온 커피를 마시면서 하야타의 목적에 대해 생각했다. 스가이의 문의에 뭔가 알아차렸나. 그렇다고 자신과 접촉할 근거는 전혀 없다. 데쓰로는 괜한 걱정이기를 바랐다.

문득 선수 시절의 하야타를 떠올렸다. 공격으로 돌리든 수비에 가담하게 하든 다 해내는 남자였다. 룰이나 작전에 해박해 처음에는 쿼터백을 희망했다. 그런데 감독은 그의 적성에 맞다고 판단해 타이트엔드로 발탁했다. 즉, 방어 능력이 있으면서도 상대의 허를 찔러 패스까지 받는 적극적인 플레이도 뛰어났던 것이다.

"일은 어때? 바빠?" 하야타가 물었다.

"그냥 그래. 연말은 축구나 럭비 경기가 많아."

"미식축구는 어때? 여전히 비인기 종목이야?"

"그렇지. 원고를 써도 사주는 잡지가 없어."

하야타는 데쓰로의 대답에 소리 없이 웃었다. 담뱃불을 끄고 담배를 하나 더 꺼내 문다.

"너는 졸업해도 미식축구를 계속할 줄 알았어."

"그랬어?"

"네게는 해야 할 일이 남았다고 생각했거든. 하지만 안

한 게 정답이었을지도 모르겠다. 나도 몇몇 클럽팀 스카우트를 받았지만, 미식축구는 이제 됐다 싶었어. 아니, 그보다 조직 플레이는 이제 됐다 싶더라. 그건 그때니까 가능한 일이었지." 하야타는 담배 연기를 위로 내뿜었다.

"지금도 조직의 일원이잖아."

"형식적으로는 그렇지." 이야기 속에 기자라는 자부심이 숨겨져 있는 듯했다. "네가 미식축구를 계속하지 않아서 다카쿠라는 실망했을까?"

"아니야. 그렇지도 않아."

"얘기해보지 않았어?"

"안 했어."

"그래?" 하야타는 고개를 끄덕이고 아직 긴 담배를 다시 재떨이에 부러뜨려 껐다. "슬슬 가볼까?" 전표를 들고 일어났다.

역 앞에서 택시를 잡았다. 하야타는 타자마자 이타바시역으로 가자고 운전사에게 말했다.

"이타바시?" 데쓰로는 흠칫 놀라며 물었다.

"응. 한 사건의 피해자 집으로 갈 거야. 일주일 전쯤에 일어난 사건인데. 왜 그래?" 하야타는 데쓰로의 얼굴을 보며 대답했다.

"아무것도 아니야." 데쓰로는 고개를 살살 흔들었다.

"집주인이 살해되어 에도가와구의 한 공장에서 발견되었어. 범인은 아직 몰라. 피해자는 볼품없는 중년 남자야. 이렇게 말하면 그렇지만 아무리 봐도 주목할 게 하나도 없는 사건이지." 하야타는 담배를 꺼냈다가 바로 그 손을 주머니에 도로 넣었다. 금연 차량이라고 적힌 스티커를 본 듯하다. "알아? 그 사건, 신문에 실렸는데."

"본 것 같아. 기억은 잘 안 나지만."

"그렇겠지." 하야타는 고개를 끄덕이며 앞을 봤다.

데쓰로의 겨드랑이 밑으로 땀이 주르륵 흘렀다. 결코 우연이라고 할 수 없다. 하야타는 그가 사건과 관련이 있다는 것을 알고 피해자의 집에 데려가는 것이다. 어떻게 알았을까. 스가이의 전화가 계기임은 분명하다. 그것만으로 데쓰로를 연결했다는 말인가. 그렇다면 대단한 혜안이겠으나 아무래도 다른 무언가가 있을 것이다. 그게 무엇일까.

"피해자의 집에 가서 어쩌려고?" 데쓰로가 물었다.

"두세 가지 질문을 할 뿐이야. 싫으면 너는 다른 데서 기다려도 돼." 그는 입가에 의미를 알 수 없는 미소를 짓고 계속해서 말했다. "하지만 앞으로의 일을 생각하면 입회하는 게 좋지 않을까. 언제까지고 스포츠 관련 글만 쓸 수는 없잖아?"

"그렇지. 그럼 함께 가볼까?" 데쓰로는 잠깐 생각하고 대답했다.

목적은 불분명하나 그렇기에 더욱 그가 뭘 하는지 지켜보고 싶었다. 또 수사가 어떻게 진행되고 있는지도 알고 싶었다.

하야타는 그러는 게 좋을 거라는 듯 고개를 끄덕였다.

작은 집이 밀집된 주택가에 도착해 택시에서 내렸다. 하야타는 조금 걷다가 멈추고 저 집이라고 말했다. 그가 가리킨 것은 낡은 단독 주택이었다. 경차 하나 세우면 그만인 좁은 주차장 옆에 칠이 벗겨진 현관문이 있다. 문옆에는 요즘에는 보기 힘든 호출용 버튼이 붙어 있었다.

"66제곱미터쯤 되려나?" 데쓰로는 3층의 싸구려 알루미늄 새시 창을 올려다봤다.

"59제곱미터야."

"조사했어?"

"피해자가 죽으면 누가 이득이 되는지 알아봤지. 하지만 완전히 뜻밖이었어. 토끼 우리도 팔면 나름 돈이 되지만, 남의 집은 소용없지."

"임대야?"

"사촌 소유래. 그 사촌이 철공소를 경영하며 피해자에게 임원 자리를 줬고. 그보다는 구조 조정된 것을 사촌

155

이 도와줬다는 게 맞겠지. 그 사람 처지에서는 직장도 얻어줘야지, 주거지까지 마련해줘야 하니까 완전히 재앙을 몰고 온 친척이지." 하야타는 손가락 끝에 담배를 낀 채 몸을 흔들었다.

하야타의 말투로 보아 도쿠라 아키오에 관해 상당한 조사를 마쳤을 것이다.

"하지만 사실은 허울 좋은 전무였어. 특별한 업무도 없고 비즈니스 상담을 잘한 것도 아니야. 굳이 말하자면 접대 정도가 전부였다고 해야 하나. 그나마 사장이 술이 약했다더군."

"접대라면, 긴자?"

"응. 긴자 근처에도 다녔다고 하더라."

그때 네코메에도 갔으리라고 데쓰로는 추측했다.

"전무치고는 검소하게 살았네." 데쓰로는 다시 집을 바라봤다.

"이름만 전무였겠지. 종업원들은 '아무것도 없어 전무'라며 무시하더라고. 급여도 대단치 않았고. 그나마도 불경기 여파로 작년에 해고됐어."

"그렇다면 올해는 실업자였다고?"

"그렇지." 하야타는 짧아진 말보로 라이트를 땅에 버리고 두꺼운 구두 바닥으로 비벼 껐다. "자, 그러면 예비지

식은 다 알려줬으니 이제 가볼까?"

데쓰로는 고개를 끄덕이고 하야타를 따라 걷기 시작했다.

하야타는 집 앞까지 가서 호출 벨을 눌렀다. 데쓰로는 옆쪽의 주차장을 봤다. 흙이 없는 화분이 세 개, 프레임이 녹슨 자전거 한 대. 이렇게 좁으면 일반 승용차조차 세우기 힘들 것 같다. 그렇다면 도쿠라의 차는 경차란 말인가. 미쓰키는 분명 '차 안에서 격투했다'라고 했으니 경차일 리가 없다.

데쓰로의 생각이 거기까지 진행되었을 때 문 안쪽에서 소리가 났다. 이어서 문 열리는 소리가 들리고 문이 10센티미터쯤 열렸다. 낡은 도어체인이 걸려 있다.

문틈으로 키 작은 노파의 얼굴이 보였다. 주름으로 자글자글한 눈을 동그랗게 뜨고 있다.

하야타는 자기소개하고 문틈으로 명함을 내밀었다.

"사건과 관련해 이야기를 좀 듣고 싶은데요."

노파는 신문사 이름이 새겨진 명함을 보고 조금 안심한 듯하다. 하지만 여전히 불안한 눈빛으로 둘을 봤다.

"괜한 소리 하지 말라고 경찰이 당부했는데."

"말씀하고 싶지 않으면 안 하셔도 됩니다. 꼬치꼬치 캐묻지는 않겠습니다." 하야타는 데쓰로가 들어본 적 없는 부드럽고 나긋나긋한 목소리로 말했다. 게다가 수없이 고개를 숙였다.

노파는 영 내키지 않은 듯했으나 일단 문을 닫고 체인을 풀었다. 그리고 다시 문을 열었다. 이번에는 그녀의 전신이 보였다. 작은 게 아니라 허리가 심하게 굽어 있었다.

"뭘 물어보겠다는 겁니까?"

"아, 주로 아키오 씨에 관한 겁니다. 요즘 생활 같은 거 말입니다."

"그건 형사님에게도 다 말했어요. 하지만 아무래도 도움이 안 되는 것 같던데."

수사에 도움이 안 된다는 뜻일 것이다.

"상관없습니다. 저희는 형사가 아니니까요. 일단은 아키오 씨의 됨됨이 같은 것도 좋고 뭐든 말씀해주시면 좋습니다."

"아, 그래요……." 도쿠라 아키오의 어머니일 것으로 추정되는 노파는 망설이듯 고개를 숙였다. 결단코 환영할 만한 손님은 아닐 것이다. 기가 약해 대놓고 거절하지 못하는 것일 수도 있다.

"잠깐만 시간 내주시죠." 하야타는 그녀의 망설임을 이용하듯 한 걸음 내디뎠다. 노파는 망설이는 표정을 지은 채 그러라며 고개를 끄덕였다.

현관에 선 채 얘기하리라 생각한 터라 현관으로 들어

서자마자 하야타가 신발을 벗기 시작했을 때 데쓰로는 깜짝 놀랐다. 집에 들어갈 모양이다. 도쿠라의 어머니도 당황했으나 들어오지 말라는 소리는 하지 않았다.

들어가자마자 8제곱미터 정도의 다다미방이 있었다. 중앙에 둥근 테이블이 있고 안쪽에 TV와 서랍장, 작은 불단이 놓여 있다. 데쓰로는 오래전 TV 홈 드라마에서 이런 방을 본 기억이 났다. 현대라는 시대를 느끼게 하는 것은 TV와 연결된 게임기였다. 노파가 게임을 하진 않을 테니 손자의 물건일 것이다.

불단에는 도쿠라 아키오의 사진이 놓여 있었다. 하야타는 어머니의 허락을 받아 분향하고 한동안 합장했다. 데쓰로도 그를 따랐다. 그다음 하야타는 가져온 종이봉투를 노파에게 내밀었다. "이거, 별거 아닙니다만."

노파는 입을 열었으나 아무 말 없이 고개만 숙이고 받았다.

하야타는 다시 위로의 말을 건네고 그녀의 이름을 확인했다. 요시에라는 이름이며 동거한 지 3년 되었다고 한다. 그전에는 남편과 네리마에 있는 연립주택에서 살았는데 남편이 타계한 뒤 아들 부부와 살게 되었다고 한다.

"다른 자녀분은 없으시죠?" 하야타가 확인했다.

"아이는 아키오뿐입니다. 친척과 교류도 없고요. 이제

완전히 혼자 남았네요."

요시에의 말로는, 올해 3월까지 아키오의 아내 야스코와 외아들 쇼타도 같이 살았는데 야스코가 쇼타를 데리고 나간 이유는 자세히 모른다고 했다.

"자주 싸웠으니까 드디어 야스코의 인내심이 한계에 달했겠죠."

"싸움의 원인은 무엇이었나요?" 하야타가 물었다.

"글쎄요." 요시에는 주름투성이인 동그란 얼굴을 옆으로 기울였다. "이제 아들 일에는 관여하지 않기로 해서요."

"아드님이 바람을 피웠다거나?"

요시에의 표정에는 변함이 없었다.

"그럴지도 모르지만 잘 몰라요. 아들과는 요즘 제대로 얘기를 나눈 적도 없으니까요." 말끝이 한숨으로 변했다.

데쓰로는 옆에서 이야기를 듣고 있었으나 그녀가 무엇을 숨기고 있는지까지는 알 수 없었다. 경찰이 입단속을 시켜 핵심적인 내용은 얼버무리고 있을 가능성도 크다.

"실례지만 아키오 씨는 실업 상태였던 것 같던데요. 그렇다면 매일 무슨 일을 하셨을까요? 계속 집에 계셨나요?" 하야타가 말했다.

"그거야 뭐, 집에 있다가 나가기도…… 했죠."

"밤에 나간 적도 있나요?"

"아, 그게, 가끔······."

"어디 가셨을까요?"

"글쎄요. 그것까지는. 아들이라 해도 이미 성인이니 일일이 어디 가느냐고 물을 수도 없는 노릇이라." 노인은 고개를 갸웃했다.

도쿠라 아키오는 호스티스의 스토커 짓을 했으니 거의 매일 나갔을 것이고 밤에도 늦게 돌아왔을 게 분명하다. 데쓰로는 그의 수첩을 봤다. 그 정도의 기록을 남기려면 집에 태평하게 있었을 리 없다. 어머니도 모를 리 없다. 문제는 스토커 행위를 알았냐는 것이다.

하야타의 질문이 이어졌다.

"아드님을 찾아온 사람이 있었나요? 여성이든 남성이든 상관없습니다."

"손님이라니, 지난 1년 동안 하나도 없었어요."

"전화는 어떤가요? 아드님에게 걸려 온 전화가 많았나요?"

"전화요? 글쎄요. 거의 신경 쓰지 않아서 모르지만, 안 걸려 온 것 같은데."

하야타는 이후로도 도쿠라 아키오의 근황과 인간관계에 관해 계속 질문했다. 그러나 요시에의 답변은 다 비슷했다. 요컨대 '잘 모른다'라는 것이다.

"네가 물어볼 건 없어?" 하야타가 데쓰로에게 말했다. 너라고 불려 잠깐 당황했다.

말없이 고개를 흔들었다. 하야타의 앞에서는 무관심을 가장할 수밖에 없다.

하야타는 도쿠라 아키오의 방을 보여달라고 했다.

"마음대로 만지지는 않겠습니다. 어떤 생활을 했는지, 방을 보고 느끼고 싶을 뿐입니다."

요시에는 잠깐 생각하더니 의외로 선선히 좋다고 했다.

"하지만 치우질 못했어요. 한동안 청소하지 못했고 얼마 전까지는 형사님도 조사해서."

하야타는 괜찮다며 자리에서 일어났다.

좁은 계단을 오르자 방 두 개가 나란히 있었다. 10제곱미터 정도 되는 다다미방과 그보다 좁은 서양식 방이다. 공간을 나누는 장지문이 있었던 것 같지만 지금은 없었다.

다다미방에는 TV와 정리 서랍장, 책장이 놓여 있고 구석에 개어놓은 이불이 쌓여 있었는데 아마 평소에는 늘 이불이 펴져 있었을 것이다. 서양식 방의 경계쯤에 싸구려 유리 재떨이가 있는 것으로 보아 아마도 그쪽으로 머리를 두고 잔 듯하다.

서양식 방은 창고라 해도 될 정도였다. 벽 쪽에 조립식 수납 가구가 있고 작은 선반에는 저마다 물건이 넘쳐났다. 다 들어가지 못한 물건들은 바닥에 그냥 놓여 있다. 무엇이 들어 있는지 모를 종이 상자가 여러 개 쌓여 있고 그 위에 또 옷이 산더미처럼 쌓여 있다. 이 방을 요시에 혼자 치우는 것은 무리일 것이다.

"며느리가 게을러서 이래요." 요시에는 두 방을 바라보며 말했다.

"이 두 방을 아드님 부부가 썼군요."

하야타의 질문에 요시에는 그렇다고 대답했다.

부부 사이에 무슨 일이 있었는지는 알 수 없지만 거주 공간에 이토록 울분을 담을 수 있을까 하는 생각이 들었다.

"실은 아는 형사로부터 이상한 얘기를 들었는데요. 이 방에서 몇 명의 호적등본이 나왔다는데." 하야타가 요시에에게 말했다.

데쓰로는 놀라 순간 그를 쳐다봤다. 하야타는 슬쩍 눈짓한 후 요시에에게 확인했다. "사실인가요?"

요시에는 당혹스러움을 그대로 드러냈다. 먼저 이야기할 생각은 없었나 보다.

"아, 뭐."

"어디 있었나요?"

"찢어진 채 쓰레기통에 버려져 있었다고 하던데."

"어떤 사람의 호적등본이었나요?"

요시에는 고개를 저었다.

"셋이었는데 모르는 사람들뿐이었어요. 왜 아키오가 그런 걸 가지고 있었는지……."

"지금 여기 없죠?"

"없어요. 경찰이 가져갔어요."

하야타는 고개를 끄덕인 다음 데쓰로를 봤다. 데쓰로는 서둘러 시선을 피했다.

왜 도쿠라가 그런 것을 가지고 있었을까. 사건과 관계가 있나. 데쓰로는 머리를 굴렸다. 미쓰키에게 들은 이야기로는 연관이 있을 것 같지 않다. 도쿠라의 스토커 행위와 관련된 것이라면 세 사람의 호적등본 중 하나는 가오리라는 호스티스의 것일지 모른다. 그렇다면 성가신 일이 될 수도 있겠다.

핵심은 도쿠라가 가오리를 스토킹했음을 드러내는 증거가 남아 있냐는 것이다. 데쓰로는 그에 초점을 맞춰 방을 둘러봤다. 하지만 그런 게 있었다면 경찰이 놔두고 갔을 리 없다.

14인치 TV가 놓인 탁자에 시선이 머물렀다. 그 탁자에는 비디오 재생기기와 함께 비디오테이프가 몇 개 아무렇게나 꽂혀 있었다. 그는 그 앞에 쭈그리고 앉아 그중 하나를 들었다. 하얀 라벨이 붙어 있고 연필로 여성 이름

몇 개가 적혀 있다. 그중 하나가 유명 성인 영화 여배우임을 깨닫고 바로 무엇인지 알았다. 다른 테이프도 비슷할 것이다. 아내와 아이에게 버림받은 남자가 이 살풍경한 방에서 혼자 성인 영화를 보고 있는 광경이 떠올랐다. 너무나도 슬픈 장면이다.

손에 든 테이프를 원래 장소에 놓으려다가 뭔가를 발견했다. 그는 깜짝 놀라 저도 모르게 그것을 들었다. 일회용 라이터다. 검은 바탕에 노란 고양이 눈이 그려져 있다. 네코메 라이터다.

"왜 그래?" 하야타가 재빨리 말을 걸어왔다. 데쓰로는 흠칫했다.

"아냐. 아무것도 아냐."

하야타는 대답을 무시하고 다가왔다. 그 눈은 데쓰로의 손으로 향해 있었다. 지금 여기서 서둘러 라이터를 숨기면 더 부자연스럽다.

"그냥 일회용 라이터야."

"보여줘."

데쓰로는 어쩔 수 없이 라이터를 건넸다.

"네코메라. 단골 가게인가?" 하야타는 라이터를 뒤집어 보며 말했다.

이 남자는 나를 감시하고 있다. 데쓰로는 하야타의 차

가운 표정을 올려다보며 생각했다. 도쿠라 아키오의 방에 들어갔을 때 니시와키 데쓰로가 어떤 반응을 보이나, 그것을 확인하려고 여기까지 데려온 것이다.

"과거의 영광을 담은 추억 아닐까? 경기가 좋았을 때는 접대 담당이었다며." 데쓰로가 말했다.

"그럴 수도 있지."

그때 계단 아래에서 문 열리는 소리가 났다. 누가 집에 들어온다.

그와 동시에 요시에의 얼굴이 살짝 일그러지는 것을 데쓰로는 봤다. 방문객이 누구인지 그녀는 아는 듯하다. 게다가 환영할 만한 사람이 아니다.

방문객이 계단을 올라온다. 먼저 온 손님이 있음을 알아차린 듯 그 발소리에 경계하는 기운이 느껴졌다.

데쓰로 일행이 주목하는 가운데 한 여자가 나타났다. 마흔을 조금 넘긴 마른 여자였다. 낯빛이 안 좋아 보이는 것은 화장기가 없는 탓인지도 모른다. 청바지에 블라우스, 카디건을 입고 푸석한 머리를 뒤로 묶고 있다.

여자는 복도에 서서, 데쓰로와 하야타의 얼굴을 번갈아 쳐다봤다. 누군지 유추하는 표정이다. 의식하지 못했을 테지만, 미간을 찌푸리고 있다. 세월의 흔적이 드러나는 주름이다.

"죄송합니다. 쇼와신문사의 하야타라고 합니다." 그는 아주 커다란 목소리로 말하고 명함을 내밀었다. "아키오 씨 부인 되십니까?"

"아, 네." 여자는 상당히 당혹한 표정으로 명함을 받으며 어색하게 대답했다.

"안 계신 데 들어와서 죄송합니다. 얼마 전 일에 관해 어머님께 이야기를 듣고 있었습니다."

"네. 그러세요." 여자는 힐끗 시어머니를 봤다. 요시에는 다른 쪽을 보고 있다. 둘이 눈을 마주칠 일은 없을 듯하다.

"이번 일은 정말 유감입니다." 하야타는 선 채 고개를 숙였다.

"저기, 아직 호적을 정리하지는 않았지만 이미 그 사람과는……."

"네. 그렇게 들었습니다." 하야타가 말했다.

"오늘도 잠깐 짐을 가지러 왔습니다. 용건만 마치면 바로 돌아갈 겁니다." 데쓰로 일행이 아니라 요시에에게 하는 말 같았다. 요시에는 전혀 반응하지 않았다.

"그래요? 그럼 저희도 이만 물러가겠습니다."

하야타의 말에 데쓰로도 그러자고 응했다.

계단을 내려가자 조금 전의 다다미방에서 대여섯 살쯤

되는 남자아이가 게임을 하고 있었다. 남자아이는 데쓰로 일행을 힐끔 쳐다보더니 바로 게임 화면으로 몸을 돌렸다. 도쿠라 아키오의 아들치고는 어린 것 같다.

요시에는 따라 내려와 차도 대접 못 했다고 말했다. 데쓰로 일행은 정중히 인사하고 도쿠라의 집을 떠났다.

다시 택시를 잡았다. 하야타가 다음 목적지로 지정한 곳은 긴자였다.

"시간을 빼앗아서 미안해." 그는 데쓰로에게 사과했다.

"아니야. 그보다 성과는 있었어?"

"응. 아직 멀었지만." 그렇게 말하며 하야타는 말보로 라이트를 꺼냈다.

"그거 다행이네. 나는 옆에서 들었을 뿐이지만, 공부가 됐어. 정말 이렇게 취재하는구나 싶었다."

"특별한 걸 하지는 않았어." 그렇게 말하며 하야타는 하얀 연기를 잔뜩 내뱉었다. "그런데 그 노인네, 상당한 인물이야."

"그래?"

"아까 현관에 나왔을 때는 허리가 꽤 굽어 있었잖아. 그런데 마지막에는 완전히 꼿꼿했어. 그 좁은 계단을 별로 힘들이지도 않고 오르고."

그러고 보니 그랬다. 알아차리지 못한 자신의 부실함

에 데쓰로는 실망했다.

"허리 굽은 게 연기였어?"

"상대에 따라 모습을 바꾸겠지. 상황에 따라 노인임을 특별히 강조할지도 모르지. 불리하면 입 다물고."

"경찰 지시일까?"

"아니, 그건 아냐. 누군가의 지시를 받은 것 같지는 않아. 상황이 분명해질 때까지는 본심을 드러내지 않겠다는, 나이가 주는 지혜와 본능이겠지." 하야타는 앞을 바라보며 부정했다.

"본심이라……."

"의외로 무언가를 숨기고 있을지도. 아들에 관해서는 전혀 모른다고 했지만, 그대로 받아들이기는 힘들어."

데쓰로는 호적등본에 관해 물어볼까 하다가 참았다. 사건에 관심이 있는 것처럼 보이고 싶지 않았다.

"연말인데 거리에 화려함이 부족하네. 역시 불경기 탓인가. 긴자는 조금 나을지도 모르겠지만." 하야타가 밖을 보면서 말했다.

"긴자 어디로 가? 어제 얘기로는 혼자 가기 힘들다고 했으니 고급 점포인 것 같은데."

"고급인지 아닌지는 몰라. 정체를 알 수 없는 곳인 것만은 틀림없어." 하야타는 그렇게 말하고 주머니에서 뭔가를 꺼냈다. "이 가게에 갈 거야."

조금 전 도쿠라의 방에서 발견한 네코메의 라이터였다.

4

긴자에도 사람은 그리 많지 않았다. 하야타는 이대로 가면 일본은 침몰할 거라고 택시에서 내리면서 말했다.

"연말 긴자라면 예전에는 사람들로 넘쳤지. 가게들이 문을 닫아도 택시를 잡지 못해 갈 곳을 잃은 사람들이 어슬렁거렸고." 데쓰로가 말했다.

"도로는 콜택시나 전세 승용차로 주차장이나 다름없었어. 손님은 두툼한 지폐 다발을 마구 뿌려대며 호스티스의 배웅을 받으면서 거리로 나왔고 운전사도 팁을 잔뜩 받았지. 좋은 시절이었어."

"그 시절에 온 적 있어?"

"선배 따라 몇 번쯤. 회사에 들어온 지 얼마 안 돼서지. 얼른 이런 화려한 곳에 혼자 오자고 생각했는데 정말 그럴 수 있게 되자 축제가 끝났네. 화려함도 다 사라지고."

"스가이에게도 그런 이야기를 들은 적 있어."

"녀석은 보험회사니까. 그 시절에는 업계 전체가 세상

을 호령하는 것 같지 않았을까?"

데쓰로와 친구들이 대학을 졸업한 것은 온 일본이 잔뜩 들떠 있을 때였다. 가고 싶은 회사에 들어갔고 이직하고 싶으면 언제든 할 수 있는 때였다. 나중에 '거품'으로 표현되리라고는 생각도 못 했으니까 다들 흥청망청했다. 데쓰로도 그런 시절이 아니었으면 작가가 되겠다고 생각하지 않았을지 모른다고 회고한 적도 있다.

문득 도쿠라 아키오를 떠올렸다. 그는 친척 인맥으로 철공소 전무 자리를 얻어 뒤로는 험담을 들을지언정 접대 담당으로 긴자를 드나들었다. 그에게는 한발 늦은 거품 시대였을지 모른다. 그리고 그 시대에는 누구나 그랬듯 그도 착각에 빠졌다. 이것이 일반적이라는 착각 말이다. 꿈에서 깼는데도 그 환상에서 벗어날 수 없었다. 그에게 가오리는 그 환상의 상징이었다. 그러므로 놓칠 수 없었다…….

"도착했어. 여기야." 하야타는 눈앞의 빌딩을 바라보면서 말했다. 쭉 늘어선 간판들 아래에서 다섯 번째에 네코메라는 글자가 보였다.

가게는 3층에 있었다. 검은 문에 고양이 부조가 새겨져 있다. 데쓰로와 하야타가 들어가자 검은 드레스를 입은 마른 여성이 자리까지 안내해주었다. 넓이는 66제곱미터 정도인데 이미 두 팀 정도가 테이블 자리를 차지하고 있다.

들어가자마자 왼쪽에 있는 카운터의 문에서 가장 가까운 의자에 남자 하나가 앉아 있다. 데쓰로 일행에게는 등만 보인다.

데쓰로 일행의 테이블에는 오렌지색 원피스를 입은 젊은 여자가 앉았다. 눈이 살짝 올라가 있고 분홍색 속눈썹을 붙이고 있다.

물수건이 나온 다음 얼음통과 와일드터키 병이 나왔다. 호스티스는 데쓰로에게 미즈와리로 하겠냐고 물었다. 좋다고 대답하자 그녀는 나온 위스키로 능숙하게 미즈와리를 만들기 시작했다. 하야타를 아는 것 같다.

데쓰로는 병에 걸린 팻말을 봤다. 안자이라고 적혀 있다.

"어제 왔었어." 하야타는 낮은 목소리로 말하고 담배를 물었다. 호스티스는 바로 라이터로 불을 붙였다. 바로 그 라이터다.

"처음부터 나를 이리 데려올 생각이었어?"

"그렇지."

"사건 피해자가 이 가게를 전부터 좋아했던 것도 알았던 거야?"

"그 정도는 조사하면 바로 알아." 하야타는 싱긋 웃었다.

"왜 내게 오자고 했어? 어제 왔으면 오늘도 혼자 오면 됐잖아."

"이틀 연속 혼자 오기는 힘들어. 또 가끔은 같이 마시는 것도 나쁘지 않고. 어렵게 생각하지 말고 오늘 밤은 그냥 마셔." 하야타는 잔을 들어 데쓰로의 잔에 부딪혔다.

틀림없다. 하야타는 어떤 계기로 데쓰로가 사건과 관련되어 있다는 것을 알았다. 그래서 그를 취재에 끌어들여 꼬리가 잡히기를 기다리고 있다.

하야타는 걱정하지 말고 마시라고 하지만, 데쓰로는 도무지 그럴 마음이 생기지 않았다. 그렇다고 이 가게에 온 것을 헛되이 하는 건 싫다. 그는 조용히 주위를 둘러봤다.

카운터에서는 여성 바텐더가 일하고 있었다. 짧은 머리를 뒤로 넘기고 화장은 했는데 다카라즈카 가극단°에서 남성 역할을 하는 배우 같은 느낌으로, 하얀 셔츠와 붉은 갈색의 조끼가 잘 어울렸다. 같은 남자 차림이라도 미쓰키와는 전혀 분위기가 달랐다. 미쓰키가 저 어두운 곳에 있었다면 아무도 여자인 줄 몰랐을 것이다.

데쓰로 일행이 침묵을 지키고 있자 호스티스가 이런저런 말을 걸어왔다. 날씨 이야기, 음식 이야기, 최근 유행 이야기 같은 것들이다. 적당히 맞장구를 치고 있자니 직

☼ 배우 모두가 여성인 일본의 뮤지컬 극단.

업에 관해 물었다. 하야타는 자신을 출판 관련 일을 하는 사람이라고 말한 듯하다. 데쓰로도 이야기를 맞추기로 했다.

기모노를 입은 40대 중반 정도의 여자가 인사하러 왔다. 마담이라는데 명함에는 노즈에 마키코라고 적혀 있다.

"이쪽 분은 처음이신 것 같은데요." 그녀는 데쓰로를 보며 하야타에게 말했다. 어제 처음 온 손님을 단골처럼 대하는 것은 그가 우월감을 느끼게 하기 위한 배려일 것이다.

"이 녀석은 니시와키라고 해. 스포츠 관련 작가로 일하고 있어." 하야타가 데쓰로를 소개했다. 가명을 써야 하나 망설이던 데쓰로는 한 방 먹은 기분이었다.

"어머! 책을 내세요?" 마키코가 눈을 동그랗게 떴다.

"아뇨. 잡지에 기고하는 게 다예요."

여자들이 명함을 가지고 싶어 해서 어쩔 수 없이 각자에게 한 장씩 건넸다.

"곧 유명해지실지도 모르겠네요." 노즈에 마키코는 그렇게 말하며 명함을 소중히 품에 넣었다.

그녀는 누군지 더 자세히 알고 싶은 눈치였으나 더는 캐묻지 않고 그럼 편히 놀다 가라면서 자리에서 일어났다. 자연스러운 태도가 그녀만의 장사 수완일지 모른다.

이어서 검은 드레스를 입은 호스티스가 들어와 앉았다. 한동안 한담을 나누었는데 하야타가 그녀의 귀에 대고 뭐라고 속삭였다. 검은 드레스를 입은 여자가 살짝 고개를 끄덕였다.

조금 있다가 그녀가 일어났다. 데쓰로는 그녀가 어디로 가는지 살폈는데 다른 테이블 자리로 이동했다. 짙은 갈색 정장을 입은 여자에게 말을 건다. 상대 여자는 손님에게 한두 마디 던지고 자리에서 일어났다.

정장 여자는 일단 카운터에 들렀다가 데쓰로 일행의 테이블로 왔다. 몸집이 작고 얼굴도 작은데 눈만 큰 인상적인 여자였다. 그녀는 실례한다고 인사하고 데쓰로의 옆에 앉았다.

"이름은?" 하야타가 물었다.

"가오리예요."

여자의 대답에 데쓰로는 절로 그녀의 얼굴을 쳐다봤다. 여자는 눈을 마주치며 생긋 웃었다.

"명함, 받을 수 있을까?" 그는 질문을 던져봤다.

그녀의 명함에는 사에키 가오리라고 인쇄되어 있었다. 당연한 일이지만, 전화번호 등 그녀의 개인 정보는 하나도 없었다.

하야타가 이 여자를 부른 이유를 생각했다. 우연은 아

닐 것이다. 그는 도쿠라 아키오가 그녀를 좋아했다는 사실을 알고 있다.

가오리는 20대 중반으로 보였는데 어쩌면 서른 가까운 나이일지도 모른다. 화려한 이목구비였으나 요란한 인상은 아니다. 어떤 분위기의 남자와도 어울릴 법한 불가사의한 매력을 지닌 여자였다. 열심히 말을 거는 하야타를 무난하게 응대하면서 대화가 끊어지지 않을 정도로 자신의 의견을 이야기한다. 상냥한 목소리다.

"두 번째 왔는데 정말 좋은 가게야. 어떤 손님이 많아?" 하야타가 아주 가볍게 물었다.

가오리는 살짝 고개를 기울였다. 하얀 귀에 금색 귀걸이를 달고 있다. 끝에 달려 반짝이는 것은 진짜 다이아몬드일 것이다.

"여러 손님이 오세요. 특별할 건 없는데."

그녀는 이번에도 무난한 대답을 했다. 다른 손님에 관해 말하지 않는 게 이런 가게의 불문율이겠지.

하야타는 담배를 꺼냈다. 가오리는 얼른 라이터를 꺼내 불을 켰다. 그 불을 담배 끝에 가져다 대는데 그가 물었다. "가도마쓰철공소라는 회사, 알지?"

가오리가 든 라이터의 불이 꺼졌다. 그녀는 서둘러 다시 켰다.

"가도마쓰……, 글쎄요."

"몰라? 흠, 아니, 사실은 거기 사장이 이 가게를 알려줬어. 우리 회사에서 철공 관련 잡지를 내서 그 인연으로 친해졌거든. 긴자에서 어떤 가게가 좋냐고 물었더니 네코메가 좋다고 했어."

"그래요? 그럼 전에 뵌 적 있겠군요. 아마 다른 애가 응대했나 봐요."

데쓰로는 가오리가 말할 때의 표정을 주의 깊게 관찰했다. 가도마쓰철공소라는 이름이 나오자 순간 낭패하는 것처럼 보였다. 어쨌든 도쿠라 아키오를 떠올렸을 게 분명하다.

"너도 가만히 있지 말고 얘기 좀 해라." 하야타가 화제를 데쓰로에게 돌렸다. 도쿠라 아키오가 쫓아다닌 여자에게 데쓰로가 어떤 태도를 보일지 살펴보려는 속셈일 것이다.

만약 지금 여기에 하야타가 없다면 그녀에게 물어볼 게 태산이었다. 사건에 관해 어느 정도 아나. 형사는 찾아왔나. 왔다면 무엇을 말하고, 무엇을 말하지 않았나. 사라진 바텐더를 어떻게 생각하나. 하지만 이 자리에서 물을 수 있는 것은 하나도 없다.

데쓰로는 가게 인테리어와 음악을 칭찬했고 가오리는

선선히 고마워했다. 그 뒤로도 그는 스포츠나 유행 같은 화제만 골랐다. 하야타는 딴전을 피우면서도 둘의 대화에 신경을 곤두세우고 있는 것이 분명했다.

데쓰로 일행은 한 시간쯤 마시고 일어났다. 여자들이 그들이 맡긴 코트를 가지고 나왔다. 하야타가 문 옆에서 코트를 입으려다가 카운터에 앉은 남성 손님의 등을 오른손으로 건드렸다.

"앗. 실례했습니다." 하야타는 바로 사과했다.

남자는 고개를 살짝 돌렸을 뿐 바로 앞을 봤다. 데쓰로는 잠깐 그의 얼굴을 봤다. 각진 턱에 입도 코도 컸는데 유일하게 작은 눈이 예리했다.

여자들의 배웅을 받으며 데쓰로와 하야타는 빌딩 앞에서 걷기 시작했다. 시각은 10시 40분이다.

"어때? 한잔 더 할까?" 하야타가 물었다.

"아니. 이쯤에서 그만하자."

"그럴래?" 하야타는 예상했다는 표정을 지었다.

데쓰로는 이 남자의 속내를 어떻게든 알 방법이 없을까 고민했다. 하지만 괜히 자신이 먼저 나섰다가 벌집을 들쑤시는 꼴이 될 수도 있다.

하야타가 갑자기 바로 옆으로 손을 내밀며 멈춰 섰다. 갈 길이 막혀 데쓰로도 걸음을 멈췄다.

"왜 그래?"

하야타는 조용히 엄지로 뒤를 가리켰다.

몇 미터 뒤에 한 남자가 있었다. 베이지색 코트 주머니에 양손을 찔러 넣고 데쓰로 일행을 바라보고 있다. 네코메 카운터에 있던 손님이었다.

하야타가 코 옆을 긁적이면서 남자에게 다가갔다.

"우리를 미행해도 아무 소용없을 겁니다."

남자는 진저리를 치며 하야타와 데쓰로의 얼굴을 번갈아 봤다.

"그건 내가 결정할 일이고. 일단 얘기 좀 할까?"

"이 녀석은 상관없어요." 하야타는 데쓰로를 턱으로 가리켰다. "프리랜서 작가로 오랜만에 술 한잔했을 뿐이죠."

"그런 건 상관없어. 묻고 싶은 게 있어."

"흠." 하야타는 어깨를 움츠리고 데쓰로 쪽을 돌아봤다. "미안해. 잠깐 같이 가자."

"나야 괜찮지만." 그렇게 대답했으나 도통 영문을 알 수 없었다.

남자는 바로 옆에 있는 카페로 들어갔다. 데쓰로 일행도 그의 뒤를 따랐다.

남자는 경시청 형사 모치즈키라는 사람으로 하야타와
는 전부터 아는 사이라고 한다. 그런데 네코메에서는 피
차 모르는 척한 것이다. 서로에게 그런 암묵적인 룰이 있
을 것이라고 데쓰로는 해석했다.

모치즈키는 데쓰로의 신분을 의아하게 생각하는 듯했
으나 특별히 의심하는 것 같지는 않았다.

"자, 그래서?" 모치즈키는 나온 커피를 한 모금 마시고
데쓰로 일행을 봤다. "얘기 좀 해보지? 무슨 일로 그곳에
간 거지?"

하야타가 의미심장한 미소를 지었다.

"술집에 무슨 용무가 있겠어요. 술 마시러 갔지."

하지만 모치즈키는 이야기 중간부터 성가시다는 듯 고
개를 절레절레 흔들었다.

"피차 바쁘잖아. 쓸데없는 실랑이하지 말자고. 당신은
본인이 아는 얘기만 하면 돼. 괜한 생각은 말고."

"모치즈키 씨는 왜 그 가게에 오셨는데요?"

"질문은 내가 해."

"묻기만 하겠다고요? 우리가 신문 받을 이유는 없을 텐
데요."

형사는 한숨을 내쉬고 다시 예리한 눈빛을 하야타에게 던졌다.

"그 여자를 자리로 불렀잖아. 왜 그랬지?"

"어느 여자요? 이름을 말해주세요." 평온했으나 아주 신중한 말투로 물었다.

모치즈키는 잠시 침묵한 뒤 탐색하는 듯한 눈빛으로 대답했다. "가오리라는 여자 말이야."

"어떤 애였더라."

모치즈키가 쾅 소리가 날 정도로 세게 테이블을 내려쳤다. 커다란 손바닥이었다. 데쓰로는 깜짝 놀랐는데 옆자리의 하야타는 전혀 동요하지 않았다. 태평하게 담배를 물고 천천히 불을 붙였다.

"가도마쓰철공소의 거래처를 조사했어요. 접대하러 어디를 자주 갔나, 도쿠라 씨가 특별히 아낀 호스티스는 누구인가, 뭐, 그 정도죠. 그랬더니 긴자의 네코메라는 가게의 가오리라는 호스티스 이름이 나오더군요."

"그 거래처 이름과 당신에게 정보를 준 사람 이름을 알려줘."

"어쩔 수 없네요." 하야타는 품에서 명함 케이스를 꺼내더니 안에서 명함 한 장을 뽑아 테이블에 내려놓았다. 유명한 중장비 기계 제조사의 설비설계과장의 이름이 인쇄되어 있었다.

"내가 보관하지." 모치즈키는 당연하다는 표정으로 명함을 자기 주머니에 넣었다. "그런데 정말 모르겠군. 당신이 왜 이런 작은 살인사건을 쫓지? 이 사건 어디에 관심을 끌 만한 게 있나? 듣자 하니 당신이 조르는 통에 어떤 바보 형사가 그 호적등본을 보여줬다더군."

"기사로 쓰지 않았으니 괜찮지 않습니까?"

"그런 얘기를 하는 게 아니야. 왜 이 근처에서 어슬렁대냐고?"

"왜냐니. 그냥 좀 마음에 걸린다고 해야 하나. 게다가 요즘은 예비군 같은 처지라 놀고 있어서. 어떻게든 특종을 잡아야 할 것 같아 초조하답니다."

모치즈키는 의심스러운 눈빛으로 하야타를 봤다. 수긍한 표정은 아니다.

"도쿠라가 긴자 호스티스에 정신이 빠져 있다는 것은 어디서 알았나?"

"어딘가에서 알아냈다기보다는 가도마쓰철공소에서 도쿠라는 접대 담당이었다고 하더군요. 그래서 인간관계도 그 언저리를 조사하는 게 낫겠다 싶었죠."

"하지만 도쿠라가 긴자에 온 것은 여러 달 전이야. 이번 살인과 관계가 있을까?"

"모르겠지만, 아마 있지 않을까요?"

"왜 그렇게 생각하지?"

모치즈키의 질문에 하야타는 콧방귀를 꼈다.

"그야 네코메에 경시청 형사님이 있으니까요. 아무래도 완전히 틀린 게 아니라고 확신했습니다."

그의 말에 형사는 순간 얼굴을 찡그렸다.

"우리가 있다고 해서 적중했다는 보장은 없지. 그건 자네도 잘 알잖아?"

"그럼요. 잘 알죠. 하지만 적어도 경찰과 우리 경로가 교차한 것만은 사실이죠." 하야타는 손가락에 담배를 낀 채 몸을 앞으로 내밀었다. "이번에는 형사님이 알려줄 차례입니다. 왜 그 가게에 있었습니까? 가오리를 주시하는 근거가 뭡니까?"

모치즈키는 하야타와 데쓰로를 번갈아 보며 사뭇 점잖은 척 턱을 쓰다듬었다. 정보를 제공할 때의 장단점을 재고 있는 얼굴이다.

"휴대전화야."

"휴대전화?"

"도쿠라의 휴대전화에 발신 기록이 남아 있었어."

데쓰로는 소리를 지를 뻔했다. 휴대전화 발신 기록, 그게 있었지!

"살해되기 직전, 네코메의 가오리에게 전화했단 말입니까?" 하야타가 물었다.

"그래. 살해되기 직전만이 아니야. 하루에 몇 차례씩 걸었어. 통화 시간은 그리 길지 않으나 많을 때는 20통 이상이나 걸었어."

"그것은 마치……" 하야타는 잠시 틈을 두고 말했다. "스토커 같네요."

마치가 아니라 정말 스토커였다고. 데쓰로는 속으로 중얼거렸다.

"가오리에게 남자는?" 하야타가 물었다.

"글쎄, 모르겠어." 모치즈키는 커피를 마셨다.

"대답하실 수 없으면 안 하셔도 됩니다. 그냥 제가 움직이죠. 별로 어려운 일도 아닙니다. 가오리 본인에게 묻거나 동료 호스티스에게 물어보죠. 네코메의 마담이나 단골손님을 잡아보는 것도 나쁘지 않겠네요."

모치즈키의 얼굴이 일그러졌다. 신문기자가 이리저리 휘젓고 다니면 수사에 방해가 되기 때문일 것이다. 하야타도 그것을 알고 말한 것이다.

"가오리의 아파트에도 감시를 붙였어." 모치즈키가 낮은 목소리로 말했다.

"그러니까 집에 드나드는 남자가 있다는 겁니까?"

"적어도 전에는 있었던 것 같아. 이웃 주민이 몇 번 뒷모습을 목격했어."

"얼굴은 못 봤답니까?"

"잘 기억하지 못해. 몸집은 작고 머리가 짧았다고만 했어."

형사의 말에 데쓰로의 가슴에 묵직한 통증이 찾아왔다. 작은 몸집에 짧은 머리. 미쓰키가 아닐까.

"모치즈키 씨는 그 상대 남자에게서 냄새가 난다고 생각하시죠?" 하야타가 유도하듯 말했다.

모치즈키는 코로 숨을 내쉬고 동시에 넓은 어깨를 들어 보였다.

"아직 그 남자 얼굴도 못 봤고 이름도 몰라. 무슨 유령 같아. 유령에게서 무슨 냄새가 나겠어. 어쨌든 네코메와 가오리 주위를 어슬렁거리는 일은 관둬주겠나? 당신들이 너무 나대면 나올 쥐새끼도 안 나와." 형사는 테이블 위의 전표를 들고 금액을 본 다음 바지 주머니에 손을 넣었다. 100엔짜리 동전 여섯 개를 테이블에 놓는다. 그런데 일어서기 직전 데쓰로를 보고 물었다. "하야타의 친구라니, 당신도 그걸 했나?" 볼 던지는 시늉을 했다.

데쓰로보다 먼저 하야타가 대답했다. "에이스 쿼터백이었어요."

"오호. 그래?" 모치즈키는 데쓰로의 오른쪽 어깨로 시선을 던졌다. "그래서 좋은 몸을 가지고 있었군. 강한 롱 패스를 던졌겠어. 단숨에 승부를 걸어올 테니 수비진은 마지막 순간까지 방심해선 안 되었겠어."

"미식축구를 하셨어요?" 데쓰로가 물었다.

"내가? 아니야." 모치즈키는 고개를 흔들었다. "나는 럭비야. 미식축구는 보기만 했지 직접 하는 건 사양이야. 죄다 명령에 따라 움직이는 거 너무 싫어. 하지만 쿼터백 색은 좋아. 남의 눈치 안 보고 상대의 심장부를 향해 몸을 날리지. 수비라는 이름의 공격 아닌가. 그것만은 한번 해보고 싶었어."

쿼터백 색. 패스를 던지려는 쿼터백을 볼 던지기 전에 넘어뜨리는 것이다.

"쓸데없는 소릴 했네."

형사는 그만 가보겠다며 한 손을 들고 먼저 나갔다.

"형사가 있는 것을 알고 네코메에 갔어?" 데쓰로는 형사의 모습이 사라진 뒤 하야타에게 물었다.

"설마! 가서야 알았어. 하필 저 남자가 있을 줄은 몰랐어. 솔직히 놀랐다." 하야타는 설핏 웃었다.

"놀란 것처럼 보이지 않던데."

"그야, 대놓고 안절부절못할 수는 없잖아."

"그야 그렇지만. 그건 그렇고, 네가 그런 경로로 네코메의 호스티스를 찾은 줄은 몰랐어. 정말 참고가 많이 됐어." 데쓰로는 입술을 축이며 말했다.

그러자 하야타의 얼굴에서 미소가 사라졌다. 그는 턱에 난 수염을 손가락으로 만지면서 데쓰로를 봤다.

"내가 모치즈키에게 한 말이 다 진짜라고 생각해? 도쿠라가 접대 담당이라 술집을 조사하려 했다는 말을?"

"아니야?"

하야타는 시선을 돌리고 생각에 잠긴 표정을 지었다. 뭔가 망설이는 듯하다.

그는 잔에 담긴 물을 반쯤 마시고 다시 데쓰로를 봤다.

"니시와키. 너는 신문기자라는 직업을 어떻게 생각해? 해보고 싶어? 아니면 해보고 싶지 않아?"

"갑자기 이상한 질문을 하네."

"어떤데?"

"그리 깊이 생각해보지 않았어. 보람이 있겠다는 생각은 했지. 물론 여러모로 힘들 테고 책임도 무겁지. 상당한 각오가 필요할 거야."

"맞아. 각오는 필요해. 신문기자가 됐을 때 스스로 정한 게 있어. 진실을 전하기 위해 무엇을 잃더라도 후회하지 않겠다. 잃을까 봐 두려워하면 아무것도 얻을 수 없어. 인터셉트를 두려워하면 터치다운 패스는 못 하는 것과 같아." 하야타가 고개를 끄덕이고 말했다.

"멋진 결의네."

"유치한 생각이지. 하지만 좀 봐주라. 이런 결의를 한 것은 대학 졸업 때야. 유치하기는 해도 진리이기도 해. 망설여질 때 그 무렵의 결의를 떠올려."

"그래서?" 데쓰로는 침을 삼켰다. 하야타가 무슨 말을 할지 왠지 알 것 같아 테이블 아래에서 주먹을 쥐었다.

"분명하게 말하지. 나는 너희들 편이 될 수 없어."

하야타의 말은 데쓰로의 온몸을 관통했다. 무슨 소리냐는 말을 하려 했으나 입술이 꿈쩍도 하지 않았다.

"물론 나는 아직 아무것도 쥔 게 없어. 하지만 이것만은 알아. 너희들은 뭔가 알고 있어. 알고 있고, 그것을 숨기려 해."

데쓰로는 당장 얼버무리는 연기를 해야만 했다. 하지만 그럴 마음이 들지 않았다. 소용없는 일이었기 때문이 아니다. 하야타가 최대한의 성의를 보여주고 있다는 느낌이 들었기 때문이다.

"알고 있겠지만, 내 일은 숨겨진 것을 폭로하는 거야. 그것이 어떤 인간에게 상처가 될 것인지는 일단 생각하지 않아. 그러므로 나는 너희들이 숨기려 하는 것도 폭로할 수밖에 없어."

데쓰로는 저절로 고개를 끄덕였다. 그렇게 만드는 무언가가 하야타의 말에 있었다.

"하지만 말이야." 하야타가 말을 이었다. "나는 너를 표적으로 삼지는 않을 거야. 너와 네 주위에서 정보를 얻으려 하지 않겠어. 완전히 다른 경로를 통해 사건을 쫓을 거야. 그 결과 어디에 도착할지는 모르겠어. 무엇을 잃을지도 생각하지 않을래. 그다음은 그때 가서 생각할 거야. 이게 내 방식이니까. 공정하게 싸우자고."

데쓰로는 하야타의 진지한 눈을 바라봤다. 이 말을 내뱉기까지 수많은 갈등이 있었을 것이라는 생각을 하니 미안한 마음이 들었다.

"잘 알았어. 이제 끝난 거지?" 데쓰로가 말했다.

"일단은." 하야타는 그렇게 말하고 테이블 위의 전표를 들었다.

"그렇게 결심하고 오늘 나를 부른 거야?"

"아, 뭐. 어떻게든 네 꼬리를 잡으려고 했는데 영 빈틈을 보이질 않더라. 대단했어."

여직원이 와서 하야타의 컵에 물을 부어주려 했다. 그는 손을 들어 제지했다.

"며칠 전, 스가이가 전화했더라. 이상한 질문을 하더군. 에도가와구에서 남자가 시신으로 발견된 사건의 수사가 얼마나 진행되었냐고. 피해자 신원은 밝혀진 것 같다고 알려줬더니 녀석이 이렇게 묻더라. 여성 관계도 조사하겠지? 거기서 직감했어. 스가이는 사건에 관해 뭔가 알고 있다. 게다가 도쿠라의 여성 관계와 관련이 있다. 놈이 좋아한 여자를 찾기 시작한 것은 그것 때문이었어."

데쓰로는 저도 모르게 눈을 질끈 감고 말았다. 역시 스가이의 전화가 긁어 부스럼을 만든 것이었다.

하야타가 소리를 죽이며 웃었다.

"녀석은 여전하더라. 옛날부터 거짓말은 형편없었지. 기억해? 필드골 페이크를 할 때 상대 팀이 웃었잖아."

"히가시니혼대학과 연습 경기할 때지?"

키커가 필드골을 차는 척하고 실제로는 다른 선수가 볼을 들고 뛰는 작전을 세웠다. 그런데 키커인 스가이가 플레이를 하기 전부터 여러 번 차는 시늉을 하고 말았다. 상대를 믿게 해야 한다고 생각했을까. 너무나도 부자연스러워 상대 수비진까지 웃음을 터뜨리고 말았다.

"스가이가 사건에 관여했다면 나도 관여했으리라 생각했어?" 데쓰로가 물어봤다.

"글쎄. 그건 어떨까." 하야타는 고개를 갸웃했다. "거기까지는 말할 수 없어. 어쨌든 이번 일로 내가 옛날 동료들에게 전화할 일은 일단 없을 거야." 그 얼굴에서는 웃음기가 사라지고 없었다.

그는 전표를 들고 일어났다.

"잠깐만!" 데쓰로는 지갑에서 커피값을 꺼냈다. "나눠 내자. 공정하게 하자며."

"그랬지." 하야타는 커다란 손바닥을 내밀어 데쓰로가 내민 돈을 받았다.

6

택시 정류장에 줄을 선 채 언젠가 하야타가 한 말을 떠올렸다.

"미식축구의 장점은 공정함을 철저하게 지키려는 자세야."

그는 그 예로 무선기 사용을 들었다.

현재 미식축구 경기에서는 무선기 사용이 당연하다. 쿼터백의 헤드기어에는 무선기가 장착되어 필드 안에 있을 때도 감독이나 코치의 지시를 받을 수 있다. 또 경기장 관객석 상층에 코치가 자리 잡고 적의 움직임을 관찰하며 앞에 있는 컴퓨터로 데이터를 분석하고 작전을 감독과 선수에게 전달하는 일도 일상적으로 이루어진다. 하이테크 기기와 함께 고도화된 스포츠다.

하야타가 예로 든 것은 미식축구의 본고장인 NFL 경기에서 한쪽 팀이 어떤 문제로 무선기를 사용할 수 없게 되었을 때의 대응에 관한 것이었다.

"그럴 때는 바로 심판에게 그 사실을 알려. 그러면 심판은 어떻게 대응할까. 놀랍게도 상대 팀 무선기도 사용할 수 없게 해. 그러니까 한쪽이 못 쓰면 양쪽 다 못 쓰게 하는 거지. 철저히 공정함을 유지해. 이런 감각이 일본인에게는 없지."

협력하지 않는 대신 데쓰로의 주위를 조사하지도 않겠다는 것은 하야타다운 생각이었다.

아파트로 돌아왔을 때는 12시가 다 되어 있었다. 데쓰로가 문을 열자마자 허스키한 목소리가 안에서 날아왔다.

"이론으로 그러는 게 아니야. 싫다고. 싫다니까. 리사코는 몰라. 내 마음을."

"내가 언제 네 마음을 안다고 했어? 마음의 문제가 아니라고. 필요한 거라고. 너를 위해서."

"그렇다고 해서 이렇게 명령받고 싶지 않다고."

"명령이 아니야. 부탁이지. 입으라고 부탁하는 거야."

미쓰키의 감정적인 말투에 비해 리사코는 담담했다. 어머니가 딸을 설득하는 것 같다. 아니, 아들이라고 해야 하나.

데쓰로는 거실 문을 열었다. 미쓰키는 양손을 허리에 대고 서 있고 리사코는 소파에 앉아 팔과 다리를 꼬고 있다. 둘 다 데쓰로는 보려고도 하지 않는다.

"왜 그래?"

데쓰로가 물어도 둘은 대답하지 않았다. 리사코는 미쓰키를 바라보고 있고, 미쓰키는 위를 바라본 채 꿈쩍도 하지 않는다.

2인용 소파에 옷이 놓여 있다. 치마, 원피스, 재킷, 셔츠, 바지, 모두 리사코의 옷들이다.

데쓰로는 바로 상황을 파악했다. 리사코는 이 옷들을 미쓰키에게 입히려 한 듯하다.

"리사코. 억지로 시켜서 좋을 게 없어."

"괜한 참견 마. 나는 미쓰키 일을 진지하게 생각하고 있다고."

"나도 진지하게 생각해."

"그렇다면 어떻게 해야 할지 알 텐데."

"도대체 왜 그래? 무슨 일 있었어?"

데쓰로가 묻자 리사코는 어깨로 크게 숨을 내뱉고 테이블의 담배로 손을 뻗었다.

"낮에 아파트 관리회사 사람이 왔었어."

"관리회사?"

"화재경보기 점검. 남자가 둘, 집에 들어왔어."

데쓰로는 그런 점검이 있을 거라는 안내서가 우편함에 들어 있었던 것을 떠올렸다. 거기까지 신경 쓰지 못했다.

"그래서?"

"그 사람들이 미쓰키를 보고 말았어. 숨기고 싶었는데 화재경보기는 방에도 있으니까."

"그게 왜? 봤다고 이상할 게 있나?"

리사코는 담배 연기를 힘껏 내뱉었다.

"점검이 끝나고 확인 도장을 찍는데 한 남자가 묻더라. 조금 전 그 사람 여자냐고."

데쓰로는 미쓰키를 봤다. 장식장 위에 놓인 미식축구 볼을 보면서 아랫입술을 가볍게 깨물고 있다.

"그 남자는 히우라를 제대로 못 봤잖아. 남자치고는 몸 집이 작으니까 그렇게 말한 거 아닐까?"

"자세히 봤다고. 곁눈질로 힐끔힐끔 보는 것을 내가 봤 다고."

"……그래서, 뭐라고 대답했어?"

"남자라고 대답하기는 했어. 아니, 남자 셔츠를 입고 남 자나 쓰는 말을 하고 있으니 그렇게 대답하지 않으면 오 히려 이상하잖아. 하지만 상대는 의외라는 표정이었어. 그 사람, 아마 미쓰키가 여자임을 알아차렸을 거야."

"신경 쓰지 않아도 되지 않을까. 그냥 관리회사 사람이 잖아. 경찰 귀에 그 말이 들어갈 일도 없고."

그러자 리사코는 아직도 모르겠냐는 듯 머리를 절레절레 흔들었다.

"내가 문제라고 생각하는 것은 아무것도 모르는 사람이 봐도 미쓰키는 지금 여자로 보인다는 거야. 우리는 매일 봐서 모르지만, 미쓰키는 매일 여자로 돌아오고 있다고."

"설마. 아직 여기에 온 지 일주일밖에 안 됐어."

"호르몬 주사를 안 맞은 지는 3주 가까이 지났어. 그렇지?" 리사코가 미쓰키에게 물었다. 미쓰키는 침묵을 지켰다.

"나는 잘 모르겠는데."

"미묘한 변화지. 하지만 세상에는 그 미묘한 변화를 알아차리는 사람이 있어. 이런 차림에 머리까지 남자처럼 짧은데도 알아보는 사람이 있다고. 그게 얼마나 위험한지 당신도 이해하겠지? 저 집에는 남장한 여자가 있다. 이런 소문이 퍼지면 어떻게 해?"

"그러면 집에서 안 나가면 되지. 다른 사람과 부딪히지 않게 조심하면 문제없어."

"그런 임기응변으로만 대처하면 지금 상황은 좋아질 수 없어. 미쓰키를 한없이 이곳에 가둬둘 수는 없다고. 조금만 더 현실적으로 생각해봐."

"너는 생각한다는 거야?"

"물론이지. 미쓰키에게도 말해뒀는데 당분간 내 어시스턴트로 일하게 할까 해. 물론 큰돈을 줄 수는 없어. 하지만 나도 이제 슬슬 도와줄 사람이 있었으면 좋겠다고 전부터 생각했어. 미쓰키라면 믿을 수 있고 나로서는 큰 도움이 될 거야."

그녀가 어시스턴트를 원한다는 사실은 처음 알았다. 무엇보다 서로 일 얘기는 안 한 지 한참 되었다.

"그래서 히우라도 하겠대?"

"나야 도와줄 수 있는 게 있으면 기꺼이 하지. 지금 이 상태는 그야말로 더부살이잖아. 하지만 그것을 위해 여장까지 해야 한다면 하고 싶지 않아." 미쓰키는 미식축구 볼을 들고 아주 사랑스럽게 쓰다듬었다.

"그런 모습으로는 밖에 나갈 수 없으니까 어쩔 수 없다고. 게다가 이건 여장이 아니지. 이전 모습으로 돌아가는 거라고."

"그게 싫다고!"

"미쓰키, 부탁이니까 고집 좀 부리지 마. 경찰의 눈을 잘 피했다는 것만 확인하면 여자 옷 같은 건 죄다 벗어버리자고. 그때까지만 참자."

미쓰키는 안고 있던 볼을 탁 때리더니 오른손으로 들

어 올렸다.

"이제 됐어." 미쓰키가 데쓰로를 향해 볼을 던졌다. 볼은 멋진 나선형을 그리며 날아와 데쓰로의 가슴을 맞추고 바닥에 떨어졌다.

"히우라⋯⋯."

"이제 됐다고. 그만하자. 내가 여기 있는 게 잘못이야." 미쓰키는 고개를 흔들더니 문을 열고 거실을 나갔다.

"미쓰키!" 리사코가 벌떡 일어났다. 미쓰키를 쫓아가려는 모양이다.

"기다려." 데쓰로는 그녀 앞을 막아섰다. 현관에서 미쓰키가 집을 나가는 소리가 들려왔다.

"무슨 짓이야! 비켜!"

"너는 여기 있어. 내가 갈 테니까."

"당신이 간다고 해서⋯⋯."

"네가 가는 것보다는 나아. 남자끼리 얘기하는 게 좋지 않겠어?"

그녀는 깜짝 놀라 눈을 크게 떴다.

"갔다 올게." 데쓰로는 식탁 의자에 걸쳐놓은 자신의 블루종을 들고 몸을 돌려 미쓰키를 쫓았다.

블루종을 든 채 집을 뛰쳐나와 엘리베이터 홀로 갔다. 마침 문이 닫히려던 참이었다. 안에 있는 미쓰키와 순간 눈이 마주쳤다.

주저 없이 옆에 있는 계단을 뛰어 내려갔다. 구두라 바닥이 미끄럽다. 집을 나설 때 운동화를 신지 않은 것을 후회했다.

체력에는 자신이 있었는데 2층쯤 왔을 때부터 숨을 헐떡였다. 이를 악물고 마지막 계단을 내려서던 걸음을 바로 멈췄다. 계단 밑에 미쓰키가 있었기 때문이다. 그가 내려오리라 예상한 듯 팔짱을 끼고 올려다보고 있다.

"타임 오버!" 미쓰키는 스톱워치를 누르는 시늉을 했다. "그런 발로는 스크램블은 못 하겠다. 쿼터백 실격이야."

"명 쿼터백은 직접 달릴 일은 없어. 이게 최고여야지." 데쓰로는 자신의 관자놀이를 가리키면서 계단을 내려왔다. 들고 온 블루종을 미쓰키에게 던졌다. "그런 옷차림으로는 추워."

미쓰키는 블루종을 받긴 했으나 기분이 상한 듯 턱을 치켜들었다.

"여자 취급하지 마라."

"웃기네. 상대가 여자였으면 옷을 던지지도 않아. 다정하게 뒤에서 걸쳐줬겠지. 투덜대지 말고 얼른 입어. 감기 걸려도 의사는 못 데려오니까."

미쓰키는 한마디 하려다가 잠자코 블루종을 입었다. 양쪽 어깨가 늘어져 소매에서 손을 꺼내는 데 애를 먹었다.

"역시 QB는 크구나." 조용히 말했다.

"더 크고 냄새나는 안자이의 점퍼보다는 훨씬 나을 텐데."

라인맨인 안자이는 팀에서 가장 땀을 많이 흘렸다. 인간 물뿌리개라는 별명을 지어준 사람이 미쓰키였다. 그 일을 떠올렸는지 미쓰키의 입가가 환해진다.

"잠깐 얘기할래?"

"그래." 미쓰키는 고개를 끄덕이고 데쓰로의 얼굴을 쳐다봤다. "남자끼리?"

"물론이지." 데쓰로가 대답했다.

어디 가서 술이나 하자 했는데 미쓰키는 전에 간 공원에서 얘기하자고 했다.

"춥지 않겠어? 벌써 12월이야."

"아직 그 정도는 아니야. 바람이 기분 좋을 정도지. 게다가 이것 덕분에 난 따뜻해." 미쓰키는 블루종의 앞섶을 여몄다.

두 사람은 미쓰키가 살인을 고백한 공원까지 걸어갔다. 불은 켜져 있는데 벤치에는 사람이 없었다. 둘은 입구 근처 벤치에 나란히 앉았다.

한밤중인데 노인이 개를 산책시키고 있다.

"저기 할아버지, 우리를 뭐라고 생각할까?" 미쓰키가 말했다.

노인은 나무 밑에 멈춘 개의 줄을 잡고 이따금 데쓰로 일행 쪽을 힐끔 쳐다봤다. 개가 똥오줌을 쌌는지만큼이나 두 사람에게도 마음이 쓰이는 듯했다.

"글쎄. 이런 계절에 바람이나 쐬고 있는 이상한 남자 둘이라고 생각하지 않을까?"

"그러면 좋겠지만, 아마 아닐 거야."

"그럼 뭔데?"

"저 할아버지는 이렇게 생각할 거야. 이런 계절에 바람이나 쐬는 이상한 커플이라고."

미쓰키는 "유감스럽게도"라는 말을 덧붙였다.

"그럴까? 여기서부터 저 할아버지까지의 거리는 30미터나 돼. 네 얼굴은 제대로 보이지도 않을 텐데."

"그래서 더 그래. 얼굴이 안 보이니까 전체적인 분위기로 판단하지. 저 할아버지에게 우리는 벤치에 사이좋게 앉은 커플로밖에 안 보일 거야." 미쓰키는 그렇게 말하고 몸을 벤치에 기대더니 이제까지 모으고 있던 다리를 쫙 벌렸다.

노인의 얼굴이 데쓰로 쪽을 본 채 멈췄다. 표정은 안 보이나 가만히 응시하고 있다는 것은 알 수 있었다.

하하하. 미쓰키가 웃었다.

"봐. 당황하잖아. 저 할아버지, 여자가 다리를 쩍 벌리고 앉으니까 뜻밖이겠지."

개는 끝내 소변만 보고 움직이기 시작했다. 노인도 끌려가듯 공원을 나갔다. 그는 마지막까지 데쓰로 일행을 힐끔힐끔 훔쳐봤다.

갑자기 미쓰키가 일어났다. 심호흡하고 데쓰로 쪽으로 몸을 돌렸다.

"내 입으로 말하긴 그렇지만, 나 혼자 있으면 다들 나를 남자라고 생각해. 전혀 의심하지 않지. 하지만 함께 있는 사람에 따라 내 정체가 들통나기도 해."

"무슨 소리야?"

"예를 들자면 방금 전 같은 상황이지. QB는 몸도 크고 남자답게 생겼지. 동작 하나하나가 다 남자다워. 그런 사람과 함께 있으면 아무래도 내가 한심해 보인다고. 게다가 가장 남자다운 남자의 블루종을 얻어 입고 있다고. 누가 어떻게 봐도 커플이지. 내가 여자로 보였다고 해도 이상할 게 없어. 어딜 가든 아마 그렇게 보일 거야."

"그래서 술집에 안 가겠다고 한 거야?"

"그래. 하지만 그것만이 아니야. 사람이 있는 곳에서는 터놓고 얘기하기 힘들잖아."

미쓰키는 다시 데쓰로의 옆에 앉았다. 양손으로 머리를 감싸고 짧은 머리카락 위에서 마구 긁적였다.

"너무 분해. 아무리 노력해도 나는 QB처럼은 될 수 없어."

"나처럼 되지 않아도 괜찮잖아. 네게는 너만의 이상적인 남성상이 있을 테니까." 데쓰로가 웃으며 말했다.

미쓰키는 고개를 들고 데쓰로의 얼굴을 가만히 바라봤다. 진지한 빛이 그 눈 속에 있었다. 데쓰로는 몸을 살짝 뺐다.

"내가 말 안 했나?" 미쓰키가 물었다.

"뭐?"

"옛날에, 말했는데."

"뭘?"

그러자 미쓰키는 입가에 알 수 없는 미소를 지었다. 눈을 두 번 깜빡이고 다시 데쓰로를 바라봤다.

"내게 QB는 이상적인 남자야. 내가 그렇게 말했잖아."

몇 초 후, "앗!" 하고 작게 소리를 지르고 말았다. 기억 하나가 선명하게 떠올랐다.

그날 밤이다. 더러운 하숙집에서 알몸의 미쓰키와 마주했다.

'괜찮잖아.'

이 대사 다음에 그녀는 이렇게 말을 이었다.

'QB는 이상적인 남자니까⋯⋯.'

미쓰키를 안았을 때의 감촉과 서로의 숨결 같은 것이 속속 데쓰로의 뇌리에 떠올랐다. 그는 그것을 털어버리려고 얼굴을 문질렀다.

"그날 밤 일, 생각났어?"

"아, 응." 데쓰로는 대답했다. 어떤 표정을 지어야 할지 모르겠다.

"그때 일에 관해 QB는 끝내 아무 말도 하지 않았지. 마치 아무 일도 없었던 것처럼."

"그게 낫다고 생각했어. 아니었어?"

"아니, 덕분에 살았어." 미쓰키는 팔짱을 끼고 몸을 앞뒤로 흔들었다. "바보 같은 짓을 했다고 생각해. 그런 짓을 한다고 해결되는 일은 하나도 없는데."

"뭘 해결하고 싶었는데?"

"뭐, 여러 가지였지." 미쓰키는 그렇게 말하고는 입을 다물었다.

한동안 침묵이 이어졌다. 바람이 배기가스 냄새를 실어 왔다. 오메 도로와 가깝기 때문이리라. 데쓰로는 하늘을 올려다봤다. 구름도 없는데 별이 보이지 않는다. 대학 시절, 연습이 끝나면 종종 이렇게 하늘을 올려다봤다. 머리에 넣은 포메이션을 정리하려고. 동료들이 작전대로 움직이는 모습을 수없이 그려보았다. 경기에서 그것을 실현했을 때는 정말 좋았다. 지금은 생각대로 되는 일이 하나도 없다. 그보다 작전조차 세우지 않는다.

"QB가 되고 싶었어." 미쓰키가 툭 내뱉었다.

데쓰로는 미쓰키의 옆얼굴을 봤다. 미쓰키도 그를 바라봤다.

"그 얼굴과 그 몸, 그런 목소리가 갖고 싶었어. 만약 그렇게 태어났다면 다른 인생을 살았겠지."

"좋은 인생이란 보장은 없어."

"좋은 인생이야." 미쓰키가 눈에 힘을 주었다. 그대로 계속했다. "적어도 그 여자를 손에 넣을 수 있었을 테니까."

데쓰로의 입이 벌어졌다. 하지만 목소리가 나오지는 않았다. 그 말의 의미를 깨달았기 때문이다.

미쓰키는 미소를 지었다.

"나, 고백만 해대네. 내가 사실은 남자라고 한 게 첫 번째. 그다음은 사람을 죽였다고 고백했지. 그러니까 이 고백은 세 번째가 되겠다." 그러고는 손가락을 세 개 세웠다. 동시에 웃음이 사라졌다. "리사코가 좋았어. 그때부터 쭉. 그 마음은 지금도 변함없어."

데쓰로는 숨을 멈추고 미쓰키의 옆얼굴을 바라봤다. 미

쓰키는 아무 말도 하지 않았다. 그대로 시간이 흘러갔다.

입안이 바싹 마르고 혀에 차가운 공기가 들러붙는다. 그래서 데쓰로는 자신이 아직도 입을 벌리고 있다는 사실을 깨달았다. 우선 침을 삼키고 입술을 축였다.

"놀라운데." 일단 그렇게 말했다.

미쓰키의 뺨이 풀어졌다. "당연히 놀랐겠지."

"농담은 아닌 것 같고."

"응. 진심이야."

"그래?" 데쓰로는 한숨을 쉬었다. 의식하지 않았는데 상당히 깊은 탄식이 되고 말았다.

경기 때를 떠올렸다. 리사코와 미쓰키는 일손을 나눠 선수들에게 스포츠음료와 수건을 건넸다. 화려한 리사코는 외부 사람들에게도 인기가 많아 미식축구부의 상징 같은 존재였다. 미쓰키는 두드러지지는 않으나 룰에 정통하고 이야기를 잘 들어주는 사람이라 선수들의 상담자 역할을 도맡았다. 두 여자 매니저는 기가 막힌 균형을 이루었다. 모두가 최강 콤비라고 했다. 동아리 활동이 아니더라도 둘은 둘도 없는 친구였다.

하지만 미쓰키는 그때 이미 '남자'였던 것이다. 그 말은, 다른 사람 눈에는 여학생끼리의 우정처럼 보였어도 미쓰키는 리사코에게 특별한 마음을 품고 있었다는 소리다. 미쓰키의 고백을 들었음에도 불구하고 지금까지 그 점에 주목하지 않았다는 게 바보 같았다.

"와닿지는 않겠지만, 나는 몇 번 리사코에게 내 마음을 털어놓으려 했어. 대학 때 얘기지만."

"그랬어?"

"하지만 아무래도 안 되더라. 리사코가 날 받아들이지 않을 것 같았거든. 그러다가 그녀에게 좋아하는 남자가 생겼다는 것을 알았어. 기억해? 막 4학년이 되었을 때, 연습하다가 QB가 쓰러졌잖아."

"아……."

4월이었다. 비가 내려 그날은 체육관에서 웨이트트레이닝을 하게 되었다. 처음에는 각자 바벨이나 머신을 이용해 몸을 단련했는데 누군가가 볼을 가져와 패스와 패스 캐치 연습을 하기 시작했다. 이윽고 패스 디펜스까지 더해졌다. 게다가 몇 명이 더 가세해 간단한 미니 게임이 시작되었다. 데쓰로도 중간부터 참여했다. 정확한 패스를 하는 사람이 없으면 재미없으니까.

보호대도 헬멧도 없었다. 태클은 안 하기로 했으니까. 허리에 수건을 두르고 그것을 잡으면 태클한 것으로 하자고 정했다. 그러나 게임에 열중하다 보면 평소 버릇이 나오기 마련이다. 이따금 진짜 게임 같은 접촉 플레이가 나왔다.

패스하려는 데쓰로를 덮친 선수가 있었다. 분명 수건을 잡으려 했을 것이다. 하지만 그 힘이 너무 강해 그의 몸이 데쓰로의 하반신을 그대로 강타했다. 데쓰로는 견디지 못하고 뒤로 넘어졌고 흘러 나간 볼을 쫓아 주위 사람들이 모여들었다.

사실 데쓰로는 이후의 기억이 없다. 나중에 들은 바로는 뇌진탕을 일으켜 곧장 대학병원으로 실려 갔다고 한다.

"그때 병원 대기실에서 리사코가 울었어."

"말도 안 돼."

"그렇게 생각하겠지. 그렇게 기가 센 애가. 걔가 우는 걸 본 것은 그때가 처음이자 마지막이야."

나는 그때가 마지막이구나. 데쓰로는 회상했다. 데쓰로의 계획으로 임신했다는 사실을 그녀가 알았을 때다.

"그 순간 포기했어. 이 여자의 마음을 내게 돌리는 것은 불가능하구나. 그리고 동시에 생각했어. 역시 나는 여자로 살 수밖에 없겠구나."

그때의 억울함과 무력감이 떠올랐는지 미쓰키는 입술을 굳게 다물었다.

데쓰로는 그 말을 듣고 퍼뜩 깨달았다. "그래서 그날 밤 내 하숙집에서……?"

미쓰키는 머쓱한지 눈썹 위를 긁었다.

"이유는 설명하기 힘들어. 나도 잘 모르니까. 그때 그냥 이 남자에게 안겨야겠다고 생각했어. 리사코가 좋아하는 남자였기 때문일 수도 있고 내가 동경한 남자였기 때문일 수도 있어. 어쨌든 내 안의 남자를 내쫓으려면 QB와 섹스하는 수밖에 없었어."

데쓰로는 그때 미쓰키의 표정을 떠올렸다. 전혀 쾌감을 느끼는 것처럼 보이지 않았다. 그런데도 미쓰키는 집요하게 그를 원했다. 잠도 잊은 채 계속된 땀범벅의 섹스. 데쓰로는 그야말로 수컷이었다. 그리고 미쓰키는 암컷이 되려고 했다. 그것은 미쓰키에게 있어서 자신 안의 무언가를 죽이는 의식이었나.

미쓰키가 벤치에서 일어났다. 데쓰로 쪽을 보며 양손을 펼쳤다.

"그때 나, 처음이 아니었잖아?"

"그랬지."

"첫 경험은 중학교 때. 상대는 한심한 남자였어. 얼굴도 기억 안 나. 내게는 아무런 의미도 없는 경험이었어. 하지만 QB 때는 달랐어. 말하자면 그게 내 첫 경험이었어."

괜한 소리일지도 모르겠다면서 미쓰키가 덧붙였다.

"그러면 나카오는?"

미쓰키는 아픈 데를 찔린 듯 미간을 찌푸렸다. 청바지 주머니에 양손을 찔러 넣고 운동화 끝으로 바닥에 뭔가를 적기 시작했다. RB, 러닝백이다.

"고스케는 좋은 남자야. 다른 좋은 여자가 얼마든지 있는데 나 같은 것을 좋아해줬으니까."

미쓰키가 나카오를 이름으로 부르는 게 데쓰로는 편안하게 느껴졌다. 고스케. 미쓰키. 둘은 서로를 그렇게 불렀구나. 아주 평범한 연인처럼.

"얼마 전에 나카오가 왔었잖아. 그때 녀석이 말했어. 지금의 너는 남자로 받아들일 수 있어도 사귈 때의 너는 분명 여자였다고, 자신에게는 그랬다고."

"가슴 아픈 말이네." 미쓰키는 운동화 바닥으로 RB라는 글자를 지웠다. "하지만 그렇게 말해주는 것을 고마워해야겠지. 사실은 나를 때려도 어쩔 수 없는 일이니까."

"나카오를 좋아했어?"

"좋아했어. 좋아했고, 지금도 좋아해."

"그게 그러니까……." 말을 찾을 수 없다.

"연애 감정이냐는 거지?"

"아, 그래."

"어려운 질문이네." 미쓰키는 땅을 쳐다봤다. "남자에 대한 연애 감정이 어떤 것인지 나는 잘 몰라. 고스케와 함께 있으면 즐거웠고 안심할 수 있었어. 그건 사실이야."

"그건 어땠어?"

"섹스?"

"응."

"섹스 같은 건 중요하지 않아. 물론 했지. 고스케와 하는 것은 그리 싫지 않았으니까."

나와의 섹스는 어땠는지라는 의문이 머리를 스쳤으나 데쓰로는 묻지 않기로 했다.

"내가 고스케에게 헤어지자고 했어."

"이유는?"

"서로를 위해서, 라고만 했지. 고스케는 원래 그런 성격이잖아. 상대가 헤어지자고 한다 해서 꼬치꼬치 이유를 묻거나 비참하다며 달려들지 않을 사람이지. 네가 그렇게 말하니 어쩔 수 없네. 그게 끝이었어."

데쓰로는 그 녀석답다고 생각했다.

"고스케는 좋은 남자야." 미쓰키는 아까와 같은 말을 했다. "그런 남자가 나처럼 이상한 사람과 얽히면 안 되지." 그리고 장난치듯 자기 이마에 손을 댔다. "그런데 이런 얘기를 하고 있으니까 아빠에게 미안하네. 그 사람이 최대 피해자인데."

"아빠?"

"응. 아이 아빠."

"아……."

데쓰로는 그 인물의 존재를 새까맣게 잊고 있었다. 미쓰키의 모습에서 떠올릴 수 없었기 때문이다.

"그 사람들은 마음에 안 걸려?"

"애 아빠와 아들?"

"응. 전혀 연락 안 했잖아."

"가출했으니까." 미쓰키는 어깨를 움츠렸다. "생각하지 않으려고 해. 생각하면 너무 미안해서 미칠 것만 같아. 빨리 새로운 사람과 결혼했으면 좋겠어."

데쓰로는 남편이라고 하려다가 다시 입을 다물었다. 이런 단어는 좋아하지 않을 것 같았다.

"이혼은 성립된 거야?"

"글쎄. 어쨌든 이혼 서류에 사인하고 나왔어. 그가 그걸 냈는지는 몰라."

"나, 이런 건 잘 모르지만, 그 사람은 그렇다 치고, 보고 싶지 않아?"

"아들?"

데쓰로는 고개를 끄덕였다. 미쓰키는 하늘을 보고 "하" 하고 숨을 내뱉었다. 내뱉은 숨결이 순간 하얘졌다.

"잊어본 적은 없어. 늘 가슴에 담겨 있어. 하지만 그 아이를 위해서라도 더는 안 만나는 게 좋지. 내가 같이 있으면 그 아이는 행복해질 수 없어."

데쓰로는 괴로운 듯 얼굴을 찌푸리는 미쓰키를 보며 그녀의 출산에 대해 생각했다. 남자의 마음을 지닌 채 임신하고 나아가 출산한다는 것은 어떤 심경이었을까. 물론 아무리 생각해도 상상할 수 없으리라.

"이야기가 샛길로 빠졌네. 리사코에 대한 마음을 얘기하고 싶었을 뿐인데." 미쓰키가 웃었다.

"그건 잘 알았어."

"신주쿠에 간 것도 리사코를 만나고 싶어서였어. 경찰에 잡힐 각오를 한 터라 마지막으로 얼굴을 보고 싶었어. 이야기 같은 거 안 해도 좋았어. 아니, 얘기할 생각 같은 거 전혀 없었어. 그때 나, 여장했잖아. 그런 모습은 그녀에게 보여주고 싶지 않았고."

데쓰로는 그 말을 듣고 바로 이해해 크게 고개를 끄덕였다.

"그래서 아까, 그렇게 거부한 거야?"

"리사코 앞에서 더는 여자 모습을 하고 싶지 않아. 남자로서 그녀를 대하고 싶어." 그렇게 말하고 데쓰로를 향해 킥을 날렸다. "자기 아내에게 어떤 놈이 그런 소리를 하면 남편은 틀림없이 화를 내겠지?"

"그렇겠지. 하지만 아무래도 그럴 마음이 안 생기네."

"내가 진짜 남자가 아니라서? 맘대로 떠들어라. 이거냐?"

"그건 아니야."

"됐어. 알아. 다 내 만족이고 혼자 난리인 거지. 영원한 짝사랑이라는 거야. 하지만 그래도 내게는 소중해."

영원한 짝사랑, 이라……

데쓰로도 그 마음이 왠지 이해됐다. 무의미하다는 것을 알면서도 집착할 수밖에 없는 무언가. 누구나 그런 것을 지니고 있다. 미쓰키의 마음이 남자라는 증거라고 할 수 있지 않을까.

"집에 가자. 리사코가 기다려."

미쓰키는 이마에 손을 대고 그대로 머리카락에 손가락을 넣어 마구 헝클었다.

"돌아가서는 안 된다고 생각하지만 이러고 있을 수도 없고."

"내가 부탁할게. 돌아가자. 부탁이니까. 여장은 천천히 다시 얘기하자."

데쓰로의 말에 미쓰키는 쓸쓸하게 웃었다.

"QB도 힘들겠네. 도대체 언제까지 사령탑을 계속할 건데?"

그는 양손을 살짝 펼쳤다.

"4쿼터가 끝나야지."

7

하야타와 만나고 다시 일주일이 지났다. 데쓰로 일행
의 주위에 특별한 변화는 없었다. 하야타는 약속대로 옛
동료들을 찾아다니지는 않는 듯했다.

"하지만 방심할 수는 없어. 어쨌든 하야타니까." 리사코
가 말했다. 이날 밤, 오랜만에 셋이 얼굴을 마주했다. 리
사코도 데쓰로도 각자의 일로 나가는 경우가 많았기 때
문이다.

"하야타는 상대의 허를 찌르는 걸 잘했으니까. 상대의
블리츠를 알아차려 QB를 도왔지." 미쓰키가 말했다.

"그랬지."

블리츠는 수비진이 감행하는 기습 작전이다. 패스 플레
이를 예상하고 볼을 잡으면 그와 동시에 라인배커와 백
스가 쿼터백을 향해 태클해 온다. 데쓰로도 많이 당했다.

"나는 떨려 죽겠어. 언제 하야타가 이리로 올까 싶어서.
미쓰키를 보면 바로 알아차릴 거야. 그래서 미쓰키가 여
장했으면 좋겠는데."

미쓰키는 대답하지 않았다. 미쓰키는 여전히 남자 옷만 입는다. 그 이유를 아는 만큼 데쓰로는 리사코의 편을 들 수 없었다.

"무엇보다 하야타의 눈에 들었다는 게 뼈아프네. 정보를 얻기는 했는데 대가가 너무 커. 스가이도 참 괜한 짓을 해서." 리사코는 입가를 일그러뜨렸다.

"그런 말 마. 녀석이 일부러 그런 것도 아니고."

"그건 알아."

스가이는 더는 관여하지 않겠다고 했으면서도 일주일에 두 번은 전화했다. 역시 옛날 동료라 걱정되나 보다. 그보다 데쓰로는 그때 이후로 연락이 없는 나카오가 신경 쓰였다. 내일쯤 전화나 해볼까 생각 중이다.

경찰의 움직임은 전혀 파악할 수 없었다. 모치즈키가 감시하는 것으로 보아 가오리를 주시하고 있는 것은 분명하다. 동시에 도쿠라가 살해된 직후 가게를 그만둔 바텐더를 쫓고 있을 것이다. 문제는 그 바텐더의 정체가 여자임을 알아냈느냐는 것이다. 어쩌면 모르는 게 아닐까. 모치즈키가 가오리의 방에 드나든 남자를 언급했기 때문이다. 경찰에서는 그 남자가 사라진 바텐더라고는 생각하지 않을 것이다. 미쓰키도 가오리에게 그런 연인이 있었다고 했다.

"희망적인 관측에 너무 기대면 안 돼." 리사코는 테이블 위의 담뱃갑으로 손을 뻗었으나 비어 있음을 확인하고 그대로 걸레처럼 마구 구겨 근처 쓰레기통에 버렸다.

그날 밤이었다. 데쓰로가 침대에 들어가 잠시 있었는데 밖에서 소리가 났다. 거실 문이 열리더니 쾅 하고 거칠게 닫혔다. 설마 또 미쓰키가 나가려는 게 아닐까 싶어 데쓰로는 침대 위에서 가만히 상황을 지켜봤다. 그러나 다음에 들린 것은 다른 문이 열렸다 닫히는 소리였다. 그는 안심하고 온몸의 힘을 뺐다. 화장실에 가나 보다.

녀석은 어떤 모습으로 볼일을 볼까 생각하다 그런 생각이 무의미함을 깨닫고 혼자 쓴웃음을 지었다. 수술을 받은 게 아닌 이상 진짜 남자처럼 볼일을 볼 수는 없을 테니까.

이어서 이상한 소리가 들려왔다. 뭔가를 두드리는 소리다. 데쓰로는 귀를 기울였다. 조금 있으니 또 들려왔다. 이번에는 연달아 두 번. 조금 있다가 계속 들렸다. 쿵, 쿵, 쿵, 쿵.

데쓰로는 몸을 일으켰다. 리사코도 들었는지 일어났다.

"뭐지?"

"히우라야."

"뭘 하는 거지?"

"보고 올게."

데쓰로는 이불을 젖히고 침대를 빠져나왔다. 방을 나와 화장실 문 앞에 섰다. 소리는 안에서 들려오고 있다. 쿵, 쿵, 쿵. 벽을 두드리고 있다. 게다가 그 소리 사이사이에 신음이 섞여 있다. 아니, 신음이 아니다. 울고 있다.

"어이, 히우라." 데쓰로는 말을 걸었다. "왜 그래? 괜찮아?"

소리가 그쳤다. 그가 다시 말을 걸려는데 갑자기 문이 열렸다. 하마터면 이마를 부딪칠 뻔했다.

미쓰키가 안에서 뛰어나왔다. 데쓰로는 미쓰키의 모습에 순간 흠칫했다. 위에는 티셔츠를 입고 있었는데 아래에는 아무것도 입지 않았다.

미쓰키는 거실 문을 열고 도망치듯 안으로 들어갔다. 데쓰로도 뒤를 따랐다. 거실은 캄캄했다. 그는 조명 스위치를 누르려다가 직전에 그만두었다. 어떤 직감이 불을 켜서는 안 된다는 경종을 울렸다.

미쓰키는 베란다에 면한 유리문 앞에 있었다. 커튼 틈으로 들어오는 가녀린 빛이 미쓰키의 몸에 복잡한 음영을 만들고 있다.

미쓰키는 신음과 울음이 섞인 듯한 소리를 흘리면서 티셔츠를 벗었다. 그리고 티셔츠를 손에 든 채 그 자리에 무너져 내렸다. 엎드린 등이 떨리고 있었다.

"히우라……." 데쓰로가 다가갔다.

"오지 마." 미쓰키가 말했다. 눈물 섞인 목소리였다. "부탁이야. QB."

데쓰로는 "그래도"라고 말을 걸려다 숨을 멈췄다. 미쓰키의 탄탄한 사타구니 사이를 흐르는 한 줄기 액체를 봤기 때문이다. 암흑 속임에도 그게 빨갛다는 것을 알 수 있었다. 순간 머리가 하얘지며 말이 어딘가로 날아갔다.

뒤에서 기척이 났다. 돌아보니 리사코가 화장실을 들여다보고 있다. 사정을 알아차리고는 굳은 표정으로 들어왔다. 그 손이 조명 스위치로 갔다.

"켜지 마." 데쓰로가 목소리를 냈다.

리사코는 흠칫하며 손을 거둬들였다. 눈이 어둠에 익숙해지지 않은 듯 살피는 것처럼 데쓰로와 미쓰키를 번갈아 봤다.

"그거……지?"

미쓰키는 대답하지 않았다. 물론 데쓰로도 입을 뗄 수 없었다.

"몸은 어때?" 리사코가 미쓰키에게 다가가려 했다.

그런 그녀를 데쓰로가 제지했다. "가지 마."

리사코는 의외라는 듯 눈썹을 찌푸리고 그의 얼굴을 바라봤다. "왜?"

"너는 가까이 가지 마. 저기서 기다려."

"왜? 당신이야말로 나가."

"나도 나갈 거야. 하지만 너도 나가."

"무슨 소리야? 이런 일은 여자만 아는 거라고."

"히우라는 여자가 아니야."

"몸은 여자야. 그래서 이런 일이 일어나는 거라고."

"이건 몸의 문제가 아니야. 마음의 문제지."

"지금은 일단 몸의 문제야." 리사코는 데쓰로의 몸을 밀어젖히고 미쓰키 쪽으로 다가갔다. 미쓰키의 몸이 굳어지는 게 데쓰로에게도 보였다.

"그만 좀 해!" 데쓰로는 리사코의 팔을 움켜쥐고 복도까지 끌고 나갔다.

"아파, 왜 이러는데!"라며 그녀는 아우성쳤다.

데쓰로는 리사코를 침실 문에 밀어붙였다. 그녀가 그를 노려봤다.

"이거 놔."

"너는 히우라의 마음을 전혀 몰라." 데쓰로는 침실 문을 열고 리사코를 안으로 밀어 넣었다. 그녀는 카펫이 깔린 바닥에 넘어졌다.

"지금은 얌전히 있어."

침실 문을 닫았으나 미쓰키에게 돌아갈 수도 없었다.

미쓰키를 혼자 두는 게 최선책이라고 생각했다. 데쓰로는 옆의 작업실 문을 열었다.

의자에 앉아 얼굴을 문질렀다. 전혀 예기치 못한 사태에 당황했다. 하지만 호르몬 주사 투여를 중단한 미쓰키에게 이런 날이 오리라는 것은 당연히 예상했어야 한다. 여장이나 외모의 변화보다 더 심각한 일이다.

하릴없이 실내를 둘러보던 그의 눈이 공간 한곳에 머물렀다. 얼마 전까지는 네거필름이 걸려 있던 곳에 지금은 인화를 마친 사진이 걸려 있다. B5 크기의 흑백 사진이다.

데쓰로는 다가가 사진을 들었다. 얼마 전 리사코가 찍은 미쓰키의 사진이었다. 상반신 나체로 턱을 괴고 어딘가를 보고 있다. 입술은 미소를 짓고 있는 듯도 하고 무슨 말을 중얼거리고 있는 듯도 하다. 음영이 있는 탓에 가슴이 의외로 부푼 것처럼 보인다. 몸의 곡선이 모두 선정적이다.

성욕이 자극되는 것을 느끼고 사진을 바로 제자리에 놓았다. 자기혐오가 낮은 파도처럼 가슴에 밀려들었다.

침실 문 열리는 소리가 났다. 리사코가 복도로 나온 듯하다. 그러나 발소리에 조심하는 게 느껴진다. 얼마 후 노크 소리가 났다.

데쓰로는 낮은 목소리로 들어오라고 대답했다. 문이 열리고 리사코가 들어왔다.

"어쩔 셈이야?" 그녀가 물었다.

"생각 중이야."

"나는 저 애가 정말 걱정이야."

자신도 마찬가지라고 대답하면서 '저 애'라고 불렸다는 것을 알면 미쓰키는 큰 상처를 받으리라 생각했다.

"그냥 두는 건 위험해. 생각이 너무 많을 거야."

"하지만 네가 가선 안 돼."

"그럼, 당신이 어떻게 해볼래? 당신이 어떻게든 할 수 있다는 거야?"

데쓰로는 대답할 수 없었다. 지금 자신이 미쓰키를 도울 수 있을 리 없다. 미쓰키는 여자로 취급당하는 게 싫을 것이다. 그러나 지금 미쓰키의 몸에 일어난 일은 여자라는 증거이다.

데쓰로는 책상 위의 전화기를 들면서 시계를 봤다. 오전 2시가 조금 넘은 시각이었다.

"이런 시간에 어디에 걸려고?" 리사코가 물었다.

데쓰로는 대답 없이 수첩을 펴고 전화번호부를 보며 전화 버튼을 눌렀다. 상대가 부재중이 아니기만을 빌었다.

호출음이 다섯 번 울렸다. 여섯 번째 울리려는데 전화

가 연결되었다.

"네." 졸린 목소리. 당연하다.

"여보세요. 나야. 니시와키."

한밤중이라는 것과 데쓰로의 전화라는 점에서 상대는 특별한 의미가 있음을 알아차렸을 것이다. 다음 순간 들린 목소리는 낮지만 명료했다.

"미쓰키에게 무슨 일 있어?" 나카오 고스케가 물었다.

전화를 끊고 약 30분 뒤, 현관 벨이 울렸다.

나카오는 스웨터 위에 긴 파카를 입고 있었다. 얼마 전 왔을 때보다 훨씬 편안한 차림이다. 복장에 신경 쓸 여유가 없었으리라. 앞머리가 살짝 흐트러져 이마에 내려와 있다.

"어디 있어?" 데쓰로의 얼굴을 보자마자 그는 일단 이렇게 물었다.

"거실."

"어떻게 하고 있는데?"

"몰라. 일단 혼자 두는 게 나을 것 같아서."

나카오는 알았다며 고개를 끄덕이고 구두를 벗었다. 왼쪽 구두끈은 묶여 있지도 않았다.

그가 거실 문을 열고 안으로 들어가는 것을 지켜보고 데쓰로와 리사코는 침실로 돌아왔다. 과거 연인 사이였던 둘의 유대감에 모든 것을 거는 수밖에 없다.

아니, 연인 사이라는 말은 부적절한가. 공원에서 나눈 미쓰키와의 대화가 떠올랐다. 영원한 짝사랑을 하는 것은 미쓰키만이 아닐지 모른다.

"나카오, 역시 말랐어." 침대에 걸터앉은 리사코가 입을 열었다.

"맞아."

"몸이 작아진 것처럼 보여."

"여러모로 힘든가 봐. 일도 그렇고 가정도 그렇고."

"게다가 이런 일에까지 휘말렸다는 말……인가."

데쓰로는 속으로 어쩔 수 없는 일이라고 중얼거렸다.

"저기 말이야." 리사코는 앞머리를 쓸어 올렸다. "도대체 어떻게 하면 좋을까? 나도 미쓰키의 마음을 존중하고 싶어. 하지만 저 애가 저대로 남자 차림을 하는 것은 너무 불안해. 당신은 안 그래?"

"위험하다고 생각해."

"그러면 어떻게 해?"

리사코가 책망하듯 따졌다. 데쓰로는 바닥에서 책상다리하고 팔짱을 끼었다.

"또 침묵하는 거야? 그렇게 신음만 한다고 해결될 일은 하나도 없어."

"경솔한 행동은 하고 싶지 않아서 그래."

"내 제안이 경솔하다는 거야? 미쓰키를 충분히 생각했다고 보는데."

"마음을 생각하지 않았지."

리사코는 데쓰로의 말에 크게 한숨을 짓고 양손을 툭 떨어뜨렸다.

"또 그 소리? 마음, 마음 하는데 당신도 모르잖아? 혹시 알고 있다면……."

"히우라는" 리사코의 말을 끊고 데쓰로가 말했다. "너를 좋아해."

숨을 멈추는 기척이 났다. 취침 등을 등지고 있던 탓에 그녀의 얼굴은 역광이라 보이지 않았지만, 눈을 부릅뜨고 있음을 알 수 있었다.

꽤 오랜 시간이 흐른 뒤 "뭐……?"라는 소리가 그녀의 입에서 흘러나왔다.

"얼마 전에 그런 고백을 들었어. 네게 전해야 할지 망설였어."

실은 아직도 그런 망설임이 사라진 것은 아니다. 말하는 동안에도 돌이킬 수 없는 일을 한 것 같다는 생각이 마음을 뒤덮었다.

"농담하는……"

"누가? 내가? 히우라가?"

리사코는 입을 닫고 고개를 숙였다. 그 모습을 보며 그녀에게는 의외가 아닐 수도 있겠다는 생각이 들었다. 눈치가 빠른 그녀가 미쓰키의 마음을 몰랐을 리 없다.

"남자로서 좋아한대. 네 앞에서는 남자로 있고 싶대."

리사코는 계속 침묵을 지켰고 데쓰로도 더는 말하지 않았다. 어두컴컴한 실내에 그녀의 작고 흐트러진 숨소리만이 들렸다.

조금 후 거실 문 열리는 소리가 나고 복도로 누가 나왔다. 데쓰로가 일어나 문을 여니 나카오가 서 있다. 핼쑥한 얼굴에 피곤한 미소를 짓고 있다.

"어때?"

"응." 나카오는 침실로 들어와 리사코를 봤다. "그거를 좀 처리해야겠는데 남는 거 있으면 빌려줘."

리사코는 그 말을 알아들은 듯 침대에서 내려와 옷장 문을 열고 그 앞에 쭈그리고 앉았다.

"그리고 속옷도 빌려줘."

"응. 알았어." 데쓰로는 속옷이 든 서랍장으로 다가갔다.

그러자 나카오가 말했다. "아니, 가능하면 다카쿠라 것으로."

데쓰로는 서랍에 손을 대려다가 놀라 돌아봤다. 리사

코도 쭈그려 앉은 채 그를 올려다봤다. 그런 둘의 얼굴을 나카오는 번갈아 봤다.

"여자 것이 좋겠어. 그리고 입을 것도 빌려주면 좋고. 집 안이니까 트레이닝복 같은 게 있으면 좋겠다. 다카쿠라한테 그런 거 없나?"

"트레이닝복은 없지만, 실내복은 있어."

"그거면 돼."

"괜찮겠어?" 데쓰로가 나카오에게 물었다.

"괜찮아. 본인도 그러자고 했어." 나카오는 낮지만 또렷한 목소리로 말했다. "저쪽에서 기다릴 테니까 가져다줘."

"응. 알았어." 리사코가 대답했다.

나카오가 나가고 리사코는 평소 자신이 입는 실내복을 침대에 늘어놓았다. 그것들 가운데 치마는 없었다. 데쓰로는 그 점을 알아차렸으나 아무 말 하지 않았다.

"이것과 이것……이 좋을까."

리사코가 고른 것은 스판 소재의 바지와 티셔츠, 그리고 두꺼운 셔츠였다. 모두 검은색이 기조라 여자가 입으면 여자처럼 보이겠고 남자가 입어도 이상하지는 않을 것이다.

거실로 나가니 나카오 혼자 소파에 앉아 있었다. 미쓰키는 보이지 않았고 안쪽 다다미방 장지문이 꼭 닫혀 있었다.

"미안해." 나카오는 리사코를 보고 일어났다.

"나야말로." 그녀는 갈아입을 옷과 편의점 봉투를 그에게 건넸다.

나카오는 그것을 들고 다다미방 장지문을 30센티미터 정도 열었다. 안의 상황은 보이지 않았다. 방 불은 꺼져 있는 듯하다.

"다카쿠라가 빌려줬어. 사용 방법은 알겠지? 오랫동안 썼으니까."

나카오는 농담으로 던졌을 텐데 데쓰로는 웃을 수 없었다.

나카오는 장지문을 닫고 돌아와 소파에 앉았다.

"여러모로 미안해."

"네가 사과할 일은 아니지."

"우리도 미쓰키를 돕고 싶어."

"그렇게 말해주니 마음이 좀 편해지네. 하지만 녀석이 지낼 곳은 일단 내가 알아볼게. 한없이 폐를 끼칠 수는 없으니까. 그때까지만 좀 참아줘."

"미쓰키는 여기 있는 게 좋아. 누가 곁에서 지켜봐야 한다고. 안 그러면 무슨 짓을 할지 몰라." 리사코가 말했다.

나카오는 천천히 고개를 저었다.

"녀석은 경찰에 안 가. 방금 약속했어."

"약속? 정말?" 리사코가 의아한 표정을 지었다.

"정말이야."

단언하는 나카오의 얼굴을 보고 데쓰로는 이 자신감은 어디서 오는 것일까 하고 생각했다. 또 그는 어떻게 미쓰키를 여성으로 돌아오게 설득했을까. 이 자리에서 물을 수는 없겠으나 궁금했다.

장지문이 움직였다. 문 여닫이가 뻑뻑한 것도 아닌데 그 움직임은 어딘가 어색했다. 50센티미터쯤 열리고 그 너머에서 미쓰키가 나타났다. 고개를 떨구고 있었다.

"잘 어울리네." 나카오가 말을 걸었다.

미쓰키는 한숨을 내쉬고 뒷머리를 긁었다. 그리고 나카오 옆에 앉았다.

역시 여자네. 데쓰로는 그렇게 느꼈다. 그다지 여성적인 차림도 아닌데 조금 전까지와는 분위기가 전혀 달랐다.

"폐를 끼쳐서 미안해. 한심한 꼴을 보였어." 미쓰키가 고개를 들고 데쓰로와 리사코를 번갈아 보며 말했다.

"딱히 한심한 꼴이랄 것도 없었어." 데쓰로의 대답에 리사코는 잠자코 고개를 끄덕였다.

"바닥이 조금 더러워졌어. 일단 닦기는 했는데."

"신경 쓰지 마."

미쓰키는 다시 미안하다며 고개를 숙였다.

데스로는 미쓰키의 가슴을 잠깐 봤다. 천을 그대로 감고 있는지 여성처럼 부풀어 있지는 않다. 리사코가 나카오에게 건넨 옷가지 중에는 브래지어도 있었는데 아무래도 그건 하지 않은 것 같다.

"사과 말고 둘에게 할 얘기가 있지 않아?" 나카오가 미쓰키에게 말했다.

미쓰키는 살짝 고개를 끄덕이고 다시 데스로 부부를 바라봤다. 그 눈은 살짝 붉어져 있었다.

"나, 리사코의 지시를 따를게. 그게 제일 좋은 일이라니 어쩔 수 없지."

"일시적으로 여자로 돌아가겠다는 거지?"

"응. 역시 나, 경찰에 잡혀서는 안 돼."

"맞아." 리사코는 짧게 대답했다. 데스로에게 미쓰키의 마음을 전해 들었으니 복잡한 심경일 것이다.

무거운 공기가 넷을 감쌌다. 모두가 저마다 생각에 잠긴 듯하다.

"나는 일단 돌아갈게." 나카오가 손목시계를 봤다.

"이런 시간에 불러내 미안했어."

"아니야. 불러줘서 고마워." 미쓰키를 슬쩍 보며 그가 일어났다.

데쓰로 혼자 현관까지 배웅했다. 아파트 밑까지 가려 했는데 나카오가 제지했다.

"추우니까 여기까지면 됐어. 그보다 미쓰키를 잘 부탁해."

"알았어."

거실로 돌아오자 리사코가 멍한 표정으로 담배를 피우고 있다. 미쓰키는 장지문 너머에 있는 듯하다. 여자 옷을 입은 모습을 그녀에게 보여주고 싶지 않으리라.

데쓰로는 무슨 말을 해야 할지 떠오르지 않아 부엌에 가서 물을 마셨다. 그동안 리사코는 담배를 다 피우고 아무 말 없이 거실을 나갔다.

바로 침실로 갈 마음도 안 생겨 조금 전까지 리사코가 앉아 있던 곳에 앉았다. 그러나 옆방의 미쓰키가 신경 쓰여 영 차분해지지 않았다. 방에서는 어떤 소리도 나지 않았다.

테이블 위에 리사코의 담배와 라이터가 놓여 있다. 데쓰로는 손을 뻗어 담뱃갑에서 담배 하나를 꺼냈다. 담배를 피운 적은 있으나 어쩌다 피운 것일 뿐, 습관적으로 피우지는 않았다. 숨 막힐 것 같은 분위기를 견디기 힘들어 유리문을 열고 베란다로 나갔다. 차가운 바람이 뺨을 스쳤다. 그는 난간에 양쪽 팔꿈치를 올리고 다시 라이터를 켰다.

그때 아래에 있는 볼보를 발견했다. 전에 나카오가 왔을 때와 마찬가지로 도로 옆에 세워져 있다.

이상하네. 나카오가 나간 지 꽤 됐는데. 벌써 갔어야 하는데.

데쓰로는 담배를 문 채 한참을 내려다봤다. 어쩌면 나카오의 차가 아닐 수도 있겠다 싶었는데 모양과 색깔로 보았을 때 그의 차가 분명했다.

무슨 일이지……?

차 안에서 전화하나. 도로교통법이 개정되어 운전 중 통화는 금지되었다. 나카오는 그런 면에 엄격한 편이다.

그러나 아무래도 그런 것 같지 않았다. 배기가스가 나오지 않았기 때문이다. 헤드라이트는 물론 등이 하나도 켜져 있지 않다. 이 추운 새벽에 시동도 안 걸고 전화를 건단 말인가.

데쓰로는 거실로 돌아와 물었던 담배를 테이블에 던지고 복도로 나와 그대로 현관으로 향했다. 침실에서 리사코가 뭐라고 한 것 같은데 들리지는 않았다.

방을 나와 엘리베이터를 탔다. 근거도 없이 괜스레 마음이 소란했다.

데쓰로는 1층에서 엘리베이터를 내려 정면 현관으로 가다가 걸음을 멈췄다. 현관홀 구석에 나카오가 웅크리고 있었다.

"왜 그러고 있어?" 데쓰로는 놀라 달려갔다.

나카오는 쭈그려 앉은 채 돌아봤다. 얼굴이 창백했다. 그래도 그는 미소를 지어 보였다.

"뭐야? 왜 내려왔어?"

"왜냐니? 위에서 보니 네가 볼보에 안 탄 것 같아서 무슨 일인가 싶었지. 몸이 안 좋아?"

"아니, 대단한 건 아니야." 나카오는 벽에 몸을 기대고 일어났다. 오른손으로 허리 언저리를 누르고 있다. 격렬한 통증이 찾아왔는지 순간 얼굴이 일그러졌다.

"허리가 아파?" 데쓰로가 물었다.

"아, 신경통의 일종이야."

"신경통?"

"응. 하지만 걱정하지 마. 오늘쯤 마사지 받으러 갈까 했어. 실컷 마사지를 받으면 괜찮아질 거야." 그는 벽에 손을 대면서 걷기 시작했다.

"무리하지 않는 게 좋지 않을까? 우리 집에서 좀 더 쉬고 가."

"아니야, 괜찮아. 이 정도 통증은 경기할 때는 아무렇지도 않게 참았어."

"그때와는 다르지."

"확실히 피차 아저씨가 되었어." 나카오는 최대한 미소를 유지하려 하면서 그대로 오토록 자동문을 열었다. "다카쿠라와 미쓰키에게는 말하지 마. 걱정시키기 싫다."

"데려다줄게. 내가 운전해서."

"괜찮다니까." 나카오는 심호흡을 한 번 하고 똑바로 섰다. "요란을 떨어 미안하네. 이제 집에 들어가."

"정말 괜찮겠어?"

"그럼."

그래도 데쓰로는 자리를 뜰 수 없어서 나카오가 아파트를 나가 볼보에 탈 때까지 지켜봤다. 차를 출발시킬 때 나카오가 살살 손을 흔드는 게 보였다.

데쓰로는 방으로 돌아온 뒤로도 괜스레 신경이 쓰여 가만히 있을 수 없었다. 그래서 조금 기다렸다가 나카오의 휴대전화로 전화를 걸었다.

그러나 전화는 연결되지 않았다. 운전 중이겠지. 데쓰로는 스스로를 납득시켰다.

제 4 장

1

브레이크샷이 멋지게 맞아 열다섯 개의 공이 흩어졌다. 그중 하나가 순식간에 코너 포켓으로 빨려 들어갔다. 데쓰로는 그게 몇 번인지까지는 확인하지 못했다. 대신 상대 남자 선수의 낯빛이 흐려지는 것은 놓치지 않았다.

다쿠라 마사코는 공의 배치를 한동안 관찰한 후 살짝 지방이 붙은 배를 접고 큐를 잡았다. 그녀가 어느 공을 노리는지는 안다. 하지만 어떻게 노릴지는 모르겠다.

다쿠라 마사코는 아주 가볍게 큐를 내밀었다. 큐로 친 하얀 공이 1번 공을 맞혔다. 1번 공은 큰 그래프를 그리며 데쓰로가 생각하지도 못한 포켓으로 빨려 들어갔다.

절로 손뼉을 치고 싶을 정도로 멋진 플레이였는데 다쿠라 마사코는 당연한 일을 했다는 듯한 태도로 다음 수를 생각하는 표정을 지었다.

데쓰로는 오미야의 당구장에 와 있다. 토너먼트가 개최된다고 들었기 때문이다. 출전 선수는 마흔두 명이고 그중 반은 아마추어다.

토너먼트라 해도 연습 경기 같은 것으로, 상금은 거의 없다. 유럽에서는 상금이 수천만 엔인 대회도 드물지 않아 연간 1억 엔 이상의 상금을 타는 선수도 나오지만, 일본에서는 프로라 해도 토너먼트만으로 생활하는 것은 현실적으로 불가능하다. 우승 상금은 최고 대회라 해봤자 겨우 200만 엔이고 그런 경기도 1년에 몇 개에 불과하다. 모든 대회에서 우승하거나 그에 어울리는 성적을 남겨도 간신히 회사원 정도의 소득을 확보하는 게 현실이다. 게다가 그 상금 자체가 대회에 참가한 선수들의 참가비로 성립된다.

이곳에 오기 전부터 데쓰로와 편집자는 여자 선수를 취재하자고 정해놓았다. 이 경기에는 남녀 구분이 없다. 과연 여자 선수가 어느 정도 건투할지 알아보고 싶었다.

그 게임은 다쿠라 마사코가 이겼는데 다음 세 게임을 연달아 패배했다. 결국 이로 인해 다음 경기에 나가지 못했다. 그래도 남자 선수들 속에서 8위에 든 것이다. 과거 기록을 보면 엄청난 건투였다고 할 수 있다.

"아이고, 이길 수 있었는데. 오늘 컨디션이 너무 나빠."

회장 구석에서 도구를 치우면서 다쿠라 마사코가 말했다. 자연스럽게 말했으나 진심으로 분한 게 느껴졌다.

"상대가 남자 선수면 하기 힘든가요?"데쓰로가 물었다.

"딱히 그렇지도 않아요. 오히려 저쪽이 힘들지 않을까? 여자에게 지면 체면이 말이 아닐 테니까."그녀는 파이프 의자에 앉아 웃었다. 게임 중일 때와는 달리 평범한 중년 여성의 얼굴이다. 프로필에 따르면 다쿠라 마사코는 일본 프로 포켓 당구 연맹 5기생이다. 생년월일은 밝히지 않았지만 쉰은 넘은 듯 보였다.

"그렇다면 다쿠라 씨는 오히려 경기하기 쉬운가요?"

"그보다 어떻게든 이겨야겠다는 마음이 들지. 남자한테 내가 질까 보냐. 공치기를 시작한 것도 남자를 이기기 위해서니까."

"그래요?"

"예전에 은행에 있었는데 여자라는 이유만으로 억울한 일을 많이 당했어. 우리가 젊었을 때는 지금처럼 성희롱이니 남녀 차별이니 아무리 주장해도 상대해주는 사람이 없었어. 확연히 나보다 일 못하는 멍청한 놈들이 쑥쑥 출세했지. 입사 당시 내가 일을 가르친 애송이마저 오히려 나보다 먼저 승진한다니까. 너무 열받아서 항의하면, 이런 멍청이, 무슨 일이든 진심으로 하면 남자가 이긴다는 소리나 하는 거야. 취미로 시작한 공치기에 의지를 갖고 매달린 것도 그 무렵이야. 뭐든 남자를 이겨주겠다고 생각했지. 뭐, 당시는 여자가 당구를 치는 경우가 적었으니까. 톰 크루즈 영화로 붐이 일어난 것은 훨씬 뒤야."

다쿠라 마사코는 짧고 굵은 다리를 꼬고 담배를 피우기 시작했다.

"그렇다면 지금은 즐거우시겠어요. 이렇게 남자들과 멋진 대결을 펼치니까."

데쓰로가 묻자 그녀는 "그런가"라며 고개를 갸웃했다.

"하지만 대등하다고 생각한 적은 한 번도 없어."

"그게 무슨 말씀이신지?"

"쉽게 얘기하지. 당신들만 봐도 인기도 없는 당구를 취재하러 올 마음이 생긴 것은 여자가 이길지도 몰라서잖아. 그게 더 재밌겠다 싶어서."

부정할 수 없었다. 데쓰로는 여성 편집자와 마주 봤다.

"이기면 재밌겠다고 생각되는 한, 선수로서는 아직 먼 거지. 시기, 질투를 일으켜야지. 기타노우미*처럼."

✿ 일본의 전설적인 스모 선수.

"다쿠라 씨가 챔피언이 되면 여성의 힘을 증명하는 것이 된다고 생각했는데요." 여성 편집자가 말했다. 그녀의 나이는 아마도 다쿠라 마사코의 반 정도일 것이다.

"그렇게 되었을 때 증명되는 것은 여자가 이기면 조금 소란스러워질 뿐이라는 거야. 여자도 남자와 같이 할 수 있다는 것을 증명하려면 아직 많은 시간이 필요해. 여자가 남자를 이겨도 사건이 아니고 남자가 여자에게 져도 부끄러운 일이 아닌 게 되는 날은 아직 멀지 않았나. 일테면 이 좁은 당구계에서도 말이야."

"남자가 바뀌어야겠네요."

여성 편집자의 말에 베테랑 여성 프로 허슬러는 고개를 저었다.

"여자도 변해야지. 상대가 남자라고 눈빛을 바꿔서는 안 돼. 그런 점에서 나도 아직 멀었어." 그녀는 그렇게 말하고 한숨을 쉬었다. "남자냐 여자냐 이런 얘기를 시작하니 이야기가 시시해지네. 나는 얼른 그런 것에서 해방되고 싶어. 물론 당구에서 말이지만." 마지막은 크게 입을 벌리고 웃었다.

데쓰로 일행은 당구장을 나온 후 카페에서 한 시간 정도 회의하고 헤어졌다. 기사 내용은 남자와 함께 당당하게 싸우는 여성 허슬러가 될 것이다. 다쿠라 마사코가 보면 이런 기사가 제일 문제라고 하겠지.

데쓰로는 집 근처까지 와서 단골 밥집에 들러 굴튀김 정식과 맥주를 주문했다. 최근 몇 개월이나 리사코가 만든 음식을 먹지 못했다. 앞으로도 그러지 못할 것 같다.

자신과 리사코는 어떻게 될까. 앞으로도 계속 이렇게 생활할까. 10년 앞을 생각해봤다. 잘만 하면 작가의 지위는 단단해질지 모른다. 소설에도 손댈지 모른다. 리사코는 사진작가 일을 계속할 것이다. 그녀에게는 사진밖에 없으니까.

그러나 둘이 함께 사는 광경은 잘 떠오르지 않았다. 한집에 둘이 있는 모습은 상상할 수 있다. 그러나 모형 집에 인형 둘을 놓은 것 같은 공허함이 감돈다.

식사를 끝내고 아파트로 돌아왔다. 복도는 어둡고 거실에서 밝은 빛이 흘러나오고 있다. 대화 소리는 들리지 않았다.

문을 열기 전에 안의 상황을 살폈다. 순간 아무도 없는 것처럼 보였는데 그렇지 않았다. 미쓰키가 바닥에 엎드려 있었다. 자세히 보니 팔굽혀펴기를 하고 있었다. 가슴이 바닥에 닿을 정도로 팔을 깊게 구부리고 근육의 긴장을 확인하듯 천천히 팔을 편다. 티셔츠 차림이라 상완근이 부푸는 게 확연히 보였다.

미쓰키가 그 동작을 두세 번 하는 것을 보고 데쓰로가 문을 열었다. 그가 돌아왔음을 알아차렸는지 미쓰키는 놀라지도 않고 이제까지와 마찬가지로 팔굽혀펴기를 계속했다. 살짝 숨소리가 들렸다.

데쓰로는 코트를 벗고 부엌으로 가 물을 한 잔 마시고, 거실 소파에 앉아 미쓰키의 움직임을 바라봤다. 그가 보기 시작한 이후 팔굽혀펴기를 한 횟수가 이미 10회를 넘어 있었다. 리듬이 흐트러지면서 미쓰키의 얼굴에 고통의 빛이 어렸다. 곧 그대로 바닥에 쓰러졌다.

"몇 번 했어?" 데쓰로가 물었다.

"36번. 컨디션 좋을 때는 50번까지도 해."

미쓰키는 똑바로 누워 숨을 골랐다. 가슴이 크게 오르내린다. 데쓰로는 그곳에서 눈을 돌렸다.

"그 정도만으로도 상당한 거 아닌가. 나는 20번도 못 할 것 같은데."

"몸무게가 다르잖아."

미쓰키는 몸을 일으키더니 그대로 무릎을 굽혀 복근 운동을 시작했다. 그러나 다리가 고정되지 않아 힘들어 보였다.

"다리를 잡아줄까?"

"응. 그러면 좋지."

데쓰로는 재킷을 벗고 미쓰키의 다리 쪽에서 몸을 구부렸다. 청바지 위로 무릎 부분을 잡았다.

미쓰키는 양손을 머리 뒤로 돌리고 운동을 재개했다. 일어날 때마다 미쓰키의 얼굴이 데쓰로의 코앞까지 다가왔다. 몸을 크게 구부리면 활짝 벌어진 티셔츠 사이로 가슴이 살짝 보였다.

놀랍게도 50회까지는 속도가 전혀 떨어지지 않았다. 이후로 조금 힘든 기색을 보이기 시작했다. 미간을 찡그리고 입을 굳게 다문 채 열심히 몸을 일으키려 한다. 그 표정을 보면서 데쓰로는 왠지 심장이 빠르게 뛰기 시작하는 것을 느꼈다.

미쓰키는 끝내 63회에서 다운되었다.

"안 되겠어. 역시 기운이 떨어졌어. 팔도 이렇게 얇아졌어." 미쓰키는 복근을 만진 뒤 두 팔의 두께도 확인했다.

"별로 달라진 것 같지 않은데."

"위로하지 않아도 돼. 내 몸은 내가 제일 잘 아니까. 이렇게 여자 몸으로 돌아가는구나." 그렇게 말하고 두 손으로 머리를 마구 긁적였다.

데쓰로는 고개를 숙이고 한숨을 내쉬었다. 미쓰키가 왜 팔굽혀펴기와 복근 운동을 시작했는지는 분명하다. 최선을 다해 날마다 조금씩 잃어가는 무언가를 지키려는 것이다.

"QB도 해봐."

"나는 됐어."

"왜? 잠시라도 운동을 놓으면 몸이 둔해져."

어서 해보라며 미쓰키는 데쓰로의 몸을 밀었다. 데쓰로를 똑바로 눕히고 그의 허벅지에 걸터앉는다.

어쩔 수 없이 그는 복근 운동을 시작했다. 확실히 몸이 둔해졌다. 20회쯤 하니 배에 힘이 들어가지 않았다.

"무슨 일이야? 정신 차려!"

"더는 못 하겠어. 좀 봐주라."

"무슨 소리야? 이 정도로."

미쓰키가 몸을 앞으로 옮겨 데쓰로의 상체를 덮치듯 다가왔다. 미쓰키의 몸의 감촉이 청바지를 통해 느껴졌다.

그가 본인의 발기를 깨달았을 때 미쓰키의 낯빛도 변했다. 마침 미쓰키의 그곳이 사타구니에 닿았던 모양이다. 미쓰키는 당황스러운 눈빛을 던졌다. 말이 나오지 않는 듯하다. 데쓰로도 할 말을 찾지 못해 천장만 쳐다봤다.

미쓰키는 뒤로 물러나 데쓰로에게서 떨어졌다. 벗어놓은 파카를 티셔츠 위에 입었다. 데쓰로도 천천히 일어나 재킷을 들었다.

"아, 리사코는?"

"전화 받고 나갔어. 잡지에 실릴 사진에 문제가 생겼다나 봐."

"그래?"

데쓰로는 묘한 장면을 리사코에게 들키지 않아 다행이라고 생각했다.

작업실에 들어가니 부재중 메시지 램프가 깜빡이고 있었다. 데쓰로는 실내복으로 갈아입고 스위치를 눌렀다. 용건은 세 건이었다. 출판사에서 두 건, 다른 하나는 다이메이공업의 팀 닥터 나카하라였다. 내일 다이이치고등학교 육상부를 보러 가는데 같이 갈 마음이 있냐는 내용이었다.

같이 갈 생각이 있으면 내일 오전 중으로 연락 바람.

어쩌지? 데쓰로는 생각했다. 급한 일은 없으니 다이이치고등학교에 못 갈 것도 없다. 하지만 지금은 미쓰키의 일로 정신이 하나도 없다.

노크 소리가 났다. 데쓰로는 들어오라고 대답했다.

문이 열리고 미쓰키가 조심스레 고개를 내밀었다. 커다란 검은 눈동자가 휙 돌며 실내를 둘러봤다.

"왜?" 데쓰로가 물었다.

"미안. 특별한 용건이 있는 건 아니야. 한 번쯤 QB의 방을 보고 싶어서."

"그래? 실컷 봐." 데쓰로는 고개를 끄덕였다.

"좁네."

"원래는 창고였으니까."

"리사코가 말했어. 이 방을 양보한 기억이 없다고."

"그런 말도 했어? 맞는 말이야." 데쓰로는 얼굴을 찌푸렸다.

미쓰키의 시선이 벽 쪽 한곳에 정지했다. 그곳에는 사진한 장이 클립으로 매달려 있었다. 리사코가 찍은 미쓰키의 사진이다. 남은 사진은 모두 그녀가 가져갔는데, 바닥에 떨어진 이 한 장을 데쓰로가 클립으로 끼워둔 것이다.

데쓰로는 질문받았을 때의 변명을 재빨리 준비했다. 하지만 미쓰키는 아무 말 없이 사진에서 시선을 돌렸다.

"그때 느낌, 나는 잘 모르겠어." 혼잣말처럼 말했다.

"그때라니?"

"아까 그거 말이야." 미쓰키는 데쓰로의 하반신을 가리켰다. "그게 서는 감각."

"아! 그야 모르겠지." 데쓰로는 다리를 꼬았다.

"어떤 느낌이야?"

"말로 표현하긴 힘들어. 아까 팔굽혀펴기를 했지? 그럴 때 두 팔이 딱딱해지는 느낌이랑 비슷하지 않을까?" 데쓰로는 팔짱을 끼고 말했다.

"응. 딱딱해진다고 해야 하나, 아니면 붓는다고 해야 하나. 그런 느낌 말이지?" 미쓰키는 오른쪽 팔뚝을 왼손으로 만졌다.

"그것과 약간 비슷해."

"이것과?" 미쓰키는 알통을 만들었다.

"아주 약간. 피가 모인다는 점에서 비슷해."

"그곳에 집중된다는 말이지. 그래서 딱딱해진다?"

"그렇지 뭐."

미쓰키는 생각에 잠긴 듯한 표정을 지은 뒤 킥킥대며 고개를 흔들었다.

"영 안 되네. 아무리 상상하려 해도 그게 없으니까 어쩔 수 없어."

"그렇지." 데쓰로도 웃었다.

미쓰키는 한숨을 쉬고 클립으로 꽂아둔 사진으로 손을 뻗었다.

"성기가 있으면 좋겠다는 생각 많이 했어."

"역시 그랬냐?"

"어떨 때 가지고 싶었을 것 같아?"

"글쎄." 데쓰로는 고개를 기울였다.

"일단은 공중화장실에 갈 때." 미쓰키가 말했다.

"뭐……?"

"농담 아니야. 정말 그래. 성기가 없으면 선 채 오줌을 쌀 수 없잖아. 그래서 남자 화장실에 들어가면 소변만 보려 해도 꼭 개인 칸에 들어가야 해. 그게 영 불편해. 평범한 남자처럼 얼른 들어가 볼일을 마친 다음 손도 제대로 닦지 않고 나와보고 싶었어."

"수술하고 싶었어?"

"물론 그랬지. 일본에서 인정된 뒤로는 아주 현실적으로 생각했지. 하지만 마음이 흔들리기도 하더라."

"망설였어?"

"그보다 나 자신에게 확신이 안 섰을지도 모르지. 자신이 뭐가 되고 싶은지, 어떻게 살고 싶은지……." 미쓰키는 거기까지 말하고는 쓴웃음을 지었다. "바보 같지?"

"세상에는 두 가지 신체를 다 가져서 힘들어하는 사람도 있어."

데쓰로의 말을 이해하지 못한 듯 미쓰키는 고개를 갸웃했다. 그가 스에나가 무쓰미에 관해 말하자 미쓰키는 바로 눈을 번뜩였다.

"QB. 부탁이 있어. 그 아이를 만나게 해주라." 미쓰키가 말했다.

새벽 2시가 넘어서 리사코가 돌아왔다. 편집자의 단순 실수로 큰일이 벌어졌다며 아주 불쾌한 상태였다. 그런 그녀에게 다이이치고등학교 취재에 미쓰키를 데려가겠다고 했으니 분노는 더 증폭되었다.

"이렇게 중요한 시기에 그런 눈에 띄는 행동을 해서 어쩌자는 건데?"

"최대한 조심할게."

"좀 묻겠는데, 그 '최대한'이란 게 뭔데? 무엇을 어떻게 최대한 한다는 거야?"

"리사코도 히우라를 어시스턴트로 쓰겠다며."

"다른 사람들 눈에 띄는 빈도가 다르잖아."

"잠깐만! 말을 꺼낸 사람은 나야. 그 반음양이라는 선수를 꼭 만나고 싶어."

미쓰키의 말을 듣고 리사코는 아픈 데를 찔린 표정을 지었다.

"경찰은 이미 네코메에서 일한 바텐더의 몽타주를 작성했을지도 몰라. 그것을 여러 지역의 경찰에 돌렸을 수도 있고."

"그 정도는 염두에 둘게."

리사코는 길게 한숨을 내쉬었다. 두리번두리번 주위를 둘러본 것은 담배가 어디 남았나 살펴본 것일지도 모른다.

"오늘은 정말 두 사람의 호흡이 잘 맞네."

"무슨 소리야?" 데쓰로가 그녀를 노려봤다.

"꼭 가야겠다면 조건을 붙여도 돼?"

"알았어. 여자 옷을 입고 갈게." 미쓰키가 대답했다.

"치마를 입을 것. 그것만이 아니야." 리사코는 미쓰키의 얼굴을 가리켰다. "화장할 것. 파운데이션과 립스틱도 칠하고, 눈썹도 손질하고. 그래도 좋아?"

미쓰키는 순간 당혹스러운 표정을 지었으나 바로 고개를 끄덕였다. "어쩔 수 없지."

선선히 승낙하리라고는 전혀 생각하지 않았는지 리사코는 상처받은 표정을 지었다. 그러더니 벌떡 일어나 마음대로 하라고 내뱉고는 거실을 나갔다.

데쓰로는 미쓰키와 얼굴을 마주 봤다.

"자신이 그토록 치마를 입으라고 할 때는 죽어라 안 입겠다고 해놓고 저렇게 쉽게 입는다고 생각했겠지?"

"아마도. QB, 내 부탁 좀 들어줄래?" 미쓰키는 씩 웃으며 말했다.

"뭔데?"

"오늘 밤은 이쪽 방에서 자라. 나, 리사코와 얘기 좀 할게."

"어……, 알았어."

데쓰로는 미쓰키가 나간 후 캔 맥주 하나를 마신 다음 미쓰키가 쓰는 다다미방으로 들어갔다. 이미 이불이 깔려 있고 미쓰키가 늘 잠옷 대신 입는 티셔츠가 아무렇게나 던져져 있었다. 그는 속옷만 입은 채 이불로 들어갔다.

이불에는 그가 지금까지 맡아본 적 없는 냄새가 배어 있었다. 조금 전 복근 운동 때를 떠올렸다. 미쓰키의 얼굴이 다가왔을 때 이와 같은 냄새가 났다.

2

데쓰로는 자명종 대신 맞춰놓은 휴대전화 알람 소리에 일어났다. 잠을 잔 것 같지 않아 머리가 멍한데 이상하게 도 꿈을 꾼 기억은 있다.

거실을 지나 복도로 나왔으나 침실에서는 소리가 전혀 들리지 않는다. 데쓰로는 작업실로 들어가 바로 나카하라의 집에 전화를 걸었다. 오늘 꼭 같이 갔으면 좋겠다고 하자 자기야말로 좋다며 흔쾌히 받아주었다.

방을 나와 조금 망설이다가 침실 문을 두드렸다. 들어오라는 리사코의 목소리가 들렸다.

문을 열고 들어간 데쓰로는 더블 침대 위를 보고 깜짝

놀랐다. 티셔츠 차림의 미쓰키가 상반신을 일으키는데 바로 옆에 리사코가 있다. 그녀는 누운 채로 미쓰키의 허벅지에 가볍게 오른손을 얹고 있다. 두 사람의 하반신은 이불에 가려져 있다.

순간 그 둘이 너무 연인 같다는 생각이 뇌리를 스쳤다. 암막 커튼을 쳐 방이 어두컴컴한 탓인지 미쓰키의 얼굴 음영이 더욱 강렬해 미소년처럼 보였다.

"왜?" 리사코가 물었다. 조금 나른한 목소리였다.

"아……, 그게, 어제 얘기한 나카하라 선생과 연락했어. 정오쯤에 나갈 거니까 그때까지는 준비해줘."

"알았어."

"그럼, 나는 이만 나갈게." 데쓰로는 문을 닫았다. 가슴속에 정체 모를 초조함이 피어올랐으나 그게 뭔지는 알 수 없었다.

데쓰로는 근처 카페에서 모닝 세트를 먹고 집으로 돌아왔다. 리사코와 미쓰키는 아침을 직접 해 먹은 듯 식탁 위에 두 사람의 식기가 놓여 있다.

옷을 갈아입고 거실 소파에서 기다리고 있으니 문이 열리고 리사코가 들어왔다.

"미쓰키 준비 끝났어."

그 말이 끝나기도 전에 뒤에 미쓰키가 나타났다. 미쓰

키를 본 데쓰로의 등이 절로 꼿꼿해졌다. 어제까지의 미쓰키와는 완전히 달랐다.

그리 짙은 화장을 한 것도 아닌데 소년 같은 얼굴이 완전히 여자의 얼굴로 바뀌어 있었다. 귀걸이가 짧은 머리와 잘 어울렸고 머리에는 살짝 색깔이 들어가 있다. 짙은 갈색 정장에 회색 이너웨어를 입고 있다.

"어때?" 리사코가 물었다. 마음에 드는 인형을 보여주는 듯한 표정이다.

"놀랐어. 히우라가 아닌 것 같다." 데쓰로는 솔직하게 말했다.

"오랜만에 이런 차림을 했더니 어깨가 결려. 당장에라도 벗어버리고 싶어." 미쓰키는 입가를 일그러뜨렸다.

"밖에 나갈 때만 참아. 하지만 정말 잘 어울려. 이대로 있는 게 낫다고 생각하는데." 리사코는 엄마처럼 말했다.

"밖에 나가 있는 동안만이야. 스타킹이란 게 이렇게 간지러웠나?" 미쓰키는 자신의 양쪽 다리를 서로 비벼댔다.

"그 목소리 좀 어떻게 할 수 없을까?"

"억지 부리지 마."

"어쩔 수 없지. 감기 걸렸다고 해."

"그러면 제일 중요한 선수에게 접근할 수 없어. 노래방에서 노래를 너무 많이 불렀다고 하자."

"나, 노래방에 안 가는데."

"애창곡이 뭐냐고 물어보면 모리 신이치[☆]라고 해라."

미쓰키는 코트와 백까지 갖추고 12시 정각에 집을 나섰다. 리사코는 걱정스러운 눈빛으로 배웅했다.

미쓰키는 걷기 시작하자마자 뒤뚱거렸다. 하이힐을 신고 걷는 게 힘든 것이다.

"안 신어본 것도 아닐 거 아냐."

"이런 거, 거의 안 신었어. 여차 싫을 때 달릴 수도 없고. 무엇보다 치마를 아주 싫어했어."

"다 좋은데 그 말투가 말이야."

"알아. 그 자리에 가면 잘할게. 이래 봬도 30년 넘게 여자로 살았다고."

"그랬지." 데쓰로는 어깨를 으쓱해 보였다.

"이런 나도 전철에서 치한을 만났다니까." 지하철에 나란히 앉자 미쓰키가 말했다. "평범한 아저씨였어. 마흔쯤 됐을까. 양복도 잘 차려입고 지식인처럼 보이는 안경도 쓰고."

"어디를 만졌어?"

"엉덩이. 나를 만지다니 아무래도 여고생이 취향이겠지. 무섭게 째려보니까 슬금슬금 도망치더라."

☆ 일본의 엔카 가수.

"그 치한, 상대를 잘못 골랐네."

"그런데 말이야. 그날 집에 돌아와 혼자 있으니까 갑자기 너무 분하더라. 그것도 엄청나게. 너무 분해서 엉엉 울었어. 어머니가 무슨 일이냐고 겁먹을 정도로."

"충격받았어?"

"평범한 여자도 그렇겠지만, 생판 모르는 남자에게 그런 일을 당한 게 너무 굴욕적이었어. 성적 욕망을 품게 했다는 사실, 그 자체를 견딜 수 없었어. 자신이 남자에게 그런 존재라는 게 받아들여지질 않았지. 그래서 다음 날부터 바지를 입기로 했어. 당시 교복을 입어야 했는데 치마는 정말 입고 싶지 않았거든."

"그래서?"

"유감스럽게도 어머니가 그것만은 안 된다고 해서 포기했어. 대신 공구 중 펜치를 들고 다녔어."

"펜치?"

"만약 치한을 만나면 그걸로 손을 꽉 집어버리려고. 정말이야. 실제로 전철을 타면 늘 오른손에 쥐고 있었다고."

"그래서? 치한을 만났어?"

"그게 끝이었어. 기다려도 오질 않더라고." 미쓰키는 웃었다. 그 웃음이 반대편 유리창에 비쳤다. 아무리 봐도 여자였다.

"히우라."

"응?"

"다리 벌어졌어."

"앗!" 미쓰키는 미니스커트 밑으로 나온 다리를 서둘러 오므렸다.

도부도조선의 가와고에역 근처 카페에서 만나기로 했다. 나카하라는 스웨터에 더플코트라는 편안한 차림으로 기다리고 있었다.

"이런 멋진 분이 어시스턴트라니 부럽네요." 그는 미쓰키를 보자마자 그렇게 말했다. 단순한 인사말 같지는 않았다.

미쓰키는 직접 인사했다. 지나치게 허스키한 미쓰키의 목소리에 나카하라는 살짝 의외라는 표정을 지었으나 그에 대해서는 어떤 언급도 하지 않았다.

"고교육상연맹에 아는 사람이 있어서 스에나가 무쓰미에 관해 물어봤습니다. 그도 알고 있더군요. 육상계에서는 나름 유명한 선수더라고요. 연맹 쪽에서 공식 경기에 나오지 말라고 지도한 적은 없다고 설명했습니다. 물론 표면적으로는 그랬겠죠." 나카하라는 다이이치고등학교로 향하는 택시 안에서 말했다.

"뒤에서는 얘기가 많았다?"

"그렇죠." 나카하라가 고개를 끄덕였다.

"다이이치고등학교의 관계자를 통해 웬만하면 나오지 말라는 의향을 전했답니다. 출전해도 공식 기록으로 인정되지 않을 수 있다고."

"여자 선수로는 인정할 수 없단 말입니까?"

"일본육상연맹이 반음양에 관한 정식 입장을 내지 않는 이상 고교연맹도 따르는 수밖에 없다는 태도입니다. 고교대회에서 스에나가가 일본 신기록 같은 것을 세우면 큰 소동이 일어나니까요."

"그렇게 강한 선수가 나오는 건 환영할 일일 텐데요."

"문제는 스에나가 개인의 문제가 아니라는 겁니다. 앞으로 반음양 선수가 나왔을 때의 전례가 된다는 거죠. 성 가신 문제에 대한 결론을 보류하고 싶다는 속내겠죠. 그리고 외부 압력도 있고."

"외부 압력이라뇨?"

"다른 유력 여자 선수를 데리고 있는 학교나 기업 등입니다. 그런 특이체질의 인간을 일반 선수와 경쟁하게 하는 것은 불공평하다고 항의할 게 분명합니다."

그럴 수 있겠다고 생각했다. 스포츠 세계는 일반인에게 알려진 것만큼 순수하지 않다.

다이이치고등학교는 이루마강 옆에 있었다. 주위는 논

밭으로 둘러싸여 있었고 200에서 300미터 앞에 있는 공
업단지가 유일한 건물이었다.

방문 접수는 나카하라가 맡았다. 데쓰로와 미쓰키는
그를 따라 운동장으로 갔다.

럭비부 선수들이 가운데서 패스 워크 훈련을 하고 있
고, 주위에 그려진 트랙 라인에는 운동복을 입은 선수들
이 달리고 있다. 거의 전력 질주에 가깝게 달리는 것으로
보아 단거리 선수들이고 그 바깥쪽을 달리는 것이 중장
거리 선수일 것이다.

"앗! 저 선수인가요?" 데쓰로는 한 선수에 시선을 집중
했다.

"맞습니다." 나카하라가 바로 대답했다.

그 선수는 확실히 여자처럼 보였다. 입은 운동복의 색
깔이 다른 여자와 마찬가지로 옅은 파랑이었기 때문이
다. 남자 선수는 짙은 파랑이다. 그러나 그런 표시가 없
다면 그녀를 여자로 알아볼 수 있을지는 미지수다. 키가
그리 크지는 않으나 단단한 신체의 소유자라는 것은 하
얀 반소매 티셔츠 위로도 확연히 느껴졌다. 강력한 폼도
여성의 것이 아니었다.

"여자의 달리기가 아니지?" 데쓰로는 미쓰키에게 말을
걸었다.

"멋지네." 미쓰키는 조그맣게 말했다.

나카하라가 육상부 고문인 아라마키라는 교사를 소개했다. 나이는 마흔 전후일까. 몸집이 작고 통통한 체형인데 예전에는 육상 선수였을 것이다.

"흥미 위주의 취재는 곤란합니다." 아라마키는 눈살을 찌푸리며 말했다.

"아뇨. 절대 그런 일은 없습니다."

데쓰로는 어디까지나 순수한 취재임을 강조하며 설명했다. 아라마키는 그리 수긍한 것 같지 않았으나 결국은 어쩔 수 없다는 듯 고개를 끄덕였다.

"지금 타임트라이얼*을 하고 있습니다. 끝나면 잠깐 쉴 겁니다. 그때 말해보세요."

"어떤 시간을 잽니까?"

"5천입니다."

"그녀의 최고 성적은?"

"아, 그건" 아라마키는 말을 얼버무렸다. "지금 가지고 있지 않아서 모르겠습니다."

그럴 리 없으나 더는 캐묻지 않기로 했다. 일본 기록을 웃도는 숫자를 입에 담아 소란을 피우고 싶지 않으리라.

스에나가 무쓰미의 속도가 갑자기 빨라졌다. 라스트스

☆ 선수들이 혼자 달린 시간을 재는 것.

퍼트 같다. 마치 단거리 선수가 달리는 것 같다. 뒤처진 주위 선수들을 차례차례 추월하더니 그대로 골인해 땀을 닦고 바람막이를 입고 걷기 시작한다.

데쓰로는 천천히 다가갔다. "안녕."

무쓰미는 의아한 표정으로 그를 봤다. 이목구비가 뚜렷하고 입술이 살짝 두껍다. 잘 그을려 있어 흑인 같은 얼굴이라고도 할 수 있겠다. 머리가 짧은데 얼굴만 보면 남자로 보이지는 않을 것이다. 왼쪽 귀에 귀걸이를 하고 있다.

"잠깐 얘기 좀 할까? 아라마키 선생님에게 말해뒀어."

대답은 없다. 한숨을 쉬었을 뿐 걸음을 멈출 생각은 없나 보다. 오히려 속도가 더 빨라진 것 같다. 따라가는 게 힘들었다.

"잡지 같은 데는 아니야. 네 이름을 밝히지도 않을 거고. 그러니까 그, 남자와 여자의 성 차이에 대해 취재하고 있어."

무쓰미는 미간을 찌푸리고 살짝 고개를 기울였다. 무슨 말인지 모르겠다는 의사 표시 같다.

"꼭 네 얘기를 듣고 싶어." 데쓰로는 끈질기게 말했다.

무쓰미는 갑자기 멈춰 서더니 고개를 숙인 채 몸만 그에게 돌렸다.

"그만 좀 해주세요."

"아니, 절대 흥미로 이러는 게 아니야. 진지하게 생각해야 하는 문제라 네 의견을 듣고 싶어. 너도 여러모로 힘들었겠지. 육상연맹 일이나."

"저, 별로 불만 없어요."

"하지만 말이야……"

그의 말이 끝나기도 전에 무쓰미는 휙 몸을 돌려 다시 성큼성큼 걷기 시작했다. 데쓰로는 서둘러 뒤를 따랐다.

"정말 다른 생각은 없어. 순수하게 얘기를 듣고 싶을 뿐이야."

그러나 무쓰미는 응할 마음이 없어 보였다. 그대로 육상부실까지 가서 문을 열었는데 데쓰로는 그 문을 잡았다.

"비켜요." 그녀는 성가신 듯 말했다.

"잠깐이면 돼."

"곤란해요."

"부탁할게."

"QB." 뒤에서 목소리가 들렸다. 미쓰키가 다가왔다. "강요하는 건 좋지 않아." 그리고 미쓰키는 무쓰미를 향해 미소를 지었다. "미안해. 억지를 부려서."

그러자 무쓰미의 표정에 확연한 변화가 일어났다. 의외라는 눈빛과 함께 눈을 깜빡였다.

"왜 그러니?" 데쓰로가 물었다.

"저 사람도 같이 왔어요?"

"응. 내 어시스턴트야."

"흠." 무쓰미는 생각에 잠겼다.

3

식당에는 새것인 듯한 하얀 테이블이 놓여 있었다. 파스타 세트까지 있는 벽의 메뉴판을 보고 자신들의 고등학생 시절과는 너무 다르다고 데쓰로는 생각했다.

다른 학생은 없었다. 데쓰로와 미쓰키는 가장 구석에 있는 테이블로 가 스에나가 무쓰미와 마주 앉았다. 10분 정도면 괜찮다고 했기 때문이다. 그녀가 갑자기 태도를 바꾼 이유는 대충 짐작했으나 언급하지 않기로 했다.

"달리는 모습을 봤어. 굉장하더라. 기록도 좋지 않을까?"

데쓰로가 묻자 무쓰미는 테이블 위를 보며 조그맣게 말했다. "오늘은 그리……." 평소에는 더 빠르다고 말하고 싶은 듯했다.

"달리는 게 좋아?"

하지만 무쓰미는 대답하지 않았다. 그저 고개를 살짝 기울였을 뿐이다.

경계하는 것도 무리는 아니다. 생판 모르는 사람을 상대로 평범한 고등학생이 마음을 열 리 없다.

"공식 경기에 나가고 싶지 않아?"

"QB." 미쓰키가 데쓰로의 말을 막았다. "그런 거, 아무래도 상관없지 않을까?"

"아니, 하지만."

하지만 미쓰키는 그를 무시하고 무쓰미를 봤다.

"무쓰미, 좋은 이름이네. 본인은 어떻게 생각해? 마음에 들어?" 아마 상당히 의식하고 있는 듯 미쓰키는 꽤 여성스러운 목소리로 말을 걸었다.

"네. 많이 좋아해요." 무쓰미는 조금 생각한 다음 대답했다.

미쓰키는 고개를 끄덕였다. "요즘도 병원에 다녀?"

"한 달에 한 번 정도."

"단순한 경과 관찰? 아니면 어딘가 장애가 있어서 가는 거야?"

"검사만 해요."

"그래? 다행이네." 미쓰키는 정말 안심한 듯 한숨을 내쉬었다. "학교는 좋아?"

무쓰미는 바로 대답하지 않았다. 표정에 망설이는 기색이 어렸다.

"그리 즐겁지 않아?"

"즐거울 때도 있는데, 좋은 사람만 있는 게 아니니까."

"아…… 그렇지." 미쓰키는 입술을 축였다. "너는 네 몸에 관한 이야기를 다른 사람에게 숨기지 않는다고 하던데, 그건 네 뜻이야?"

"네." 이번에는 바로 대답했다.

"그렇구나. 용기 있네."

"용기, 있는 거예요?"

"난 그렇게 생각해. 아니야?"

"글쎄요."

무쓰미는 고개를 기울이고 그대로 턱을 괴었다. 두 팔의 짱짱한 근육은 스포츠 선수임을 고려해도 그 나이 여학생의 것이 아니었다.

"뭐랄까. 더는 숨기는 것도 피곤해서. 아무리 숨겨도 언젠가는 밝혀질 테고."

이 정도의 신체라면 의심하는 사람도 적지 않을 것이다. 근육이 붙는 방식뿐만 아니라 팔의 털 같은 것도 이질적인 느낌이 강하다.

"기분 나쁜 질문일 수도 있는데, 어릴 때 자신을 여자라고 생각했지?"

"네. 그렇죠."

"지금은 어때? 마음에 변화가 있나?"

무쓰미는 턱을 괴고 있던 손으로 주먹을 쥐더니 자신의 관자놀이를 눌렀다.

"그런 생각은 잘 안 해요. 해봤자 소용도 없으니까."

"하지만 편의상 여자로 생활하고 있잖아."

"그야 뭐, 그냥 그렇게 살았으니까요. 주위도 어느 쪽으로든 통일하지 않으면 곤란해할 테고." 부루퉁한 말투에 주위 사람들에 대한 차가운 생각이 담겨 있었다.

미쓰키는 등을 꼿꼿이 펴고 심호흡을 한 번 한 뒤 다시 무쓰미를 바라봤다.

"수술할 마음은 없어?"

이 질문에 무쓰미는 드디어 고개를 들었다. 그녀 안의 뭔가를 자극한 듯하다.

"어느 쪽의 기능을 없애는 거요?"

"응."

무쓰미는 팔짱을 끼고 천장을 올려다봤다. 데쓰로는 그녀의 울대뼈가 튀어나와 있지 않은 것을 확인했다. 어느 쪽의 기능이라. 과연 맞는 말이다.

"옛날에 그런 말 자주 들었어요. 그냥 놔두면 암이 될

266   외사랑

우려가 있다고도 했고요. 하지만 수술하고 싶다는 생각은 한 번도 안 들었어요."

"성인이 될 때까지는 암으로 발전할 확률은 극히 낮으니까." 데쓰로가 덧붙였다. 진성 반음양을 조금 공부해뒀다. "오히려 너무 빨리 한쪽 생식샘을 제거하면 호르몬 분비가 제대로 이루어지지 않아 자율신경실조증이나 골다공증에 걸릴 가능성이 크지."

하지만 그의 설명은 불필요한 듯했다. 무쓰미는 성가시다는 듯 고개를 저었다.

"암이 될지 말지는 상관없어요. 그것 때문에 죽는다고 해도 괜찮아요."

"그런 말은 하면 안 되지. 부모님이 슬퍼하시잖아."

미쓰키가 말하자 무쓰미는 반론하고 싶다는 표정을 지었다. 그러나 끝내 입술을 굳게 다물고 먼 곳을 바라봤다가 다시 입을 열었다.

"남자가 될지 여자가 될지 결정해 한쪽 기능을 버리라는 말을 듣더라도 그렇게는 할 수 없어요."

"망설여져?"

"그게 아니라 그런 결정을 내리면 지금의 내가 아니게 될 것 같아요. 이런 말을 해봤자 고집부린다고 생각하겠지만." 무쓰미는 이렇게 전제하고 다시 이야기를 시작했다. "다른 사람에게 맞출 필요는 없다고 생각해요. 나도 어엿한 인간이니까요. 장래를 생각하면 정신이 아득해지기도 하지만."

고개 숙인 무쓰미를 데쓰로와 미쓰키는 가만히 바라봤다.

"누구 상의할 사람 있어? 같은 고민을 지닌 그룹도 있을 테고."

"전에는 자주 갔어요. 반음양 모임만이 아니라 동성애자나 성정체성장애를 지닌 사람들의 이야기도 들었어요. 하지만 왠지 이건 아니다 싶어요."

"뭐가 아닌데?"

"결국은 다, 남자는 이렇다, 여자는 이렇다고 마음대로 규정하고 자신과의 차이에 괴로워하는 것 같았어요. 남자가 무엇인지, 여자가 무엇인지에 대한 답은 아무도 가지고 있지 않더라고요."

"너는 가지고 있니?"

"일단은 있어요."

"들려줄래?"

"내게 남녀는 나 이외의 인간이에요. 다들 남자 아니면 여자로 나뉘어 있어요. 하지만 그게 다예요. 나누는 것에 의미 같은 건 없어요." 무쓰미가 말했다.

그리고 무쓰미는 미쓰키를 향해 살짝 고개를 숙였다.

"죄송해요. 너무 건방진 말을 해서."

"괜찮아."

데쓰로는 그들의 대화를 바라보며 확신했다. 무쓰미는 미쓰키를 처음 봤을 때부터 정체를 간파한 것이다.

"저기 말이야. 내 거 보실래요?" 무쓰미가 미쓰키를 정면으로 봤다.

"뭐?"

"내 속옷 안이요."

미쓰키는 눈을 부릅떴다. 데쓰로도 한 방 먹은 기분이었다.

"왜?" 미쓰키가 물었다.

"음……. 당신이라면 보여줘도 될 것 같아서요." 무쓰미는 시선을 돌렸다. 데쓰로에게는 그녀가 실망한 것처럼 보였다. 이어서 그녀는 입을 열었다. "부모님은요, 알고 있었어요."

"뭘?" 데쓰로가 물었다.

"내가 특별한 몸을 지녔다는 것을요. 내가 태어날 때 의사가 알려줬대요. 전문 병원에서 검사를 받아보라고. 하지만 부모님은 그렇게 하지 않았어요. 다른 사람에게 알리지 않고 여자로 키우기로 했대요."

있을 법한 이야기다.

"하지만 그래봤자 언젠가는 알게 되잖아? 실제로 그렇게 되었고." 데쓰로가 운을 뗐다.

"맞아요. 그런 질문을 던져도 부모님은 제대로 대답해주질 않아요. 아마 대답하지 못하는 게 아닐까요. 자신들도 어떻게 해야 할지 몰랐을 것 같아요. 몰라서 그냥 놔둔 걸 거예요. 틀림없이."

무쓰미는 희미하게 웃었다. 아마 처음에는 부모를 원망했을 그녀가 이렇게 담담하게 이야기할 수 있게 되기까지 정말 많은 것을 잃었으리라.

"하나만 물어도 될까?" 데쓰로가 말했다.

무쓰미는 그러라는 듯 눈을 깜빡였다.

"지금, 좋아하는 사람 있어?"

무쓰미가 숨을 멈추는 기척이 났다. 괴로운 질문임은 데쓰로도 알고 있다.

"있어요."

"그게……."

"상대는 남자예요." 무쓰미는 바로 대답했다. 질문의 의도를 이해한 듯하다.

"그래? 잘됐네."

"왜요?"

"아니……, 좋은 일 아니야? 사람을 좋아하는 거."

그러자 무쓰미는 한참 데쓰로를 바라본 다음 미쓰키에게 눈길을 옮겼다.

"저는 아이를 만들 수 없어요. 내가 낳을 수도 없고 여자에게 낳게 할 수도 없죠. 다른 사람과 섹스할 일도 아마 없을 거예요. 그래서 누군가를 좋아하는 게 아주 무섭고 힘들어요. 다들 무서워할 필요 없다고 하는데 말처럼 쉽지 않아요. 사람이 좋아질 때마다 죽고 싶어요."

데쓰로는 자신이 경솔한 말을 했다는 사실을 깨닫고 부끄러워졌다. 수습할 말이 떠오르지 않았다.

무쓰미는 데쓰로 쪽으로 고개를 돌렸다.

"신경 쓰지 마세요. 죽고 싶었던 때는 많았지만, 정말 자살하려 한 것은 한 번뿐이었어요. 그때도 식칼 날이 무뎌서 실패했고."

담담한 말투였으나 모래가 내려 쌓이듯 데쓰로의 마음은 무거워졌다. 무쓰미는 너무 떠들었다 싶었는지 벽시계를 봤다. 데쓰로도 따라서 보니 약속한 10분이 훨씬 지나 있었다.

"아까 한 말 진짜니? 보여준다는 말." 미쓰키가 무쓰미에게 물었다.

무쓰미가 고개를 끄덕였다. "진짜예요. 보실래요?"

"응. 보여줘." 미쓰키가 자리에서 일어났다.

"하지만 보는 사람은 당신뿐이에요."

미쓰키를 보는 무쓰미의 옆얼굴은 아무것도 이해하지 못할 남자를 거절하고 있었다. 데쓰로는 잠자코 미쓰키를 보며 고개를 끄덕였다.

둘이 식당을 나간 후에도 데쓰로는 자리에서 일어나지 못했다. 무쓰미의 말 한마디 한마디가 머릿속에서 울려댔다. 불가사의한 성을 지닌 그 소녀의 반만큼도 자신은 남녀라는 것을 이해하지 못하고 있었다.

몇 분 뒤, 미쓰키가 돌아왔다. 무쓰미의 모습은 없었다. 미쓰키는 딱딱하게 굳은 표정이었고 창백한 얼굴에 눈은 충혈되어 있었다.

"그 아이는?"

"바로 연습하러 갔어."

"그래?" 데쓰로는 식당 창문으로 운동장을 봤다. 육상부원들이 모여 있다.

"미안, QB. 우리 여기 오지 말았어야 했던 것 같아."

"그러게."

육상부원들은 남녀로 나뉘어 회의하고 있었다. 그 모습을 보고 처음으로 깨달았다. 스에나가 무쓰미는 어느쪽에도 참가하지 않고 혼자 스트레칭하고 있었다.

집으로 돌아오는 전철 안에서 미쓰키는 거의 입을 열지 않았다.

무거운 발걸음을 옮겨 아파트로 돌아왔다. 리사코는 없었지만 대신 식탁 위에 메모가 놓여 있었다. 일하러 간다는 내용이었다.

미쓰키는 코트에 이어 정장 재킷을 벗어 던지고 스타킹을 벗더니 치마를 내렸다.

"아, 후련하다."

미쓰키는 거의 나체에 가까운 상태였다. 데쓰로는 시선을 돌리고 자신도 재킷을 벗었다.

"내 생각이 짧았어." 미쓰키는 벗어버린 옷을 내려다봤다. "내게는 아직 쓸 가면이 있었어. 여자가 되어버리면 주위가 받아들여주지."

"하지만 자신을 속이면 소용없을 것 같은데."

미쓰키는 고개를 저었다. "나는 비겁했어."

데쓰로가 그렇지 않다고 말하려는데 무선 전화기가 울리기 시작했다. 그는 호흡을 가다듬고 전화기를 들었다.

"여보세요. 니시와키입니다만."

"아…… 저기, 니시와키 리사코 씨 계십니까?"

남자 목소리였다. 나이는 40대 정도일까. 말투가 아주 딱딱하다.

273

"지금은 일하러 나갔습니다. 실례지만 누구시죠?"

"히로카와라고 합니다."

"히로카와 씨?"

"네. 넓다는 뜻의 광^広에 내 천^川을 써서 히로카와입니다. 혹시 니시와키 데쓰로 씨 되십니까?"

"그런데요." 자신의 이름이 불리자 데쓰로는 일단 경계했다. 하지만 다음 순간 그는 다른 놀라움을 맛보았다. 눈앞의 미쓰키가 그를 바라보며 그대로 굳어 있었다. 눈을 부릅뜬 채.

상대 남자는 계속 말했다. "실은 우리 집사람이 니시와키 씨 부인과 친했다고 해서요. 그래서 집사람 일로 부인과 좀 상의할까 해서."

"댁의 부인이라면 혹시 데이토대학의……."

"그렇습니다. 미식축구부 매니저였던 사람입니다. 결혼 전 성은 히우라라고 합니다."

4

순간 온몸이 뜨거워졌다. 수화기를 든 손바닥에 땀이 솟았다.

왜 갑자기 히우라의 남편이 전화한 것일까? 여기에 있다는 것을 알았나. 아니야, 그럴 리 없다. 몇 가지 의문과 생각이 데쓰로의 머릿속에서 맴돌았다.

"그녀에게 무슨 일이 있나요?" 목소리의 동요를 들키지 않도록 조심하며 물었다.

"아뇨. 그게, 아……, 부인에게 말하는 게 좋을 것 같은데요."

"아실지 모르겠습니다만, 아내는 시간이 불규칙한 일을 해서 오늘 밤도 돌아올 수나 있을지 모르는 형편입니다."

"사진작가라던데."

"그렇습니다. 그래서 내일 일정도 전혀 모르고요."

데쓰로로서는 어떻게든 지금 전화로 용건을 알아내고 싶었다.

"아, 네." 미쓰키의 남편은 망설이는 듯했다. "우리 집사람과 관련해 부인에게 뭐 들으신 말이 없을까요?"

"무슨 말씀이시죠?"

"그러니까 그게…… 요즘 상황이나, 어디서 뭘 하고 있다든가."

"글쎄요." 데쓰로는 미쓰키를 봤다. 미쓰키는 소파에 걸터앉아 팔짱을 끼고 있다. 대화를 경청하고 있을 것이다. "최근 연락이 왔었다는 말은 못 들었습니다. 얼마 전, 미식축구부 동창회가 있었는데 그때도 안 왔고요."

"그랬습니까?" 낙담한 목소리다.

"도대체 무슨 일입니까?"

"아니, 그게" 그가 말을 끊었다. 약한 숨소리만 들려온다. "실은 아내가 행방불명되었습니다."

"히우라가요? 갑자기 사라졌다고요?"

"네. 갑자기 사라졌습니다. 아, 메모는 남겼죠. 그러니까 그게, 가출이라는 소리인데."

"네……?" 데쓰로는 놀란 척했다.

"아니, 참, 부끄럽지만, 실은 그게, 한심한 얘기인데."

"언제 말입니까?"

"아니, 그게, 한 달쯤 전……인가." 끝으로 갈수록 목소리가 작아졌다.

미쓰키의 이야기와는 달랐다. 물론 남편이 거짓말하는 것이다. 미쓰키는 작년 말에 집을 나왔다고 했다. 왜 이 남자는 1년이나 지난 지금에서야 아내를 찾기 시작한 것일까.

"경찰에 실종 신고는 하셨어요?"

"아뇨, 안 했습니다. 메모가 있으니 가출이 확실해서. 경찰은 이럴 때 적극적으로 움직이지 않는다고 들어서."

"친정에는 연락해보셨죠?"

"연락은 해봤는데 아내에게 아무 말도 못 들은 것 같습니다. 장인어른도 걱정하시는데…….."

"다른 곳은 어딜 찾아보셨나요?"

"그게 참, 여러 군데요. 아내와 교류했던 사람 모두에게 연락하고 있어요. 그러다가 다카쿠라 씨도 생각이 나서. 아니, 밤늦게 정말 죄송했습니다. 다른 델 찾아보겠습니다."

더 말할 틈도 주지 않고 실례했다며 미쓰키의 남편은 전화를 끊었다.

데쓰로는 방금 대화를 생각하며 소파에 앉았다.

"누구였는지는 알지?"

"응. 이제 와 무슨 짓이지?" 미쓰키의 표정은 딱딱하고 침울했다.

"꽤 여기저기 전화하는 것 같은데?"

미쓰키는 머리를 마구 긁어댔다. 그때 귀걸이가 있다는 것을 깨달은 듯하다. 초조한 표정으로 귀걸이를 뺐다. "새해가 가까워져서 그럴 거야."

"새해?"

"새해 연휴 때는 늘 시댁에 가거든. 아내가 없어졌다고 하면 체면이 말이 아니겠지."

시댁이 니가타의 나가오카라고 했다. 형이 작은 건설 시공사를 물려받았단다.

"네가 가출한 사실을 자기 집에 안 알렸다고?"

"사람들 평판을 중요하게 생각하는 사람이니까. 올해 새해는 이유를 붙여 안 갔겠지."

"내년에는 피할 수 없는 사정이라도 생겼나?"

"그럴 수도 있지."

리사코는 곧 돌아왔다. 미쓰키의 남편에게 전화가 왔다는 말을 듣고 당황한 얼굴로 멀거니 서 있었다.

"그게 무슨 소리야?"

"히우라는 시댁에 가는 것 때문이 아닐까 하는데."

"겨우 그것 때문에 가출한 아내를 이제야 찾는다고?"

"그 사람은 그러고도 남을 사람이야. 집이 있고 아내와 아이가 있고 안정된 월급이 어엿한 남자의 조건이라 생각하거든."

데쓰로는 몇 년 동안이라 해도 용케 그런 상대와 결혼 생활을 유지했구나 싶었다.

"걱정되네. 무슨 일일까?" 리사코는 벽에 기대 천장을 올려다봤다.

"나, 만나러 가볼까 봐."

데쓰로가 말하자 리사코와 미쓰키가 동시에 그를 봤다. 둘의 시선을 나란히 받으며 말을 이었다. "그게 제일 빠른 길이잖아."

"그렇다면 내가 갈게. 미쓰키의 남편은 내게 전화한 거잖아."

"사정을 직접 들은 사람은 나야."

"나는 미쓰키의 친구야. 친구니까 가출했다는 소식을 듣고 바로 달려와도 이상할 게 없지. 당신이 굳이 찾아가는 것은 이상해."

"나도 히우라의 친구야. 게다가 미식축구부원을 이끄는 리더였고."

"지금은 옛날이 아니라고."

"리사코. 나는 QB가 가는 게 나을 것 같아." 미쓰키가 끼어들었다.

리사코가 의아한 얼굴로 미쓰키를 봤다. '왜'라는 질문이 금방이라도 나올 것 같았으나 곧 뭔가 깨달은 듯 입을 닫았다.

바로 그거야, 리사코. 히우라는 네게 자기 남편을 보여주고 싶지 않은 거야……. 데쓰로는 속으로 중얼거렸다.

"그 사람은 말이야. 여자랑 잘 어울리지 못해." 답답한 침묵을 견디지 못한 미쓰키가 익살을 떨듯 말했다. "리사코 같은 미녀가 가면 긴장해 도망칠 거야. 틀림없이." 그리고는 짝 손뼉을 쳤다. "그래서 나 같은 사람을 아내로 삼았잖아."

너무나 열심히 농담을 던져 웃어주고 싶었으나 데쓰로는 웃을 수 없었다. 리사코도 무표정을 유지한 채 거실을 나갔다.

"한 가지, 분명한 게 있어." 데쓰로의 이야기에 미쓰키가 고개를 들었다. 미쓰키로부터 시선을 돌리고 그가 말했다. "네 남편은 이혼 절차를 밟지 않았다는 거야."

5

니시닛포리에서 지요다선으로 갈아타 마스도에서 내렸다. 역 앞에 패션 빌딩과 백화점이 쭉 늘어서 있다. 토요일이기도 해서 젊은이와 나들이 나온 가족들로 북적였다. 백화점 앞에는 거대한 크리스마스트리가 장식되어 있다. 데쓰로는 그것을 보고 한 해가 가고 있음을 실감했다. 최근에 너무 많은 일이 있어서 시간 감각이 마비되어 있었다.

큰 도로를 두 개 건너자 주택가가 나왔다. 그는 코트 주머니에서 메모를 꺼내 주소 표시를 확인하면서 걸었다. 메모는 미쓰키가 쓴 것이다.

히로카와 유키오는 이곳 신용금고에 근무한다고 했다.

나이는 마흔셋. 직장에서는 지점장 대리라는 직책을 맡고 있다.

"어쨌든 열심히 일하는 사람이야." 어떤 사람이냐고 미쓰키에게 물으니 제일 먼저 이렇게 말했다.

"성실하지만 융통성은 전혀 없어. 그러고도 용케 지점장 대리까지 갔구나 싶어. 뭐, 고객 평판은 좋았다더라."

가정적이라고는 할 수 없지 않을까. 이런 말도 덧붙였다.

"매일 밤, 늦게 돌아와 집에서는 잠만 잤어. 일주일 동안 제대로 대화를 나누지 못할 때도 많았고. 뭐, 나로서는 좋았지만. 치근덕댔으면 정말 견디지 못했을 거야. 그쪽도 담백해서 다행이었어."

장남이 태어난 뒤로는 완전히 섹스리스였다고 한다. 미쓰키는 원래 싫어했고 히로카와도 미쓰키에게 관심을 드러내지 않았단다.

"나 같은 사람이랑 결혼하다니, 그 사람도 정말 안됐어." 절절하게 말했다.

미쓰키가 쇼윈도 부부 생활을 영위한 집은 2층짜리 서양식 주택이었다. 마당은 나무 울타리로 둘러싸여 있었고 주차장에는 혼다 오디세이가 세워져 있다. 대규모 주택 분양업자가 분양한 조립식 주택으로, 미쓰키의 말로는 대지 면적이 약 165제곱미터라고 했다. 3년 전에 산

물건으로, 그녀의 남편은 33년 주택담보대출을 신청했다고 한다.

문패 아래의 인터폰 버튼을 눌렀다. 잠시 기다렸으나 응답은 없다. 데쓰로는 혀를 찼다. 상대에게 생각할 시간을 주지 않으려고 오늘 온다고 알리지 않았다. 혹시나 해서 한 번 더 눌렀는데 결과는 마찬가지였다.

다시 와야겠다 생각하고 문 앞을 떠나려 할 때 그의 시야 끝에서 뭔가가 움직였다. 문 안쪽이다. 그는 대문에서 몸을 내밀고 오른쪽 정원을 봤다. 빼곡하게 깔린 잔디는 시들어 옅은 갈색이 되어 있었다.

그 잔디밭 위에 소년이 서 있었다. 이목구비가 또렷하고 동그란 얼굴인데 턱은 뾰족하다. 앞머리를 눈썹 바로 위에서 가지런히 잘랐다. 크림색 면 운동복을 위아래로 입고 있는데 사이즈가 좀 큰 것 같았다. 윗도리에는 모자가 달려 있다.

미쓰키의 아들이구나. 데쓰로는 확신했다. 약간 올라간 눈매가 빼닮았다.

"안녕." 데쓰로는 말을 걸어봤다.

그러나 소년은 흠칫 몸을 떨고는 유리문을 열고 거실로 보이는 방으로 들어가버렸다. 안에서 찰칵 문을 잠그는 게 보였다.

모르는 사람이 말을 걸면 도망치라고 배웠을지 모른다. 일단 기다려보는 게 좋겠다고 판단했다. 저 작은 아이를 집에 두고 오랫동안 집을 비울 것 같지는 않았다.

유리문 너머에서 소년이 의심스러운 눈초리로 데쓰로를 보고 있다. 눈이 마주치자 얼른 커튼 너머로 숨었다.

데쓰로는 언젠가 미쓰키가 했던 말을 떠올렸다.

'결혼해 아이를 낳으면 변하리라 생각했어⋯⋯.'

미쓰키가 어떤 마음으로 어머니를 연기했는지는 도무지 상상할 수 없었고 상상을 시도해도 의미는 없으리라. 문제는 아이가 어떻게 자라고 있는지다.

길 너머에서 한 남성이 걸어오는 게 보였다. 적당한 키에 통통한 몸에 베이지색 코트를 입고 있다. 오른손에 휴대전화를 들고 있는 것 같다. 무슨 이야기를 하면서 걸어온다.

데쓰로는 문에서 조금 떨어졌다. 남자가 다가오자 목소리가 들렸다.

"아니. 그러니까 자네보고 다 맡으란 소리는 아니야. 적어도 주요 거래처만이라도 맡으면 어떠냐는 거지. 어디까지가 주요 거래처냐니. 그건 본인이 판단해야지." 남자의 목소리는 크다. 어제 통화 때 들은 목소리와 같은 목소리임을 확인했다.

예상대로 남자는 히로카와의 집 앞에서 걸음을 멈췄다. 전화하면서 대문을 열려 한다.

"히로카와 씨 되십니까?" 데쓰로가 달려갔다.

상대가 허를 찔린 표정으로 돌아봤다. 데쓰로는 정중하게 고개를 숙였다.

"잠깐만." 전화 중인 상대에게 말하고 남자가 물어왔다. "누구시죠?"

"어젯밤 전화를 받은 사람입니다. 니시와키라고 합니다." 명함을 내밀었다.

남자의 얼굴에 낭패감이 스쳤다. 남자는 명함을 받아들고 "나중에 다시 전화할게"라고 말하며 전화를 끊은 다음 바로 데쓰로를 올려다봤다.

"일부러 여기까지 오셨습니까?"

"근처에 올 일이 있었습니다. 게다가 조금 걱정이 되어서요."

"아, 네. 그러면 집이 좁지만 일단 들어오시죠." 히로카와는 당혹감을 감추지 못했다. 금테 안경 너머에서 검은 눈동자가 흔들렸다.

"실례하겠습니다." 데쓰로는 히로카와를 따라 문을 통과했다.

집으로 들어가자 약 25제곱미터는 될 법한 거실로 안내되었다. 소파도 식탁도 식기장도 다 새것이다. 분홍색 커튼을 보며 저걸 미쓰키가 골랐을까 싶어 마음에 걸렸다.

소년은 TV 앞에서 카드 같은 것을 늘어놓고 있었다. 아이들에게 인기가 많은 애니메이션 캐릭터가 한 장에 하나씩 그려져 있다. 전부 다 모으는 게 매우 어렵다는 사실만은 알고 있다.

"어젯밤은 갑자기 실례했습니다." 히로카와는 고개를 숙였다. 정수리의 숱이 듬성듬성했다.

"아뇨. 그보다는 놀랐습니다. 미쓰키가 가출하다니."

"정말 큰일입니다." 히로카와는 푸석푸석한 머리를 긁적였다. 일하러 갈 때는 무스나 헤어 에센스로 정리하겠지.

"짚이는 데라도 있으시나요?"

"그게 전혀……."

"편지가 있었다고 하셨는데, 거기에는 뭐라고 적혀 있었나요?"

"그게 영 무슨 소린지 모르겠습니다. 자기에게 어울리는 삶을 살고 싶어 나가겠다고…… 적혀 있었는데요. 아, 그리고 정말 미안했다고."

"미안했다……고요?"

"마치 무슨 나쁜 짓을 한 것처럼요. 그런데 그게 뭔지 도통 모르겠습니다. 가출하는 것을 사과한 거라면 미안했다고 과거형으로 말하는 게 이상하잖아요."

"그러네요."

히로카와는 전혀 알아차리지 못했을까. 자기 아내의 마음이 남자임을 몰랐나. 하지만 알아차리지 못했어도 당연한 일이라는 생각이 들었다.

아들은 여전히 카드놀이에 푹 빠져 있다. 기묘한 말을 하고 있는데 캐릭터 이름 같다.

"아드님 이름이?"

"유리라고 합니다. 유구하다의 유悠에 마을 리里를 씁니다."

"유리. 좋은 이름이네요."

"미쓰키가 생각한 겁니다. 태어나기 전부터 아들이든 딸이든 유리로 짓겠다고."

"그렇군요……."

데쓰로는 잠시 생각에 잠겼다. 미쓰키는 자신에게 일어난 일이 아이에게도 일어나지 않을까 걱정했던 게 아닐까. 그래서 여자와 남자 모두가 쓸 수 있는 이름을 준비했다.

"미쓰키는 어머니나 아내로서 어떤 사람이었나요?" 데쓰로가 질문을 던졌다.

"모범적이라고 할 수 있었죠." 히로카와는 망설임 없이 대답했다. "집안일은 뭐든 정말 잘했습니다. 유리도 아내 혼자 길러냈죠. 저는 일만 했습니다."

"지금 육아는 어떻게 하시고 계시나요?"

"제 숙모가 가메아리에 살고 있습니다. 그래서 유치원이 끝난 다음에는 그쪽에 맡겼다가 퇴근하며 제가 데려옵니다. 하지만 일이 생겨 못 데려올 때는 그냥 숙모 댁에서 재우죠. 폐를 끼치고 있지만, 큰 도움을 받고 있습니다."

그렇다면 미쓰키도 안심이겠구나.

"저, 니시와키 씨." 히로카와가 조심스럽게 입을 열었다. "아내 일로 걱정되는 것이 있다고 하셨는데."

"아, 그랬죠. 그보다 먼저 여쭙고 싶은 게 있습니다." 데쓰로는 허리를 꼿꼿이 폈다.

"뭔가요?"

"히로카와 씨. 거짓말하시지 않았나요?"

이곳에 오기 전부터 무조건 단도직입적으로 묻기로 정해두었다.

히로카와는 그의 말에 놀라 몸을 뺐다.

"거짓말이라니……, 무슨 소립니까?"

"히우라가 가출한 시기 말입니다. 한 달 전이라고 하셨는데 사실은 그보다도 훨씬 전 아닙니까?"

숨긴 사실이 그대로 드러나서인지 히로카와의 얼굴이 점점 붉어졌다.

"아니, 그건……." 눈이 허공을 헤맸다.

"아내 말로는 이제까지 매년 오던 연하장과 여름 안부 인사 카드가 지난 1년 동안 안 왔다고 하더군요. 또 몇 개월 전에 전화했는데 아무도 받지 않고 부재중 메시지를 남겼는데도 답이 없었다고요. 그래서 무슨 일이 생겼나 걱정했답니다."

준비해온 거짓말이 입에서 술술 나왔다.

히로카와는 입술이 바싹바싹 마르는지 여러 번 입술을 축였다. 그런 그를 바라보며 어떻게 된 거냐고 데쓰로는 밀어붙였다.

"후……." 히로카와는 숨을 내쉬고 두 손을 비볐다. 은행원이 고객에게 부탁할 때의 모습처럼도 보였다.

"말씀하신 대롭니다. 사실 아내는 1년 전에 사라졌습니다. 일단은 몸이 아파 요양하러 친정에 갔다고 해뒀습니다. 니시와키 씨, 부디 이 일은 비밀로 해주세요."

"물론 다른 사람에게 얘기할 생각은 없습니다. 이 사실을 아는 사람이 또 있나요?"

"장인어른과 저희 부모님에게는 말했습니다. 직장에는 말하지 않았고요. 그리고……." 히로카와가 입가를 만지며 길게 숨을 들이켜고 말했다. "경찰에게도 말했습니다."

"경찰이요? 실종 신고는 안 하셨다면서요?"

"아뇨. 그게." 히로카와는 얼굴 앞에서 손을 흔들었다. "경찰에 말한 것은 다른 건입니다. 얼마 전…… 두 주 전인가, 형사가 집에 찾아왔습니다."

"형사요? 어느 서의 형사요?" 데쓰로가 동요할 차례였다.

"경찰청인데, 이름이 뭐였더라?"

"무슨 일로 왔나요?"

"그게 실은 너무 이상해서요. 찢어진 호적등본을 가져왔어요. 아내의 것이었죠. 그게, 무슨 사건 수사 중에 나왔다고 하더라고요."

"히우라의 호적등본이요?"

"네. 엄밀히 말하면 형사가 보여준 것은 복사본이었습니다. 그리고 이타바시의 도쿠라라는 사람을 아냐고 물었습니다. 아무래도 그 사람이 가지고 있었나 봅니다."

데쓰로는 히로카와에게 동요를 들키지 않기 위해 애썼다.

"그래서 뭐라고 대답하셨나요?"

"대답할 말이랄 게 있나요. 도쿠라라는 사람은 아예 모르고 그 사람이 왜 아내의 호적등본을 가지고 있는지도 전혀 모르니까요."

"형사는 또 뭘 물었나요?"

"아내에 관해서요. 가출 동기나 갈 만한 곳 같은 것을 물었습니다. 아는 게 있으면 이렇게 괴로워하지도 않을 거라고 대답했죠." 히로카와는 고개를 흔들었다.

"형사는 그 뒤에도 히로카와 씨를 찾아왔나요?"

"아뇨. 그때뿐이었습니다. 저로서는 마음에 걸리긴 하지만, 어떻게 할 수도 없고. 적어도 어떤 사건인지만이라도 알려달라고 형사에게 말했는데 지금은 말할 수 없다고만 하더군요."

"그거…… 참 신경 쓰이는 말이네요."

"그래서 다시 아내를 찾아볼까 하고 생각하게 되었습니다. 경찰도 찾아보겠다고 했는데 영 믿을 수도 없고."

"그래서 리사코에게 전화하신 거군요."

"아내의 교우관계가 어떻게 되는지 저는 잘 모릅니다. 그래서 옛날 연하장을 다 꺼냈는데 이전에 다카쿠라 씨 얘기를 종종 한 게 기억났습니다."

데쓰로는 기억해내길 다행이라고 생각했다.

"히우라는 아직 히로카와 씨 호적에 있나요?"

"지난 1년간, 이혼을 여러 번 생각했습니다. 아내는 편지와 함께 이혼 서류를 놓고 갔습니다. 서명 날인까지 끝냈더군요."

"그런데……."

"음. 뭐랄까요." 히로카와는 머리를 긁고 자조 섞인 웃음을 지었다. "결국은 기다리고 싶었던 걸까요? 유리도 있으니 언젠가는 돌아오리라 기대합니다."

"히우라를 사랑하시는군요."

데쓰로가 말하자 히로카와는 과장되게 몸을 젖혔다.

"글쎄요. 그럴지도 모르죠. 하지만 사랑이라는 말을 쓰면 그 사람이 싫어할 텐데."

"무슨 말씀이신지?"

"처음부터 그랬습니다. 결혼할 때부터 부부애 같은 것은 원하지 말라더군요. 대신 아내 역할은 잘하겠다고. 참 이상한 말도 다 한다 싶었죠. 애정은 살다 보면 서서히 싹트리라 생각해서 알았다고 했죠. 우리는 맞선 결혼으로 피차 조건이 맞아 함께 살게 된 느낌이었습니다."

데쓰로는 히로카와의 말을 들으며 가슴이 먹먹해졌다. 미쓰키는 아마도 비장한 결의 끝에 그런 말을 했을 것이다. 자신의 마음을 봉인하려고 결혼이라는 도구를 이용한 것을 너무나도 선한 이 남편은 알 도리가 없다.

"결혼 후에는 어땠나요?"

"아니, 그게. 미쓰키의 태도는 전혀 변하지 않았습니다. 조금 전에도 말했듯 아내와 어머니로서는 정말 훌륭했습니다. 무슨 일에든 냉정하고 허점이 없고 마음도 넓다고 해야 하나. 제게 불평한 적이 없어요. 아내는 건강 관리 만큼은 엄격했습니다. 옷이나 액세서리에 괜한 돈을 낭비하지도 않았고 친구와 전화로 길게 수다를 떠는 일도 없었습니다. 직장 동료들은 제 아내를 보고 이상적인 아내라고 얘기했죠." 히로카와는 웃으면서 고개를 흔들고는 말을 이어나갔다.

주부에게는 최고의 칭찬일지 모르나 미쓰키는 좋아하지 않을 것이다.

"하지만 여성적인 면은 적었습니다. 좋은 의미에서나 나쁜 의미에서나. 히스테리를 부리는 일도 없었지만, 정도 없었습니다. 아내들은 남편의 선물을 좋아하기 마련인데 아내는 그리 좋아하는 기색도 없었고 그저 예의상 고맙다고 했습니다. 곤란해하는 것처럼 보일 정도였죠. 감정을 잘 드러내지 못하는구나 싶었는데 사실은 그게 아니었던 것 같습니다. 친척 하나가 무료로 에스테틱 회원 등록을 해주겠다고 했는데 그때도 곤란해했습니다. 일단 어머니와 아내 역할은 확실하게 할 테니까 다른 것은 참견하지 말라는 태도였습니다."

그 분석은 옳았다. 미쓰키는 정말 그런 마음으로 결혼 생활을 했을 것이다.

"그런데도 히로카와 씨는 그런 히우라가 여전히 필요하신 거군요?"

"필요하다고 해야 할까요." 자신도 모르겠다는 듯 그는 고개를 기울였다. "저는 말이죠, 여자를 잘 모르겠습니다. 학교도 계속 남학교를 다녔던 터라 여자 앞에 서면 너무 긴장해 아무 말도 못 합니다. 부끄러운 얘기지만, 지금도 여성 고객 응대가 힘듭니다. 그런데 아내만은 달랐습니다. 처음 만났을 때부터 이상하게도 긴장이 되지 않았습니다. 여러 번 맞선을 봤는데 그렇게 착착 이야기가 진행된 적은 없었습니다. 직장 동료와 있을 때처럼 자연스럽게 행동할 수 있었습니다. 결혼하자 마음먹은 첫 번째 이유는 그거였습니다. 편했죠."

데쓰로는 아이러니하다고 생각했다. 미쓰키와 같은 존재가 어떤 종류의 남자에게는 이상적인 존재였던 셈이다.

유리는 어느새 TV 앞에서 잠들어 있었다. 히로카와가 일어나 작은 담요를 아들에게 덮어줬다.

"자녀분은 하나인가요? 둘째 계획은 없으셨나요?"

"없었습니다. 아내는 그쪽을 좋아하지 않는 것 같았습니다. 이 녀석이 태어나고 조금 있자 둘째는 낳지 않겠다고 분명하게 말했습니다. 그래서 그게……."

"더는 섹스하지 않겠다고?"

"아, 네." 히로카와는 목을 움츠리듯 끄덕였다. "꼭 하고 싶으면 밖에서 하고 오라더군요. 자신은 그런 일로 화내지 않겠다고."

미쓰키라면, 그러고도 남았을 것이다.

"실례지만, 그런 얘기까지 나왔다면 이미 부부 관계는 끝난 게 아닐까요?"

"그렇게 생각하시는 게 당연한 일일지도 모르겠습니다. 아니, 사실일 수도 있겠네요. 하지만 적어도 저는 잘해볼 생각이었습니다." 그는 잠시 생각에 잠겨 있다가 데쓰로를 보며 덧붙였다. "마치 남자 동료 같은 관계였네요."

"그렇군요." 데쓰로는 고개를 끄덕였다.

6

데쓰로가 아파트로 돌아왔을 때 방의 불은 꺼져 있었다. 리사코의 부츠와 미쓰키의 스니커즈도 보이지 않았다. 둘 다 어디 나간 듯하다.

그는 침실로 들어가 입은 옷을 벗어 던지고 티셔츠와 트렁크만 걸친 채 침대에 누웠다. 히로카와 유키오의 이야기를 머릿속으로 반추한다.

그가 마음에도 없는 말을 했다고 생각하지 않는다. 진심으로 미쓰키를 좋은 아내, 좋은 어머니로 생각하고 있을 것이다. 그러니까 가출한 지 1년이 넘은 지금도 찾으려 하는 것이다.

데쓰로는 유리의 얼굴을 떠올렸다. 어머니의 가출로 마음의 상처를 받았을지 모르겠으나 그게 느껴지지 않을 정도로 잘 자라고 있었다. 아버지가 어머니를 험담하지 않았기 때문일 것이다.

그 남자라면 괜찮을 것이라는 생각이 들었다. 그 솔직담백한 남자라면 미쓰키를 돌려보내도 좋으리라…….

그러나 의미 없는 얘기다. 히로카와가 만족한 결혼 생활은 미쓰키의 고뇌에 찬 연기 위에 성립된 것이다. 그런 생활을 다시 미쓰키에게 강요할 수는 없다.

어느새 데쓰로는 눈을 감았다. 요즘은 도통 숙면하지 못했다. 그는 미쓰키가 사용하는 이불의 냄새를 맡았다. 그 냄새가 방에 가득하다. 어젯밤 미쓰키는 여기서 잤다.

뒤척이다가 실눈을 떴다. 눈앞에 미쓰키가 잠옷 대신 입는 티셔츠가 뭉쳐져 있다.

데쓰로는 티셔츠를 한참 바라보다 손을 뻗었다. 그것을 잡고 당겨와 냄새를 맡았다. 불가사의한 향기가 났다. 비누도 향수 냄새도 아니다.

문 옆에서 소리가 났다.

깜짝 놀라 고개를 드니 열린 문 너머에 미쓰키가 서 있다.

"아······, 이제 왔어?"

"잠깐 장 보러 갔다가 방금 왔어."

"몰랐어." 아무래도 깜빡 잠든 모양이다. 데쓰로는 자신이 티셔츠를 꽉 움켜쥐고 있는 것을 깨닫고 서둘러 놓았다. "리사코는?"

"또 불려 나갔어. 오늘은 늦는대."

"그래?" 데쓰로는 몸을 일으켰다. 미쓰키와 눈을 마주칠 수 없었다. 티셔츠 냄새를 맡는 것을 틀림없이 봤을 것이다.

미쓰키가 장을 보러 나간 것은 저녁을 준비하기 위해서인 듯하다. 부엌에서 요리를 시작하는 것을 보고 데쓰로는 조금 놀랐다.

"오늘 저녁은 내가 직접 만든 요리를 대접할게. 신세지고 있는 보답이야."

"괜찮아. 그런 신경은 안 써도 돼."

"하게 둬. 요리는 좀 자신 있거든."

"그래······ 그런 것 같더라."

데쓰로의 말에 채소를 썰던 미쓰키가 칼질을 멈추고

말했다. "그 사람이 그래?"

"그렇지 뭐." 데쓰로가 대답했다. 미쓰키는 무표정을 유지한 채 고개만 끄덕였다.

미쓰키가 요리를 만드는 동안 그는 원고를 쓰기로 했다. 그러나 집중할 수 없어서 한 줄도 쓰지 못했다. 순식간에 시간이 흘러 문을 노크하는 소리가 들려왔다.

"오래 기다렸어."

비프 스튜가 주요리였다. 미쓰키는 한 번쯤 압력솥을 써보고 싶었다고 했다. 확실히 리사코는 상당히 성능이 좋은 압력솥을 가지고 있었으나 그것을 이용한 요리를 먹어본 적은 없다.

"우와. 맛있다!" 데쓰로는 한 입 먹고 말했다. 그냥 하는 말이 아니었다.

미쓰키는 만족스럽게 웃고 엄지를 세웠다.

첫 번째 와인 병이 빌 때까지는 대학 때 이야기만 했다. 미식축구 경기에서 승리를 확신하고 감독에게 주스를 부으려 했는데 남은 10초 동안에 역전당할 뻔해서 놀랐던 일.

"QB가 졸업하고 미식축구를 그만둔다는 소리를 듣고 다들 놀랐어."

"그래?"

"무슨 일이냐며 안자이는 진심으로 화를 냈다고."

"흠." 그 문제는 입을 다물기로 했다.

"QB. 리사코와는 어때?" 미쓰키가 물었다.

"어떠냐니?"

"내 눈에는 잘 지내는 것 같지 않아서."

"그래?" 데쓰로는 평정을 가장하고 앞만 바라봤다.

"자세한 얘기는 안 물을게. 오랫동안 부부로 지내면 많은 일이 있으니까. 괜한 참견이었어."

데쓰로는 침묵을 지켰다. 여기서 미쓰키에게 부부 얘기를 하는 것도 이상한 것 같다. 이야기하고 싶지 않은 내용도 있다.

"얄궂은 일이지. 리사코가 QB와 사귄다는 게 알려졌을 때는 모두의 부러움을 샀는데, 막상 결혼하고 보니 이렇게 티격태격하다니."

"다들? 그렇게 부러워했어?"

"그야 그렇지. 아이돌이었으니까. 하야타가 리사코를 좋아했던 것은 알지?"

"어렴풋이."

대답은 그렇게 했으나 사실은 아니다. 데쓰로는 하야타의 마음을 알고 있었다. 리사코를 보는 그의 눈에는 평소에는 볼 수 없는 특별한 빛이 담겨 있었다.

하지만 하야타는 마지막 순간까지 자신의 마음을 리사코에게 알리지 않았고 결혼식에 참석해 축하한다며 로열 코펜하겐 찻잔을 선물했다. 그것은 지금 장식장 안에 놓여 있다. 상류계급의 손님이 오면 쓰자. 리사코는 장난처럼 그렇게 말했다.

데쓰로는 두 병째 와인을 딴 후에야 말을 꺼내기 힘든 이야기를 시작했다. 히로카와 유키오에 관한 이야기다. 우선 형사가 그를 찾아왔었다는 것부터 보고했다.

"하야타는 도쿠라의 집에서 발견한 호적등본 중 하나가 히우라의 것이라는 사실을 알고 있었어. 그 전에 스가이가 이상한 질문까지 했으니 우리가 사건과 관련이 있다고 바로 짐작했을 거야."

"우연치고는 너무 기막히니까."

"그런데 도쿠라는 왜 네 호적등본을 가지고 있었을까? 짚이는 거 있어?"

"전혀 없어. 내가 자주 가오리 씨를 데려다줬으니까 그녀를 조사하다가 나에 관해서도 냄새를 맡고 다녔겠지."

"하지만 어떻게 네 정체를 알아냈지?"

"그야 모르지……."

"도쿠라 요시에의 이야기로는, 호적등본은 쓰레기통에 버려져 있었대. 너를 조사할 생각이었으면 그 자료는 남겨뒀겠지."

"관심이 없어졌나?"

"없어졌을까?" 데쓰로는 미쓰키의 얼굴을 봤다. 자신이 스토킹하는 여자 곁에 있는 남자를 조사했는데 알고 보니 여자였다. 그 스토커가 과연 이 사실에 관심이 없었을까.

미쓰키도 복잡한 표정으로 묵묵히 와인을 마셨다.

"그런데 그 사람, 좋은 사람이더라." 데쓰로는 기분을 전환하려고 말했다.

"건강해?"

"아픈 것 같지는 않았어. 기운이 넘치는 정도는 아니었지만. 너를 칭찬하더라."

"나를? 설마."

"진짜야."

히로카와와 나눈 대화를 자세히 전했다. 미쓰키는 더는 식욕이 없어졌다는 듯 포크를 놓고 턱을 괴었다.

"함께 사는 동안에도 미안하기만 했어. 그의 인생을 망치는 것만 같아서. 진짜 결혼 생활을 하게 해주고 싶었어."

"섹스도?"

"응. 섹스도 많이." 미쓰키는 설핏 웃었다. "하지만 도무지 받아들일 수 없었어. 그래서 결정했지. 여자는 될 수 없더라도 완벽한 파트너가 되자고. 그게 내가 할 수 있는 유일한 보상이었어."

"완벽한 파트너와 어머니라. 유리도 만났어. 건강하더라." 데쓰로는 와인 잔을 기울였다.

미쓰키는 눈을 깜빡이고 불편한 표정을 지었다. 쑥스러운 것처럼도 기쁜 것처럼도 보였다.

"나랑 안 닮았지?"

"아니. 너랑 닮은 구석이 있더라."

"키는 얼마나 컸어?"

"키? 그건 모르겠다. 이 정도 됐나." 적당한 높이에 오른손을 올렸다.

"많이 컸네." 미쓰키는 시선을 멀리 던졌다. 데쓰로가 본 적 없는 다정한 어머니의 눈빛이었다.

미쓰키는 와인 잔을 들고 일어나 베란다 쪽으로 걸어갔다. 커튼을 열고 야경을 바라본다.

"크리스마스가 다가오면 거리가 참 예뻐져." 와인을 한 모금 마시고 말을 이었다. "작년 크리스마스에는 그 애에게 아무것도 해주지 못했어."

"익명으로 선물을 보낼까?"

"그럴 수는 없지." 미쓰키는 쓸쓸하게 웃더니 바로 심각한 표정을 지었다. "나, 한심한 고민 중인가?"

"한심한 고민?"

"남자나 여자에 대해 너무 오래 생각했나 봐. 그런 것을 초월해 사는 사람도 있는데."

스에나가 무쓰미를 말하는 것이리라. 그냥 장단을 맞출 수는 없어 침묵을 지키자 미쓰키가 돌아보며 웃고는 말했다. "오늘 밤은 좀 마시고 싶네. 같이 마셔줄래?"

"오케이." 잔을 들었다.

사둔 와인이 두 병 더 있었다. 여기에 캔 맥주도 여섯 개, 와일드터키 한 병. 그것들을 다 비웠다. 미쓰키는 마시면서 마리네를 만들고 치즈를 잘랐다. 데쓰로는 세 번 소변을 보러 일어났다.

"이렇게 마시는 것도 오랜만이다." 데쓰로는 인형처럼 소파에 몸을 던지고 말했다. 내뱉는 숨에도 알코올 냄새가 났다.

"나도 그래." 미쓰키는 2인용 소파에 누웠다.

"네코메에서는 안 마셨어?"

"바텐더가 취하면 일을 못 하잖아. 이렇게 실컷 마신 건 그날 이후 처음인 것 같아." 미쓰키는 천천히 몸을 일으켜 테이블의 담배로 손을 뻗었다.

"그날이라니?"

"QB의 연립주택에 간 날."

"아. 그때도 정말 많이 마셨지." 데쓰로는 양쪽 눈꺼풀을 주물러댔다.

"이후로는 취하고 싶다는 생각도 하지 않았어." 미쓰키는 한숨과 함께 연기를 내뱉었다.

"나도 한 대 줘."

데쓰로의 말에 미쓰키는 눈을 동그랗게 뜨고 깜빡였다. "괜찮아?"

"그러고 싶어. 담배 안 피운다던 하야타도 피우더라."

"세월이 참 많이 흘렀군." 미쓰키는 담뱃갑과 라이터를 획 던졌다. 데쓰로는 둘 다 받지 못했다.

"둔하네. 늙었어." 얼굴을 찌푸리고 담뱃갑에서 담배를 한 대 빼냈다.

"늙은 게 아니야." 미쓰키가 말했다. 진지한 눈빛이다.

데쓰로는 아무 말 없이 담뱃갑에서 한 대를 빼내 물었다. 불을 붙이고 조심스럽게 빨아들인다. 연기가 폐에 들어가는 감각이 있고 찌릿한 통증이 가슴에 느껴지며 순간 머리 중심이 저릿했다. 사레들 것 같았으나 간신히 참았다.

"〈붉은 10월〉이라는 영화 있었잖아. 소련 핵잠수함에 숨어든 주인공이 여유를 부리려고 담배를 피우는 장면이 나와. 그 주인공 같은 얼굴이야." 미쓰키가 싱글대며 말했다.

"그렇게 잘생겼다는 말이야?"

"응. 맞아. 아주 홀딱 반하겠다." 미쓰키가 눈을 흘겼다.

한동안 둘은 잠자코 담배만 피웠다. 천장 부근 공기가 순식간에 하얗게 흐려졌다.

"QB."

"응?"

"나 말이야……." 미쓰키가 눈을 내리깔았다가 데쓰로를 똑바로 응시했다. "나, 리사코와 키스했어."

알코올로 머리가 멍했지만 그 말은 바로 이해했다. 그는 손가락에 담배를 끼운 채 반응하지 못했다. 말도 나오지 않았고 몸을 움직이는 것도 잊고 있었다.

"흠. 그래?" 드디어 목소리가 나왔는데 그게 다였다.

담배의 재가 길어졌다. 재떨이로 팔을 뻗었다.

"안 놀랐어?"

"아니야. 놀랐어. 너무 놀라 뭐라고 해야 할지 모르겠어."

"그런데 화를 안 내네. 남의 아내에게 손대지 말라고."

화를 내야 하고 화를 내는 것을 미쓰키도 바랄지 모른다. 하지만 데쓰로의 마음에 그런 생각은 떠오르지 않았다. 연기라도 해야 하나 싶었는데 도무지 그럴 수 없었다.

"언제?"

"어젯밤." 미쓰키가 부루퉁하게 대답했다.

데쓰로는 고개를 끄덕였다. 오늘 아침 리사코를 봤을 때는 그런 낌새를 전혀 눈치채지 못했다. 그 정도는 표정에 드러나지 않을 정도로 리사코도 미쓰키도 아이가 아니라는 말인가.

"쓸데없는 질문일지 모르지만, 그거 농담 아니지?"

"내가 리사코에게 말했어. 키스해도 되냐고. 적어도 나는 농담이 아니었어."

"그러면 리사코가 좋다고 했구나."

"응."

"그래?" 데쓰로는 담뱃불을 재떨이에 껐다. 익숙지 않아선지 바로 꺼지지 않았다. 제대로 끄려고 담배를 비벼댈 수밖에 없었다.

"화 안 나?" 미쓰키가 끈질기게 물었다.

"글쎄다. 기분이 묘해. 하나만 물어봐도 돼?"

"왜 그랬냐고?"

"음…… 그렇지."

"글쎄, 나도 잘 모르겠어. 해보고 싶었어. 그게 다야." 미쓰키는 갑자기 일어나 데쓰로를 내려다봤다. "일어나, QB. 일어나서 나를 때려. 누가 자기 여자를 건드리면 남자는 상대를 때리겠지. 그러니까 때려."

취한 탓에 목소리가 높아졌다.

"히우라. 그만 자라. 머리 좀 식히고 다음에 천천히 얘기하자."

"웃기지 좀 마. 왜 못 때리는데? 그 주먹으로 때리라고."

미쓰키는 데쓰로의 손을 잡았다. 그는 그 손을 뿌리치고 양손으로 미쓰키의 팔을 잡아 그대로 다다미방으로 밀어 넣었다. "그만해. 이거 놔!" 미쓰키는 소리쳤다.

"진정해." 데쓰로는 미쓰키를 이불 위로 쓰러뜨렸다.

미쓰키는 험악하게 그를 올려다봤으나 일어나려고는 하지 않고 고개를 돌렸다.

데쓰로는 침실로 가 침대에 누워 눈을 감았다. 미쓰키가 흥분한 이유는 분명했다. 데쓰로가 자신을 남자로 보지 않는다고 확신했기 때문이다. 미쓰키는 남자로서 얻어맞고 싶었다. 물론 둘이 키스했다는 이야기를 듣고 그의 마음이 크게 흔들린 것도 사실이다. 특히 리사코가 받아들였다는 점에 그는 집착했다. 그녀의 마음을 상상하려 했으나 잘 되지 않았다.

또 스르륵 잠든 모양이다. 작은 소리에 눈을 뜨니 문을 열고 미쓰키가 들어왔다.

"일어났어?"

"응."

"아까는 미안했어."

"머리 좀 식혔어?"

"응."

"그거 다행이다. 좀 자."

하지만 미쓰키는 대답하지 않았다. 어둠 속에서 침묵이 이어졌다.

"QB, 잠깐 옆에 누워도 돼?"

"응…… 괜찮아." 데쓰로는 옆으로 몸을 조금 옮겼다.

미쓰키가 데쓰로의 옆으로 들어왔다. 티셔츠만 입고 면바지는 벗은 상태였다.

"여러모로 곤란하게 해서 미안해."

"그런 말은 이제 안 해도 돼. 친구잖아."

"그렇지." 미쓰키가 웃는 게 보였다. 오랜만에 보는 귀여운 미소였다.

미쓰키가 데쓰로 쪽으로 몸을 붙였다. 그의 몸이 딱딱해졌다.

"저기 말이야." 미쓰키가 말했다. "그날처럼, 해볼래?"

데쓰로는 놀라 미쓰키의 얼굴을 봤다. 미쓰키의 눈도 그를 바라보고 있다.

"무슨 말이야?"

"안 취했어. 지금은 다 깼어."

"취한 거야. 그렇지 않으면 그런 말은 안 했겠지."

"취했다고 해도 괜찮지 않아? 그런 거 아무래도 상관없
잖아."

"히우라……."

미쓰키의 얼굴이 다가왔다. 데쓰로는 움직이지 못했다.
어젯밤 리사코에게 키스했다는 입술을, 그는 받아들였
다. 그 이불 냄새가 났다.

미쓰키의 헐벗은 다리가 데쓰로의 몸으로 올라왔다.
그는 발기할 것 같았고 그것은 곧 현실이 되었다. 미쓰키
도 안 것 같았다.

"리사코가 올 거야." 데쓰로가 말했다.

"괜찮아. 아침까지 못 온다고 했어."

미쓰키는 그의 몸에 걸터앉았다. 그때 그는 미쓰키가
속옷을 안 입고 있다는 사실을 알았다. 미쓰키는 티셔츠
를 벗어 던졌다. 옅은 어둠 속에 요염한 곡선이 드러났
다. 근육이 붙어 있으나 여자의 몸이었다.

미쓰키는 몸을 살짝 들어 데쓰로의 트렁크를 내렸다.
발기한 페니스가 고스란히 드러났다.

미쓰키는 일단 허리를 높이 들었다가 서서히 내렸다.
페니스에 뭔가가 닿았다. 더 깊이 허리를 내리려다가 고
통스러운 듯 얼굴을 일그러뜨렸다. 숨을 멈추는 소리가
났다.

"괜찮아?"

"입 다물어."

여자인 친구가, 가끔 하면 아프다고 했던 것을 데쓰로
는 떠올렸다. 미쓰키는 전혀 젖어 있지 않았다. 그것은
데쓰로도 알았다.

미쓰키는 각도를 바꾸거나 침을 묻히면서 어떻게든 그
의 것을 받아들이려 했다. 나중에는 고집을 부리는 것처
럼 보였다. 미쓰키의 거친 숨결이 귓가에 닿았다.

"이제 그만하자."

"싫어."

"왜 이렇게까지 하는데?"

"하고 싶으니까." 미쓰키가 내뱉었다. 다시 그의 페니스
를 잡고 허리를 내리려 한다.

그런데 다음 순간, 데쓰로는 자기 몸의 피가 급격히 차
가워지는 것을 느꼈다. 미쓰키가 쥔 부분에서 힘이 빠진
다. 앗. 그녀가 나지막한 소리를 흘렸다.

미쓰키는 데쓰로의 허리 언저리에 앉아 사그라든 것을
바라봤다. 한참을 그러고 있더니 숨을 길게 내쉬었다.

"QB가 하고 싶지 않으면 어쩔 수 없지."

"이런 일은 역시 좋지 않아."

미쓰키는 조용히 침대에서 내려가 벗어 던진 티셔츠를

주웠다.

"미안해." 그렇게 말하고 방을 나갔다.

데쓰로는 누군가가 흔드는 바람에 잠에서 깼다. 눈앞에 리사코의 험악한 얼굴이 있었다.

"왜?"

"미쓰키는?"

"뭐……?" 무슨 소린지 파악하지 못했다. "녀석이 왜?"

"없어."

그 말의 의미를 이해하는 데 시간이 조금 걸렸으나 마침내 깨달은 데쓰로는 벌떡 일어났다.

다다미방에서 미쓰키의 짐이 사라졌다. 처음 여기 왔을 때 들고 온 가방이다. 현관으로 가니 낡은 스니커즈도 없었다.

데쓰로는 침실로 돌아와 서둘러 옷을 입었다. 리사코가 뭐라고 하는데 들리지 않았다. 그대로 집을 뛰쳐나왔다.

짚이는 곳은 하나밖에 없었다. 그 공원이다. 미쓰키는 두 번 이곳을 떠나려 했다. 그때마다 그 공원에서 설득해 집으로 데려왔다. 하지만 세 번째는 없었다. 데쓰로는 공원 주변도 뛰어다니며 살폈으나 미쓰키는 없었다.

"펌블Fumble이네." 데쓰로는 중얼거렸다. 애써 손에 넣은 볼을 떨어뜨리고 만 것이다. 볼은 주운 선수의 것이 되고 상대편이 주우면 공격권이 바뀐다.

아파트로 돌아오는 도중에 리사코와 만났다. 그녀는 어떻게 됐냐고 물었다. 그는 말없이 고개를 저었다.

"도대체 나 없는 동안에 무슨 일이 있었던 거야?" 그가 계속 침묵을 지키자 그녀는 더 캐물었다. "이제 어쩔 셈이야?"

데쓰로는 주위를 둘러본 다음 대답했다. "물론 찾아내야지."

"어떻게?"

"어떻게든 할게. 내가 어떻게든 해볼게."

나는 쿼터백이니까. 그는 속으로 중얼거렸다.

제5장

1

하얀 타일 벽이 빛나고 있다. 신축에다 내닫이창이 많은 서양식 건축은 젊은 가족이 살 법한 집이었다. 다만 중후한 붓글씨로 '다카시로'라고 새긴 문패가 많은 대출을 끼고 지어진 집이 아님을 드러내고 있다. 게다가 이곳은 일본에서도 손에 꼽히는 풍요로운 인간들이 모여 사는 땅이다.

문패 아래 인터폰이 달려 있다. 여전히 하얀 인터폰 또한 반짝이는 새 생활을 증명하는 듯했다.

데쓰로가 버튼을 누르자 "누구세요?"라는 목소리가 바로 들려왔다. 나카오의 목소리였다. 아내가 받으리라 생각한 터라 조금 의외였다.

"나야."

"응. 지금 나갈게." 나카오는 차분한 목소리로 말했다.
두 시간 전쯤 전화를 걸어 오겠다고 알려두었다.

문 너머 왼쪽에 계단이 있고 그 위에 현관이 있다. 문
이 열리고 스웨터에 면바지를 입은 편안한 차림의 나카
오가 나타났다.

"올라와."

데쓰로는 한 손을 들어 인사한 뒤 대문을 열고 안으로
들어갔다. 계단 옆에 사용한 흔적이 있는 빈 화분이 몇
개 쌓여 있다. 이 계단에 꽃 화분이 놓여 있는 모습은 정
말 아름다우리라. 하지만 왜 치운 걸까.

"쉬는 날인데 미안해." 데쓰로가 말했다.

"아니야. 괜찮아. 게다가 네 문제를 상의하러 온 게 아
니잖아."

"그렇지." 데쓰로는 그와 눈을 마주치기가 힘들었다. 자
세한 이야기는 하지 않았다.

나카오는 고개를 끄덕이고 들어오라며 안으로 맞이했다.

사치스러울 정도로 넓은 현관홀은 텅 빈 인상을 주었
다. 뭔가 부족한 느낌이다. 큰 신발장 위에 꽃병이 놓여
있으나 꽃이 없다. 벽에도 그림 같은 게 걸려 있지 않다.

"부인은?"

"지금은 없어."

"쇼핑?"

"아니, 아니야. 일단 들어와." 나카오는 슬리퍼를 내놓았다.

화면이 큰 TV가 놓인 거실로 안내되었다. 대리석의 중앙 테이블을 둘러싸듯 가죽 소파가 ㄷ자 형태로 배치되어 있다. 벽의 장식장에는 데쓰로가 본 적도 없는 양주가 진열되어 있다.

양주 옆에 조그만 액자가 장식되어 있고 액자 속 사진에는 하얀 집이 찍혀 있다. 문 옆에 셔터 달린 차고까지 있다.

"이건?" 데쓰로가 물었다.

"별장이야. 장인이 낚시를 좋아해서 사고 싶지도 않았는데 사게 되었어."

"어딘데?"

"미우라 해안이야."

"대단하네."

이것도 마음에 걸렸다. 장식장 여기저기가 텅 비어 있는데 얼마 전까지 거기에 뭔가가 놓여 있었던 것 같다.

일단 부엌으로 들어간 나카오가 머그잔 두 개를 올린

쟁반을 들고 돌아왔다.

"적당한 데 앉아. 대접할 게 별로 없지만 커피는 마음껏 마실 수 있어."

"미안해." 데쓰로는 소파에 앉아 머그잔으로 손을 뻗어 한 모금 마셨다. 평소 자신들이 마시는 커피와는 향부터가 다른 것 같다.

"아이가 둘 있다고 했는데 아들이야?"

"둘 다 딸이야. 그래서 미식축구 선수는 못 시켜."

"여자팀도 있긴 하지. 그런데 오늘은 집에 없나 봐. 부인과 외출했어?"

"응. 그렇다고 해야 하나." 나카오는 다리를 꼬고 관자놀이를 긁었다. "실은 친정으로 돌아갔어. 아내와 아이들 모두."

데쓰로는 머그잔을 입가로 가져가던 손을 멈췄다.

"돌아가다니, 그게 무슨 소리야?"

"지금까지 말 안 했는데, 헤어질 것 같아." 나카오가 선선히 말했다.

데쓰로는 잔을 테이블에 놓고 친구의 얼굴을 뚫어지게 바라봤다.

"진짜야?"

"농담 같아?"

"아니, 그런 건 아니지만……, 놀랐어."

"그랬겠지. 갑자기 결정한 일은 아니야. 오랫동안 생각한 끝에 내린 결정이지."

"원인은?"

데쓰로가 말하자 나카오가 설핏 웃었다.

"궁금해? 아무래도 그렇겠지."

"말하고 싶지 않으면 안 물어볼게."

"조만간 말할게. 그리 유쾌한 얘기도 아니지만."

"별거는 언제부터 했어?"

"열흘쯤 전이야. 장인이 지어준 집이라 원래는 내가 나가야 했는데 아내는 자기가 친정에 가는 게 좋은가 봐. 집안일을 안 해도 되고 아이들도 장인 장모를 잘 따르고. 정식으로 이혼하면 어차피 내가 여기서 나가야지." 나카오는 마음을 정해서인지 다른 사람 얘기처럼 말했다.

"아이들은 누가……?"

"아내가 데려갈 거야. 그렇게 정리했어."

"흠." 힘들지 않겠냐고 묻고 싶었으나 아이가 없는 자기가 할 질문이 아닌 것 같았다. 데쓰로는 조용히 커피를 마시고 말했다. "그렇게 힘든 시기에 더 성가신 얘기를 가져왔네. 미안해."

나카오는 몸을 흔들며 웃었다.

"이혼은 내가 하는 거니까 네가 신경 쓸 일은 아니야. 게다가 요즘은 이혼이 대단한 것도 아니고." 그는 꼰 다리를 풀고 몸을 내밀었다. "그보다 용건이 뭔데? 미쓰키는 어때?"

데쓰로는 한숨을 쉬었다. 이혼도 큰일이나 지금은 그보다 더 중요한 일이 있었다. 게다가 그것은 그에게 털어놓지 않을 수 없는 문제였다.

"사라졌어. 내가 펌블했어."

"펌블?"

"정말 한심한 QB라니까." 데쓰로는 고개를 흔들면서 사정을 설명하기 시작했다.

나카오는 이야기를 다 들은 후 잔뜩 미간을 찌푸리고 한참 생각에 빠졌다. 데쓰로는 식은 커피를 마시면서 그가 입을 열기를 기다렸다.

"미쓰키가 갈 만한 곳은 찾아봤어?" 드디어 나카오가 질문을 던졌다.

"그걸 몰라서 곤란해. 일단 오늘 아침에 히로카와 씨 집에 전화했어. 혹시 돌아가지 않았나 해서."

"물론 안 돌아갔겠지."

"응."

"네가 그런 전화를 걸면 남편이 이상하게 생각하지 않

을까?"

"이상하게 보이지 않도록 조심했어."

"그렇다면 다행이지만." 나카오가 팔짱을 꼈다. "잘못 움직이면 위험해. 경찰의 포위망에 걸릴 위험도 있어."

"그건 알아. 하지만 어떻게든 찾아야 하니까."

"미쓰키가 모습을 감춘 것은 무슨 생각이 있어서겠지. 적어도 자수하려는 것은 아닐 거야."

"그렇다면 다행인데."

"잠깐만 기다려." 나카오는 뭔가 생각난 듯 일어나 방을 나갔다.

데쓰로는 빈 머그잔을 손바닥 위에 놓고 이리저리 만졌다. 슬쩍 보니 나카오의 잔에는 여전히 커피가 가득했다.

조금 있다가 나카오가 돌아왔다. 하얀 메모 용지를 들고 있다.

"미쓰키의 친정 연락처야." 그렇게 말하고 메모를 데쓰로 앞에 놓았다.

"히우라가 친정으로 돌아갔다고 생각해?"

"그건 아니야. 만약 자수할 마음이라면 반드시 어떤 형태로든 친정아버지에게 연락할 것 같아서."

"그렇구나." 일리 있는 말이었다. 데쓰로는 메모 용지를 품에 넣었다.

"나도 짚이는 데가 있으면 찾아볼게. 그렇다고 해도 최근 미쓰키가 마음을 터놓은 사람은 너희들 정도가 전부일 것 같아. 거기서 도망쳤으니 찾기 힘들겠어."

데쓰로는 나카오의 얼굴을 응시했다.

"너 정말 차분하구나. 걱정되지 않아?"

"걱정돼. 하지만 너보다는 미쓰키를 안다고 생각해. 경솔한 녀석은 아니야."

데쓰로는 일단 수긍했다. 어젯밤, 미쓰키가 나가기 전에 어떤 행동을 했는지는 말하지 않는 편이 나을 것 같다.

"만약 히우라가 연락하면 반드시 거처를 알아내. 그리고 혼자 고민하지 말라고 설득하고."

"알았어. 연락이 오면 그럴게."

"그럼 부탁할게. 커피 잘 먹었어." 데쓰로는 일어나 오른손을 내밀었다.

나카오가 그 손을 잡았다. "또 언제든 커피 정도는 대접할게."

데쓰로는 그의 손을 마주 잡고 새삼 친구의 얼굴을 바라봤다. "이게 그 유명했던 러닝백의 손이냐? 부러질 것 같잖아."

"요즘은 펜보다 무거운 것을 들어본 적 없어서 그래." 그는 손을 뺐다.

"제대로 먹기는 하냐? 익숙지 않은 독신 생활이 힘들지 않아?"

"나는 괜찮아. 괜한 잔소리는 그만해."

나카오의 입가는 웃고 있었으나 목소리에는 살짝 초조함이 묻어 있다. 확실히 괜한 잔소리라는 생각이 들어 더는 말하지 않기로 했다.

현관을 나와 문까지 계단을 내려가는데 대문 안쪽에 빨간 세발자전거 한 대가 놓여 있는 게 보였다. 자전거를 타는 딸을 따뜻하게 지켜보는 나카오의 모습이 떠올랐다.

장식장의 텅 빈 부분에 가족사진이 있지 않았을까.

세이조가쿠인에서 시부야로 나와 지하철을 갈아타고 도영 신주쿠선 스미요시역으로 향했다. 상당한 거리였던 터라 데쓰로는 전철 안에서 흔들리며 많은 생각을 할 수 있었다.

미쓰키가 집을 나간 분명한 이유는 전혀 모른다. 다만 히로카와 유키오가 한 이야기 가운데 미쓰키가 결심에 이른 뭔가가 있는 것만은 분명하다.

찢어진 호적등본. 그것은 무슨 의미일까. 왜 도쿠라 아키오는 그런 것을 가지고 있었을까.

미쓰키는 그 이유를 알았고 어떤 위험을 감지한 게 분명하다.

어젯밤 일을 떠올렸다. 미쓰키는 집을 나가기로 마음먹고 그의 침대로 들어왔다. 뭔가를 전하고 싶어서, 그리고 종지부를 찍으려는 의미로 그와의 섹스를 제안했다고 생각할 수밖에 없다. 10여 년 전에 데쓰로의 더러운 하숙집에서 다리를 벌렸을 때도 미쓰키에게는 각오가 있었다.

미간을 찌푸리고 고통을 참으면서 어떻게든 남자의 페니스를 받아들이려 하던 미쓰키의 모습을 떠올리자 데쓰로는 가슴이 아팠다. 자신은 왜 그 메시지를 알아내지 못했을까. 미쓰키는 목숨을 걸고 사인을 보낸 것이다.

전철이 스미요시역에 거의 도착했다. 코트 주머니에서 오래된 편지를 꺼냈다.

미쓰키는 흔적도 없이 자취를 감췄다고 생각했으나 사실 그렇지 않았다. 데쓰로의 아파트에 남기고 간 것이 있다. 살인을 고백했을 때 데쓰로에게 보여준 도쿠라 아키오의 수첩과 운전면허증이다. 리사코는 그것을 옷장의 비밀 선반 속에 넣어두었다.

미쓰키는 데쓰로 부부에게 뭔가를 숨겼다. 물론 사건에 관한 것이다. 그렇다면 다시 원점으로 돌아가는 게 중요하다. 첫걸음은 가오리에게 이야기를 듣는 것이겠지. 그녀는 데쓰로와 친구들이 모르는 미쓰키의 정보를 쥐고 있을 가능성이 크다.

데쓰로는 전철 속에서 흔들리며 수첩을 펼쳤다. 가오리의 행동을 자세히 적어둔 기록 가운데 그녀의 집 주소도 포함되어 있었다. 고토구 사루에의 파크사이드 스미요시 308호다.

가오리는 네코메에 가면 만날 수 있다. 하지만 그 가게에서 가오리에게 꼬치꼬치 캐묻는 것은 위험하다. 모치즈키라는 형사의 눈이 어디서 번뜩이고 있을지 모른다. 또 한시라도 빨리 그녀를 만나고 싶은 마음도 있었다.

스미요시역을 나와 미리 준비해둔 지도 복사본을 들고 걷기 시작했다. 지저분한 길이었다. 지하철 공사 탓에 버스 도로가 밀렸다.

두 번째 신호에서 우회전해 다시 200미터쯤 걸으니 작은 공원이 나왔고 그 맞은편에 갈색 벽의 파크사이드 스미요시가 있었다.

주위에는 민가와 아파트만 있고 상점은 보이지 않았다. 심야가 되면 보행자도 얼마 없을 것이다. 스토커가 잠복하고 있을지도 모르는 길을 가오리 혼자 다니기에는 불안했을 것이다.

데쓰로는 아파트 주위를 걸으면서 도쿠라가 어디쯤에 차를 세우고 가오리의 집을 감시했을지 가늠했다. 그의 차가 어떤 종류였는지는 지금도 모른다. 또 미쓰키가 '어딘가'에 버린 그 차가 왜 지금까지 발견되지 않았는지도 의문이다. 혹은 경찰이 발견했는데 발표하지 않았을 뿐인가.

아파트를 빙 한 바퀴 돌면서 이상하다고 생각했다.

미쓰키는 가오리를 아파트까지 데려다줬을 때 집에 들어가기 직전 그녀의 휴대전화가 울렸다고 한다. 저 녀석을 집에 들이지 마라. 도쿠라 아키오는 그렇게 말했다고 한다.

그렇다면 도쿠라가 숨은 곳은 아파트 현관이 보이는 위치여야 한다. 그런데 아파트 앞 골목은 막다른 길이라 차를 세우려면 현관 바로 앞이어야 한다. 그런 곳에 차를 세우면 아파트 앞에서도 운전자의 얼굴을 확인할 수 있다.

미쓰키는 분명, 도쿠라가 아파트에서 조금 떨어진 곳에 차를 세웠다고 했는데…….

물론 '조금 떨어진 곳'이라는 말은 주관적이다. 하지만 아무리 스토커라 해도 이렇게 가까운 곳에서 감시할까. 또 이토록 가까이 있는 상대에게 전화할까. 잘못하면 가오리와 함께 있는 남자, 그러니까 미쓰키에게 그 자리에서 잡힐 우려가 있다. 스토커로서는 일단 상대가 보이지 않는 곳에서 전화하려 하지 않을까.

데쓰로는 석연치 않은 상황을 마음에 품고 아파트에

들어갔다. 낡은 아파트라 그런지 오토록은 없다. 엘리베이터를 타고 3층을 눌렀다.

308호는 복도 가장 안쪽이었다. 문패는 없었다. 문 옆에 붙은 벨을 누르려다가 데쓰로는 손을 멈췄다. 우편함에 신문이 꽂혀 있다. 그 두께를 보고 일요일판, 즉 오늘 조간이라는 사실을 알아차렸다.

벨을 눌러봤다. 반응이 없어 두세 번 더 눌렀으나 아무도 나오지 않았다. 불길한 예감이 들어 문 위를 봤다. 전기 미터기가 완전히 멈춰 있었다.

2

다음 날 밤, 데쓰로는 혼자 긴자를 찾았다. 네코메에 가기 위해서다. 위험하다는 사실은 알고 있었지만 달리 방법이 없었다.

도쿠라의 수첩에 적힌 가오리의 집 전화번호로 어제부터 여러 번 전화했으나 받지 않았다.

긴자로 가기 전에 다시 스미요시에 있는 가오리의 집을 찾았다. 문 우편함에는 어제 신문에 겹쳐 오늘 신문도 꽂혀 있었다. 벨을 눌러도 반응이 없기는 어제와 마찬가지였다.

데쓰로는 어쩌다 집을 비운 것으로 생각하고 싶었다. 토요일에 미쓰키가 사라지자마자 일요일에 가오리가 없어진 것이라면 이건 아귀가 너무 맞아떨어지지 않나. 관련이 있다고 생각하는 게 타당하다. 하지만 그렇다면 미쓰키와 가오리의 관계는 지금까지 자신이 파악한 것과는 다르다는 얘기가 된다. 사건의 양상도 완전히 달라진다. 우리에게 거짓말했나, 미쓰키가 진지한 눈빛으로 이야기하던 게 다 거짓이란 말인가…….

고양이 부조가 새겨진 문을 열고 가게로 들어갔다. 아직 8시가 조금 넘은 시간이라 손님은 한 팀밖에 없었다. 모치즈키 형사의 모습은 보이지 않았다.

낯익은 호스티스가 다가와 그를 테이블로 안내했다. 그녀도 그를 기억하는 듯 애교 섞인 미소와 함께 와주셔서 기쁘다고 말했다.

"그 애는 없나?" 데쓰로는 물수건으로 손을 닦으면서 가게 안을 둘러봤다.

"그 애라뇨?"

"가오리라는 애."

"어머. 유감스럽게도 가오리는 오늘 쉬어요." 히로미라는 호스티스가 고개를 끄덕이며 말했다.

"월요일에 쉬어?"

"아뇨. 그게 아니라" 히로미는 미즈와리를 만들기 시작했다. "낮에 하는 일이 바빠져서 당분간 안 나온대요. 자, 여기요. 일단 건배!"

데쓰로는 여자와 잔을 부딪치고 한 모금 마셨다. 연한 미즈와리였다.

"낮에 일해? 무슨 일인데?"

"저요? 저는 아무것도 안 해요."

"가오리 말이야."

"뭐야! 가오리 얘기만 잔뜩 묻고."

"당연하지. 그녀를 만나러 왔으니까."

"죄송하네요. 원하는 애가 없어서." 히로미는 삐진 표정을 연기했다. 진심으로 질투할 리는 없다. "확실한 건 몰라요. 일반 사무직이라고 들었는데."

"사무직?"

그럴 리 없다. 어제부터 오늘까지 가오리는 집에 오지 않았다.

한없이 선량해 보이는 호스티스의 얼굴을 바라보면서 가오리에게 비밀이 있더라도 그것을 손님에게 말할 리 없다고 생각했다.

"가오리는 본명이야?"

"맞아요. 저도 본명이고. 최근에는 본명을 쓰는 애가 많은 것 같아요."

다른 손님 자리에 있던 마담이 데쓰로에게도 인사하러 왔다. 짙은 녹색의 소박한 기모노가 잘 어울린다. 노즈에 마키코라는 이름을 기억하고 있다.

"가오리를 만나고 싶어서 왔는데요." 그녀에게도 던져 본다.

"그래요? 실은 오늘 쉬는 날인데." 정말 유감이라며 죄송하다는 표정을 지었다.

"그렇군. 연락할 수 없을까?"

"할 수도 있지만, 지금은 좀. 한동안 고향 집에 간다고 해서."

"낮에 하는 일 때문에 쉬는 게 아니었나?"

모순을 지적했으나 마담은 눈썹 하나 꿈틀하지 않았다.

"그래요. 낮에 하는 일이 고향 집에서 소개해준 일이라 하더군요."

"고향이 어딘데?"

"이시카와현⋯⋯이라고 한 것 같은데 무슨 급한 일이라도 있으세요?"

"그건 아닌데 그저 연락해보고 싶어서."

"그러면 나중에 가오리와 얘기할 기회가 있으면 그때

전할게요. 니시와키 씨죠?" 그의 성과 이름을 다 외우고
있었다.

"응. 명함을 줬었지?"

"받았어요. 전화하라고 가오리에게 말할게요."

마담은 천천히 고개를 끄덕이며 말했는데 얼마나 믿을
수 있을지는 모르겠다. 호스티스가 '한동안 쉰다'라는 것
은 가게를 그만뒀다는 뜻이다. 그만둔 호스티스에게 적
극적으로 연락해줄 것 같지는 않다.

한 시간쯤 마시고 자리에서 일어났다. 손님이 늘어나
는 타이밍이기도 했다.

히로미와 마담이 배웅하러 나왔는데 엘리베이터에는 마
담만 탔다. 히로미는 닫히는 문 너머에서 고개를 숙였다.

"오늘 정말 감사했어요." 1층 버튼을 누르며 마담이 말
했다.

"아니, 나야말로 잘 마셨어." 데쓰로가 덧붙였다. "가오
리 건도 잘 부탁해."

어차피 형식적인 답이 돌아오리라 생각했다. 그런데
마담은 엘리베이터 디스플레이를 바라보며 말했다.

"떠난 사람은 쫓지 않는 법이죠. 사람마다 다 사정이
있어요. 깊이 파고들면 니시와키 씨에게도 좋을 일은 없
을 거예요."

"마담……."

엘리베이터가 1층에 도착했다. 마담은 '열림' 버튼을 누르고 "자, 내리시죠"라며 데쓰로에게 권했다.

"무슨 뜻이지?" 건물 출구에서 물었다.

노즈에 마키코는 그의 얼굴을 응시했다. 뭐라 표현할 수 없는 따뜻한 빛이 담겨 있다.

"글 쓰는 직업이라고 하셨죠? 부디 일이 잘되시길 빌어요. 그러다 피곤하시면 네코메를 찾아주세요." 올림머리로 정리한 고개를 정중하게 숙였다. 위엄이 느껴지는 동작이었다.

보이지 않는 문이 닫히는 것만 같았다.

다음 날도, 그다음 날도, 데쓰로는 가오리의 아파트를 찾아갔다. 그러나 그녀가 집에 돌아온 흔적은 없었다. 문 앞에 신문이 산더미처럼 쌓여갔다. 즉, 신문 판매점에도 연락하지 않았다는 소리다.

옆집 사람에게 물어보기로 했다. 서른 정도의 주부로 보이는 여성이 나왔다. 옆집 사에키 가오리 씨에 대해 묻고 싶다고 하자 주부는 바로 고개를 저었다. 전혀 어울리지 않아서 어떤 사람이 사는지도 몰랐단다. 이사한다는 소리도 듣지 못했고 가령 들었다 해도 인사할 정도의 사이도 아니란다. 아무래도 가오리가 물장사에 종사함을 알아차리고 일부러 어울리지 않으려 한 것 같았다.

문 투입구에서 우편물이 흘러나와 있었다. 데쓰로는 사생활 침해임을 알면서도 그것을 가지고 돌아왔다. 하지만 홍보 전단뿐이라 가오리가 갔을 법한 곳을 알아내는 데 참고할 만한 것은 하나도 없었다.

"심란해 죽겠어. 안 좋은 일이 일어날 조짐 같아."

데쓰로의 보고를 들은 리사코의 감상이다. 데쓰로가 품은 것과 같은 감정이다.

"부탁이 있어. 내일 고토구 구청에 가줘." 데쓰로가 리사코에게 말했다.

"가오리 씨를 조사하라고?"

"응."

"그건 좋은데 전출 신고를 했을 리 없어."

"주민등록 서류만 떼어줘. 그러면 이전 주소도 알 수 있어. 어쩌면 그곳에 친한 사람이 있어서 연락이 닿을 수도 있고." 그다지 기대하지 않는다는 생각은 일부러 숨겼다.

"본적지는?"

"물론 기재된 것으로. 아마 본적지는 고향이 아닐 수도 있지만 어쩌면 거기도 확인하게 될 수도 있어."

네코메의 마담은 가오리가 고향에 갔다고 했다. 그 말

을 믿을 수는 없으나 아주 작은 희망이라도 있으면 확인
해두고 싶다.

노즈에 마키코가 헤어질 때 한 말이 아직도 귓가에 쟁
쟁하다. 너무 깊이 파고들지 말라는 말은 그저 그만둔 호
스티스를 포기하지 못하는 손님에게 던지는 조언에 불과
했을까. 아니면 다른 의미를 담고 있을까. 그러나 진의를
확인할 방법은 없다. 깊은 의미가 있다면 그녀는 더욱 입
을 열지 않을 것이다.

"당신은 어쩔 셈이야?" 리사코가 물었다.

"나는 여기 가볼게. 아마 아무것도 알아내지 못할 테지
만." 그렇게 말하며 한 장의 메모지를 리사코에게 내밀었
다. 나카오에게 받은 미쓰키의 본가 주소가 적혀 있었다.

3

미쓰키는 학창 시절에 종종 이런 말을 했다.

"정식 도쿄 사람이 아닌 것 같아. 역시 사람들이 다 아
는 구가 좋아. 바로 옆이 네리마구인데."

동료 가운데 부모 대부터 도쿄에서 산 사람은 소수였
다. 미쓰키는 그런 사람 가운데 하나로 모두가 부러워했

다. 그런데도 23구 안이 아니라는 점이 영 마음에 들지 않은 모양이다.

"원래는 아사쿠사 근처에서 살았대. 하지만 그곳은 임 대라 단독 주택을 가지고 싶었던 아버지가 대출을 최대 한 받아 지금 사는 데에 집을 지었대. 본인은 애착이 있 는 것 같은데 나는 얼른 팔았으면 좋겠어. 이런 기회는 다시 오지 않아. 이 기회를 놓치면 팔 수 없어. 틀림없이."

미쓰키가 기회라고 한 것은 세상이 땅값 폭등으로 들 끓을 때였다. 거품 경제 최고 전성기였던 때다.

미쓰키의 아버지가 팔 시기를 놓친 집은 호야시에 있 다. 작은 문이 달린 조그만 2층 목조 주택이다. 세이부이 케부쿠로선 호야역에서 몇 분 걸으면 나오는 상점가 근 처에 있는데, 바로 앞에 스포츠클럽도 있다. 미쓰키 말로 는 한창때는 1억 가까이 했다고 한다.

아버지에게는 미리 오늘 방문한다고 알렸다. 딸 일로 여쭙고 싶은 게 있다고 했더니 더는 캐묻지 않고 기다리 겠다고 했다. 뭔가 각오한 듯한 울림이 있었다. 온화한 말투의 인물로 히로카와 유키오를 연상케 했다.

약속 시각 정각까지 기다려 벨을 눌렀다. 스피커에서 목소리가 울리는 대신 느닷없이 눈앞의 문이 열렸다. 하 얀 머리를 깔끔하게 빗어 넘긴 몸집이 작고 마른 남자가 데쓰로를 보며 가볍게 인사했다.

"니시와키 씨?"

그렇다고 대답하고 데쓰로도 고개를 숙였다.

"기다렸어요. 안으로 들어와요." 초로의 남성은 문을 크게 열었다. 가는 눈이 미쓰키와 똑같았다.

오래된 집에는 다랑어 냄새 같은 게 배어 있었다. 데쓰로는 들어가자마자 있는 다다미방으로 안내되었다. 다다미방이지만 테이블과 의자를 놓고 입식으로 사용하고 있다. 유리문 밖으로 조그만 정원이 보이는데 주인의 소소한 자랑거리일 수도 있겠다. 정원에는 분재 화분이 여럿 놓여 있었다.

방 난로가 따뜻했다. 미쓰키의 아버지는 오랫동안 자신을 기다리고 있었을지도 모르겠다.

나이는 예순 전후일 듯하다. 전에는 학교 교사였고 지금은 교육 관련 교재를 만드는 회사에 위촉되어 일한다고 했다.

"니시와키 씨 얘기는 딸에게 들어 압니다. 그 사람 덕분에 데이토대학 미식축구부가 리그에서 떨어지지 않았다고 종종 얘기했죠." 아버지가 웃으며 말했다.

"반대였습니다. 저 같은 놈이 쿼터백이라 리그 우승을 놓쳤으니까요."

"아뇨, 아닙니다. 말도 안 됩니다." 아버지는 손을 흔들었다. "미쓰키는 아주 신랄하게 얘기하는 녀석입니다. 경기 날에 실수한 선수에게는 가차 없었죠. 하지만 니시와키 씨를 나쁘게 얘기한 적은 한 번도 없습니다."

"그런가요?" 나쁘게 이야기했다 해도 여기서는 말하지 않으리라 생각하며 차를 한 모금 마셨다. "사실 오늘은 미쓰키 씨의 소식을 여쭙고 싶어 왔습니다."

단도직입적으로 말을 꺼냈는데 아버지의 자세는 흔들림이 없었다. 그는 고개를 끄덕였다.

"마쓰도에 가셨다고 들었습니다."

"들으셨나요?"

"얼마 전, 사위에게 전화가 왔습니다. 당신과 많은 얘기를 했다고."

"괜한 참견임은 잘 압니다. 하지만 친구가 1년 전에 행방불명되었다는 소리를 듣고 가만히 있을 수는 없었습니다."

"괜한 참견이라뇨. 걱정해주셔서 고맙게 생각해요. 미쓰키는 정말 좋은 친구를 가졌습니다." 자기 말을 납득하려는 듯 수없이 고개를 끄덕였다.

"히로카와 씨는 경찰에 실종 신고도 하지 않았고 그리 적극적으로 미쓰키 씨를 찾으려 하는 것 같지도 않았습니다. 아버님은 어떠세요? 다방면으로 알아보셨나요?"

"그게 말입니다." 미쓰키의 아버지는 천천히 찻잔을 끌어당겼다. "일단 알아볼 만한 곳은 연락해봤습니다. 다만 편지도 놓고 갔고 이혼 서류까지 놓아뒀다는 얘기를 들으니……."

"그리 찾아보려 하지 않으셨다는 말씀인가요?"

"성인입니다. 서른을 넘긴 사람이 가정을 버리고 집을 나간 이상 나름의 각오와 생각은 했겠죠. 그렇다면 본인이 어떤 답을 찾을 때까지는 기다려야 한다고 생각합니다. 언젠가 연락하리라 믿습니다."

교사였던 사람다운 주장이라고 생각한다. 머리로는 이해할 수 있고 옳은 말인 것도 같다. 그러나 부모의 진심과는 먼 이야기 같다. 부모라면 소식이 끊긴 자식을 걱정해야 하는 게 아닌가.

데쓰로가 이곳에 온 목적 중 하나는 미쓰키가 간 곳을 알아낼 실마리를 얻는 것이다. 하지만 솔직히 괜한 걸음이리라 각오했다. 실은 꼭 확인하고 싶은 게 있었다.

"아버님. 솔직히 여쭙겠습니다." 데쓰로는 다리를 모으고 허리를 폈다. "미쓰키 씨가 집을 나간 것에 관해 아버님은 짚이는 게 있지 않나요? 아니, 혹시 언젠가 이런 날이 오리라 예상하시지 않았습니까? 그래서 실제로 그런 일이 일어나자 침착할 수 있었던 게 아닌가요?"

아버지의 눈에 낭패감이 스쳤다.

"무슨 뜻입니까?"

"저는 믿을 수 없습니다. 결혼으로 미쓰키 씨가 평범한 여성과 같은 행복을 얻을 수 있다고 부모님이 생각하셨다는 것을. 부모님이 미쓰키 씨의 본질을 전혀 몰랐다는 말을."

미쓰키의 아버지는 들고 있던 찻잔을 테이블에 내려놓았다. 그 손이 가늘게 떨리는 게 보였다.

"미쓰키의 본질, 이라고 했나요?"

데쓰로는 그의 눈을 보면서 고개를 흔들었다.

"그만두시죠. 아무것도 모르고 여쭙는 게 아니니까요. 그렇게 계속 외면한 것이 미쓰키 씨를 괴롭게 했다는 생각은 안 해보셨습니까?"

그의 말에 미쓰키의 아버지는 시선을 피하고 한동안 정원을 바라보다 다시 데쓰로에게 시선을 돌렸다. 설핏 웃고 있다. 고통스러운 웃음이었다.

"미쓰키에게 무슨 말을 들었죠?"

"전에…… 아주 옛날에 고백을 들었습니다."

얼마 전이라는 말은 여기서 할 수 없었다.

"그런가요? 딸은 아무리 친해도 진짜 모습을 보여준 적은 없다고 했는데."

"딸이, 아니지 않나요?"

데쓰로의 말에 아버지의 표정이 험악해졌다.

"그렇게 말하지 마세요. 우리가 어떤 심정으로 살았는지 당신이 아나요?" 말투가 딱딱해졌다.

"미쓰키 씨의 고통이라면 조금은 압니다만." 데쓰로가 되받았다.

어디선가 크리스마스 캐럴이 들려왔다. 스피커를 실은 이동 판매 차량이 지나가는 모양이다. 미쓰키는 지금 어디서 크리스마스를 맞이하고 있을까.

미쓰키의 아버지는 다시 찻잔으로 손을 뻗었다. 하지만 찻잔 안을 슬쩍 보더니 다시 제자리에 놓았다.

"니시와키 씨, 자녀는?"

"아직 없습니다."

"그래요?"

"아이가 없어서 심정을 모른다고 하시려는 건가요?"

"아뇨. 그런 말은 안 합니다." 그는 살짝 누런 이를 드러냈다. "아이가 있든 없든 그 마음은 이해할 겁니다. 다만 아이가 있으면 조금은 더 상상하기 쉽겠죠."

"아이를 생각하는 부모의 사랑이요?"

"아뇨. 부모의 이기심이죠." 그는 딱 잘라 말했다.

"이기심이라고 인정하시는 겁니까?"

"딱 마음에 들지는 않습니다. 하지만 다른 표현을 찾기가 힘드네요." 그리고 다시 마당으로 시선을 던졌다. "저기 블록 담이 있죠?"

"네." 데쓰로도 그를 따라 정원을 보며 고개를 끄덕였다.

"미쓰키는 자주 저 담에 기어올라 놀았습니다. 엄마가 보기 싫다고 늘 혼을 냈죠. 내가 말렸고요. 앞으로는 여자애도 그 정도는 활발해야 한다고요. 정말, 태평한 말이었죠."

"어머니가 엄하셨다고 했어요."

"아마도 초조했겠죠. 미쓰키가 평범한 딸이 아닌 것을 나보다 훨씬 일찍 알았을 겁니다. 당시의 나는 내 딸보다 학교 학생들로 정신이 없었으니까요." 자조 섞인 웃음을 지었다.

"실례지만, 아버님은 언제……?"

"알아차렸냐는 질문이죠? 글쎄요. 딱 언제라고 말할 수는 없습니다. 처음 아내가 상의한 것은 초등학교에 막 들어갔을 무렵인 것 같은데."

"어떤 상의를?"

"미쓰키가 좀 이상하지 않냐. 이런 말이었는지 확실치는 않은데 그런 의미의 말이었습니다. 평범한 여자애가 좋아할 만한 것을 좋아하지 않는다. 여자애처럼 놀지 않는다.

치마를 입지 않겠다고 한다. 뭐, 그런 것이었습니다."

"그래서 뭐라 말씀하셨나요?"

"아까도 말했지만, 그런 여자애가 있어도 괜찮지 않냐는 식으로 그리 심각하게 받아들이지 않았습니다. 학생 중에는 다양한 개성을 지닌 아이들이 있었기 때문에 그 정도로 요란을 떠는 게 이상했죠. 그 후로도 아내는 여러 번 상의했는데 제대로 들은 적이 거의 없습니다. 사실 당시 제게 집은 그저 잠자는 곳이었습니다. 젊고 야심이 있어서 학교에서 학생을 가르치는 일 외에도 온갖 연구 모임과 공부 모임에서 활동했습니다. 딸의 얼굴을 제대로 보는 날 자체가 드물었습니다. 바쁘다고 집안을 돌보지 않는 게 그리 비난받는 시대도 아니었고요."

일본인을 일개미라 부르던 시대다. 그런 말을 듣고도 남자들은 반성하지 않고 오히려 자랑으로 여겼다.

"지금 생각하면 한없이 부끄러운 일이죠. 자신의 가정에서 무슨 일이 일어나는지도 모르는 교육자라니."

그는 한숨을 쉬고 찻잔을 봤다.

"맥주라도 마실까요? 목이 좀 마르네요."

데쓰로는 사양하려다가 그러면 그가 쉽게 이야기하지 못할 것 같아 생각을 바꾸고 조금만 마시겠다고 대답했다.

미쓰키의 아버지가 방을 나간 뒤 데쓰로는 자리에서

일어나 정원을 봤다. 미쓰키가 기어올라 놀았다는 담은 검게 변색해 있었다.

별생각 없이 실내를 둘러보다 벽의 작은 책장에 시선이 멈췄다. 거기 있는 책이 아니라 액자가 마음을 끌었다. 데쓰로는 다가가 액자를 들었다.

미쓰키의 성인식 사진 같았다. 친구로 보이는 여성 셋과 함께 있는데 성인식이라고 한 것은 그 복장 때문이다.

후리소데*를 입은 미쓰키는 머리를 올리고 이쪽을 보며 웃고 있다. 그 표정은 억지로 기모노를 입은 사람의 것이 아니었다. 아주 즐거워 보이고 얼굴에서 빛이 났다. 다른 친구들보다 아름답고 여성스럽기까지 했다. 데쓰로의 뇌리에 미쓰키를 안은 밤의 회상이 떠올랐다. 그때 미쓰키에게 받은 느낌을 이 사진에서 얻었다.

발소리가 났다. 데쓰로는 액자를 원래 있던 자리에 놓고 의자에 앉았다.

미쓰키의 아버지는 잔 두 개에 맥주를 따르고 매실 씨앗을 작은 접시에 담아 왔다. 데쓰로는 잘 먹겠다고 인사하고 한 모금 마셨다. 맥주는 그다지 차갑지 않았다.

"미쓰키가 집에 있을 때는 냉장고에 늘 맥주가 있었어요. 요즘은 잘 안 마셔서." 자신도 깨달았는지 아버지는

✿ 성인식 등의 행사에서 미혼 여성이 입는 기모노 예복.

그렇게 변명했다. "녀석, 잘 마셨죠."

"맞습니다." 데쓰로는 맞장구를 쳤다. 얼마 전 둘이서 술독에 빠졌던 때를 떠올렸다.

아버지는 맥주를 반쯤 마시고 길게 숨을 내쉬었다.

"사태의 중대성을 깨달은 것은 미쓰키가 6학년 때였습니다." 갑자기 그는 화제를 되돌렸다. "사실 당시에는 치마도 입었고 여자애들과도 잘 어울려서 전혀 걱정하지 않았습니다. 그런데 그때를 경계로 미쓰키가 학교에 안 가기 시작했어요."

"그때라니?"

"생리요. 첫 생리가 시작되었죠."

"아⋯⋯."

"그것 자체는 그리 이상한 일은 아닙니다. 우리 남자는 잘 모르지만, 여자들에게는 충격적인 사건이니까요. 그러나 대부분은 어머니나 언니의 설명을 듣고 바로 회복되죠."

"미쓰키 씨는 그러지 않았군요."

"그렇습니다. 누구와도 만나지 않고 제대로 밥도 안 먹었어요. 원인을 몰라서 내가 초조해하자 아내는 이렇게 말했어요. 역시 저 애는 평범한 여자애가 아니야. 우리 앞에서 그런 척한 거야. 여자의 마음을 지니고 있지 않

아. 그래서 생리로 저렇게 힘든 거야."

데쓰로는 미쓰키의 말을 떠올렸다. 미쓰키는 이렇게 말했다.

'철이 들면 말이야, 아이라도 이래저래 눈치를 보잖아. 나 때문에 어머니가 울고 있으면 이대로는 안 되겠다고 생각하기 마련이지.'

그래서 자신은 연기했고 어머니는 딸이 고쳐졌다고 생각했을 거라고 덧붙였다.

사실이 아니었구나. 어머니는 알고 있었구나. 데쓰로는 속으로 중얼거렸다.

"지금이라면 다른 대처를 했을지도 모릅니다. 성정체성장애라는 단어가 널리 알려졌으니까요. 당시에는 그런 게 있는지조차 몰랐습니다. 여자인데 여자의 마음이 없다는 것은 정신적 결함이라고 단정해버렸습니다." 미쓰키의 아버지가 말했다.

"그래서 어떻게 대응하셨나요?"

"대응이랄 게 없었습니다. 일단 학교에는 보내야 할 것 같아서 혼내고 억지로 보냈죠. 그 후로는 그저 감시했을 뿐입니다."

"감시요?"

"생활을 말입니다. 아내에게 여자답게 지내는지 감시

하게 하고 그러지 않을 때는 단단히 타이르게 했습니다. 마음속 어딘가에 아내 탓이라는 생각이 있었습니다. 딸이 저렇게 된 건 아내의 교육이 잘못되었기 때문이라고." 미쓰키의 아버지는 씁쓸하게 웃고 맥주를 단숨에 마신 뒤 빈 잔을 다시 채웠다. "존 머니라는 사람을 압니까?"

"존 머니요? 모릅니다."

"성의 자기의식을 출생 후 환경 등으로 바꿀 수 있다고 주장한 사람입니다. 일테면 남자애라도 여자애로 키우면 자신을 여자로 생각한다는 겁니다. 학회에서 발표도 했답니다. 그때 실례로 거론된 것이 미국 시골에서 태어난 쌍둥이 남자애였습니다. 포경수술 때 형인지 동생인지의 성기가 의사의 실수로 크게 다쳤답니다. 생후 7개월이었나. 부모는 존 머니에게 상담을 받았고 박사는 이 아이를 여자로 키우자고 제안해 실제로 그 아이의 고환을 제거하고 정기적으로 여성 호르몬을 주사했습니다. 부모는 시키는 대로 그 애를 여자애로 키웠죠. 존 머니가 학회에서 발표한 것은 그 사례였습니다."

전직 교사라 해도 이런 이야기를 일반 지식으로 알 리 없다. 딸 문제로 고민하며 나름대로 연구했을 것이다.

"학회에서 발표했다는 건, 그 실험이 성공했다는 말인가요? 아이가 무사히 여성으로 자랐나요?"

데쓰로가 질문을 끝내기도 전에 미쓰키의 아버지는 고개를 젓기 시작했다.

"성공했다고 발표했습니다. 그러나 실제로는 그렇지 않았습니다. 수술받은 아이는 위화감을 느끼며 늘 괴로워했고 결국은 나이가 들어서 다시 수술을 받고 남자로 돌아왔습니다."

"그러니까 성 의식을 강제적으로 바꿀 수는 없단 말이군요."

"나와 아내가 미쓰키에게 한 짓은 그 과학자가 한 것과 똑같은 짓이었습니다. 그 애의 본질을 외면했죠."

"무리도 아니죠. 미쓰키 씨는 육체적으로는 여성이니까요. 존 머니라는 학자가 한 짓과는 다릅니다."

"성 의식을 조종하려 한 것은 마찬가집니다. 나는 요즘도 종종 두려워집니다. 내가 가르쳐온 많은 아이에게 미쓰키에게 한 것과 같은 짓을 하지는 않았을까. 그런 생각이 듭니다. 지금 와서 이런 말을 해봤자 소용도 없지만." 그는 작은 접시 속에 든 매실 씨앗을 하나 집어 입에 넣었다.

데쓰로는 미지근해진 맥주를 마셨다.

"미쓰키 씨는 우리와 있을 때는 완벽한 여성이었습니다."

"그렇죠? 그 애는 계속 연기한 겁니다. 우리 부부는 그걸 어렴풋이 알면서도 아무 말도 안 했고요. 연기든 뭐든 여자처럼 있어주기만 하면 좋겠다는 게 본심이었죠. 그러다가 그게 연기가 아닌 날이 오면 좋겠다고 기대한 것도 사실입니다. 마음속으로는 그런 날은 오지 않으리란 것을 알면서도."

"연기라는 것을 알면서 결혼시키셨나요?"

"비난받아 마땅하겠죠."

"아닙니다. 비난은……." 데쓰로는 고개를 숙였다.

"맞선 제안이 왔을 때 망설였습니다. 평범한 딸처럼 가정을 꾸렸으면 좋겠다. 그러나 정말 그렇게 해서 미쓰키가 행복해질까. 한편으로는 이런 생각도 있었습니다. 평범하지 않으니까 오히려 결혼하는 게 좋지 않을까."

"그래서요?"

"결국은 미쓰키가 결정하게 했습니다. 그 애는 만나보겠다더군요. 맞선 당일, 아내가 잔뜩 겁먹은 표정을 짓고 있던 게 기억납니다."

"미쓰키 씨는요?"

"미쓰키는 말이죠." 아버지는 그렇게 말하고 고개를 살짝 들어 먼 곳을 응시했다. "뭐라고 해야 할까요. 굳이 표현하자면 인형 같은 얼굴이었죠. 표정이라는 게 전혀 없었습니다. 인형이 되려 했을지도 모르겠습니다."

"그 인형을 히로카와 씨는 마음에 들어 했군요."

"그 남자도 특이하니까요." 그는 데쓰로의 잔에 맥주를 따라주었다. "미쓰키는 상대가 마음에 들어 하면 결혼하겠다고 했습니다. 아내도 여러 번 못을 박았고 저도 불안했습니다. 하지만 결국은 시집을 보내기로 했죠. 일단 해치우자고 생각해서."

미쓰키가 어떤 심정으로 결혼했는지 본인에게 들었다. 하지만 아버지의 이야기를 듣고 있자니 또 다른 각도에서 저마다의 고뇌가 선명히 드러났다.

"엄청난 실수를 저지르는 게 아닐까. 결혼식 당일이 되어서야 그런 생각이 들었습니다. 웨딩드레스를 입은 미쓰키는 조금도 행복해 보이지 않았으니까요. 모든 것을 포기한 얼굴이었죠. 그때 내가 무릎을 꿇고 결혼을 취소했어야 했을지 모릅니다. 나중에 아내가 똑같은 말을 하더군요."

"그래서 이번 일도……."

"그렇습니다." 그는 턱을 강하게 당겼다. "당신이 생각한 대롭니다. 언젠가 이런 날이 오리라 각오했었습니다."

"그래서 찾지 않겠다고 하신 거군요."

"그 애가 원하는 대로 살길 바랍니다. 여자인지 남자인지 생각하지 말고. 나는 이미 잘못을 저지른 사람입니다." 그는 눈을 가늘게 뜨며 말했다.

맥주 한 병이 다 비었을 때 데쓰로는 자리에서 일어났다.

"나도 같이 나가죠." 미쓰키의 아버지도 현관을 나왔다. 점퍼를 입고 목에 모직 머플러를 감았다. 회색 바탕에 노란색 무늬가 있다.

데쓰로가 머플러를 칭찬하자 그가 쑥스러워하며 말했다.

"10년쯤 전에 미쓰키가 짜준 겁니다. 조심조심 사용했는데도 많이 낡았어요."

"뜨개질도 했나요?"

"억지로 연습했겠죠. 다만……" 그렇게 말하며 그는 머플러의 냄새를 맡았다. "이 머플러를 줄 때 직접 내 목에 감아줬어요. 그때 미쓰키의 얼굴은 아무리 봐도 여자 얼굴이었죠. 연기라고 생각할 수 없었습니다. 그래서 이런 말을 하면 웃을지 모르겠으나 나는 아직도 그 애를 여자라고 생각합니다."

데쓰로는 잠자코 고개를 끄덕였다. 나도 마찬가지라고 말하고 싶었다.

그 성인식 사진이, 문득 머리에 떠올랐다.

4

집에 돌아오니 마침 리사코가 옷을 갈아입고 있었다. 그녀도 막 돌아온 모양이다.

"가오리 씨는 역시 없었어. 우편함도 가득 찼고."

"눈에 띄는 우편물은 없었어?"

"딱 하나." 리사코는 부엌 카운터에 봉투를 놓았다.

여성스러운 봉투였다. 뒤집어보니 보낸 사람은 '무카이 히로미'였다. 아직 개봉하지 않았는데 내용물은 그리 두껍지 않은 것 같았다.

데쓰로는 잠시 망설였으나 봉투를 열어보기로 했다. 리사코는 아무 말 없이 그의 손길을 바라봤다.

안에서 사진 한 장과 작은 편지지가 나왔다. 적혀 있는 것은 다음 한 줄뿐이었다.

전에 찍은 사진이에요. 또 시간 나면 놀아요!

사진은 네코메 안에서 찍은 것 같다. 가오리와 얼마 전 데쓰로의 자리에 앉은 히로미라는 호스티스가 나란히 찍혀 있다. 그래서 무카이 히로미가 그 히로미임을 깨달았다. 그러고 보니 본명을 쓴다고 했다.

그 말을 전했으나 리사코는 흥미가 없는 듯했다.

"가오리 씨, 미인이네." 그렇게만 말하고 사진을 카운터에 놓았다. "왜 스토커가 붙는지 알겠어."

"그렇지? 다른 우편물은?"

"하나뿐이라고 했잖아. 나머지는 다 광고지였어. 하지만 다른 수확도 있어. 오늘 신문이 배달되지 않았어."

"그래……? 너무 쌓이니까 판매점이 배달을 중단했나?"

"나도 그렇게 생각해 판매점을 알아내 확인했지. 그랬더니 본인이 연락했다잖아."

"언제?"

"어제. 한동안 집에 없으니까 배달하지 말라고 했대."

"본인이었다는 말이지?"

데쓰로가 묻자 리사코는 두 손을 펼치고 목을 움츠렸다.

"그걸 나랑 판매점 직원이 확인할 수 있을 것 같아?"

"그것도 그러네."

가오리 본인이라면 의도적으로 모습을 감췄다는 소리다. 다른 사람이라면 누군가가 데려갔다고 봐야 한다. 어쨌든 가오리가 어디서 사고를 당한 것은 아니라는 얘기다.

도대체 어디 있나. 왜 행방을 감췄나. 미쓰키의 실종과 관계가 있나…….

"아까 스가이가 전화했어."

"스가이가?" 괜스레 불안해졌다. 제일 약한 방어벽 쪽이다. "뭐래?"

"미쓰키에 관해 물었어. 나름 걱정되나 봐."

"뭐라고 대답했어?"

"솔직히 말했는데."

"우리 집에서 나갔다고?"

"응. 그럼 안 돼?"

"아니야……. 그 말을 듣고 뭐라고 했어?"

"겁을 먹은 것 같더라." 리사코는 입술 끝을 살짝 올려 웃었다. "성가신 일에 휘말려 무서운 거지. 그래서 스가이의 이름은 절대 얘기 안 할 테니까 걱정하지 말라고 했어."

그 말을 한 사람이 바로 리사코라면 분명 놀리듯 이야기했을 것이다.

데쓰로는 부엌에 들어가 찬장을 열었다. 사둔 컵라면이 하나밖에 없다. 주전자에 물을 넣고 불에 올렸다.

"이거 떼 왔어." 리사코가 종이 한 장을 내밀었다.

사에키 가오리의 주민등록 서류였다. 약 1년 전에 와세다에서 이사 왔다. 본적지는 시즈오카현이고 생년월일로 따지면 현재 스물일곱 살이다.

데쓰로는 집 전화를 들고 104°에 걸었다. 요즘에는 자

☆ 우리나라의 114처럼 전화번호 문의를 할 때 거는 번호.

기 전화번호를 전화번호부에 등록하지 않는 사람이 많은
데 오래 산 집이라면 조사할 수 있을 것 같았다.

그 생각이 맞았다. 본적지 주소와 사에키라는 성을 얘
기하니 바로 전화번호를 알 수 있었다.

번호를 적은 메모지를 리사코에게 보여줬다. "부탁할
게."

그녀는 양손을 허리에 대고 한숨을 쉬었다.

"설마 여기에 전화하란 말은 아니지?"

"남자보다 여자가 걸어야 경계가 덜하지 않을까?"

리사코는 아랫입술을 깨물고 잠시 생각하더니 데쓰로
가 놓아둔 전화기를 들었다.

"뭐라고 하면 돼?"

"일단 가오리가 있는지 확인해줘. 없다면 연락처를 묻
고. 아마 휴대전화 번호 정도는 알 거야."

"나를 뭐라고 소개해?"

"적당히 둘러대. 옛날 동창이라든지. 목소리만 들으면
나이는 모를 테니까."

리사코가 발끈했다.

"사에키 가오리 씨가 나온 학교도 몰라. 물어보면 어떻
게 대답해?"

"그러네. 그러면 직장 동료로 하자. 갑자기 연락해야 하

는 일이 생겼는데 집에 없어서 이리로 전화했다고."

"용건은 뭐라고 해?"

"돈을 빌려줬다고 해. 돌려받지 못하면 내가 곤란하다고. 진짜처럼 연기해야 해."

"당신은 한번 부탁하기 시작하면 은근히 마음대로 부리더라." 리사코는 그를 노려보고 전화 버튼을 눌렀다. 머리를 마구 긁으며 전화기를 귀에 댄다. 호출음이 울리는 듯하다. "가오리 씨가 있으면 어떻게 해?"

"그러면 나를 바꿔줘." 엄지로 자신을 가리켰다.

리사코의 표정이 바뀌었다. 전화를 받은 모양이다.

"여보세요. 사에키 씨 댁이죠? 스가이라는 사람인데 혹시 사에키 가오리 씨 계신가요?" 평소보다 높은 목소리로 말했다.

느닷없이 스가이라는 이름이 나와 데쓰로는 간신히 웃음을 참았다.

"같은 직장에서 일하는 사람이에요. 가오리 씨가 휴가 중인데 급한 일이 있어서 꼭 연락해야 해서요."

역시 가오리는 고향 집에도 돌아가지 않은 듯하다.

"앗, 그래요? 그러면 휴대전화 번호 모르세요? 여기서 친하게 지내는 사람 연락처나?" 리사코는 끈질기게 매달렸다. 데쓰로는 메모와 펜을 건넸다.

그런데 다음 순간, 리사코의 얼굴이 굳어졌다.

"앗, 여보세요. 잠깐만요!" 소리치듯 말하고 전화기를 쥔 채 움직이지 않았다.

"왜 그래?" 데쓰로가 물었다.

"끊어졌어." 그녀는 한숨을 쉬고 전화를 제자리에 놓았다.

"누가 받았어?"

"아버지 같았어."

"뭐라고 해?"

"가오리 같은 사람 모른대. 꼬치꼬치 캐물어도 곤란하다. 이제 우리와는 관계없는 사람이다. 그러고는 뚝." 수화기를 놓는 시늉을 했다.

"가출했나?"

"그런가 봐." 리사코가 소파에 앉았다. "물 끓어."

"아!"

데쓰로는 부엌으로 돌아가 가스레인지 불을 껐다. 컵라면 비닐을 뜯고 뚜껑을 연 다음 뜨거운 물을 부었다.

"내일, 가오리가 이전에 살았던 곳에 가볼게."

"그것도 좋겠어. 그런데 그쪽은 어떻게 됐어? 미쓰키 친정?"

"결론부터 말하자면 수확은 없었어."

데쓰로는 미쓰키의 아버지와 나눈 대화를 정리해 이야

기했다. 결혼 피로연 이야기를 들으며 리사코는 고통스러운 듯 미간을 찌푸렸다.

"아버님도 안됐네." 그녀가 툭 내뱉었다.

"하지만 아버님은 지금도 미쓰키를 여자로 믿는대."

머플러에 관한 이야기를 해주었다.

리사코는 생각에 잠긴 표정으로 가만히 있다가 고개를 들었다.

"전에 미쓰키와 얘기했는데 이런 말을 했어. 아이가 초등학교에 올라갈 때 남자애라면 검은 책가방, 여자애는 빨간 책가방으로 정해져 있는데 자신은 도대체 어떤 색을 골랐어야 했냐고."

"미쓰키는 빨간색이었겠지."

"책가방을 안 샀대."

"흠."

데쓰로는 컵라면 뚜껑을 열었다. 면이 완전히 불어 있다.

밤늦게 스가이가 다시 전화를 걸어왔다.

"다카쿠라에게 들었는데 히우라 녀석, 멋대로 나갔다며?"

"응."

"그래서 매일 녀석을 찾겠다고 도쿄를 휘젓고 다닌다던데."

리사코가 데쓰로의 행동을 그런 식으로 표현한 듯하다.

"네게 폐가 되지 않도록 조심할게."

데쓰로가 말하자 전화에서 혀 차는 소리가 들렸다.

"부부가 똑같이 얄미운 소리 좀 그만해라. 나라고 히우라가 어찌 되든 괜찮은 게 아니라고."

"알아, 안다고. 네가 정상이고 우리가 이상한 거야."

그 증거로 오직 너만이 정상적으로 가정을 지키고 있잖아. 그렇게 말하고 싶었다.

"아니, 나를 어떻게 생각하든 괜찮아. 그보다 히우라를 찾고 있다면 내가 재미있는 사람을 한 명 아는데 소개해줄게. 신주쿠에서 술집을 경영하는 사람이야. 우리와는 거의 관련이 없는 가게이기는 해. 주로 여자를 상대하거든."

그 말을 듣자 직감이 왔다.

"트랜스젠더 술집이야?"

"응. 굳이 얘기하자면 그렇지."

"거기 경영자가 도움이 될까?"

"그야 모르지. 하지만 히우라처럼 여자에서 남자가 되고 싶어 하는 젊은이들을 상담할 때가 많대. 어쩌면 히우라에 관해서도 알지 몰라. 그래서 소개할까 싶어서."

"그랬구나."

"어때?"

"좋은 생각일 수도 있겠다. 조만간 부탁할게."

"나는 언제든 좋아."

"알았어."

녀석 나름대로 미쓰키를 걱정하고 있었나 보군. 데쓰로는 전화를 끊으며 생각했다. 하지만 그때까지는 그런 특수한 업계 사람을 만나 미쓰키의 소식을 알게 될 줄은 생각하지도 못했다.

5

지하철 에도가와바시역을 나와 신메지로 도로를 따라 걸었다. 와세다 쓰루마키 교차로에서 좌회전한다. 지도를 보고 와서 대강의 위치는 머리에 들어 있다. 그래도 도중에 몇 번인가 메모한 주소와 도로 표지판을 비교했다.

가오리의 주민등록에 적힌 이사 전 주소에 따르면 그녀는 여기 어딘가의 아파트에 살았다. 다만 아파트 이름이 없고 방 호수만 적혀 있다.

그래도 돌아다니다가 해당 건물을 발견했다. 1층에 편의점이 있는 가늘고 긴 빌딩이다. 베란다가 좁고 창만 아주 많다. 아무리 봐도 독신자용 아파트다.

301호가 이전에 가오리가 살았던 집이다.

오토록이나 관리인은 없다. 데쓰로는 안으로 들어가 일단 우편함을 봤다. 301호에는 이름표가 없었다.

계단으로 3층까지 올라갔다. 좁은 플로어를 둘러싸듯 301에서 304까지 네 개의 문이 있다.

데쓰로는 302호의 벨을 눌렀다. 굵은 목소리가 대답하더니 문이 열렸다. 머리털이 곤두선 젊은이가 얼굴을 내밀었다. 낮에 있는 것을 보니 학생인가. 키가 크고 말랐으며 창백한 얼굴에 수염이 아무렇게나 자라 있어 아주 허약해 보인다.

"왜 그러시죠?" 젊은이가 의아한 표정으로 물었다.

"흥신소 사람인데 잠깐 여쭙고 싶은 게 있어서요."

"흥신소?" 젊은이는 미간을 찌푸리고 경계했다. 문틈이 몇 센티로 좁아졌다.

"옆집 301호 일인데요."

"옆집은 오래 비어 있지 않았나?" 젊은이는 곤두선 머리에 손가락을 넣어 머리를 긁었다. 방 안에서 음악 소리가 들려온다. 그러고 보니 이 젊은이, 록밴드라면 어울리겠다.

"빈집이 된 지 1년쯤이죠?"

"그 정도 되려나."

"당신은 여기서 몇 년이나 살았나요?"

"아, 3년 정도."

"실은 1년 전에 옆집에 살았던 사람을 조사 중입니다. 친하게 지내셨나요?"

"아뇨. 전혀." 젊은이는 고개를 저었다. "말을 나눠본 적도 없어요. 얼굴도 잠깐 본 정도라 기억 안 나요."

"당신이 먼저 살고 있었나요?"

"그래요. 나보다 1년쯤 늦게 왔나."

"그때 인사도 안 했어요?"

"아무것도 없었어요."

요즘은 가족이 다 같이 이사해도 인사하지 않는 사람이 많다. 독신끼리는 드문 일도 아닐 것이다.

"처음에는 어떤 사람이 왔는지 관심이 갔을 것 같은데요."

"흥미 없어요. 옆집 놈 같은 거." 젊은이가 비웃었다.

"그러면 어디서 일하는지, 어떤 사람과 어울리는지는 전혀 모르시겠네요."

"응. 몰라요. 아마 물장사였을 것 같긴 하지만."

"무슨 말씀이시죠?"

"낮에는 방에 있는 소리가 났고 저녁에 나갔다가 새벽에 돌아오는 것 같았으니까요. 여기 벽이 얇아서 잘 들려요." 그렇게 말하고 젊은이는 벽을 주먹으로 두드렸다.

여기에 있을 때부터 가오리는 네코메에서 일한 듯하다.

"이제 됐나요? 저도 한가한 사람이 아니어서."

"아. 감사합니다. 이제 됐습니다."

데쓰로가 말하자 젊은이는 문을 닫으려 했다. 하지만 그 손이 중간에 멈췄다.

"아, 맞다. 아버지가 온 적 있다."

"아버지? 옆집에?"

"아버지 같았는데. 뚱뚱하고 촌스러운 아저씨였어. 상대가 집에서 나간 다음에 도어스코프로 봤어요."

"옆집에 관심이 없다더니?"

"그렇게 큰 소리로 싸우면 무슨 일인가 싶잖아요." 젊은이는 하얀 이를 보였다.

"싸웠나요?"

"그런 것 같았어요. 무슨 얘기를 했는지까지는 모르지만, 둘 다 꽤 흥분한 것 같았어요."

"그런 일이 종종 있었나요?"

"아뇨. 딱 한 번이었어요. 옆집 놈, 나쁜 짓이라도 했어요?"

"아뇨. 그런 건 아닙니다."

더는 얻을 수 있는 정보가 없을 것 같아 고개를 숙였다.

다음은 303호와 304호의 벨을 눌렀으나 다 사람이 없었다. 낮에 집에 있는 게 오히려 이상한 일이겠지.

데쓰로는 아파트를 나와 역을 향해 걷기 시작했다. 오

늘은 편집자와 미팅이 잡혀 있다. 새해가 되면 바로 럭비와 축구 경기를 취재해야 한다. 미식축구도 일본 최고를 결정하는 라이스볼이 있는데 그쪽은 의뢰가 오지 않는다. 주목도 문제일 것이라고 해석한다.

조금 전 젊은이의 이야기를 반추하다 보니 어쩐지 석연치 않았다. 어딘가 이상하다. 뭔가 어긋나 있다.

그 말을 떠올린 것은 지하철 계단을 내려설 때였다. 그는 몸을 돌려 지금까지 온 길을 걷기 시작했다.

아파트로 돌아와 계단을 뛰어 올라갔다. 302호 벨을 다시 눌렀다.

"무슨 일이죠?" 젊은이는 그야말로 부루퉁한 표정이었다.

"중요한 것을 확인해야 했는데 잊어서요." 숨을 고르면서 말했다. "옆에 사는 사람 이름인데……."

"사에키잖아요." 그가 딱 잘라 말했다.

"사에키……." 실망감이 퍼졌다. 중대한 점을 찾아냈다고 생각했는데 착각인가.

"여러 번 우편이 잘못 들어와서 기억해요. 사에키요. 이름은 가오루, 였나."

"아뇨. 가오리죠. 사에키 가오리."

그러자 젊은이는 크게 손을 저었다.

"아니에요. 사에키 가오루예요. 가오리가 아니에요. 남

363

자였으니까."

6

이틀 뒤 오후, 데쓰로는 도메이고속도로 위에 있었다. 운전은 오랜만이다. 법정 속도를 조금 웃도는 속도로 잘 달리고 있는데 앞쪽에 대형 트레일러가 보였다. 깜빡이를 켜고 추월 차선으로 들어가 트레일러를 추월한 다음 다시 주행 차선으로 돌아왔다. 옛날부터 운전할 때는 그다지 속도를 내지 않는 타입이다. 라디오에서는 머라이어 캐리가 부르는 크리스마스 캐럴이 흐르고 있다.

핸들을 쥐고 앞을 보며 입가만 움직여 웃었다. 조수석의 리사코에게 보여줄 마음은 없었는데 알아차렸다.

"왜 웃어?"

"아니. 대단한 건 아니야. 크리스마스이브에 이렇게 드라이브할 줄은 몰랐지."

"특히 나랑 말이지?"

"그렇게 말하지 좀 마. 너도 이럴 줄 몰랐잖아."

"그렇지." 그녀는 옆에서 말했다.

둘은 시즈오카로 향하고 있다. 연말이라 길이 막힐까

봐 걱정했는데 생각보다 차가 없다. 이 정도라면 오늘 안으로 돌아올 수 있을 것 같다. 둘 다 시즈오카에 머물 생각은 없었다.

"요시다 IC였지?"

"웅. 나가자마자 T자 교차로가 나오는데 거기서 우회전이야." 리사코는 도로 지도를 보면서 말했다. 데쓰로보다 운전할 기회가 많은 그녀는 정확하게 길을 안내했다.

시즈오카에는 사에키 가오리의 고향 집이 있다. 그곳에 가면 그녀의 정체를 알게 되리라 기대하고 있다.

와세다 아파트에서 살았을 때 사에키 가오리는 가오루로 살았다. 게다가 옆집에 사는 젊은이 말로는 아무리 봐도 남자였다고 했다.

"몸집이 작고 말랐지만, 여자로는 보이지 않았어요. 하지만 얼굴을 똑바로 본 적은 없어서. 머리나 분위기, 그리고 가끔 들려오는 목소리로 남자라고 생각했을 뿐이에요."

옷도 남자였다고 그는 덧붙였다.

젊은이가 옆집 사람을 남자로 착각했다는 말은 믿을 만하다. 처음 데쓰로가 방문했을 때 그는 두 번이나 '옆집 놈'이라는 표현을 썼다. 여성에게는 거의 쓰지 않는 단어다. 그래서 데쓰로도 다시 그 아파트로 돌아갈 마음이 생긴 것이다.

그날 데쓰로는 집에 돌아와 리사코에게 사정을 설명했다. 그녀도 뜻밖이라는 표정을 지었다. 그리고 두 가지 가능성을 꼽았다.

"하나는 사에키 가오리 씨와 사에키 가오루는 전혀 다른 사람인 경우야. 그런데 어떤 사정으로 같은 인물처럼 행동하고 있다는 거지."

데쓰로는 바로 있을 수 없는 일이라고 기각했다. 하지만 그도 제일 먼저 떠올린 생각이었다.

"사에키 가오리의 주민등록 서류에는 와세다 쓰루마키에서 전입했다고 적혀 있었어. 그곳에 가오리가 산 것은 사실이야."

"가오리 씨는 주민등록만 했을 수 있어. 실제로 산 사람은 가오루라는 이름의 남자였을 가능성도 있어."

"왜 그런 짓을 해?"

"그야 모르지."

다른 하나는 가오리와 가오루가 같은 인물일 가능성이다.

"어떤 사정으로 그곳에 사는 동안에만 가오리 씨가 남장했다고 생각할 수도 있지. 가오리라는 이름을 쓰면 여자임이 드러나니까 가오루라고 했고."

그것도 데쓰로가 세운 가설 중 하나였다.

"같은 말을 해서 짜증 날 수도 있겠지만, 물을게. 그런 짓을 할 목적이 뭘까?"

대답할 말이 생각나지 않았는지 리사코는 잠자코 고개만 저었다. 결국 모든 추리가 막혀 사에키 가오리의 고향 집에 가볼 수밖에 없다는 결론을 내리게 되었다.

아침 일찍 출발했는데도 요시다 IC를 나오니 오후가 되어 있었다. 패밀리레스토랑이 보여 데쓰로는 점심이나 먹자고 제안했으나 리사코는 가오리의 집을 찾는 게 먼저라고 했다.

집을 찾는 데는 그리 시간이 걸리지 않았다. 지도로 미리 장소를 확인해두었고 도쿄처럼 복잡한 길도 없었기 때문이다. 해안가를 따라 난 길을 직진하니 작은 상점가가 나왔고 그 안에 사에키 가오리의 집이 있었다. '사에키 칼 가게'라고 적힌 커다란 간판도 길 안내에 도움이 되었다.

간판은 컸지만 가게 입구는 약 3.6미터 정도로 작았다. 데쓰로 일행은 알루미늄 새시 유리문을 열고 안으로 들어갔다. 정면에 놓인 진열장에 둔중한 빛을 내뿜는 식칼이 진열되어 있다. 다른 칼이나 목공 도구도 있는 듯한데 조리용 식칼을 주로 다루는 것 같았다. 안쪽 선반에 장식된 회칼에는 함부로 범접하지 못하게 하는 박력이 있었다. 가게 구석에 조그만 작업대가 있었다.

가게에는 아무도 없었는데 유리문을 열 때 울린 벨 소리를 들었는지 바로 안에서 요리복을 입은 쉰 살 정도의 몸집이 작은 여성이 나왔다.

그녀는 데쓰로 일행을 보고는 당혹스러운 표정을 지었다. 어서 오시라는 말조차 내지 않았다. 이런 가게에는 아마 단골만 드나들 것이다. 그렇지 않더라도 데쓰로 일행은 도무지 손님처럼 보이지 않을 것이다.

"네……. 무슨 일이시죠?"

"사에키 가오리 씨의 어머님이신가요?"

데쓰로가 묻자 상대의 표정이 확 변했다. 굳은 얼굴로 눈을 계속 깜빡였다.

"당신들은?"

"도쿄에서 왔습니다. 스가이라고 합니다." 여기 오기 전에 그의 이름을 빌리기로 했다.

"스가이 씨……?" 그녀는 불안하게 둘의 얼굴을 번갈아 봤다. 전에 리사코가 스가이라며 전화했으나 기억할지는 모를 일이다.

"사실은 얼마 전부터 따님을 찾고 있는데 도통 찾을 수가 없어 곤란합니다. 어디 있는지 아십니까?"

"딸과는 어떤 관계죠?"

"친구입니다. 같은 직장에서 일했습니다."

어머니의 눈빛에 설핏 경계의 빛이 떠올랐다. 가오리가 물장사한다는 것을 알고 있을지도 모르겠다는 생각이 들었다.

"저, 꼭 가오리를 만나야 하는 일이 있어요. 어디에 있는지 알려주세요." 리사코가 옆에서 말했다.

"하지만 저희는 정말 몰라요."

"연락은 없었나요?" 데쓰로가 물었다.

"연락이라니, 지난 몇 년 동안 한 번도 없었어요."

"정말이요?"

"정말입니다. 거짓말은 안 해요." 가오리의 어머니는 고개를 저었다.

안에서 인기척이 났다. 누군가가 샌들을 신고 나왔다. 포렴을 걷고 나타난 것은 소매가 짧은 하얀 가운 같은 옷을 입은 남성이었다. 나이는 60대 중반 정도일까, 몸집이 크고 가슴이 탄탄했으며 짧게 깎은 머리는 거의 백발이었다.

"무슨 일인데?" 그는 조용히 말하고 작업대로 향했다. 손에 식칼을 들고 있었다.

"가오리 씨의 아버님이세요?" 데쓰로가 말했다. 그는 대답 없이 작업대 위에서 작업 준비를 시작했다. 그 옆얼굴에 대고 말을 이었다. "와세다 쓰루마키 아파트에 오셨죠? 한번 뵌 적 있습니다."

아버지는 일단 손을 멈췄으나 바로 작업을 재개했다.

"가오리라니, 난 몰라."

"따님을 모르신다니, 이상하잖아요?"

그러자 아버지는 다시 손길을 멈췄다. 그는 고개를 돌리지도 않고 입을 열었다. "딸이라니, 이 집에 그런 사람은 없어. 옛날부터 없었어."

"무슨 말씀이시죠?"

"시끄러워. 다른 사람 일에 참견하지 마. 시끄럽게 떠들지 말고 돌아가. 어서 돌아가."

데쓰로는 어머니를 봤다. 그녀는 걱정스럽게 상황을 지켜보고 있었는데 그와 눈이 마주치자 고개를 숙였다.

"가오리 씨가 어떤 사건에 연루되었을 가능성이 있습니다." 데쓰로가 아버지 쪽을 보며 말했다. "빨리 어디 있는지 찾아내지 않으면 위험한 일이 일어날지도 모릅니다."

"그거참 성가시네. 가오리라는 사람은 없다고 했지? 없는 사람이 어떤 일에 휘말렸는지 알 도리가 있나. 방해하지 말고 빨리 돌아가." 손에 든 식칼을 휘둘렀다. 형광등 불빛에 칼날이 번뜩였다.

"그러면 가오루 씨는 있나요?"

"뭐라고?" 아버지는 눈을 부릅떴다. 점점 얼굴이 붉어졌다.

"사에키 가오루 씨라면 잘 안다는 말씀이시죠? 와세다 쓰루마키 아파트에서 당신이 만났으니까. 아니, 싸웠다고 해야 하나요?"

"무슨 소리야!" 아버지는 식칼을 놓고 작업대에서 떨어졌다. 데쓰로 쪽으로 다가온다.

데쓰로는 한 방 정도는 얻어맞으리라 각오했다. 그렇게 해서라도 마음을 열 수 있다면 다행이다.

하지만 아버지는 때리지 않았다. 돌아가라며 데쓰로와 리사코를 밀었다. 의외로 힘이 강해 방심한 데쓰로 일행은 가게 밖으로 쫓겨났다.

아버지는 자신도 밖으로 나오더니 "잠가"라고 말하고 유리문을 탁 닫았다.

"아버님. 일단 저희 말 좀……."

"오지 마. 저리 가." 그는 파리를 쫓듯 손을 흔들더니 성큼성큼 걷기 시작했다. 그 뒤를 쫓을지 고민했으나 끝내 쫓아가지 않았다. 지금 상태면 어떤 질문을 해도 대답이 돌아올 것 같지 않았다.

"작전을 다시 세우자. 아직 시간도 좀 있고."

"그러자."

차까지 돌아와 데쓰로는 키를 꺼냈다. 자동차에 키를 꽂으려는데 리사코가 말했다. "잠깐만! 이렇게 됐으니 저 가게에서 점심이나 먹을래?"

그녀는 턱으로 옆에 있는 라면 가게를 가리켰다. 간판이 먼지로 덮여 있다.

"아까 온 길에 다른 가게가 많았어. 게다가 굳이 여기서 라면 같은 거 안 먹어도 되잖아."

"그게 아니야. 잠깐 뒤를 보라고."

돌아보니 칼 가게 앞에 가오리의 어머니가 오도카니 서서 데쓰로 일행을 보고 있었다.

라면 가게에는 손님이 하나도 없었다. 데쓰로 일행은 주방에서 가장 먼 테이블에 앉아 입구 유리문을 바라봤다. 점원에게 미소라면 두 개를 주문했다.

그로부터 얼마 후 유리문 너머에 가오리의 어머니가 나타났다. 주저하듯 문을 조심스레 열더니 주방 쪽을 보며 인사한 후 데쓰로 일행 쪽으로 왔다.

리사코는 기다렸다고 말하며 자리에서 일어나 데쓰로의 옆자리로 옮겼다. 가오리의 어머니는 그들 맞은편에 자리를 잡았다. 점원이 바로 왔는데 그녀는 "나는 됐어"라고 말했다.

"가게는 괜찮은 건가요?" 데쓰로가 물었다.

"네. 문은 잠그고 나왔어요."

"아니, 그런 뜻이 아니라 아버님에게 혼나시는 거 아닌가요? 우리와 만난 것을 아시면."

"아." 그녀는 드디어 표정을 풀었다. "뭐라고 하겠죠. 하지만 대단한 일도 아니에요. 틀림없이 그 사람도 지금 엄청나게 걱정하고 있을 거예요."

"가오리 씨가 도쿄에서 행방불명된 것을 아셨어요?"

"네."

"누구에게 들으셨나요?"

"누구라고 해야 할까요." 그녀는 고개를 숙이고 잠시 침묵을 지킨 뒤 주방을 신경 쓰며 조그맣게 말했다. "경찰이 왔었어요."

데쓰로와 리사코는 서로의 얼굴을 바라봤다.

"경시청……, 도쿄 경찰인가요?" 데쓰로는 모치즈키 형사의 얼굴을 떠올리며 물었다.

"아뇨. 우리 집에 온 사람은 여기 경찰이었어요. 가오리가 있는 곳을 알려달라고 하더군요. 그때 도쿄 집에 없다는 얘기를 들었고요."

"왜 가오리 씨를 찾는다고 하던가요?"

"그게, 무슨 사건으로 도쿄에서 문의가 있었다고만 해서……. 자기들도 자세한 건 모른다고 하더군요."

데쓰로는 그 경관의 말이 거짓말이 아닐 수도 있다고 생각했다. 경시청의 요청으로 필수 사항을 질문하러 칼 가게에 들렀을 가능성이 크다.

어쨌든 수사 당국도 가오리를 쫓고 있는 것만은 확실한 듯하다.

미소라면 두 개가 나왔다. 데쓰로는 나무젓가락을 들고 조금 먹어봤다. 기대하지 않았는데 맛있었다.

"가오리 씨를 찾는 것은 우리 말고는 경찰뿐인가요?"

"찾아온 사람은 그뿐이에요. 하지만 며칠 전에 전화가……."

"아, 그거라면 제가 건 거 아닌가요?" 리사코가 미소를 지었다.

"아뇨. 남자였어요. 아, 분명 신문사 사람이라 했는데."

데쓰로는 면을 집었다가 다시 내려놓고 리사코를 봤다. 그녀도 그를 보고 있다. 하야타야. 그 눈이 그렇게 말하고 있다.

"그 사람은 왜 가오리 씨를 찾았죠?" 데쓰로가 물었다.

"무슨 취재라고 했어요. 참 이상하다 싶어서 얼른 전화를 끊긴 했지만."

하야타 역시 가오리가 사라진 것을 알아차렸다. 그는 데쓰로에게 선언한 대로 다른 경로를 통해 사건을 파헤

치고 있다.

"아버님은 왜 저렇게 가오리 씨에게 화를 내고 계십니까?" 리사코가 질문했다. 라면은 그만 먹기로 한 것 같다. 반쯤 남겼다.

"그게 좀, 말씀드리기 힘든데." 가오리의 어머니는 힘이 빠진 듯 고개를 툭 떨어뜨렸다. 어떻게 설명할지 곤란한 듯하다.

괜히 말을 꺼내지 않는 게 좋을 것 같아 입을 다물고 있자 이윽고 그녀가 리사코를 바라봤다.

"저기, 가오리와 같은 직장에서 일했다고 했죠?"

"네." 리사코는 대답했다.

"거기가 어떤 곳인가요? 그게, 일테면."

"술집입니다. 바요. 이 사람들은 호스티스였습니다." 데쓰로가 끼어들었다.

"호스티스……." 가오리의 어머니는 무척 놀란 모습이었다.

"아니, 그렇다고 이상한 가게는 아닙니다. 손님과 대화만 나누는 정도죠."

그녀는 데쓰로의 말을 듣고 있지 않은 것처럼 보였다. 다시 리사코를 봤다.

"호스티스라고 하면 다 여자겠죠?"

"그런데요."

그러자 가오리의 어머니는 입가에 손을 대고 어쩔 줄 몰라 하며 허공을 바라봤다. 너무나도 상태가 이상했다.

"아무래도 이상해요." 그녀가 중얼거렸다. "경찰이나 전화를 건 사람 다 왠지 가오리에 관해 말하는 것 같지 않았어요. 전혀 다른 사람 이야기를 하는 것 같았죠. 그런데 당신들은 조금 전 그 아이의 이름을 말했어요. 가오루라고. 그래서 당신들에게 물으면 뭔가 알 것 같았어요."

"가오루가 진짜 이름인가요?" 데쓰로가 물었다.

"아뇨. 본명은 가오리입니다. 하지만 스스로 가오루라고……."

데쓰로는 옆에 둔 코트 주머니를 뒤졌다. 안에서 사진을 꺼냈다. 얼마 전, 히로미가 보낸 사진이다.

"이 사람이 가오리 씨죠?"

하지만 사진을 본 가오리의 어머니는 눈을 동그랗게 뜨고 고개를 저었다.

"아니에요. 이 사람은 가오리가 아니에요. 전혀 모르는 사람이에요."

"하지만……."

"아마도 가오리는……." 어머니가 숨을 삼키고 나서 말을 이었다. "그 아이는 이제 여자가 아닐 거예요."

라면 가게를 나와 가오리의 어머니를 차에 태웠다. 국
도변에 패밀리레스토랑이 있었던 게 떠올라 거기까지 가
기로 했다. 차 안에서 그녀는 말이 없었다. 데쓰로는 신
호를 기다리며 룸미러로 표정을 살폈는데 따라온 것을
후회하는 것처럼 보이지는 않았다.

레스토랑 가장 안쪽 테이블에 앉아 셋이 나란히 커피
를 주문했다.

데쓰로는 일단 자신들이 찾는 사에키 가오리에 관해
말했다. 긴자 바에서 일한다는 것과 도쿠라라는 남자에
게 스토킹을 당한 것 등이다. 그 남자가 살해되어 경찰도
가오리를 조사할 거라는 추론도 덧붙였다.

"그 사람은 가오리가 아니에요. 우리 애일 리가 없어요."

"그런 것 같군요. 왜 이런 일이 벌어졌을까요."

"저로서는 뭐가 뭔지……." 그녀는 고개를 저었다.

"어머님. 가오리 씨가 이제는 여자이지 않을 거라고 하
셨는데 무슨 말씀이시죠?" 옆에서 리사코가 말했다.

"그건……" 그녀는 말을 꺼냈다가 입을 다물었다. 오른
손에 물수건을 쥐고 있다.

"외모는 여성이나 마음은 남성이었다. 그러니까 성정

체성장애라는 의미인가요?"

데쓰로가 묻자 가오리 어머니의 뺨이 흠칫 떨렸다. 데쓰로는 그 모습을 보고 부탁한다며 고개를 숙였다.

가오리의 어머니는 주저하면서도 딸의 특수성에 대해 조금씩 말하기 시작했다. 아마도 친한 사람에게는 말한 적이 있으리라. 복잡하고 미묘한 문제가 가득한 이야기였으나 잘 정리되어 있었다.

그녀의 말을 정리하자면, 가오리는 중학교까지는 그리 특이하지 않았다. 적어도 그녀의 눈에는 그렇게 보였다. 치마와 빨간 책가방을 싫어한 기억도 없단다. 그러나 그것은 주위 환경이 영향을 주었을지도 모른다고 덧붙였다. 마침 주위에 또래 남자애가 없어서 어릴 때부터 늘 여자애들과만 놀았다. 원래 기가 센 성격이 아니었던 터라 주위 사람과 똑같은 모습이라 해서 저항감을 느끼지 않았을 것이라고. 인형 놀이를 좋아했다고 한다.

"하지만 저희 눈에 그렇게 보였을 뿐이지 본인이 어떻게 생각했는지는 몰라요." 가오리의 어머니는 두 손으로 커피잔을 감싸 쥐고 말했다.

사건은 가오리가 고등학생이었을 때 일어났다. 그 무렵, 그녀에게는 친한 친구가 있었다. 어디를 가든 함께 다니고 똑같은 옷을 입고 똑같은 소품을 가지고 다닐 정

도였다. 그 친구는 가오리의 집에도 여러 번 놀러 왔단
다. 남자아이와 그런 관계라면 부모도 걱정할 테지만, 상
대가 여자면 걱정할 이유가 없다. 흐뭇한 마음으로 둘을
지켜봤다고 가오리의 어머니는 말했다.

"이웃집 딸들은 남자 친구를 여럿 만드는데 녀석은 여
전히 애네. 남편은 그렇게 말하며 웃기도 했어요."

둘의 사이가 점점 유명해지더니 그에 따라 이상한 소
문이 흐르기 시작했다. 동성애가 아니냐는 것이었다. 둘
이 키스하는 것을 봤다는 구체적인 내용도 포함되어 있
었다.

그 정도가 되니 가오리의 어머니도 걱정이 되어 본인
에게 자연스럽게 물어봤다. 가오리는 바로 부정했다고
한다.

'그런 일이 있겠어?'

가오리의 어머니는 그 말을 듣고 안심했으나 완전히
마음을 놓은 것은 아니었다. 딸의 표정에 망설임 같은 게
떠올랐기 때문이다. 불길한 예감이 들었다고 그녀는 말
했다.

그 예감은 적중했다. 그로부터 두 주 후 근처의 작은
교회 마당에서 가오리와 그 친구가 쓰러진 채 발견되었
다. 둘은 대량의 수면제를 먹어 위험한 상태였다. 병원에

옮기는 게 조금만 늦었다면 살아날 수 없었다.

둘이 회복한 다음 양쪽 부모가 저마다 사정을 물었다. 그리고 딸들의 고백을 듣고 두 부모 모두 경악했다. '서로 사랑하고 있다.' 그런 말을 들은 것이다.

"하지만 둘의 얘기가 살짝 달랐어요." 가오리의 어머니가 말했다.

"어떻게요?" 데쓰로가 물었다.

"뭐랄까, 사랑하는 방식이⋯⋯." 그녀는 적절한 표현을 고르지 못해 곤란해했다.

그러자 리사코가 말했다.

"친구는 여자끼리의 사랑이었는데 가오리 씨는 달랐군요."

"맞아요. 그거예요." 가오리의 어머니가 살았다는 표정으로 고개를 끄덕였다. "그랬어요. 그래서 우리는 또 놀랐죠. 정말 눈앞이 캄캄했어요."

서로 사랑한다는 말을 들었을 때 가오리의 아버지도 딸이 동성애자인 줄 알았다. 하지만 가오리가 울면서 털어놓은 고백은 더 의외였다. 자신은 남자이고 싶다. 남자의 몸으로 남자로 살고 싶다. 그리고 여자와 결혼하고 싶다⋯⋯.

처음에 부모는 그녀의 고백 내용을 정확히 이해하지

못했다. 여성이 여성을 사랑할 수 없다면 남성이 되고 싶다는 의미로 해석했다. 하지만 계속된 딸의 주장을 듣다 보니 그런 뜻이 아님을 깨달았다.

"이 애의 마음은 혹시 남자가 아닐까. 그렇게 생각하게 되었어요. 그렇게 생각하지 않으면 앞뒤가 맞질 않았거든요."

일테면 가오리는 패션 같은 데 전혀 관심이 없었다. 또 그 나이가 되면 아버지에게 알몸을 보이는 것을 싫어하기 마련인데 가오리는 전혀 개의치 않았다. 게다가 아버지의 작업대를 이용해 배나 자동차, 총 모형 같은 것을 만드는 취미를 즐겼다. 여자아이치고는 특이하다고 부모 모두 느꼈다.

"그래서 어떻게 하셨나요?" 데쓰로가 물었다.

"솔직히 곤란했어요. 심란했고 마을 사람들도 이상한 눈으로 보고. 이러다가 남장이라도 하면 어쩌나 싶었죠."

어떤 모습으로 걸어 다니건 아무도 신경 쓰지 않는 도쿄와는 다르다는 사실을 데쓰로는 새삼 인식했다.

"얼마 후 애가 도쿄에 가고 싶다고 해서."

"도쿄요?"

"전부터 디자인을 공부하고 싶다고 했어요. 자동차 디자이너가 되고 싶다고요."

과연! 남자의 마음을 지닌 사람의 꿈답다고 데쓰로는
생각했다.

"찬성하셨군요."

"찬성이라기보다 여기 있어봤자 좋을 게 없다고 생각
했죠. 가오리는 고등학교를 졸업하고 바로 도쿄로 갔습
니다. 전문학교에 들어갔다고 했어요."

"도쿄에서는 어떻게 생활했나요? 그러니까 여자로 생
활했는지, 아니면 남자로 생활했는지 말입니다."

"잘 몰라요. 거의 보러 가지 않았으니까. 집에 와도 그
런 얘기는 전혀 안 했고요."

"집에 올 때의 복장은 어땠습니까?"

"그게 뭐랄까. 여자라고 하면 여자로 보이고, 남자라고
하면 남자로 보일 애매한 차림이었어요. 아버지가 집에
올 때는 이상하게 하고 오지 말라고 해서 나름 연구했을
거예요."

"화장은?" 리사코가 물었다.

"화장은 안 했어요. 하지만 눈썹은 정리했고요."

요즘은 젊은 남자들도 눈썹 정도는 다 정리한다는 사
실을 그녀는 모르는 듯하다.

"얼굴이나 몸은 어땠나요? 변화는 없었나요?" 데쓰로
가 질문을 계속했다.

"이따금 돌아올 때는 그리 변화가 없었어요. 아버지하고 단단히 약속했으니까."

"약속? 무슨 약속을 한 거죠?"

"도쿄에서 어떻게 살든 자유지만, 다른 사람에게 폐를 끼치는 것과 병에 걸린 것도 아닌데 몸에 칼을 대는 것만은 용서할 수 없다고."

"칼이라."

칼로 생업을 꾸려온 장인다운 말이라고 데쓰로는 생각했다.

"그러면 가오리 씨는 지금도 수술받지 않은 건가요?"

리사코가 확인하자 가오리의 어머니는 고통스러운 듯 미간을 찌푸렸다.

"그게 말이죠." 커피를 한 모금 마시고 다시 입을 열었다.

가오리는 상경 후에도 1년에 한두 번은 고향을 찾았다. 그런데 3년이 지난 뒤로 웬만한 용건이 없는 한 집에 오지 않게 되었다. 가끔 오더라도 그날 중으로 도망치듯 도쿄로 돌아갔다. 수상하게 생각한 어머니가 전화로 캐물으니 뜻밖의 대답이 돌아왔다. 디자인 학교를 그만두고 술집에서 일하고 있다는 것이었다.

"아무리 노력해 좋은 성적을 내도 자기 같은 인간은 평범한 회사에서 받아주지 않는다. 그래서 그만뒀다고 하더군요."

그럴지도 모른다고 데쓰로는 생각했다. 성정체성장애
라는 단어가 아무리 일상적인 것이 되었어도 편견이 사
라진 건 아니다. 아니, 애당초 '장애'라는 단어를 쓰는 것
자체가 근본적으로 이상하다.

"남편에게 말했더니 그냥 놔두라더군요. 그런 일에 좌
절할 정도면 무슨 일을 해도 소용없다고. 하지만 실은 많
이 걱정했을 거예요."

그 후로 가오리는 집에 오지 않게 되었다고 한다. 완고
한 아버지는 먼저 딸 얘기를 꺼내지 않았고 어머니에게
도 딸에게 돌아오라는 소리를 하지 말라고 못을 박았다.
그러므로 부모가 딸의 상황을 알 수 있는 유일한 실마리
는 연하장이었다. 어머니는 연하장을 통해 그녀가 와세
다 쓰루마키로 이사했다는 것을 알았다.

그런데 1년 반쯤 전 가오리가 어머니에게 전화를 걸어
왔다. 대단한 용건은 아니었다. 오랜만에 목소리를 듣고
싶어졌다고 했다. 그러나 목소리를 듣고 마음이 무너져
내린 것은 어머니였다. 그리워서가 아니었다. 딸의 목소
리는 완전히 남자의 목소리가 되어 있었다. 처음에는 누
군지도 몰랐다.

어머니는 따져 물었으나 가오리는 제대로 대답하지 않

고 전화를 끊어버렸다. 다시 걸려 했으나 가오리의 연하장에도 전화번호는 적혀 있지 않았다.

고민 끝에 남편에게 상담했는데 그는 여전했다.

'그런 녀석, 내버려둬.'

하지만 그가 정말 무관심했던 것이 아님은 이후 행동을 보면 알 수 있다. 그는 어느 날, 혼자 도쿄까지 나왔다. 아내 몰래 한 행동이었다.

와세다 쓰루마키 아파트에서 그가 만난 것은 완전히 남자로 변한 딸이었다. 낮은 목소리에 수염까지 살짝 나 있었다.

"왜 이런 짓을 했냐. 돌이킬 수 없는 짓을 마음대로 하다니 그 벌을 어떻게 받을 거냐고 남편은 한참 혼낸 모양이에요. 딸은 원래 자기 모습을 찾았을 뿐, 나쁜 짓을 한 건 아니라고 했다더군요. 결국은 싸우기만 하다가 돌아왔죠."

가오리의 옆집에 살던 젊은이가 들었다는 대화가 그때 일인 듯하다.

"이 얘기는 아버님에게 직접 들으셨어요?" 데쓰로가 물었다.

"그 사람에게는 나중에 들었는데, 그 전에 가오리가 전화했어요."

"전화? 무슨?"

"오늘 아버지가 왔다는 전화였어요. 수술한 게 들통나 크게 싸웠다고 하더군요. 그래서 사과하고 싶다고. 그러면 직접 사과하면 되지 않냐고 했더니 그랬다가는 또 싸울 것 같아서 그만두겠다고. 그리고 끝에……" 그녀는 거기까지 말하고 고개를 숙였다. 입술을 굳게 다물고 있다.

"어머니, 왜 그러세요?" 데쓰로가 재촉했다.

"이제 언제 만날지 모르니 둘이 건강하게 잘 지내라고. 그렇게 말하고 전화를 끊었어요. 그 애의……" 다시 고개를 숙이더니 이야기를 계속했다. "목소리를 들은 건 그게 마지막이었어요."

데쓰로는 리사코와 마주 봤다.

"이후로 전화도 없고 만나지도 못하셨어요?"

그녀가 고개를 까딱 끄덕였다.

"편지도?"

그러자 그녀는 고개를 들었다. 망설이는 게 보였다.

"편지는 왔나요?" 데쓰로가 재차 물었다.

"경찰에게는 안 왔다고 했어요. 가오리에 대해 꼬치꼬치 캐묻는 게 싫어서."

"하지만 실제로는 왔군요."

"딱 한 번. 올해 여름에 왔어요."

"좀 보여주시겠어요?"

그녀는 시큼한 것을 머금은 듯한 표정을 짓고 고개를 기울였다. 온갖 망설임이 가슴속을 휘젓고 있을 것이다. 거절해도 어쩔 수 없는 부탁이다. 무엇보다 그녀는 데쓰로 일행에 관해 전혀 모른다.

"하지만 당신들이 찾는 가오리는 우리 애가 아니잖아요." 그녀가 말했다.

"그 점은 저희도 놀랐습니다. 왜 이런 일이 일어났는지까지 포함해 더 알아볼 생각입니다."

"그럼 하나만 부탁할게요."

"무슨 부탁이죠?"

"가오리를……, 아니, 당신이 찾는 사람이 아니라 우리 가오리에 관해 뭔가 알게 되면 알려주세요."

"알겠습니다. 사는 곳을 찾아내 만나실 수 있도록 해보겠습니다."

그녀는 아니라며 미소를 짓고 손을 흔들었다.

"그 애가 만나기 싫어할 거예요. 지금 뭘 하는지, 건강한지만 알면 돼요."

어머니만이 할 수 있는 말이구나. 데쓰로는 꼭 그렇게 하겠다고 약속했다.

레스토랑을 나와 사에키 칼 가게로 돌아왔다. 데쓰로

는 가게에서 20미터쯤 떨어진 곳에 차를 세웠다. 가오리의 어머니만 차에서 내려 가게로 들어갔다.

"의외의 전개네." 리사코가 말했다.

"그러게."

"미쓰키와 같은 고민을 지닌 사람이 나타났어. 어떻게 생각해?"

"우연인 것 같지 않아. 그리고 또 다른 수수께끼가 있어. 진짜 가오리가 이제는 여자의 모습이 아니라면 우리가 만난 네코메의 호스티스는 누굴까?"

"고토구 아파트에 살던 사람은 누굴까. 진짜 사에키 가오리일까, 아니면……."

"틀림없이 가짜야. 도쿠라 아키오의 수첩을 읽었잖아. 녀석이 따라다닌 상대는 여자 사에키 가오리야."

"그러면 진짜 사에키 가오리 씨는 와세다 쓰루마키 아파트를 나간 후 행방불명이란 말이네."

리사코가 이야기를 끝냈을 무렵 사에키 칼 가게에서 어머니가 나왔다. 그녀는 종종걸음으로 데쓰로 일행에게 돌아왔다. 주위를 살피며 재빨리 뒷자리에 탔다.

"아버님은 돌아오셨나요?" 데쓰로가 물었다.

"네. 안에서 TV를 보고 있어요."

"편지를 가지고 나온 것을 아시나요?"

"괜찮아요. 몰래 잘 가지고 나왔어요."

그녀는 편지 봉투 하나를 건넸다. 데쓰로는 우선 뒤집어봤는데 사에키 가오리라고 적혀 있을 뿐 주소도 적혀 있지 않았다.

봉투 안에는 편지지 한 장이 들어 있었고 이렇게 적혀 있었다.

건강해요?

나는 새로운 일을 찾아 열심히 일하고 있어요.

걱정시켜서 미안해요.

애써 키워주셨는데 배신한 것 같아 정말 죄송해요. 하지만 아무래도 나답게 살고 싶어서 이기적이라는 것을 알면서도 고집대로 했어요. 지금은 아주 행복해요. 매일 충실하고 친구도 많아요.

딱 하나 부탁할 게 있어요.

무슨 일이 있더라도 나를 찾지 말아요. 경찰에게도 나에 대해 말하지 말아주세요. 대신 언젠가는 꼭 아버지와 어머니를 만나러 갈게요. 그때까지 건강하게 지내세요.

불효자가

데쓰로 일행은 가오리의 어머니와 헤어지고 자살 미수 사건이 있었다는 교회에 가보기로 했다. 마침 돌아가는 길에 있었고 자동차로 가면 몇 분밖에 안 걸린다고 들었기 때문이다.

교회는 주택가에서 조금 떨어진 언덕 위에 있었다. 밖에서 볼 때는 아주 평범한 서양식 건물로 보였는데 지붕 위에 조그만 십자가가 세워져 있다.

건물은 하얀 담으로 둘러싸여 있다. 키가 큰 상수리나무가 담 너머 하늘로 가지를 뻗고 있다. 그 탓인지 아직 해가 낮아지지도 않았는데 담 너머는 어두컴컴했다.

데쓰로와 리사코는 앞길에 차를 세우고 교회로 들어갔다. 마당에 깔린 잔디는 옅은 초록색으로 변색해 있었으나 손질이 잘 되어 있었다.

"이 잔디 위에서 죽으려 한 건가?" 리사코가 중얼거렸다.

"그럴지도 모르지."

계절이 좋았다면 눕기에 딱 좋은 초록 양탄자였을 것이다. 가오리와 친구가 이곳을 선택한 이유를 알 것 같았다.

현관문이 열리고 안경을 쓴 쉰 살 정도의 여성이 나왔다. 앞치마를 두르고 머리를 뒤로 묶고 있다.

"무슨 일이시죠?" 그녀가 물었다. 건물 안에서 데쓰로 일행을 본 모양이다.

"죄송합니다. 마음대로 들어와서." 데쓰로가 사과했다.

"그건 괜찮은데, 우리 마당에 무슨 일이신지?"

그는 리사코를 바라봤다. 무슨 용건으로 들어왔는지 솔직히 말해도 될지 망설여졌기 때문이다. 리사코의 얼굴에는 네게 맡기겠다고 적혀 있었다.

"전에 여기서 여고생이 동반 자살을 시도한 적이 있다고 들었는데요." 데쓰로가 과감하게 말했다.

여성의 표정이 변했다. 안경 너머에서 경계심이 담긴 눈빛이 뻗어 나왔다.

"누구시죠?"

"사에키 가오리 씨의 지인입니다. 도쿄에서 함께 일했어요."

여성의 표정이 조금 풀어졌다.

"가오리, 잘 지내요?"

"그게, 연락이 되질 않아서요. 방금 그녀의 부모님을 찾아뵙고 오는 길입니다. 어머님과 이야기를 나누었습니다."

"그랬군요." 여성은 당황하면서도 고개를 끄덕였다. 단순한 호기심만으로 이 교회를 찾은 게 아님은 이해한 듯하다.

"실례지만, 여기 사세요?" 데쓰로가 질문했다.

"네. 관리인 같은 셈이죠." 그렇게 말하고 여성은 흐뭇한 표정을 지었다.

"늘 여기에 계시나요?"

"네. 대개는."

"그러면 가오리 씨와 친구분이 동반 자살을 시도했을 때도……."

여성은 데쓰로와 리사코의 얼굴을 번갈아 바라보며 말했다.

"제가 두 사람을 발견했어요."

데쓰로는 리사코와 마주 봤다.

"부디 자세한 이야기를 들려주셨으면 하는데요." 데쓰로가 말했다.

하지만 그녀는 고개를 저었다. "거절할게요."

미소를 짓고 있었으나 말투는 단호했다. 데쓰로는 단숨에 기세에 눌렸다.

"절대 흥미로 말씀드리는 게 아닙니다. 사에키 가오리 씨에 관해 자세히 알고 그녀의 생각을 이해하고 싶습니다."

"저도 당신들이 나쁜 사람이 아닌 것은 알겠습니다. 하지만 그 일을 아무렇게나 얘기할 수는 없어요. 그것은 나와 그 아이들의 약속이니까요."

"약속?"

"그때 일은 누구에게도 말하지 않겠다. 그러니 너희들
은 똑같은 잘못을 저지르지 말라고 약속했어요."

"하지만……."

"여보." 리사코가 옆에서 말했다. "이제 그만 포기하자."

데쓰로는 리사코를 돌아봤다. 그녀는 그를 바라보며
살짝 턱을 당겼다.

"그래." 데쓰로는 고개를 끄덕이고 관리인 여성에게 몸
을 다시 돌렸다. "무리한 부탁을 해 죄송합니다."

"아니에요. 일부러 도쿄에서 오셨어요?" 그녀는 웃으며
말했다.

"그렇습니다. 어떻게든 가오리 씨를 찾고 싶어서요."

"연락이 안 된다니 걱정이네요." 그녀는 잔디를 보며
생각에 잠겼다.

"가오리 씨는 사건 뒤로도 이곳에 왔었나요?" 리사코가
질문했다.

"자주 와서 저를 도와줬어요. 그 애는 목공을 잘했어요.
정말 큰 도움이 되었죠." 그녀는 그렇게 말하고 추억에
잠긴 듯한 표정을 지었다. 하지만 그 추억을 이야기하기
전에 데쓰로 일행을 보고 몇 초간 침묵했다. 망설이는 것

같았다.

"왜 그러시죠?" 데쓰로가 물었다.

그녀는 잠깐 기다리라고 하고 건물로 들어갔다. 그리고 몇 분 후에 돌아왔다. 한 장의 사진을 들고 있었다.

"이것도 가오리가 만든 거예요. 공사 현장에 버려진 철사를 사용했죠."

리사코가 그녀가 건넨 사진을 받았다. 데쓰로는 옆에서 들여다봤다. 은색의 거대한 크리스마스트리가 찍혀 있다. 폐품을 이용했다고는 생각하지 못할 정도로 훌륭했다. 하지만 트리보다도 그 옆에 선 인물에 데쓰로는 주목했다. 청바지에 스웨터를 입은 여성이 환하게 웃고 있다. 화장기가 없고 머리는 짧다. 몸은 말랐는데 턱 주위는 통통하다.

이 사람이 사에키 가오리냐고 물어보려다가 직전에 멈췄다. 지인이라고 설명해놓고 얼굴도 모르는 것은 이상하다.

"몇 살 때죠?"

"사건 바로 다음이니까 열여덟이죠. 본인도 작품이 아주 마음에 들었는지 거의 사진을 찍지 않는 사람인데 그때는 좋아하며 포즈를 취했어요."

역시 이 사람이 사에키 가오리인 듯하다. 네코메의 사

에키 가오리와는 전혀 닮지 않았다.

"이 사진, 제가 잠시 맡아도 될까요?"

데쓰로가 말하자 그녀의 얼굴에서 웃음기가 사라졌다. 심각한 눈빛으로 입을 다물었다.

"드릴 수는 없지만 잠시 빌려드릴게요. 만약 가오리를 만나면 전해주세요. 그 애는 이 사진을 갖고 있지 않을 테니까." 그녀가 말했다.

"고맙습니다. 약속하겠습니다."

데쓰로가 말한 직후 관리인 여성의 시선이 문 쪽으로 향했다. 그녀는 데쓰로 일행에게는 보여주지 않은 환한 미소를 지었다.

돌아보니 두 여자아이가 들어오고 있었다. 초등학교 저학년으로 보인다.

"빨리 왔네. 다른 친구들은?" 그녀가 물었다.

"나중에 올 거예요." 소녀 중 한 명이 대답했다.

"그래? 추우니까 안에서 기다릴래?"

소녀들이 건물로 들어가는 것을 바라보고 관리인 여성이 데쓰로 일행에게 말했다.

"작은 파티가 있어요."

"아!" 오늘이 이브임을 떠올리고 데쓰로는 수긍했다. "이 은색 트리도 놓이나요?"

그녀는 유감스럽다는 표정을 지으며 고개를 저었다.

"놓지 못하게 되었어요. 끝이 뾰족해 아이들 눈을 찌르면 큰일이라……."

그럴 수도 있겠다며 데쓰로는 다시 사진 속 트리를 바라봤다.

교회를 나와 바로 도메이고속도로를 탔다. 둘 다 한참 동안 말이 없었다. 어느새 해가 저물어 헤드라이트를 켜야 했다.

"어떻게 된 걸까?" 데쓰로는 전방을 주시하며 말했다. 상행선은 조금 혼잡했다.

"가오리 씨가 다른 사람이 된 거? 아니면 미쓰키와 마찬가지로 남자의 마음을 지닌 거?"

"그걸 다 포함해서."

"그래……. 어쩐지 우리가 모르는 세계가 이번 일의 이면에 있는 것 같아." 리사코는 좌석을 뒤로 젖혔다.

동감이다. 데쓰로는 한숨을 쉬었다. 그 세계의 입구는 도대체 어디 있을까.

방금 본 교회 마당이 떠올랐다. 잔디는 정말 푸르렀다. 그곳에 두 여고생이 쓰러져 있다. 둘은 손을 꼭 잡고 있고 가오리의 손에는 수면제가 든 병이 쥐여 있다. 진부한 이미지이기는 하지만.

둘은 왜 죽으려 했을까. 다른 길이 없다고 생각했을까. 그들을 그토록 절망시킨 것은 무엇이었을까.

한 사람은 여성의 마음으로 여성을 사랑하는 데 죄책감을 느꼈고, 다른 한 사람은 남성으로 여성을 사랑하면서도 육체가 여성인 것에 괴로워했다. 자살이라는 결론은 같았으나 그곳에 도달한 길은 전혀 다르다. 다만 그들을 궁지에 몰아넣은 것이 이른바 윤리라 불리는 것임은 분명하다. 하지만 그 윤리가 반드시 인간의 옳은 길을 드러낸다는 보장은 없다. 대부분은 그다지 대단한 근거도 없는 사회 통념에 불과하다.

"이면의 이면은 표면……인가?" 자기도 모르게 그렇게 중얼거렸다.

"그게 뭐야?"

"아니야. 생각하다 보니 이상해서. 가령 사에키 가오리가 동성애자였다면 마음은 남자이니 남자를 사랑했을 거야. 하지만 외모가 여성인 사람이 남자를 좋아하는 거니까 사회에서는 별문제 없이 받아들여졌겠지. 동반 자살에 이르게 된 두 사람의 고민은 저마다 다르고 심각했어. 하지만 한 사람이 두 가지 고민을 다 가지고 있었다면 고민할 필요도 없었어. 그러니까 이면의 이면은 표면이라고."

"여자는 남자의 이면이라고 말하고 싶은 거야?"

"어느 쪽이든 상관없어. 남자가 여자의 이면이어도."

"그런 말이 아니야. 남자와 여자는 동전의 양면 같은 관계라는 거지?"

"아니야?"

"나는 아닌 것 같아. 그것과는 다르다는 것을 배웠다고 할까?"

"배워? 누구에게?"

"미쓰키에게."

"흠. 히우라가 뭐라고 했는데?" 데쓰로는 액셀에 올린 오른발에 힘을 줬다. 속도계가 오르는 것을 보고 서둘러 속도를 늦췄다.

"남자와 여자의 관계는 남극과 북극 같다고 했어."

"그거참 스케일 크네. 하지만 마찬가지 아니야? 남극은 북극의 반대쪽이라는 표현도 있잖아. 그 반대의 표현도 쓰고."

"좀 다른 것 같아."

"뭐가 달라?"

하지만 리사코는 대답하지 않고 좌석을 뒤로 젖힌 채 몸을 창 쪽으로 틀었다. 데쓰로는 답을 재촉하지 않았다. 대신 다른 이야기를 했다.

"히우라와는 그런 이야기를 자주 해?"

"그렇지도 않아."

"침대 안에서?" 데쓰로의 입이 움직이고 말았다.

리사코가 그를 돌아보는 기척이 났다. 좌석을 원래 자리로 되돌리고 새삼스럽게 바라봤다.

"무슨 말을 하고 싶은데?"

딱히 없다고 말하려 했다. 그러나 그걸로 이 자리가 끝날 것 같지 않았다. 게다가 직접 확인해보고 싶은 마음도 있었다. 여고생 둘의 동반 자살 사건을 만났기 때문일지도 모른다.

"키스, 했다며." 데쓰로가 말했다. 동시에 핸들을 잡은 손에 땀이 배어 나왔다.

앞만 보고 있어서 리사코의 표정은 알 수 없었다. 하지만 그녀가 낭패한 감정을 드러내고 있는 것 같진 않았다. 데쓰로는 따가운 시선을 느꼈다.

"미쓰키에게 들었어?"

"응."

"그래. 그래서?" 그녀는 드디어 데쓰로의 옆얼굴에서 시선을 돌렸다.

"왜 그랬나 싶어서."

"안 할 이유가 없었으니까. 미쓰키라면 해도 좋을 것

같았어."

"그게 무슨 의미야? 미쓰키를 좋아하는 건 알지만, 그게 사랑하는 것과는 다르잖아?" 데쓰로는 조심스레 대화를 잇고 있는 기분이었다.

"왜 그렇게 생각해?"

"왜라니……, 이상하니까. 아니, 보라고. 리사코는……." 그는 속도를 늦췄다. 운전에 집중하기가 힘들었다. "당신은 레즈비언이 아니잖아."

"그런 식으로 의식하진 않았어."

"그럼 눈을 떴다는 말이야?"

"그게 무슨 소리야?" 리사코의 말투에는 경멸이 담겨 있었다. "당신, 미쓰키와 무슨 말을 한 거야? 걔 마음은 복잡해."

"알아. 히우라의 마음은 남자야. 그래서 여자인 당신을 좋아해도 이상할 게 없지. 하지만 당신 마음은 여자잖아? 그렇다면 여자인 히우라를 좋아한다는 것은……."

"미쓰키는 남자였어. 내 앞에서는 말이야." 리사코는 딱 잘라 말했다.

데쓰로는 할 말이 없어 운전을 계속했다. 머릿속으로 언젠가 이와 똑같은 말을 들은 적이 있다고 생각했다. 그것이 나카오의 말이었음을 떠올리는 데 오랜 시간이 걸리지 않았다.

'그때 나와 함께 있던 미쓰키는 틀림없이 여자였어.'

그리고 미쓰키 아버지의 말도 떠올랐다.

'이런 말을 하면 웃을지 모르겠으나 나는 아직도 그 애를 여자라고 생각합니다.'

또 다른 사람, 입 밖에 내지는 않았으나 같은 생각을 지닌 사람이 있음을 데쓰로는 깨달았다. 그것은 다름 아닌 그 자신이다.

"미쓰키가 나를 좋아한다고 알려준 사람은 바로 당신이었어."

"그랬지."

"그 말을 들었을 때 정말 당황했어. 앞으로 어떻게 대해야 할지 몰랐다고. 하지만 같이 생활하다 보니 미쓰키의 외모는 상관없다는 것을 깨달았어. 미쓰키의 애정을 절절하게 느꼈어. 그 사랑을 받으며 사는 게 정말 행복했어. 당신은 마음이 여자고 레즈비언이 아니면 남자의 육체를 가진 사람만 사랑하리라 생각하나 본데, 마음은 역시 마음에 반응해. 여자인 내 마음은 미쓰키의 남자 마음에 호응했지. 중요한 것은 마음을 여는 거야. 형태는 상관없어."

리사코는 그렇게 말하고는 느닷없이 키득키득 웃었다.

너무나도 연기 같았다.

"이상한 상황이네. 나, 무슨 불륜 고백을 하는 것 같아. 그런데도 당신은 무표정이네. 라디오 교통 정보를 듣는 것 같은 얼굴이야."

"아니, 나도 아무렇지 않은 건 아니야."

"그래?"

"어떻게 대응해야 할지 모르겠어."

도쿄에 가까워졌다. 앞쪽에 에비나 휴게소 표지판이 나타났다. 그곳에 들르자고 리사코가 말했다.

주차장에는 차가 넘쳐났다. 크리스마스이브에 도대체 무슨 일이냐고 묻고 싶을 정도였다. 데쓰로는 간신히 빈 자리를 찾아내 차를 세웠다.

화장실에 들러 볼일을 마치고 자판기 커피를 샀다. 커피를 다 마시고 차로 돌아오니 리사코가 없었다. 그녀도 키를 가지고 있으니까 돌아왔으면 차 안에서 기다렸을 것이다.

데쓰로는 운전석에 앉아 시동을 걸었다. 라디오 스위치를 켰을 때 핸들 너머에 종이 한 장이 놓여 있는 게 보였다.

여기서부터는 혼자 갈게. 운전 조심해. 메리 크리스마스.

리사코의 글씨가 틀림없었다. 데쓰로는 자리에 앉은 채 주위를 둘러봤다. 하지만 그녀를 발견할 수 있을 것 같지 않았다. 그리고 발견한다고 해서 할 수 있는 일도 없었다.

존 레논과 오노 요코가 노래한 〈해피 크리스마스〉를 들으면서 천천히 차를 출발시켰다.

제 6 장

1

신주쿠산초메역 근처 카페에서 스가이와 만났다. 무사히 합류해 바로 가게를 나와 동쪽을 향해 조금 걸었다. 가부키초 근처로 가리라 생각했던 터라 조금 의외였다.

"그런 요란한 느낌의 가게가 아니야. 훨씬 차분한 분위기의, 뭐랄까…… 그러니까 시크한 가게야." 스가이가 의기양양한 표정으로 말했다.

"시크라. 그런데 네가 어떻게 그런 가게를 아냐?"

"내가 직접 아는 건 아니야. 지인이 아는 거지."

"그 지인은 남자일 거 아냐."

"맞아."

"그런 취향이야?"

"그런 말을 들었다는 걸 알면 녀석은 화를 낼 거야." 스가이는 걸으면서 싱글거렸다. "업무상 아는 사람이야. 녀석은 생명보험 대리점을 운영하고 있는데, 우리가 지금 가는 가게 경영자가 단골이야."

"보험의?"

"응. 하지만 단골이라는 표현은 옳지 않겠지. 상부상조라고 해야 하나."

"무슨 뜻이야?"

데쓰로가 묻자 스가이는 주위를 살피면서 손바닥으로 입을 가리고 속삭였다.

"실은 정기적으로 호르몬 주사를 맞는 사람은 생명보험을 들기 힘들어. 암에 걸리기 쉽다고 생각하거든. 과학적인 근거는 하나도 없는데."

"아하."

그 말은 데쓰로도 들은 적 있다. 스가이의 말뜻이 이해되기 시작했다.

"하지만 그런 사람들이야말로 자기 몸에 불안을 느끼니까 만에 하나를 생각해 보험을 들고 싶어 해. 그러니 대리점은 그들의 희망 사항을 어떻게든 들어주려 하지. 어디까지나 사람을 돕는 일이야. 물론 요즘 같은 불경기에는 신규 가입자가 없다는 상황도 있고."

그 상황이 오히려 진짜 이유이지 않냐는 말을 간신히 참고 물었다. "그래서 적당히 사정을 봐준다는 거야?"

"요컨대 눈을 감아주는 거지. 호르몬 주사를 맞는지는 보면 아니까. 하지만 문제는 주사의 악영향이 이미 겉으로 드러난 경우야. 이런 경우엔 어려워. 케이스 바이 케이스로 도망갈 구멍을 다 마련하지."

과연 상부상조라 할 수 있겠다며 데쓰로는 납득했다. 그 정도로 손 가는 일을 하는 것을 보니 보험회사에도 어떤 이익이 있을 것이다.

시각은 오후 6시를 조금 넘어서고 있었다. 12월의 마지막 날까지 며칠 남지 않았다. 오늘 밤도 송년회를 구실로 술과 자극을 찾는 사람들이 거리 구석구석을 배회하고 있었다.

스가이가 멈춘 곳은 갈색 건물 앞이었다. 지하로 내려가는 계단이 있다.

계단을 내려가자 문이 있었다. 'BLOO'라고 적힌 조그만 간판이 나와 있다. '블루'라고 발음한다고 스가이가 나지막하게 말했다.

문을 열고 안으로 들어갔다. 커다란 L자형 카운터가 있고 선반에는 양주가 진열되어 있다. 그 앞에서 한 젊은이

가 뭔가를 씻고 있다. '그'는 의외라는 듯 데쓰로 일행을
봤다.

"아직 준비 중인데요."

그 목소리는 탁하고 굵었으나 어딘가 부자연스러운 울
림이 있었다. 미쓰키의 목소리를 들어 익숙해진 데쓰로
는 같은 종류의 목소리임을 바로 알았다.

"응. 알아. 아이카와 씨를 만나기로 했는데." 스가이가
명함을 내밀었다.

하얀 셔츠에 검은 넥타이를 맨 '그'가 명함을 받고 스
가이의 신분을 확인했다. 머리 모양을 깔끔하게 정리했
고 명함을 바라보는 눈은 남자보다 더 예리했다.

"잠깐만 기다리세요." 그렇게 말하고 '그'는 카운터 안
으로 사라졌다.

데쓰로는 가게 안을 둘러봤다. 홀 전체는 상당히 넓어
커다란 테이블이 여러 개 놓여 있다. 가게 구석에서 젊은
이 둘이 트럼프를 하고 있다. 한 사람은 검은 정장을 입
고 머리를 아주 짧게 잘랐다. 다른 하나는 가죽 재킷 차
림으로 긴 머리를 금색으로 물들였다. 옆얼굴만 보이는
데 둘 다 얼굴이 단정했다. 카드를 테이블에 내던지는 행
동 모두가 완전히 남자였다. 그들이라면 푹 빠지는 여자
도 많을 것 같았다.

조금 전의 '그'가 돌아왔다.

"대기실 쪽에서 기다리시랍니다."

"대기실이라니……."

"이쪽입니다."

안내된 곳은 약 7제곱미터의 좁은 방이었다. 남자 옷이 걸린 부티크행거가 벽 쪽에 놓여 있다. 그 아래에 놓인 종이 상자 안에는 구두가 마구잡이로 들어 있다.

방 중앙에 조악한 테이블과 파이프 의자가 있다. 입점 희망자의 면접 등을 여기서 하나 보다. 둘은 나란히 앉았다. 스가이가 테이블 위의 재떨이를 당기더니 캐스터마일드 담뱃갑을 재킷 안주머니에서 꺼냈다.

"아무리 봐도 남자였지?" 스가이가 조그맣게 말했다. '그'를 얘기하는 것 같다.

"그렇더라."

"저 정도면 여자들에게 인기 많겠어." 스가이는 하얀 연기를 내뿜었다. "하지만 그건 어떨까? 이 가게는 완전히 수술한 사람은 적다고 들었어. 사실 수술해도 평범한 남자처럼은 안 된다던데."

섹스를 말하는 것 같다.

"아이카와라는 사람은 성전환 수술을 했어?" 데쓰로가 물었다. 이 가게 운영자의 이름이 아이카와 후유키라는

411

것은 여기 오기 전에 들었다. 물론 본명은 아닐 것이다.

"아니, 아무것도 안 했다고 들었어."

"아무것도라니?"

"그러니까 아무것도 안 했다고. 호르몬 요법도 안 한다고 하더라."

"그래?" 그러면 완전히 여자 아닌가. 데쓰로는 고개를 기울였다.

스가이가 두 대째 담배를 다 태웠을 무렵 갑자기 문이 열렸다. 검은 더블수트를 입은 사람이 들어왔다.

"기다리게 해서 죄송합니다. 제가 아이카와입니다." 데쓰로와 스가이의 얼굴을 번갈아 보며 말했다. 허스키하기는 하나 여자 목소리였다. 하지만 평범한 남자에게서는 볼 수 없는 카리스마가 있었다.

"갑자기 와서 죄송합니다." 스가이가 일어나 고개를 숙였다. 데쓰로도 그를 따랐다.

"야마모토 씨는 잘 지내요?" 아이카와는 그렇게 말하고 건너편에 앉았다. 그 모습을 보고 둘도 다시 앉았다. 야마모토라는 사람이 스가이의 지인인 듯하다.

"여전히 아주 바쁩니다. 치질은 꽤 좋아진 것 같아요."

스가이의 말을 듣고 아이카와는 살짝 표정을 풀었다. 그 표정 그대로 데쓰로를 봤다.

뒤로 넘긴 약간 긴 머리에 눈은 가늘고 코와 턱선은 그림처럼 날렵했다. 데쓰로에게 가장 의외였던 것은 화장을 하고 있다는 것이었다. 물론 여성적이지는 않다. 눈과 눈매 화장은 남성적인 위험함을 연출한 듯했다. 다카라즈카 배우들의 남장을 연상시켰다.

데쓰로는 자기소개하고 실은 찾고 있는 여성이 있다고 밝혔다.

"사에키 가오리라고 합니다. 여기까지 와서 여쭙는 것을 보면 아시겠지만, 물론 평범한 여성은 아닙니다." 그가 덧붙였다.

"내면이 다른가?"

"그렇습니다."

데쓰로는 사진을 아이카와 앞에 놓았다. 얼마 전 시즈오카 교회에서 얻은 사에키 가오리의 사진이다.

아이카와는 사진을 들었다. 그 손가락은 길었으나 역시 여성스러운 부드러움을 겸비하고 있었다. 육체노동 경험은 없을 듯하다. 손톱도 길었다.

"사진만 보면 몸에는 손을 대지 않은 것 같네." 아이카와가 말했다.

"현재는 남자 모습입니다. 유감스럽게도 지금 모습을 찍은 사진은 없어요."

"신주쿠에서 일한 것은 확실한가요?"

"그건 모릅니다. 전에 와세다 근처에 살아서 혹시 싶어 상담했습니다." 데쓰로는 스가이에게 시선을 던졌다.

아이카와는 사진을 든 채 다른 손으로 턱을 괴었다. 조금 있다가 고개를 저었다.

"나도 본 적 없어. 신주쿠에서 일한 사람은 거의 다 아는데."

"그 사진과는 외모가 상당히 변했을 겁니다."

"아니야. 변해도 내 눈을 속일 수는 없어. 이 사람이 현재 어떤 외모일지 대충 상상이 간다고. 아마……" 아이카와는 그리 눈이 좋지 않은지 눈을 살짝 가늘게 뜨고 다시 사진을 봤다. "킨키키즈의 도모토 쓰요시 같은 타입일 거야."

같은 고민을 품은 수천 명의 젊은이를 상담하고 때로는 수술의 길을 열어줬다는 아이카와의 말에는 설득력이 있었다.

도움이 되지 못해 미안하다며 아이카와는 사진을 제자리에 놓았다.

"이런 사람을 찾으려면 어딜 알아봐야 할까요?" 데쓰로는 질문 내용을 바꿨다.

"일단은 비슷한 가게를 몇 군데 다녀야죠. 어쩌면 어디선가 그물에 걸릴 수도 있지. 다음은 의사겠죠."

"의사?"

"수술을 받았다면 반드시 애프터케어가 필요해요. 호르몬 주사도 필요하죠. 그런 것을 어디선가 받고 있을 겁니다."

"그러면 그런 종류의 병원을 죄다 조사하면……."

데쓰로의 말에 아이카와는 입가에 미소를 지었다.

"병원이 환자 정보를 그냥 줄 리 없죠. 게다가 그 사람이 본명을 썼으리란 보장도 없고요. 어차피 보험이 안 되는 의료 행위니까요. 모든 병원을 감시하면서 그 사람이 오기를 기다리는 수밖에 없죠."

경찰도 아닌데 그런 일을 할 수 있을 리 없다. 데쓰로는 한숨을 쉬며 사진을 넣고 대신 다른 사진을 꺼냈다. 그것을 다시 아이카와 앞에 놓았다.

"이 사람은 어떤가요?"

사진을 본 아이카와의 표정이 살짝 변했다. 사진에 찍힌 것이 여성의 나체였기 때문일 것이다. 리사코가 최근에 찍은 미쓰키의 모습이었다.

"비율이 좋네요." 아이카와가 말했다. 비난하는 말투는 아니다.

"트랜스젠더입니다. 수술은 안 했고요."

"그런 것 같네요. 이 사람도 찾고 있나요?"

"그렇습니다. 전에는 긴자에서 바텐더로 일했습니다."

"어울리네요." 아이카와는 미소를 짓고 다시 사진을 봤다. 그 눈에 뭔가 진지한 빛이 담기는 것을 보고 데쓰로는 마음이 쓰였다.

"어디선가 본 적 있나요?"

"아뇨. 유감스럽게도 이 사람은 몰라요."

"그런데 아주 열심히 사진을 보시네요."

"네. 흥미로운 사진인 것 같아서요. 당신이 찍었나요?"

"아닙니다. 여성 사진작가가 찍은 사진입니다."

그 사람이 내 아내라는 말은 왠지 나오지 않았다.

"여성 사진작가? 그렇군요." 아이카와는 납득한 듯 고개를 끄덕였다.

"왜 그러시죠?"

데쓰로가 묻자 아이카와는 말을 고르듯 침묵한 후 천천히 입을 열었다.

"일반적으로 트랜스젠더는 가슴을 드러내고 사진을 찍으려 하지 않아서요. 동그랗고 커다란 가슴은 여성의 상징이니까요. 그런데 이 사람은 저항감 없이 드러내고 있어요. 오히려 자랑스러워하는 것 같기도 하고 사진 찍히는 것을 즐기고 있어요."

데쓰로는 고개를 끄덕였다. 이 사진을 찍을 때의 모습을 선명히 기억하고 있다. 그때 미쓰키는 정말 아이카와의 말 그대로였다.

"이렇게 마음을 연 것을 보면 사진작가를 정말 많이 신뢰하나 봐요. 아니, 신뢰만으로는 부족해요. 거의 연애 감정에 가까운 것이 존재할 가능성이 있죠. 그래서 여성 사진작가라는 말을 듣고 이해가 됐어요. 이 사람은 그 여성을 사랑하는 마음을 가지고 있군요."

아이카와의 통찰력에 데쓰로는 내심 혀를 내둘렀다.

"역시 마음은 남자란 말인가요?"

"남자의 마음을 지니고 있다고 할 수 있겠죠. 하지만 동시에 여성이기도 하죠. 이 초연한 표정이 그것을 증명하고 있어요."

"남자이자 여자이기도 하다?"

"제 추측입니다. 하지만 맞을 거라 자신해요."

"무슨 소립니까? 이 사람은 자기 마음이 남자라고 단언했습니다."

"그럴 수도 있죠. 하지만 본인이 자신의 마음을 모를 때가 종종 있습니다. 특히 우리 같은 인간은 더 그래요." 아이카와는 테이블 위에서 손깍지를 끼고 데쓰로의 얼굴을 바라봤다. "당신은 아까, 평범한 여성이라는 표현을 썼습니다. 여기서 제가 하나 물어볼게요. 평범한 여성이란 어떤 여성인가요?"

"그야 육체가 여성이고 마음도 여성인 사람이라고 생각합니다."

"알겠습니다. 그러면 육체가 여성이라는 것은 무엇일까요? 성염색체가 XX라고 정의할 수 있죠. 실제로는 예외도 있는데 그건 일단 보류하죠. 다음으로 마음이 여성인 것은 무엇인가요? 어릴 때부터 치마를 입고 싶어 하는 걸까요? 소꿉놀이를 좋아하는 걸까요? 로봇보다 인형을 좋아하고, 야구모자보다 리본을 다는 걸 좋아하는 걸까요?"

"그런 게 단순히 환경이나 관습의 산물이라는 사실은 압니다. 하지만 여성적인 성격이라는 게 존재하는 건 사실이잖아요."

데쓰로의 말에 아이카와는 크게 끄덕였다.

"인간의 특성에 남성적인 것과 여성적인 것이 있다는 것은 인정해요. 그럼 질문할게요. 당신이 말하는 평범한 여성이란 마음이 100퍼센트 여성적인 것만으로 채워진 사람일까요? 남성적인 부분이 조금이라도 있는 사람은 실격인가요?"

"아뇨. 그렇지는 않지만, 전체적으로 여성적인 부분이

많은 사람을 일반적으로……."

"많은지 적은지는 너무나 정성적이면서 주관적이에요. 도대체 누가 그런 것을 결정하죠?"

데쓰로는 입을 다물었다. 할 말이 없었기 때문이다. 아이카와는 그런 그의 얼굴을 들여다봤다.

"프리랜서 작가라고 하셨죠? 트랜스섹슈얼과 트랜스젠더에 대해 취재한 적 있나요?"

"없습니다."

"만약 취재한다고 하면 어떻게 하시겠어요?"

기묘한 질문이었다. 왜 이런 질문을 하는지 알 수 없었다.

"그러면 일단 이런 가게에 와서……."

거기까지 말했을 때 아이카와가 고개를 끄덕였다.

"그렇죠. 그러면 취재 대상을 쉽게 찾겠죠. 우리는 비슷한 사람들끼리 연결되어 있으니 비슷한 고민을 지닌 인간을 덩굴처럼 낚을 수 있죠. 그러나 그런 방법에는 근본적인 잘못이 있다고 생각하지 않나요?"

데쓰로는 아이카와의 말뜻을 생각했다. 그러나 정답을 찾을 수 있을 것 같지 않았다. 그때 아이카와가 말했다.

"그런 식으로 취재할 수 있는 것은 어느 정도 벽을 깬 사람들뿐입니다. 이곳에는 자주 새로운 사람이 옵니다. 그들에게는 자신이 사실은 남성이라는 자각이 있습니다.

그것은 이미 벽을 하나 깼다는 것을 의미합니다. 다음으로 그들은 남성으로 살기로 마음먹었습니다. 이 또한 벽을 뛰어넘은 것입니다. 가게에 나와 손님을 상대할 때도 극복해야 할 게 있죠. 게다가" 아이카와는 검지를 세웠다. "취재에 응하려 해도 스스로 짊어져야 하는 부분이 있죠. 당신이 들을 수 있는 이야기는 그런 여러 어려움을 이겨낸 사람들의 목소리에 불과해요. 최근에는 그런 종류의 논픽션이 많이 나왔는데, 모두 강한 사람들의 모습만 그려져 있어요. 마치 트랜스섹슈얼과 트랜스젠더는 모두 정신력이 강한 사람인 것처럼요. 하지만 실제로는 그렇지 않아요. 첫 번째 벽을 넘지 못해 고통스러워하는 사람이 훨씬 많아요."

아이카와는 주위를 둘러보다가 바닥에 떨어진 종이를 주웠다. 무슨 광고지 같았다. 그것을 가느다란 손가락으로 조심스레 찢기 시작했다. 폭 1센티, 길이 20센티 정도의 종이띠가 그녀의 손에 남았다.

"뫼비우스의 띠를 아세요?"

"네." 데쓰로는 당황하면서 고개를 끄덕였다.

아이카와는 손에 든 종이띠를 그에게 내밀었다. 만들어보라는 의미일 것이다.

데쓰로는 띠의 양 끝을 잡고 한쪽을 한 번 비튼 다음 끝을 서로 맞붙였다. 정답인 듯 아이카와가 고개를 끄덕였다.

"남자와 여자는 뫼비우스 띠의 앞뒤와 같아요."

"무슨 뜻이죠?"

"일반적인 종이의 경우 뒤는 언제나 뒤죠. 앞은 영원히 앞이고요. 양쪽이 만날 일도 없어요. 하지만 뫼비우스 띠는 앞이라고 생각하고 나아가면 어느새 뒤가 나와요. 즉, 양쪽은 연결되어 있죠. 이 세상의 모든 사람은 이 뫼비우스 띠 위에 있어요. 완전한 남자도, 완전한 여자도 없어요. 또 각자가 지닌 뫼비우스 띠도 하나가 아니에요. 어떤 부분은 남성적이지만, 다른 부분은 여성적인 것이 평범한 인간이에요. 당신 역시 여성적인 부분이 얼마든지 있어요. 트랜스젠더라 해도 똑같지는 않아요. 트랜스섹슈얼도 다양하고요. 이 세상에 똑같은 사람은 없어요. 그 사진 속 인물도 육체는 여자인데 마음은 남자라는 단순한 표현으로 다 담을 수 없어요. 내가 그러하듯."

아이카와는 담담하게 말하고 반응을 살피듯 데쓰로를 바라봤다. 그 눈에서 흔들림 없는 의지가 느껴졌다. 이제까지 극복해온 고뇌, 맛본 굴욕의 크기가 전해지는 듯했다.

데쓰로는 미쓰키의 사진을 앞으로 당겨왔다.

"이 사진 속 사람은 남자와 여자의 관계는 북극과 남극 같다고 표현했답니다. 나는 동전의 앞뒷면과 뭐가 다르냐고 반론했지만 말입니다."

"그렇군요. 북극과 남극이라. 그거 좋네요." 아이카와의 표정이 풀어졌다. "뫼비우스의 띠와 같네요. 동전은 앞면에서 뒷면으로 갈 수 없어요. 하지만 북극에서 남극은 이동할 수 있죠. 연결되어 있으니까요. 상당히 멀지만."

"아마도 그런 의미였겠죠."

데쓰로도 지금은 리사코의 말을 이해했다.

"당신은 내가 수술도 호르몬 요법도 받지 않는 게 이상하지 않나요?"

"실은 그걸 물어보고 싶었습니다."

"나는 자신을 이상하다고 생각하지 않아요. 이 마음에 이 몸을 지닌 게 나라고 믿으니까요. 아무것도 바꿀 필요가 없죠."

"하지만 이 가게에서 일하는 사람들은⋯⋯."

데쓰로가 말하자 아이카와는 살짝 눈썹을 찌푸리더니 살살 고개를 흔들었다.

"자신에게서 해방되고 싶다는 욕구를 그들에게서 빼앗아서는 안 됩니다. 안타깝게도 이 사회에는 남자는 이런 것, 여자는 이런 것이라는 규칙이 정말 많아요. 외모도 마찬가지죠. 어릴 때부터 그런 사회에서 자란 사람이 자기 모습은 자연스럽지 않다고 착각하고 동그랗고 커다란

유방을 끔찍하게 생각하는 것도 무리는 아니죠. 나는 성
정체성장애라는 병은 존재하지 않는다고 생각해요. 오히
려 치료해야 하는 건 소수를 배제하려는 사회죠."

"받아들여지기만 하면 수술도 호르몬 요법도 필요 없
다는 말인가요?"

"나는 그렇게 믿어요. 하지만 무리일 수도 있죠." 아이
카와는 고개를 저으며 한숨을 쉬었다. "인간은 자신이 모
르는 것을 두려워해요. 그래서 배제하려 하죠. 아무리 성
정체성장애라는 단어가 부각되어도 변하는 것은 없어요.
받아들여지길 바라는 우리 마음은 전해지지 않을 거예
요. 짝사랑은 앞으로도 계속되겠죠."

아이카와의 말에는 무게가 있어서 데쓰로의 가슴 깊이
가라앉았다. 다시 아이카와의 얼굴을 봤는데 지금은 남
자인지 여자인지 단언할 수 없었다. 둘 다가 아닐 수도
있고 둘 다일 수도 있다.

데쓰로는 과거에도 어디선가 아이카와와 똑같은 눈빛
을 지닌 사람과 만난 적이 있는 것 같았다. 그런데 생각
이 나지 않는다.

아이카와는 조금 전에 만든 종이띠를 손에 넣고 구겼다.

"북극과 남극이라는 비유도 나쁘진 않지만, 나는 아무
래도 뫼비우스 띠가 더 정확한 것 같네요. 남녀는 이어져

있으나 어디선가 반드시 뒤틀려 있어요." 그렇게 말하고
생긋 웃었다.

홀로 돌아오자 조금 전까지 카드게임을 하던 두 사람
이 카운터에 와 있었고 그 외에 둘이 더 늘어 있었다. 다
들 미모가 뛰어났다.

"방해해서 미안해." 스가이가 그들에게 말을 걸었다. 잘
생긴 청년들은 말없이 인사를 건넸다.

스가이가 문을 열고 먼저 가게를 나가려 했다. 데쓰로
는 그 등에 대고 말을 걸었다.

"잠깐만 기다려줘."

그는 카운터로 다가가 사에키 가오리의 사진을 내밀었다.

"이 사람을 본 적 없어? 이렇게 여성스러운 모습은 아
닐 텐데."

바로 앞의 둘이 먼저 사진을 들여다봤다. 둘은 서로의
얼굴을 마주 봤다.

"나는 본 적 없는데."

"나도."

다른 두 명도 흥미를 보이는 것 같아 데쓰로는 그들 앞
까지 사진을 가져갔다.

"어때?" 둘에게 물었다.

"저도 모르겠어요. 이 근처에서 일했다면 거의 알 텐

데." 검은 양복의 젊은이가 대답했다. 완전히 남자라 할 만한 낮은 목소리였다.

"신주쿠가 아닐 수도 있어."

"그렇다고 해도 어쨌든 모르는 건 변함없으니까."

"그렇군. 자네는 어때? 역시 모르겠나?" 머리를 노랗게 물들인 젊은이에게 물었다. 이 사람은 뮤지션 같은 분위기다.

"나도 이 사람은 모르는데……." 사진을 보며 생각에 잠겼다.

"왜 그러지?"

"그다지 자신은 없지만."

"뭐지? 뭐든 좋으니까 말해줘."

"음……. 틀렸다면 죄송한데 이 옆의 크리스마스트리를 전에 본 적 있어요." 자신 없이 대답했다.

"어디서?"

"그게 분명, 긴도의 무대였던 것 같은데." 젊은이는 금발을 긁적이며 쓸어 올렸다.

"긴도? 그게 어딘데?"

데쓰로가 물었는데도 금발 청년은 입을 다물었다. 다른 사람도 입을 다물고 있다. 데쓰로가 한 번 더 물으려 할 때 뒤에서 목소리가 들렸다. "극단이에요." 아이카와 후유키가 서 있었다.

"금요일의 금에 아동의 동을 붙여 긴도金童. 극단 긴도라고 있어요. 겐. 진짜 그 무대에서 봤어?"

금발 청년의 이름이 겐인 모양이다.

"100퍼센트 자신은 없어요. 하지만 이 사진의 크리스마스트리 같은 게 무대에 있었어요."

"극단 긴도는 어떤 극단인가요?"

"평범한 사람들이 모인 극단이에요. 물론 당신들은 다른 의미를 덧붙일지도 모르죠. 미스터 레이디나 미스 댄디라고."

그것만으로 극단의 성격을 알 수 있었다. 데쓰로는 고개를 끄덕이고 겐을 봤다.

"조금만 더 자세한 이야기를 들려줄 수 있을까?"

겐은 데쓰로 쪽으로 몸을 틀었으나 입을 열기 직전에 슬쩍 아이카와의 얼굴을 살폈다.

"괜찮으니까 말해."

그 말을 들은 겐은 안심한 얼굴로 데쓰로를 올려다봤다.

"올해 여름쯤이었던 것 같은데 친구가 불러 긴도 무대를 보러 갔어요. 분명 〈산타클로스 할머니〉라는 제목이었을 거예요. 그 무대에 은색 크리스마스트리가 놓여 있었는데 이 사진에 찍혀 있는 것과 정말 비슷했어요."

"흠. 〈산타클로스 할머니〉라. 자네는 자주 그런 연극을 보러 다니나?"

"자주는 아니에요. 그때가 두 번째인가? 긴도의 무대가 그리 자주 있는 것도 아니라서."

"연기자 중에 이 여성은 없었나?" 카운터 테이블에 놓인 사진을 데쓰로가 가리켰다.

"연기자 얼굴까지는 일일이 기억하지 못해요. 화장도 진하고 오래도 됐고. 크리스마스트리는 인상적이라 기억하는 거지."

그럴지도 모른다. 데쓰로는 고맙다고 인사하고 사진을 챙겼다.

"극단 긴도 사무소는 어디에 있죠?" 아이카와에게 물었다. 아이카와는 씁쓸하게 웃었다.

"사무소라니, 그런 대단한 건 없어요. 각자 직업을 가진 사람들이 모여 취미로 연극을 할 뿐이죠."

"그럼 연락처는?"

그러자 아이카와는 데쓰로에게서 눈을 돌리고 잠시 침묵했다. 내리깐 속눈썹이 길다.

"알려줄 수는 있는데 이야기를 들을 수 있을지는 보장 못 해요."

"그 말은?"

"단장이 괴짜예요. 언론 등의 취재는 일절 받지 않죠. 홍보도 거의 안 하고. 그러니까 프리랜서 작가라는 직업을 들이대면 문전박대당할 거예요."

단장은 미묘한 문제를 다룰 책임이 있을 테니 신중한 태도를 보이는 건 납득할 수 있었다.

"어쨌든 얘기나 해보고 싶습니다."

"알겠어요."

아이카와는 일단 대기실로 사라졌다가 2, 3분 뒤에 명함 한 장을 들고 돌아왔다.

"뒤에 내 이름을 적었어요. 아이카와에게 들었다고 하세요."

"감사합니다."

명함에는 '극단 긴도 단장 사가 마사미치'라고 적혀 있었다. 집이 사무소를 겸하고 있는 듯하다. 주소는 세타가야구 아카쓰쓰미였다.

"사가는 오랜 친구예요. 둘이서 나쁜 짓을 많이 했죠." 아이카와는 그렇게 말하며 흐뭇한 표정을 지었다.

"남성인가요?" 데쓰로는 그렇게 내뱉고는 아차 싶었다. 하지만 아이카와는 불쾌한 기색을 드러내지 않았다.

"생물학적인 성별을 물으신 거라면 성염색체는 XX예요."

"잘 알겠습니다."

문밖이 소란스러워졌다. 카운터의 아름다운 청년들이 자세를 고치기 시작했다. 데쓰로는 마지막으로 인사하려고 아이카와를 봤다. 그 순간, 그와 똑같은 눈을 지닌 사람이 떠올랐다.

스에나가 무쓰미였다.

2

여러 번 전화했으나 사가 마사미치는 전화를 받지 않았다. 늘 부재중 메시지가 흘러나올 뿐이었다. 데쓰로는 아이카와 후유키의 이름을 대고 긴밀히 할 얘기가 있으니 꼭 만나고 싶다는 내용의 메시지를 녹음했다. 혹시나 해서 자신의 연락처도 남겼지만 사가로부터 전화는 오지 않았다.

한 해의 마지막 날 저녁, 데쓰로는 차를 타고 아카쓰쓰미로 향했다. 지도를 보면서 명함의 주소를 찾았다. 목적지에 거의 다 와서 차를 길거리에 세우고 복잡한 골목으로 들어갔다. 하얀 슈퍼마켓 봉투를 양손에 든 주부가 종종걸음으로 지나간다. 올해 마지막 장보기일까. 우리 집 새해 요리는 어떻게 되는 걸까. 시즈오카에서 돌아온 뒤

로 그는 리사코와 제대로 대화를 나누지 않았다. BLOO
에서 들은 정보를 전하지도 않았다. 그가 오늘 이곳에 온
것도 그녀는 모를 것이다.

명함 주소에는 지은 지 20년은 지났을 법한 작은 아파
트가 있었다. 동굴 같은 입구를 통과하자 콘크리트가 고
스란히 드러난 계단이 있다. 벽의 형광등이 꺼져 있어 아
주 어둡다. 데쓰로는 코트 깃이 계단에 스치지 않도록 조
심스럽게 올라갔다. 사가의 집은 3층이다.

좁은 계단 끝에 305호가 있었다. '사가'라고 적힌 종이
가 문 중앙에 붙어 있다. 극단 긴도라는 표시는 어디에도
없었다.

벨을 눌렀으나 집 안에서 사람이 움직이는 기척은 나
지 않았다. 한 번 더 눌렀으나 마찬가지였다. 아무래도
외출한 것 같다. 새해 연휴를 이용해 여행을 갔을 수도
있겠다.

데쓰로는 낮은 한숨을 쉬고 복도를 돌아 나왔다. 그런데
그가 계단으로 내려서려 했을 때 뒤에서 철커덕하고 문
열리는 소리가 났다. 그가 돌아봄과 동시에 문이 열렸다.

머리를 짧게 깎은 뚱뚱한 남자가 의심적은 눈초리로
데쓰로를 보고 있다. 나이는 마흔 전일까. 면바지 위에
두꺼운 스웨터 차림이다.

데쓰로는 서둘러 돌아오면서 물었다. "사가 씨 되세요?"

"당신은?" 사가가 굵고 조금 쉰 목소리로 물었다.

"니시와키라고 합니다. BLOO의 아이카와 씨 소개로 왔습니다." 두 장의 명함을 상대에게 내밀었다. 하나는 그의 것이고 다른 하나는 아이카와에게 받은 사가의 명함이다.

사가는 문틈으로 상황을 살피는 자세 그대로 두 장의 명함을 받았다. 니시와키의 명함에는 거의 관심을 보이지 않고 자신의 명함 뒤편을 바라봤다.

"끈질기게 부재중 메시지를 남긴 게 당신이야?"

"죄송해요. 어떻게든 빨리 만나 뵙고 싶어서요. 부재중이셨는데 여행이라도 다녀오셨나요?"

"집에 있었어."

"하지만 전화가……."

"호출음이 울리지 않게 해뒀지. 친한 녀석들은 휴대전화로 거니까." 부루퉁한 목소리다. 이미 거절할 태세임을 느꼈다.

"그러세요? 휴대전화 번호를 몰라서요. ……그러니까, 전화로도 말씀드렸듯이 여쭙고 싶은 게 두세 가지 있습니다만."

"연극에 관한 것? 아니면 나에 관한 것?" 품평이라도 하듯 데쓰로의 온몸을 훑는다. 풍채나 태도 모두 평범한 중년 남자였다.

"둘 다 아닙니다. 굳이 말하자면 무대 소품에 관한 겁니다."

"소품?"

"사가 씨 극단은 올해 〈산타클로스 할머니〉라는 작품을 상연하셨죠? 그때 사용한 크리스마스트리에 관해 여쭙고 싶은 게 있어서요."

데쓰로의 말을 듣고 사가는 입가를 일그러뜨리며 짧게 자른 머리를 벅벅 긁었다.

"〈산타클로스 할머니〉가 아니야. 〈산타 아줌마〉지."

"앗! 정말 죄송합니다. 그렇게 들어서요."

사가는 혀를 찼다.

"어차피 BLOO의 멍청한 호스트에게 들었겠지. 거기 녀석들 도통 연극을 제대로 보질 않으니까."

"하지만 트리를 기억하던데요." 데쓰로는 사에키 가오리의 사진을 코트 주머니에서 꺼냈다. "이 트리가 연극에서 사용되었다고 들었습니다."

사가는 사진을 받고 거기에 찍힌 것과 데쓰로의 얼굴을 번갈아 봤다. 의심이 완전히 사라진 것은 아닌 듯하다.

그래도 사가는 문을 활짝 열고 말했다.

"들어와."

원래 방 두 개에 부엌이 있는 구조일 것이다. 그러나 부엌과 옆방을 나누는 문이 떼어져 있다. 게다가 식탁이 있을 자리에 회의용 테이블과 캐비닛, 책장이 놓여 있다. 다 수납하지 못해 쌓인 대량의 책과 서류 같은 것도 바닥과 벽 한쪽을 차지하고 있다.

사가는 방구석의 사무용 책상에 앉아 컴퓨터를 조작하기 시작했다. 화면에는 텍스트 데이터가 나와 있었는데 내용까지는 읽을 수 없었다.

"정신 산만하니까 좀 앉으면 안 될까? 그쪽에 의자가 있을 테니까." 사가가 데쓰로에게 등을 돌린 채 말했다.

"아, 네. 죄송합니다."

회의용 테이블 옆 의자에 앉았다. 그 테이블 위에도 서류와 파일이 산더미처럼 쌓여 있었다.

전화가 울렸다. 사가는 그 체구로는 상상할 수 없을 만큼 재빠르게 수화기를 들었다.

"여보세요……. 아, 너구나. ……뭐? 너, 도대체 언제까지 기다리게 할 셈이야? 벌써 말일이잖아. 우리도 여기저기 돈 줄 데가 있다고. ……뭐야? 말이 되냐! 무슨 소리야! 그건 내가 할 소리야. ……쳇, 알았어. 다음에는 꼭 줘야 한다. 다음에도 이러면 거시기를 날려버린다." 사가는 험악한 소리를 쏟아내고는 수화기에 대고 껄껄 웃었다. "어쩔 수 없잖아. 네가 가진 것 중에 제일 돈 나가는 게 거기잖아. 하하하. 그럼, 새해에 보자."

사가는 전화기가 부서질 만큼 난폭하게 수화기를 놓고 다시 컴퓨터 키보드를 두드리기 시작했다. 상당한 손놀림이었다.

데쓰로는 말을 걸 타이밍을 찾지 못해 영 불편했다. 어쩔 수 없이 회의용 테이블 위의 파일로 손을 뻗었다.

"함부로 만지면 쫓아낸다." 사가의 목소리가 날아왔다.

데쓰로는 손을 뺐다. 사가는 컴퓨터를 바라보고 있었으나 손은 멈춰 있었다.

"아니, 그럴 생각은……."

"잠깐만 기다려. 당신은 한가하니까 여기까지 왔겠으나 나는 해야 할 일이 있어. 기다리는 게 싫으면 돌아가."

"아뇨. 기다리겠습니다. 죄송합니다."

데쓰로가 대답하자 사가는 다시 작업을 시작했다. 하지만 바로 손을 멈추고 얼굴을 살짝 뒤로 돌렸다.

"저 캐비닛 위에 종이 상자가 있어. 그 안을 봐."

데쓰로는 시키는 대로 상자를 열었다. 안에는 B5 크기의 소책자가 가득했다. 100권 이상은 될 듯했다.

"한 권 줄게. 그걸 읽으면 우리에 대해 알게 될 거야."

"알겠습니다."

소책자 표지는 옅은 파란색으로, '긴도 니치게쓰^{日月}'라는 고딕 서체의 글자가 인쇄되어 있었다. 일주일의 금, 토, 일, 월을 따온 것이구나.° 데쓰로는 바로 이해했다.

"당신이 어떤 목적으로 왔는지 모르지만, 나는 거기 적힌 것 이상을 떠들 생각도 없고 공표할 마음도 없어. 만약 그런 일이 벌어지면 상대가 누구든 가만히 안 둬."

"언론을 싫어한다는 얘기는 들었습니다."

"믿지 않는 거야. 내가 뭐라 하든 자신들이 원하는 세계 안에 가둬버린다고. 우리는 우리의 언어로 말해. 다른 사람에게 맡기지 않아."

"잘 알겠습니다." 데쓰로가 말했다.

사가가 살짝 고개를 끄덕인 것 같았다.

데쓰로는 소책자를 넘겼다. 첫 페이지에는 단장 사가의 이야기가 적혀 있다. 제목은 '우리는 어떤 색 책가방을 골라야 했을까?'였다.

혈액형 성격 진단을 믿는 사람이 많다. 그 사람들은 사람은 A, B, O, AB 네 종류로 나눌 수 있다고 주장한다. 그러나 그런 사람들도 일상에서 혈액형으로 사람을 차별하는 일은 거의 없다. 혈액형

✿ 금, 토의 일본어 발음이 '긴도'로, 극단 이름과 발음이 같아서 이용한 것.

이 달라도 인간임은 분명하다고 생각한다. 그와 동시에 실은 네 종류만으로 인간을 분류하는 것은 불가능함을 알고 있다.

그런데 왜 많은 사람이 성염색체에 사로잡혀 있을까. XX든 XY든 혹은 그 이외의 것이든 사람임이 분명하다는 생각은 왜 하지 못할까.

'긴도'는 그런 의문에서 만들어진 극단이다…….

아이카와 후유키의 이야기와 일치하는 점이 있음을 느꼈다. 자신들이 생각하는 것보다 그들에게는 더 큰 딜레마가 있을 것이다.

두 번째 페이지에는 극단이 걸어온 길이 적혀 있다. 이에 따르면 긴도는 10년도 전에 결성된 극단이다. 하지만 당시에는 그다지 활발히 공연하지는 않았던 것 같다. 활동이 활발해진 것은 2년 전부터다. 그 계기가 무엇이었는지에 대한 설명은 없다.

다음 페이지부터는 지금까지 상연한 연극 내용이 간단히 소개되어 있다. 전부 네 개 작품이다. 〈산타 아줌마〉는 두 번째로 실려 있다.

이야기는 산타클로스 회의에서 시작된다. 산타클로스는 상당한 수가 활동하고 있으며 나라마다 다르다. 그들은 크리스마스가 다가오면 늘 회의를 여는데 그해 새로

산타가 된 인물이 있다. 그가 바로 주인공인데 놀랍게도 여성이었다. 이 문제로 집회는 단숨에 혼란스러워진다. 여성 산타를 인정할지에 대한 토론이 시작되고 이를 인정하면 복장을 어떻게 할지를 두고 다투기 시작한다. 마침내 산타는 왜 남자여야 하는지에 대한 의문부터 부성, 모성의 문제로 발전한다.

흥미로웠다. 결말까지는 적혀 있지 않았는데 어떻게 끝날지 너무 궁금했다.

"열심히 읽네."

목소리가 들려 데쓰로는 고개를 들었다. 사가가 어느새 의자를 돌려 그에게 몸을 돌리고 있다.

"아, 죄송합니다." 그는 소책자를 덮었다.

"뭘 읽었어?"

"산타를⋯⋯."

"흠." 사가는 목덜미를 벅벅 긁었다. "그다지 자신 있는 작품은 아닌데 이야기가 쉬워서 그런지 제일 반응이 좋아."

"어떻게 끝나나요?"

"그걸 알고 싶으면 연극을 보러 와야지."

"꼭 갈게요. 언제 공연하나요?" 데쓰로가 재킷 주머니에서 필기구를 꺼냈다.

"그야 모르지. 어차피 돈 없는 가난뱅이 극단이니까."

데쓰로는 꺼낸 수첩을 펴지도 못하고 다시 주머니에 넣었다.

"그래서, 할 얘기란 게 뭐야? 아까 사진 같은 걸 갖고 있던데." 사가가 물었다.

"트리입니다." 데쓰로는 그 사진을 다시 사가에게 건넸다. "댁에서 사용한 트리가 이 사진 속 트리 아닌가요?"

사가는 한참 사진을 보고 대답했다. "확실히 닮았네."

"여기에 찍힌 여성을 본 적 없으세요?"

"아니, 없어. 전혀 모르는 얼굴이야." 사가는 사진을 회의용 테이블에 놓았다.

"잘 좀 봐주세요. 지금은 이런 모습이 아닐 겁니다. 수술해 남성으로 변했다는 얘기가 있습니다."

"그러면 남자로 변한 뒤의 사진을 보여줘."

"그건 없지만, 아이카와 씨 말로는 아이돌 도모토 쓰요시와 닮았을 거라던데요."

데쓰로의 말에 사가는 고개를 돌리고 웃었다.

"그 녀석은 살짝 동그란 얼굴은 죄다 도모토 쓰요시라더라. 그 자식, 틀림없이 팬일 거야."

"일단 사진을 조금만 더 자세히 봐주세요."

"충분히 봤어. 본 적 없는 녀석이야. 적어도 난 몰라." 사가는 심각한 표정으로 돌아와 사진을 데쓰로 쪽으로 밀었다.

"그러면 다른 사람에게 물어봐주실 수 없나요?"

"왜 내가 그런 일까지 해야 하지? 언제부터 내가 당신 부하가 된 건데?" 데쓰로를 노려봤다. 성별은 여성일 텐데 그런 기운이 조금도 없다.

"알겠습니다. 제가 조사할 테니까 극단원을 부디 좀 소개해주시죠."

"거절할게." 사가는 바로 고개를 흔들었다. "단원도 전혀 공개하지 않는 게 원칙이야. 아까 팸플릿 읽었잖아. 단원이나 스태프에 관해서는 하나도 안 적혀 있지? 거기에 공개된 사람은 나 하나야."

"왜 비밀로 하는 거죠?"

"그것도 대답하기 어려운 질문이네. 하지만 이렇게는 말할 수 있겠네. 그럴 수밖에 없는 세상이니까. 지금은 아직 일러." 사가는 가슴 앞에서 두꺼운 팔로 팔짱을 꼈다.

데쓰로는 상대의 눈을 바라봤다. 사가도 똑바로 그 눈을 응시했다. 끝내 시선을 피한 사람은 데쓰로였다.

"크리스마스트리는 어디서 입수하셨나요?"

"글쎄, 어디였을까?" 사가는 고개를 좌우로 흔들었다. 관절이 우두둑 소리를 냈다. "아까도 말했듯 우리는 가난뱅이 극단이야. 크고 작은 소품은 어디서 주워 오지. 자세한 사정은 나도 파악하지 못해.”

“극단 대표인데요?”

“그냥 사람이나 상황을 모으고 정리하는 역할일 뿐이야.”

“그러면 이 트리는 지금 어디 있나요? 그것만이라도 알려주세요.”

그러나 여기서도 사가는 고개만 저었다.

“가져온 사람이 원래 있던 장소에 가져다 뒀겠지. 나는 몰라.”

거짓말이라는 느낌이 들었다. 데쓰로는 고개를 숙였다.

“부탁합니다. 알려주세요. 무슨 일이 있더라도 이 사진의 여성을 찾아야 합니다. 한 사람의 인생이 걸린 일입니다.”

그의 머리 위로 사가가 혀를 차는 소리가 났다.

“그렇게 훌륭한 몸을 지닌 남자가 그리 쉽게 고개를 숙이다니, 그러지 말라고. 꼴 보기 싫어.”

데쓰로는 입술을 깨물고 고개를 들었다. 사가가 미간을 찌푸리고 입을 굳게 다물고 있었다.

“당신에게 어떤 사정이 있는지는 모르겠어. 하지만 나도 동료의 인생을 지킬 의무가 있어. 스태프의 이름은 알려줄 수 없어.”

“정말 안 됩니까?”

"포기해." 사가는 그렇게 말하고 옆에 놓인 시계를 봤다. "미안하지만 다음에 일이 있어."

"극단 일인가요?"

"아니, 이쪽 일이야." 사가는 핸들을 쥐는 시늉을 했다. "연말 마지막 임무지. 이제부터 나고야까지 짐을 운반해야 해."

장거리 트럭 운전사가 사가의 본업인 듯하다.

더는 매달려봤자 소용없을 것 같다. 오늘은 그냥 물러가는 수밖에 없다고 생각해 데쓰로는 자리에서 일어났다.

현관에서 신발을 신는데 사가가 뒤에 와 섰다.

"괜한 참견일지 모르겠으나 세상에는 누가 자길 찾으면 곤란한 사람도 꽤 많아. 나처럼 말이지."

데쓰로는 돌아보며 사가와 마주 섰다.

"당신의 가족은?"

"글쎄. 어떻게 지낼까." 사가는 면바지 주머니에 두 손을 찔러 넣고 어깨를 으쓱하더니 웃었다.

"죄송합니다. 폐를 끼쳤습니다." 데쓰로는 한숨을 내쉬며 그렇게 말하고 한 걸음 내딛다가 다시 돌아봤다.

"산타 아줌마는 아이들에게 선물을 주나요?"

그러자 사가는 망설이는 표정을 짓더니 한 번 고개를 저었다. "아니."

"왜요?"

"크리스마스이브에 생리가 터졌거든."

데쓰로는 저도 모르게 "아니!" 하는 소리를 입 밖으로 흘리고 말았다. 그런 그의 등을 사가가 밀었다. "그럼 잘 가."

"또 오겠습니다."

"좀 봐주라."

문이 닫히고 문 잠그는 소리가 났다.

아파트로 돌아오니 리사코가 거실에서 담배를 피우고 있었다.

"얼굴을 보니 올해 마지막 조사도 수확이 없었나 보네."

데쓰로도 소파에 앉아 깊은 한숨을 내쉬었다. 오랜만의 대화다. BLOO에서 들은 이야기와 극단 긴도에 간 일을 리사코에게 보고했다. 철사로 만든 크리스마스트리를 찾은 것은 그녀도 관심이 가는 듯했다.

"그 사가라는 사람에게서 어떻게든 트리의 출처를 알아내야겠네."

"그렇게 생각했는데 어려울 것 같아. 자세한 사정을 말할 수도 없고."

너무 눈에 띄게 행동할 수는 없다. 경찰이 자신을 주시하면 큰일이다.

둘이 침묵하고 있자 어디선가 불꽃 터지는 소리가 났

다. 새해를 앞두고 누군가가 미리 축하하는 모양이다.

리사코가 극단 긴도의 소책자를 들어 첫 페이지를 펼친다.

"왜 많은 사람이 성염색체에 사로잡혀 있을까. XX든 XY든 혹은 그 이외의 것이든 사람임이 분명하다는 생각은 왜 하지 못할까." 거기까지 읽고 고개를 들었다. "나도 동감이야."

"나도, 모두 그런 사고방식을 지니는 게 이상적이라고 생각해."

그러자 리사코는 눈을 여러 번 깜빡이더니 입술에 의미를 알 수 없는 미소를 띠었다.

"당신은 아마도 무리겠지."

"왜?" 욱해서 물었다.

"남자와 여자는 완전히 다르다고 생각하잖아. 남자의 세계와 여자의 세계라고 해야 하나?"

"그건 아니야. 나는 남녀를 차별하지 않아."

"차별해서는 안 된다고 생각할 뿐이지. 그게 바로 남녀는 서로 다르다고 생각한다는 증거야. 똑같이 생각하면 애당초 차별이라는 단어 자체가 머리에 떠오르지 않지."

"그렇게 말해도 현실적으로 차이가 있잖아. 그 차이에 따라 행동하는 게 그렇게 나빠?"

"나쁘다는 말이 아니야. 당신은 이런 사고방식을 지닌다는 것 자체가 무리라는 거지." 리사코는 소책자를 덮고 일어났다. "이제 됐어. 그런 건. 나는 가봐야겠어."

"이런 시간에 어딜 가?"

"새해 일출을 찍으러 가는 일이 있어. 그 후에도 여기저기 돌아다녀야 해서……. 3일 밤에나 돌아올 거야." 리사코가 앞머리를 쓸어 올리며 말했다.

일이 있다는 것도, 한동안 집을 비운다는 것도 처음 듣는 일이었으나 데쓰로는 아무 말도 하지 못했다. 이런 상황에 뭐라고 한마디라도 하면 그러니까 역시 여성의 일을 전혀 이해하지 못한다는 소리를 들을 것만 같았다.

앞으로 두 시간 남짓이면 새로운 해가 시작될 무렵에 리사코는 커다란 가방을 들고 나갔다. 미쓰키의 일을 알게 되면 연락해달라고 한 말이 올해 마지막으로 나눈 대화였다.

데쓰로는 작업실로 들어가 새해맞이 같은 것은 무시하고 원고를 쓰기로 했는데 미쓰키의 일과 리사코의 말이 마음에 걸려 도무지 쓸 수가 없었다. 배가 고파 부엌으로 가 냉동 피자를 데우고 냉장고에서 캔 맥주를 꺼냈다.

피자를 반쯤 먹었을 때 TV 화면 속에서 시계가 오전 0시를 가리켰다.

새해 첫날과 2일은 축구와 럭비를 취재하며 보냈다. 경기장에 기모노 차림의 젊은 여성이 있는 것을 본 것 외에는 새해임을 완전히 잊고 지냈다.

3일에는 도쿄돔에 갔다. 사회인과 학생 미식축구 챔피언이 싸우는 경기가 있었기 때문이다. 이것은 취재가 아니었다.

그런데 스이도바시역을 나왔을 때 휴대전화가 울리기 시작했다. 나쁜 예감이 들었다.

스가이의 전화였다. 형식적인 새해 인사를 건네는데 그의 목소리는 어쩐지 가라앉은 듯했다.

"무슨 일이야?" 데쓰로가 물었다.

"아니, 실은 나카오 말인데."

"나카오?" 낯빛이 안 좋고 마른 얼굴을 떠올렸다. "녀석이 왜?"

"그걸 잘 모르겠어. 그게 말이야. 녀석, 전화번호 바뀌었어?"

"뭐, 무슨 소리야?"

"금방 전화했는데 받질 않고 이상한 메시지가 나와. 이 전화는 현재 사용하지 않는다……고."

"설마. 잘못 건 거 아니야?"

"그럴 리 없어. 우리 전화 단축 다이얼에 등록되어 있어. 지금까지 그 번호로 걸었다고. 그래서 휴대전화로도 걸었는데 이것도 연결이 안 돼. 무슨 일인지 걱정이 돼."

그게 사실이면 당연히 걱정이다. 데쓰로도 불안해졌다.

"알았어. 한번 알아볼게."

전화를 끊은 다음 바로 나카오의 집에 걸었다. 그러자 스가이의 말처럼 메시지가 나올 뿐이었다. 새로운 번호 안내도 없다.

이어서 나카오의 휴대전화로 걸었다. 이쪽은 부재중 전화로 넘어갔다. 일단 연락해달라는 메시지를 녹음했다.

이상하네…….

데쓰로는 얼마 전 나카오의 집에 갔을 때를 떠올렸다. 텅 빈 집에는 썰렁한 기운이 감돌았다. 그는 이혼할 예정이었고 언젠가는 자신이 이 집을 떠나게 될 거라고 말했다. 그 예정이 앞당겨진 것일까. 그렇다고 왜 친구들과의 연락까지 끊을까.

라이스볼 경기 시작 시각이 다가왔다. 데쓰로는 사람에게 떠밀려 돔을 향해 걸어갔다. 커플과 젊은 그룹이 많았다. 모두 새해 분위기를 즐기는 것처럼 보였다.

데쓰로는 게이트 앞에서 표를 꺼냈다. 그것을 들고 입

장하려 했는데 스태프에게 표를 건네기 직전 바로 앞의 가족 관객이 보였다. 부모인 듯한 둘이 여자애를 하나씩 데리고 있다. 둘 다 아직 초등학교에는 올라가지 않았을 것이다.

'둘 다 딸이야. 그래서 미식축구 선수는 못 시켜……'

나카오의 목소리가 되살아났다.

데쓰로는 발걸음을 돌려 역을 향해 걷기 시작했다.

반짝이는 듯한 하얀 타일의 외벽은 전에 왔을 때와 다름이 없었다. 다만 창문 커튼이 모두 닫혀 있고 현관문에 금줄도 걸려 있지 않았다. 새해를 즐겁게 맞는 가정의 거처는 아니다.

데쓰로는 인터폰을 눌렀다. 그러나 스피커에서 대답은 들려오지 않았다. 다시 그 자리에서 전화를 걸어봤는데 같은 메시지가 흘러나올 뿐이었다. 집 안에서 전화가 울리는 것 같지도 않다. 즉, 나카오가 집에서 사용하는 전화는 이미 해약되었든가 어딘가로 옮겨졌다는 얘기다.

데쓰로가 그 자리에 우두커니 서 있는데 옆집 현관에서 여성이 나왔다. 쉰 살 전후로 보이고 앙고라 털 스웨터를 입고 있다. 우편물을 가지러 나온 듯하다. 오늘은 연하장이 배달되는 날임을 그제야 떠올렸다.

"잠깐 실례하겠습니다." 데쓰로는 서둘러 옆집까지 가서 말을 걸었다. 현관문에 손을 댄 여성이 의아한 표정으로 돌아봤다.

"옆집 다카시로 씨 댁에 찾아왔는데 부재중이라서요. 무슨 일인지 혹시 아시나요?"

"다카시로 씨……요." 그녀는 입가에 손을 대고 천천히 대문까지 돌아왔다. "안 계실지도 몰라요." 목소리를 낮춘다. 그다지 당당하게 이야기할 내용이 아니라는 말인가.

"어디 여행이라도 갔나요?"

"아뇨. 여행이라기보다……" 그녀는 순간 생각에 잠긴 듯한 표정을 짓더니 대답했다. "부인의 친정에 간 게 아닐까요? 새해니까."

얼버무리고 있구나. 데쓰로는 직감했다. 그리 친하지 않았더라도 옆집의 이상을 전혀 모를 리 없다.

"부인과 따님은 그럴지도 모르지만, 남편은 얼마 전까지 이곳에 있었습니다. 지난달 방문했을 때는 그랬는데요."

주부는 동요하는 듯했다. 립스틱을 단정하게 칠한 입술이 살짝 일그러졌다.

"글쎄요……. 다른 집 일이라 저희는 잘……" 그녀는 손바닥을 살살 흔들며 말하고 얼른 문 안으로 사라졌다.

데쓰로는 한숨을 짓고 나카오의 집 앞으로 돌아왔다.

재빨리 주위를 둘러보고 누가 보지 않는지를 확인한 뒤 대문을 열고 안으로 들어갔다.

현관으로 이어진 계단을 오르지 않고 마당으로 돌아갔다. 깔끔하게 깔린 잔디는 옅은 갈색이었고 여기저기 잡초가 자라고 있었다. 집 벽에는 덩굴 식물이 잔뜩 퍼져 있었다. 한참 손질하지 않은 듯하다.

이전에 데쓰로가 안내받은 거실의 창문도 커튼이 닫혀 있었다. 그래도 조금 틈이 있는 것을 발견하고 그곳으로 얼굴을 가까이 가져갔다.

안의 상황을 살피고 싶었는데 보이는 범위는 매우 한정적이었다. 정면에 커다란 TV가 보일 뿐이었다. 나카오에게 무슨 일이 일어났음을 시사하는 것은 보이지 않았다.

하지만 자세히 보니 TV 아래에 비디오 재생기기가 있었다. 바로 알아차리지 못한 것은 표시 패널의 문자가 꺼져 있었기 때문이다. 즉, 전원이 꺼져 있다는 것이다. 그런 일을 했다는 것은 오랫동안 집을 비운다는 소리다.

더 보려고 데쓰로는 유리에 바싹 붙었다. 그때였다.

"누구세요?"

갑자기 소리가 나 그는 숨을 삼켰다. 목소리가 들려온 쪽을 보니 짧은 머리의 몸집이 작은 여성이 서 있다. 그녀는 줄을 잡고 있었는데 줄 끝에 시바견보다 두 배쯤 큰 개가 있었다. 개는 데쓰로에게서 눈을 떼지 않고 언제든 달려들 수 있음을 온몸에서 뿜어내고 있다.

그녀의 얼굴이 조금 낯익었다. 나카오의 피로연에서 봤었기 때문이다. 하지만 그녀가 자신을 기억하리라는 기대는 할 수 없었다. 피로연 손님은 200명이 넘었는데 미식축구부 동료는 그중에서도 가장 별 볼 일 없는 무리 였다.

"오랜만입니다. 나카오의 부인 되시죠."

데쓰로가 한 걸음 나서자 그녀가 한 걸음 물러섰다. 그 눈에는 옆에 있는 개보다 더 강한 경계심이 담겨 있었다.

"누구시죠? 미리 말씀드리는데 이 애는 전문 훈련사의 훈 련을 받았어요. 제가 줄을 풀면 당신에게 달려들 거예요."

그녀의 말이 거짓인지 사실인지는 모른다. 다만 개가 천천히 궁둥이를 드는 자세를 취했는데, 그 모습에는 그 냥 넘길 수 없는 박력이 담겨 있었다.

데쓰로는 양손을 머리 위로 들어 올렸다.

"잠깐만요. 니시와키입니다. 니시와키라고 합니다. 나 카오의 대학 동창입니다."

"니시와키……씨?" 이름을 따라 읊으며 여전히 의심스 러운 눈초리로 그를 봤다. "데이토대?"

"그렇습니다. 피로연에도 갔었습니다."

그녀의 얼굴에 기억이 난 듯한 표정이 떠올랐다. 그녀가 줄을 잡은 손을 내리자 개도 몸을 낮췄다.

"개가 아주 멋지네요. 무슨 종입니까?"

"홋카이도견이에요."

"홋카이도?" 데쓰로는 그런 종을 몰랐다. 애매하게 고개를 끄덕였다.

"그런데 무슨 일이시죠?" 나카오의 아내가 물었다. 따지는 듯한 말투는 물론 함부로 마당에 들어간 것에 대한 불쾌감 때문일 것이다.

"무단으로 들어와 죄송합니다." 고개를 숙이고 일단 사과했다. "나카오가 걱정되어서 그만……."

"무슨 말씀이시죠?"

"데이토대 동창 중에 스가이란 사람이 있는데 여러 번 전화해도 나카오가 안 받는다며 제게 연락했습니다. 휴대전화에 걸어도 연락이 안 되어서 혹시 무슨 일이 있나 싶어 와봤습니다."

그녀는 이야기 중간부터 시선을 내리깔았다. 사정은 이해한 듯하다. 숨을 가다듬듯 가슴을 크게 부풀리더니 고개를 들었다.

"그 사람은 이미 여기에 없어요."

역시 그랬구나. 데쓰로는 생각했다.

"집을 나갔나요?"

"그래요."

"그러니까……" 데쓰로는 단어를 골랐으나 적당한 표현이 떠오르지 않았다. "이혼이 성립되었나요?"

그가 사정을 아는 게 의외였는지 그녀는 눈을 부릅떴다.

"지난달에 이곳을 찾아왔었습니다. 그때는 나카오 혼자 있었고 그렇게 될 수도 있다는 얘기를 들었습니다."

"그래요? 그렇다면 제가 설명할 필요는 없겠네요."

그녀는 또 시선을 떨구었다. 빨리 사라지라는 말이겠지.

"하지만 자세한 사정은 전혀 못 들었습니다. 언젠가 얘기하겠다고만 했죠."

"그렇다면 언젠가 그 사람에게 들으세요. 저는 아무것도……." 고개를 흔들었다.

"나카오는 언제 나갔습니까?"

"지난주일 겁니다. 하지만 정확히는 몰라요. 제가 알려줄 필요 없다고 했거든요."

배웅하는 사람도 없이 혼자 떠났다는 말인가. 본인은 그게 더 편했을지 모르겠다.

"어디 갔는지 아십니까?"

그녀는 굳은 표정인 채 고개를 저었다.

"모릅니다."

"아니, 하지만 연락은 되시죠?"

"연락처도 묻지 않았어요. 내가 연락할 일은 없을 테니까요."

"그런……." 말도 안 된다는 말이 나오려는 걸 간신히 다시 삼켰다. "만에 하나 연락해야 할 일이 생기면 어떡합니까? 자녀분 일이나."

"아까도 말씀드렸죠? 그럴 일은 없다고. 다카시로 집안과 그 사람은 모든 관계를 끊기로 했어요. 저기요. 다른 용건이 없으면 돌아가주시겠어요? 앞으로 할 일이 많아서요."

"아, 죄송합니다. 그러면 마지막으로 하나만. 회사는 언제부터 출근하나요?"

그러자 그녀는 아픈 곳을 찔린 듯 입술을 굳게 다물었다가 심호흡하고 고개를 숙인 채 말했다.

"그 사람은 회사도 그만뒀어요."

"네?" 데쓰로는 입을 반쯤 벌렸다. "언제요?"

"실제로 언제까지 회사에 나왔는지는 모르겠어요. 절차상으로는 작년 말에 퇴직한 것으로 되어 있을 겁니다."

"그건, 그러니까 이혼 때문입니까?" 너무 깊이 들어가는 게 아닌가 생각했으나 묻지 않을 수 없었다.

"니시와키 씨와는 관계없는 일이죠." 그녀는 억양 없는 목소리로 말했다. "부디 돌아가주세요."

더 매달렸다가는 문지기 개가 엉덩이를 들게 생겼다. 폐를 끼쳐 미안하다고 인사하고 데쓰로는 그녀 옆을 지나쳐 밖으로 나왔다.

집 앞에 크림색 피아트가 세워져 있다. 다카시로 집안의 세컨드 카일지 모른다. 그 볼보는 나카오가 타고 있겠지.

데쓰로는 지나치면서 자연스럽게 안을 봤다. 직접 만든 것처럼 보이는 컬러풀한 쿠션이 뒷좌석에 놓여 있다. 미식축구 볼 모양이었다.

4

데쓰로는 집으로 돌아와 도착한 연하장을 대충 훑어보고 친구 몇 명에게 전화를 걸었다. 새해 인사차 건 것이지만 주목적은 나카오의 소식을 묻는 것이었다. 괜한 걱정을 끼치는 것은 좋지 않을 것 같아 이혼과 퇴사 사실은 숨기기로 했다.

문득 떠오른 생각이 있어 작업실로 가 책상 서랍을 열었다. 옛날 연하장 다발이 아무렇게나 넣어져 있다. 그것을 꺼내 한 장씩 살핀다. 마침내 찾던 연하장을 발견했다. 다카시로 고스케 옆에 리쓰코라고 적혀 있다. 이로써 나카오의 아내 이름을 알았다.

그 엽서에는 갓난아이를 안은 나카오와 옆에서 미소 짓는 리쓰코의 사진이 인쇄되어 있었다. 행복에 넘치는 사진이었다. 리쓰코는 머리가 길고 지금보다 훨씬 통통했다. 그리고 나카오는 요즘과는 비교할 수 없을 정도로 몸집이 크고 낯빛이 좋았다.

그들이 왜 이혼했는지는 모른다. 나카오가 불륜을 저지른 것일 수도 있다. 가족회사 중역의 딸과 결혼한 이상 부정을 저지른 게 원인이 되어 이혼하면 회사에 계속 다니긴 힘들 것이다.

다카시로 집안과 그 사람은 모든 관계를 끊는다. 리쓰코의 석연치 않은 말이 떠올랐다. 결국은 그녀가 남편에게 결별을 선언한 것인가.

하지만 데쓰로는 리쓰코가 무언가를 숨기고 있는 것처럼 보였다. 그 이유는 차 안에 놓인 쿠션이다. 만약 남편에게 배신당했다고 생각한다면 그 남자의 상징인 미식축구 관련 물건 같은 것을 제일 먼저 처분하지 않았을까.

또 하나 걸리는 게 있다. 나카오가 집을 나간 것은 미쓰키의 사건과 관련이 있을까.

나카오는 옛 애인을 찾으려고 가정을 버렸나. 그런 생

각도 해봤다. 그러나 그는 그렇게 생각 없는 사람이 아니다. 게다가 얼마 전 데쓰로가 나카오의 집에 갔을 때 그는 이미 이혼을 결정한 상태였다. 그 시점에서 그는 미쓰키의 실종을 알지 못했다.

하지만 같은 시기에 나카오까지 자취를 감춘 게 우연일 수는 없다.

오래된 연하장을 서랍에 다시 넣고 거실로 돌아오려는데 책상 위의 전화가 울렸다. 순간 나카오인가 생각했다.

그러나 전화는 리사코가 건 것이었다.

"지금 신주쿠에 있는데 잠깐 나올래?"

"신주쿠? 거기서 뭐 해?"

"그건 오면 알아. 어떤 사람과 같이 있어."

"어떤 사람?"

"그러니까 그건 당신이 직접 확인해. 그 사람이 당신에게 전하고 싶은 게 있다니까."

"그게…… 히우라와 관련이 있나?"

그녀는 조금 틈을 두고 그렇다고 대답했다.

"장소를 말해줘." 데쓰로는 볼펜을 들고 메모지를 당겼다.

새해라고 해도 3일이면 평소 신주쿠의 밤과 다를 게 없다. 평소보다 취객이 많아 죄다 조금은 나사가 풀린 것처럼 보이는 정도다.

리사코는 신주쿠 도로에 면한 칵테일 바로 오라고 했다. 빌딩 지하에 있는 곳이다.

문을 열자 어두컴컴한 조명 아래에 담배 연기가 흩날리고 있었다. 오른쪽에 카운터가 있고 왼쪽에 테이블이 놓여 있다. 거의 모든 자리가 차 있고 커다란 테이블을 차지한 젊은 그룹이 주위에 폐를 끼치며 큰 소리로 떠들고 있다.

가장 안쪽의 작은 테이블에 리사코가 있었다. 촬영에서 돌아오는 길이라 혼자만 등산객 같은 차림이다. 테이블 위에는 진 비터가 놓여 있다.

데쓰로는 다가가 리사코의 건너편에 앉으려 했다. 그런데 뒤에서 누가 어깨를 두드렸다.

"나란히 앉아. 부부잖아?"

하야타 유키히로가 온더록 잔을 들고 서 있었다. 의외의 상대라 할 말을 잃고 말았다.

그는 한 번 더 앉으라고 했다. 시키는 대로 리사코 옆에 앉았다. 하야타와 둘이 마주 보는 형태가 되었다.

"내가 있는 줄 알면 네가 돌아가버릴 수도 있어서 숨어 있었어. 미안해."

"그런 생각은 안 해. 물론 놀라긴 했지만."

웨이터가 주문받으러 왔다. 데쓰로는 기네스 맥주를 주문했다. 하야타가 와일드터키 온더록을 한 잔 더 주문했다.

"그래서 무슨 일이야?" 데쓰로가 리사코에게 물었다.

"우연히 만났어."

"어디서?"

"우리 회사." 하야타가 대답했다. "우리 회사 일로 새해 일출을 찍었대. 회사에 들렀는데 거기서 우연히 만났어."

"그래서 오랜만에 한잔하러 왔단 건가? 둘이서?" 데쓰로는 작위적인 웃음을 지으며 말했다.

"다카쿠라와 단둘이 마신 것은 오랜만이야. 그렇지?" 하야타가 리사코에게 동의를 구했다. 그녀는 설핏 웃었다.

"그러면 나를 부를 이유는 없잖아."

"물론 부르지 않아도 괜찮았다면 최고였겠지." 하야타는 태연하게 말했다.

웨이터가 술을 가져왔다. 하야타는 온더록 잔을 들었다.

"일단 건배하자. 새해니까."

리사코가 먼저 칵테일 잔을 부딪쳤다. 데쓰로도 조금 늦게 흑맥주 잔을 그들의 잔에 가져다 댔다.

"너를 이리로 부른 이유는 하나야. 그거. 이 정도만 말하면 알지?"

데쓰로는 잠자코 그의 눈을 응시했다. 자신이 오기 전에 리사코와 어떤 이야기를 나눴는지 파악할 필요가 있었다.

그러자 하야타는 그의 속셈을 간파한 듯 말했다.

"다카쿠라는 아무 말도 안 했어. 내가 그저 미끼를 던져봤을 뿐이지. 전혀 꼬리가 잡히지 않더라. 나는 아무것도 모른다고 버틸 뿐이야."

데쓰로는 가만히 고개만 끄덕였다. 리사코라면 그랬을 것이다.

"하지만 말이야." 하야타는 버번을 한 모금 마시고 말했다. "목소리로 나온 것만이 말은 아니지."

데쓰로는 무슨 뜻인지 몰라 고개를 살짝 기울였다.

"니시와키. 너도 아냐? 다카쿠라의 버릇?"

"버릇?"

"응. 다카쿠라는 거짓말할 때면 오른쪽 입술 끝이 살짝 올라가. 10년이 지났는데도 여전해서 웃겼어."

데쓰로는 절로 옆자리의 아내를 봤다. 그런 버릇이 있는지 그는 몰랐다. 리사코는 급소를 찔린 듯한 표정으로 테이블 위를 바라보고 있다.

"그 버릇을 오랜만에 보고 확인했지." 하야타가 잔을 놓고 데쓰로의 얼굴을 봤다. "너희들 지금 위태로운 상황이지? 그래서 널 불렀어."

"무슨 소릴 하는지 영 모르겠어." 데쓰로는 웃어 보이고 흑맥주를 마셨다.

하야타는 의자에 기대고 턱을 당겨 흘끗 위를 봤다.

"히우라는 찾았어?"

데쓰로는 순간 숨을 멈췄다. 옆자리의 리사코는 진 비터 잔을 입으로 가져갔다. 낭패를 숨기려는 것일까. 그 손의 움직임이 너무나도 이상했다.

"그 호적등본 중 하나가 히우라의 것이었다는 사실은 녀석의 남편에게 들어 알겠지. 내가 도쿠라 살인사건에 관심을 가진 것도 그것 때문이었어." 하야타는 말하고 대답을 기다리듯 데쓰로를 바라봤다.

데쓰로는 한숨을 내쉬었다. 우리 팀의 수비 라인이 무너지고 라인배커에게 공격당할 때의 심경이었다.

"히우라의 집에 갔었나?" 데쓰로가 물었다.

"시댁에도 친정에도 갔었지. 너랑 마찬가지로." 하야타가 고개를 끄덕였다.

"그래서?"

하야타는 버번을 단숨에 들이켜고 얼음만 남은 잔을 내려놓았다.

"니시와키. 전에도 말했는데 나는 공정하게 가고 싶어.

그러니까 여기서 너와 다카쿠라를 심문할 생각은 없어. 너희들을 경찰에 알리지도 않아. 하지만 다시 선언하지. 나는 이 사건을 쫓을 거야. 그 결과 옛 동료가 상처받을지도 모르나 어쩔 수 없어."

데쓰로와 리사코를 바라보는 눈에는 가차 없는 냉철함이 담겨 있었다. 괜히 선언이라는 말을 사용한 게 아님을 알 수 있었다.

"그럼 마음대로 하면 되잖아. 우리 신경 쓰지 말고."

"물론 신경 같은 거 안 써. 다만 말해두고 싶은 게 있어." 하야타는 테이블에 두 팔꿈치를 내려놓고 큰 몸을 내밀었다. "너희들은 이 사건에서 손 떼. 그게 좋아. 지금이라면 아직 괜찮아."

"무슨 소리야?" 리사코가 물었다.

"불이 나기 전에 살림살이를 챙겨 도망치라는 말이야."

"불이 나?"

"그럴 거야." 하야타는 고개를 한 번 끄덕였다. "곧 내가 불을 붙일 거거든."

"아주 엄청난 얘기를 하네. 사건의 주도권을 쥔 것 같네."

"그렇다고 생각해." 그는 그렇게 말하고 오른손 주먹을 쥐었다.

"뭘 쥐었는데?"

데쓰로가 묻자 그가 싱긋 웃었다.

"나는 너희에게 아무것도 묻지 않겠다고 했는데 너희는 묻겠다고? 공정하지 않은데." 하야타는 주위를 둘러보고 데쓰로 쪽으로 얼굴을 대더니 검지를 세우고 조용히 말한다. "하지만 친구 사이니까 이거 하나만 알려주지. 지금 이대로 가면 경찰은 사건을 해결하지 못해. 열쇠는 내 손에 있어."

허풍으로 들리지 않았다. 또 그가 함부로 허언을 내뱉는 사람이 아님은 데쓰로가 가장 잘 안다.

"자, 그럼. 이만 갈게." 하야타는 자리에서 일어나 주머니에 손을 넣어 구겨진 만 엔짜리 지폐를 테이블에 놓았다.

"너무 큰돈이야."

데쓰로가 만 엔짜리를 돌려주려 하자 하야타가 그 손을 눌렀다.

"내가 불러냈잖아. 됐어. 그보다……." 허리를 꺾고 데쓰로와 리사코를 번갈아 바라봤다. "이게 마지막 경고야. 그 사건에 개입하지 마. 후회한다."

데쓰로는 어떻게든 대응해야 할 것 같았으나 그럴 틈이 없었다. 하야타는 성큼성큼 입구로 향했다. 가게를 나갈 때까지 돌아보지도 않았다.

나흘 뒤 일요일, 데쓰로는 오사카에 와 있었다. 신춘 오사카 하프마라톤을 취재하기 위해서다. 일할 정신은 아니었으나 잡지사와의 약속을 깰 수는 없었다.

나카노시마 공원에서 출발해 나가이 육상경기장으로 들어오는 코스로, 21.0975킬로미터였다. 오사카 국제여자마라톤 코스의 반환점에서 출발해 경기장까지 오는 코스다.

데쓰로는 아침에 주요 선수들의 이야기를 듣고 나서 그들이 출발하는 것도 보지 않고 나가이 육상경기장에 왔다. 이 대회의 결과에는 관심이 별로 없다. 모든 선수가 정식 마라톤의 전초전 성격의 연습 정도로 여기고 있었다.

경기장에는 잔디밭으로 둘러싸인 공원이 펼쳐져 있었다. 공원 둘레는 약 30킬로미터로 평소에도 조깅이나 걷기 운동을 즐기는 사람이 많을 것 같았다. 사실 오늘도 부수적인 이벤트로 10킬로미터 가족 마라톤 행사가 있었는데 참가자가 너무 많아 달리기 힘들었을 정도다.

데쓰로는 경기장 안의 기자 대기실에서 모니터에 나오는 선수들의 달리기 모습을 지켜보며 나흘 전 하야타와의 대화를 떠올렸다. 여러모로 충격을 받았다. 하나는 그가 예상보다 훨씬 자신들 곁까지 추적해왔다는 것이다. 이제는 미쓰키가 사건과 관계없다고는 전혀 생각하지 않을 것이다.

다른 하나는 하야타가 사건 해결의 열쇠를 자신이 쥐고 있다고 단언했다는 사실이다. 그 열쇠의 정체는 알 수 없다. 그는 그 열쇠가 없으면 경찰이 사건을 해결할 수 없다고 했다.

하야타는 뭘 알고 있을까…….

생각에 잠겨 있는데 갑자기 뒤에서 누가 등을 두드렸다. 돌아보니 다이메이공업의 팀 닥터 나카하라가 반가운 표정으로 서 있었다.

"이런 작은 대회까지 취재하다니, 고생하시네요."

"나카하라 씨도 오셨어요?"

"감시죠. 아리사카 코치는 건강 관리에 엄격해요. 그런데도 한물간 감각을 놓지를 못해요. 휴식의 중요성을 전혀 몰라요."

나카하라는 주력 선수를 이런 대회에 참가시키는 것을 반대했다고 한다.

"참, 니시와키 씨가 만나봤으면 하는 사람이 있어요."

그렇게 말하더니 그는 뒤를 보며 누군가에게 고개를 끄

덕였다. 모니터를 보려고 모인 사람 가운데서 앞으로 나온 인물을 보고 데쓰로의 입이 살짝 벌어졌다. 스에나가 무쓰미였다.

청바지에 바람막이를 입은 무쓰미는 니시와키 앞에 와서 고개를 한 번 숙였다.

"이번에 우리 대학 연구에 협력하기로 했어요." 나카하라가 말했다.

"연구라뇨?"

"요컨대" 나카하라는 무쓰미를 슬쩍 보고 말을 고르듯 입술을 적셨다. "무쓰미와 다른 사람의 차이를 모든 면에서 검증해보자는 거죠. 의학적인 부분도 그렇지만, 뛰어난 운동 능력의 비밀도 밝히고 싶습니다. 현재 의학부와 협동으로 연구 프로그램을 만드는 중입니다."

"아, 그래요……." 데쓰로는 무쓰미를 봤다. 무쓰미는 고개를 숙이고 잠자코 있었다.

그때 젊은 남자가 다가와 나카하라에게 말을 걸었다. 그는 잠깐 실례하겠다며 자리를 떴다. 데쓰로와 무쓰미는 어색한 분위기 속에서 서로를 봤다.

"뭐라도 좀 마실까?" 데쓰로가 말하자 무쓰미가 고개를 끄덕였다.

대기실을 나와 대회 운영위원들의 휴게실을 들여다봤

다. 회의 책상이 놓여 있을 뿐 사람은 없다. 복도 자판기에서 음료수를 사서 안으로 들어갔다.

"용케 결심했네." 데쓰로가 캔 커피를 따면서 말했다.

"나를 알리는 게 중요한 것 같아서요." 무쓰미는 스포츠음료 캔을 손바닥에 놓고 이리저리 굴렸다. "제가 알고 싶은 마음도 크고요."

"그렇겠다." 데쓰로는 캔 커피를 마셨다.

무슨 말을 해야 할지 알 수 없었다. 무쓰미가 느끼는 고통의 10분의 1조차 상상할 수 없었다.

"그 사람은 안 왔어요?" 무쓰미가 입을 열었다.

"그 사람?"

"전에 학교에 온 사람."

"아." 미쓰키를 말하는구나. "그 사람도 바빠서 이번에는 나만 왔어."

"그래요?" 무쓰미는 스포츠음료 캔을 땄다. 그 옆얼굴이 낙담한 듯 보였다.

"그 사람이 왜?"

"아니에요." 무쓰미는 입을 다물고 스포츠음료를 마셨다. 그 뒤에 주저하듯 말했다. "그 사람, 고생하고 있죠?"

데쓰로는 캔 커피를 입으로 가져가던 손을 멈췄다. "무슨 뜻이지?"

"아니, 그 사람…… 평범한 여자가 아니잖아요."

그는 캔 커피를 책상에 놓았다. "알고 있었어?"

무쓰미는 설핏 웃었다. 덧니가 살짝 드러났다.

"왠지 직감적으로 알아요. 앗, 이 사람은 다르구나. 그런 생각이 들어 그때 얘기해보자고 결정했어요."

데쓰로도 어렴풋하게나마 그러리라 생각했다.

"몸을 보여준 것도 그래서야?"

"바보 같은 짓이었다고 나중에 조금 후회했어요. 누구든 나보다는 낫다고 말하려던 것도 아닌데."

"그 사람도 그 나름대로 네 몸을 보고 여러 생각을 한 것 같더라."

무쓰미는 조그만 목소리로 그랬냐고 하고 스포츠음료를 마셨다. 미소가 사라졌다.

"그 뒤에 여러 사람을 만나 나도 생각이 많이 변했어. 네가 한 말도 무슨 뜻인지 조금은 알 것도 같고."

"제가 뭐라고 했는데요?"

"결국은 다, 남자는 이렇다, 여자는 이렇다고 마음대로 규정하고 자신과의 차이에 괴로워한다. 남자가 무엇인지, 여자가 무엇인지에 대한 답은 아무도 갖고 있지 않다. 분명 그렇게 말했어."

"아, 그런 말을 했던 것 같기도 하네요." 그녀는 고개를 끄덕였다.

"그 말의 대답이라 해야 하나, 재미있는 말을 들었어. 남자와 여자는 뫼비우스의 띠 위에 있는 거래."

데쓰로는 BLOO의 아이카와 후유키가 한 이야기를 들려줬다. 무쓰미는 흥미롭게 들었다.

"뫼비우스의 띠라……. 재미있네요."

"마음만이 아니라 육체도 똑같이 설명할 수 있겠지. 그렇다면 너는 뫼비우스 띠의 딱 중간에 있는 거지."

"그런 말을 들으니 마음이 좀 편해지네요." 무쓰미는 다 마신 스포츠음료 캔을 일그러뜨렸다. "그 사람, 만나보고 싶네요."

"다음에 소개할게. ……아, 맞다. 좋은 걸 보여줄게."

데쓰로는 가방을 열어 봉투를 꺼냈다. 봉투에는 사진 석 장이 들어 있다. 가장 위가 미쓰키의 나체를 찍은 것이다. 그것을 무쓰미 앞에 놓았다.

"그 사람의 몸이야. 아는 사진작가가 찍어준 거지."

"와!" 무쓰미는 사진을 뚫어지게 바라보기 시작했다. 호기심에서가 아니라 순수하게 예술 사진을 보는 눈빛이라 조금 의외였다.

"정말 많이 운동했네요. 근육이 잘 붙었어요."

"그 무렵에는 아직 남성 호르몬 주사의 영향도 남아 있었을 거야."

"지금은 안 해요?"

"아마도 그럴 거야." 애매하게 끄덕이고 사진을 봉투에
넣으려 했다.

그때였다. 무쓰미가 깜짝 놀란 듯 눈을 동그랗게 떴다.
그녀의 눈은 다른 사진으로 향해 있었다.

"왜 그래?"

"저 사진에 있는 사람……. 아니, 그 크리스마스트리 사
진이 아니라 다른 사진이요." 그녀가 가리킨 것은 가오리
가 동료 호스티스와 찍은 사진이다. 애당초 가오리는 가
명이다.

"이 사람, 지인이예요?" 무쓰미가 가오리의 얼굴을 가
리켰다.

"아니. 지인이라 할 정도는 아닌데." 데쓰로가 대답했다.

무쓰미는 당혹과 망설임을 드러냈다. 사진에서 시선을
돌리고 바닥의 한곳을 응시했다.

"너, 이 여성을 아니?" 데쓰로는 사진을 그녀 앞에 내밀
었다.

그러자 무쓰미는 고개를 들고 왠지 놀란 듯한 표정으
로 데쓰로를 봤다. 입술이 살짝 움직이기 시작했다.

"아는 게 있으면 좀 알려줄래? 실은 이 여성을 찾고 있

어. 지금 행방불명 상태야."

내면을 증명하듯 무쓰미의 눈동자가 크게 흔들렸다. 그것이 멈춤과 동시에 입을 열었다.

"만난 적 있어요. 딱 한 번이지만."

"어디서?"

"이케부쿠로였어요."

"어떻게 만났어?"

무쓰미는 여전히 망설이는 듯했다. 그러나 그 표정 그대로 입을 열었다.

"젠더를 생각하는 모임……이라는 모임이 있어요."

"젠더…… 성정체성? 거기에 이 여성이 있었어?"

무쓰미는 전에 고민을 해결하려고 다양한 모임에 참가했다고 했다. 하지만 왜 그곳에 사에키 가오리, 아니, 사에키 가오리라는 이름으로 사는 여자가 나타났을까.

무쓰미는 여전히 고민하는 듯했다. 마침내 각오한 듯 크게 심호흡했다.

"그 사람, 아니에요."

"응? 아니라니?"

"아니라고요. 그 사람, 여자가 아니라 남자예요."

6

1월인데 긴자 거리에는 활기가 그다지 느껴지지 않았다. 여전한 불경기에 사람들은 어두운 마음을 안고 있으리라. 새해 분위기가 남은 쇼윈도가 가끔 보였으나 어딘가 공허했다.

데쓰로가 네코메의 문을 열자 바로 호스티스 두 명이 다가왔다. 한쪽은 히로미고 다른 하나는 처음 보는 얼굴이다.

"오늘은 혼자?" 히로미가 그의 코트를 받으면서 물었다.

"응. 미안하지만 나는 카운터에 앉을게."

데쓰로는 재빨리 가게 안을 둘러보고 카운터 자리에 앉았다. 자리는 60퍼센트 정도가 찬 상태였다. 모치즈키의 모습은 보이지 않았다.

히로미가 물수건을 가져다주고 그의 옆자리에 앉았다.

"마담은 없나?"

"이제 올 시간이 됐는데. 마담을 찾아요?"

"응. 할 얘기가 좀 있어. 그런데……" 데쓰로는 다시 가게 안을 둘러봤다. "가오리는 아직도 쉬어?" 알면서도 일부러 물었다.

"그래요. 미안해요. 맨날 나만 있어서. 더 젊은 애로 바꿔줄까요?" 히로미는 여전히 연기하듯 말했다.

"아니야. 괜찮아. 그런데 너는 가오리와 친했어?"

"응. 그렇지 뭐."

"같이 여행 간 적은 없고?"

"여행? 가오리와? 아니, 나는 없어. 우리 가게는 가끔 보너스 여행 같은 걸 보내주는데, 가오리는 참여한 적 없어."

"그녀 집에 간 적은?"

"음. 무슨 짐을 주러 간 적 있어. 아마 긴시초 근처였던 것 같은데."

"그 집에서 묵은 적은 있어?"

"아니." 히로미는 고개를 젓고 호스티스의 눈으로 데쓰로를 노려봤다. "전에도 그렇고 니시와키 씨는 정말 가오리가 마음에 들었나 봐. 그 애 얘기만 하네."

"어쩔 수 없지. 이런 가게의 손님은 마음에 드는 애를 보러 오는 거니까." 미즈와리 잔을 들고 말했다.

"그렇기는 하지만 이 자리에 없는 애 얘기만 하라고 하니까." 히로미는 부루퉁한 표정을 지었다. 물론 이것도 연기일 것이다.

사람 좋아 보이는 인상으로 영 거짓말은 못 한다는 분위기를 내고 있으나, 저 가면에 속지 말자고 자신을 다독였다. 오랫동안 함께 일한 이곳의 여성들이 가오리의 정체를 몰랐을 리 없다.

데쓰로는 미즈와리를 마시면서 생각했다. 무엇보다, 가오리가 사실은 여성이 아니라는 말은 지금도 믿어지지 않는다.

하지만 스에나가 무쓰미는 단언했다. 틀림없이 그 사람은 남성이었다고.

"처음에는 저도 놀랐어요. 그런 곳에서는 겉모습과 마음을 나눠 생각해야 한다는 건 알고 있었고 저도 다른 사람보다는 그런 부분을 잘 알아차린다는 자신이 있었는데 그 사람이 남성이라는 것은 믿을 수가 없었어요. 하지만 본인이 직접 말했으니까 틀림없어요."

미쓰키의 본질을 한눈에 꿰뚫어 본 무쓰미조차 이렇게 말하니 자신이 몰랐던 것도 당연하다며 스스로를 납득시켰다. 아마 단골손님조차도 그녀가 먼저 고백하지 않는 이상 알지 못할 것이라는 생각이 들었다.

무쓰미는 그때 상대가 자신을 다테이시라고 밝혔다고 했다. 이름까지는 말하지 않았다. 다테이시가 먼저 그녀에게 말을 걸었단다.

"호적 때문에 고민한 적 없냐고 물었어요. 호적을 보면 성별을 알게 되고 온갖 정식 절차는 호적에 실린 이름으로 해야 하니까 호적 때문에 곤란하지 않냐고. 나는 일단 호적상 여자로 되어 있고 여자로 생활할 생각이라 당장은 곤란할 게 없는데 앞으로는 그럴 수도 있겠다고 답했어요."

다테이시는 무쓰미가 그렇게 말하자 그러면 만약 상담할 일이 생기면 연락하라며 연락처를 적은 메모를 그녀에게 건넸다. 유감스럽게도 무쓰미는 그 메모를 바로 잃어버렸다. 다만 그 메모에 적힌 이름이 다테이시가 아니라 여자 이름이었던 것은 기억한다고 했다. 데쓰로가 사에키 가오리가 아니었냐고 묻자 그런 느낌의 이름이었던 것 같다고 대답했다.

데쓰로는 조금씩 뭔가가 보이는 듯한 느낌이 들었다. 다만 그것을 밝혀내는 게 옳은 일인지는 자신이 없었다.

문 열리는 소리가 나고 "안녕하세요"라고 말하는 목소리가 들렸다. 데쓰로는 입구를 봤다. 마담 노즈에 마키코가 들어오고 있었다. 진보라 기모노를 입고 있다.

노즈에 마키코는 다른 호스티스와 무언가 이야기를 나눈 후 테이블석에 거만하게 앉아 있는 손님들에게 인사하러 갔다.

"마담과 얘기하고 싶은데." 데쓰로는 히로미에게 말했다.

"알았어요. 그럼 조금만 기다려요." 히로미는 자리에서 일어났다. 그러나 곧장 노즈에 마키코에게 가지는 않았다. 말을 걸 타이밍을 보는 것이리라.

데쓰로가 미즈와리를 두 잔째 받았을 때 드디어 노즈에 마키코가 옆으로 왔다. 영업용으로 보이는 미소 너머에 어딘가 나무라는 듯한 기색이 있다.

"작년에는 고마웠어요. 올해도 잘 부탁드려요. 니시와키 씨."

"바쁜데 미안해."

"아니에요."

"실은 가오리 일로 확인하고 싶은 게 있어서." 데쓰로는 주위를 살피며 그녀에게 얼굴을 가까이 가져갔다.

노즈에 마키코는 살짝 한숨을 내쉬었다. 웃고는 있지만, 또 그 얘기냐는 듯 불쾌감을 드러냈다.

"그 애는 이제 여기 없어서요."

계속 쉰다고는 말하지 않았다.

"그건 알아. 그러니까 솔직히 말해줄 수 있겠지."

"제가 니시와키 씨에게 거짓말한 적 있나요?"

"가오리에 관한 일이지. 아니, 더 정확히 말하자면……" 주위에서 귀를 쫑긋 세운 사람이 없는지 다시 확인하고 말했다. "다테이시에 관한 일이라고 해야 할까?"

노즈에 마키코는 미소를 유지하고 있었으나 그 미소가

비디오의 멈춤 버튼을 눌렀을 때처럼 움직임이 없었다. 하지만 그것도 한순간이었고 그녀는 곧 표정을 되찾았다.

"다테이시? 그게 누군가요?"

"얼버무려도 소용없어. 나는 다 알아."

그러자 그녀는 데쓰로를 응시하며 까딱 고개를 끄덕였다.

"뭘 아신다는 건지는 모르겠는데 그러면 된 거 아닌가요? 제게 물을 필요는 없겠네요."

그녀는 일어나려 했다. 데쓰로가 그녀의 어깨를 건드렸다.

"자세한 사정을 알고 싶어. 당신에게 폐를 끼치진 않아. 나는 그저 히우라 미쓰키를 찾고 있을 뿐이야."

그 이름이 데쓰로의 입에서 나올 줄 몰랐으리라. 노즈에 마키코는 눈을 계속 깜빡였다. 그 순간에는 미소가 사라지고 없었다.

미쓰키의 이름을 꺼내는 것은 도박이었다. 그러나 노즈에 마키코가 경찰에 알리지 않으리라 예상했다. 이 여성이 자신보다 훨씬 많은 비밀을 안고 있을 테니까……

노즈에 마키코는 마스카라를 칠한 속눈썹을 내리깔고 잠시 생각에 잠겼다가 이윽고 입을 열었다.

"이 앞의 도로를 신바시 쪽으로 걷다 보면 왼쪽에 '피트'라는 카페가 나올 거예요. 거기 2층에서 기다리세요. 곧 갈게요."

"피트. 알겠어." 데쓰로는 의자에서 일어났다.

2층에서 기다리라고 한 이유는 바로 알 수 있었다. 어두컴컴한 복도를 올라가면 테이블이 네 개 있는데 손님은 하나도 없었다. 이런 상황이라면 누군가가 엿들을 위험은 없을 것이다.

주문한 커피가 나옴과 거의 동시에 노즈에 마키코가 나타났다. 여직원은 그녀에게도 주문 여부를 물었으나 자신은 필요 없다고 대답했다.

"여기까지 오게 해서 미안해."

노즈에 마키코는 생긋 웃고는 담배에 불을 붙였다. 말보로였다.

"가오리 일은 누구에게 들으셨죠?"

"우연히. 남녀의 성에 관한 모임에 나간 사람이 그곳에서 가오리를 만났다고 했어."

"그래요? 세상 좁네요." 그녀는 고개를 돌리고 연기를 내뱉었다.

"마담은 그녀가 남자라는 것을 당연히 알았겠지?"

"그야 뭐."

"네코메가 그런 사람을 고용하는지는 몰랐어."

"사실을 알면 손님들이 화내겠죠."

"손님은 전혀 몰랐단 말이군."

"그야 당연하죠. 말할 이유가 없으니까."

"어떻게 그녀를 고용했지?" 그렇게 말하고 '그녀'라는 말이 어울리지 않는다고 데쓰로는 생각했다.

"오랜 지인이 소개했어요. 하지만 설마 남자를 데려올 줄은 몰랐죠." 노즈에 마키코가 웃었다. 진짜 미소였다.

"거절할 생각은 없었나?"

"처음부터 남자인 줄 알았으면 당연히 거절했겠죠. 사실은 채용하고 나서 알았어요. 당신도 한눈에 마음에 들었잖아요. 그런데 천천히 얘기를 나눠보니 사정이 그렇지 않겠어요? 물론 그때도 고민했죠. 하지만 이렇게 예쁘니 손님이 불평하지는 않겠지 싶어 그냥 뒀어요."

경영자 가운데는 호스티스의 몸을 돈벌이 수단으로 이용하는 사람도 있는데 노즈에 마키코는 그런 타입은 아니라는 얘기다.

"확실히 미인이지. 실은 지금도 못 믿겠어."

노즈에 마키코는 그거 보란 듯 고개를 끄덕였다.

"그 애는, 카스트라토예요."

"카스트라토라니, 그 카스트라토?!"

"맞아요."

소년기의 미성을 성인이 되어서도 유지하려고 어릴 때 거세한 남성 가수를 말한다. 데쓰로는 파리넬리라는 유명한 카스트라토를 주인공으로 한 영화를 본 적 있다.

"요즘 세상에 목소리를 유지하려고 거세하는 경우가 있나?"

데쓰로의 말에 노즈에 마키코는 웃으면서 손을 살살 흔들었다.

"카스트라토 같은 존재라는 거죠. 하지만 어릴 때 거세한 것은 사실이에요."

"누가, 왜 그런 일을?"

"본인이요. 스스로 상처를 냈죠."

"말도 안 돼!"

"본인이 그렇게 말했으니까요. 초등학교 때였대요. 형과 누나가 있었는데 그 애는 누나처럼 되고 싶었나 봐요. 그렇게 될 거라고 어릴 때부터 믿었대요."

하지만 주변 사람들이 절대 그렇게 되지 않는다는 사실을 알려주었다. 그러면 어떻게 되느냐고 했더니 딱딱한 신체에 굵직한 목소리가 나오는 형처럼 된다는 것이다. 그런 사실을 안 소년은 어떻게 해서든 그것만은 피하려고 고민했다. 마침내 그는 자신을 추악하게 변신시키는 근원이 바로 사타구니 사이에 달린 것임을 깨달았다.

그날 이후 그것은 혐오의 대상이 되었다. 이런 거 필요 없어, 이것만 없으면…….

소년의 집은 빵집이었다. 제빵소에는 식빵을 자르는 기계가 있다. 어느 날 밤, 궁지에 몰린 소년은 제빵소에 숨어들어 고환을 절단해버렸다.

"비명을 듣고 부모님이 달려왔을 때는 바닥에 피가 흥건했대요." 노즈에 마키코가 말했다. 이제 그녀는 웃고 있지 않았다. "두 달 가까이 입원했다고 들었어요. 부모님이 이유를 물어서 처음으로 자기 생각을 털어놓았다고 하더군요. 부모님은 그런대로 이해한 듯한데 그렇다고 여자로 살아도 된다는 말은 해주지 않은 것 같아요. 부모로서 어려운 문제였겠죠."

"그래서, 그 상처는 어떻게 됐지?"

"겉으로는 나은 것처럼 보였대요. 하지만 원래의 기능을 거의 잃었어요. 그래서 그 애는 변성기가 오지 않았고 남성스러운 신체가 되지도 않았어요. 바라던 대로 형 같은 몸이 되는 일은 피한 거죠. 누나처럼 되는 것은 그로부터 10년 이상 뒤였지만."

가오리의 아름다움의 비밀을 드디어 알았다. 그는 그야말로 중성이었다.

"본명은 정말 다테이시였나?"

"다테이시 스구루가 진짜 이름이에요."

그녀는 다테이시 스구루立石卓라는 한자를 테이블에 손가락으로 적었다.

"그런 사정을 경찰에 말했나?"

그러나 그녀는 물끄러미 데쓰로의 얼굴을 바라봤다.

"말했어야 했나요?"

"아니. 내가 뭐라고 할 입장은 아니지."

"저는 가게에서 일하는 사람과 고객에 관해서는 내가 이해할 수 있는 이유가 아닌 한 얘기하지 않는다는 원칙을 지키고 있어요. 가령 그 상대가 경찰이라도, 잘 모른다는 말밖에 할 수 없어요."

"하지만 내게는 가오리 얘기를 해주었잖아."

"니시와키 씨는 그 애가 남자라는 것을 알고 있었잖아요. 니시와키 씨가 여기저기 다른 사람에게 그것을 물으며 다니는 것보다 내가 제대로 얘기하는 게 낫겠다 싶었어요."

그러니까 이 일은 비밀이라는 말 같다. 물론 데쓰로도 이 일을 다른 사람에게 이야기할 생각은 없다.

"그녀는 지금 어디 있지?"

"그건 저도 몰라요. 한동안 몸을 감출 건데 걱정하지 말라고 했어요."

"그러면 히우라 미쓰키는? 가게에서 간자키 미쓰루라고 했다는데."

"그 애도 마찬가지예요. 지금 어디서 뭘 하는지, 저는 몰라요."

"형사가 사라진 바텐더에 관해 꼬치꼬치 캐물었을 텐데."

"네. 하지만 내가 대답할 수 있는 것은 하나예요."

잘 모른다는 것이겠지.

데쓰로는 식은 커피를 단숨에 다 마셨다. 그리고 말보로 담배를 가리켰다.

"한 대만 줄 수 없나?"

그러라며 그녀는 담뱃갑을 열었다. 그가 한 대 꺼내자 익숙한 손놀림으로 라이터 불을 켰다.

"나는 히우라 미쓰키의 오랜 친구야. 자세한 사정을 말할 수는 없지만, 그 녀석이 도쿠라 아키오 살해 사건과 관련된 것 같아 이렇게 여기저기 묻고 다니는 거야. 솔직히 말해서 마담은 어때? 둘을 어떻게 생각하지?"

노즈에 마키코는 테이블에 턱을 괴고 고개를 기울였다. 긴 한숨을 한 번 쉰다.

"실은 말이에요. 잠시 의심했어요. 사건 직후에 미쓰루가…… 미쓰키가 모습을 감췄을 때."

데쓰로는 고개를 끄덕였다. 의심하는 게 당연하다. 도쿠라가 여전히 가오리 주위를 어슬렁거린 사실을 마담이 모를 리 없다. 미쓰키가 가오리를 아파트까지 바래다준 것도.

"하지만 믿기로 했어요. 어떤 사정이 있는지는 모르지만, 내가 지켜줘야겠다고."

"왜?"

"가오리가 내게 말했어요. 마담. 우리는 범인이 아니야. 나는 도쿠라 씨를 죽이지 않았어. 미쓰키도 죽이지 않았고. 그것만은 믿어줘. 그렇게 말했죠."

"미쓰키도 죽이지 않았다……."

"그래요. 미쓰키도 죽이지 않았다고 했어요. 나는 그 말을 믿어요." 노즈에 마키코는 고개를 끄덕였다.

제7장

1

　식탁에 리포트 용지를 놓고 볼펜으로 사에키 가오리라고 적었다. 이어서 그 옆에 다테이시 스구루라고 적고 두 이름에 줄을 그어 연결했다.

　"이 둘은 아마도 신분을 바꿨을 거야. 남자로 살고 싶은 가오리는 남자의 이름이 필요했어. 반대로 다테이시는 여자의 호적이 필요했고. 둘의 이해관계가 일치한 거지." 두 이름을 손가락으로 찌르면서 데쓰로가 말했다.

　"그렇다면 둘이 이름을 교환한 것은 가오리 씨가 와세다 아파트를 나온 뒤라는 소리네. 와세다에서는 사에키 가오루라고 했으니까." 리사코가 맞은편 의자에 앉아 이

487

야기를 받았다.

"당연하지. 이사를 계기로 둘은 신분을 바꿨어."

"지금도 서로 연락할까?"

"할 거야. 그렇지 않으면 문제가 생길 테니까. 가령 교통사고를 당하거나 하면 나름대로 대응할 필요가 생기잖아."

"그러네." 리사코가 수긍했다.

가령 다테이시 스구루가 교통사고를 당해 의식불명에 빠진다고 하자. 경찰은 그의 소지품으로 신원을 파악하려 할 것이다. 그런데 그가 가지고 있는 것이 사에키 가오리라는 이름을 나타내는 것뿐이라면 당연히 경찰은 가오리의 집이나 주변 사람들에게 연락할 것이다. 그리고 만에 하나 가오리의 고향에라도 소식이 전해지면 일이 커진다. 그 사에키 칼 가게의 부모님이 병실에서 만나게 될 사람은 성전환 수술을 통해 여성으로 변한 정체 모를 남성이다.

"운전면허증이나 건강보험증 같은 건 어떻게 했을까?"

"보험증은 바꾼 이름으로 신청했을 거야. 문제는 운전면허증 사진이지. 새로 면허증을 따는 게 아니라면 갱신할 때 이전 운전면허증을 제시해야 해. 전의 인물과 명백히 다르면 경찰 담당자가 의심할 거야."

"그러면 운전면허증은 각자 본명으로 된 것을 가지고

있다고?"

"그럴 수도 있고 다른 좋은 방법이 있을지도 모르고."

어쨌든 이름을 교환한 둘은 평생 연을 끊을 수 없는 사이가 될 터이다.

"만약 둘이 지금도 연락하고 있다면 사라진 가오리 씨, 물론 이 사람은 다테이시 스구루겠지만, 그녀의 행방을 진짜 가오리 씨는 알 가능성이 크네." 리사코는 거기까지 말하고는 얼굴을 찌푸리고 두 손으로 머리를 마구 헝클었다. "이거 참 복잡하네. 머리가 너무 혼란스러워."

"진짜 사에키 가오리를 찾아야 해. 단서는 하나밖에 없지만."

"극단 긴도."

"맞아." 데쓰로는 턱을 당겼다.

"단장인 사가는 틀림없이 가오리를 알고 있어. 녀석에게 어떻게든 알아내야 해." 데쓰로는 볼펜을 내던지고 팔짱을 꼈다.

하지만 전에 만난 경험에 비추어 보면 그 일은 어려운 정도가 아니라 거의 불가능에 가까웠다. 그들은 일반적인 사람보다 프라이버시를 중요시한다.

"사가라는 사람, 집을 사무소로도 쓴다고 했지?"

"응."

"그렇다면 그곳에 극단 자료도 많겠네."

"그야 그렇겠지. 하지만⋯⋯." 데쓰로는 리사코의 살짝 올라간 눈매를 바라봤다. 그녀가 무슨 말을 하고 싶은지 안다. "도둑질은 할 수 없어."

"그야 그렇지만." 리사코는 옆을 보며 턱을 괴었다.

데쓰로는 사가가 사는 낡은 아파트를 떠올렸다. 낡았으나 그렇다고 문이 늘 열려 있는 것도 아니다. 스파이 영화 주인공처럼 철사 하나로 뚝딱 문을 여는 것은 황당무계한 공상에 불과하다.

그는 조그맣게 한숨을 내쉬었다.

"내일 사가에게 가볼게. 한 번 더 부탁해보지."

"나도 갈게."

리사코가 곧바로 대답해 당황한 데쓰로는 아내의 얼굴을 바라봤다. 그녀는 그 시선을 그대로 받으며 고개를 까딱 끄덕였다.

"그래. 둘이 부탁하면 잘될 수도 있지." 그다지 기대할 수 없다는 속내는 드러내지 않았다.

리사코는 자리에서 일어나 부엌으로 들어갔다. 냉장고에서 캔 맥주를 꺼내 왔다. "나도 하나 주라." 데쓰로가 말하자 그녀는 잠자코 카운터 너머로 맥주를 건넸다.

그녀는 선 채로 캔을 따고 소파에 앉았다. 테이블에 놓인 극단 긴도 팸플릿을 들고 펄럭펄럭 페이지를 넘긴다.

"둘의 이름 교환에 미쓰키는 어떤 관련이 있을까?"

"이건 내 추리, 라기보다 상상인데." 데쓰로도 맥주를 땄다. "도쿠라 아키오의 집에서 발견된 그 호적등본 말이야, 왜 찢어졌다고 생각해?"

리사코는 담배에 불을 붙이고 연기를 토해내며 고개를 흔들었다. 모른다는 뜻인 듯하다.

"나는 지금까지 막연하게, 그것을 찢은 사람이 도쿠라라고 생각했어. 왜 도쿠라가 가지고 있었는지는 모르고. 하지만 핵심을 잊고 있었어. 도쿠라가 스토커였다는 사실을."

그게 왜 문제냐는 듯 리사코가 고개를 기울였다.

"스토커는 쓰레기장을 뒤지지."

데쓰로의 말을 바로 이해하지 못한 듯했다. 하지만 잠시 뒤에 그녀는 손가락에 담배를 낀 채 입을 크게 벌렸다. 입에서 연기가 흘러나왔다.

"호적등본을 갖고 있던 사람은 가오리 씨였다?"

"본명은 다테이시 스구루였지만. 호적등본을 찢은 것은 그녀였어. 찢어서 쓰레기통에 버린 것을 도쿠라가 집으로 가져온 거야. 물론 다른 것들도 가지고 왔겠지."

"왜 미쓰키의 호적등본을 가오리 씨가……."

"그 이유는 너도 알 텐데." 데쓰로는 맥주를 마셨다.

"미쓰키도 누군가와 이름을 바꿀 계획이었다?"

"준비 중이었을지 모르지. 그러던 차에 그 사건이 일어나 가오리는 경찰의 의심을 받게 되었어. 그래서 모습을 감췄겠지."

"미쓰키가 사라진 것도……."

"자신의 호적등본이 발견되었다는 얘기를 들었기 때문일 거야. 그리고 또 하나." 데쓰로는 검지를 세웠다. "이곳에 더 머물면 우리에게 폐가 된다고 생각했어."

"그렇다면 역시 가오리 씨와 미쓰키는 같이 있을 수 있겠네."

"아마 그럴 거야. 문제는 거기가 어디냐는 거지."

데쓰로는 노즈에 마키코와의 대화를 떠올렸다. 그녀도 가오리 일행이 어디 있는지는 몰랐다. 언젠가 자신이 연락하겠다는 가오리의 말을 믿고 있다고 했다.

하나 더 마음에 걸리는 게 있다. 노즈에 마키코에 따르면 가오리는 미쓰키도 범인이 아니라고 확언했다고 한다. 그 말을 있는 그대로 믿을 수는 없으나 단언까지 한데는 어떤 의미가 있을 것이다.

도쿠라를 죽인 게 미쓰키가 아닌가…….

그 의문이 머리에 들러붙어 떨어지질 않았다. 미쓰키

가 범인이 아니라면 기쁜 일이고, 사실이기를 진심으로 바라고 있다. 그렇다면 미쓰키는 왜 자신이 죽였다고 모두에게 말했을까. 심지어 자수할 결심까지 했다.

"미쓰키는 누구와 이름을 바꿀 생각이었을까?" 리사코가 캔 맥주를 한 손에 들고 중얼거렸다.

데쓰로는 작업실에 들어가 밀린 일을 하기로 했다. 사건을 조사하느라 요즘 글을 거의 쓰지 못했다. 특별히 중요한 일은 없지만 그렇다고 대충대충 할 수도 없었다. 그는 사건에 정신이 팔리는 것을 간신히 참으면서 묵묵히 키보드를 두드렸다. 그래도 평소보다 일이 제대로 되지 않는다. 집중이 안 되는 것이다.

오사카에서 열린 하프마라톤 기사도 마무리해야 한다. 데쓰로는 제목만 적고 내용을 생각했다. 메모와 사진을 늘어놓았으나 도무지 생각이 정리되지 않았다. 그날, 가장 인상에 깊게 남은 것은 스에나가 무쓰미에게 들은 이야기였다.

가오리가 사실 남성이었다는 이야기에 놀랐으나 한 가지 더 걸리는 게 있었다. 가오리가 무쓰미에게 했다는 말이다.

'호적 때문에 고민한 적 없냐고 물었어요. 호적을 보면 성별을 알게 되고 온갖 정식 절차는 호적에 실린 이름으

로 해야 하니까 호적 때문에 곤란하지 않냐고.'

고민 내용을 호적으로 한정해 물은 게 마음에 걸렸다. 어쩌면 가오리는 자신과 마찬가지로 호적이나 이름을 교환할 사람을 찾고 있었던 게 아닐까. 성정체성을 고민하는 모임이란 그런 거래 상대를 모을 절호의 기회일 수 있다.

그렇다면 이름을 교환한 사람이 사에키 가오루나 다테이시 스구루 외에도 있다는 소리다. 그리고 미쓰키는 그런 사람이 되려 했다…….

어쩌면 우리가 폭로하려는 것은 생각하는 것보다 훨씬 큰 것일지 모른다. 데쓰로는 그런 느낌이 들었다.

데쓰로는 일이 일단락되자 부엌으로 가서 잔에 얼음을 넣고 버번 온더록을 만들었다. TV를 켜고 소파에 앉아 조금씩 마셨다. TV에서는 처음 보는 개그맨이 여장 차림으로 관객의 웃음을 끌어내고 있었다. 옷 속에 보형물을 넣어 이상할 정도로 가슴을 부풀렸다. 속눈썹도 짙고 길었으며 입술을 새빨갛게 칠했다. 요컨대 남자가 좋아하는 여성 스타일을 코믹하게 그려낸 것일 텐데, 그 바탕에는 여자란 이런 것이라는 단정이 존재하는 것 같았다. 그러고 보니 요즘 들어 가슴을 드러내 보여주는 여성이 늘어났고 그를 위한 보정 속옷이 잘 팔린다고 한다. 다양화 시대라면서 어느 부분에서는 기묘한 편중이 일어나고 있을지 모른다. 데쓰로는 BLOO의 아이카와에게 들은 말을 떠올렸다. 남자와 여자는 모두 뫼비우스 띠 위에 있고 거기에 경계선 같은 것은 없다고 했다. 그게 진리일지 모른다. 하지만 남자에게도 여자에게도 어떤 보이지 않는 힘이 작용해 어정쩡한 위치에 서 있는 것이 허락되지 않는 게 아닐까.

한 잔을 다 비워 한 잔을 더 만들려는데 문이 조용히 열렸다. 리사코가 떨떠름한 표정으로 들어왔다.

"내일 말인데……." 그녀는 왠지 그의 눈을 피하는 듯했다. "나는 안 갈래."

"안 가? 사가에게 가는 거?"

"응." 리사코가 대답했다.

"그야 상관없긴 한데. 왜? 급한 일이라도 들어왔어?"

"아니야. 일은 없어." 그녀는 왼손으로 자신의 오른쪽 어깨를 주무르며 데쓰로를 올려다봤다. "이런 일을 해도 되나 싶어서."

"이런 일? 무슨 뜻이야?"

"그러니까 그게, 잘 표현할 수는 없는데 그들은 필사적으로 무언가를 하려 해. 사에키 가오리 씨도, 다테이시 스구루 씨도. 자신의 성정체성과 육체와의 차이에 힘들어하다가 이름을 바꾸는 방법에 도달했어."

"그랬겠지."

"그거, 잘 생각해보면 아주 힘든 일이야. 보라고. 본래 자신의 과거를 전부 버려야 하잖아. 학력도 경력도 전부 백지로 만들어야 해. 그것만이 아니야. 과거의 지인도 친구도 가족도 친척도 다 잃고 말아."

"그 많은 희생을 치르고서라도 얻고 싶은 게 있다는 말이기도 하지."

"그러니까 말이야." 그녀는 양손을 아래로 흔들었다. "그렇게까지 해서 손에 넣은 것을 우리 탓에 잃으면 너무하지 않아?"

"나는 그것을 잃게 하려는 게 아니야. 그저 히우라를 찾고 싶을 뿐이야."

"그게 결과적으로 그들을 불행하게 만들 것 같아. 실제로 미쓰키를 찾는 과정에서 많은 것을 알고 말았잖아."

"경찰에 얘기할 마음은 없어."

"그 정도로 끝나면 좋겠지만……. 미쓰키 일도 그래. 미쓰키를 찾아내는 게 걔를 위한 일일까? 다른 사람이 되어 새로운 인생을 살려고 하는 걸지도 모르는데."

"그럴 수도 있지만, 나는 이대로 놔둘 수 없어."

"그거 단순한 호기심 아니야?"

"그렇지 않아."

"여하튼 나는 안 갈래. 이 건에서 손 뗄래." 리사코는 시선을 대각선 아래로 던졌다.

"손을 떼다니, 완전히?"

"완전히. 나는 미쓰키의 운을 믿을래. 우리가 할 수 있는 일은 이제 없어."

"그래? 그럼 어쩔 수 없지." 데쓰로는 냉장고를 열고 얼음 세 개를 잔에 넣었다.

"당신도 손을 떼는 게 좋아."

"나는 내가 됐다는 생각이 들 때까지 해볼 거야." 버번을 얼음 위에 부었다.

"하야타의 말을 떠올려봐. 우리는 위험한 지점에 있을지 몰라."

"그런 녀석 말은 무시해."

"그럴 수는 없어. 그 사람은 프로야."

"그럴 수도 있지. 하지만 내가 앞서고 있어."

"그는 완전히 다른 길을 달리고 있어. 뜻밖의 곳에서 당신과 정면충돌할 수도 있어."

"어쨌든" 데쓰로는 잔을 리사코의 얼굴 앞에 내밀었다. "나는 그만두지 않을 거야. 볼을 놓친 건 바로 나야. 그러니까 내가 반드시 볼을 다시 잡아야 해."

리사코는 그의 얼굴을 노려본 뒤 살짝 곤란한 듯한 표

정을 지었다. 그리고 다시 노려보고 휙 몸을 돌려 집을 나갔다.

데쓰로는 소파로 돌아와 버번을 다시 마시기 시작했다. TV에서는 다른 프로그램이 흐르고 있었다.

하야타의 이야기는 데쓰로도 마음이 쓰였다. 그러나 그렇다고 물러날 마음은 없다. 미쓰키를 친구라 생각하고 있다. 그렇기에 어디선가 고뇌하고 있을 미쓰키를 돕고 싶다.

그보다 의외인 것은 리사코의 변심이다. 내일 같이 가겠다고 말을 꺼낸 것은 그녀였다. 조금 전의 주장에는 설득력이 있으나 진짜 그것만이 이유일까. 만약 순수한 변심이더라도 그녀를 그렇게 만든 것은 과연 무엇인가.

데쓰로는 대답을 찾지 못한 채 두 번째 잔을 비웠다.

2

다음 날, 데쓰로는 미팅과 취재 등으로 오후부터 도쿄를 이리저리 돌아다녔다. 한가해진 때에는 이미 해가 저물어 있었다. 그래도 그는 아카쓰쓰미로 향했다. 사가 마사미치의 아파트가 있는 곳이다.

집을 나올 때, 리사코는 데쓰로에게 아무 말도 하지 않았다. 그를 말릴 수 없다고 생각했을 것이다. 데쓰로도 마음을 바꿀 생각은 없었다.

그때 조금 기묘한 일이 있었다. 극단 긴도의 소책자를 아무리 찾아도 찾을 수 없었다. 리사코에게 물었는데도 "나야 모르지"라는 무뚝뚝한 대답이 돌아왔을 뿐이다. 어젯밤에는 분명히 테이블 위에 있었는데 이상했다.

전에 왔을 때와 같은 길을 따라 아파트로 다가갔다. 그런데 그 동굴처럼 어두운 입구가 보였을 때 데쓰로는 순간 옆에 세워져 있던 차 뒤에 몸을 숨겼다. 아는 얼굴이 있었기 때문이다.

두 남자가 아파트로 들어가는 참이었다. 그중 한 명은 네코메에서 만난 모치즈키 형사가 분명했다.

왜 저 사람이 여기에…….

우연이라 생각할 수 없다. 아마 그들도 사가를 찾아왔으리라. 그러나 어떻게 극단 긴도까지 알아냈을까.

모치즈키는 사가에게 어떤 질문을 할까. 그리고 사가는 어떻게 대답할까. 이런 생각을 이리저리하면서 안달복달했다. 그 자리에서 수없이 발을 동동 구른 것은 추위 때문만이 아니다.

10분쯤 있으니 모치즈키 일행이 아파트에서 나왔다.

어두워서 표정은 잘 보이지 않는다. 멀리서 보기에는 뭔가 중요한 단서를 잡았다는 기척은 느껴지지 않았다. 단순한 탐문으로 봐도 될 것이다. 그러나 이는 희망적인 관측임이 분명했다.

모치즈키 일행의 모습이 사라지는 것을 확인하고 데쓰로는 아파트로 다가갔다. 이때 이미 한 가지 작전이 그의 머리에 있었다.

낡은 계단을 3층까지 올라 305호의 벨을 눌렀다. 바로 방 안에서 소리가 나고 난폭하게 문이 열렸다.

"뭐야. 또 당신이야!" 사가가 노골적으로 입가를 일그러뜨렸다. 트레이닝복 위에 모직 카디건을 입고 있다.

"죄송합니다. 잠깐만 이야기를 나눌 수 있을까요."

"나는 할 말 없어."

사가는 문을 닫으려 했다. 데쓰로는 그것을 왼손으로 막았다.

"손가락 다칠지도 몰라."

"방금 형사가 왔었죠?"

그의 말에 사가는 허를 찔린 표정을 지은 뒤 곧바로 불쾌감을 그대로 드러냈다.

"그 사실을 알고 있다면 내가 이어서 나타난 하찮은 방문객 때문에 기분이 좋지 않은 것도 알겠네."

"잘 압니다. 하지만 제 얘기를 듣는 게 좋을 겁니다. 조금 전 형사와도 관련이 있으니까요."

사가는 의심과 당혹감이 섞인 눈초리로 데쓰로를 봤다. 하지만 찡그린 얼굴을 두꺼운 손바닥으로 문지르더니 혀를 차고 손잡이에서 손을 뗐다. 마음이 변하기 전에 해치워버리자는 마음으로 데쓰로는 문을 열고 안으로 들어갔다.

방 안 모습은 전에 왔을 때와 큰 차이는 없었다. 회의 책상 위에는 여전히 파일과 서류가 산더미처럼 쌓여 있었다.

"미안하지만 커피도 차도 못 줘." 사가는 팔짱을 끼고 자신의 의자에 앉았다. "무슨 얘긴데?"

"기본적으로는 전과 마찬가집니다. 그 크리스마스트리를 가지고 온 사람의 이름과 연락처를 알려주세요."

"당신도 작작 좀 해. 그런 거 나는 모르고, 안다고 해도 못 가르쳐준다고 얘기했잖아."

"그러면" 데쓰로는 잠시 뜸을 들이고 말을 이었다. "다테이시 스구루 씨에 대해서라면 알려주시겠습니까?"

사가의 낯빛이 확연히 험악해졌다. 두 다리를 턱 내던지듯 앉아 있었는데 이 한마디로 자세가 변했다. 등을 꼿꼿하게 폈다.

"다테이시? 그게 누군데?"

"모르는 척하지 마세요. 크리스마스트리를 가져온 사람이 다테이시 씨죠?"

사가는 짧은 머리를 벅벅 긁었다. 그리고 데쓰로를 노려봤다.

"역시 당신을 들이는 게 아니었어. 돌아가."

"다테이시 씨의 연락처를 알려줄 때까지 안 돌아갈 겁니다."

"그런 거 없다고 했을 텐데." 사가가 일어났다.

드잡이해도 지지 않을 자신이 데쓰로에게는 있었다. 사가보다 두 배나 큰 덩치의 태클러와도 맞붙은 적 있다. 다만 드잡이가 껄끄러운 것도 사실이다. 생물학적으로, 사가는 여자이니까.

"아까 온 형사를 압니다. 그 형사는 여기에 왜 왔나요? 뭘 물었고요?" 데쓰로가 말했다.

"그걸 당신에게 알려줄 이유는 없지."

"제 추리를 말하죠. 아마 그들은 사에키 가오리라는 사람을 찾고 있을 겁니다. 당신에게도 짚이는 점이 없느냐고 물었겠죠?"

"글쎄 나도 모르지." 사가는 고개를 저었다. "어쨌든 돌아가."

"그 형사에게 알려줄까요? 당신들이 찾는 사에키 가오리의 본명은 다테이시 스구루. 호적상으로는 남자라고."
데쓰로는 엄지를 들어 뒤를 가리켰다.

사가의 입이 굳게 닫혔다. 어금니를 악물었다는 것을 턱의 움직임으로 알 수 있었다.

데쓰로로서는 큰 도박이었다. 여기서 "그러세요"라는 대답이 돌아오면 더는 방법이 없었다.

사가가 길게 숨을 내쉬었다. 어깨에서 힘이 빠졌다.

"알았어. 형사들이 이 집을 뒤지는 일만은 피하고 싶어. 치우는 데 석 달은 걸린다고."

"가르쳐주실 겁니까?"

"내가 가르쳐줄 수는 없어. 스태프의 프라이버시를 지키는 것이 내 최대 업무니까."

"하지만……."

"가르쳐줄 수는 없으나 마음대로 보는 것을 막을 수는 없지. 내 실수가 되는 셈이지." 사가는 흘끗 시계를 보고 현관으로 향했다. "잠깐 담배 사 올게. 15분…… 20분이면 돌아올 거야."

"잠깐만요. 연락처를 어디에 적어뒀는데요?"

데쓰로가 묻자 참 멍청한 질문을 한다는 듯 사가가 떨떠름한 표정을 지었다.

"요즘 세상에 주소록이라고 적힌 노트라도 있을 것 같아? 머리 좀 써."

"앗!"

그럼 다녀오겠다며 손을 들고 사가는 집을 나갔다.

데쓰로는 몸을 돌렸다. 바닥에 아무렇게나 놓인 것들을 조심스럽게 피해 컴퓨터 앞에 섰다. 전원 버튼을 누르고 의자에 앉는다.

곧 나타난 화면을 보면서 마우스를 조작해 극단 관련 파일을 찾았다. 파일은 금방 발견했다. '단원'이라는 파일도 있었다.

약 30명의 이름과 주소, 전화번호가 열거되어 있었다. 가장 위에 사가의 것이 있고 위에서 열여섯 번째에 다테이시 스구루의 이름이 있었다. 니시신주쿠 핫초메의 코포 나가사와라는 연립주택에 살았다.

데쓰로는 취재용 수첩을 꺼내 다테이시 스구루의 연락처를 메모했다. 그 후 다시 단원의 이름을 봤는데 사에키 가오리의 이름도, 간자키 미쓰루의 이름도 없었다. 물론 미쓰키의 이름도 없다.

일단 그 파일을 닫은 다음 그는 다른 파일을 뒤져보기로 했다. '원고'라는 파일이 있다. 그것을 열어봤다. 그러자 이런 문장이 나왔다.

혈액형 성격 진단을 믿는 사람이 많다. 그 사람들은 사람은 A, B, O, AB 네 종류로 나눌 수 있다고 주장한다. 그러나 그런 사람들도 일상에서 혈액형으로 사람을 차별하는 일은 거의 없다.

그 '긴도 니치게쓰'라는 소책자에 있던 글이다. 제목은 '우리는 어떤 색 책가방을 골라야 했을까?'였다.

데쓰로는 별생각 없이 내용을 쭉 훑었다. 〈산타 아줌마〉의 요약본도 있었다.

이 파일을 인쇄소에 넘겨 그 소책자를 인쇄한 모양이네…….

그렇게 생각하면서 마우스를 조작하던 그의 손이 멈췄다. 화면에 나온 문장 속에 '왼쪽 눈이 보이지 않는다'라는 문장이 있었기 때문이다. 그는 그 글을 처음부터 다시 읽었다. 그것은 〈산타 아줌마〉와 같이 극단 긴도가 상연한 연극의 내용이었다. 제목은 〈남자의 세계〉였다.

주인공은 대학 야구 외야수로, 확실한 타격과 강한 어깨를 활용한 정확한 송구가 특기이다. 그 선수가 한 경기에서 큰 실수를 한다. 원 아웃 1루, 3루라는 최대 위기에서 상대 타자가 때린 안타성 타구를 주인공이 다이빙 캐치했다. 그때까지는 좋은 플레이였다. 하지만 그 후가 좋지 않았다. 3루 주자의 득점을 막으려고 그는 홈에 송구

해버린 것이다. 실은 1루 주자가 어중간하게 나와 있었기에 1루로 던지면 더블 아웃으로 경기는 끝났다. 그의 실수로 이 경기에서 패한 팀은 결승전에 나가지 못한다. 그 경기에서의 실수는 그 뒤로도 오랫동안 이야깃거리가 되었다.

그는 프로 진출이 확실시되었는데 프로에 가지 않고 취업했다. 동시에 야구와도 멀어진다. 대학 시절 교제한 여성과 결혼한 것도 그때였다.

하지만 시간이 흐르면서 아내와의 관계는 어쩐지 서먹해졌다. 전처럼 마음을 완전히 열 수 없다는 생각이 든다. 부자연스러움을 느끼면서도 그는 생활을 이어간다.

그로부터 30년 후, 그는 병에 걸리고 침상 곁에 아내가 있다. 불치병임을 안 그는 아내의 손을 잡고 감사의 말을 전한다. 그런 그에게 아내는 의외의 말을 한다.

"감사보다는 내게 할 말이 있지 않아요? 아니면 죽을 때까지 나를 그 세계에 들여놓지 않을 건가요?"

어떤 세계냐고 묻는 그에게 아내가 말한다. "남자의 세계, 라는 곳이요."

그는 무슨 소린지 모르겠다고 말한다. 그러자 그녀는 더는 참을 수 없다는 듯 소리친다. 왜 내게 말하지 않았어요! 왼쪽 눈이 보이지 않는다고! 그래서 1루 주자를 보지 못했다고. 그래서 꿈을 버렸다고…….

데쓰로는 거기까지 읽다가 벌떡 일어났다. 그는 캐비닛 위 종이 상자를 들여다봤다. '긴도 니치게쓰' 소책자가 있다. 거기에서 한 권을 꺼내 페이지를 넘겼다. 〈남자의 세계〉라는 작품도 있었다. 이제껏 읽어보자고 생각한 적조차 없었다.

현관문이 열리고 사가가 돌아왔다.

"끝났나?"

"사가 씨. 이거…… 이 작품……" 데쓰로는 펼쳐진 소책자의 페이지를 가리켰다. "이건 누가 썼습니까?"

사가는 소책자를 낚아채 그 부분을 힐끗 보고는 회의 책상에 내던지며 말했다. "나지."

"거짓말입니다."

"왜 거짓말이라는 거지?"

"사가 씨가 썼다고 해도 기본적인 스토리를 생각한 사람은 당신이 아닙니다. 원안을 낸 사람이 누굽니까?"

"참 끈질기네. 나라고 하면 나야. 아니, 왜? 나면 안 되나?"

당신은 아니야. 그런 마음을 담아 데쓰로는 상대를 노려봤다.

"그렇게 노려봐도 나는 더 이상 말 못 해. 자, 볼일 다봤으면 이만 돌아가." 파리를 쫓듯 손을 내저었다.

"사가 씨. 당신은……."

"더는 안 돼. 아무것도 물어보지 마. 대답 안 할 거니까."

데쓰로는 내쫓기듯 현관으로 밀려났다. 문을 열었을 때 뒤에서 사가가 말했다.

"다시는 오지 마. 오면 안 돼."

데쓰로가 돌아보자 사가는 잠자코 고개만 끄덕였다. 데쓰로도 고개를 끄덕이고 문을 닫았다.

머릿속이 너무 혼란스러웠다. 드디어 손에 넣은 다테이시 스구루의 연락처도 지금은 머릿속에 없었다. 〈남자의 세계〉라는 연극 작품만 생각하고 있다.

데쓰로는 어디를 어떻게 걸었는지도 모른 채 자기 집 앞에 서 있었다. 문을 열자 리사코의 신발이 보였다.

그녀는 거실 소파에 앉아 샌드위치를 먹으면서 일본 R&B 음악을 듣고 있다. 캔 맥주 두 개가 테이블에 놓여 있다.

"어서 와." 리사코가 억양 없이 말했다.

데쓰로는 코트를 벗고 빈 소파에 앉아 리사코의 담배로 손을 뻗었다.

"피울 거야? 웬일이야?"

대답하지 않고 담배를 문 뒤 불을 붙였다. 깊이 한 모금 빨아들이니 폐가 단숨에 뜨거워졌다.

"그거, 내놔."

"그거라니?"

"그거. '긴도 니치게쓰' 말이야. 극단 긴도의 소책자."

"나는 모른다고 했잖아." 리사코는 TV 리모컨을 들고 스위치를 눌렀다. TV와 오디오의 양쪽 스피커에서 정신없이 소리가 나왔다.

데쓰로는 두 개의 리모컨을 조작해 TV와 오디오를 껐다.

"숨기려고 하지 마. 나도 이미 다 알고 있어."

"뭘?"

"〈남자의 세계〉…… 이야기."

리사코가 숨을 멈추는 게 느껴졌다. 그녀는 남편의 눈을 바라보며 가슴에 담아둔 숨을 토해냈다. 그리고 천천히 눈을 깜빡였다.

"그렇구나."

"그걸 읽고 갑자기 사가에게 안 가겠다고 한 거지?"

"응. 맞아."

"왜?"

"그야, 더는 진상에 다가가는 게 무서웠으니까." 리사코는 눈을 내리깔았다.

"그래?" 데쓰로도 그녀에게서 시선을 돌렸다.

리사코는 자리에서 일어나 거실을 나갔다. 침실로 들어가는 듯하다. 조금 후 돌아온 그녀의 손에는 그 소책자가 있었다. 그것을 데쓰로 앞에 놓는다.

데쓰로는 책자를 들어 〈남자의 세계〉가 실린 페이지를 펼쳤다. 다시 한번 읽는다.

"놀랐어?" 리사코가 물었다.

"그랬지. 너는 이걸 읽고 바로 알았어?"

"당연하지. 내 일이 적혀 있으니까."

데쓰로는 고개를 들었다. 리사코와 눈이 마주쳤다. 그녀는 긴 손가락으로 소책자를 가리켰다.

"여기 있는, 남자의 세계에 들어가지 못한 불쌍한 여자가 나잖아. 그리고 이 오만한 전직 야구선수가 당신이고." 그녀가 말했다.

리사코의 목소리에는 데쓰로의 마음을 차갑게 만드는 무언가가 담겨 있었다. 하지만 동시에 그녀 자신의 초조함과 슬픔도 담겨 있는 듯했다.

"알고 있었어?" 데쓰로가 물었다.

"아주 오래전부터. 당신이 말해주기를 내내 기다렸지. 그때까지는 모르는 척하기로 했어."

"그랬던 거구나."

데쓰로는 양손으로 머리를 마구 헝클고 오른쪽 눈꺼풀

을 가볍게 눌렀다. 곧바로 세계가 흐려지고 모든 윤곽이 희미해지며 뒤섞이고 뿌옇게 변했다. 바로 옆에 있는 아내의 얼굴조차 희미해져 보이지 않는다. 눈과 코도 구별되지 않는다.

"시력…… 몇이야?" 리사코가 물었다. "0.1도 안 되지?"

"0.01이랬나."

"아니……!"

데쓰로는 오른쪽 눈에서 손을 뗐다. 또렷한 세계가 되살아난다.

"다행히 오른쪽 시력은 1.2를 유지하고 있어. 덕분에 생활하는 데 지장은 없어."

"그래도 보는 게 힘들지 않아?"

"처음에는 힘들었어. 하지만 금방 익숙해졌어."

리사코는 고개를 저었다. "언제부터 그랬어?"

"그건 몰라?"

"정확히는 몰라. 대강 언제쯤인지는 짐작하는데. 3학년 때까지는 패스에 문제는 없었으니까."

역시 매니저네. 데쓰로는 감탄했다. 아주 잘 관찰하고 있었구나.

"4학년이 되고 얼마 지나서야. 아주 사소한 일이 원인이었어. 왼쪽 눈 시력이 1.5에서 0.1까지 떨어졌어. 그 뒤로도 시력 저하는 멈추지 않았고."

"사소한 일?"

리사코가 물었으나 데쓰로는 대답할 수 없었다. 짧아진 담배를 피우고 연기를 토해낸 후 재떨이에 꽁초를 버렸다.

"역시 그때 사고?"

"말하지 마." 데쓰로는 고개를 흔들었다. "그 일은 말하고 싶지 않아."

리사코가 길게 한숨을 내뱉었다. "우정 때문에?"

"그게 아니야. 누군가를 원망하고 싶지 않을 뿐이야."

"원망하지 않는 것으로 우월감과 자기만족을 얻으려는 것은 아니고?"

"참, 말 얄밉게 한다."

"말해야 했다고 생각해."

"나는 그렇게 생각하지 않아." 데쓰로는 두 대째 담배를 물었다.

비 오는 날의 체육관.

왜 하필 그날, 그런 어린애 같은 짓을 했을까. 얌전히 웨이트 트레이닝만 했으면 좋았을 텐데. 하지만 데쓰로는 미니 게임에 뛰어들었다. 적어도 헬멧만 썼어도 사고는 막았을 것이다. 그러나 이제 전부 쓸데없는 후회다.

"당신이 병원에서 의식을 회복할 때까지, 나는 살아 있는 것 같지 않았어."

그녀의 말을 듣고 데쓰로는 미쓰키의 이야기를 떠올렸다. 병원 대기실에서 리사코가 울었어. 걔가 우는 걸 본 것은 그때가 처음이자 마지막이야……

"무사히 의식이 돌아왔다는 얘기를 듣고 진심으로 안심했지만. 하지만 의식은 돌아왔어도 당신은 소중한 것을 잃었던 거네." 리사코는 데쓰로를 바라보며 말했다.

"처음에는 대단한 일이라고 생각하지 않았어. 바로 돌아오리라 생각했지. 그래서 말하지 않았어."

조금이라도 이상이 생기면 바로 오라고 의사가 말했다. 데쓰로는 그때 이미 왼쪽 눈의 이변을 느끼고 있었으나 말하지 않았다. 동료들에게 걱정을 끼쳐서는 안 된다는 마음이 있었던 것도 사실이다. 하지만 그보다 그가 두려워한 것은 에이스 쿼터백의 자리를 잃는 것이었다. 마지막 리그전을 자신의 어깨로 싸우고 싶었다.

"마지막 경기까지의 플레이를 보면 당신에게 이상한 점은 없었어. 다만 플레이에 조금 변화가 있었지."

"패스가 줄었지."

"맞아." 리사코는 고개를 끄덕였다. "나카오의 컨디션이 좋기도 했지만, 이전 시즌과 비하면 패스가 확연히 줄었어. 특히 롱 패스를 거의 던지지 않았지. 세 손가락에 들 정도로 어깨가 강한데."

"코치와 상의해 나카오의 발을 살리는 공격 패턴을 중심으로 하자고 방침을 정했어. 물론 왼쪽 눈이 제대로 보였다면 다른 방침을 제안했겠지."

"그 패턴으로 계속 이겼으니 그야말로 부상의 덕이었을지도 모르네. 하지만 마지막 경기만큼은 그렇게 되지 않았지."

"적의 라인 디펜스가 완벽했으니까. 감독님이 패스 플레이 중심으로 가자는 결론을 내렸을 때는 사실 눈앞이 캄캄했어."

"하지만 그 경기에서 당신은 여러 번 패스했어. 그중에는 기사회생의 롱 패스도 있었고."

"오래 던져왔으니까. 오른쪽 시야에 들어오는 표적에는 던질 수 있었어. 하지만 원근감이 일그러져 실수도 많이 했어. 리시버인 마쓰자키 쪽이 내 실수를 커버했지."

"그 경기의 마지막에…… 하야타를 못 봤어?" 리사코가 다리를 꼬고 대각선 위를 바라보며 말했다.

"왼쪽에서 달리고 있다는 건 알았어. 적의 마크를 뿌리칠 수도 있겠다, 던지면 될 수도 있다고 생각은 했어."

"하지만 던지지 않았어."

"왼쪽 시야는 뿌옇게 흐려서 하야타의 정확한 위치를 파악할 수 없었어. 대충 짐작으로 던질지, 아니면 보이는 타깃에게 던질지 순간 망설였어. 하지만 결국은 마쓰자키에게 던졌지. 이유는 하나야. 나는 감으로 던지려고 연습한 게 아니야. 던질 때는 명확한 의지를 가져라. 코치에게 그렇게 배웠어. 보이지 않는 상대에게 던질 수는 없었어."

그렇게 해서 이겼다고 해도 내 실력이 아니다, 그저 운이 좋았을 뿐이다. 데쓰로는 그렇게 자신을 설득해왔다. 위로해왔다고도 할 수 있을 것이다.

"대학을 졸업하고 다들 당신이 미식축구를 계속하리라 생각했어. 나도 그랬고. 하지만 당신은 두 번 다시 미식축구로 돌아가지 않았어. 그것도 역시 왼쪽 눈 때문이겠지?"

"왼쪽 끝에 있는 타깃을 보지 못하면 쿼터백은 못 하니까."

재떨이에 넣은 담배꽁초에서 연기가 피어올랐다. 데쓰로는 그것을 보면서 졸업 후에 얼마나 많은 병원을 돌아다녔는지 떠올렸다. 그러나 끝내 시력 저하의 원인은 알아내지 못했다. 사고에 관해 말하면 몇몇 의사는 그게 원인일 수도 있다고 했다. 하지만 그게 다였다. 그들은 치료 방법을 찾아내지 못했다.

리사코는 이마에 손을 댔다.

"나, 여러 번 물었어. 왜 미식축구를 그만뒀냐고. 당신은 진짜 이유를 끝까지 알려주지 않았고. 이젠 질렸다거나 가슴을 뜨겁게 하는 게 없어졌다는 둥 도무지 납득할 수 없는 이유만 늘어놨지. 내가 끈질기게 캐물으면 당신은 끝에 꼭 이렇게 말했어. 남자의 세계니까 참견 마. 기억해?"

"……기억해."

"지금 생각하면 나는 그때 당신과의 결혼을 보류해야 했어. 꿈을 버리는 이유조차 말해주지 않는 상대와 평생을 살 수 있다고 생각하다니, 도대체 무슨 생각이었는지."

"나는 네게 괜한 걱정을 끼치고 싶지 않았을 뿐이야."

리사코는 눈을 감고 천천히 고개를 좌우로 흔들었다.

"다 얘기해주는 게 얼마나 안심되는데. 가장 중요한 문제를 알려주지 않으니까 우리 생활이 불안해진 거야. 결국은 당신이 내게 원한 것은 마음을 허락한 상대도 아니고 좋은 파트너도 아니었어. 당신에게는 아내는 이런 것, 엄마는 이런 것이라는 정의가 있고 그에 나를 맞추었을 뿐이지. 그래서 내 마음에 그런 대못을 박으면서 망설임이 없었어."

"대못?"

"아이 말이야."

재떨이에 놓은 담배꽁초가 툭 떨어졌다. 데쓰로는 그것을 주워 비벼 껐다.

그 말에는 강하게 반론할 수 없다. 임신으로 그녀를 집에 묶어두려 한 것은 사실이다.

"미안해. 심한 말을 할 생각은 아니었어." 리사코의 목소리는 가라앉아 있었다.

"아냐. 심하지 않아."

"이 연극에 나오는 야구선수 부인의 마음이 바로 내 마음이야. 나는 당신에게 묻고 싶었어. 죽을 때까지 나를 당신 세계에 넣어주지 않을 생각이냐고. 남자의 세계라는 곳에. 그게 그렇게 중요한 곳이야? 성역이야? 여자가 거기에 들어가는 게 남자에게는 그렇게 큰일이야?"

데쓰로는 팔짱을 끼고 가만히 벽을 응시했다. 이곳으로 이사 올 때는 새하얀 벽이었는데 지금은 상당히 누렇다. 담배 탓이겠지. 그러고 보니 리사코는 결혼하고 담배가 늘었다. 그녀는 아마 온갖 생각을 짓누르려고 이곳에서 계속 담배를 피웠을 것이다. 그녀의 마음은 이 벽과 마찬가지로 누렇게 변했으리라. 그렇게 만든 사람은 다름 아닌 자신이었다.

"내 눈에 관해 알았으면 일찍 말해주지."

"그럼 의미가 없어. 당신도 알잖아. 난 당신이 얘기해주 길 바랐어. 이 연극 속 부인과 마찬가지로. 하염없이 기 다렸지. 하지만 이 부인은 남편이 죽음을 앞두고 있어서 어쩔 수 없이 직접 물은 거야." 리사코는 그렇게 말하고 피식 웃은 것 같았다. 데쓰로가 보니 그녀의 입술이 미소 를 띠고 있었다. "만약 오늘 밤, 이렇게 얘기하지 않았다 면 나도 똑같았을지 몰라. 당신이 죽기 직전에 따졌겠지. 아니면 내가 먼저 죽었을 수도 있고."

데쓰로는 리사코가 이렇게 쓸쓸하게 웃는 모습을 본 적이 없었다. 가느다란 바늘로 찔린 듯 가슴이 아팠다.

"여러모로 미안했어."

"이제 됐어. 사과를 받고 싶은 게 아니야. 게다가 이제 다 끝났으니까."

아마도 그녀는 더 이상적인 해결을 바랐으리라. 오늘 밤과는 완전히 다른 해결을. 하지만 이런 형태가 아니었 다면 자신은 아마 그 야구선수처럼 죽기 직전에 그녀의 질책을 들을 운명이었을 것이다.

"그보다 확인하고 싶은 게 있지 않아?" 리사코가 고개 를 숙이고 물었다.

"뭐?"

"어떻게 내가 당신 눈에 관해 알았는지. 그것 때문에

미식축구를 그만두었다는 사실을 어떻게 알았는지."

"아, 그야 일단은 확인해보고 싶지. 대충 짐작은 가지만." 데쓰로는 고개를 끄덕였다.

"당신도 그에게만 말했지?"

"그 녀석에게만 했지."

"그럼, 그거네."

"녀석에게 들었어?"

"응."

"언제?"

"아주 오래전에. 우리가 결혼하고 조금 지났을 때……인가. 당신이 일로 집을 비웠을 때 그가 결혼 축하 선물을 가져왔어. 그때 말해주더라."

"그렇게 오래전이야?"

여자의 거짓말이란 대단한 지구력을 지녔음을 새삼 깨달았다. 아니, 몇 년쯤은 그녀에게 그리 긴 시간이 아닐지 모르겠다. 남편이 죽을 때까지 스스로 물어볼 생각이 없었으니까.

"왜 그에게는 말했어?"

"내가 먼저 말한 게 아니야. 녀석이 물었지. 눈이 안 좋은 거 아니냐고. 마지막 게임 전이었어. 나는 처음에는 부정했는데 녀석은 받아들이지 않았어. 시력 검사를 받게 하려고까지 했어. 그래서 털어놓았지."

"그는 어떻게 알았대?"

"아이 콘택트. 선수끼리 눈짓으로 신호를 주고받는데 녀석과는 제일 가까운 거리에서 그걸 해. 볼을 주고받으니까. 그래서 내 눈의 이상한 움직임을 알아차렸대."

"쿼터백과 러닝백……이라 아는 거구나."

"그렇지."

먼지투성이 동아리방의 냄새가 되살아났다. 나카오 고스케는 눈 부상을 모두에게 말해야 한다고 했다. 데쓰로는 절대 그럴 수 없다고 주장했다. 그 이야기를 들으면 사고의 원인을 만든 녀석들은 위축될 것이다. 중요한 시합을 앞두고 있었기에 그것만은 피해야 했다.

"그래도 감독과 코치에게만은 말하자. 한쪽 눈으로 패스 플레이는 무리야. 작전을 다시 세워야 해."

"이제 와서 그럴 수는 없어. 게다가 내일 상대에게 이길 방법은 패스밖에 없어. 적의 수비는 네게 집중되도록 모든 걸 쏟아부을 거야. 괜찮아. 나는 내일, 패스를 던질 거야. 몇 년이나 해왔는데. 왼쪽 눈이 안 보여도 해낼 거야."

데쓰로의 결심이 굳다는 것을 깨달았는지 나카오는 더는 아무 말도 하지 않았다. 그저 무리하지 말라고 낮게 읊조렸을 뿐이다.

마지막 게임이 끝난 뒤에도 나카오는 다른 사람에게 데쓰로의 눈에 관해 말하지 않은 듯하다. 그 증거로 현재까지 그 플레이는 사상 최악의 실수로 동료들에게 놀림을 당하고 있으니까.

"나카오는 왜 당신에게 말했지?"

"내가 불평했으니까. 미식축구를 그만둔 이유를 당신이 말해주지 않는다고. 남자의 세계라는 게 그렇게 중요하냐고 막 신경질을 부렸거든. 그냥 농담처럼 말한 거였는데 그는 아주 심각하게 받아들인 모양이야. 지금 생각하면 거기서 이 연극의 힌트를 얻었던 걸지도 모르겠네."

리사코는 '긴도 니치게쓰' 소책자를 들었다.

"이걸 쓴 사람은 역시 나카오일까?"

"그렇게 생각했으니까 당신이 그렇게 정신없이 돌아온 거 아냐?"

"그렇지……."

만약 나카오가 모습을 감추지 않았다면 이런 생각은 하지 못했을 것이다. 그러나 그의 실종이 일련의 사건과 관계가 없다고는 생각하기 힘들었다. 리사코도 〈남자의 세계〉의 스토리를 읽은 순간 사건의 배후에 나카오가 있음을 알아차린 것이다. 그래서 더는 진상을 알고 싶지 않다고 한 것이겠지.

"우연일 수는 없을까?" 데쓰로가 말해봤다.

"안타깝지만 그럴 일은 없어. 아까도 말했잖아. 이 연
극 속 부인의 대사는 내가 한 말이야. 내가 나카오에게
한 말이라고. 데쓰로가 말해주지 않는 한 내가 먼저 왼쪽
눈에 관해서 말을 꺼내지 않을 거야. 만약 말해야 한다면
그가 죽기 직전에 할거라고. 머리맡에서 막 따질 거라고."

3

다음 날, 학창 시절의 명부를 보고 나카오의 본가로 전
화해봤다. 전화를 받은 사람은 그의 어머니였다. 나카오
의 본가에는 가본 적이 없으므로 데쓰로가 그의 가족과
대화를 나누는 것도 이번이 처음이다.

정중하게 자신을 밝히자 상대는 바로 데쓰로를 기억해
주었다. 학창 시절, 나카오가 집에서 미식축구부 동료 이
야기를 자주 했다는 사실을 알게 되니 조금 기뻤다.

데쓰로는 나카오와 연락이 되지 않아 곤란하다는 뜻을
전했다.

"아, 역시…… 친구에게도 아무 말 안 했군요. 그 애."

"무슨 말씀이시죠?"

"아, 그게. 부끄러운 일인데 얼마 전에 이혼했어요."

"그건 압니다. 이후로 연락이 안 되어서요."

"실은 우리도 그래요. 이혼 후 딱 한 번 연락해서 잠시 여행을 다녀올 테니 걱정하지 말라고 했어요."

"여행이요? 어디로 가는지는 말 안 했나요?"

"아무 말도 안 했어요. 그 애도 성인이고 부모가 사소한 것까지 물을 수는 없어서 그다지 따져 묻지는 못했어요."

"그렇군요."

데쓰로도 예상한 일인데 나카오는 본가와도 연락을 끊은 듯했다. 하지만 여행이라고 한 이상 언젠가는 돌아올 생각일까.

"이런 질문을 드려도 될지 모르겠습니다만, 이혼의 원인은 무엇이었나요?" 무례한 질문임을 알면서도 데쓰로는 말했다.

화를 내도 어쩔 수 없다고 각오했는데 나카오의 어머니는 불쾌감을 드러내지 않고 "그게 말이죠"라며 복잡한 심경이 담긴 말투로 말했다.

"우리에게도 분명한 이유를 알려주지 않았어요. 뭐, 부부 사이에 여러 일이 있었겠죠."

얼버무리는 것처럼 느껴지진 않았다. 더 캐물으면 너무 무례한 일이고 성과도 없을 것 같았다. 데쓰로는 적당히 이야기를 마무리하고 전화를 끊었다.

"이혼 원인이 뭐냐니, 용케 그런 걸 물어보네." 대화를 들었는지 리사코가 뒤에서 말했다.

"비상사태야. 예의를 차릴 때가 아니라고."

"나카오가 본가에 미주알고주알 보고했을 것 같지 않아."

"그야 30대니까."

"그게 아니라 그는 부모와 선을 긋고 사는 면이 있거든."

"그래? 그런 얘기 들어본 적 없는데."

"어머니 말이야, 친어머니가 아니야. 초등학교 때 아버지와 이혼하고 집을 나가셨다고 했어. 그래서 나카오는 새어머니를 미워한 건 아니지만, 진심으로 응석을 부리거나 의지한 적은 없는 것 같아."

"그런 얘기, 누구한테 들었어? 녀석은 우리에게는 그런 얘기 전혀 안 했어."

"나는 미쓰키에게 들었어."

"아아. 그런 거였군……."

나카오는 예의 바르고 마음이 넓어 누가 실수해도 절대 나무라지 않는 남자였다. 애정이 넘치는 가정에서 컸으리라고 이제까지 생각해왔다. 하지만 실제로는 그 반대였구나. 친어머니가 어릴 때 집을 나가고 새어머니와 빨리 친해져야 해서 온갖 신경을 쓴 것이 인격 형성에 영향을 미쳤을 것이다.

그건 그렇고 졸업하고 10년이 지나서야 그의 처지를 알다니, 우리들의 관계는 도대체 무엇이었을까.

시곗바늘은 오후 1시를 가리키고 있었다. 데쓰로는 의자에 걸쳐놓은 코트로 손을 뻗었다.

"어디 가? 일?"

"다시 나카오의 집에 가보려고. 아니, 지금은 나카오의 집이 아니라 다카시로의 집이지."

"부인이 얘기해줄 것 같지 않은데."

"실패해봤자 본전이야."

데쓰로는 거실을 나와 현관으로 향했다. 리사코가 따라왔다.

"저기, 이제 그만하지."

"뭘?" 데쓰로는 구두를 신었다.

"나카오를 찾는 일 말이야. 나카오도 무슨 생각이 있어서 이러고 있겠지. 우리가 괜한 짓을 하면 안 될 것 같아."

"가령 그렇다고 해도 나는 녀석 입으로 직접 사정을 들을 때까지는 받아들일 수 없어."

리사코는 여전히 무언가를 말하고 싶은 것 같았으나 그녀가 입을 열기 전에 데쓰로가 집을 나왔다.

수십 분 뒤, 데쓰로는 하얀 집 앞에 서 있었다. 인터폰을 눌러봤으나 응답이 없다. 역시 나카오의 아내와 아이들은 지금 이곳에 살지 않는 모양이다. 이혼을 계기로 그들도 이사했는지 모른다. 아마 다카시로 리쓰코의 친정에 있겠지. 어머니와 아이 셋이 살기에 이 집은 너무 크고 이웃 눈치도 보일 것이다. 무엇보다 이곳에 계속 살면 과거 함께 산 아버지의 추억을 지울 수 없을 것이다.

데쓰로는 다카시로 리쓰코의 묘하게 고통스러워하던 표정과 피아트 뒷좌석의 미식축구 볼 모양의 쿠션을 떠올렸다. 그녀는 뭔가 아는 게 분명하다. 아니, 아마도 모든 것을 알고 있다. 남편이 무슨 일을 하고 있고, 앞으로 무엇을 하려는지 알고 있다. 틀림없이 그녀는 이혼을 원하지 않았을 것이다. 이혼 이야기를 꺼낸 사람은 나카오일 것이라고 데쓰로는 추측했다.

그는 집 앞을 떠나 역을 향해 걷기 시작했다.

다카시로 리쓰코를 찾아가볼까도 생각했다. 하지만 그녀가 진상을 말해줄 것 같지 않았다. 다른 사람에게 쉽게 털어놓을 비밀이라면 이혼까지 하며 지키려 하지 않았을 것이다.

지나가는 빈 택시를 발견하고 순간적으로 손을 들었다. 심란함과 초조함이 가슴에 퍼지기 시작했다. 택시에 타자마자 "신주쿠로 갑시다"라고 말했다.

마루노우치선 니시신주쿠역 앞에서 택시를 내렸다. 수첩에 메모한 다테이시 스구루의 주소와 전봇대에 붙은 번지를 비교하면서 걸었다. 얼마 후 3층짜리 낡은 연립주택 앞에 도착했다. 코포 나가사와라고 되어 있다.

계단을 오르기 전에 아래 우편함을 봤다. 다테이시라고 적힌 함을 발견했다. 안을 들여다보니 우편물이 쌓여 있지는 않았다.

2층으로 올라가 통로 막다른 곳까지 갔다. 다테이시 스구루, 즉 진짜 사에키 가오리도 이미 자취를 감추지 않았을까 걱정했는데 우편함을 보니 그런 것 같지는 않았다.

데쓰로는 도어폰을 눌렀다. 문 너머에서 인기척이 들렸다. 이어서 자물쇠 푸는 소리가 나고 문이 열렸다. 체인은 걸린 상태다.

얼굴을 내민 것은 스무 살 전후로 보이는 여성이었다. 어깨까지 기른 머리를 환한 금색으로 물들이고 있는데 이목구비는 수수한 편이다. 사에키 가오리의 얼굴은 아니었다.

"왜 그러시죠?" 여성이 의심쩍은 눈초리로 물었다.

"이곳이 다테이시 스구루 씨 댁입니까?"

"그런데요."

"스구루 씨 계신가요?"

"지금, 일하러 나갔는데…… 누구시죠?" 의심스럽다는 표정은 여전하다.

"니시와키라는 사람입니다. 스구루 씨에게 여쭙고 싶은 게 있습니다. 직장을 알려주시겠습니까?"

하지만 그녀는 대답하지 않고 눈을 치켜뜨며 그를 봤다. 믿을 수 있을지를 음미하는 듯하다.

"스구루와는 어떤 관계죠? 직장 같은 거 알려주지 말라고 했거든요."

"저는 스구루 씨와 아무런 관계가 없습니다. 다른 사람에 관해 물으려는 거죠. 절대 폐를 끼치지 않을 테니 직장을 알려주시죠."

그녀는 잠시 생각하고 말했다. "신분증 같은 거 있어요?"

"네?"

"신분증이요. 어디 사는 누군지 모르잖아요."

"운전면허증이면 될까요?"

그녀는 고개를 저었다. "운전면허증 외에 직장이 어딘지를 알 수 있는 거. 명함도 좋고."

데쓰로는 지갑에서 운전면허증과 명함을 꺼내 그녀에게 보여줬다. 하지만 그녀는 만족하지 않았다.

"이 명함, 이름밖에 없네……."

"직장인이 아니에요. 프리랜서이고 스포츠 관련 일을

합니다."

"그런 사람이 스구루에게 무슨 용건이 있는데요?"

"그건 당신과는 관계없는 일입니다. 나는 사람을 찾고 있어요."

"아무래도 안 되겠어요." 그녀는 가만히 데쓰로를 응시한 후 문을 닫으려 했다. 데쓰로는 순간적으로 구두를 문틈에 넣었다.

"무슨 짓이에요! 경찰 부를 거예요." 그녀의 눈이 치켜 올라갔다.

"소동이 커져서 곤란한 건 당신들일 텐데. 스구루의 본명이 밝혀질 거야."

그녀는 놀란 것 같았다. 겁먹은 표정이 드러났다.

"자네들 생활을 망칠 마음은 없어. 강요하고 싶지 않아서 이렇게 부탁하는 거야."

그녀는 망설이는 기색을 보이다가 한숨을 내쉬었다. 문을 닫으려던 힘을 푼다.

"잠깐만 기다려요." 그렇게 말하고 안으로 사라졌다.

문에 구두를 낀 채 기다리고 있으니 얼마 지나지 않아 그녀가 돌아왔다.

"여기가 직장이에요." 명함 한 장을 내밀었다. 다테이시 스구루의 것이다. 유한회사 커브라인이라는 회사 이름이 적혀 있었다. 다테이시의 직함은 디자이너였고, 회사 주소는 나카노구 노가타였다.

"진짜로 스구루에게는 피해를 안 줄 거죠?"

"약속하지. 내 쪽에도 그와 같은 처지의 사람이 있어."

의미를 이해한 듯 그녀는 잠자코 끄덕였다.

"당신은 스구루 씨의……" 말을 고르고 계속했다. "부인인가?"

"같이 살아요." 그녀가 대답했다. 호적에 올라간 것은 아니라는 뜻이겠지. 다테이시 스구루의 호적에 변화를 주는 일은 역시 위험할 수 있다.

"행복하시길." 데쓰로는 그렇게 말하고 문틈에서 발을 뺐다. 그녀가 입가에 살짝 미소를 띠었다.

세이부신주쿠선 노가타역에서 걸어서 몇 분, 간나나 도로에서 한 블록 들어간 길에 유한회사 커브라인 건물이 있었다. 다테이시 스구루의 직함이 디자이너였으니 막연하게 설계사무소 같은 것이리라 상상했는데 그 건물은 아무리 봐도 자동차 수리공장이었다. 실제로 하얀 작업복을 입은 남자들이 차 한 대를 둘러싸고 작업 중이었다.

서른 살 정도의 남자가 책상 위에 도면을 펼쳐놓고 생각에 빠져 있다. 데쓰로는 그 남자에게 다가갔다. 상대는 인기척을 느낀 듯 고개를 들었다.

"죄송합니다. 다테이시 씨 계신가요?"

"다테이시는 사무소에 있을 텐데요."

"아! 사무소는 어딘가요?"

"저깁니다."

남자는 공장 구석을 가리켰다. 칸막이가 쳐진 작은 방이 있다. 데쓰로는 인사하고 그곳을 떠났다.

사무소에는 세 남자가 있었다. 데쓰로가 들어가자마자 그들이 일제히 고개를 돌렸다.

"다테이시 씨 계신가요?"

데쓰로는 그렇게 말하면서 한 젊은이와 눈을 마주쳤다. 그가 바로 다테이시 스구루라고 생각했다. 크리스마스트리와 함께 찍은 사에키 가오리의 흔적이 있었다. BLOO의 아이카와가 예언한 대로 도모토 쓰요시와 닮기도 했다.

바로 그가 다가왔다. 데쓰로가 입을 열기 전에 "밖으로 가죠"라고 말했다.

사무소에서 나오자 "방금 아내에게 전화를 받았어요"라고 그가 말했다. 그 금발 여성이겠지. 니시와키라는 수상한 남자가 찾아갈지도 모른다고 연락했을 것이다.

"물어볼 게 좀 있어서."

"알고 있습니다. 하지만 여기서는 얘기할 수 없어요."

다테이시 스구루의 반응에 데쓰로는 당황했다. 마치 데쓰로를 아는 듯한 말투다.

"앞쪽 길을 똑바로 가면 나뭇잎이라는 카페가 있어요. 거기서 기다려주세요." 목소리는 완전히 남자였다. 외모와 말투로 그가 여자임을 알아차릴 사람은 거의 없을 것이다.

"나뭇잎? 알았어."

공장을 나올 때 다른 작업원들이 둘러싸고 있는 차를 바라봤다. 그 순간 깨달았다. 그 차는 애스턴마틴과 비슷했다. 하지만 진짜는 아니다. 크기도 다르다. 분위기만 교묘하게 비슷하게 꾸민 차다. 공장 입구에 팸플릿이 놓여 있어서 하나를 집어 들었다.

만나기로 한 카페에서 다테이시 스구루를 기다리는 동안 팸플릿을 펼쳤다. 유한회사 커브라인은 자동차의 오리지널 보디를 만드는 회사란다. 기초가 되는 본체는 국산 차고 그 차에 손님의 요구에 따라 다양한 보디를 더하는 것이다. 세계에서 단 하나뿐인 자동차를 가진다는 우월감은 자동차 마니아라면 참을 수 없는 것이라 예약이 한참 밀려 있다고 한다.

데쓰로는 사에키 가오리의 어머니에게 들은 이야기를 떠올렸다. 자동차 디자인 관련 직업을 갖는 게 가오리의 꿈이었다. 그렇다면 그 꿈을 이뤘다는 소리다.

사에키 가오리는 다테이시 스구루로 변신함으로써 행복을 거머쥐었을지 모른다. 희망하는 직업을 가졌고 사랑스러운 아내까지 있다. 그녀, 아니 그에게 지금 가장 두려운 것은 다테이시 스구루라는 이름을 버리는 일일 것이다.

커피를 다 마셨을 때쯤 시계를 봤다. 30분쯤 지났는데 다테이시 스구루는 나타날 기척이 없다. 설마 바람맞은 게 아닐까 싶어 불안해지기 시작했다.

그때였다. 안주머니에 넣어둔 휴대전화가 울리기 시작했다. 다테이시는 아니다. 그는 전화번호를 모른다.

"여보세요."

"여보세요? QB? 잘 지내나 봐." 잘 아는 목소리였다.

"히우라!" 데쓰로는 자기도 모르게 큰 목소리를 내고 말았다.

"너, 지금 어디야?"

"그 얘기는 나중에 하고 지금은 일단 내가 시키는 대로 해줘."

"시키는 대로……?"

"우선 말해둬야겠다. 그곳에 다테이시 스구루는 나타나지 않아. 사에키 가오리도 물론 안 와."

"뭐? 그건⋯⋯." 데쓰로는 전화를 귀에 댄 채 두리번거렸다. 어디선가 미쓰키가 보고 있을지도 모른다는 생각이 들었기 때문이다.

"다테이시 스구루는 남자로 살고 있어. 직장 사람들은 그의 정체를 몰라. 앞으로 많은 어려움이 있겠지만, 그라면 잘 넘길 거야. 그런 그를 방해하고 싶지 않아."

"아니, 나도 방해하려는 건 아니야."

"알아. 하지만 세상에는 선의로 행동했는데 끝내 누군가를 불행에 빠뜨리는 일도 종종 있어. 너도 알잖아?"

"그럴 수도 있지만⋯⋯."

"나도 QB의 마음은 알아. 그러니까 한번 대화를 나눌 필요가 있겠지. QB, 시간 좀 있어?"

"있어. 어떻게든 낼 수 있어."

"그러면 앞으로 얘기하는 곳으로 와."

"만날 수 있어?"

"응. 만날 수 있어."

미쓰키는 오다이바로 오라고 했다. 그곳에서 얘기하자는 것이었다.

"지금 오다이바에 있어?" 데쓰로가 물었다.

"그건 대답할 수 없어. 하지만 지금부터 우리도 거기로 갈 거야."

"우리? 다른 누가 있어?"

"그건 곧 알게 돼. 그럼 이따 보자."

"잠깐만. 오다이바 어디로 가라고?"

"그렇지. 오다이바 하면 관람차지. 그 근처에서 기다려. 내가 연락할게."

"네 연락처는……." 데쓰로가 말하려는데 전화가 끊겼다.

그는 한숨을 내쉬고 휴대전화를 주머니에 넣은 뒤 일어섰다.

아마도 다테이시 스구루는 미쓰키에게 연락했을 것이다. 니시와키라는 성가신 인물이 자신을 찾아와 곤란하니 어떻게 하면 좋겠냐고. 역시 그들은 항상 연락하고 있었다.

커브라인으로 돌아가 다시금 다테이시 스구루에게 따지는 방법도 있다. 그러나 데쓰로는 그쪽으로 가지 않았다. 미쓰키가 한 말의 뜻을 너무나 잘 알았다. 데쓰로도 다른 이가 되어 필사적으로 사는 사람의 생활을 파괴하고 싶지는 않았다. 그저 미쓰키와 나카오를 찾아내 진상을 알고 싶을 뿐이다. 미쓰키가 정말로 만나준다면 다테이시 스구루를 만날 필요는 없다.

노가타에서 오다이바까지 가려면 교통편이 좋지 않다. 여러 번 갈아타야 하는데 결코 빠르다고 할 수 없는 경

전철 유리카모메를 이용해야 한다. 미쓰키가 시각까지는 지정하지 않았으나 데쓰로는 한시라도 빨리 가고 싶었다. 간나나 도로로 나와 다시 택시를 잡았다. 차를 탄 뒤 휴대전화를 이용해 오늘 밤 들어온 일을 취소했다.

관람차는 오다이바의 팔레트타운 안에 있다. 평일인데도 사람은 적지 않았다. 손님 대부분이 젊은 커플이다.

데쓰로는 오후 5시가 지나서 관람차 앞에 도착했다. 하늘은 완전히 어두워져 있다. 기다렸다는 듯 관람차 앞에 늘어선 줄이 길어졌다. 사람들의 목적은 두말할 필요 없이 야경일 것이다.

10분쯤 지났을 때 다시 휴대전화가 울렸다.

"관람차 앞에 도착했어?" 미쓰키가 느닷없이 물었다.

"바로 앞에 있어. 너는 어디 있는데?"

"그렇게 안달하지 마, QB. 일단 관람차 줄을 서."

"너희들도 여기에 와?"

"그럴 거야. 관람차 안이라면 다른 사람이 우리 얘기를 듣지 못할 테니까."

"알았어."

데쓰로는 전화를 끊고 줄 끝에 섰다. 앞에 선 젊은 커플이 손을 꼭 잡고 즐겁게 대화를 나누고 있다. 살펴보니 데쓰로보다 나이가 많은 손님은 없는 것 같았다. 남자 혼자 줄 선 사람도 없을 것 같다.

줄은 수십 번 꺾여 있었는데 앞 사람을 따라 걸으면서 주위를 계속 둘러봤다. 어디선가 미쓰키가 나타나리라 상상했으나 도통 모습을 보이지 않았다.

이윽고 표를 파는 자동판매기 앞에 도착했다. 직원이 재촉해 표를 샀다. 한 사람당 900엔이다. 계단을 오르면 관람차의 곤돌라가 바로 코앞에 나타난다. 데쓰로는 초조해졌다. 혼자 관람차를 타봤자 의미가 없다.

그때 다시 휴대전화가 울렸다.

"여보세요. 나야."

"응. 이제 탈 때가 된 것 같아서." 미쓰키가 말했다.

"이제 곧 내가 탈 순서야. 너는 어디 있어? 빨리 와."

"괜찮아. 신경 쓰지 말고 순서가 되면 타. 혼자라 외로울 수도 있지만, 조금만 참아. 그럼 일단 끊을게."

"이봐. 잠깐만!"

하지만 미쓰키는 데쓰로의 말을 듣지 않고 전화를 끊어버렸다.

어쩔 셈이야…….

그 자리에 우두커니 서 있는데 가볍게 떠밀렸다. 젊은 남자가 의아한 표정으로 보고 있다. 데쓰로는 어쩔 수 없이 걷기 시작했다.

표를 받는 직원이 한 사람이냐며 이상하다는 듯 물었다. 데쓰로는 그렇다며 고개를 끄덕였다. 얼굴에 불쾌함이 묻어나 있다는 사실을 자신도 알았다.

곤돌라는 6인승이고 좌석이 ㄷ자 형태로 놓여 있다. 데쓰로는 출입구 반대편 좌석에 앉아 다리를 꼬았다. 앞으로는 도쿄만이 보인다. 고개를 돌려 뒤를 보자 유명한 TV 방송국 건물이 있었다.

휴대전화가 울렸다. 그는 재빨리 통화 버튼을 눌렀다.

"탄 것 같네."

"야. 무슨 짓이야? 만나준다며?"

"거짓말은 안 해."

"하지만 이런 데 태워서 어쩔 셈인데?"

"QB. 미안하지만 쓸데없는 소리나 하고 있을 시간이 없어. 우리는 더 중요한 얘기를 해야지."

"그러니까 직접 만나서 얘기하고 싶다고. 전화가 아니라."

"그런 억지 부리지 마. 잘 들어. QB. 내가 이렇게 전화한 이유는 하나야. 사건에서 손 떼. 더는 관여하지 말라고."

"그거야말로 무리야. 이렇게까지 휘둘렸는데 아무것도 모른 채 그냥 물러나라고?"

"QB를 끌어들인 것은 미안해. 정말 후회하고 있어. 리사코에게도 사과하고 싶어."

"사과할 필요는 없고, 사실이나 알려줘. 사건의 이면에
뭐가 있는데?"

미쓰키가 한숨을 쉬는 것 같았다.

"뭐가 있는지는 QB도 대충 짐작할 텐데. 사건의 이면
에는 젠더로 고민하는 사람들의 인생을 건 도박이 있어."

"그게 호적 교환이야?"

데쓰로가 묻자 미쓰키는 다시 뜸을 들였다.

"솔직히 QB가 거기까지 알아낼 줄은 예상 못 했다. 극
단 긴도의 사가 씨를 찾아왔다는 소리를 들었을 때는 소
름이 돋더라. 게다가 가오리 씨와 다테이시 씨의 신분 바
꿔치기까지 알아냈으니까. 역시 에이스 쿼터백이야."

"그 사람들과 너는 무슨 관계야?"

"QB도 그에 관해 짐작하는 게 있지 않아?"

"네 입으로 듣고 싶어."

곤돌라가 중간 지점을 통과했다. 돌아보니 도쿄의 야
경이 아래로 펼쳐져 있다. 앞 곤돌라의 커플은 뺨을 맞대
고 있는 것처럼 붙어 앉아 있다. 남자가 여자의 어깨를
안고 있는 듯하다.

"한마디로 말하자면 동료지. 이 세상에서 살기 힘든 사
람들이 하나의 혁명을 일으키려 해. 조용한 혁명이지. 아

무도 눈치채지 못하는, 우리만 아는 혁명이야."

"너도 다른 사람과 호적을 교환할 생각이었지. 도쿠라의 방에서 발견된 호적등본은 그것을 위한 것이었고."

"그렇지 뭐."

"도대체 어디의 누구라고 속이며 살 생각이었어?"

"그건 아직 정해지지 않았어. 호적을 교환하려면 여러 조건을 충족해야 해. 나이나 외모가 비슷할수록 좋고, 경력도 비슷한 게 좋지. 사투리, 취미, 취향도 같길 바라고. 무엇보다 완전히 다른 사람이 되어야 하니까 지금까지의 인간관계를 전부 다 끊어내야 해. 그 외에도 문제는 더 있어. 바꾸는 타이밍이 일치하지 않으면 안 돼. 말로 하는 것보다 훨씬 험한 길이야."

"그러니까 최대한 많은 호적 교환 희망자를 모으는 게 좋다는 말인가?"

"그렇지. 목록에 등록된 사람이 이제 겨우 스물에서 서른 명 정도야. 그래도 지금까지 가오리와 다테이시 콤비를 포함해 다섯 쌍의 남녀가 호적 교환에 성공했어. 지금부터가 중요해. 혁명은 시작되었을 뿐이야. 그러니까 여기서 발목을 잡힐 수는 없어."

"스물에서 서른 명이라고 해도 그만큼 모으느라 고생했겠지. 입소문에 의지했을 테니까."

"입소문은 위험해. 그런 일을 하는 사람들이 있다는 소문이 당국에 들어가선 안 되니까. 우리 활동은 아주 조용하고 단단해. 그럴 만한 인물을 발견하면 충분히 조사한 다음 접촉해."

"하지만 어떻게 발견해? 다들 신원을 숨기고 살 텐데."

"그러니까 그럴 만한 사람이 모이는 장소를 마련해야지."

"장소?" 그렇게 물은 뒤에 바로 감이 왔다. "그렇구나. 극단 긴도 공연 같은 거?"

"그것 말고도 힘든 활동을 해왔어. 그래서 이 비밀은 관계자 밖으로 새어 나가선 안 됐지. QB에게도 말할 수 없었어. 그래서 신세를 지는 주제에 너무 미안했지만 멋대로 집을 나온 거야."

"하지만 내가 냄새를 맡았다는 소리네."

"그래서 이렇게 여기까지 와달라고 한 거야. 부탁하려고."

"내가 안다는 것을 절대 아무에게도 말하지 말라고?"

"그건 QB를 위한 일이기도 해. 이런 일에 얽혀봤자 좋을 게 없어."

"나는 다른 이에게 이 일을 말할 생각은 없어. 진실을 알고 싶을 뿐이지."

"그럼 됐네. 이게 진실이야. 이게 전부라고."

"그럴 수는 없지. 도쿠라 살인사건이 있잖아."

"놈은 단순한 스토커야. 내 호적등본을 가지고 있었던 것에서 알 수 있듯 가오리 씨가 내놓은 쓰레기봉투까지 뒤지는 비열한 벌레였어. 그래서 내가 퇴치했고. 그게 다야."

"네코메의 마담 말로는 가오리 씨가 자신도 미쓰키도 범인은 아니라고 했다던데."

미쓰키가 한숨을 쉬었다.

"그야 사실을 말한 게 아니지."

"네가 도쿠라를 죽였어?"

"맞아. 여러 번 말했잖아. 사건은 단순해. 그저 나는 동료들에게 영향이 생길까 봐 두려워."

데쓰로는 침묵했다. 미쓰키의 말이 완전히 진실이라 생각할 수 없었다. 그러나 더 따질 재료가 없었다.

"하나만 묻자." 그가 말했다. "나카오 말이야, 그 녀석은 무슨 관계야?"

미쓰키는 바로 대답하지 못했다. 나카오의 이름이 나와 당황했을지 모른다. 곤돌라는 가장 꼭대기를 지났다. 고속도로 위를 빛이 달리고 있다.

"고스케는 우리에게 맡겨줘."

"맡겨? 그게 무슨 소리야?"

"그를 불행하게 만들지 않겠다는 얘기야. 미안해. 지금은 이렇게밖에 말 못 해."

"녀석은 지금 어디 있어? 너희들과 같이 있어?"

"……응. 같이 있어."

"만나게 해줘. 그게 안 되면 연락처라도 알려줘."

간청할 생각이었다. 하지만 그 마음이 전해지지 않는 공허함도 동시에 느꼈다. 아니, 전해질 테지만, 미쓰키는 받아주지 않을 것이다.

"극단 긴도의 공연 내용을 보고 나카오가 관련되어 있다는 걸 알았어?" 미쓰키가 물었다.

"응."

"역시 그랬구나. 그걸 읽으면 큰일이라 그랬어. QB는 분명 알아차릴 테니까."

"나카오가 썼어?"

"각본은 사가 씨가 썼지만, 원안은 고스케야. 그 둘은 오래전부터 알고 지낸 사이고 극단 창설에도 고스케가 관련되어 있어."

"그러면 호적 교환에도 그 녀석이 얽혀 있어?"

"그렇지."

"나카오는 우리 집에서 너를 오랜만에 만난 것처럼 굴었는데 사실은 오래전부터 만나왔다고?"

"맞아. 속이고 싶지 않았지만, 어쩔 수 없었어."

과거 연인과의 재회. 그날 밤의 일은 그런 게 아니었다.

그들은 어떻게 하면 사람 좋은 니시와키 데쓰로를 속일 수 있을지에 대해 상의한 것이다.

"하지만 영문을 모르겠어. 왜 나카오까지 자취를 감춰야 하는데? 녀석은 성정체성장애 같은 게 없잖아? 녀석도 호적을 어떻게 하고 싶은 건 아니잖아?"

"고스케는 평범한 남자야. 하지만 그래도 자취를 감춰야 하는 사정이 있는 법이지. 아니, 그래서 더 그렇지. 결혼해 남편이 되고 아버지가 되었으니 짊어져야 하는 게 있어."

"그게 무슨 소리야?"

"미안해. 여기까지야. 내가 할 말은 딱 하나야. QB는 더는 관여하지 말고 다 잊어."

곤돌라는 내려가고 있었다. 시간이 없다는 것을 미쓰키도 깨달은 듯하다.

"잠깐만. 너는 지금 어디 있는데? 일단 만나자."

"나도 만나고 싶어. QB의 얼굴을 가까이에서 보고 싶어. 하지만 안 만나는 게 좋아. 안타깝지만 이제 이별해야 해."

"미쓰키!" 데쓰로는 소리쳤다.

순간 침묵이 찾아왔다. 미쓰키가 어렴풋하게나마 웃음소리를 흘렸다.

"이름을 부르네. 내 기억이 확실하다면, 이번이 두 번째야."

"그렇게 모두와 이별할 생각이야? 가족, 친구, 친척과 영원히 만나지 않겠다고?"

"사람에게는 저마다의 삶이 있어. 용서해."

미쓰키가 전화를 끊으려 한다는 것을 느낀 데쓰로는 당황했다. 저도 모르게 좁은 곤돌라 속에서 벌떡 일어났다.

그때였다. 서쪽 주차장 중앙에 두 사람의 모습이 조명을 받고 떠올랐다. 한 사람은 검은 가죽 재킷을 입었고 다른 하나는 긴 코트를 입은 머리가 긴 여자였다. 검은 재킷은 분명 미쓰키였다. 휴대전화 같은 것을 귀에 대고 있다. 여자는 아마도 가오리일 것이다.

둘은 마치 데쓰로를 보고 있는 듯 그를 향해 서 있었다.

"히우라. 거기 있어. 내가 바로 갈게."

"우리를 봤구나. 어쨌든 마지막으로 본 셈이네."

곤돌라가 곧 땅에 도착하려 했다. 대신 미쓰키 일행의 모습은 보이지 않게 되었다.

"거기 있어."

"QB, 잘 지내. 안녕. 리사코에게도 안부 전해줘. 그녀는 훌륭한 여자야."

"기다려. 히우라!"

그러나 거기서 전화가 끊겼다. 그들의 모습은 건물에 가려져 시야에서 사라졌다.

곤돌라의 움직임이 너무나 느리게 느껴졌다. 데쓰로는 승강구 옆에 서서 절로 발을 동동 굴렀다. 드디어 지상에 도착해 스태프가 문을 열자 그는 뛰쳐나와 달리기 시작했다.

화기애애하게 담소를 나누며 걷는 사람들 사이를 헤치고 달려 엘리베이터를 탔다. 여기서도 역시 애가 달았다.

주차장이 있는 층에 도착했다. 앞을 걷는 커플을 추월해 주차장으로 나왔다.

그러나 미쓰키 일행은 이미 자취를 감추고 없었다. 미쓰키가 서 있었을 장소에 서서 관람차를 올려다봤다. 곤돌라를 탄 손님의 얼굴은 전혀 확인할 수 없었다.

나는 너를 만날 수 있었지만 너는 나를 만날 수 없었네. 그래도 괜찮은 거야……?

마음속으로 중얼거렸다.

제 8 장

1

대형 트럭 두 대가 이어서 들어왔다. 데쓰로는 운송회사 사무소 밖에서 기다리다가 한두 걸음 다가갔다. 두 트럭은 반듯하게 나란히 정지했다.

각 트럭에서 운전사가 내리자 사무원이 달려가 전표를 주고받았다. 데쓰로는 그 모습을 멀리서 바라봤다.

사가와의 대화를 끝낸 사무원이 데쓰로 쪽을 가리키며 뭐라고 말했다. 아까부터 손님이 기다리고 있어. 그렇게 말했으리라. 데쓰로를 발견한 사가는 곤혹스러운 표정을 지었다.

사가가 다가올 것 같지 않아서 데쓰로가 걸어갔다. 사

가는 눈을 맞추려고도 하지 않는다. 잠자코 사무소 쪽으로 걷기 시작했다.

"피곤하신데 죄송합니다."

"그렇게 생각하면 돌아가."

"잠깐 얘기 좀 하죠. 시간을 많이 빼앗진 않겠습니다."

"그만 좀 해." 사가는 걸음을 멈추고 그렇게 말했다.

"나카오에 관해 알고 싶습니다. 극단에 관해서는 묻지 않겠습니다. 히우라에게 얘기는 대강 들었습니다."

이 말에 사가는 드디어 걸음을 멈추더니 주위를 휙 둘러보고 데쓰로를 봤다.

"대강?"

"극단의 존재 이유 같은 거죠. 활동 이유라고 해야 할까요?"

"무슨 소리야?"

"그러니까" 데쓰로도 주위를 둘러보고 목소리를 낮췄다. "호적 교환 말입니다."

사가가 눈을 감고 길게 한숨을 내뱉었다. 그리고 다시 눈을 떴다.

"미쓰키를 만났나?"

"연락했습니다. 만났다고는……. 저는 그저 모습을 보기만 했을 뿐입니다. 전화로 얘기했습니다."

사가는 살짝 고개를 끄덕이고 다시 한숨을 쉬었다. "미쓰키는 잘 지내나?"

사가는 그들이 지금 어떻게 지내는지 모르는 모양이다.

"그런 것 같습니다."

"그거 다행이군. 미쓰키에게 얘기를 들었다면 내겐 용건이 없겠지."

사가가 다시 걷기 시작하려는 것을 데쓰로는 오른팔을 잡고 말렸다. 근육이 탄탄한 팔은 도무지 여성의 팔 같지 않았다.

"나카오에 관해 알려주세요. 히우라의 말로는 사가 씨와 오랜 지인 사이라던데요."

사가는 데쓰로의 팔을 뿌리치고 얼굴을 들이댔다.

"나는 이제 아무 말도 안 할 거야. 당신도 그만 참견해. 나도 참고 있다고."

"참아요? 무슨 말이죠?"

"나도 모르는 게 산더미라는 소리야. 나카오가 지금 어디 있고 앞으로 뭘 하려는지 몰라. 녀석이 무슨 짓을 했는지도 자세히 몰라. 지금은 그냥 기다리는 수밖에 없다고 생각해. 녀석을 믿으니까. 녀석의 판단에 맡기는 거지."

"그렇다면 사가 씨가 아는 것만 알려주세요."

"당신과는 관계없는 일이야. 나와 나카오가 쌓아온 이

야기지."

"쌓아 올린 결과가 이런 사태잖아요?"

"뭐?"

"몰래 도망치고 숨어 다니죠. 에이스 러닝백의 모습이 전혀 아니잖아."

데쓰로의 말이 끝나기도 전에 사가의 팔이 뻗어와 데쓰로의 멱살을 잡았다.

"녀석을 함부로 말하지 마. 내가 용서하지 않아."

상당히 강한 힘이었으나 라인배커의 완력에 비할 바는 아니다. 데쓰로는 그 손목을 잡고 바로 떼어냈다. 악력에는 지금도 자신 있다. 사가는 상처받은 표정을 지었다.

"나는 녀석과 더 오래 알고 지낸 사이야." 그렇게 말하고 노려봤다.

사가는 잡혔던 손목을 문지르며 반론하려다가 입을 다물고 등을 돌려 다시 걷기 시작했다.

"사가 씨. 이것만 말해……."

사가는 멈춰 서서 돌아봤다.

"과거의 스타플레이어가 꼴사납게 허둥대지 좀 마. 잠깐 쉬겠다고 사무소 녀석들에게 말하러 가는 것뿐이니까." 싱긋 웃으며 말했다.

운송회사에서 걸어서 몇 분 거리에 있는 카페에 들어

갔다. 정식 메뉴도 있는 가게로 테이블과 의자 모두 시대에 뒤떨어진 느낌이다. 가장 안쪽 테이블에 둘이 마주 앉았다.

"나카오와는 골프 연습장에서 만났어." 사가는 그렇게 말하며 쑥스러운 듯 웃었다. "웃기지? 아무리 봐도 골프와는 인연이 없을 것 같은데. 하지만 그 시대에는 돈이 조금만 생겨도 다 골프를 쳤잖아. 우리 운전사 동료 사이에서도 유행이었어."

"사가 씨라면 잘 쳤을 것 같아요." 한겨울인데도 소매를 걷어붙인 팔뚝을 보며 데쓰로가 말했다.

"멀리는 날아갔는데 잘 치진 못했어. 연습장에는 꽤 자주 다녔지만." 사가는 커피잔을 당겨 설탕을 두 개 넣었다.

당시에는 일주일에 두 번씩 연습장을 다녔다고 한다. 오전의 한가한 시간이었다. 치는 장소는 거의 정해져 있었다. 오른쪽 끝에서 두 번째. 끝 쪽 타석은 볼이 조금이라도 휘면 그물을 때려서 싫었으나 그래도 사가는 그 자리가 마음에 들었다. 오른쪽 벽에 거울이 있어 자신의 폼을 점검할 수 있었기 때문이다.

그런데 어느 시기부터 사가와 거울 사이 타석, 그러니까 오른쪽 맨 끝 타석을 차지하는 손님이 나타났다. 늘 같은 인물이라 얼굴을 기억했다. 20대 중반쯤으로 보이는 젊은이였다. 이야기를 나눈 적은 없으나 상대도 사가를 의식하고 있는 것만은 분명했다. 사가는 묵묵히 볼을 치면서 그의 시선을 느꼈다.

연습장 남자 화장실이 고장 나는 바람에 대화를 나누게 되었다. 사가가 화장실에 들어가려 하는데 안에서 그 젊은이가 나왔다. 사가는 그냥 지나칠 생각이었는데 상대가 말을 걸어왔다.

"앗! 여기는 안 될 거예요."

사가는 무슨 소린지 몰라 상대의 얼굴을 바라봤다.

"큰 거는……, 개인 칸 변기가 고장 났어요." 젊은이는 조심스럽게 말했다.

사가는 깜짝 놀랐다. 자신은 남자 화장실에 가도 소변기를 쓸 수 없어 개인 칸에 들어가야만 하는데 어떻게 이 남자가 그걸 알지?

젊은이는 위를 가리키며 말을 계속했다. "2층에 남녀 겸용 화장실이 있어요. 거기라면 괜찮지 않을까요?"

"아……." 사가는 한심한 소리로 대답하고 계단으로 향했다. 젊은이의 말이 머리에서 떠나질 않았다.

타석에 돌아오니 젊은이는 드라이버샷을 연습하고 있었다. 사가를 본 듯 돌아보며 물었다.

"문제는 없었나요?"

"응. 고마워요." 사가도 인사했다.

그 일을 계기로 서로 자기소개했다. 젊은이는 나카오 고스케라고 자신을 밝혔다.

"그때는 놀랐지." 사가는 커피잔을 든 채 살짝 몸을 젖혔다. "내 비밀을 알 도리가 없다고 생각했으니까. 정말 생각을 많이 했지. 내 얼굴이 그렇게 대변을 볼 것처럼 보였나?" 웃으면서 말했으나 당시에는 농담할 기분이 아니었을 것이다.

"사가 씨를 보고 남자가 아니라고 생각하는 사람, 일단 없을 테니까요."

"나도 그렇게 생각했어. 실제로 수십 년간 의심받은 적 없었어. 지금 회사 사람들도 거의 몰라. 아는 사람은 사장과 직속 상사 정도지. 둘 다 내게 얘기를 들을 때까지, 아니 들은 뒤로도 나를 도통 여자로 생각하지 않아."

"그러면 나카오는 어떻게 알았을까요?"

"나도 이상해서 자연스럽게 물어봤어. 그리고 돌아온 대답에 놀랐어. 녀석은 아주 당연하다는 얼굴로 이렇게 말했어. 그야, 남자용 변기로는 안 되니까요."

"나카오는 사가 씨를 여성으로 본 건가요?"

"알아차린 거지. 그때까지 대화를 나눈 적도 없는데. 너무 놀라 나는 부인하는 것도 잊고 어떻게 알았냐고 물었어. 녀석의 대답이 이래. 왜 아는지는 자기도 모른대. 직감이라나."

"직감……."

"이건 녀석과 어울리면서 안 사실인데 나카오는 확실히 그런 능력이 있어. 남자로 사는 여자, 여자로 사는 남자, 남자의 마음을 지닌 여자, 여자의 마음을 지닌 남자를 한눈에 알아봐. 가끔 자신은 쉬메일°에게 절대 속지 않는다고 호언장담하는 사람이 있는데 그런 사람과는 달라. 그런 녀석은 그저 그때까지 진짜를 보지 못했을 뿐이야. 완벽하게 변신한 사람도 있으니까. 나처럼 말이야. 당신도 네코메의 가오리를 남자라고 생각하지 못했지?"

정답이다. 데쓰로는 고개를 끄덕일 수밖에 없었다.

"완벽해서 아무도 몰라. 아무도 모르니까 없다고 생각하지. 바로 그런 거야. 그런데 나카오는 그런 존재를 알아차리고 간파하는 능력이 있었던 거지. 아주 오래전부터 그랬대."

"오래전? 대학 때부터……?"

사가는 고개를 저었다.

"훨씬 전이라고 했어. 중학생인가, 아니면 초등학생 때

✿ 여성 호르몬을 투약해 여성의 2차성징을 지니고 있으나 남성 생식기를 가진 사람.

부터일 수도 있지."

그럴 리 없다고 데쓰로는 생각했다. 그랬다면 나카오
는 미쓰키의 마음이 남자임을 알아차렸을 것이다. 미쓰
키에게만 그의 특수한 능력이 작동하지 않았나. 아니면
마음이 남자임을 알면서 연인이 되었나.

"믿을 수가 없네요." 절로 입 밖에 내고 말았다.

"나도 처음에는 그랬어. 하지만 어울려 지내면서 거짓
이나 허풍이 아니라는 것을 알았지. 무엇보다 녀석은 가
오리를 보자마자 바로 알아봤으니까."

"어떻게 그런 일이 가능하지? 감이 좋은가?"

데쓰로가 혼잣말처럼 말하자 사가는 가만히 그의 눈을
들여다봤다.

"이건 아무에게도 말 안 했는데 어차피 여기까지 말했
으니까 당신에게 말해도 나카오가 뭐라고 하진 않겠지.
녀석의 능력에는 비밀이 있어."

"비밀?"

사가는 테이블에 팔꿈치를 올리고 몸을 내밀었다.

"녀석의 어머니가 남자였거든."

"네……?!"

데쓰로는 뜻밖의 이야기에 순간 잘못 들었다고 생각
했다. 사가는 고개를 끄덕이고 설핏 웃었다. 그의 눈빛은

진지하기 그지없었다.

"당신도 우리를 많이 조사했지? 이렇게 표현하면 어떤 뜻인지 알 거야."

"그러니까…… 육체는 여성인데 정신은 남성이었단 말인가요?"

"그런 셈이야. 유행하는 말로 하자면 성정체성장애지."

"전혀 몰랐어요."

데쓰로는 언젠가 리사코가 한 말을 떠올렸다. 나카오를 낳은 어머니는 집을 나갔고 지금 어머니는 새어머니라고 했다. 집을 나간 어머니가 바로 지금 이야기에서 나온 여성이었을 것이다.

"나카오는 자기 어머니가 그런 사람이라는 것을 어떻게 알았을까요? 그것도 직감으로 알았나요?"

"그 부분은 자세한 이야기를 듣지 못했어. 녀석은 말하고 싶어 하지 않았지. 하지만 그런 사람을 어머니로 둔 것과 그의 직감이 관계가 없지는 않을 거야."

모든 게 처음 듣는 소리였다. 쿼터백과 러닝백으로 무수한 아이 콘택트를 해왔는데 그로부터 중요한 메시지를 수신하지 못한 한심함에 화가 났다.

"그렇게 살아서겠지만, 나카오는 남녀의 성정체성에 관심이 있었던 것 같아. 그래서 나와도 의기투합했고. 그때 나는 극단 만들 준비를 하고 있었어. 물론 당시에는 호적 교환에 이용하자는 생각은 없었어. 같은 고민을 하는 사람에게 무언가를 전해야 한다고 생각했을 뿐이지. 나카오도 내 말에 찬성해 함께하게 됐어."

그 만남이 극단 긴도의 뿌리가 되었단다.

"호적 교환은 순조롭게 이루어졌나요?"

데쓰로의 질문에 사가는 고개를 저었다.

"악전고투였지. 들었을지 모르겠는데 교환이 이루어지려면 엄격한 조건을 충족해야 해. 사후 케어도 중요하고. 개인으로서는 해결하지 못하는 문제가 많아. 그래서 시스템이 필요했고 나카오는 그 시스템을 만들려고 했지."

"그러면 나카오가 사라져서……."

"솔직히 말하자면 곤란해. 하지만 언제까지 녀석에게 기댈 수는 없지. 내가 끌고 가는 수밖에 없어."

"나카오와 연락은 안 되나요?"

"나는 못 해. 상대가 가끔 전화하는 정도지. 내가 사정을 물어봐도 걱정할 필요 없다는 말만 되풀이해."

데쓰로는 그 말을 듣고 조금 안심했다. 어디서 뭘 하는지는 모르겠으나 일단 살아는 있는 듯하다.

"사가 씨는 히우라 미쓰키와는 여러 번 만나셨나요?"

"몇 번 정도. 나카오가 연극 공연에 데려왔지."

"미쓰키도 호적 교환을 계획하고 있는 듯한데."

"그런 방법이 있다는 소리를 듣고 관심을 가진 것 같았지. 그래서 나도 상응하는 상대를 찾아봤고 조건에 딱 맞는 남자가 하나 있었어. 그런데 미쓰키에게 알리기 전에 나카오가 중지시켰어."

"왜요?"

"그야 모르지. 나카오 말로는 조금 상황을 보는 게 좋겠다고 하더군. 더는 말해주지 않았는데 녀석이 미쓰키의 호적 교환에 소극적이었던 것만은 확실해."

데쓰로는 팔짱을 끼고 낮게 신음했다. 나카오는 왜 소극적이었을까. 역시 옛 연인이 남자로 사는 데 저항감이 생겼나. 그러나 그토록 젠더 문제에 진지한 사람이 개인적인 생각으로 사고방식을 바꾼다는 것은 부자연스럽다.

"그게 언제쯤인가요?"

"작년 9월쯤이지."

도쿠라 살인사건이 일어나기 두 달 전이다. 사건이 그의 생각을 바꾼 것은 아닌 듯하다.

"그러고 보니 그 무렵 녀석이 종종 이런 말을 했어. 우리가 하는 일이 잘못된 게 아니냐고. 불법이라는 뜻으로 한 말이 아니야. 우리가 하는 일이 단순히 사물을 거울에 비춰 거꾸로 보이게 할 뿐이라고. 내용은 조금도 좋아지지 않았다고. 대강 그런 말이었어."

"거울에 비춘다……."

나카오의 쓸쓸한 표정이 문득 떠올랐다.

사가에게 확인해야 하는 게 하나 더 있다.

"경찰은 얼마나 단서를 잡았나요?"

"뭘? 호적 교환? 아니면 이타바시에 살던 남자가 살해된 거?"

"둘 다요."

"호적 교환은 아마도 근본적인 것은 모르는 것 같아. 놈들이 알아낸 것은 네코메의 가오리 씨가 진짜 사에키 가오리가 아니라는 것 정도야. 그 이름의 주인이 남자의 마음을 지닌 여자라는 것도 알고 있을 수 있지. 우리 극단도 조사했을 테니까 아마도 연극을 통해 가짜 가오리와 진짜 가오리가 만났다는 정도의 추리는 했겠지. 하지만 거기까지일 거야. 가짜 가오리가 실은 남자라거나, 조직적인 호적 교환 시스템이 존재한다는 것은 꿈에도 생각하지 못할 거야."

모치즈키는 네코메에서 여러 차례 가오리를 봤다. 그는 절대 가오리가 남자임을 알아차리지 못했을 것이다.

"경찰은 어떻게 극단 긴도와의 연결고리를 발견했을까요?"

"별거 아니야. 연극 표 반쪽이 가오리의 방에서 발견되었대. 가오리도 단서가 될 만한 것은 다 없애려고 했겠으나 어쩌다 흘렸나 봐."

"하지만 표를 발견한 정도로……."

데쓰로의 말에 사가는 얼굴을 찌푸리고 고개를 한 번 흔들었다.

"재수 없게 같은 표 반쪽이 두 장이나 발견되었대. 그러니까 둘이 보러 갔다는 거잖아. 게다가 그 반쪽에서 지문이 나왔고. 하나는 물론 가오리의 것이었지. 그런데 다른 하나의 지문도 가오리의 집에서 여럿 발견된 것이었대. 그러니 경찰은 한 가지 추리를 떠올렸겠지. 추리라고 해봤자 별거 아니지만."

"가오리에게 남자가 있다."

"맞아." 사가는 고개를 끄덕이고 잔의 물을 마셨다. "그모치즈키라는 형사는 가오리의 사진을 보여주며 말했어. 이 여성을 본 적 없나? 당신들 연극을 보러 왔을 거다. 남자와 같이 왔을 것 같은데……, 하고 말이야. 마치 당신들처럼 작은 극단의 연극에는 손님이 거의 없을 테니 손님 얼굴 정도는 당연히 기억하고 있을 거란 식이었지. 뭐, 사실이기는 하지만."

"사가 씨는 뭐라고 답하셨나요?"

"본 것 같기도 한데 확실하진 않다고 대답했어. 그 형사가 믿었는지는 모르겠고."

"형사는 가오리 씨의 남자에 관해 이름이라던가, 뭔가 알고 있었나요?"

"모르겠어. 특별히 화제로 오르지 않았어. 물론 그 남자에게 관심이 없다고 할 수는 없겠지."

모치즈키는 그 남자가 도쿠라 아키오를 죽였다고 생각할 것이다.

"가오리 씨의 남자는 나카오……죠?"

사가는 살짝 어깨를 움츠렸다.

"가오리를 나카오의 애인이라고 여긴다면 잘못 생각한 거야. 녀석들은 그런 관계가 아니야. 나카오는 가족과 아내를 사랑해. 하지만 가오리가 연극을 함께 보러 간 남자는 나카오가 맞아. 그렇다기보다는 나카오가 가오리를 데리고 왔지."

"나카오가 이혼한 이유를 아세요?"

"듣지 못했어. 헤어졌다는 보고만 들었지. 언젠가 얘기해주겠지 싶어 굳이 묻지 않았고."

데쓰로는 나카오의 아내였던 다카시로 리쓰코의 심각한 표정을 떠올렸다. 나카오는 그녀를 사랑했다고 한다. 그렇다면 왜 헤어져야 했을까. 리쓰코도 어떤 깊은 사정을 숨기고 있는 분위기였다.

"모치즈키 형사 일행이 사가 씨에게 질문한 건 그게 전부인가요?"

"아니야." 사가는 그렇게 말하고 턱을 긁었다. 살짝 수염이 난 것은 호르몬 주사의 효과일 것이다. "극단 관계자 명단과 팬클럽 같은 게 있으면 그 명단을 보여달라더군."

"보여줬습니까?"

"그럴 리 없지." 사가는 뒤로 몸을 휙 젖혔다. "그걸 보여주면 다테이시의 이름도 나와. 어차피 경찰은 샅샅이 뒤질 테니까 호적 교환 시스템이 발각되는 것도 시간문제겠지."

"모치즈키 형사를 용케 이해시켰네요."

"당신 때와 마찬가지로 나는 프라이버시를 지킬 의무가 있다고 주장했지. 놈도 극단이 사건과 관련이 있다는 근거는 전혀 없으니 물러날 수밖에 없지."

"하지만 근거 같은 거, 얼마든지 만들어서 영장을 가져올 겁니다."

"그렇지. 그래서 극단 관련 자료는 전부 없앴어."

"없애요? 컴퓨터 데이터도 전부?"

"응. 이런 일을 대비해 서류로는 전혀 남겨놓지 않았어. 더블클릭 한 번으로 증거는 다 사라져. 종종 도쿄지검 같은 곳 사람들이 용의자의 자택이나 사무소 같은 데서 종이 상자 수십 개를 들고나오는 영상이 나오지만, 앞으로는 그럴 일도 없을 거야."

사가는 이 이야기를 할 때만은 괜스레 즐거운 듯 보였다.

"하지만 자료가 없으면 사가 씨도 곤란하잖아요."

"걱정하지 마. 다른 곳에 옮겨놨으니까. 인터넷은 편하지. 게다가 지금 상황을 고려하면 당분간 극단 활동은 중지해야지. 호적 교환도 당분간은 쉬어야 해." 사가는 그렇게 말하고 데쓰로의 얼굴을 바라봤다. "그 극비 자료를 본 사람은 당신이 처음이자 마지막이야."

"억지를 부려 죄송했습니다." 데쓰로가 고개를 숙였다.

"다테이시의 집에 갔었나?"

"갔습니다. 회사에도요."

"그래? 그 녀석, 잘 지내던가?"

"직장에 잘 적응했더군요."

"그거 다행이군. 녀석은 주위에 마음을 열 상대가 하나도 없다 보니 늘 신경을 써야 해서 큰일이다 싶었지. 아까 말했듯이 나 같은 경우도 일부 상사는 내 정체를 알아. 하지만 다테이시는 그런 사람이 아니야. 거기 사장은 놈을 완전히 남자라고 생각해 고용했어."

"그랬군요."

"그러니까 정체를 계속 숨기느라 고생이 많을 거야. 같이 목욕할 수 없으니까 사원 여행으로 온천에 갔을 때는 감기에 걸렸다는 핑계를 댔다고 해. 물론 녀석은 성기도 달고 있긴 하지만 절대로 들키지 않을 정도는 아니거든."

데쓰로는 사가의 말을 들으면서 그는 그걸 본 적이 있을까 생각했다.

"남자의 호적을 손에 넣어도 몸 사리며 사는 것은 변함없네요."

"오히려 마음의 부담은 더 커졌을지 모르지. 그래서 나도 요즘 가끔 생각해. 나카오가 했던 말을. 단순히 사물을 거울에 비춰 거꾸로 보이게 한 것뿐이지, 내용은 하나도 좋아진 게 없지 않나, 하고 말이야."

사가는 그 후 긴 한숨을 내쉬었다. 그러고는 "다들 행복했으면 좋겠는데" 하고 중얼거리고 먼 곳을 바라봤다.

데쓰로는 그 눈을 보며 어머니의 눈빛 같은 것을 연상했다. 물론 그런 생각을 사가에게는 말하지는 않았지만.

2

아파트에 돌아오니 문이 열려 있었다. 그런데 실내에

인기척은 없었다. 거실에 가보니 리사코의 업무 도구가
든 커다란 가방이 벽 쪽에 놓여 있었다.

데쓰로는 침실 문을 열어봤다. 리사코가 침대에 얼굴
을 묻고 바닥에 주저앉아 있었다.

"왜 그래?" 데쓰로는 말을 걸어봤다.

리사코는 천천히 고개를 들고 그를 바라봤다.

"아, 미안. 이제 왔어?"

"응. 금방 왔어. 잤어?"

"응. 그랬나 봐." 그녀는 머리를 쓸어 올렸다.

데쓰로는 끄덕이고 문을 닫았다. 그런 뒤 작업실로 들
어갔다.

컴퓨터를 켜고 이메일을 확인하는데 노크 소리가 들렸
다. 데쓰로는 의외라고 생각하며 문을 바라봤다. 리사코
는 이 방을 데쓰로 전용 작업실로 인정하지 않는다. 그래
서 이곳에 들어올 때 노크한 적은 이제껏 한 번도 없었다.

"들어와." 데쓰로가 대답했다.

문이 열리고 리사코의 얼굴이 보였다.

"지금 시간 돼?"

"응. 왜?"

"보고할 게 있어." 그녀는 안으로 들어와 문을 뒤로 닫
고 실내를 둘러봤다. "좁네. 이런 방에서 용케 일하네."

"사치를 부릴 순 없지. 그보다 무슨 얘긴데?"

"응." 리사코는 일단 눈을 내리깔았다가 다시 고개를 들었다. "내일 부동산에 가려고. 집을 구할 거야."

"집? 아……." 리사코가 이 방이 좁다고 한 이유를 이해했다.

"작업실을 찾는 거야?"

"응. 작업실이기도 하고 사는 곳이라고도…… 해야 할까?"

데쓰로는 의자를 돌려 리사코 쪽으로 몸을 향했다.

"무슨 말이야?"

"앞서가지 마. 당장 헤어지자는 말은 아니니까. 하지만 우리, 이대로는 안 된다고 생각해. 그러니까 일단 내가 나갈게. 그게 다야."

"그게 다라니……."

"나, 반성해. 결혼에 관한 사고방식이 잘못돼 있었어. 서로 좋아하고 같이 있을 때 즐거우면 그만이라고 생각했는데 그것만이 아니었어. 더 많은 각오가 필요했어. 그 야말로 목숨을 건 각오가."

"갑자기 무슨 말을 하는 거야? 무슨 일 있었어?" 데쓰로는 애써 웃으며 말했다.

"아니야. 아무것도 없어. 이런저런 생각을 한 끝에 내린 결론이지. 반론이라도 있어?" 리사코가 고개를 저으며 말했다.

"반론이라." 이런 때 어떤 말을 해야 하나 생각해봤으나 적당한 말이 떠오르지 않았다. 어쩔 수 없이 고개를 흔들었다. "아니, 없어. 그렇게 생각한다면 하고 싶은 대로 해."

리사코는 한숨을 내쉬었다. 어깨에서 힘이 빠지는 게 느껴졌다.

"그렇게 말해주니 다행이다. 당신은 다정하니까 일단 말리는 연기라도 할까 봐 걱정했어. 그러면 정말 비참할 것 같았는데."

데쓰로는 쓴웃음을 짓고 목덜미에 손을 얹었다. 어떤 의미에서는 정확히 맞혔다. 다시 생각해보라고 말하는 게 좋을까. 그런 생각이 잠시 스쳤으나 본심이 아니었다. 솔직히 그녀의 제안에 찬성했다. 함께 생활하는 게 숨 막히는 것은 부정할 수 없다.

"나카오는? 뭘 좀 알아냈어?" 그녀가 화제를 바꿨다.

"응. 여러 가지." 자세한 이야기를 해도 될까 망설여졌다.

"나, 전에 한 말 정정할게."

"정정? 뭘?"

"나카오를 그냥 두라고 했잖아. 하지만 그것도 내가 틀렸어. 나카오는 당신 친구니까 그냥 놔둘 수 없겠지. 미안해."

"아니. 사과할 필요는 없어. 저기, 오늘 도대체 왜 그래? 좀 이상해." 데쓰로는 아내의 얼굴을 올려다봤다.

"아까 말했잖아. 혼자 좀 생각했다고. 그보다 나카오, 찾을 수 있을 것 같아?"

"모르겠어. 어떻게든 해볼 생각이야. 실은 오늘……."

거기까지 말했을 때 리사코는 "스톱!"이라며 오른손을 펼쳐 내밀었다.

"나한테 조사 보고 같은 거 안 해도 돼. 어차피 당신에게 도움이 안 될 테니까. 하지만 힘내. 응원할게."

역시 리사코답지 않은 말이라고 생각하며 데쓰로는 고개를 끄덕였다.

"반드시 찾아낼게."

"내일 필요한 짐을 갖고 갈 거야. 집을 구할 때까지는 당분간 친구 집에서 지내기로 했어. 남은 짐은 나중에 시간 봐서 가지러 올게."

"정말 행동 빠르다."

"생각났을 때 행동하지 않으면 성에 안 차는 성격인 거 알잖아."

"그렇지."

데쓰로는 오래전 친구 작가와 해외 취재를 가려 했을 때를 떠올렸다. 그때 이후로 모든 일이 어긋나기 시작했다.

리사코는 할 얘기는 다 끝났다며 방을 나갔다. 그래서 노크했구나. 닫힌 문을 보며 데쓰로는 이해했다.

다음 날 아침, 그는 소리가 나서 눈을 떴다. 이불에서 기어 나오니 거실에서 리사코가 짐을 싸고 있었다.

"아, 미안. 깨웠네."

"이렇게 빨리 가?"

"응. 일이 하나 들어왔어. 그다음에 친구네 집에 가서 짐을 놓고 방을 찾을 생각이야."

"바쁘네. 뭘 좀 도와줄까?" 데쓰로가 일어났다.

"아니야. 거의 끝났어." 재빨리 가방 지퍼를 닫고 리사코도 일어났다. 가방을 어깨에 멘다.

"살 곳이 정해지면 연락할게."

데쓰로는 고개를 끄덕였다. 리사코가 문을 열기에 배웅하려고 반사적으로 걸음을 내디뎠으나 그녀가 제지했다.

"영원한 이별도 아니니까 여기서 하자. 잘 지내."

"너도."

고맙다는 말을 남기고 그녀는 방을 나갔다. 복도를 걷는 발소리. 신발을 신고 현관문을 여닫는 소리.

데쓰로는 소파에 앉아 잠시 넋을 놓고 있었다. 리사코

가 집을 나갔다는 실감이 나질 않았다. 그런 주제에 영원한 이별이 아니라는 그녀의 말이 공허하게 느껴졌다.

테이블 위에 리사코가 놓고 간 담배가 있었다. 손을 뻗어 담뱃갑을 여니 한 대가 남아 있었다. 그것을 물고 일회용 라이터로 불을 붙였다. 깊이 빨아들이자 폐에 가벼운 통증이 느껴져 기침하며 연기를 토해냈다. 서둘러 재떨이에 비벼 껐다.

부엌으로 가 잔에 물을 따라 마셨다. 그때 설거지한 식기 가운데 찻잔 두 개가 섞여 있는 것을 발견했다. 같은 무늬의 찻잔 받침도 두 개 있다. 로열 코펜하겐. 그 식기는 하야타의 결혼 축하 선물이다. 리사코가 소중히 여기는 물건으로 웬만한 손님이 아닌 한 내놓지 않는다.

리사코가 갑자기 나가겠다고 한 이유를 생각했다. 역시 무슨 일이 있는 게 아닐까. 혹시 집을 찾아온 손님과 관련이 있지 않을까. 이 찻잔을 어젯밤 발견하지 못한 것을 후회했다.

도대체 누가 왔었나…….

그 단서를 찾으려고 주위를 둘러봤을 때 냉장고에 마그넷으로 고정한 메모지를 발견했다.

메모지에는 리사코의 글씨로, '나카오를 찾아줘. 하야타에게 지지 마'라고 적혀 있었다.

3

데쓰로는 오후에 취재 일정이 있었으나 취소했다. 갑자기 생각난 게 있었기 때문이다.

백화점 식품 매장에 들러 선물용 전병과 만주를 샀다. 둘 다 아주 예쁘게 포장되어 있었다.

전병은 도쿠라 야스코, 만주는 도쿠라 요시에에게 주기로 했다. 나이가 있는 요시에에게 딱딱한 전병을 선물하는 건 안 되겠다 싶었다.

도쿠라 아키오의 집은 얼마 전에 왔을 때와 마찬가지로 비좁은 주택가 가운데 조용히 자리 잡고 있었다. 인기척이 전혀 없었고 유리창 너머는 어두컴컴했다. 사람이 사는 것 같지 않았다.

그래도 데쓰로는 벨을 눌러봤다. 얼마 후 문이 열리고 도쿠라 요시에의 주름투성이 얼굴이 나타났다.

놀란 듯 요시에의 입이 벌어졌다. 데쓰로를 기억하는 듯하다. 데쓰로는 고개를 숙이고 사건 이야기를 또 들으러 왔다고 알렸다.

"이제 할 얘기 같은 건, 하나도 없어요."

그녀가 닫으려 하는 문을 손으로 잡았다.

"확인되지 않은 정보가 여럿 있습니다. 말씀을 좀 듣고 싶습니다."

도쿠라 요시에의 얼굴에 망설이는 기색이 떠올랐다. 데쓰로는 그 눈을 가만히 바라봤다.

몇 초 후, 그녀는 살짝 고개를 끄덕였다.

전에 하야타와 왔을 때와 마찬가지로 약 7.5제곱미터 크기의 다다미방으로 안내되었다. 불단이 있는 방이다. 그때와 마찬가지로 불단에는 도쿠라 아키오의 사진이 놓여 있다. 대충 둘러본 바로는 그때보다 실내가 정리된 듯하다.

데쓰로가 만주가 든 과자 상자를 내밀자 요시에는 조심스럽게 받았다.

이 집에 다시 와야겠다고 생각한 계기는 리사코의 메모였다. 하야타에게 지지 말라는 문장이 마음에 걸렸다. 그러고 보니 하야타는 단서를 쥔 것 같았다. 게다가 그는 사건 열쇠를 자신이 쥐고 있고, 그게 없으면 경찰은 진상에 다가갈 수 없다고 했다.

데쓰로는 그게 뭔지 알 수 없었다. 그래서 이렇게 생각해봤다. 하야타는 도대체 어디서 어떻게 '무언가'를 손에 넣었을까. 물론 하야타는 신문기자이므로 일반인과는 다른 다양한 경로와 인맥을 지니고 있으리라. 그러나 그런 것을 통해 얻을 수 있는 것은 경찰도 얻을 수 있다.

하야타는 데쓰로에게 너와는 다른 경로로 사건을 쫓겠다고 단언했다. 그는 데쓰로가 어떤 형태로든 사건에 관여하고 있음을 알고 그렇게 말했다. 그리고 데쓰로의 주위를 조사하지 않았다. 그렇다면 그 밖에 사건을 조사할 경로라는 게 있나?

거기까지 생각하자 도쿠라의 집이 떠올랐다. 그 시점에서 하야타가 할 수 있는 일은 다시 도쿠라 아키오의 주변을 훑어보는 것 정도다. 그는 다시 도쿠라 요시에와 야스코를 만났을 것이다. 그 결과 지극히 중대한 '무엇인가'를 얻은 것이다.

"전에 저와 함께 찾아온 하야타라는 신문기자를 기억하십니까?" 데쓰로가 질문을 던졌다. 다다미 위에 무릎을 꿇은 요시에는 데쓰로에게 차 한 잔조차 내줄 마음이 없는 듯했다.

"네. 기억하는데요."

"그 뒤로도 여러 번 왔을 텐데요."

"아, 그게, 그 뒤로는 한 번도." 그녀는 고개를 흔들었다.

"안 왔나요?"

"아, 네."

그럴 리 없다고 생각했는데 요시에의 당황한 표정은 연기처럼 보이지 않았다. 무엇보다 주름이 너무 많아 표정을 잘 읽을 수 없는 것도 사실이다.

"전화는요? 하야타가 전화하지 않았습니까?"

"안 왔는데요. 그 기자님이 왜요?"

"아뇨. 아무것도 아닙니다."

짐작이 틀렸나. 데쓰로는 낙담을 표정에 드러내지 않으려 노력했다. 그때 요시에가 말했다.

"저, 아까 말씀하신 확인되지 않은 정보라니, 그게 뭔지⋯⋯."

"아, 네. 몇 가지 있는데요." 데쓰로는 자세를 바로잡았다.

의심받지 않기 위해서라도 어느 정도의 정보 제공은 필요할 것이다. 하지만 너무 떠들어서는 안 된다. 무엇을 숨기고 무엇을 말해야 할까. 그 기준이 모호했다.

"경찰은 네코메라는 바의 호스티스를 주시하고 있는 것 같습니다. 가오리라는 이름의 호스티스죠."

"호스티스요⋯⋯. 그 여자가 아키오를 죽였나요?"

"아뇨. 호스티스의 애인이 의심받고 있습니다. 동거한 남자가 있는 것 같은데." 데쓰로는 잠시 생각하고 덧붙였다. "그 네코메라는 바에서 일한 바텐더가 아키오 씨가 살해된 직후에 퇴사해서 그 남자도 쫓고 있습니다. 그 바텐더가 가오리의 남자일 것으로 경찰은 추측하고 있을 겁니다."

의도적으로 '남자'라는 말을 연발했다. 히우라 미쓰키라는 '여자'의 존재는 조금이라도 들켜서는 안 된다.

　"그 바텐더가 범인이라고요?"

　"아직 뭐라 단정할 수는 없지만."

　"이름이 뭔가요?"

　"아마……" 이 말을 해도 문제가 없다고 판단한 뒤 말했다. "간자키 미쓰루라는 이름입니다."

　"간자키……." 그녀의 표정에 잠깐 변화가 생겼다. 주름투성이 눈꺼풀이 움찔했다.

　"아시나요?"

　"아뇨. 전혀." 요시에는 손을 저었다. "그래서? 그 사람을 아직 못 찾았나요?"

　"그런 것 같습니다."

　데쓰로가 대답하자 그녀는 생각에 잠긴 듯한 표정을 지었다.

　어쨌든 하야타가 오지 않았다면 여기 더 있을 이유는 없다. 데쓰로는 사건과 관련해 지장이 없을 만한 이야기를 늘어놓은 후 자리에서 일어났다.

　"도쿠라 씨 부인은 근처에 사시나요?"

　"근처라고 해야 하나……. 역으로 두 정거장 앞이에요."

　"괜찮으시면 주소와 전화번호를 알려주세요."

요시에는 잠시 생각한 후 잠깐만 기다리라고 하고 옆 서랍장을 열었다.

"부인과는 이후 어떻게 지내시나요? 가끔 대화는 하시나요?"

"전혀 안 해요. 새해가 된 뒤로 한 번도 만나지 못했어요. 나도 할 얘기 없으니 괜찮아요. 아, 전화번호는……. 번호를 적어놓은 종이를 여기 어디 뒀는데 전화를 건 적이 없어서 그런지 보이질 않네요." 그렇게 말하며 메모지 한 장을 꺼냈다. 도쿠라 야스코의 연락처가 적혀 있다. 데쓰로는 그것을 베꼈다.

요시에가 알려준 역에 내려 메모에 적힌 주소로 향했다. 하야타가 요시에를 만나지 않았다면 야스코에게도 가지 않았을 가능성이 크다. 헛걸음일 것 같아 발걸음이 무거웠다.

낡은 2층짜리 연립주택 1층에 도쿠라 야스코가 외아들과 사는 집이 있었다. 여섯 살이 된 아들의 이름은 아마 쇼타였을 것이다.

벨을 누르자 대답이 들리고 바로 문이 열렸다. 야스코는 데쓰로를 보고 천천히 고개를 숙였다. 그녀 역시 그를 기억하는 듯하다.

"갑자기 죄송합니다. 이후 어떻게 지내시는지 궁금해서."

"아니, 별다른 일은……." 야스코가 고개를 숙였다.

"저, 잠깐 시간 좀 내주시겠어요? 근처에서 차라도."

"아니, 제가 별로 나가고 싶질 않아서." 그녀는 문을 크게 열었다. "들어오세요."

"실례하겠습니다." 데쓰로는 방으로 들어갔다.

들어가자마자 부엌 겸 식당이 있고 건너편에 방이 하나 있다. 부엌 겸 식당이라 해도 작은 테이블 하나만으로 꽉 찼다. 일반적인 가정이 살기에는 너무 좁다.

데쓰로는 그 작은 테이블을 끼고 야스코와 마주 앉았다. 쇼타는 바닥에 앉아 TV 게임을 하고 있다. 전에 가지고 놀던 것과는 다른 게임기라 조금 의외였다. 경제적으로 윤택하지는 않으리라 예상했기 때문이다.

"무슨 일을 하시나요?"

데쓰로가 묻자 야스코는 힘없이 고개를 저었다.

"이자카야에서 일했는데 해고당했어요. 불경기라 손님이 없어서 일손이 남는다고. 그래서 다른 일을 찾는 중이에요."

"그거 큰일이네요."

"네. 하지만 저 아이도 있으니 열심히 살아야죠." 야스코는 쇼타를 봤다.

데쓰로는 요시에에게 질문한 것과 마찬가지로 하야타

가 오지 않았느냐고 물었다. 하지만 야스코의 대답도 데쓰로의 기대에 부응하지 못했다. 그 이후 한 번도 만나지 않았다고 한다.

이어서 경찰에게 사건과 관련해 들은 이야기가 있는지 물어봤다. 이번에도 그녀는 그저 생각에 잠겼을 뿐이다.

"저도 마음에 걸렸는데 경찰에서는 전혀 연락이 없어요. 도대체 어떻게 된 건지. 피해자인데 아무것도 안 알려줘요."

살인사건 피해자 유가족이 종종 하는 이야기다. 피해자의 권리 보호가 주창된 지 오래이건만, 현실에서는 전혀 해결되지 않았다.

쇼타는 게임에 질렸는지 전화기를 가지고 놀았다. 어떤 버튼을 누르고 수화기를 든다. 조금 있다가 끊는다. 그런 짓을 되풀이한다. 의외로 새 전화기라 번호가 디스플레이에 표시되는 타입이다. 소년이 누르는 것은 재다이얼 버튼일까. 버튼 하나만 눌렀는데 여러 개의 숫자가 디스플레이에 나오는 게 신기한 모양이다.

"쇼타, 그만해. 전화 갖고 놀지 말라고 했지!"

어머니의 주의를 듣고 소년은 전화기에서 손을 뗐다.

이후로는 세상 돌아가는 이야기만 나눴다. 데쓰로는 앞으로 어떻게 할 거냐고 물었는데 야스코는 명확한 답을 가지고 있지 않았다.

"저금도 없으니 빨리 뭐든 해야 하는데."

"시어머님과는 이제 연락하지 않으시나요?"

"네. 그 사람은 완전 남이라고 생각해요." 그녀는 그렇게 말하고 왠지 모르게 다시 전화 쪽을 봤다. 쇼타는 이미 게임기로 돌아가 있었다.

데쓰로는 일어나 나올 때가 되어서야 가져온 선물을 떠올렸다. 구두를 신고 종이봉투째 내밀었다.

"이렇게 신경 쓰지 않으셔도 되는데."

"아닙니다. 그런 말씀 마세요."

"그런가요? 죄송해요. 쇼타도 단 걸 좋아하니 기뻐할 거예요."

"아이고. 그게 전병이라."

"아, 그래요? 죄송해요. 하지만 전병도 좋아해요." 야스코는 묘하게 어색한 미소를 지으며 종이봉투를 받았다.

데쓰로는 역으로 향하며 피로감에 휩싸였다. 하야타가 요시에와 야스코를 만나지 않았다니 의외였다. 그렇다면 그는 어떻게 그 중요한 정보를 입수했을까.

생각할 수 있는 것은…….

도쿠라 아키오가 전에 근무했다는 가도마쓰철공소다. 도쿠라의 친척이 경영한다는 그 회사의 주소는 전에 조사해됐다. 데쓰로는 시계를 봤다. 아직 회사에 사람이 있을 시각이다. 당장 가볼까 싶었다. 어차피 여기까지 온 이상 헛걸음하더라도 후회는 없다.

역 앞에서 제과점을 발견했다. 양과자점이다. 철공소라고 하니 남자 종업원이 대부분이겠으나 빈손으로 가는 것보다는 나을 것이다.

그 가게 앞에서 걸음을 멈춘 데쓰로는 문득 야스코의 이야기를 떠올렸다.

'쇼타도 단 걸 좋아하니 기뻐할 거예요.'

그랬다. 그녀는 틀림없이 그렇게 말했다. 하지만 왜 상자 속 내용물이 '단 것'이라고 생각했을까. 포장지에는 과자 가게 이름이 박혀 있을 뿐인데.

그러고 보니 그 밖에도 기묘한 점이 있다. 야스코는 데쓰로의 얼굴을 보고 그리 놀라지 않았다. 그가 자기 집 주소를 아는 것에도 의문을 드러내지 않았다. 우리 집 주소를 누가 알려줬나요? 그 정도 질문은 나오는 게 당연한 상황이었다.

도쿠라 요시에가 야스코에게 연락했나.

그렇게밖에 생각할 수 없다. '조금 있으면 그곳에 니시와키라는 수상한 남자가 갈 거야.' 그렇게 알려준 게 아닐까. '선물로 만주를 가져왔어. 지금 막 여기서 나갔어.'

이렇게 덧붙였을 수도 있다.

그렇다면 요시에와 야스코의 관계에 대한 생각을 바꿔야 한다. 둘은 전혀 연락하지 않는다고 했는데 사실은 아니라는 얘기다.

그러고 보니 하야타가 말한 바 있다. '그 노인네, 상당한 인물이야'라고.

실제로는 세간에 알려진 것만큼 둘 사이가 나쁘지 않다면 왜 그런 것처럼 행동할까. 데쓰로는 둘이 연락하고 있는지를 확인할 방법이 없는지 고민했다.

문득 떠오른 게 있어서 발걸음을 돌렸다.

연립주택으로 돌아와 벨을 눌렀다. 다시 나온 야스코의 얼굴은 조금 전보다 훨씬 긴장한 것처럼 보였다.

"뭐가 또 있나요?"

"여쭙고 싶은 게 두세 가지 더 있어서." 데쓰로는 억지로 실내로 들어갔다. "네코메라는 바에 남편분이 자주 가셨는데 아십니까?"

"네코메……요? 글쎄요……. 남편이 긴자에 자주 갔었다고 형사님에게 듣기는 했는데."

"사에키 가오리라는 이름을 아세요?"

"사에키 씨요? 글쎄요." 그녀는 고개를 갸웃했다.

"그러면 간자키 미쓰루는?" 데쓰로는 그녀의 표정을 주시하며 말했다.

"몰라요." 야스코는 고개를 저으며 대답했다. 순간 눈이 커진 것처럼 보였으나 기분 탓일지도 모르겠다.

"그래요?"

"저, 그분들이 왜?"

"아닙니다. 아직 말씀드릴 수는 없어요. 그보다……" 데쓰로는 손목시계를 보는 척했다. "전화 좀 빌려주시겠어요? 휴대전화를 집에 두고 와서요."

"아, 그러세요."

실례합니다, 하고 말하며 그는 방으로 들어갔다. 과자 포장지는 이미 풀어져 있었고 쇼타가 전병을 먹고 있었다.

데쓰로는 야스코가 보지 못하게 전화기를 가로막듯 섰다. 조작 패널을 쭉 훑어본 다음 숫자 버튼을 누르는 척하며 재다이얼을 눌렀다. 화면에 표시된 번호는 여기 오기 전에 암기한 도쿠라 요시에의 것이 아니었다.

그는 다시 발신 이력 버튼을 누르려 했다. 최근에 나온 전화기는 전에 걸었던 번호를 여러 개 기억하고 있다. 만약 야스코가 요시에와 자주 연락했다면 저장된 번호에 요시에의 것이 있으리라 짐작했기 때문이다.

하지만 직전에 손가락을 멈췄다. 화면에 표시된 번호가 낯익었기 때문이다. 요시에의 것이 아니다. 훨씬 의외인 인물의 번호였다.

4

손목시계의 바늘은 오후 11시를 조금 넘기고 있었다.
데쓰로는 흑맥주를 한 잔 더 주문했다. 원형 테이블은 그
혼자 독차지하고 있었다. 다른 네 개의 테이블에는 회사
원으로 보이는 두세 명의 남녀가 앉아 있다. 여성 바텐더
의 화려한 퍼포먼스가 유명한 이 가게는 주말이 아닌데
도 붐볐다.

두 잔째 흑맥주가 나와 입으로 가져가는데 양쪽으로
열리는 문이 열리고 하야타가 들어왔다. 검은 가죽 재킷
을 입고 회색 머플러를 두르고 있다.

"오래 기다렸어?"

"아니. 금방 왔어."

웨이터가 주문을 받으러 왔다. 하야타는 머플러를 벗
으면서 진 비터를 주문했다.

"리사코가 좋아하는 술이지." 데쓰로가 말했다.

"그래서 주문한 거야." 하야타가 싱긋 웃으며 재킷을
스툴 등받이에 걸쳤다. "본격적으로 추워지는데 북쪽에

안 가도 돼?"

"북쪽?"

"스키나 스노보드 취재 말이야. 대회가 많잖아."

"아……. 하지만 나는 그쪽 전문이 아니라."

"좋아하는 것만 골라 하면 살아남기 힘들어." 하야타는 담뱃갑을 꺼냈다. 지포 라이터로 불을 붙인다. 오래전, 스키장에 지포 라이터를 가져가는 게 유행인 시절이 있었음을 떠올렸다. 그때는 데쓰로는 물론 하야타도 담배를 피우지 않았다.

"이리로 오는 중에 이런저런 상상을 해봤지." 하야타가 연기를 토해내며 말했다. "도대체 무슨 용건인지. 설마 동창회 상담은 아닐 테고 역시 그 사건이겠지? 하지만 네가 나를 호출한 이유를 모르겠더라. 미리 말하는데 나는 너와 협력할 마음이 없고 오히려 네가 손을 떼길 바라. 네가 그걸 이해하지 못한 것은 아닐 테고."

데쓰로는 침묵을 지켰다. 이 강적을 상대로 어떻게 입을 뗄지 여전히 망설이고 있었다.

진 비터가 나왔다. 하야타가 잔을 들어서 데쓰로도 흑맥주 잔을 들었다.

"다카쿠라는 어떻게 지내? 여전히 정신없이 돌아다니나?"

"그렇지 뭐." 데쓰로는 고개를 끄덕였다. "실은 별거 중이야."

하야타는 담배를 낀 손가락을 허공에서 멈췄다.

"이유를 물어도 될까?"

"이렇다 할 이유는 없어. 없다기보다는 잘 모르겠어. 리사코가 제안해서 나도 동의했어. 그게 다야."

"제안할 때는 나름의 이유가 있을 테고, 동의한 것에도 이유가 있을 텐데."

"한마디로 말할 수 없다는 뜻이야. 많은 일이 있었어." 데쓰로는 흑맥주를 단숨에 반쯤 마셨다. "그 이야기를 해야겠다. 마지막 경기 말이야."

"그 인터셉트?"

데쓰로는 고개를 끄덕였다.

"그때 왜 네게 패스하지 않았느냐는 의문 말이야."

"안 보였겠지. 아마도 왼쪽 시야가." 하야타가 단언했다.

데쓰로는 놀라 친구의 얼굴을 봤다. 하지만 왕년의 유명 타이트엔드는 별일 아니라는 표정으로 쓴 칵테일을 마셨다.

"알고 있었어?"

"그러지 않을까 싶었지. 마쓰자키 정도도 알았을지 몰라. 확실히 알고 있던 사람은 나카오일 테고. 너희 플레이를 보고 아무래도 왼쪽이 사각인가 했지. 눈이 아팠어?”

“왼쪽 눈이야. 지금도 시력이 좋지 않아.”

“그렇구나.” 하야타가 수긍했다.

아프게 된 이유를 말할 생각은 아니었다. 불평하고 싶은 마음도 없다.

“그거에 대해 한 번도 안 물었네.” 데쓰로가 말했다.

“물어서 어쩌라고? 숨길 때는 나름의 이유가 있겠지.”

“그렇지.”

“알게 된 건 연습 중이었지만 확신은 경기하다가 들었어. 하지만 그 자리에서 따질 것도 아니고.”

“내 왼쪽 시야가 안 좋다는 것을 알면서도 내 왼쪽으로 달린 거야?”

“그런 셈이지. 나로서는 한번 걸어본 거야.”

“걸어봤다고?”

하야타는 진 비터를 다 마시고 테이블에 몸을 내밀었다.

“이건 아무도 지적하지 않았는데 내가 왜 그 위치에서 프리였을까. 적은 왼쪽 코너를 전혀 수비하지 않았어. 강력한 수비를 자랑하는 그 팀이 말이야. 이상하지 않아?”

데쓰로는 숨을 멈췄다. “설마……!”

“맞아.” 하야타는 씩 웃고 턱을 당겼다. “상대 수비는 알아차렸어. 데이토대학의 쿼터백은 왼쪽 코너로는 볼을 못 던진다. 왠지는 모르지만, 던지지 못한다. 물론 처음부터 안 것은 아니겠지. 하지만 적어도 그 마지막 플레이 때는 간파했어. 확실히."

"그래서 왼쪽 코너를 놓아두고……."

"응. 그래서 나는 그것을 역이용하기로 했어. 왼쪽 코너로 달려가고, 뒤에 네가 그걸 알아차리고 던질지 아닐지를 본 거지. 걸어봤다는 것은 그런 의미야. 동시에 내 운도 시험해봤고."

"운?"

"내가 다카쿠라에게 마음이 있다는 것은 알았지?"

"……응."

"나는 계속 망설였어. 고백해야 할지 말아야 할지를. 다카쿠라와 너의 사이를 알았어. 그러니까 사랑과 우정이라는 그거지. 결국은 결론을 내지 못한 채 마지막 경기에 임했어. 그리고 결정했지. 경기에서 터치다운을 하면 고백하자. 안 되면 그냥 포기하자."

"그런데 터치다운을 하지 못해서……."

그에게는 이중의 낙담이었음을 데쓰로는 처음으로 알았다.

"순간 의심했어. 설마 내 결심을 알고 일부러 안 던졌나 싶어서. 그럴 리 없지만."

"만약 그 결심을 알았더라도 봤으면 던졌을 거야. 틀림없이."

"그랬겠지." 하야타가 끄덕였다.

데쓰로는 주먹으로 테이블을 가볍게 쳤다.

"내 눈에 대해서는 아무도 모른다고 생각했는데……."

"미식축구는 그리 만만하지 않아. 혼자서는 아무것도 할 수 없어. 서로 돕는 가운데 개인 플레이가 생기지."

"그렇지." 고개를 끄덕이고 한숨을 쉬었다.

데쓰로는 아주 오랫동안 착각하고 있었음을 깨달았다. 그는 자신을 비극적인 선수로 생각했다. 동료에게 상처를 주지 않아야 한다며 사고를 숨기고 그 탓에 지고도 변명하지 않았다. 그런 자신에 취해 있었다. 하지만 자신은 청승을 떨었을 뿐이다. 멋대로 도취한 자신을 많은 동료가 지켜준 것이다.

리사코가 '남자의 세계'라는 말을 끔찍이 싫어한 이유도 지금은 잘 안다. 그것은 자기애에 불과하다.

"나 혼자 영웅 흉내를 내고 있었구나."

"그렇게 기죽지 마라. 그게 인간의 약점이기도 하고 장점이기도 하잖아."

"그 약점을 리사코는 용서하지 못했던 것 같아. 아니, 약점을 공유해야 그게 부부라고 하더라. 듣고 보니 다 맞는 소리야."

"왼쪽 눈에 대해 다카쿠라가……?"

"알더라. 하지만 안다는 사실을 숨기고 있었어. 내가 털어놓기를 기다렸대. 그런데 나는 얘기하지 않았어."

"녀석이라면 용서하지 않을 수도 있겠다." 하야타는 짧아진 담배의 재를 털었다. 다카쿠라 리사코의 얼굴을 떠올리는 눈빛이다.

"집을 나가고 남긴 메모를 봤어. 거기에 하야타에게 지지 말라고 적혀 있더라."

"내게? 무슨 뜻이야?" 하야타는 엄지로 자신을 가리켰다.

데쓰로는 주위를 둘러본 뒤 목소리를 낮췄다.

"너는 전에 이렇게 말했어. 사건 해결의 열쇠는 네가 쥐고 있다고. 그게 없으면 경찰도 진상에 접근하지 못한다고. 지금도 자신 있어?"

하야타는 쓴웃음을 짓고 얼굴 앞에서 손을 흔들었다.

"이타바시 사건 얘기라면 나는 그만 갈게."

"잠깐만. 일단 내 말을 들어봐."

데쓰로는 손을 들어 웨이터를 불러 진 비터를 한 잔 더 주문했다.

"뭘 하려는 거야?" 하야타가 물었다.

"말하고 싶지 않으면 가만히 있어도 돼. 내 이야기를

들은 다음에 대답할지 생각하라고."

하야타는 물끄러미 데쓰로의 눈을 바라봤다. 속내를 알아내려는 듯한 표정이다. 뭔가를 읽어냈는지는 모르겠으나 고개를 끄덕였다.

"일단 들어나 보자."

데쓰로는 흑맥주로 목을 축였다. 깊이 숨을 들이켰다.

"내 추리는 이래. 이타바시 사건은 지금 이대로는 해결되지 않는다. 범인을 찾을 중요한 단서가 부족하니까. 그 단서는 바로 네가 쥐고 있고. 그렇다면 그 단서가 왜 빠져 있을까. 의도적으로 숨긴 사람이 있기 때문이지. 보통은 그런 사람이 있으면 경찰이 알아내겠지. 하지만 이 사람들은 완전 예외야. 경찰에게는 맹점인 인물이니까."

담배에 불을 붙이려던 하야타의 손이 멈췄다. 지포 라이터의 뚜껑은 열린 채였다.

"맹점은 살해된 도쿠라 아키오의 가족이야. 자세히 말하면 도쿠라 요시에와 도쿠라 야스코지. 특히 친어머니는 경찰이 전혀 주의를 기울이지 않겠지."

하야타는 라이터 뚜껑을 닫고 입에 문 담배를 테이블에 놓았다. 마침 두 잔째 진 비터가 나왔는데 그는 잔에 손을 대려고도 하지 않았다.

"대담한 추리네. 피해자 유가족이 범인을 숨긴다고?"

"그 사실을 너는 알고 있었어. 아니야? 네가 쥔 사건의 열쇠가 바로 그거지?"

"취한 머리로 할 얘기는 아닌 것 같네. 자리를 바꾸자." 하야타는 진 비터를 옆으로 치웠다.

그를 따라서 간 곳은 지하 카페였다. 어두컴컴하고 프라이버시를 지킬 수 있게 테이블이 절묘하게 배치되어 있다. 다른 사람에게 들키고 싶지 않은 사이의 남녀가 만나기 딱 좋은 장소 같다.

"무슨 근거로 그런 결론에 도달했는지를 묻고 싶네." 나온 커피에 손을 대지도 않고 하야타가 말했다.

"그보다 내 질문에 먼저 대답해야지. 너도 같은 단서를 쥐고 있지?"

"그 대답은 네 얘기를 듣고 나서 하지." 하야타는 입술 끝을 올렸다.

데쓰로는 잔을 들어 물을 마셨다. 하야타가 선선히 수긍하리라고는 처음부터 생각하지 않았다.

"그 노파와 부인은 범인을 알고 있어. 나는 그 증거를 잡았어."

"그 증거란?" 하야타의 입가가 굳었다.

"전화번호야. 자세히 말하자면 길어지는데, 어떤 계기로 도쿠라 야스코의 집 전화를 만질 기회가 있었어. 재다

이얼 버튼을 눌렀더니 한 중요 인물의 번호가 표시되더
군. 중요하다는 것은 사건에 깊이 관여했다는 뜻이야."

"잠깐만. 그 중요 인물을 너도 안다는 소리네. 전화번
호도."

"물론 그렇지."

"사건에 깊이 관여했다고 했는데, 그것은 사건의 이면
이라고 이해해야겠지?"

"맞아. 도쿠라 야스코가 그 인물에게 전화를 걸 이유는
전혀 없어. 표면적으로는 아무런 관계가 없는 사람이니
까. 덧붙이자면 도쿠라 야스코는 요시에와 사이가 나쁜
척하는데 실제로는 그렇지 않아. 그 둘은 상당히 긴밀하
게 연락하고 있어."

"그 중요 인물의 이름은?"

"거기까지 얘기하라고? 너는 카드를 한 장도 안 꺼내
고?" 데쓰로는 시커먼 커피에 우유를 넣고 저었다.

하야타는 두 손을 머리 뒤로 돌리고 몸을 젖혔다. 천장
을 노려보며 생각에 잠겼다. 그의 머릿속에서는 다양한
계산이 오갈 것이다. 거기에 데쓰로가 왕년의 전우였다
는 사실은 포함되어 있지 않을 것이다.

하야타를 상대로 이런 도박을 하는 것은 위험했다. 그
러나 데쓰로로서는 다른 방법이 없었다. 도쿠라 야스코

의 집에서 그 전화번호를 발견한 이상 파국이 확실히 찾아올 것이라는 점은 각오해야 했다.

"그 노파는……"하야타가 입을 열었다. "처음 만났을 때부터 냄새가 났어. 뭔가 숨기는 것 같았거든. 그래서 한 번 더 찾아가보자 생각했지."

"하지만 노파는 그날 이후 너를 만난 적 없다던데?"

"맞아. 만나지 않았어. 만나려고 갔는데 우연히 다른 사람이 집에 들어가는 것을 봤으니까." 하야타는 팔을 내리고 데쓰로를 봤다. "도쿠라 야스코였어. 또 싸움이 시작되나 싶었는데 그러지 않더군. 야스코는 두 시간 가까이 지나도 나오지 않았어. 노파가 집에 있다는 것은 그 전에 확인했어. 견원지간인 둘이 두 시간 가까이나 같이 있다니 이상하잖아. 그때 생각났어. 노파의 집 TV에 게임기가 연결되어 있었지? 그것은 야스코가 아들을 데리고 자주 그 집에 간다는 소리야. 둘의 사이가 나쁘다는 것은 거짓말이지."

"그래서 어떻게 했는데?"

"순간적으로 야스코를 미행했어. 왜냐면 그녀가 아들을 데려오지 않았으니까. 앞으로 어딘가 가려니 생각했어. 그리고 그 감은 적중했고. 은행에 가더라."

"은행?"

"그렇다고 은행 창구는 아니야. ATM 기기였지. 얼굴이 안 보이는 떨어진 곳에서 상황을 살폈어. 그 여자는 통장을 정리하고 있었어. 현금을 보내거나 받는 게 아니라 통장을 기록하고 있을 뿐이었어."

"돈이 입금되거나 출금됐는지 확인하는 거였어?"

"아마 그랬겠지. 나는 사비로 아르바이트를 고용해 한동안 야스코를 감시했어. 그랬더니 야스코는 종종 은행에 갔고 늘 통장 정리만 했어."

"이상하네."

"한편 노파는 시간을 내서 내가 감시했어. 왜냐면 찾아오는 사람을 확인하려고. 그런데 그 집에는 거의 아무도 오지 않았어. 저녁이 되면 노파가 장을 보러 나오는데 그외에는 다른 이와 만나는 일도 없었어. 그런데 아무 일도 없을 것 같아서 내가 감시를 중단하려는데 노파가 움직이기 시작했어. 평소와는 완전히 달리 옷을 잘 차려입고 집에서 나왔지."

"어딜 갔는데?"

"완전 뜻밖의 장소였어. 고토구의 위클리 아파트야."

"위클리 아파트?" 데쓰로는 저도 모르게 얼빠진 소리를 내고 말았다. "그런 데는 왜 갔지?"

"나도 모르지. 지금도 자세한 건 몰라. 노파는 거기 있는 누군가에게 용건이 있는 듯 안으로 들어갔어. 나도 몰래 따라갔고. 노파는 어떤 문을 노크했는데 아무도 나오지 않았어."

"누구 방인데?"

데쓰로는 고개를 갸웃했다. 위클리 아파트를 빌렸다는 것은 그곳에 오래 살 생각이 없는 사람일 것이다. 사건 관계자 중 그런 사람은 없다.

"노파가 사라진 뒤 방을 빌린 사람을 조사해봤지. 어차피 본명을 쓰진 않았을 테지만, 혹시나 해서. 그런 데는 우편물을 직접 방에 배달하지 않고 일단 관리실에 배달한 뒤 관리인이 그것을 각 방에 나눠주는 시스템인 곳이 많아. 그래서 관리인에게 물으면 가명이라도 알 수 있지. 노파가 찾아간 방을 빌린 사람은 간자키 미쓰루였어." 그렇게 말하고 하야타는 데쓰로 쪽을 가리켰다. "아는 이름이지?"

"네코메에 있던 바텐더 이름……."

"맞아." 하야타는 천천히 턱을 당겼다. "그 바텐더는 경찰도 쫓고 있지. 무엇보다 사건 직후에 가게를 관뒀으니까. 모치즈키도 거처를 알아내려고 네코메를 감시하고 있었어. 게다가 네코메의 마담 말로는 간자키를 소개한 것은 호스티스 가오리야. 그녀 역시 지금은 행방불명이야. 경찰에서는 간자키가 그녀의 연인이라고 보고 있지. 가게에 있던 간자키의 주소와 경력은 다 허위였고 마담도 간자키의 진짜 거처는 몰랐어. 그런데 이상하게도 피해자의 유가족이 그것을 안다. 이걸 어떻게 봐야 할까?"

"도쿠라를 죽인 범인은 간자키고 도쿠라 요시에와 야스코는 그것을 알았다는 소리야. 알고서도 경찰에 말하지 않은 거지."

"그렇게 생각하는 게 타당하겠지. 그럼 왜 요시에와 야스코는 그런 짓을 할까?"

"간자키 미쓰루를 감싸려고……."

"그건 아니지." 하야타는 바로 고개를 흔들었다. "야스코는 그렇다고 해도 요시에게 도쿠라는 친자식이야. 범인을 보호할 이유가 없지. 하지만 증오의 대상이라 해도 체포를 바란다는 보장은 없어. 자신들만이 범인을 알 경우 다른 행동을 할 수도 있지."

"복수?"

"그것도 가능해. 하지만 유가족들은 범인이 죽는다고 후련해지는 것도 아니야. 게다가 야스코는 도쿠라 아키오와 헤어지고 싶어 했어. 범인에 대한 증오는 그리 크지 않았을 거야."

"복수가 아니라면……."

"당연히 협박이지." 하야타는 검지를 세웠다. "사실 요시에와 야스코 모두 생활비에 쪼들리고 있어. 누가 말을 꺼냈는지는 모르겠지만, 범인을 협박해 돈을 뜯어내는 게 아닐까. 이게 내 추리야. 야스코가 빈번하게 통장을 정리하는 것도 돈이 들어왔는지 확인하기 위해서일 거야."

"유가족이 범인에게 돈을 뜯어낸다……."

"경악할 만한 이야기지? 이게 사실이라면 말이야." 하야타는 담배에 불을 붙였다. 어깨가 크게 오르내릴 정도로 담배 연기를 깊게 내뱉었다. "동시에 엄청난 특종이지. 이런 일은 전대미문이니까."

데쓰로는 도쿠라 야스코의 연립주택을 찾아갔을 때를 떠올렸다. 아들 쇼타가 가지고 놀던 게임기는 경제적으로 쪼들리는 살림살이로는 살 수 없는 것이었다. 범인과 거래해 돈을 뜯어내고 있다면 수긍이 간다.

"그렇다면 사건을 바라보는 네 자세도 완전히 바뀌었겠네." 데쓰로가 물었다.

"이게 내 일이니까. 하지만 의리를 지킬 생각이었어. 그래서 네게 경고했고. 사건에 관여하지 마라. 그러면 네 장래에 영향이 생긴다고."

부루퉁하게 말하고 있으나 아마도 진심일 것이다. 그러나 데쓰로는 그의 호의를 그냥 받아들일 수 없었다.

"그 사실을 다른 누가 알아?" 데쓰로가 질문을 던졌다.

"현재까지는 나뿐이야. 위에 보고하지 않았어. 다른 놈에게 공을 빼앗길 수는 없으니까. 게다가 네가 어떻게 관여하고 있는지 불명확했고. 하지만 모든 일에는 한계가 있지. 나도 이제 슬슬 움직여야 해. 도쿠라 요시에와 야스코도 더는 특별한 움직임이 없고."

"경찰에 말하겠다는 거야?"

데쓰로의 말에 하야타는 입을 크게 벌리고 웃었다.

"그런 한심한 짓을 해서 뭘 얻는데? 경찰을 따돌려야 특종이야."

"요시에와 야스코를 떠보겠다?"

"그 노파가 위클리 아파트를 찾았을 때 모습을 사진으로 찍어뒀어. 그걸 보여줬을 때 어떤 표정을 지을지 벌써 흥미진진하군."

"하지만 협박했다는 증거는 없어."

"증거야 나중에 경찰이 잡겠지. 사건을 전혀 다른 각도에서 조명하는 게 내 일이야."

"다만 말이야." 그는 아직 많이 짧아지지 않은 담배꽁초를 재떨이에 비벼 끄고 테이블 위로 몸을 내밀었다.

"사정이 조금 달라진 것 같아. 간자키 미쓰루의 정체를 알아낼 기회를 얻은 것 같으니까. 자, 이번에는 네가 얘기할 차례야. 도쿠라 야스코의 집에서 발견한 전화번호의 주인이 도대체 누구야?"

하야타의 입가에는 아직 미소가 있었으나 그의 날카로운 눈은 당장 얘기하라고 데쓰로를 위협하는 것만 같았다.

데쓰로는 식은 커피를 입으로 가져갔다. 쓰기만 한 커피였다. 아니면 지금의 기분이 입맛을 망가뜨렸을지도 모른다.

"내가 너를 부른 데는 이유가 있어."

"정보 교환이겠지. 그리고 난 그 거래를 받아들였고."

"그것만이 아니야. 아니, 사실은 그런 건 어떻게 되든 상관없어. 나는 네게 부탁할 게 있어. 너는 내 부탁을 들어주지 않을 테지만."

"뭐야. 잔뜩 무게를 잡고."

"하야타. 이렇게 부탁할게." 데쓰로는 테이블에 양손을 대고 머리를 숙였다.

"왜 이래! 무슨 짓이야?" 하야타의 목소리에 당황한 기색이 섞여 있었다.

"더는 사건을 조사하지 말아줘. 제발…… 제발 손을 떼. 이제 이 사건을 잊어줘."

하야타는 침묵했다. 데쓰로는 고개를 숙이고 있어서 그의 표정은 볼 수 없다. 그러나 어떤 표정을 하고 있는지는 상상할 수 있었다. 놀라움. 어이없음, 그리고 당황일 것이다.

"니시와키. 너……, 나를 놀리냐?" 하야타가 말했다.

"아니야. 그렇지 않아." 데쓰로가 고개를 들었다.

하야타는 눈을 잔뜩 치켜뜨고 있었다. 뺨도 굳어 있다. 분노한 것이다.

"뭐가 아니라는 거야. 손을 떼라는 말은 내가 했잖아."

"물론 나도 앞으로는 관여하지 않아. 말도 안 되는 소리라는 것은 알아. 하지만 이유가 있어."

하야타는 데쓰로를 노려보며 담뱃갑으로 손을 뻗었다. 그러나 담배를 빼는 대신 담뱃갑을 테이블에 내던졌다.

"그 이유라는 것 좀 들어보자. 하지만 그걸 듣는다고 네 요구를 받아들인다는 말은 아니야."

데쓰로는 한숨을 쉬었다. 이렇게 하는 게 옳은 일일까 자신이 없다. 하지만 다른 방법이 생각나지 않았다.

"그럼 얘기할게. 분명 놀랄 거야. 이번 사건에는 우리가 아는 인물이 관련되어 있어."

"그건 알아. 히우라잖아."

"어떻게 관련되어 있는지 알아?"

"그렇게 말하는 것을 보니 넌 알고 있나 보지?"

데쓰로는 심호흡했다. 아직 망설여졌으나 입술을 축

였다.

"그 간자키 미쓰루라는 바텐더가 히우라야. 히우라 미쓰키."

5

하야타는 미간을 찌푸리고 입을 크게 벌렸다. 의미를 파악하지 못한 듯하다. 무리도 아니다.

"히우라야. 히우라가 간자키 미쓰루야." 데쓰로는 일부러 천천히 말했다.

"무슨 소리야? 간자키는 남자야."

"맞아. 그러니까 히우라도 남자였어."

데쓰로는 아직 사정을 이해하지 못한 하야타에게 이제까지의 경위를 설명했다. 동창회 밤에 재회했다는 것, 자수하려는 것을 데쓰로와 리사코가 말린 것, 하지만 미쓰키는 끝내 집을 나가버린 것. 또 그는 사건 뒤에 성정체성 문제로 고민하는 사람들의 놀라운 계획이 진행되고 있다는 것도 말했다.

데쓰로는 사건 개요를 다 말한 후 하야타의 반응을 살폈다. 그는 입술을 가볍게 깨물고 허공의 한 점을 노려보고 있었다. 경기할 때 가끔 본 표정이다. 최고의 타이트 엔드는 쿼터백의 지시 외에도 다양한 게임 플랜을 머릿속으로 짠다.

하야타는 조금 전 내던진 담뱃갑으로 손을 뻗어 담배 한 대를 물고 불을 붙인다. 이제까지 바라본 허공에 대고 연기를 내뿜는다.

"놀랍네."

"그렇지?"

"이제야 이해가 된다. 아마도 도쿠라의 집에는 놈의 스토커 행위를 증명할 물증이 남아 있었을 거야. 시어머니와 며느리는 그것을 보고 범인이 가오리나 그 연인인 간자키일 거라 추측했어. 그리고 간자키에게 거래를 제안한 거야. 돈이 목적이었겠으나 도쿠라의 스토커 행위를 숨기려는 마음도 있었겠지. 간자키가 사는 위클리 아파트는 생전 도쿠라가 이미 알아놓았을 거고."

"나도 그렇게 생각해."

"그건 그렇고 사건 뒤에 그런 배경이 있을 줄은 꿈에도 생각하지 못했다. 하지만 그렇다면 앞뒤가 맞네. 아는 형사로부터 네코메의 호스티스 가오리가 실은 사에키 가오리라는 여성의 이름을 몰래 쓰고 있었다고 들었어. 실제 인물이 성정체성장애일 가능성이 크다는 것도. 하지만 그것은 도쿠라 살해와 상관없는 줄 알았어. 아마 수사진도 그렇게 생각할 거야."

"그들은 도쿠라 살해 범인이 누구인지보다 호적 교환을 숨기는 데 필사적이야. 히우라가 자신이 범인이라고 나선 것도 아마 단순한 형태로 사건을 종결시킬 생각으로 그랬을 거야."

"그런데 나카오가 생각을 바꾸게 했다고?"

"그런 것 같아. 어떻게 설득했는지는 모르겠지만."

하야타는 고개를 끄덕이고 놀랍다고 다시 중얼거렸다. 그리고 데쓰로를 봤다.

"이 정도 얘기를 듣고 내가 입을 다물 줄 알았어? 기사로 쓰지 않을 거라고 생각했어?"

"몰라. 하지만 얘기할 수밖에 없었어."

"얘기하지 말았어야 했어. 전에도 말했지? 나는 이 일을 시작했을 때 한 가지 각오를 다졌다고. 진실을 전하기 위해 무엇을 잃든 후회하지 않는다."

인터셉트를 두려워하면 패스할 수 없다. 이렇게 말한 것도 데쓰로는 기억한다.

"일말의 희망을 가지고 얘기한 거야." 데쓰로가 말했다.

"일말의 희망?"

"네가 도쿠라 요시에와 야스코를 고발하면 경찰은 그

사람들 입에서 범인을 알아내겠지. 그 사람들은 본명까진 모를 테지만, 전화번호를 알아. 그를 통해 아주 쉽게 번호의 진짜 주인도 알아내겠지."

도쿠라 야스코의 전화기에 표시된 번호는 휴대전화였다. 그 전화의 주인이 부정한 방법으로 전화를 계약하지 않았다는 사실을 데쓰로는 알고 있다.

"그 전화의 주인이 진범이야? 그리고 그것은 네가 잘 아는 인물이라는 소리지. 동시에 나도 알고 있는 인물일 거고."

하야타의 이야기에 데쓰로는 어쩔 수 없이 고개를 끄덕였다.

"경찰이 움직이면 녀석은 도망칠 수 없어. 체포되는 건 시간문제지. 그러면 덩굴처럼 모든 진상이 드러나."

"어차피 밝혀질 바에는 내게 모든 것을 털어놓아 사건에서 손을 떼게 하려는 거군. 확실히 일말의 희망일지 모르겠네. 하지만" 하야타는 말을 이어갔다. "유감이야. 그 일말의 희망은 없어졌어. 너희들은 힘들겠지. 아마 나를 원망할 수도 있어. 그래도 역시 나는 내가 할 일을 해야겠어. 그러지 않으면 이 사회에서 살아갈 의미가 없어."

데쓰로는 입속에 고인 침을 삼켰다. 하야타가 쉽게 마음을 바꾸는 남자가 아님은 충분히 알고 있다.

"결론을 내리기 전에 이름을 들어줘. 내가 도쿠라 야스코의 전화기에서 본 번호의 주인이 누군지."

"확인은 하고 싶네. 예상은 가지만. 나카오 고스케의 번호였겠지?" 하야타는 데쓰로의 눈을 바라봤다.

"어떻게 그걸……?"

"이야기의 흐름을 냉정하게 살펴보면 알아낼 수 있는 해답이야. 히우라는 간자키 미쓰루라는 이름으로 생활했어. 하지만 아파트를 빌려준 사람은 나카오겠지. 즉, 간자키 미쓰루의 정체는 히우라이자 나카오야. 도쿠라 요시에와 야스코가 간자키 미쓰루에게 거래를 제안했을 때 히우라와 나카오 둘 중 누가 대응할지 생각해보면 답은 나오지."

데쓰로는 고개를 뚝 떨구었다. 이 남자를 적으로 돌렸다는 게 너무나 후회스럽다.

"친구라도 봐주지 않겠다는 말이지?"

"타협하지 않는 거라 생각해줘. 지금 여기 있는 사람은 하야타 유키히로라는 개인이 아니야. 먹잇감이라면 무엇이든 물어뜯는 하이에나지." 하야타는 내뱉듯 말했다. 자신을 하이에나로 비유하는 데 나름의 고뇌를 담은 것 같다.

"나카오는 자수할 생각이야. 아마도 그 전에 호적 교환 시스템에 관한 정보를 모조리 없애겠지. 지금 모습을 감춘 것도 그 작업에 시간이 걸리기 때문일 거야."

"그렇겠지."

"네가 꼭 도쿠라 요시에와 야스코를 고발하겠다면 그건 어쩔 수 없는 일이라 생각해. 하지만 나카오가 자수한 다음에 해주면 안 되겠어?"

"그건 안 돼. 먹잇감을 앞에 둔 하이에나가 이걸 먹어도 되지만 다 썩은 다음에 먹으라는 말을 순순히 듣겠어? 게다가 나는 나카오가 그럴 심산이라고 해도 원하는 대로 될지는 미지수라고 생각해. 도쿠라 요시에와 야스코가 호적 교환에 관해 알고 있다면 다 끝이야."

"하지만 증거가 없으면⋯⋯."

데쓰로의 이야기 도중부터 하야타는 고개를 절레절레 흔들었다.

"증거는 어디서든 나와. 나카오가 아무리 애써도 소용없어. 경찰의 능력과 전술을 얕봐선 안 돼."

얕보는 것은 아니다. 데쓰로는 그저 마지막 카운트다운을 늦추고 싶을 뿐이다. 허무한 일이라는 것은 안다. 하지만 그걸 알아도 지금 자신이 할 수 있는 일은 이것뿐이다.

"언제 고발할 거야?" 데쓰로가 낙담한 채 물었다.

"몇 가지 확실히 해둬야 하는 게 있고, 경찰과 나카오

일행에게 들키지 않도록 주의할 필요도 있으니까 조금 시간이 걸릴 수도 있어. 하지만 최대한 빨리할 거야."

"그래?"

하야타 혼자 확실한 증거를 잡으려고 돌아다닐 것 같지는 않다. 오늘 당장이라도 상사에게 말할지도 모른다. 그러면 더는 비밀이 아니다.

"하지만 전에도 말했지? 나는 공정하게 하고 싶어. 오늘 네게 들은 이야기를 바탕으로 취재하지는 않아. 원래 계획대로 도쿠라 요시에와 야스코를 공격하겠어. 그로부터 호적 교환의 진실을 추적해야지. 그 결과 확증이 생기면 기사를 쓸 거야. 그러니까 네 얘기를 상부에 보고하진 않아. 이게 네 희망을 들어주지 못한 나의 최소한의 마음이라고 받아줘." 하야타가 일어났다. "그 밖에 할 말 있어?"

"없어." 데쓰로는 고개를 젓고 테이블 위의 전표를 잡으려 했다. 하지만 하야타가 그 전표를 재빠르게 낚아챘다.

"여기는 내가 낼게. 나는 선물이 생겼는데 너한테는 아무것도 없으니까." 그렇게 말하고 그는 출구로 향하려 했다. 하지만 중간에 걸음을 멈추고 돌아봤다. "다음 간사가 스가이였나?"

"간사?"

"그 11월 모임 말이야. 올해 간사는 스가이지?"

"아……." 이런 때 하필 무슨 말인가 생각하면서 데쓰로가 고개를 끄덕였다.

"녀석에게 전해줘. 내게는 안내장 보내지 말라고. 올해만이 아니라 앞으로 쭉."

"하야타……."

"이미 타임 오버가 된 지도 오래야. 마지막 경기가 끝나고 몇 년이 지난 줄 알아?" 그런 말을 남기고 그는 걷기 시작했다.

6

데쓰로는 3층짜리 연립주택을 올려다보며 한숨을 내쉬었다. 미쓰키와 약속한 것도 있어서 영 마음이 내키지 않았으나 다른 방법이 없으니 이대로 내버려둘 수는 없었다. 미움받겠지만 어쩔 수 없다.

심호흡하고 계단을 오른다. 2층 맨 끝 집이 그가 찾아온 집이다. 문 앞에 다다라 호흡을 고르고 벨을 눌렀다. 오후 7시가 조금 넘은 시각으로 다테이시 스구루가 퇴근한 것은 이미 확인했다. 다테이시 스구루, 본명은 사에키 가오리지만.

문 앞에서 인기척이 났다. 도어스코프를 통해 데쓰로를 보는 듯하다. 금발의 젊은 연인일까, 아니면 다테이시 스구루 본인일까. 그건 알 수 없다.

상대는 아무 말 없이 가만히 있다. 없는 척할 생각인 듯하다. 데쓰로는 다시 벨을 눌렀다. 그래도 상대는 움직이지 않는다. 귀를 막는 모습이 머릿속에 떠올랐다.

그는 쭈그리고 앉아 우편함 입구를 손가락으로 밀어 열고 그곳에 입을 댔다.

"좀 열어줘. 거기 있는 거 알아. 소란을 피워 일을 키우고 싶지 않은 건 나도 마찬가지야."

역시 상대는 침묵을 지켰다. 망설이고 있을 것이다. 미쓰키 일행에게 연락하려 할지도 모른다. 무슨 일이 있더라도 그것만은 막아야 한다.

"너희 생활을 방해하려는 건 아니야. 오히려 그렇기 때문에 이곳에 온 거야. 자네들에게 위협이 다가오고 있어. 그냥 두면 나카오가 체포돼."

분명한 인기척이 느껴졌다. 나카오의 이름이 나와 동요한 듯하다. 그는 다시 열어달라고 부탁했다.

"이제 시간이 없어. 이러고 있을 때가 아니야."

잠시 침묵이 이어졌다. 데쓰로는 기도하는 마음으로 기다렸다. 마침내 잠금장치가 풀리는 소리가 나고 문이 천천히 열렸다.

그곳에는 면바지에 스웨터 차림의 다테이시 스구루가
서 있었다.

"할 얘기가 있어. 급한 일이야." 데쓰로가 말했다.

"당신은 이제 우리 일에 참견하지 않는다고⋯⋯."

"미쓰키가 말했겠지. 아니면 사에키 가오리이려나. 나
도 그럴 생각이었어. 하지만 상황이 변했어. 너희들과 관
계있는 일이야. 일단 안에 들어가게 해줘. 내가 이런 데
서 크게 얘기하면 네가 더 곤란하지 않나?"

다테이시 스구루는 망설였으나 결국은 고개를 끄덕였다.

집은 방 하나에 부엌 겸 식당이 있는 구조였다. 바로
앞에 부엌이 있고 식당에는 테이블 대신 고타쓰가 놓여
있다. 금발 여성이 그 옆에서 전화기를 쥐고 데쓰로를 노
려보고 있다.

"부인이라고 해야 하나? 일단 전화 좀 놔. 미쓰키나 가
오리 씨에게 전화할 생각이었겠지만, 잠깐만 기다려줘."

데쓰로가 말하자 그녀는 의견을 청하듯 남편을 봤다.
남편이 가만히 고개만 끄덕이자 그녀는 전화를 놓았다.

"무슨 용건입니까?" 다테이시 스구루가 물었다. 낮은
목소리를 내려고 애를 썼겠으나 그 정체를 아는 사람의
귀에는 여성의 목소리가 섞여 있는 것처럼 들렸다.

"나카오가 있는 곳을 알려줘. 그게 다야."

다테이시는 고개를 저었다. "그건 우리도 몰라요."

"그럴 리는 없지. 너희들이 모를 리 없어. 부탁해. 알려줘. 녀석에게 전해야 할 게 있어."

"무슨 소리죠?"

"아까도 말했듯 이대로 가면 녀석은 체포돼. 그러면 너희들에게도 피해가 오겠지."

"나카오 씨 일은 어떻게든 잘 풀릴 거라 들었는데요."

데쓰로는 고개를 저었다.

"누구에게 들었지? 사에키 가오리? 히우라 미쓰키? 아니면 본인에게? 그게 누구든지 간에 사태를 제대로 파악하고 있지 못해. 어쨌든 나카오를 만나게 해줘."

다테이시 스구루는 곤혹스러운 표정을 짓고 금발 아내를 봤다. 하지만 그녀는 그저 불안한 듯 남편을 올려다보고 있을 뿐이다.

다테이시 스구루가 문득 숨을 내쉬었다.

"정말 몰라요. 우리가 직접 나카오 씨에게 연락한 적은 없어요."

"그럼 자네들이 아는 것은 누구 연락처지?"

"가오리 씨요." 다테이시 스구루는 자신의 본명을 댔다.

"진짜 다테이시 스구루의 연락처란 말이지."

그는 고개를 숙이며 그렇다고 답했다.

"그래. 그럼 그 사람에게 전화해줘. 다만 자네가 하지 말고." 데쓰로는 금발 여성을 봤다. "부인이 하지. 지금부터 내가 시키는 대로 얘기해줘. 사에키 가오리가 받으면 그가 맹장염을 앓는다고 해줘. 그러니까 급히 보험증이 필요하다고. 그리고 받을 약속을 하는 거야."

다테이시 스구루의 얼굴이 굳어졌다.

예상했던 대로다. 그가 가지고 있는 것은 다테이시 스구루의 보험증이다. 가벼운 부상이나 감기 정도라면 그걸 사용해도 문제는 없을 것이다. 하지만 내장과 관련된 질환일 때는 그럴 수 없다. 그때는 본명의 보험증을 받아 그것을 사용한다. 성전환 수술을 받았다고 설명하면 의사는 의심하지 않는다. 물론 그럴 경우에는 평소 다니지 않는 병원에 가야 하긴 하겠지만.

금발 여성이 전화번호를 누르려 했다. 다테이시 스구루가 그것을 막았다.

"시키는 대로 할 필요 없어."

"자네들을 위해서이기도 해."

"하지만 동료를 배신하라는 말이잖아요."

"그런 말을 할 때가 아니야." 데쓰로는 다시 그녀를 봤다. "걸어줘."

하지만 그녀의 손은 움직이지 않았다. 남편에게 판단을 맡기기로 한 듯하다.

"걸지 마."

"시키는 대로 하지 않으면 당장 자네를 회사에 밀고하지. 그렇게 되면 자네는 싫어도 사에키 가오리에게 연락해야 할 거야." 데쓰로가 말했다.

다테이시 스구루의 얼굴이 일그러졌다. 데쓰로를 노려본다.

"나도 이런 짓은 하고 싶지 않아. 하지만 지금은 비상사태야."

"보험증을 가져오라고 해서 그녀를 잡을 생각인가요?"

"맞아."

"그러면 전화를 걸 테니까 당신이 직접 통화해요. 그리고 교섭해보세요."

"상대가 그런 교섭에 응하지 않으리라 예상하니까 이런 수단을 쓰겠지. 아니, 응하지 않을 뿐만 아니라 내 목소리를 듣자마자 전화를 끊겠지."

다테이시 스구루의 입술이 굳게 다물어졌다. 데쓰로의 설명이 다 맞을 것이다.

"빨리 걸어줘." 데쓰로가 금발 여성에게 말했다.

그녀는 남편에게 의견을 구했다. 그는 눈을 내리깔았다.

"이런 걸 건네받을 때 늘 어디서 만나지?" 데쓰로가 그에게 물었다.

"신주쿠역 개찰구요. 동쪽 출입구……."

"그러면 이번에도 그 장소로 하지. 걸게." 데쓰로는 그녀에게 고개를 끄덕였다.

금발 여성이 전화기 버튼을 누르기 시작했다. 역시 저쪽은 휴대전화인 듯하다.

조금 있다가 그녀가 숨을 들이켰다.

"여보세요. 아, 저예요. 레미요. ……네. 그게, 그 사람이 맹장염에 걸려서……. 아뇨. 병원에는 아직 안 갔고 이제부터 데려가려고……. 네. 맞아요. 보험증이 없으면 안 될 것 같아서……. 네, 아……, 네. 그러면 늘 만나는 그 장소에서…… 네. 30분 뒤에요."

레미라는 이름의 여성은 전화를 끊은 다음 후, 하고 길게 한숨을 내쉬었다.

"8시에 개찰구에서 만나기로 했어요."

"잘했어."

"이런 방법을 쓰다니 비겁해." 다테이시 스구루가 중얼거렸다.

"수단을 고를 여유가 있었으면 그렇게 했어. 하지만 알아주길 바라. 여러 번 말했지만, 이것은 자네들을 위한 일이기도 해."

그러자 다테이시 스구루는 짜증스럽게 머리를 긁고 그 자리에서 책상다리했다.

"평생 이런 식일까? 이번에야말로 진짜 남자로 살 수 있다고 생각했는데, 도대체 언제 안심할 수 있지?"

"자네가 선택한 길이야."

데쓰로가 말하자 그는 아픈 곳을 찔린 듯 순간 말을 잃었다. 그리고 자기 허벅지를 세게 두드렸다.

"성별 같은 거 아무려면 어때! 본인이 남자라면 그걸로 된 거 아닌가? 왜 서류가 있어야 하지? 서류에 적힌 게 다 진실이야? 그렇지 않잖아!"

다테이시 스구루의 어깨가 가늘게 떨리는 것을 보고 데쓰로는 시즈오카에 갔을 때를 떠올렸다. 그의 어머니에게 부탁받은 게 있다.

"자네 어머니가 말씀하시더군. 건강하게 잘 지내는지, 뭘 하며 지내는지만 알려달라고. 알려드려도 될까?"

그는 고개를 숙이고 한참 있다가 다시 들었다.

"다테이시 스구루라는 이름이나 주소는 알려주지 마세요. 모두에게 폐가 될 테니까."

"알았어. 그러면 그건 알리지 않겠네. 하지만 잘 지내고 있다고는 전해도 되겠지?"

그는 다시 침묵했다. 앞머리를 긁적이더니 천천히 고개를 저었다.

"열심히 살고 있다……고, 전해주세요."

"알았네. 집에 갈 생각은 있어?"

그는 레미를 봤다. 그녀도 걱정스럽게 그를 보고 있다.

"저는 다테이시 스구루라 사에키 가오리의 집에는 안 가요." 그가 말했다.

제 9 장

1

　오후 8시에서 10분이 지났는데도 사에키 가오리는 나타나지 않았다. 개찰구가 훤히 보이는 기둥 뒤에 서서 데쓰로는 오른발을 달달 떨었다. 레미의 전화에서 부자연스러운 냄새를 맡았을지 모른다. 아니면 데쓰로가 나간 다음 다테이시 스구루가 다시 전화를 걸었나. 어쨌든 이대로 가오리가 나타나지 않으면 그로서는 다시 다테이시 스구루를 협박하는 수밖에 없다. 그런 생각을 하니 마음이 무거웠다.

　손목시계를 봤다. 8시 13분이었다.

　무슨 일이 있더라도 나카오를 만나야 한다고 생각했

다. 하야타의 협력을 얻지 못한 이상 그가 경찰에 쫓기는 것은 시간문제다. 그러나 그는 이런 사실을 아직 모를 것이다. 만나서 이를 알려야 한다. 또 앞으로 어쩔 셈인지도 듣고 싶다.

개찰구에 속속 사람이 들어간다. 데쓰로는 이곳이 접선 장소로 선정된 의미에 대해 생각했다. 30분 이내에 이곳에 오겠다고 했으니 가오리는 여기서 그리 멀지 않은 곳에 있다는 말이다. 그곳에 미쓰키도 함께 있을까. 나카오는 어떨까.

사에키 가오리의 모습은 아직 보이지 않았다. 데쓰로는 다시 시계를 보려 했다. 그때 등 뒤에 기척이 났다. 돌아보니 바지에 커다란 코트를 입고 모자를 깊이 눌러쓴 여자가 서 있다.

여자가 모자를 들어 올렸다. 그 아래에서 나타난 얼굴을 보고 데쓰로는 입을 벌렸다.

"그렇게 놀라지 마. QB."

"히우라. 너 어떻게……?"

"설명할 필요가 있을까? 네가 호출했잖아. 나는 관람차로 끝내고 싶었는데."

"왜 네가 왔어? 가오리는?" 주위를 둘러봤다.

"가오리는 안 와. 왜? 내가 오면 안 되는 거였나?"

"아냐. 그런 건 아니야."

"가자. 이런 데 서서 얘기하면 너무 눈에 띄어." 미쓰키가 재빨리 걷기 시작했다. 데쓰로는 서둘러 뒤를 따랐다.

"그 후에 다테이시 스구루가 연락했어?" 걸으면서 물었다.

"아니야. 하지만 연락받은 가오리 씨가 말했어. 그가 맹장염에 걸리다니 너무 이상하다고. 레미도 이상했고. QB의 작전이라는 생각이 딱 들더라."

"그래서 네가 왔어?"

"응. 어차피 가오리 씨가 나타나면 내가 있는 곳으로 데려가게 하려는 거였잖아. 그러면 이게 더 간단하지."

거리로 나오자 미쓰키는 손을 들어 택시를 잡았다. 택시를 타고 이케부쿠로로 가자고 했다.

"이케부쿠로에 있어?"

"뭐, 그렇지." 미쓰키는 다시 모자를 깊이 눌러썼다. 운전사의 눈을 의식한 것이리라.

묻고 싶은 게 산더미 같았으나 여기서 말을 꺼내기는 어려웠다. 무엇보다 미쓰키의 허스키한 목소리는 이목을 끈다.

이케부쿠로 근방에 오자 미쓰키는 운전사에게 자세한 지시를 내렸다. 최종적으로 택시가 멈춘 곳은 작은 건물이 밀집해 서 있는 지역이었다.

미쓰키는 갈색 건물로 다가갔다. 1층에는 중국집 간판이 있었는데 영업은 안 하는 것 같다. 그 옆의 계단을 오른다. 데쓰로도 따라갔다.

미쓰키는 2층의 한 문 앞에 멈춰 열쇠를 꺼냈다. 문에는 금융회사 이름이 있었다. 중국집과 마찬가지로 문을 닫은 지 오래인 듯하다.

미쓰키는 문을 열고 말했다. "들어와."

실내에는 물건이 거의 없었다. 먼지를 뒤집어쓴 사무용 책상 두 개와 망가진 의자 하나, 가죽이 찢어진 소파가 두 개, 로커가 하나. 눈에 띄는 것은 그 정도였다.

"얼마 전까지는 비즈니스호텔을 전전하며 지냈는데 고스케가 이제는 위험하다고 해서 이쪽으로 옮겼어. 경찰이 가오리의 사진을 들고 도내 호텔을 샅샅이 뒤지고 다닐 거라고."

당연히 생각할 수 있는 부분이다.

"이 방은 도대체 뭔데?"

"예전에 사채업자들이 사무소로 쓰던 곳이야."

"그건 알겠는데 어떻게 이곳 열쇠를 가지고 있어?"

"고스케가 빌려줬지. 그의 아버지가 이 건물 주인이래. 지금은 그가 관리를 맡고 있는데 실제로는 아무것도 안 하고 있대. 하지만 뜻밖에 도움이 되고 있네."

"나카오라……."

데쓰로는 새삼 실내를 둘러봤다. 나카오의 아버지에 관해서도 아는 게 없었다. 그저 남자의 마음을 지닌 여자를 아내로 맞았다는 것만을 알고 있을 뿐이다.

"그렇다면 하염없이 여기 있는 것은 위험해. 경찰은 곧 나카오를 쫓을 거야. 여기에도 경찰이 오겠지."

"고스케가 경찰에 들켰어?"

"아니, 아직은. 하지만 하야타에게 내가 알렸어."

의외라는 표정을 짓는 미쓰키에게 하야타와 나눈 대화를 알려줬다.

"그래? 도쿠라 집안 노인네의 속셈까지 간파했다고? 역시 하야타네."

"녀석의 추리가 맞아?"

"응. 대강은."

"일단 나카오에게 연락해줘. 내가 급히 만나고 싶어 한다고 전해줘."

하지만 미쓰키는 고개를 저었다.

"그게 가능했으면 진즉에 하고도 남았어. 고스케는 여기 없어. 나도 이제는 어디 있는지 몰라." 미쓰키가 모자를 벗었다. 데쓰로를 올려다보며 계속 이야기했다. "QB, 녀석은 죽을 생각이야."

데쓰로의 몸이 굳었다.

"무슨 뜻이야?"

미쓰키는 조금 길어진 머리에 손가락을 넣고 마구 헝클었다.

"비유나 과장이 아니야. 고스케는 진심이야. 자신의 생명을 버리려 해."

"왜 녀석이 그래야 해?"

"그게 최선이라고 생각하니까. 그렇게 하면 온갖 문제가 해결된다고 믿어."

"도무지 무슨 소린지 모르겠어. 제대로 설명해!" 데쓰로는 옆에 있던 낡은 소파를 발로 찼다.

미쓰키는 입술을 깨물었다. 들고 있던 모자를 던지며 한숨을 쉬었다.

"내 잘못이야. 그때 QB를 보러 가지 말았어야 했어. 그랬다면 QB가 이 일에 얽히지도 않았겠지."

"지금 그런 말을 해봤자 무슨 소용이야? 일단 말해. 다 말하라고!" 데쓰로는 미쓰키의 어깨를 잡고 흔들었다. 미쓰키의 얼굴이 흔들렸다. 그러나 그 눈에 눈물이 고인 것을 보고 손을 멈췄다. "히우라······."

"아파. QB······."

"아, 미안." 데쓰로는 미쓰키의 어깨에서 손을 뗐다.

미쓰키는 그로부터 두세 걸음 물러나 잡힌 곳을 주물렀다.

"도쿠라가 가오리 씨의 스토커였던 것은 사실이야. 아, 참. 여기서 말하는 가오리 씨는 가짜 쪽이지만."

"도쿠라를 네가 죽였다는 말은 사실이 아니지?"

데쓰로가 말하자 미쓰키는 고통스러운 듯 이마를 찌푸렸다.

"도쿠라의 스토킹은 철저했어. 그녀의 행동을 빠짐없이 감시했지. 그 수첩 봤지? 그녀가 어딜 가든 미행하고 때로는 만나는 상대까지 조사했어. 이게 뭘 의미하는지 알겠어?"

"도쿠라가 호적 교환까지 알아냈어?"

"어떤 시스템으로 운영되는지까지는 몰랐을 거야. 하지만 놈은 일단 네코메에서 일하는 바텐더가 위클리 아파트에서 살고 있다는 것과 그 정체가 여자라는 사실을 알아차렸어. 그리고 가오리 씨의 쓰레기 속에서 여러 명의 성정체성장애를 가진 사람들의 호적을 주웠지. 아마도 가오리 씨가 남자라는 것도 안 것 같아."

"그걸 빌미로 협박했어?"

데쓰로가 묻자 미쓰키는 가볍게 눈을 감고 고개를 저었다.

"그런 짓을 하는 것은 정상적인 인간이지. 도쿠라는 변태였어. 다른 사람의 중요한 비밀을 알았을 때도 정상적인 사람은 이해할 수 없는 짓을 하기 시작했어."

"무슨 짓을 했는데?" 데쓰로가 물었다.

미쓰키는 가죽이 찢어진 소파에 앉았다. 그대로 머리를 두 손으로 감쌌다.

"그날 밤, 나는 가오리 씨를 아파트까지 바래다줬어. 아파트 밖에서는 고스케가 기다리고 있었지. 만나기로 했거든. 그런데 그가 오기 전에 내 옆에 차 한 대가 정차했어. 하얀 원 박스 밴이었지."

"도쿠라의 차야?" 데쓰로가 말했다.

"정확히 말하면 가도마쓰철공소의 차지. 가오리 씨를 스토킹하는 놈이라는 것을 깨달았을 때는 이미 늦었어. 문이 열리고 차 안으로 끌려 들어갔어. 중년 남성이었는데도 힘이 꽤 셌어. 아니, 그게 아닌가?" 미쓰키는 고개를 저었다. "내 힘이 약했지. 어차피 여자의 힘이니까."

데쓰로는 경악했다.

"도쿠라가 너를……."

"웃기지? 정말 웃기는 일이야." 미쓰키는 고개를 들었다. 물론 그 얼굴에는 웃음기가 없었다. "그때의 나는 세상 사람 누구도 여자로 보지 않았어. 네코메의 손님도 그랬어. 남자보다 더 남자처럼 보인다고 자부했어. 하지만 도쿠라에게는 그러지 않았어. 남자로 보이는 여자. 그것이 놈의 무언가를 자극했던 것 같아."

"놈은 상대가 여자라면 누구든 상관없는 변태였단 말이야?"

"그것뿐만이 아닌 것 같아. 아마도 가오리 씨 일로 내게 원한을 품었겠지. 내가 그녀를 정말 열심히 지켰거든. 도쿠라에게 나는 방해꾼이야. 그런데 그 방해꾼을 조사해보니 실은 여자였던 거지. 놈은 원한을 푸는 수단으로 내게 최고의 굴욕을 주는 방법을 생각해냈어. 여자로 취급하는 거지. 게다가 가장 악랄한 방법으로."

강간을 말하는 것인 듯하다.

"녀석은 옳았어. 정확히 맞췄거든. 억지로 옷을 벗기려할 때와 녀석의 더러운 숨결을 느꼈을 때 내 자존심은 완전히 너덜너덜해졌어. 힘으로 당해낼 수 없었던 거라면 어쩔 수 없다며 포기할 수 있어. 하지만 여자로 취급당하고 성욕의 대상으로 보였다는 생각에 견딜 수 없었어."

그래서 어떻게 된 걸까. 데쓰로는 재촉하는 말을 내뱉을 수 없었다.

"하지만 나는 무사했어. 갑자기 쿵 하고 충격이 찾아왔어. 차 전체가 흔들렸고 도쿠라가 놀라 힘을 뺐지." 데쓰로의 의문에 미쓰키가 대답했다.

"그건……."

"고스케였어. 약속한 장소에 내가 없어서 볼보에 타고 찾아다녔대. 그런데 길거리에 세워진 밴이 영 이상해서 지나치며 살펴보고 상황을 파악하자 바로 후진해 박아버린 거지."

그 이야기를 듣고 데쓰로는 가슴을 쓸어내렸다. 그러고 보니 나카오의 차에 흠집이 있었다.

"고스케는 차에서 내려 이쪽으로 왔어. 밴의 문을 열자마자 도쿠라의 목을 졸랐어. 얼굴이, 얼굴이……." 미쓰키가 고개를 절레절레 흔들었다. "얼굴이 귀신처럼 일그러졌어. 정말 화가 많이 났겠지. 그런 얼굴을 본 것은 처음이야. 나를 위해 그렇게 화를 낸 거야."

"그대로 도쿠라를 죽인 거야?"

미쓰키는 오른손 주먹으로 허벅지를 때렸다.

"고스케는 잘못이 없어. 그놈이 그런 짓을 하지 않았다면 고스케가 그렇게 분노할 일도 없었어. 나를 지키려고 어쩔 수 없이 한 거야."

데쓰로는 수긍했다. 나카오의 성격은 잘 안다. 그가 이후의 일을 고려하지 않고 행동한 것은 그만큼 분노했다는 것이다. 단순히 공격받은 여성을 지킨다는 것 이상으로 그는 미쓰키의 자존심을 지켜야 했다. 그런 분노로 인해 목을 조르고 힘을 너무 준 것도 알아차리지 못했다고 해도 그를 비난할 수 없었다.

"그렇다면 바로 경찰에 신고했으면 됐잖아. 사정이 분명해지면 나카오의 죄도 가벼워져. 무죄가 될지는 모르겠지만."

그러자 미쓰키가 피식 웃었다.

"사정을 분명하게 밝힐 수 없어서 우리가 죽도록 고민한 거지."

"……그렇지."

"하지만 나도 처음에는 QB와 같은 말을 고스케에게 했어. 하지만 그는 도쿠라를 죽인 뒤로는 냉정했어. 고스케가 제일 먼저 한 일은 나를 현장에서 떠나게 한 거야. 그의 볼보를 운전해 아파트로 돌아가라고 했어. 그때 도쿠라의 면허증과 수첩도 주더라. 처분하라면서." 미쓰키는 고개를 숙이고 조그만 목소리로 계속했다. "한심하게도 나는 시키는 대로 했어. 현장에 고스케 혼자 남겨두고 도망쳤어."

"그러면 사체를 처분한 것도 고스케야?"

"나도 나중에 들어서 자세한 건 몰라. 도쿠라의 밴을 운전해 그 제지공장까지 사체를 운반했대. 밴을 그곳에 두면 위험할 것 같아 다른 곳에 숨겼다고 했어. QB는 차가 바로 발견될까 봐 걱정했는데 그런 이유로 발견될 염려는 없었어."

"밴을 그대로 두면 위험하다는 것은 지문 같은 게 남아 있어서?"

"그런 것도 있었지만, 고스케가 제일 걱정한 것은 밴에 난 흠집이지. 아까 말했듯이 나를 구하기 직전에 그는 자기 차로 밴을 들이받았어. 그때 상처가 남았거든."

데쓰로는 신음했다. 차의 흠집을 조사하면 페인트 조각 등을 통해 상대 차종까지 알아낼 수 있다는 것을 책에서 읽은 적 있다.

"고스케가 어떻게 할 생각이었는지는 몰랐지만, 나는 경찰의 눈을 피할 수 없다고 생각했어. 도쿠라의 집을 조사하면 가오리 씨와 나에 관해 조사한 것들이 나오겠지. 그러면 다 끝이야. 그러니 자수하는 수밖에 없다고 생각했어. 고스케를 자수시킬 수는 없으니까 내가 하자고."

"그 전에 우리를 만나러 온 거구나."

"전에도 말했지만, 그게 실수였어. 아주 중요할 때 마음이 약해지고 말았어."

미쓰키는 소파에서 일어나 안쪽으로 걸어갔다. 오래된 싱크대로 다가가 옆에서 조악한 식기를 몇 개 꺼내 전기

포트를 켰다.

"커피라도 끓일게. 여기는 냉장고가 없어 맥주를 사다 넣어두질 못해."

"자수를 포기한 것은 나카오의 이야기 때문이었어?"

미쓰키는 종이컵을 늘어놓다가 일단 손을 멈추었으나 바로 작업을 계속했다.

"고스케는 나를 찾아다녔지. QB의 집에 있다는 걸 알고 놀랐다고 하더라. 무리도 아니지. 그때 고스케는 아무도 잡히지 않을 방법을 생각할 테니까 자수하지 말라고 했어."

"아무도 잡히지 않아?"

"그런 효과적인 방법이 있으면 알려달라고 했는데 아직은 그럴 단계가 아니라며 말해주지 않았어. 그래서 나는 경찰이 도쿠라 주변을 수색하면 끝장이라고 했지만 고스케는 그것도 괜찮다고 했어. 경찰이 핵심적인 부분을 알아낼 일은 당분간 없다고."

"도쿠라 요시에 일당이 거래를 제안했던 거구나."

"위클리 아파트 전화기에 부재중 메시지가 녹음되어 있었어. 상의하고 싶으니 연락하라고. 도쿠라가 그 아파트까지 알아냈다니 놀랐어. 고스케는 어쩔 수 없이 전화했고."

"나카오는 거래에 응했고."

"여러 번 돈을 준 것 같아. 하지만 그런 위험한 짓을 언제까지고 계속할 마음은 없었겠지."

포트의 물이 끓었다. 미쓰키는 종이컵에 인스턴트커피를 넣고 뜨거운 물을 부었다. 설탕과 우유는 없는 듯하다.

"사에키 가오리는 여기 없어?"

"그녀는 이제 없어. 오다이바에서 QB와 얘기했지? 그 후 바로 출발했어."

"어디로?"

"글쎄. 그녀는 강하니까 어떤 일을 하더라도 살아남을 거야. 다만 사에키 가오리라는 이름은 평생 사용할 수 없겠지. 그런 의미에서 사에키 가오리라는 여성은 어디에도 존재하지 않아." 미쓰키는 종이컵 하나를 내밀었다.

그 이름의 진짜 주인, 다테이시 스구루의 모습이 문득 뇌리에 떠올랐다.

"나카오와 마지막으로 연락한 게 언제야?"

"어제야. 전화가 왔어." 미쓰키는 종이컵을 한 손에 든 채 주머니에서 휴대전화를 꺼냈다.

"뭐라고 했는데?"

"이제 곧 다 끝나니까 그때까지만 가만히 있어. 그렇게 말했어."

"무슨 뜻이야? 녀석은 무슨 일을 하려는 거지?"

미쓰키는 손에 든 종이컵을 바라봤다. 하지만 커피를 마시려고는 하지 않고 중얼거렸다. "그러니까 아까 말했잖아……."

"죽으려 한다고?"

"응."

"그 녀석이 죽는다고 뭐가 되는데?"

"고스케는 혼자 죄를 뒤집어쓸 생각인 거야. 도쿠라를 죽인 사람은 자신이라고 주장하고 자살하면 경찰은 더 조사하지 않을 테니까."

"나카오가 그렇게 말했어?"

"본인이 직접 그렇게 말하지는 않았지. 하지만 나는 알아. 다테이시처럼 호적을 교환하고 조용히 사는 사람들에게 누가 되지 않도록 모든 비밀과 함께 자신을 묻을 생각이야."

데쓰로는 낮게 신음하고 종이컵의 커피를 마셨다. 아무 맛도 나지 않는 것은 커피가 엷기 때문만은 아닐 것이다.

"죽을 필요까지는 없잖아. 자수하면 그만인데."

"자수해서 동기에 관해 입을 다물 수 있을까? 경찰은 그렇게 만만하지 않아. 자신이 살아 있는 한 호적 교환을 경찰이 알아낼 우려가 있다. 고스케는 그렇게 생각할 거야."

데쓰로는 침묵했다. 그럴 수도 있다. 나카오라면 그런 결론에 도달할 가능성이 컸다.

한 가지 짚이는 게 있었다. 나카오가 갑자기 이혼한 것이다. 가족에게 폐가 되지 않도록 체포되기 전에 연을 끊은 게 아닐까.

데쓰로는 미쓰키의 손에서 휴대전화를 빼앗았다. 그것을 가만히 바라보다 다시 미쓰키 앞에 내밀었다.

"걸어봐."

"뭐?"

"나카오에게 걸어봐."

미쓰키는 휴대전화와 데쓰로의 얼굴을 번갈아 바라보다 슬픔에 젖어 고개를 흔들었다.

"말했잖아. 이제는 내가 연락할 방법이 없어. 녀석이 어디에 있는지도 모른다고."

"짚이는 곳은?" 데쓰로가 물었다. 그러나 미쓰키는 고개를 저을 뿐이다. 데쓰로는 혀를 차고 옅은 커피를 단숨에 마셨다.

"QB, 이건 내 추측인데 고스케 녀석, 병이 있는 게 아닐까? 그것도 상당한 중병." 미쓰키가 조용히 말했다.

데쓰로는 종이컵을 구기려다가 멈췄다.

"왜? 뭔가 짚이는 거라도 있어?"

미쓰키는 천천히 턱을 당겼다.

"응. 몇 가지. QB도 짐작이 되지 않아?"

"컨디션이 나쁜 건 알겠어. 너무 말랐으니까. 하지만 고생을 많이 해서 그런 거라고 생각했는데."

"고생은 했겠지만 아마도 그것만이 아닐 거야. 사가 씨에게 들었는데 고스케는 몇 년 전에 중병으로 입원한 적이 있대. 사가 씨는 암인 것 같다고 했어."

가슴이 갑자기 저렸다. 나카오가 보인 부자연스러운 행동들이 떠올랐다. 데쓰로의 아파트 1층에서 고통에 몸부림쳤던 적도 있다.

"암이 재발했다고?"

"그야 모르지." 미쓰키는 종이컵을 든 채 고개를 떨구었다. 커피를 마실 마음이 없는 듯하다.

암이 재발해 본인이 이제 마지막이라고 생각한다면 현재 국면을 생각하며 자살을 고려할 가능성은 크다. 하지만 그래도 바보 같은 일이라고 데쓰로는 생각했다. 아내와 가족에게도 진실을 알리지 않고 성정체성으로 고민하는 사람들을 위해 죽다니 너무 바보 같은 짓이다.

아니야. 데쓰로는 고개를 들었다. 정말 아무에게도 알리지 않았을까.

"히우라. 나랑 같이 가줄래?" 데쓰로가 말했다.

"같이 가?"

"같이 가줬으면 하는 곳이 있어. 녀석이 사실을 털어놓게 하려면 네가 있는 게 좋겠어."

"녀석이라니?"

"리사코 말이야." 데쓰로는 그렇게 말하고 이번에야말로 컵을 구겨버렸다.

2

벽돌담을 흉내 낸 벽에 왕년의 명화 포스터가 붙어 있고, 어두컴컴한 가게 안에 조그만 테이블이 놓인, 아주 오래전에 유행한 스타일의 카페다. 그 가장 안쪽 테이블에 데쓰로 일행이 앉아 있다. 시모키타자와역에서 걸어서 5분이면 도착하는 곳이다.

나무 문이 열리며 작은 종이 땡그랑 울렸다. 이 역시 올드한 감각이다.

약속 시각에서 5분 지나 가죽바지를 입은 리사코가 성큼성큼 다가왔다. 그 걸음이 중간에 멈춘 것은 데쓰로 옆에 앉은 인물을 발견했기 때문일 것이다. 미쓰키는 남자 차림을 하고 있지 않았다. 아래는 바지였으나 여성용 블루종을 입고 있다. 사에키 가오리가 줬다고 했다.

"미쓰키……. 어디 있었어?" 리사코는 눈을 부릅뜨고 한달음에 다가왔다.

"걱정시켜서 미안해. 걱정만이 아니라 폐도 끼쳤지."

리사코는 건너편 의자에 앉았다.

"무슨 일이야?" 데쓰로에게 따지는 투로 말했다.

"그 전에 주문부터 해."

여종업원이 그녀 옆에 서 있었다.

리사코가 주문한 로열 밀크티가 나오기 전에 데쓰로는 여기까지 오게 된 경위를 설명했다. 이야기를 듣는 동안 리사코는 내내 미간을 찌푸리고 있었는데 두 번 정도 그 주름이 더 깊어졌다. 하야타의 협력을 얻지 못했다는 것과 도쿠라가 미쓰키를 강간하려 했다는 이야기를 들을 때였다.

"그래……. 피해자가 범인을 협박하다니, 참."

"덕분에 경찰의 수사가 둔해졌으니 아이러니지."

"하야타는 협력해주지 않겠지." 리사코가 고개를 살짝 기울였다.

로열 밀크티가 나왔다. 리사코는 차를 한 모금 마시고 미쓰키를 봤다.

"나, 왠지 네가 피해자가 아닐까 생각했어. 가오리 씨

일로 싸우다가 그만 목을 졸랐다고 했는데 어딘가 부자연스러웠거든. 아무리 마음은 남자라도 먼저 싸움을 걸 타입은 아니니까. 강간당할 뻔해서 살해했다면 믿었을지도 모르지." 고개를 숙인 미쓰키를 보며 말했다.

"히우라는 그런 말을 하는 게 싫었겠지. 자신이 습격당했다는 사실과 성욕의 대상이 되었다는 걸."

"그건 알아. 미쓰키가 거짓말한 게 잘못이라고 말하는 게 아니야. 그런데 왜 불렀어?" 리사코는 찻잔을 양손으로 감싸더니 등을 꼿꼿이 폈다.

"알려줬으면 하는 게 있어. 아니, 확인하고 싶어." 데쓰로는 리사코의 눈을 똑바로 응시했다. "네가 집을 나가기 전날 손님이 왔었지? 로열 코펜하겐 찻잔을 꺼내 대접했고."

리사코가 순간 숨을 멈추는 듯했다. 눈을 내리깔았다가 다시 데쓰로의 시선을 받아들였다.

"그게 왜? 친구가 놀러 왔어."

"어떤 친구? 지금 전화해볼래? 휴대전화는 가지고 있겠지?"

리사코는 무표정이었다. 어떻게 대답할지 생각하며 데쓰로가 대체 어디까지 알고 있는지 탐색하는 듯한 눈빛이었다.

"친구가 아니라면 누구라고 생각해?"

"그걸 맞추면 다 얘기할래?"

"생각해볼게."

"생각할 여유는 없어. 나카오를 그냥 죽게 둘 셈이야?"

그녀의 표정이 갑자기 얼굴 앞에서 손뼉을 쳤을 때와 같아졌다. 눈을 두 번 깜빡였다.

데쓰로는 천천히 호흡하고 말했다. "손님은 다카시로 리쓰코였지?"

리사코의 얼굴에서 점차 긴장이 풀어졌다. 비밀을 품고 사는 것은 그녀에게도 부담이었을 것이다.

"그 로열 코펜하겐을 받았을 때 네가 말했잖아. 웬만한 상류층 손님이 아니면 안 쓰겠다고. 그런 사람은 우리 주위에 다카시로 리쓰코밖에 없고, 또 네가 내게 한 말도 수긍이 가고. 그녀와 나카오 사이의 가혹한 약속이 뭐였는지 들었을 테니까."

"가혹한 약속이라니?" 미쓰키가 물었다.

"대강 짐작은 하는데, 네 입으로 듣고 싶어." 데쓰로가 말했다.

리사코는 찻잔 받침 위의 스푼을 컵에 넣어 로열 밀크티 표면에 뜬 얇은 막을 건져냈다.

"리쓰코 씨는 원래 당신을 만나러 왔어. 하지만 당신이 외출한 바람에 내가 대신 얘기를 들었지."

"그랬던 거야? 그렇다면 내게도 그 얘기를 들을 권리가 있네." 집을 찾아왔을 정도니 데쓰로를 피한 것은 아닐 것이다.

"그렇지. 하지만 내 판단으로 당신에게는 숨기기로 했어. 당신에게 말해봤자 그녀가 원하는 대로 되진 않을 거라고 생각했기 때문이야."

"그녀가 원하는 대로?"

"나카오를 찾지 말아달라고 했어."

데쓰로는 그 말을 듣고 고개를 끄덕였다.

"그래? 그녀는 사정을 다 들으면 내가 손을 뗄 것이라 예상했구나."

"손을 뗐을까?"

"모르겠어. 아마 안 뗐을 거야. 사정이 내 생각대로라면."

리사코는 살며시 미소를 지었다. 쓸쓸한 미소였다.

"나카오는 암이야. 췌장암. 본인도 알아. 아니, 본인이 제일 잘 안다고 해야겠지."

데쓰로와 미쓰키는 얼굴을 마주 봤다. 미쓰키는 그저 서글픈 표정으로 고개를 끄덕였다.

"살 수 없어?"

"그런 것 같아."

"그래?" 데쓰로는 크게 심호흡했다. 가슴 깊은 곳에서 무언가가 끓어오르는 것을 억누르기 위해서였다. "리사코, 담배 있어?"

그녀는 잠자코 백을 열어 담배와 라이터를 테이블에 놓았다. 데쓰로는 담배를 입에 물고 불을 붙인 다음 크게 빨아들였다. 토해낸 연기를 바라보면서 나카오의 바싹 마른 얼굴을 떠올렸다.

"리쓰코 씨는 각오하고 나카오의 마지막을 지키려 했어. 하지만 불가능해졌지. 나카오에게 말도 안 되는 이야기를 들었거든."

"사람을 죽였다는 말?"

리사코는 고개를 끄덕였다.

"그녀는 호적 교환 같은 자세한 사정은 몰라. 알고 지내는 호스티스를 쫓아다니는 스토커를 죽이고 말았다는 얘기만 들은 것 같았어."

"그래서 나카오가 이혼을 제안했지, 그렇지?"

"맞아. 체포되는 것은 시간문제니까 그 전에 연을 끊는 게 좋다고 판단한 거지. 물론 리쓰코 씨도 처음에는 거부했어. 하지만 끝내 설득당한 거지."

"아이가 있으니까."

"살인범의 아이로 만들고 싶지 않다는 게 부부의 공통된 생각인 것 같더라."

"하지만 이혼해도 혈육이라는 사실은 사라지지 않아. 세상에서는 여전히 살인범의 아이라고 할 거야. 그걸 고스케가 모르지 않을 텐데." 옆에서 미쓰키가 나지막하게 말했다.

"리쓰코 씨 얘기로는 그 부분도 나카오가 해결하겠다고 했대."

"그 부분?"

"그녀도 그에 관해서는 이야기를 못 들었다는데."

"나카오는, 나카오 고스케를 죽일 생각이 아닌 거야."

데쓰로의 말에 리사코와 미쓰키는 허를 찔린 듯한 표정을 지었다. 둘을 번갈아 바라보며 그가 말했다.

"아마도 녀석은 도쿠라를 살해한 어떤 사람으로서 죽을 작정이야. 경찰이 신원을 알아내지 못하게. 사건은 종결되겠지만 나카오 고스케라는 이름은 거론되지 않아. 동시에 도쿠라 야스코와 요시에는 간자키 미쓰루가 죽었으니 체념할 테고."

"신원 불명 사체가 되겠다는 거야?" 미쓰키가 떨리는 목소리로 물었다.

"그럴 거야. 그런 사체가 발견되면 경찰은 행방불명 신고 명단에 의존해 신원을 파악하려 해. 하지만 그 명단에 나카오의 이름은 존재하지 않아. 아무도 행방불명 신고를 하지 않을 테니까."

"그런가? 하긴 리쓰코 씨가 행방불명 신고를 하지는 않겠지." 리사코가 고개를 끄덕이면서 말했다.

"이혼한 전 남편이 어디로 갔는지 신경 쓸 필요는 없으니까. 뒤집어 말하면 만약 이혼하지 않았다면 행방불명인데도 경찰에 신고하지 않는 건 이상하지. 딸들에게도 아버지가 사라진 이유를 설명해야 하고."

"이혼의 진짜 이유가 그거였나? 고스케라면 그렇게까지 생각할 수도 있겠지만……." 미쓰키가 말했다.

데쓰로는 짧아진 담배꽁초를 재떨이에 비벼 껐다. 그러자 교대하듯 리사코가 담뱃갑으로 손을 뻗었다. 한동안 셋은 저마다의 생각에 잠겼다.

리사코가 입을 뗐다.

"리쓰코 씨에게 들은 말은 그게 다야. 자기가 아는 것을 다 말하면 당신이 얌전히 있을 것으로 생각한 것 같아."

"하지만 너는 내게 전하지 않았어. 오히려 나카오를 찾으라는 메모를 남겼지."

"너무 슬픈 얘기잖아. 리쓰코 씨의 얘기를 듣고 나카오가 죽을 작정이라는 것은 나도 알 수 있었어. 아마 그녀도 알고 있겠지. 죽으려는 친구를 그냥 둬? 당신은 어차피 그를 찾는 일을 관두지 않아. 나도 관둬선 안 된다고 생각해. 그렇다면 말하지 않는 게 낫지. 그런 슬픈 이야기는 들려주고 싶지 않았어."

집을 나간 것도 그 때문이냐고 묻고 싶었으나 참았다. 그녀가 집을 나간 이유는 여러 가지일 것이다.

"고스케를 찾자." 미쓰키가 선언하듯 말했다. "리사코의 말이 맞아. 가령 본인이 찾길 바라지 않더라도 죽으려는 친구를 그냥 놔둘 수는 없어. 그리고 다른 방법을 찾아야 해."

"물론 찾을 거야. 게다가 이대로는 녀석의 계획대로 되지 않아. 그걸 알려야 해."

"무슨 소리야?" 리사코가 물었다.

"나카오는 자신이 죽어도 신원은 밝혀지지 않으리라 추측하고 있어. 하지만 실제로는 그렇지 않아."

리사코는 잠시 생각하고 말했다. "하야타?"

"녀석은 신원 불명의 사체가 나카오임을 바로 알 거야. 물론 그것을 그대로 경찰에게 말하지는 않겠지. 그러면 어떻게 알았는지가 문제가 될 테니까. 하야타도 우리와의 관계를 밝히고 싶지 않을 거야. 하지만 녀석은 도쿠라 요시에 일당이 한 짓을 알고 있어. 그쪽을 경찰에 말하겠지. 그 전에 기사로 쓰겠지만."

"그러면 도쿠라 요시에 쪽을 조사하겠구나. 그 사람들은 간자키 미쓰루의 본명은 몰라도 전화번호는 알아. 그것을 단서로 경찰은 사체의 신원을 밝힐 것이고…….”

“타이트엔드가 적으로 돌아섰네.” 미쓰키가 말했다.

“하야타를 비난할 수는 없어. 녀석은 자신의 신념을 지키고 있거든.”

‘마지막 경기가 끝나고 몇 년이 지난 줄 알아?’

하야타의 마지막 말이 귓가에 남아 있다.

“한 가지 궁금한 게 있는데.” 리사코가 말했다.

“뭔데?”

“나카오가 신원 불명 사체로 발견될 계획이라는 것은 알겠어. 하지만 그게 도쿠라 살해범이라는 것을 어떻게 경찰에 알리지?”

“유서를 남기려는 게 아닐까? 그게 제일 간단하잖아.” 미쓰키가 대답했다.

“아니야. 유서는 안 쓸 거야. 경찰은 증거를 원해. 범인만이 가지고 있는 무언가가 필요해.”

“그런 게 있을까?” 미쓰키가 생각에 잠겼다.

“딱 하나 있어. 차야.” 데쓰로가 말했다.

“도쿠라의 밴?” 미쓰키가 테이블을 가볍게 쳤다.

“도쿠라가 살해된 밤부터 가도마쓰철공소의 밴이 사라진 상태라는 사실은 경찰도 알고 있겠지. 그 차 안에서 죽으면 당연히 사건과 연결 지을 거야.”

"그러고 보니 고스케는 그 차가 관건이라고 했어. 그러니까 절대 발견되어서는 안 된다고……."

"사건 후 밴은 어디에 보관했어?"

"몰라. 고스케는 안전한 장소라고만 하고 어딘지는 알려주지 않았어."

"유료 주차장 같은 곳은 아닐 거야. 장기간 방치되어 있으면 의심받을 테니까."

"노상 주차도 아니겠지. 누군가 신고할 수도 있으니까. 이런저런 주차장을 전전하면 안전할지도 모르지만" 데쓰로는 거기까지 얘기했을 때 아주 단순한 사실을 떠올렸다. "잠깐! 사건은 심야에 일어났어. 나카오는 급히 차를 숨겨야 했고. 그런 시간대라면 장소는 한정돼."

셋은 침묵했다. 최대한 생각을 집중한다.

"가장 확실한 곳은 자택 주차장이지." 리사코는 여전히 생각에 잠긴 표정으로 말했다.

"그럴 수 있겠다. 그날 밤, 볼보는 내가 운전해 위클리 아파트 옆에 세웠어. 그렇다면 자택 주차장은 비어 있었다는 소리지."

"아니야. 그건 아닐 거야. 낯선 밴이 들어오면 이웃 주민이 수상하게 여길 거야. 차고에 셔터가 있다면 그럴 수 있겠지만. 잠깐! 셔터……?" 사진 한 장이 머릿속에 떠올랐다. "혹시……."

"왜?" 리사코가 물었다.

"딱 하나 있어. 나카오가 자유롭게 쓸 수 있는 셔터 달린 차고가."

"어딘데?"

"다카시로 집안의 별장이야. 전에 사진을 보여준 적 있어. 분명 미우라 해안이라고 했어."

"하지만 나카오는 다카시로 집안에는 폐를 끼치고 싶지 않을 거 아냐? 그런 곳에 숨어 있으면 위험하지 않을까?" 리사코가 반론했다.

"물론 죽을 때는 그곳을 떠날 생각이겠지. 하지만 그때까지는 그곳에 숨어 있을지 몰라." 데쓰로는 손목시계를 봤다.

3

심야에 가까운 시간대라 일단은 각자의 거처로 돌아가기로 했다. 즉, 데쓰로는 자기 아파트로, 리사코는 신세를 지고 있는 친구 집으로 돌아가야 했다.

문제는 미쓰키였다. 데쓰로는 미쓰키를 그 이케부쿠로

빌딩으로 돌아가게 하고 싶지 않았다.

"나랑 가자." 그와 같은 생각을 했는지 리사코가 말했다. "친구는 오늘 일이 있어서 안 와."

"하지만 폐가 되잖아."

"느닷없이 모습을 감추는 게 더 폐야. 친구는 내 집처럼 쓰라고 했으니까 걱정하지 마."

"그렇다면 신세 질게." 미쓰키는 살짝 고개를 끄덕였다.

카페 앞에서 둘과 헤어져 데쓰로만 택시를 탔다. 도중에 휴대전화로 스가이에게 전화를 걸었다. 목욕하는 중이라 조금 기다려야 했다.

"무슨 일이야?" 스가이가 목소리를 죽이고 물었다. 그도 사건이 걱정되었을 것이다. 물론 호적 교환이나 나카오가 관련되었다는 것은 전혀 모르고 현재 그 사실을 밝힐 생각도 없다.

"밤늦게 미안해. 사실은 좀 물어보고 싶은 게 있어. 나카오의 별장 말인데."

"나카오의 별장?"

"응. 전에 우리가 아파트를 빌릴 때 화재보험을 들어줬잖아. 마찬가지로 나카오의 별장도 보험을 들어주지 않았나 해서."

"나카오의 별장이라면……." 스가이는 바로 생각이 나

지 않는 듯했으나 조금 뒤 목소리가 커졌다. "아! 가나가와 별장 말인가? 나카오라기보다 다카시로 집안의 소유인데."

"그거 맞아. 보험 절차를 밟아주지 않았어?"

"잘 아네. 맞아. 별장을 산다는 이야기를 듣고 바로 연락했더니 큰 계약을……"

"장소가 어딘지 알려줘. 별장 주소 말이야. 가능하면 전화번호도." 스가이의 말이 끝나기도 전에 데쓰로가 물었다.

"뭐야? 갑자기."

"나중에 설명할게. 어쨌든 지금 당장 별장 주소를 알고 싶어."

"그래봤자 나카오는 이혼했으니까 이미 그 별장과는 관계가 없지."

스가이의 태평한 말에 데쓰로는 짜증이 났다. 택시 안에서 그는 안달을 냈다.

"자세한 얘기는 나중에 한다니까. 미안한데 시간이 없어. 별장 주소 좀 알려줘."

"그렇게 말해도 당장 알려줄 수 없어. 회사에 가서 자료를 봐야 알 수 있으니까."

데쓰로는 신음했다. 당장 회사에 가라고는 할 수 없었다.

"그러면 내일 아침 일찍 알아봐줘. 그리고 알게 되면

내게 연락해."

"정말 몰아치네. 도대체 무슨 일인데? 대강이라도 좀 알려주면 안 되냐?"

"전화로는 안 돼. 스가이. 부탁할게. 내 소원이다."

"니시와키가 그런 말을 다 하다니, 웬일이냐."

스가이는 전화 너머에서 생각에 잠긴 듯했다. 자신에게 불똥이 튀는 게 아닌지 걱정하고 있을지 모른다.

"알았어. 내일은 천천히 출근할 생각이었는데 그렇게 말하니 어쩔 수 없지. 알아보고 바로 연락할게."

"고마워. 이 은혜는 꼭 갚을게."

스가이가 더 물으려는 것 같아 데쓰로는 전화를 끊었다. 별장 주소를 알려준다 해도 스가이에게 모든 것을 밝힐 마음은 없다. 하지만 어느 정도 설명은 해야 할 것이다. 마음씨 착한 친구에게 대충 얼버무릴 방법을 조금 생각했다.

데쓰로는 집으로 돌아와 침대에 누워 머릿속의 생각을 정리했다. 리사코와 미쓰키 앞에서 한 추리에는 자신이 있다. 즉, 나카오가 자살하려고 한다는 데는 확신이 있다.

친구가 죽으려는 걸 두고 볼 수만은 없다는 생각에는 변함이 없다. 하지만 흔들림이 전혀 없다면 그것도 거짓말일 것이다. 복잡하게 얽힌 사정을 고려하면 다른 방법이 없다는 생각이 들기 때문이다.

자신은 아무것도 할 수 없지 않나 하는 생각이 머릿속을 떠나지 않았다. 아니다, 처음부터 아무것도 하지 말았어야 한다. 모든 것을 미쓰키와 나카오에게 맡겼다면 다 잘되었을 수도 있다. 나카오를 잃는다는 사태를 피할 수는 없었겠지만.

자책, 망설임, 후회 같은 것들이 밤새도록 데쓰로를 괴롭혔다. 고심 속에 잠들지 못해 수없이 몸을 뒤척였다.

그래도 깜빡 잠이 들었던 모양이다. 멀리서 울리는 전화 소리에 잠에서 깼다. 머리맡의 시계를 보니 아직 오전 7시 전이었다.

"나야. 리사코."

"무슨 일이야?" 그녀의 목소리에 평범치 않은 긴박감이 가득해 물으면서 불안을 느꼈다.

"미안해. 놓쳤어."

"놓쳐?" 누구를 놓쳤냐고 묻기 전에 데쓰로는 사태를 파악했다. "히우라가 없어졌어?"

"응. 잠이 안 와서 계속 대화했는데 내가 잠깐 조는 사이에 나간 것 같아."

"그래……."

리사코를 나무랄 수는 없다. 어젯밤 모습을 보건대 미

쓰키가 사라질 것 같지는 않았기 때문이다.

"이케부쿠로 빌딩으로 돌아갔을까?" 리사코가 불안해하며 말했다.

"아니. 그건 아닐 거야. 그래봤자 의미가 없잖아."

"그 빌딩이 아니라면 어디로 간 거지……?"

데쓰로는 생각했다. 어젯밤의 대화를 복기했다.

"미우라 해안일 가능성이 있지."

"미우라 해안이라면, 미쓰키가 나카오의 별장에 갔다고? 하지만 어젯밤에는 별장에 대해 전혀 알지 못했어."

"알았어. 알면서 우리 앞에서 모르는 척한 거야. 혼자 나카오를 만나러 가려고."

"말도 안 돼. 혼자 만나서 어쩌려고?"

리사코의 질문에 데쓰로는 대답할 수 없었다. 모르는 바 아니었다. 짐작 가는 바는 있었으나 입 밖에 내는 것은 꺼려졌다. 그러자 리사코도 그런 그의 태도에서 영감을 받은 듯했다.

"혹시 같이 죽을 생각일까?" 그녀의 목소리가 갈라졌다.

"리사코. 당장 나갈 준비해. 우리도 미우라 해안으로 가자. 히우라를 잡아야 해."

"그건 좋은데 어딘지 알아?"

"손을 써뒀어. 조금 시간이 이르긴 하지만, 우물쭈물하고 있을 수는 없어."

"알았어. 바로 그리로 갈게."

"아냐. 시간 낭비야. 신주쿠로 와줘. 스가이의 회사야."

"스가이? 왜?"

"설명은 나중에 할게. 어디서 만날지는 다시 알려줄 테니까 일단 준비해."

알았다는 리사코의 대답을 듣자마자 데쓰로는 전화를 끊었다. 곧바로 스가이에게 걸었다. 어젯밤은 한밤, 오늘은 새벽이다. 스가이의 아내가 떨떠름한 표정을 짓는다고 해도 어쩔 수 없다.

신주쿠, 오전 8시 40분. 도청이 대각선 건너편으로 보인다. 높은 빌딩 사이로 난 도로 옆에 차를 세우고 데쓰로는 핸들을 두드리고 있다. 계기판 디지털시계가 너무 빨리 넘어가는 것만 같다.

"미쓰키가 같이 죽는다고 해결될 일은 없을 것 같은데." 옆 좌석의 리사코가 신음하듯 중얼거렸다.

"녀석은 나카오 혼자 죽게 하고 싶지 않겠지."

미쓰키가 나카오의 자살을 막을 마음이 있다고는 생각할 수 없다. 그렇다면 리사코 모르게 혼자 나갈 이유도 없다.

"하지만 미쓰키가 같이 죽으면 나카오의 계획도 틀어

지는 거 아냐?"

"거기까지는 생각하지 않았을 수도 있어. 게다가 나카오의 계획은 이미 상당히 틀어졌어."

옆 빌딩 입구에서 스가이가 나오는 게 보였다. 추운 날인데 양복만 입고 있다. 자세한 이야기를 안 했는데도 긴박한 상황임을 나름 눈치챘을 것이다. 양복 옷자락이 펄럭인다.

데쓰로는 차에서 내렸다. 스가이가 달려오며 메모지 한 장을 내밀었다.

"간신히 알아냈어. 하지만 별장 전화번호는 몰라. 연락처는 자택으로 되어 있어."

"주소만 있으면 돼. 고생시켜서 미안해."

"니시와키, 나카오에게 무슨 일 있어?"

"미안. 언젠가 다 얘기할게."

데쓰로는 그의 눈을 똑바로 볼 수 없었다. 이 친구에게 모든 것을 말하는 것은 무리임을 안다. 결국은 속여야 하리라는 죄책감에 가슴이 아팠다.

"그럼 우리는 서둘러야 해서." 데쓰로는 차 문을 열었다.

"니시와키." 스가이가 문에 손을 댔다. "나카오를 만나면 다시 꼬치에 술 한잔하자고 전해줘."

데쓰로는 그를 올려다봤다. 그는 이제까지 본 적 없는

진지한 눈빛을 던지고 있었다. 사정은 몰라도 어떤 낌새를 알아차린 것이다.

데쓰로는 고개를 까딱하고 문을 닫았다. 차가 출발한 뒤에도 룸미러를 통해 스가이가 한참 배웅하는 모습이 보였다. 조수석에서 리사코가 딱 한 번 코를 훌쩍였다.

슈토고속도로를 타고 요코스카로 향했다. 차 안에서 둘은 거의 대화를 나누지 않았다. 데쓰로는 지난 두 달 동안 일어난 일을 회상했다. 자신들이 한 일에 의미가 있었나 자문했으나 답은 찾을 수 없었다.

요코하마 요코스카 도로를 끝까지 달려 똑바로 가면 바다가 나온다. 대형 트럭이 끊임없이 오가는 길로, 산업용 도로 같다. 그래도 앞쪽에 바다가 보이기 시작하자 도로 옆에 서핑보드와 스킨스쿠버 가게가 드문드문 나타났다.

"어제, 미쓰키와 얘기했어." 리사코가 오랜만에 입을 열었다. "어쩌면 엄청난 착각을 했을지 모르겠어."

"착각? 누가?"

"우리. 당신과 나. 그리고 미쓰키 자신도."

"무슨 소리야?" 곁눈질로 힐끗 아내의 얼굴을 본다.

"미쓰키는 나카오에 관해 여러 이야기를 해줬어. 지난 1년 일과 옛날 일, 오래전 연인 사이였을 때 일도."

"그런데?"

데쓰로가 이야기를 재촉하자 그녀는 잠시 침묵한 후 길게 숨을 내뱉었다.

"내 인상일 뿐이야. 하지만 나는 걔가 늘 여자라고 생각했어. 나카오에 대해 얘기할 때의 걔 표정은 전혀 남자의 것이 아니었거든."

데쓰로는 대답할 말이 없었다. 새삼 무슨 말을 하나 싶었다. 미쓰키의 마음이 남자가 아니라 여자라면 모든 전제가 근본부터 뒤집힌다. 그것이야말로 자신들의 행동을 완전히 무의미하게 만드는 것이다. 그러나 데쓰로도 마음 한구석으로는 리사코의 발언을 인정하고 있었다. 이제까지 막연하게나마 느낀 부분이다.

"그렇다면 히우라가 거짓말을 했다는 소리야. 왜 그런 짓을 해야 했을까? 호르몬 주사를 맞고 성대에 상처를 내면서까지……." 생각할 수 없는 일이라며 그는 고개를 흔들었다.

"나도 앞뒤가 안 맞는다는 건 알아. 하지만 미쓰키의 행동을 보면 더 앞뒤가 안 맞아. 있잖아, 미쓰키가 완전히 남자라면 나카오와 같이 죽으려 할까?"

데쓰로는 침묵했다. 리사코의 의문은 정확했다.

왼쪽으로 바다를 보면서 계속 달렸다. 바다는 잿빛이고 하늘도 캄캄했다. 트럭이 끊임없이 지나가며 하염없이 피어오른 흙먼지가 데쓰로의 차에 내려앉았다.

스가이의 메모와 도로 지도를 비교하던 리사코가 데쓰로에게 멈추라고 명했다. 그가 차를 도로 옆에 세우자 그녀는 차에서 내려 오른편의 조그만 낚시 가게로 가서 길을 물었다.

몇 분 뒤 그녀가 돌아왔다.

"알았어. 신호등을 두 개 지나 우회전이야."

"오케이." 데쓰로는 사이드브레이크를 올렸다. 심장 박동이 빨라졌다.

리사코의 지시대로 좁은 길을 올라갔다. 양쪽으로 나무들이 무성한 길이 끊기자 왼쪽으로 오솔길이 나타나더니 그 안에 건물이 보였다. 오솔길 입구에 세워진 작은 금속 입간판에 TAKASHIRO라고 새겨져 있었다. 데쓰로는 핸들을 꺾었다.

다카시로 집안의 별장은 타일을 붙인 사각형 건물이었다. 세타가야의 집과 어딘지 모르게 분위기가 비슷해, 다카시로 집안사람들은 장소가 바뀌어도 생활 스타일을 그대로 유지하려고 하는 모양이라는 막연한 생각이 들었다.

리사코가 현관 벨을 눌렀으나 응답이 없다.

"없는 것 같아."

"그러네." 데쓰로는 건물 2층을 올려다봤다. 창에 쳐진 커튼이 움직이는 기척도 없다.

　너무 늦었나 하는 생각이 뇌리를 잠시 스쳤으나 바로 지웠다. 나카오가 이 별장에서 죽었을 리 없다.

　현관 옆에 셔터 달린 차고가 있는데 자동차 두 대는 충분히 들어갈 듯하다. 데쓰로는 셔터를 밀어 올리려 했지만 잠겼는지 열리지 않았다. 그래도 아랫부분을 들어 올리니 땅에서 몇 센티 틈이 생겼다. 엎드려서 그 틈으로 안을 들여다봤다.

　"어때?" 리사코가 물었다.

　"잘 안 보이지만, 차는 없는 것 같아." 그는 일어나 옷을 털었다.

　"다른 장소로 이동했나?"

　"그럴지도 모르지."

　또 다른 불안이 데쓰로를 덮쳤다. 어쩌면 나카오가 이 별장에 숨어 있다는 추리 자체가 틀렸을 수도 있다.

　이제 어떻게 해야 할지 알 수 없어 그 자리에 우두커니 서 있는데 데쓰로의 휴대전화가 울렸다. 미쓰키구나! 순간적으로 그렇게 생각했다.

　"여보세요!"

　"니시와키? 나야. 하야타."

예상치 못한 상대였다.

"무슨 일이야?"

"도쿠라 살해로 많은 일이 있었지만, 의리는 지켜야 할 것 같아서. 정보를 제공하려고."

"정보가 있어?" 전화를 꼭 쥐었다.

"앞으로 벌어질 일이야. 곧 범인이 체포돼."

"뭐라고!"

"도쿠라가 근무한 가도마쓰철공소의 밴 한 대가 사건 직후 사라졌다고 했지? 그게 조금 전에 발견되었다는 정보가 들어왔어."

데쓰로의 심장이 쿵 내려앉았다. "어디서?"

"거기까지는 말 못 해. 우리도 비밀 엄수 의무가 있어."

"하야타!" 데쓰로는 한 번 호흡하고 말했다. "말해줘. 어디야? 전에도 말했듯 거기 있는 사람은 나카오야. 체포되는 게 그 녀석이라고!"

"그건 생각하지 않기로 했어. 원래는 몰랐을 정보니까."

"네게 말한 건 너를 친구라 생각했기 때문이야. 신문기자 하야타는 모르겠지. 하지만 나카오의 친구라면 모르는 척할 수는 없을 테니까."

"전에도 말했지? 게임은 끝났어."

"게임이 끝나면 친구 관계도 끝나? 그렇게 쉽게 끊을 수는 없지. 본인 형편에 맞춰 계속하거나 끊어지는 게 아니라고. 친구 관계가 힘들다고 해서 너만 도망칠 수는 없어. 친구로서 책임을 져!"

하야타는 침묵했다. 이런 대화를 여러 차례 했으나 그가 망설이는 것은 처음이다.

"가나가와현이지? 그리고 미우라반도 아닌가?" 데쓰로가 말했다.

"……왜 그렇게 생각하지?"

"정답인 것 같군. 미우라반도 어디야? 나는 지금 미우라 해안에 있어. 나카오의 별장이 있는 곳. 하지만 이제 어떻게 해야 할지 모르겠어."

"나카오를 만나서 어쩔 셈인데?"

"아직 몰라. 그 녀석의 자살을 막아야 한다는 것만 알아."

"설마 죽으려 하다니……."

"죽을 거야." 데쓰로가 천천히 말했다. "녀석은 자신이 췌장암으로 곧 죽는다는 걸 알고 있어. 동료들의 비밀을 지키려면 그게 제일 좋은 방법이라고 생각해. 하지만 나는 그 녀석이 그렇게 하도록 놔둘 수 없어. 너도 마찬가지지? 아니면 일을 위해 모르는 척해도 상관없나?"

다시 하야타의 대답이 돌아오지 않았다. 데쓰로는 초조했다. 지금 눈앞에 하야타가 있다면 주먹다짐해서라도 실토하게 했을 것이다.

"제때 도착할지 모르겠다." 드디어 하야타가 입을 열었다. "경시청 사람들이 가고 있어. 공적을 빼앗기지 않으려고 가나가와 현경에게 손대지 못하게 했겠으나 감시 정도는 맡겼을 거야."

"그렇다면 이런 얘기나 하고 있을 때가 아니잖아. 얼른 말해."

낮고 기묘한 목소리가 들렸다. 신음과 한숨이 섞인 듯한 목소리였다.

"산카이야라는 가게를 찾아."

"산카이야?"

"숫자 삼三에 바다 해海, 그리고 집 옥屋 자를 써서 산카이야. 일식집이야. 밴은 그 가게 옆에 세워져 있어."

"산카이야. 알았어. 고마워."

"니시와키. 나는 취재를 계속할 거야. 범죄에서 눈을 돌릴 생각은 없어." 하야타가 말했다.

"알아. 신문기자로 돌아가." 데쓰로는 그렇게 말하고 전화를 끊었다.

리사코에게 전화 내용을 설명하고 차에 탔다. 시동을

걸기 전에 도로 지도를 꺼냈다.

"나카오가 죽을 생각이라는 얘기를 듣고 녀석도 놀랐나 봐." 데쓰로가 말했다.

"하야타도 자신과 끊임없이 싸워왔을 거야. 밴이 발견되었다는 사실을 알려준 것 자체가 마음이 흔들렸다는 증거지."

그럴지도 모르겠다고 데쓰로도 동의했다.

지도를 봐도 산카이야의 위치를 알 수 있을 것 같지 않았다. 데쓰로는 일단 차를 출발시켰다. 해안 도로로 나와 현지인에게 묻는 게 빠를 것 같았다.

"미쓰키는 나카오와 같이 있을까?"

"그렇겠지."

"하지만 어떻게 나카오가 있는 곳을 알았을까? 아니면 미쓰키가 왔을 때는 아직 별장에 있었고 같이 나간 걸까?"

"잘 모르겠지만, 아닐 것 같아."

"왜?"

"만약 미쓰키가 같이 있다면 나카오는 별장에서 나가지 않을 거야. 아니, 나갈 수 없지. 자살을 결행할 때 미쓰키가 가만히 있지 않을 테니까. 미쓰키가 옆에 있으면 나카오는 다음 행동을 실행하기 힘들어져."

"그렇다면 미쓰키는 애당초 그 장소를 알고 있었다고?"

"그럴 거야. 미우라 해안이라 듣고 떠올랐을지 모르지."

길가에 오래된 쌀가게가 있어서 그 앞에 차를 세웠다. 배달이 많은 일이니까 현지 지리에 밝을 것이다. 리사코가 재빨리 내렸다.

데쓰로는 핸들을 가볍게 두드리며 리사코를 기다렸다. 나카오의 현재 심경을 생각해보았다. 미쓰키가 곁에 있다면 그는 초조할 것이다. 자살할 수도 없고, 그렇다고 경찰에 붙잡힐 수도 없는 노릇이다.

리사코가 잰걸음으로 돌아왔다.

"이 앞 큰 사거리를 지나면 왼쪽에 쭉 늘어선 야자나무가 나올 텐데 그 오른편에 산카이야 간판이 있을 거래."

"알았어. 가보자."

리사코가 문을 닫자마자 액셀을 밟았다.

"나카오가 그 가게에 있을까?"

"설마 그렇지는 않겠지. 사람들 눈에 띄잖아."

"그럼 밴 안에?"

"모르겠어. 그렇다면 지금쯤 가나가와 현경의 검문을 받고 있을지도 모르겠다." 데쓰로는 그렇게 말하면서도 나카오가 그런 어리석은 짓을 할 리 없다고 생각했다.

사거리를 지나자 왼쪽에 야자나무가 나타났다. 건너편은 해수욕하면 좋을 듯한 해변이었다. 데쓰로는 속도를 늦췄다.

"있다. 저기야!" 리사코가 목소리를 높였다.

도로 오른쪽에 일본 가옥을 본뜬 듯한 가게가 있고 산카이야라는 간판이 나와 있다.

가게 앞을 지나친 후 브레이크를 밟고 핸들을 꺾어 좌회전해 야자나무 사이의 공터에 차를 세웠다. 해수욕 시즌에는 주차장으로 활약하는 공간일 것이다. 다른 차들도 보였는데 타고 있는 사람은 없다. 문제의 밴도 없었다.

바로 앞에 해변이 펼쳐져 있고 칠이 벗겨진 보드가 뒤집힌 채 방치되어 있다. 바다는 잔잔해 파도 소리도 들리지 않는다. 기후가 더 좋아지면 드라이브하는 커플이 들를 법하다.

데쓰로는 차에서 내렸다. 바다에서 불어오는 바람이 차가워 절로 몸이 움츠러든다.

"아, 저기……." 리사코가 도로 반대편을 턱으로 가리켰다.

산카이야의 주차장인 듯하다. 무단주차 금지 전단이 붙어 있는 것으로 보아 시즌이 되면 차를 세울 곳이 마땅치 않은 해수욕객들이 무단으로 사용하는 일이 많은가 보다.

최대 열 대까지 세울 수 있는 공간에 지금은 딱 한 대가 서 있다. 그 차가 하얀색 원 박스 밴이라는 것을 깨달자 데쓰로의 몸이 굳어졌다.

데쓰로는 드라이브 중에 잠깐 휴식을 취하는 사람처럼 일부러 천천히 도로로 다가갔다. 어디선가 경찰이 감시하고 있을지 몰라 자연스럽게 밴을 관찰했다.

밴 옆에 가도마쓰철공소라는 글자가 새겨져 있고 전화번호도 적혀 있는 듯하다. 안에 사람이 있는 것 같지는 않다.

데쓰로는 자기 차로 돌아와 바다를 보는 척했다. 리사코가 옆에 와 섰다.

"저기, 어떻게 할 거야?" 리사코가 조그만 목소리로 물어왔다.

"일단 나카오를 찾아야 해."

"그야 그렇지. 그런데 어떻게 찾아?"

데쓰로는 그걸 알면 이 고생을 할 필요도 없지 않냐는 말을 꾹 참고 생각에 잠겼다. 주위에는 가게만이 아니라 민가도 많았다. 저 안 어딘가에 있을까. 있다고 해도 어떻게 찾아야 할까.

그때였다. 다시 데쓰로의 휴대전화가 울렸다. 그는 리사코와 얼굴을 마주 보고 전화를 받았다.

"여보세요."

"거기 있으면 위험해." 상대가 말했다. 목소리를 들은 데쓰로의 온몸에 소름이 돋았다.

"나카오! 너 어디야?"

데쓰로의 응대를 듣고 곁에 선 리사코의 얼굴도 굳어졌다.

"거기서 그렇게 두리번거리지 좀 마라. 경찰이 감시하고 있어. 얘기하면서 걸어. 가끔 웃으면 더 좋고."

"어디 있는지 알려줘. 히우라도 같이 있어?"

"허둥대지 마. 이제부터 알려줄게. 미쓰키는 내 곁에 있으니까 걱정하지 말고. 그대로 길을 따라 걸어. 산카이야와는 반대 방향이야. 맞아. 그렇게 와."

데쓰로는 휴대전화를 한 손에 들고 걸으면서 주위를 슬쩍 둘러봤다. 나카오의 말투로 보아 그가 근처에서 자신들을 지켜보고 있음을 알았기 때문이다.

"도로를 건너 첫 번째 골목으로 들어와. 그러면 시사이드클럽이라는 숙박 시설이 있을 거야."

시키는 대로 골목을 도니 앞쪽에 하얀 건물이 나타났다. 장식이랄 게 하나도 없어서 숙박 시설이라기보다 무슨 연구소 같은 분위기의 건물이었다. 통유리로 된 정면 현관에 시사이드클럽이라는 로고가 박혀 있다.

"시사이드클럽은 찾았어. 안으로 들어가?"

"유감스럽게도 거기는 회원제야. 그냥 지나쳐."

지시대로 가니 작은 공터가 나왔다. 그 앞은 절벽이라 길이 없다.

"길이 없어."

"알아. 왼쪽을 봐. 나무 뒤라 안 보이지만, 작은 계단이 있어."

정말 자세히 보니 폭이 50에서 60센티미터밖에 안 되는 돌계단이 있었다. 계단의 폭도 좁고 경사가 급했다.

"계단을 올라가?"

"그래. 늘어진 몸으로는 꽤 힘들 수도 있다." 이런 상황인데도 나카오의 말투에서는 절박함이 느껴지지 않았다.

데쓰로는 전화를 든 채 리사코에게 말했다. "당신은 차로 돌아가."

"나는 안 가는 게 좋을까?"

"그보다는 주변 정보가 필요해. 우리 둘 다 나카오에게 가면 움직일 수 없게 될 수도 있어서."

리사코는 완전히 납득한 표정은 아니었으나 잠시 생각한 다음 알았다며 몸을 돌렸다. 경찰을 조심하라는 주의를 주려다가 입을 다물었다. 총명한 그녀에게는 필요 없는 조언일 것이다.

데쓰로는 돌계단을 올랐다. 중간에 한 번 꺾어지더니 더 위로 이어졌다.

"어디까지 올라가야 하는 거야?" 데쓰로가 물었다.

"올라갈 수 있을 때까지. 운동 부족인 몸에는 고되지?"

"좀 그러네."

드디어 돌계단의 끝이 보이기 시작했다. 이제 두세 계단 정도 남았을 때 앞쪽에서 목소리가 들렸다.

"웰컴이라고 해야 할까?"

그리운 친구의 얼굴이 거기에 있었다.

5

나카오는 코트에 머플러를 두르고 서 있었다. 마지막으로 만났을 때보다 더 마른 듯 뺨은 움푹 팼고 턱은 삼각자처럼 뾰족했다. 그런 얼굴로 웃고 있다.

그의 뒤에는 조그만 사당이 있었는데 그곳에 몸을 기댄 듯 미쓰키가 누워 있었다. 침낭에 들어가 눈을 감고 있다.

"히우라는……?"

"괜찮아. 잠들었을 뿐이야. 그건 그렇고 용케 여기까지 알아냈다."

"하야타가 알려줬어." 데쓰로는 그와의 전화 내용을 이야기했다.

나카오는 한숨을 내쉬었다.

"하야타가 그랬다고? 미쓰키 말로는 그 녀석의 협력은 얻을 수 없을 것 같다고 하던데."

"녀석도 너를 죽게 놔두고 싶진 않으니까." 데쓰로는 그렇게 말하고 친구를 봤다. "죽을 작정이지?"

나카오는 머리를 긁적였다. 씁쓸하게 웃고 있다.

"미쓰키에게 네 추리를 들었어. 대단하더라. 호적 교환을 알아내다니 정말 굉장해."

"내 추리가 틀렸으면 좋았을 텐데."

"아니야. 거의 다 맞췄어. 정정할 게 하나도 없더라." 나카오는 옆에 있는 상수리나무에 몸을 기댔다.

데쓰로의 마음이 어두워졌다. 정정해주길 바랐다.

"나카오. 자수할 생각 없어? 히우라에게 자세한 사정을 들었는데 도쿠라 살해에서 네 잘못은 없어. 충분히 정상 참작될 여지가 있다고. 호적 교환은 입 다물면 되잖아."

그러나 나카오는 여전히 입가에 미소를 짓고 있을 뿐이다. 그 표정 그대로 미쓰키를 봤다.

"니시와키, 봐. 귀여운 표정으로 자고 있지? 서른이 넘은 사람처럼 도무지 보이지 않잖아. 이 얼굴은 아무리 봐도 여자 아니냐?"

"무슨 말을 하고 싶은 건데?"

데쓰로가 묻자 나카오는 크게 심호흡했다. 그리고 고개를 두세 번 저었다.

"알고 있을지 모르겠는데 내 어머니는 남자였어. 외모는 여자였으나 마음은 완전한 남자였지."

"사가 씨에게 들었어."

데쓰로의 말에 나카오는 고개를 끄덕였다.

"어릴 때 어머니가 내게 털어놓았어. 믿을 수 없었지. 처음에는 나를 놀리는 줄 알았어."

"무리도 아니지." 데쓰로는 동의했다.

"하지만 울면서 얘기하는 것을 보고 농담이 아님을 깨달았어. 충격이었지. 하지만 더 충격적인 사실은 아버지가 그걸 알고 있었다는 거야."

"아버지는 알고도 결혼했다고?"

"어머니 말로는 그 사실을 고백한 건 나를 낳고 난 다음이래. 하지만 그보다 먼저 알아차렸을 거라는 게 어머니의 생각이었어. 털어놓았을 때 아버지는 의외라는 표정을 짓지 않았다니까."

"대단한 분이셨네."

"글쎄, 정말 그럴까?" 나카오는 살짝 고개를 기울였다. "그냥 무관심한 것이었을 뿐이라고 생각한 적도 있어. 어쨌든 그건 그렇고 어머니의 고백을 들은 이후 내 남녀관은 완전히 변했어. 당연하지 않아? 이 세상에서 가장 가까운 관계에 있는 여성이 실은 남자라니까."

"사가 씨는 네게 젠더를 알아내는 능력이 있다고 하던데."

"그런 대단한 게 아니야. 그저 평범한 사람과 달리 외모와 내면은 다르다는 관점으로 사람을 보는 버릇이 있을 뿐이야. 계속 그렇게 사니까 본질적인 부분을 조금쯤 알게 된 거겠지."

"그러면 히우라는 어떻게 생각해? 마음이 남자임을 알아채지 못했어?"

데쓰로의 질문에 나카오는 뭐라 표현할 수 없는 복잡한 표정을 지었다. 견딜 수 없는 듯도, 부끄러운 듯도, 고뇌하는 듯도 보였다.

"미쓰키가 평범한 여성이 아니라는 것은 알았어. 그래서 반했지."

"그래서?"

"응." 나카오가 고개를 끄덕였다. "쉽게 말하자면 어머니의 모습을 찾았다고나 할까. 미쓰키에게서 같은 분위기를 느꼈으니까."

"마음이 남자라는 것을 알면서도 연인이 되었다고?"

"그건 아니야. 전에도 말했지? 나에게 미쓰키는 여자였어. 그때도, 지금도." 나카오는 고개를 저으며 말했다.

그가 무슨 말을 하는지 데쓰로는 이해할 수 없었다. 맞장구를 치지도 못하고 친구의 얼굴을 가만히 바라봤다.

"이상하겠지. 왜 미쓰키를 알아보지 못했나. 어머니와 같은 분위기를 느꼈으면서. 하지만 그게 바로 그녀의 가장 큰 매력이야. 나는 아마 그 점에 끌린 것 같아. 동시에 그녀의 그 특이점에는 젠더의 가장 큰 문제가 숨어 있어. 모순이라고 할 수도 있고 수수께끼라고도 할 수 있지."

"모순? 수수께끼?"

나카오는 미간을 찌푸리고 뒷덜미를 주물렀다. 자기 생각을 어떻게 하면 정확하게 전달할 수 있을지 고민하는 듯했다.

마침내 후, 하고 한숨을 내쉰 뒤 데쓰로를 봤다. 각오한 듯한 얼굴이다.

"미쓰키는 남자이자 동시에 여자이기도 해."

"그건 알아."

데쓰로가 말하자 나카오는 고개를 저었다.

"육체는 여자이고 마음은 남자라는 단순한 이야기가 아니야. 녀석의 마음은 남자이기도, 여자이기도 해. 반대로 둘 다 아니기도 하지."

"양면성이 있다는 말이야?"

데쓰로의 질문에 나카오는 조금 생각한 뒤 다시 부정했다.

"그런 표현으로는 미쓰키의 복잡한 마음을 제대로 담을 수 없어. 알기 쉽게 말하자면 이래. 남자를 검은 돌, 여자를 흰 돌이라고 하자. 미쓰키는 회색 돌이야. 둘의 요소를 다 지니고 있지. 게다가 50퍼센트씩. 하지만 어느 쪽에도 포함되진 않아. 원래 모든 인간이 완전한 검은색도 하얀색도 아니야. 검은색에서 하얀색으로 변화하는 그러데이션 속 어딘가에 있지. 미쓰키는 그 딱 중앙에 있고."

"그러데이션……이라."

데쓰로는 어디선가 이와 비슷한 이야기를 들은 것 같았다. BLOO의 경영자인 아이카와에게 들은 이야기를 떠올렸다. 아이카와는 뫼비우스의 띠라는 표현을 썼다. 모든 남녀는 뫼비우스의 띠 위에 있다…….

"인간의 뇌는 아마도 불안정할 거야. 그날 컨디션이나 주위 환경에 따라 그러데이션의 위치가 조금씩 흔들리지. 나나 너도 날에 따라 여자 쪽으로 기울기도 해. 이때 95퍼센트 검은색이 90퍼센트 검은색이 되었다고 해도 영향은 별로 없어. 하지만 50퍼센트 검은색이 45퍼센트가 되면 얘기가 달라져. 하얀색이 10퍼센트나 많아지니까." 나카오가 말했다.

"히우라의 마음이 그런 미묘한 지점에서 왔다 갔다 한다는 거야?"

"바로 그거야." 나카오가 크게 고개를 끄덕였다. "어떤 요인으로 흔들리는지는 몰라. 생리와 관련이 있을 것 같다고 나는 생각해. 내가 미쓰키의 본질을 알아차리지 못한 것은 그 때문이야."

"히우라가 너와 있을 때는 여자의 마음이 컸을지도 모르겠다. 그래서 네게는 여자로만 보였고." 데쓰로는 잠든 미쓰키를 내려다보며 말했다.

"그럴지도 모르지." 나카오가 말했다.

나와 함께 있을 때도. 데쓰로는 속으로 읊조렸다. 미쓰키의 마음은 여자 쪽으로 흔들렸다. 그리고 리사코와 있을 때는 아마 남자 쪽으로 기울었을 것이다.

미쓰키의 본가에서 본 성인식 사진을 떠올렸다. 여성스럽게 웃고 있는 모습은 연기가 아니었을지 모른다.

"미쓰키 본인도 아마 자신의 본성을 모르고 있을 거야." 나카오가 말을 이었다. "모르고 고통스러워하지. 자신은 도대체 어떤 사람이냐고. 여자라는 것에 위화감을 느껴 사실은 남자라는 결론을 내렸는데 직접 남자로 살아보니 역시 문제가 해결되지 않는다는 것을 느꼈겠지. 대놓고 말하지 않지만, 남자가 되는 것을 망설이고 있어."

"하지만 우리 앞에서는 남자라고 단언했어."

"그렇게 믿으려 하지. 자신조차도 속인 결과야."

데쓰로는 수긍했다. 알 것 같았다.

"히우라의 호적 교환을 갑자기 중단했다고 사가 씨가 말하더라. 네가 이런 사실을 알게 되어서야?"

"이대로 남자의 호적을 받는다고 미쓰키의 문제가 해결되는 게 아니니까. 여자였을 때와 똑같은 위화감이 반대 방향에서 미쓰키를 괴롭히겠지."

"반대 방향에서……?"

'단순히 사물을 거울에 비춰 거꾸로 보이게 할 뿐'이라는 사가의 말이 데쓰로의 귓가에 되살아났다. 그 말의 뜻이 이런 것이었구나.

"우리가 해온 일이 도대체 뭔가 싶어. 미쓰키만이 아니야. 다데이시 스구루나 사에키 가오리도 마찬가지야. 정말 그렇게 한 게 옳았을까. 본질적인 해결과는 거리가 면, 무의미한 짓을 한 것 같아."

"설마 그 책임을 지겠다는 건 아니지?"

"책임을 지다니, 내가 그런 일을 할 수는 없어. 지금 내가 할 수 있는 일은 그들의 비밀을 지키는 것뿐이야. 목숨을 걸고서라도." 나카오는 무기력하게 웃었다.

"그러니까 죽겠다는 말은 하지 마. 그러지 못하게 하려고 일부러 여기까지 온 거야." 데쓰로는 한 걸음 나카오에게 다가갔다.

나카오는 고개를 떨구고 다시 미쓰키를 바라봤다.

"미쓰키가 여기 오자마자 내게 말했어. 고스케를 혼자 죽게 할 수는 없다고."

"같이 죽자고 했어?"

"응. 하지만 그렇게 할 순 없어. 그런데 돌아가란다고 해서 얌전히 돌아갈 녀석도 아니지. 아래에서 캔 커피를 사 와 수면제를 타 먹였더니 겨우 조용해졌어. 침낭은 별장에서 가져온 거야."

그래서 잠든 모양이다.

"수면제가 있어?"

"응. 요즘은 그게 없으면 잠들지 못해. 마지막 한 알을 미쓰키에게 먹였지만."

"통증 때문에 잠을 못 자?"

데쓰로의 질문에 나카오는 대답하지 않았다. 코트 주머니에 두 손을 찔러 넣고 한숨을 한 번 내쉬었을 뿐이다.

"히우라는 여기를 어떻게 알았어?" 데쓰로는 질문 내용을 바꿨다.

"다카시로의 별장에 밴을 숨겨놓은 게 아닐까 하고 네

가 추리했을 때 이 장소를 떠올렸다더라." 나카오는 데쓰로가 올라온 돌계단으로 다가가 해변 마을을 내려다봤다.

"이곳은 예전에 나와 미쓰키가 데이트할 때 왔던 장소야. 돌계단을 올라와 야경을 보며 녀석의 어깨를 안았지. 그때도 미쓰키는 여자였어."

추억의 장소인 듯하다. 미쓰키는 나카오가 죽을 장소를 선택한다면 틀림없이 이곳이라고 확신했을 것이다.

"솔직히 놀랐어. 어젯밤까지 별장에 있었는데 오늘 아침에 이리로 왔더니 미쓰키가 있더라. 꿈인가 했어."

"히우라를 재우고 너 혼자 죽을 셈이었어?"

"그러려고 했는데 그럴 수 없어서 곤란하던 참이야. 미쓰키를 이대로 두면 곧 경찰에 발견될 테니까."

나카오의 이야기를 듣고 데쓰로는 납득했다.

"밴을 경찰에 신고한 사람이 너구나."

"경찰이 아니라 가도마쓰철공소에 전화했어. 가나가와 현경에 신고하면 언제 경시청 수사본부에 정보가 도착할지 모르니까. 하지만 신고 직후 미쓰키를 만날 줄은 정말 몰랐어. 재운 것까지는 좋았지만 이제 어떻게 하나 고민하고 있는데 이번에는 너랑 다카쿠라가 나타났고."

데쓰로는 나카오의 곁에 서서 같은 방향을 바라봤다. 민가와 식당 지붕이 계단처럼 늘어서 있다. 그 끝에 데쓰로가 세운 차가 보였다. 리사코는 안에 있는 듯하다. 문제의 하얀 밴도 바로 앞에 보였다.

"그래서 나를 불렀어? 설마 히우라를 어딘가로 데려가 달라고?"

"안 될까?"

"안 될 건 없지만 조건이 있어. 너도 같이 가는 거야."

나카오는 어깨를 움츠렸다가 미소를 지었다.

"미쓰키가 그러더라. QB는 여전히 사령탑이라고."

"사령탑인 척한다는 소리겠지."

나카오가 고개를 저었다.

"니시와키, 그때도 즐거웠어. 왜 인간은 변하고 마는 걸까? 게다가 나쁜 쪽으로. 성공하면 오만해지고, 실패하면 비굴해지지. 나는 이런 어른이 되고 싶었던 게 아니야. 부잣집 딸과 결혼해 가문의 이름에 먹칠하지 않으려고 애쓰는 삶을 살고 싶지는 않았어. 그러나 현실에서는 그런 길을 선택했어. 그런 자기혐오 때문에 사가 일행과 젠더 문제에 맞서는 데 열중했지. 하지만 그건 자기만족이었고 현실 도피에 불과했어. 그저 눈앞의 적을 쓰러뜨릴 생각만 했던 때가 그리워."

"그렇게 말하자면 나도 마찬가지야."

"그래? 그럴지도 모르지." 나카오는 데쓰로를 응시하며 고개를 끄덕였다.

데쓰로는 문득 하야타를 떠올렸다. 어쩌면 그 남자만 변하지 않은 것일지 모른다. 그는 지금도 눈앞의 적을 쓰러뜨리는 것만 생각하고 있다. 일테면 그것이 오랜 친구일지라도……

"나카오, 자수해. 밴을 신고한 사람이 너라는 것을 알면 자수로 인정해줄 거야." 데쓰로가 말했다.

나카오는 순간 눈을 부릅떴으나 다시 온화한 표정으로 돌아왔다.

"상황이 이러니 그렇게는 안 될 거야. 네가 잠자코 미쓰키를 데려가지 않는 한."

"너를 죽게 할 수는 없어. 지금 여기서 죽게 할 수 없을 뿐만 아니라 병원에서도 죽게 하지 않을 거야. 자수한 다음에 일단 제대로 검사하자. 경찰도 그 정도는 허락해주겠지."

나카오는 시선을 피하고 추운 듯 코트 앞을 여몄다.

"자수는 하겠는데 미쓰키까지 끌고 들어가고 싶지는 않아. 미쓰키만은 도망치게 하고 싶어."

"어떻게?"

"지금부터 밴으로 갈게. 그러면 숨어 감시하는 경찰이 제지하겠지. 그 자리에서 나는 도쿠라 살인범이라는 것을 인정할게."

"그리고?"

"경찰이 내게 정신이 팔린 사이에 미쓰키를 데리고 이
마을을 빠져나가. 우리가 자랑하는 플레이잖아?"

"페이크?"

"바로 그거야."

러닝백인 나카오에게 볼을 건네는 척해 수비진이 그에
게 몰린 사이 롱 패스를 던진다. 경기에서는 잘 먹힌 전
략이다.

"하지만 히우라가 눈을 뜰 것 같지 않아. 저 상태로 업
고 돌아다니면 너무 눈에 띄어."

"일단은 둘이서 돌계단 밑까지 옮기자. 그 전에 다카쿠
라에게 연락해. 차를 이 밑으로 가져오라고."

"이 밑까지 오는 길이 있어?"

"응. 이 지역 사람만 아는 뒷길이 있어."

데쓰로는 휴대전화를 꺼내 리사코에게 걸었다. 상황을
간단히 설명한 다음 전화를 그대로 나카오에게 건넸다.
그는 리사코에게 오는 길을 자세히 지시했다.

"됐다. 미쓰키를 옮기자." 휴대전화를 돌려주며 나카오
가 말했다.

데쓰로가 미쓰키를 업고 나카오가 뒤에서 부축하는 형

태로 천천히 돌계단을 내려왔다. 미쓰키는 가벼웠다. 역시 여자의 몸이라고 데쓰로는 생각했다.

밑에서 조금 기다리니 곧 리사코가 차를 몰고 나타났다.

"수상쩍은 사람들이 늘어난 것 같아. 형사일까?" 그녀가 말했다.

"아마 그럴 거야." 데쓰로가 대답했다.

"하지만 순찰차가 온 것 같지는 않아."

"드라마가 아니니 굳이 범인의 경계심을 자극할 짓을 하진 않겠지."

미쓰키를 자동차 뒷좌석에 실었다. 미쓰키는 눈을 잠시 떴다가 다시 감았다.

"미쓰키를 부탁해." 나카오가 말했다.

"내게 맡겨." 데쓰로가 단언했다.

나카오는 고개를 끄덕이고 리사코를 봤다.

"네게도 폐를 끼쳤어. 속일 마음은 아니었으니 너무 나쁘게 생각하지는 마."

"그런 걱정하지 마. 그보다 한시라도 빨리 진찰받아."

리사코의 목소리가 살짝 떨리더니 울먹였다.

"니시와키랑 똑같은 말을 하네. 기대하지는 않는데 체포되면 일단 담당 형사에게 말해볼게. 범인이 죽는 걸 바라지 않으면 병원에 데려가겠지."

나카오는 농담을 한 것일 테지만, 데쓰로와 리사코는
웃을 수 없었다.

"그럼, 10분 지나면 왔던 길로 가. 그때까지는 절대 움
직이지 마. 알았어?" 나카오는 검지를 세우고 심각한 얼
굴로 말했다.

데쓰로는 말없이 고개만 끄덕였다. 그것을 지켜보던
나카오는 몸을 휙 돌렸다. 그러나 두세 걸음쯤 갔다가 다
시 몸을 돌려 돌아왔다.

"미쓰키에게 뭔가 추억이 될 만한 것을 남기고 싶은데
아무것도 없네. 이것을 입혀줘야겠어. 옷이 얇아서 추울
거야." 그렇게 말하고 검은색 코트를 벗었다.

"너도 춥지 않아?" 리사코가 말했다.

"나는 괜찮아. 게다가 곧 혈기 왕성한 형사들에게 둘러
싸일 테니까. 순찰차도 난방이 되겠지."

이 말에도 역시 웃을 수 없었다.

나카오는 차 문을 열고 잠든 미쓰키에게 자신의 코트
를 덮어주었다. 그대로 가만히 그녀의 얼굴을 바라본 후
자기 얼굴을 가까이 가져갔다.

유리 너머로 둘의 입술이 맞닿는 모습이 보였다.

"미쓰키가 깨면 사정을 설명해줘." 나카오가 말했다.

"왜 깨우지 않았느냐고 원망해도 어쩔 수 없지. 내가 어떻게든 해볼게."

"부탁해."

나카오가 오른손을 내밀었다. 데쓰로는 그의 손을 잡았다. 마르고 단단한 손이었다. 아주 오래전, 수없이 이 손에 볼을 넘겼다. 오늘은 거꾸로 그 손이 내게 넘겼다. 미쓰키라는 볼을.

"너희들을 만나 정말 좋았어. 와줘서 고마워."

"앞으로도 만나러 갈게."

나카오가 아련한 미소를 짓고 고개를 살짝 끄덕였다.

"조심해."

리사코의 말에 나카오는 손을 조금 들어 보이고 그대로 걸어 나갔다. 이번에는 돌아볼 것 같지 않았으나 데쓰로와 리사코는 그의 모습이 건물을 돌아 사라질 때까지 지켜봤다.

"10분이라고 했지?" 데쓰로는 차 조수석에 올라타 손목시계를 봤다. 핸들은 리사코가 잡고 있었다.

"응. 그때까지는 가만히 있으라고 했어."

"그럼 할 수 없지." 데쓰로는 한숨을 내쉬었다.

사실 나카오가 진짜 자수할지 확신이 서질 않았다. 하지만 이제 자신이 할 수 있는 일은 아무것도 없다. 나카오의 제안을 받아들이지 않을 이유도 전혀 없다. 지금은 그저 이렇게 하는 수밖에 없었다.

갑자기 성난 목소리가 들려왔다. 게다가 한 사람이 아니다. 몇 명이 소리치고 있다. 동시에 차가 달리기 시작하는 소리가 났다. 데쓰로와 리사코는 서로의 얼굴을 바라봤다.

"리사코. 출발해!"

"하지만 아직 10분이 지나지 않았어."

"됐으니까 출발하라고."

리사코는 시동을 걸고 기어를 후진으로 넣었다. 힘차게 미끄러지면서 핸들을 꺾자 타이어 마찰음과 함께 차가 방향을 바꿨다. 재빨리 기어를 바꿔 차를 출발시키려 했다.

그때 무시무시한 순찰차 사이렌 소리가 울리기 시작했다. 여러 대의 사이렌 소리가 한꺼번에 들려왔다.

"멈춰. 리사코, 차를 멈추라고."

마침 차가 움직이기 시작할 때였다. 그녀가 급브레이크를 밟아 데쓰로의 몸이 앞으로 쏠렸다. 자세를 바로잡자마자 문을 열고 차에서 내렸다.

"어디 가는데!"

"여기서 기다려."

데쓰로는 방금 온 길을 달려 돌아갔다. 조금 전 돌계단이 있는 곳까지 돌아가 거침없이 뛰어올랐다. 숨이 가쁘고 가슴이 아팠으나 이를 악물고 걸음을 옮겼다. 사이렌 소리가 멀어지고 있다.

그 사당이 있는 곳까지 올라왔을 때 설핏 소음 같은 게 들렸다. 그는 헐떡이면서 해안 쪽으로 향했다.

해안 도로는 동서로 뻗어 있다. 서쪽으로 향하는 길은 구불구불해 모습을 감췄다 드러내기를 반복하며 곶까지 뻗어 있다. 그 곶에 순찰차들이 모여 있는 게 보였다.

바다가 눈부시게 빛나기 시작했다. 데쓰로는 손바닥으로 눈가를 가리고 곶 주변에 초점을 맞췄다.

몇 초 뒤, 그의 시선은 곶 아래로 향했다. 도로에서 바다까지는 20미터 이상일 것이다. 아래 바위 터에 하얗고 사각형인 물건이 누워 있다. 연기가 피어오르는 것 같다. 순찰차에서 내린 경관들이 아래를 내려다보는 게 보였다.

데쓰로는 그 자리에 주저앉았다. 두 손으로 머리를 감싸고 눈을 감았다.

이 자리에서 나눈 나카오와의 대화가 빨리 감기를 한

비디오테이프처럼 뇌리를 흘렀다. 그와 동시에 페이스마스크 너머로 보이는 그의 얼굴도 떠올랐다. 여기서 이러고 있을 때가 아니라고 생각했으나 몸이 움직이질 않았다. 착각이길 바랐다. 그러나 착각일 가능성은 전혀 없다. 나카오는 여기를 떠날 때부터 마음먹고 있었다. 그의 결의를 바꾸는 것은 역시 불가능했다.

한참을 그러고 있자니 누군가 계단을 오르는 발소리가 들렸다. 리사코일 것이다. 그는 고개를 들 수 없었다.

발소리의 주인이 그 앞에 섰다. 데쓰로는 눈을 떴다. 그곳에 있는 사람은 미쓰키였다.

"히우라, 깼어……?"

"무슨 일이 있었는지는 잘 모르겠는데." 미쓰키가 더듬더듬 말을 이었다. "그가 목적을 달성한 것 같네."

데쓰로는 고개를 저었다.

"녀석을 막지 못했어."

그러자 미쓰키도 고개를 떨구었다. "나도…… 그래."

미쓰키의 눈에서 눈물이 주르륵 흘렀고 그 눈물은 데쓰로의 바로 앞 땅에 떨어졌다. 조금 전까지 나카오가 서 있던 자리일 것이다.

그 순간, 서둘러야 한다는 생각이 데쓰로를 덮쳤다. 그는 벌떡 일어났다.

"히우라, 가자. 여기서 도망쳐야 해."

"이제 됐어. 나는 어찌 되든 상관없어."

데쓰로는 그렇게 말하는 미쓰키의 뺨을 갈겼다. 미쓰키는 뺨에 손을 대며 휘청였다.

"녀석과 약속했어! 나는 너를 지킬 거야!"

데쓰로는 미쓰키의 손을 잡고 돌계단을 내려오기 시작했다.

리사코는 차 안에서 핸들에 놓은 두 손에 얼굴을 묻고 있었다. 그 모습으로 보건대 무슨 일이 일어났는지 그녀도 알고 있는 듯하다.

그는 운전석 문을 열었다. 리사코가 놀라 고개를 들었다. 눈이 새빨갛다.

"리사코, 가자. 운전은 내가 할게."

"하지만 나카오가······."

"알아. 그 얘기는 나중에 하자."

"하지만."

"조수석으로 옮겨."

리사코는 일단 차에서 내려 조수석 쪽으로 돌아갔고 미쓰키는 뒷좌석에 탔다. 나카오의 코트를 입고 애틋하게 소매 부분을 쓰다듬고 있다.

"둘 다 지금부터 10분 동안은 울지 마." 데쓰로는 그렇게 말하고 차를 출발시켰다.

뒷길을 따라 해안 도로로 나오자 곳으로 향하는 쪽이 정체로 꽉 막혀 있었다. 밴이 떨어진 장소에서 현장검증이 시작되었기 때문일 것이다. 데쓰로는 반대편 차선으로 차를 이동시켰다. 리사코의 훌쩍이는 소리가 들렸다.

산카이야 앞을 지나갈 때였다. 갑자기 두 남자가 앞을 막듯 나타났다. 한 사람은 코트를 입고 있고 다른 한 사람은 제복을 입은 경관이었다. 데쓰로는 어쩔 수 없이 브레이크를 밟았다.

형사로 보이는 남자가 운전석 창문을 가볍게 두드렸다. 데쓰로는 창문을 조금 내렸다.

"잠시 실례하겠습니다. 두세 가지 질문할 게 있습니다만."

"무슨 일입니까?"

"얼마 전까지 저기 주차장에 이 차를 세워두셨죠? 분명히 저 여성분이 운전석에 계셨던 것 같은데요." 형사는 리사코를 가리켰다.

"그게 왜요?"

핸들을 쥔 손에 땀이 배어 나왔다. 데쓰로는 평정심을 유지해야 한다는 것과 절대 꼬리를 잡혀서는 안 된다는 데 모든 신경을 집중했다.

"사실은 사건이 발생해 수사 중입니다. 실례지만, 이곳에는 여행으로 오셨나요?"

"그렇죠, 뭐."

"왜 저곳에 차를 세우셨나요?"

"그냥 좀 쉬려고 그랬습니다."

"여성분 혼자 계실 때 다른 분은 어디 계셨나요?"

"어디라니, 이 근처를 그냥……."

남자의 눈에 의심의 빛이 깃들었다. 아마 훨씬 전부터 이 차를 주시했을 것이다. 일단 모습을 감춘 차가 다시 나타나자 검문하기로 한 것이다.

"일단 여러분의 신원을 알려주시겠습니까?"

"그거야 상관없는데……." 데쓰로는 자신의 면허증을 찾는 척하며 내심 초조해했다. 미쓰키를 어떻게 설명해야 할까. 물론 본명은 절대로 말할 수 없다.

그때였다. "어이! 뭐 하는 거야!"라는 소리가 들렸다. 데쓰로가 소리 난 쪽을 보니, 하야타가 종종걸음으로 다가오고 있었다.

"하야타……."

"뭐 하고 있어? 이런 데서." 하야타가 옆에 와서 물었다.

형사가 그에게 물었다. "뭐야? 당신, 아는 사람이야?"

"네. 프리랜서 작가인 니시와키라는 사람입니다. 이번 사건 취재로 좀 도움을 받으려고요. ……얼른 명함을 보여드려."

하야타가 시키는 대로 데쓰로는 명함을 내밀었다. 형사는 미심쩍은 표정으로 명함을 보더니 불만스러운 눈길을 하야타에게 던졌다.

"여기서 잠복하라고 자네가 시켰어?"

"수사를 방해하지는 않았어요."

"성가시게 하는 것도 방해야."

"혼란을 드렸다면 사과드립니다. 정말 죄송했습니다." 하야타는 순순히 고개를 숙였다.

형사는 혀를 차고 다시 차 안을 들여다봤다.

"다른 둘은?"

"저기 여성은 사진작가입니다. 다카쿠라 리사코라고 합니다."

리사코가 기다렸다는 듯 명함을 내밀었다. 형사는 그것을 데쓰로의 명함 위에 올리더니 살살 고개를 끄덕였다. "뒤에 있는 사람은?"

"그는……" 그렇게 말하고 잠시 뜸을 들인 후 하야타는 태연하게 말을 이었다. "제 친구 나카오 고스케라고 합니다. 이 근처 지리에 밝아 데려왔습니다."

데쓰로는 놀랐으나 그 감정을 얼굴에 드러낼 수는 없었다. 힐끗 하야타를 보자 그는 눈을 한 번 깜빡였다.

"나카오 씨…… 흠." 형사의 망설이는 듯한 표정은 미쓰키의 성별에 당황하고 있음을 드러냈다. "명함 같은 것을 보여주시겠습니까?"

"오늘은 안 가져왔지?" 데쓰로가 말했다.

형사의 얼굴에 그늘이 졌을 때 "아니, 있어"라고 미쓰키가 평소보다 굵은 목소리로 말하며 코트 주머니에서 지갑을 꺼냈다. 나카오의 지갑이다. 거기서 꺼낸 명함을 데쓰로 쪽으로 건넸다.

"여기에는 다카시로라고 되어 있는데요." 명함을 보고 형사가 말했다.

"이 녀석, 최근 이혼했습니다. 그 전에는 데릴사위였고요." 데쓰로가 말했다. "전화해보시면 확인하실 수 있을 겁니다."

형사는 세 장의 명함을 주머니에 넣고 콧등 옆을 긁었다.

"앞으로는 너무 맘대로 움직이지 말라고." 하야타에게 말했다.

"네. 정말 죄송했습니다."

형사는 경관과 함께 떠나고 하야타만 남았다.

"하야타……."

"얼른 가." 하야타는 데쓰로를 보지 않고 말했다.

데쓰로는 고개를 한 번 끄덕이고 차를 출발시켰다. 룸

미러를 보니 그는 이미 등을 돌리고 걷기 시작했다.

타이트엔드는 패스를 받기만 하는 게 아니라 쿼터백을 지키기 위해 블록도 한다. 데쓰로는 그 사실을 떠올렸다.

7

미우라 해안에 뛰어든 남자의 신원은 끝내 판명되지 않았다. 남자는 자살 직전 머리부터 등유를 붓고 불을 붙였다. 그 탓에 얼굴 판별이 어려웠다.

경찰이 알아낸 사실은 추락한 밴이 가도마쓰철공소의 것이고 도쿠라 아키오가 살해되기 직전에 공장에서 끌고 나온 것이라는 점, 타다 남은 손의 지문이 사에키 가오리의 아파트에도 남아 있었다는 점, 그리고 손과 손가락 크기가 도쿠라 아키오의 교살 흔적과 일치했다는 점 등이다. 도쿠라의 유가족인 도쿠라 요시에와 야스코는 그 남자에 관해서는 전혀 모른다고 단언했다. 무엇보다 그들이 시신을 얼마나 제대로 볼 수 있었는지도 분명치 않다.

수사관들은 네코메에도 갔다. 그러나 죽은 남자가 간자키 미쓰루라는 결정적인 확증은 얻을 수 없었다. 간자키 미쓰루의 이름으로 빌린 위클리 아파트에서는 사체와 일치하는 지문이 여럿 검출되었다.

사에키 가오리의 행방도 불명인 상태다. 수사 당국은 네코메의 가오리가 사에키 가오리 본인이 아니라는 것은 알아냈으나 본명은 밝히지 못했다.

수사본부는 찝찝함을 남긴 채 해산되었다. 몇몇 수사관은 사체의 신원을 알아내겠다고 활동을 계속했으나 그들도 곧 새로운 사건에 쫓기게 되었다. 그 무렵에는 세상 모두가 사건을 잊었다.

그리고 다시 11월이 찾아왔다.

건배한 후 거구의 안자이가 일찌감치 요란을 떨었다.

"올해는 하야타도 안 왔어? 해마다 참가자가 줄어드니까 쓸쓸해."

"됐지 뭐. 다들 건강한 것 같으니까." 마쓰자키가 말했다.

"그야 그렇지만 1년에 한 번쯤은 우리의 강한 유대감을 확인하고 싶다고!"

"무슨 엔카 가사 같은 소리를 하나? 벌써 취했어?"

모두의 놀림을 받는 안자이를 보면서 데쓰로는 혼자 맥주잔을 들었다. 작년과 흡사한 광경이다. 그러나 사실 큰 차이가 있음을 아는 사람은 아무도 없다.

"아, 맞다! 모두에게 보여주려고 오늘 좋은 걸 가져왔어." 안자이가 양복 안주머니에 두꺼운 손을 찔러 넣고 뭔가를 꺼냈다.

"뭔데? 얼른 보여줘." 옆자리의 마쓰자키가 그것을 빼앗았다. "그림엽서잖아? 누가 보낸 건데? 앗, 녀석이구나."

"누군데?" 데쓰로가 물어봤다.

"나카오야. 하하하. 온 세계를 돌아다니며 여행 중이래. 참 유별난 녀석이야."

"나 좀 보여줘." 데쓰로가 손을 뻗었다.

엽서는 그린란드에서 보낸 것이었다. '안녕. 우리는 지금, 얼음의 세계에 와 있어요.' 그렇게 시작된 글이었다.

마쓰자키가 말했다. "부잣집에 장가를 들어놓고 이혼하는 사람이 있겠냐, 보통?"

"야. 그렇게 말하지 마. 상류계급에는 상류계급의 고통이 있는 법이야. 나카오는 그게 싫었겠지." 안자이가 컵으로 사케를 마시기 시작했다.

"그런데 나카오 녀석, 글씨를 전보다 잘 쓰는 것 같아. 옛날에는 도통 읽기 힘들었는데. 역시 상류계급으로 훈련받은 티가 나네." 테이블에 놓인 그림엽서를 바라보며 마쓰자키가 감탄한 듯 말했다.

"참 모르네. 이건 히우라가 쓴 거야."

안자이의 말에 마쓰자키의 눈이 커졌다.

"히우라? 왜?"

"올해 여름에도 엽서를 받았는데 나카오는 히우라와 같이 여행 중이라고 했어. 거기 적혀 있지? 둘이 사이좋게 지내겠다고. 이번에는 나카오의 이름이지만, 전에는 히우라 이름으로 보냈어."

"아하, 그랬어? 그러고 보니 히우라도 이혼했다고 했지?"

마쓰자키가 데쓰로를 봐서 그는 잠자코 고개를 끄덕였다.

"흠. 그러면 돌싱끼리 만나게 된 거구나. 둘 중 누가 고백했을까?"

"누구든 상관없잖아." 안자이가 마쓰자키의 등을 두드리고 그림엽서를 소중히 주머니에 다시 넣었다. "10여 년 넘게 품은 짝사랑이 이루어졌으니 행복하겠지. 지금은 일심동체처럼 느끼는 것 같더라. 녀석들이 행복하다면 우리의 공놀이도 의미가 있었던 셈이지."

데쓰로는 안자이와 마쓰자키의 대화에 끼지 않았다. 안자이는 자기도 모르게 진실을 말하고 있다. 10여 년 넘게 품은 짝사랑. 정말 맞는 말이다. 그리고 많은 사람은 자신이 뫼비우스의 띠 위에 있다는 것을 모른 채 짝사랑을 계속하고 있다.

그때까지 침묵하고 있던 스가이가 데쓰로를 봤다.

"그러고 보니 니시와키도 편지를 가져왔다고 했지?"

모두가 "그래?"라고 말하듯 놀란 표정으로 그를 봤다.

데쓰로는 주머니에서 항공우편을 꺼냈다.

"이것도 외국에서 왔어. 아프리카 사바나에서. 녀석 일도 참 힘들어." 그렇게 말하고 스가이에게 건넸다.

"사바나? 누가 보냈는데?" 안자이가 물었다.

"리사코. 아니…… 다카쿠라."

모두가 그 편지를 돌려 읽기 시작했다. 데쓰로는 그 모습을 보면서 그녀를 배웅할 때를 떠올렸다.

"자, 터치다운을 얻어 올게." 공항에서 그녀는 말했다.

"힘내."

"응. 최선을 다할 거야. 두고 봐." 그리고 말했다. "QB!"

두고 봐, QB라는 건가…….

데쓰로는 맥주를 다 들이켜고 초원을 달리는 그녀의 모습을 상상했다.

옮긴이의 말

시대를 앞선 히가시노 게이고의 문제 제기

매년 11월 세 번째 금요일에는 시끌벅적한 술자리가 마련된다. 데이토대학 미식축구부원들이 한자리에 모여 추억을 나누는 것이다. 졸업한 지 10여 년이 흘러 30대 중반이 되었는데도 이 시간만큼은 다시 20대로 돌아가 똑같은 화제로 서로를 놀리며 웃어댄다. 작년과 다름없는 술자리가 파하고 집으로 돌아가는 길, 쿼터백이었던 니시와키 데쓰로는 팀 매니저였던 히우라 미쓰키를 만나 놀라운 '비밀' 이야기를 듣는다.

엄청난 비밀 고백에 이어진 살인사건. 동창의 놀라운 비밀을 놓고 과거 한 팀이었던 친구들은 저마다 고민에 빠진다. 눈앞의 적을 하나가 되어 쓰러뜨리던 동료들이 지금은 저마다의 위치에서 다른 시점으로 일의 행보를 지켜보고 관여하면서 이야기는 점점 진실 게임으로 빠져든다.

1985년 학원 미스터리 《방과 후》로 에도가와 란포상을 수상하며 데뷔한 히가시노 게이고는 이후 미스터리와 뜻밖의 진상을 둘러싼 작품을 써오며 야구(《마구》), 발레(《잠자는 숲》), 스키점프(《조인계획》) 등 다양한 소재에 도전해왔다. 그뿐만 아니라 웃음의 요소를 듬뿍 담은 작품(《명탐정의 규칙》,《추리소설가의 살인사건》)부터 인간의 어두운 일면이나 비정함으로 부조리한 운명을 이야기한 서스펜스(《백야행》,《환야》)까지 작풍의 폭도 매우 넓다. 어떤 장르를 선택하든, 아무리 특수한 세계를 다루든 미스터리의 정수는 기본으로 갖추고 있다.

1999년 8월 26일부터 2000년 11월 23일까지 〈주간문춘〉에 연재한 《외사랑》은 이런 작가의 작품 세계 속에서 새로운 도전장을 던진 작품이다. 이 작품의 제목 덕분에 독자들은 러브스토리를 상상했다고 한다. 하지만 작가는 그 허를 찌르며 묵직한 주제를 던지면서도 사라진 청춘의 날들을 배신한 친구들과 변해버린 자기 모습을 절절하게 돌아보게 하며 누구나 품은 향수를 자극한다.

작가는 SMAP의 〈밤하늘 저편〉을 듣다가 청춘의 잔상이 남은 30대 중반을 주인공으로 한 이야기를 써보자고 마음먹었다고 한다. 치열하게 과거를 함께하며 서로 모든 것을 안다고 생각한 사이였으나 세월이 흐르고 저마다 처지가 달라지며 서로 다른 지점에 서는 상황을 바라만 봐야 하는 과정을 씁쓸하게 그린, 아픈 추억과 숨겨진 우정과 사랑의 이야기다.

또한 히가시노 게이고는 〈다빈치〉 2001년 5월호 인터뷰에서 이 작품에 대해《비밀》의 후속작 같은 작품이라고 말한 바 있다. 사고 후 눈을 뜬 딸의 마음이 아내라는 설정으로 많은 독자에게 놀라움을 선사했던 작가는 '외모와 내면의 차이'라는 키워드를 다시 한번 꺼내 들었는데, 이번에는 '아내와 딸' 대신 '남자와 여자'로 바꾸어 더 묵직한 주제를 던진다.

남성과 여성이라는, 불변이라 여겨지는 성의 기준 사이를 오가는 인물을 중요한 위치에 배치해 스포츠 속의 젠더 문제를 비롯해 트랜스젠더, 반음양 등 다양한 사례를 소개하고 사회의 인식이나 호적 등 법률문제로 고민하는 사람들의 생생한 삶을 전하고 있다. 현재 발표되었다고 해도 여러 논의가 따랐을 주제를 2001년에 내놓았다는 것만으로도 히가시노 게이고가 얼마나 시대를 앞서가는 작가인지를 알 수 있다.

특수한 주제 속에서 인류의 보편적인 이야기를 끌어내는 것도 이 작가의 특기다. 젠더라는, 조금은 복잡한 개

념을 다루면서도 우리 내면에 있는 남녀의 요소, 이른바 남자답다, 여자답다라는 사회적 기준에 의문을 제기한다. 이는 어른과 아이, 인종, 민족, 국가 사이의 문제도 마찬가지에 여기서 던지는 작가의 질문은 인류의 보편적이고 철학적인 문제로 전환된다.

그런 면에서 우리는 모두 이해받고 싶은 상대가 알아주길 바라는 마음을 품고 있으나 그 마음이 제대로 닿지 않아 안타까워하며 가혹한 현실을 받아들이는 짝사랑을 하는 존재인지 모른다. 수많은 반전과 놀라운 진실을 대면하며 숨 가쁘게 작품을 따라가다가 문득 아련한 그리움을 느끼는 것은 이 작품이 우리의 이런 보편적인 쓸쓸함을 건드리고 있기 때문일 것이다.

민경욱

외사랑

1판 1쇄 발행 2022년 9월 27일
1판 8쇄 발행 2024년 7월 20일

저　　　자	히가시노 게이고
옮　긴　이	민경욱
발　행　인	유재옥

이　　　사	조병권
출판본부장	박광운
편 집 1 팀	박광운
편 집 2 팀	정영길 조찬희 박치우 정지원
편 집 3 팀	오준영 이소의 권진영
표지 일러스트	최지욱
표지 디자인	곰곰사무소
디 자 인 랩 팀	김보라
라이츠사업팀	김정미 맹미영 이윤서
디지털사업팀	박상섭 김지연 윤희진
영업마케팅팀	최원석 박수진 이다은
물　류　팀	허석용 백철기
경영지원팀	최정연
발　행　처	(주)소미미디어
등　　　록	제2015-000008호
주　　　소	서울시 마포구 토정로 222, 502호(신수동, 한국출판콘텐츠센터)
판　　　매	(주)소미미디어
제　작　처	코리아피앤피
전　　　화	편집부 (070)4160-1393, (070)4160-1391 기획실 (02)567-3388
	판매 및 마케팅 (070)8822-2301, Fax (02)322-7665

ISBN 979-11-384-1325-1 (03830)